La Passion écossaise

DU MÊME AUTEUR :
(Histoire)

Histoire de la Franc-Maçonnerie

La Légende des Fondations, à paraître.
La Maçonnerie Écossaise dans la France de l'Ancien régime, les années obscures (1720-1755), éditions du Rocher, 1999.
Aux origines de la Franc-Maçonnerie française (1689-1750), exilés britanniques et gentilshommes bretons, éditions du Prieuré 1996 (épuisé).
« Le Mot de Maçon et ses tropismes », dans *Points de vue initiatiques*, n° 119, 2000.
« James Steuart, précurseur méconnu de l'Écossisme en France », dans *Renaissance Traditionnelle*, n° 121, 2000.
« Protohistoire maçonnique : la loi du métier », dans *Points de vue initiatiques*, n° 117, 2000.
« Sur les débuts de la Maçonnerie écossaise, réponse à Michel L. Brodsky », dans *Renaissance Traditionnelle*, n° 117, 1999.
« Le Chevalier de Fréminville, rénovateur du celtisme, capitaine de Vaisseau, esthète de l'Ordre du Temple, franc-maçon », dans *Armorica*, n° 6, 1997.
« Un haut grade templier dans les milieux jacobites en 1750 : l'Ordre Sublime des Chevaliers Elus aux sources de la Stricte Observance », dans *Renaissance Traditionnelle*, n° 112, 1997, en collaboration avec Philippe Lestienne.
« Les origines de la Franc-Maçonnerie brestoise », dans *Les Cahiers de l'Iroise*, n° 169, 1996.

Histoire générale

Brest Rebelle, 1939-1945, éditions Skol Vreizh.
Jade 1940-1945. L'Intelligence Service au cœur de la Résistance française, à paraître.
« Libraires et lecteurs finistériens, mouvances de l'opinion publique dans la première moitié du dix-neuvième siècle », dans *Le Commerce de la librairie en France,* IMEC-Editions 1997.
« Brest et sa marine, un amour contrarié (1911-1944) », dans *Les Cahiers de l'Iroise*, n° 176, 1997.

André Kervella

La Passion écossaise

Préface de Edward Corp

Éditions Dervy
204, boulevard Raspail
75014 Paris

Collection « Pierre Vivante »
dirigée par Charles B. Jameux

Henri Rochais, *Vie maçonnique : vie spirituelle*, 2001.
André Kervella, *La Passion écossaise*, 2002.
(Collectif), *Le Grand Architecte de l'Univers*, (à paraître).
Jacques Fabry, *Johann Friedrich von Meyer, franc-maçon et théosophe*, (à paraître).

© Editions Dervy, 2002
ISBN : 2-84454-177-1

contact@dervy.fr

Aux amis des Pléiades : John-Mark, Patrick, George, Jack et les autres,
  sans oublier Allan Ofstones, là où la confluence s'opère.

PRÉFACE

Bien qu'il soit reconnu que la Franc-Maçonnerie, et en particulier la maçonnerie écossaise, apparaisse pour la première fois en France dans la première moitié du 18ème siècle, il n'a jamais été possible aux historiens de l'Art Royal de s'entendre sur le pourquoi et le comment de cette émergence. Dans ce livre capital, André Kervella démontre en ne laissant aucune place au doute que la Franc-Maçonnerie a été introduite en France par les Jacobites.

En 1689 Jacques II est en effet chassé des trônes d'Angleterre et d'Écosse où la Franc-Maçonnerie, déjà bien établie, est intimement liée à la dynastie des Stuart. Vaincu en Irlande en 1690, il doit se réfugier en France, où le rejoignent des milliers de partisans, les « Jacobites », dont un certain nombre de francs-maçons. Louis XIV lui offre comme résidence d'exil le Château-Vieux de Saint Germain en Laye, où il reconstitue une Cour importante. C'est là que la Franc-Maçonnerie fait son entrée en France.

Jacques II meurt en 1701. Son fils Jacques III quitte Saint-Germain en 1712, et rétablit sa Cour au Palazzo Mutti à Rome en 1719. Mais les familles jacobites qui habitent le château de Saint-Germain ont obtenu le droit de rester dans leurs appartements, et chaque fois qu'un appartement est libéré, il est immédiatement occupé par un autre Jacobite. Si bien que pendant plusieurs dizaines d'années les occupants du château sont exclusivement anglais, irlandais ou écossais. Ce monopole jacobite sur l'occupation du château de Saint-Germain perdure jusque dans les années 1750, et durant toute cette période bon nombre de ses habitants sont des francs-maçons. Pratiquement tous les premiers francs-maçons connus en France ont un lien avec la Cour de Saint-Germain, et demeurent au château une partie de leur vie. Comme par exemple le 5ème comte de Derwentwater et Hector, 1er baron MacLean, tous deux Grands Maîtres de la Grande Loge de France entre 1731 et 1738. Ce sont ces Jacobites qui créent le système de hauts grades à vocation élitiste connu sous le nom de « Rite Écossais Ancien et Accepté » après avoir perdu le contrôle de la Grande Loge de France en 1738.

Cette thèse des origines jacobites de la Franc-Maçonnerie en France n'a pas été jusqu'ici acceptée pour plusieurs raisons. La première tient au manque de documents spécifiques dans les archives d'avant 1720 – bien que, comme André Kervella le démontre dans ce livre, il en existe beaucoup plus qu'on ne l'avait cru. Mais les principales raisons sont plus fondamentales. Les historiens de la Franc-Maçonnerie française, fourvoyés par la défaite finale des Jacobites, en ont déduit à tort que leur mouvance était peu représentée en Angleterre. Il s'agit d'une erreur d'autant plus compréhensible que l'historiographie britannique elle-même a été dominée jusque vers la fin des années 1970 par une interprétation « whig » de l'histoire d'Angleterre, et donc par la version des origines de la Franc-Maçonnerie fournie par les Hanovriens. Mais depuis vingt-cinq ans l'importance du Jacobitisme dans l'Angleterre du 18ème siècle a fait l'objet d'un grand débat historique qui a totalement bouleversé les idées reçues sur la vie des partis politiques de l'époque. Il est aujourd'hui admis que le Jacobitisme a été la grande question politique du début du 18ème siècle, la majeure partie du pays étant en fait favorable à la restauration des Stuart, au moins durant une trentaine d'années après 1715. Mais alors que l'histoire politique de cette période a connu une véritable réécriture, l'histoire de la Franc-Maçonnerie, fidèle au mythe « whig » désormais discrédité, est restée à la traîne loin du courant actuel de l'historiographie. Aussi les historiens de la Maçonnerie ont-ils continuer à sous-estimer l'importance du

Jacobitisme, et son rôle dans les luttes pour le pouvoir au sein de la Franc-Maçonnerie.

Une autre raison de ce retard s'explique par le fait que jusqu'à une époque récente aucune recherche approfondie n'avait été menée sur la Cour des Stuart en exil à Saint-Germain-en-Laye, et sur les centaines de Jacobites qui ont servi la maison royale avant et après le départ de Jacques III en 1712. Sans les résultats d'une telle recherche, il n'est guère surprenant que des conclusions fermes restaient impossibles, car on passait à côté de maints détails essentiels, et les historiens de la Franc-Maçonnerie continuaient à avoir des avis divergents. Mais ces recherches sur la Cour en exil ont maintenant été effectuées, et les Jacobites demeurant et travaillant au Château ont été identifiés avec précision, ce qui a permis l'émergence d'une interprétation nouvelle des événements, qui malgré son évidence ne pouvait jusque là être soutenue contre la version Hanovrienne. C'est là une des grandes forces de l'ouvrage d'André Kervella : il fournit un récit à la fois complet et cohérent des origines de la Franc-Maçonnerie en France, et du développement ultérieur de la maçonnerie écossaise, en réfutant les arguments de ceux qui ont douté – ou qui ont voulu minimiser – l'influence des Jacobites exilés. Son livre rend caduc la plupart des ouvrages publiés sur la question. Il donne enfin à tous ceux qui s'intéressent au sujet les preuves si longtemps attendues, et ils ne pourront que lui en être toujours reconnaissants.

Mais son livre a également une signification plus large, et s'applique à l'Europe dans son ensemble. Il change complètement notre compréhension du développement de la Franc-Maçonnerie en Angleterre entre 1603 et 1688. Il montre en effet comment une branche nouvelle et rivale de la maçonnerie Jacobite émerge durant les années 1690, et comment elle triomphe finalement en créant et en contrôlant la Grande Loge Hanovrienne à Londres en juin 1717, puis en réécrivant à sa manière l'histoire de la Franc-Maçonnerie, avec la publication en 1723 du texte fondateur que sont les *Constitutions* d'Anderson, et en prenant le contrôle de la Grande Loge de France en 1738. L'analyse conduite par André Kervella de ce décalage entre les

Jacobites et les Hanovriens, en Angleterre puis en France, permet d'apprécier la signification exacte de la bulle *In Eminenti*, promulguée en avril 1738 par le pape Clément XII à la demande de Jacques III. Contrairement à ce que l'on a pensé, cette bulle n'est pas dirigée contre toute la Franc-Maçonnerie, mais seulement contre sa version Hanovrienne. La Franc-Maçonnerie Jacobite était en effet essentiellement, voire exclusivement catholique, tandis que les Hanovriens acceptaient parmi eux non seulement des protestants et des catholiques, mais aussi des non-croyants. À l'époque le cardinal Corsini, neveu du pape, remarque d'ailleurs que c'est seulement la forme Hanovrienne de la franc-maçonnerie qui mérite d'être condamnée par Rome : la Franc-Maçonnerie ancienne pratiquée par les Jacobites était parfaitement acceptable par l'Église catholique.

En 1755, après la disparition du Jacobitisme en tant que mouvement politique, et alors que le gouvernement français n'est plus pro-hanovrien, la Grande Loge de France affirme enfin son catholicisme, et reconnaît formellement les degrés supérieurs du Rite Écossais Ancien et Accepté. C'est alors que s'installe le malentendu, et l'oubli des origines Jacobites de la Franc-Maçonnerie en France. André Kervella a enfin su résoudre le mystère.

Edward Corp
Professeur des Universités
Toulouse-Le Mirail

INTRODUCTION

Ce livre essaie de répondre à la question très simple des origines. Dans quelles circonstances est apparue la maçonnerie écossaise ? Une école disons classique parie pour une invention de quelques Français plus ou moins frivoles, au cours des années 1730. Une autre école, longtemps minoritaire, opte pour l'influence exercée par les Jacobites contraints à l'exil après la Révolution orangiste qui a provoqué en 1688-1689 la chute de la dynastie des Stuarts. La différence porte donc à la fois sur la chronologie, les protagonistes et le degré de conviction. Pour ma part, j'ai déjà pu m'exprimer sur le sujet dans mes précédentes études, mais sans avoir entrepris une analyse globale du cheminement ayant conduit à la formation du système bien connu depuis la seconde moitié du dix-huitième siècle. Cette analyse, je propose de la mener maintenant.

Les premiers repères temporels concernent assurément les affaires stuartistes, bien avant la création de la grande loge de Londres. Le 24 mars 1603, suite au décès sans progéniture d'Elizabeth Tudor, son cousin Jacques VI d'Écosse devient roi d'Angleterre, sous le titre de Jacques 1er. À la fin de 1688, le petit-fils de celui-ci, Jacques II, est chassé du trône par Guillaume de Nassau, prince d'Orange. C'est dans l'intervalle marqué par ces deux dates qu'apparaissent les prodromes de la franc-maçonnerie actuelle. Et ils ont des rapports très relâchés avec l'ancienne, dite opérative. Impossible de croire qu'ils continuent les usages du métier. Impossible de croire en une transmission d'héritage. L'hypothèse la plus communément admise est de décrire une sorte de transition, en cela que des nobles et des bourgeois auraient d'abord été reçus comme membres honoraires ou bienfaiteurs dans des loges, et y seraient lentement devenus majoritaires, au point d'en accaparer les fonctions dirigeantes et d'imposer un nouveau style de sociabilité. Il est temps de changer d'optique. On connaît les noms des précurseurs, on n'ignore pas leurs occupations. Ils ne fréquentent pas les artisans, ils ne s'en préoccupent guère. Point de ciseau sur la pierre. Ils innovent.

Qu'ils empruntent des métaphores, des allégories au monde des bâtisseurs, c'est une première certitude ; qu'ils poursuivent des projets sans aucun rapport avec ceux des associations professionnelles, c'en est une autre. Disons que la politique, avec des connexions fortes à la religion, les tient sous influence. Certes, les trop fameuses *Constitutions* d'Anderson réclament au contraire la neutralité à cet égard. Elles adressent un message très explicite au « bon » maçon, qui doit être un citoyen respectueux de la puissance civile, et sans dogmatisme intransigeant quant à la foi. Mais, ne soyons pas naïfs. La réalité est retorse. Entre eux, les Frères britanniques des années 1720 devraient ne jamais parler des affaires de l'État et des Églises ; oui, ils le devraient, mais ce n'est pas ce qu'ils font, ni ce qu'ils ont fait depuis presque un siècle.

Sous le règne de Jacques VI-1er, la vogue intellectuelle est de s'épancher plus qu'avant sur les mérites de l'architecture. La Renaissance ayant signifié, selon l'expression de certains auteurs, une sortie hors de la « nuit gothique », on construit davantage, on change de styles. Comme en philosophie avec le mythe de la table rase, les élites proches de la cour se comparent aux bâtisseurs d'une nouvelle société. Jacques lui-même aime se qualifier de Salomon de la Grande Bretagne, ou se faire appeler tel, sachant que l'ancien souverain juif est vanté par le rôle joué lors de la construction du temple de Jérusalem. Bien que, depuis l'an mille, le cliché soit fréquent, tant les rois de France, par exemple, se flattaient d'en jouer, il acquiert maintenant une portée remarquable. Les poètes s'en inspirent, les philosophes. Ils mettent en mots des scènes appréciées des lecteurs les plus érudits.

Vogue, ai-je dit. Elle ne suffit pas à provoquer la formation de communauté d'initiés quoique Bacon lui-même y songe dans sa *Nouvelle Atlantide*. Du moins, nous ne possédons aucun élément qui permette d'oser une quelconque extrapolation sur ce point si délicat. En revanche, elle sert à créer une ambiance mentale, un ensemble de références intellectuelles. À telle enseigne que, après la mort de Jacques, quand son fils Charles 1er prend sa succession, et quand des luttes intestines commencent à diviser ses peuples, selon l'expression officielle, ce sont ses partisans qui s'en imprègnent pour créer précisément la solidarité latérale de la maçonnerie. Civile, la guerre est terrible dans certaines de ses conséquences, ne serait-ce que par la décapitation du roi lui-même, en 1649 ; il faut lutter, consolider des liens. La loge sert à cela.

Durant un demi siècle environ, à partir des années 1640, la quasi totalité des hommes connus pour leur appartenance à la franc-maçonnerie, et quelquefois la dévoilant comme telle, sont des fidèles de la dynastie des Stuarts. Tel est le fait incontournable qu'il importe de méditer. Leur nombre n'est pas élevé ; il est toutefois assez fort pour autoriser une recomposition valide de leur aventure. Elle est scandée par quatre temps. Le premier est que les loges apparaissent donc dans un contexte de tumultes et d'antagonismes. Le second est que, après l'exécution de Charles 1er, et durant la dictature d'Oliver Cromwell, plusieurs fidèles conservent des contacts clandestins pour travailler à la restauration de la monarchie. Le troisième est que, une fois cette restauration réalisée le 8 mai 1660, en la personne de Charles II, fils du précédent, une dispersion pourrait survenir si les occasions de discordes civiles ne resurgissaient pas ; elles sont provoquées encore pour des motifs politico-religieux, et la maçonnerie est indubitablement pratiquée par des royalistes proches du catholicisme romain, voire résolument papistes. Le quatrième moment est que le règne de Jacques II, qui succède à son frère décédé en février 1685, s'achève vite par la révolution orangiste qui le contraint à l'exil en France. Alors, parmi les partisans qui prennent son sillage, plusieurs deviennent les propagateurs des loges continentales. Ce sont eux qui ont jeté les bases de ce qu'on appellera plus tard la maçonnerie écossaise.

Quant à elle, la maçonnerie dite anglaise émerge dans les années 1690, précisément une fois la révolution accomplie. Elle traverse une époque de flottements avant d'en arriver à mobiliser l'équipe qui fonde en 1717 la première grande loge de Londres. Que, en théorie, elle prône une autre façon de concevoir la fraternité, c'est indéniable ; que, en pratique, elle s'inscrive néanmoins dans un rapport de rivalité, l'est tout autant. D'où la seconde bifurcation dans le schéma initial. De même que les Stuartistes d'avant eux se détachaient de l'option opérative, de même les imitateurs orangistes et hanovriens provoquent un autre décalage. Bien sûr, ce qui complique l'analyse du phénomène, c'est que l'évolution des affaires finit par induire un fort déséquilibre des influences. Quand le dernier des Stuarts, à savoir Charles Édouard, échoue définitivement à reconquérir le trône de ses aïeux, dans les années 1740, le champ s'ouvre d'un coup aux doctrinaires sous obédience londonienne pour se camper en uniques garants de la vérité. Mais, aujourd'hui, nous n'en sommes plus là ; et nous ne pouvons que tirer profit d'une tentative de bilan.

Le principal sujet de litiges étant à la jointure de la politique et de la religion, un risque de méprise est à éliminer. Il ne faut pas considérer les dix-septième et dix-huitième siècles avec les clichés de maintenant. Pour les anciens, il est parfaitement normal de mêler les genres. Dans leur majorité, ils ne connaissent pas encore la tendance aux séparations ; celle-ci ne commence à se développer qu'avec ce qu'on appelle les Lumières. Par un malicieux retournement de perspective, on peut même assurer que les loges maçonniques y vont apporter leur contribution. Malgré tout, il leur faudra du temps pour se mettre à l'unisson des programmes philosophiques élaborés en dehors d'elles. À cet égard, les francs-maçons contemporains dont la susceptibilité serait à fleur de peau, ou leurs adversaires fébriles, doivent éviter de me chicaner trop vite. Je décris. Et je les invite à ne pas soupçonner sous ma plume une malice qui lui est étrangère.

Dire que les premières loges « spéculatives » apparaissent dans une ambiance de conjuration, quoi de plus banal. En Europe, les premières confréries de métier, aussi, ne peuvent éviter certaines connivences partisanes. Menacent-elles les autorités détentrices du pouvoir, elles sont dénoncées comme des ligues factieuses. Contre elles, s'accumulent des interdits et des censures parfois sanguinaires. C'est l'évolution des mœurs qui

Introduction

amène à relativiser les points de vue et à tolérer davantage les libertés du citoyen. Ainsi sont nés les syndicats. Quoi qu'il en soit, du point de vue ici présenté, on admettra qu'il ne faut pas juger l'état primitif de la maçonnerie à partir de ce qu'elle est devenue, et inversement. En l'espace de quatre siècles, les métamorphoses sont multiples.

PREMIÈRE PARTIE

MICROCOSMES

SOUS LE NOUVEAU SALOMON

Dans les parties historiques d'anciens rituels de la seconde moitié du dix-huitième siècle, on peut lire des choses troublantes. Celui de « Parfait Élu de la Voûte sacrée de Jacques VI », par exemple, contient un propos prétendant expliquer l'origine exacte de l'Écossisme. Respectons en l'orthographe et la syntaxe : « C'est la fureur que tous les maçons ont d'avoir un *Ecossisme*, parce que tous savent que ce grade, quelques soient les raisons qui lui ont donné ce nom, n'est autre chose que la perfection de l'ancienne maçonnerie qui a été renouvelée et mise en honneur par Jacques VI Roi de toute l'Irlande et la Grande Bretagne, et s'est conservée en Ecosse son premier royaume plus qu'en tout autre pays.[1] » La date de rédaction de ce rituel n'est pas facile à préciser. De nombreux indices tendent à prouver qu'elle est tardive, postérieure en tout cas aux années 1770. On en déduit alors qu'il est préférable de ne pas le prendre comme une référence sérieuse. Le lecteur est invité à remonter le temps sans aucune garantie de ne pas se perdre dans l'évanescence des songes. Pourtant, ce document exploite très certainement un autre qui lui est antérieur et qui fait de la même façon l'éloge explicite de Jacques VI.

En 1763, on lit à propos du grade de « Grand et Parfait Maître Écossais » qu'il est la véritable expression de la maçonnerie « conservée en Ecosse du Régne de Jacques Six Roy de la grande Bretagne. Aujourd'huy connu à la grande Loge de

---

1. Bibliothèque du Musée Calvet, Avignon, *Grade de Parfait Elu de la Voûte sacrée de Jacques VI*, manuscrit 3069, f° 4 v°.

France du prince de Clermont sous la direction du Resp^{ble} f∴. Chaillon de Joinville [*sic, pour Jonville*] substituë general de l'ordre, et grand Maître des Grands Elus parfaits Maîtres Ecossais.[2] » Sans reprendre mes analyses déjà publiées dans des études antérieures, j'observe quant à moi que les idées d'élection ou de perfection, communément jointes dans le système des hauts grades, transitent par les militaires qui, après la chute de Jacques II, entreprennent dans un premier temps de sensibiliser des homologues français à leur sociabilité partisane. En Angleterre, ce système est pendant longtemps refusé, rejeté comme irrégulier. Du coup, il n'est pas incongru de considérer que le report à Jacques VI-1er n'est effectivement pas innocent. Il a du sens. La question est de savoir lequel.

Le 7 mai 1625, un convoi funèbre s'arrête devant l'abbatiale de Westminster. Sur un char dessiné par le fameux architecte Inigo Jones, le cercueil du roi Jacques 1er est couvert de ses armoiries. Des hommes l'empoignent pour le porter à l'intérieur. La cérémonie des obsèques commence. Bientôt, l'évêque John Williams prononce un long sermon au cours duquel il fait l'éloge du défunt. Déjà, le titre s'entend comme un symbole : *Salomon de Grande Bretagne*. Il est supposé rappeler que le défunt a su se comporter naguère avec autant de sagesse que le légendaire roi de l'Ancien Testament, qu'il a su être juste, pieux et grand bâtisseur. Deux heures durant, la voix de l'évêque exalte ses vertus. L'auditoire n'en est guère surpris, il s'y attendait.

Quarante six années plus tôt, dès son entrée solennelle dans sa capitale en 1579, Jacques VI est qualifié de nouveau Salomon. À treize ans, il est considéré en âge de régner. Un poète comme Alexander Montgomerie n'hésite pas à entrelacer de nombreuses réminiscences bibliques pour vanter les qualités qu'il croit deviner en lui. Certes, un tel genre d'enthousiasme ne présente rien d'inédit. Dans les protocoles français, notamment, il est depuis longtemps d'usage de placer un nouveau roi sous l'emblème des grands personnages de la geste hébraïque.

---

2. Archives particulières, *Le parfait Elu Ecossais ou la Voute sacrée, appelé le quarré*, 1763, f⁰ 138.

Par exemple, en 1491, Charles VIII en avait été honoré lorsqu'il était entré dans Paris. De même, lorsque Mary Stuart, mère de Jacques VI, avait été accueillie en 1561 par les bourgeois d'Édimbourg, les tableaux allégoriques placés sur son chemin avaient évoqué des scènes de justice rendues par Salomon. Cependant, avec le jeune souverain, le thème prend vite une tournure originale.

Sa sensibilité est vive, son imagination tout autant. Il se veut d'ailleurs poète lui-même, voire théologien, et n'hésite pas à prendre la plume pour écrire des ouvrages. Attentif aux mouvements des idées ayant amorcé leur essor au cours de la Renaissance, il insiste pour que le sens prêté à ses actions, à ses projets, soit souvent connoté. À ses yeux, les symboles les plus forts condensent de riches leçons ; il lui importe donc de savoir en user de manière réfléchie et constante. Là où d'autres souverains sont indifférents à la métaphysique et aux images qu'elle inspire, comme par exemple quand elle théorise les relations du microcosme humain au macrocosme universel, là où d'autres ne prêtent qu'une oreille distraite aux intellectuels, il se montre au contraire très curieux. D'où, en bonne habitude de courtisanerie, l'imitation qu'il provoque chez ses sujets qui veulent attirer ses faveurs. Convaincus ou pas, ils répètent son langage.

Peut-être alors gagnerions-nous à aller droit aux questions d'architecture, tant il est vrai que sous son règne plusieurs bâtiments sont construits en tâchant de respecter les proportions de l'ancien temple de Salomon. Ainsi de la Chapelle royale et de quelques autres. Peut-être ferions-nous également une économie de moyens en abordant sans autres préambules les thèses qui reconnaissent en la personne de William Schaw ou de Inigo Jones, maîtres des travaux du roi, les fondateurs géniaux de la maçonnerie spéculative. Mais ce serait opérer par raccourcis et poser en axiome ce qu'il s'agit plutôt de contester. Que Jacques VI contribue puissamment à faire naître des conditions favorables à l'émergence des loges modernes, c'est une chose ; que lui ou ses plus proches collaborateurs en soient les instigateurs conscients, c'est autre chose. En l'occurrence, on assiste à la formation d'un potentiel. Dans le langage scolastique, le potentiel peut ne jamais s'exprimer en acte si une cause motrice n'intervient pas. Or, cette cause est postérieure aux événements ici considérés.

En premier lieu, refusons une fois pour toutes le cliché si classique et en même temps si fragile de l'influence occultiste ou hermétiste. Notamment reportons-nous aux vers d'Henry Adamson bien connus de l'historiographie maçonnique. Leur publication est posthume, en 1638, car l'auteur est mort l'année précédente. Par une chance inouïe, croit-on, ils fourniraient non seulement la première mention explicite du « mot de maçon » (*Mason word*) mais encore la preuve, indirecte mais plausible, de l'existence des premières loges modernes en liaison avec le mouvement occultiste incarné par les Rose-Croix. Point de politique, ou très peu. Des intellectuels plus ou moins excentriques seraient en avant scène. Hommes de cabinet et de pierre philosophale, ils créeraient un nouveau genre d'association en jouant les intrus parmi les héritiers opératifs de la tradition médiévale, voire de toute la culture issue des Grecs, des Sémites et des Égyptiens.

Assistant d'un pasteur, maître de chant, Adamson est un observateur assez fiable de l'époque qui nous intéresse. Quand son poème intitulé *The Muses threnodie* est imprimé, ses lecteurs y découvrent en effet un passage plutôt énigmatique :

« (...) ce que nous présageons n'est pas forfanterie
Car nous sommes frères de la Rose-Croix
Nous possédons le Mot de maçon et la double vue
Les choses à venir nous pouvons les prédire correctement (...)[3] »

En tout cas, c'est ainsi que ces quatre vers sont la plupart du temps présentés, avec pour accompagnement un résumé du contexte, à savoir que l'auteur prédit la reconstruction prochaine d'un pont détruit à Perth lors d'une crue de la rivière

---

3. « (...) *what we do presage is not in grosse, / For we be brethren of the Rosie Crosse, / We have the Mason Word and second sigth, / Things for to come we can forewell arigth (...)* », cité par T. W. Marshall dans *History of Perth*, (Perth, 1849), p. 520.

qu'il enjambait. L'usage étant de considérer que les coupures d'une citation le sont à bon escient par ceux qui les pratiquent, admettons par concession provisoire que nous n'avons pas besoin d'en apprendre plus. Ce n'est pas pour autant que les prétendus signaux qu'Adamson enverrait en catimini à des lecteurs hors du commun sont à contempler comme des pépites dans le tamis d'un orpailleur. Outre qu'on doit accepter l'idée que tout ce qui est devinette chez les anciens ne participe pas automatiquement d'une tendance à l'ésotérisme, mais peut annoncer un jeu trivial, à l'instar de ce que les magazines de notre époque proposent dans leurs pages d'amusement, avec mots croisés et autres rébus à élucider sur un banc de square, et qui parle d'amusement n'ignore par ce que valent les muses, *threnodie* ou non, outre cela, on doit aussi se persuader qu'Adamson ne fait que produire une parataxe, c'est à dire une juxtaposition de termes, dont il est préférable de ne pas surestimer la portée.

Dans ses propres études, au demeurant précieuses en elles-mêmes, David Stevenson estime capital d'entendre le poème d'Adamson comme une sorte de message crypté. Il témoignerait d'une volonté de connecter l'art de la mémoire, la capacité de discerner l'invisible, l'apparition des écrits rose-croix dans la littérature européenne, et donc aussi la naissance récente des loges non-opératives, ou promises à le devenir [4]. Le fait est que le premier ouvrage du fondateur du mouvement Rose-Croix, Johann Valentin Andreae, sort des presses de l'imprimeur en 1610, à une date qui est compatible avec l'hypothèse d'une influence sur les érudits proches de la cour anglaise ; sauf que la propension à vanter les qualités de la mémoire et de l'aptitude à anticiper l'avenir en détectant les signes cachés, est de beaucoup antérieure. En stricte rigueur, il n'est donc pas possible de postuler une innovation apportée par le mouvement rosicrucien.

On objectera qu'une souplesse d'analyse est nécessaire, qu'il importe de ne pas focaliser exagérément sur l'œuvre d'Andreae.

---

4. *The Origins of Freemasonry, Scotland's century, 1590-1710*, Cambridge University Press, 1988.

L'objection est recevable. Stevenson lui-même ne manque pas de remarquer que l'art de la mémoire commence à faire l'objet de grandes sollicitudes dès la première moitié du seizième siècle, entre autres avec la parution d'un livre technique de Guillo Camillo. Par certains côtés, Adamson se contente donc de moduler un leitmotiv familier des protagonistes, surtout de William Schaw qui, depuis les années 1580, par un cumul de fonctions important à signaler, est à la fois le maître des travaux du roi et l'organisateur des fêtes officielles. Mieux encore, nous verrons que le même Schaw impose en 1598 aux loges d'Écosse une réorganisation forte de leurs usages, si bien que son action semble donner crédit à la thèse qu'il serait en maçonnerie le véritable précurseur du système spéculatif.

Sauf que, du point de vue méthodologique, l'objection tombe à plat quand on s'aperçoit que les rapprochements entre l'astrologie, l'hermétisme et l'architecture sont à la mode dans les palais royaux occidentaux bien avant la Renaissance. Intrinsèquement parlant, ils ne peuvent être jugés déterminants dans l'histoire de la franc-maçonnerie qualifiée de moderne. À titre d'illustration, la biographie de Charles V écrite par Christine de Pizan au début du quinzième siècle est très suggestive. Christine est elle-même fille d'un astrologue médecin. En brossant le portrait de l'ancien souverain, mort en 1380, elle enchaîne tant les éloges qu'on se demande parfois si nous n'avons pas affaire au prototype du prince bâtisseur, tel qu'il est peu après évoqué dans les plus anciens « devoirs » anglais (*Old Charges*).

Tout y est : maîtrise des arts libéraux, intégrité dans les jugements de justice, intérêt constant envers les programmes architecturaux, compassion envers les veuves et les orphelins, éloquence, mémoire rigoureuse, sensibilité aux anciens auteurs de la Grèce, sans oublier bien sûr la connaissance des astres, dont la « parfaite maîtrise exige qu'on soit d'abord philosophe, géomètre et arithméticien[5] ». On apprend même que les travaux spéculatifs auraient cet avantage sur le travail manuel de garantir la plus haute élévation de l'esprit, car ils pousseraient

---

5. *Le Livre des Faits et Bonnes Mœurs du roi Charles V le Sage*, éditions Stock, 1997, p. 202.

à méditer sur les causes et les premiers principes du monde. Bref, grande lectrice d'Aristote, frottée des gloses produites en Sorbonne, Christine abonde dans une voie qui s'élargit sans doute avec le temps, mais qui n'a rien de neuf deux siècles plus tard.

Avec Jacques VI-1er, on accentue certains phénomènes, on ne les crée pas. Il est même plaisant d'observer une inclination à considérer que les esprits de morts ayant connu une bonne renommée avant leur trépas condescendent à venir instruire les survivants des dispositions politiques censées garantir l'intérêt collectif. En France, au cours des années 1620, des feuilles imprimées circulent pour laisser croire que l'ombre de Calvin vient conseiller les Huguenots persécutés, voire que Renaud, fils du duc Aymon de Dordogne, et héros romanesque si souvent décrit dans les légendes de la maçonnerie, quitte son sépulcre imaginaire afin de parler aux « bourgeois de Montauban et à ceux de son parti[6] ». Les visions prophétiques se succèdent parfois à grand rythme. Extraordinaires par leurs motifs, elles sont ordinaires dans leur schéma souvent identique. Bientôt, ce sera même le spectre de Charles 1er d'Angleterre, fils de Jacques, qui apparaîtra après sa décapitation à Anne d'Autriche, veuve régnante de Louis XIII[7].

Voilà pourquoi le dénominateur commun des effusions diverses est plutôt la politique. Tout est supposé en interaction avec tout, de près ou de loin. Un souverain agit dans son royaume à la façon du démiurge dans l'univers. Rien ne doit lui échapper, ni le montré ni le caché, ni la vie publique ni la vie privée. Il doit pouvoir accéder à tout, sans écran ni barrière. Orgueil, dirons-nous après avoir fois franchi le cap des Lumières, orgueil et absolutisme. Car nous dénonçons sous les appels à l'omniscience la tentation de l'omnipotence et de l'arbitraire. Mais hier n'était pas aujourd'hui. D'où, à la suite

---

6. *Regnaud de Montauban ressuscité parlant aux bourgeois de Montauban et à ceux de son parti.*

7. *L'Ombre du roi d'Angleterre à la reine de France*, Bibliothèque Mazarine, manuscrit 14646.

immédiate des quatre vers d'Adamson, qui viennent d'être rappelés, ces deux autres escamotés dans la plupart des gloses :

« Et pour peu que nous montrions à quel mystère nous pensons,
En bons acrostiches se voit CAROLUS REX[8]. »

En définitive, notre auteur fournit lui-même la clef d'interprétation de son propos. Ce *rex* n'est autre, précisément, que le fils de Jacques, Charles 1er, qui ignore pour l'heure la fin tragique qu'il devra affronter. Né en 1600, il assure la succession du trône vingt-cinq années plus tard. Si Adamson pense à lui en composant son triptyque (Mot de maçon, Rose-Croix et don de double vue, nonobstant la bonne mémoire), nous pouvons croire qu'il pousse son lecteur dans des sphères marginales, mais un argument différent est tout aussi recevable, à savoir qu'il fait plutôt allusion à un combat partisan. Depuis que les Stuarts sont devenus détenteurs des deux couronnes d'Écosse et d'Angleterre, en 1603, les îles Britanniques sont parcourues de courants antagonistes parfois très violents. Il est possible que les premières loges étrangères au métier de la maçonnerie se forment pour regrouper ce que l'on peut appeler les légitimistes.

Possible ne signifie pas certain. Sans arguments solides, nous restons condamné à l'extravagance babillarde. Donc, cherchons-en. Amorçons d'abord un retour de quelques décennies en arrière. Sous le règne de Henry VIII, la réforme religieuse devient extrêmement vigoureuse en Angleterre. Elle provoque la fermeture des monastères et abbayes. Tandis que Rome l'excommunie, Henry impose au clergé sous sa coupe de lui jurer une obéissance sans réserves. Dans le même temps, il donne mission à John Leland, distingué pour son érudition, de collecter les vieux documents jusqu'alors détenus par les moines, les chanoines des cathédrales, les bibliothécaires de collèges. C'est ce qu'il fait de 1534 à 1544 environ, parcourant

---

8. « And shall we show what mystery we meane, / in fair acrosticks CAROLUS REX, is seene. »

le pays en tous sens, et rassemblant à Londres des masses considérables de manuscrits. Dans le vocabulaire du temps, on le désigne comme l'antiquaire du roi (*King's Antiquary*). Grâce à lui commence un travail systématique d'archivage.

Il meurt en avril 1552 sans que des émules prennent sa succession ; mais, au temps d'Elizabeth Tudor, plusieurs universitaires ou esprits éclairés se regroupent pour former une société dont le but est de prolonger le mouvement qu'il a enclenché. D'où l'apparition de la Société des Antiquaires (*Society of Antiquaries*). De même, des amateurs fortunés se piquent de réaliser des collections personnelles, dont Robert Cotton. Tout irait alors paisiblement si l'émulation critique ne disposait certains à émettre des doutes sur la manière d'écrire l'histoire du pays, sur l'inanité de certaines légendes pourtant répétées comme des vérités intangibles, sur les confusions glissées dans les enseignements académiques. L'examen attentif de toutes les pièces rassemblées depuis Leland dispose non seulement à s'étonner des généalogies controuvées de certaines familles nobles, ce qui relève de l'anecdote, mais encore à redresser des perspectives concernant les affaires de l'État, ce qui excite certaines susceptibilités.

Peu après que Jacques VI ait quitté son Écosse natale pour se faire couronner roi d'Angleterre, il faillit être victime d'un complot perpétré contre lui et le parlement de Londres. En 1605, des catholiques non passés à l'anglicanisme et convaincus que le nouveau roi persistera à les maintenir dans une position marginale, voire humiliante, décident de regrouper en secret des barils de poudre dans les sous-sols du bâtiment où Jacques doit ouvrir la prochaine session parlementaire. Leur coup est déjoué à temps ; plusieurs meneurs sont arrêtés, jugés et condamnés à mort l'année suivante. *The gunpowder plot* avorte, par conséquent ; mais la psychose qu'il génère dans le pays ne manque pas de persuader la majeure partie de la population que les « papistes » sont prêts à n'importe quel assassinat pour empêcher les puissances temporelles de se soustraire aux ambitions hégémoniques de Rome. Ce sentiment sera d'ailleurs accentué après l'assassinat de Henri IV de France, sous le couteau de

Ravaillac cinq ans plus tard[9]. Pour l'instant, Jacques redouble de méfiance à l'encontre des associations qui pourraient menacer son autorité. Et c'est ainsi qu'il fait savoir aux membres de la Société des Antiquaires que leurs réunions lui déplaisent fortement. L'un des plus assidus, John Spelman, le dit clairement en 1607, en exprimant du reste son étonnement, car il assure qu'il ne vient à personne la tentation de débattre des sujets relatifs à l'administration de l'État ou de la religion[10]. Il l'assure ; mais, enfin, le fait de contester par exemple la doctrine du droit divin, avec ou sans le pape en intercession, est déjà une irruption dans un domaine délicat. La tendance de Jacques à l'absolutisme s'en accommode mal.

Cependant, compte tenu de ses propres centres d'intérêt, le monarque n'est évidemment pas opposé à l'érudition. Si les conditions dans lesquelles les Antiquaires se mettent plus ou moins en sourdine sont mal connues, surtout après que la bibliothèque de Cotton soit mise sous séquestre, et si l'on ne sait pas trop non plus comment ils manœuvrent pour essayer d'obtenir une approbation officielle, avec l'appui du plus proche favori royal, George Villiers, second duc de Buckingham, nous sommes au moins assuré de deux choses. La première est que le contexte est favorable aux effusions sur les événements qui ont scandé l'histoire nationale jusqu'au présent, et qu'il s'agit

---

9. « *The only uncontroverted Treason that happen'd in his reign, was the Gunpowder Plot ; and yet the Letter to the Lord Monteagle, that pretended to discover it, was but a Contrivance of his own ; the Thing being discover'd to him before, by Henry the Fourth of France, through the Means of Monsieur de Rhony, after Duke of Sully. King Henry paid dear for his Friendship to King James ; and there is reason to believe that it was upon this Account, among others, that a Party of the Church of Rome employ'd Ravaillac to murder that Great Man.* » Condensé de James Welwood dans *Memoirs of the most Materials Transactions in England for the last Hundred years preceding the Revolution in 1688*, printed for P. Wilson, J Exshaw, J. Esdall and M. Williamson, 1752, p. 25-26.

10. Voir l'ouvrage de Joan Evans, *A History of the Society of Antiquaries*, Oxford University Press, 1956, p. 13 : « *...we should neither meddle with Matters of State, nor of Religion (...) But before our next Meeting, we had notice that his Majesty took a little Mislike of our Society...* » (propos de Spelman cité par Evans).

de mobiliser toutes les productions culturelles qui permettent de valoriser l'idée d'un progrès dont les fruits seraient à portée de la main. Euphorie parfois exubérante, parfois tempérée : dans le droit fil de ce que signifie en tout cas le mot même de Renaissance, en prélude de ce que l'on appellera bientôt les Lumières. La seconde est que les métaphores de la construction, enracinées dans le concret des chantiers d'autrefois, dont justement les archives se font écho sur l'arrière-plan des récits bibliques, sont très prisées pour penser les processus d'unification économique et sociale. L'idée qu'un roi avisé doit bâtir son royaume comme un architecte demeure d'actualité plus que jamais. Soucieux de la rationalité du plan, de la solidité des fondations, de l'aplomb des murs, de l'harmonie des façades, et ainsi de suite, jusqu'à l'étanchéité parfaite de la toiture.

C'est alors que Francis Bacon présente dans son œuvre un bon miroir de ce presque quart de siècle qui correspond à la double souveraineté de Jacques VI-1er. Dans l'appendice d'un ouvrage consacré aux templiers, un auteur allemand du dix-huitième siècle, Christoph Friedrich Nicolaï, développera une théorie séduisante à son sujet, allant jusqu'à en faire le précurseur le plus éminent des loges spéculatives. Il n'hésitera même pas à affirmer que Bacon aurait sciemment assuré la jointure entre elles et le rosicrucisme d'Andreae[11]. Point n'est besoin de le suivre sur cette pente plutôt glissante, en raison des lacunes redoutables de la documentation, pour concéder néanmoins que les passages de la *Nouvelle Atlantide* consacrés à ce que l'écrivain appelle « l'Institut de Salomon » reflètent une tournure d'esprit qui n'appartient pas qu'à lui. Il y est question de rites à respecter entre choisis, de statuts et de coutumes censés favoriser un travail intellectuel de haut niveau pour l'intérêt de la science et de la société dans son ensemble[12]. Grâce à ses multiples fonctions à la chancellerie, Bacon est

---

11. *Versuch über die Beschuldigungen welche dem Tempelherrenorden gemacht worden, und über dessen Geheimniß ; Nebst einem Anhange über das Entstehen der Freymaurergesellschaft*, Berlin et Stettin 1782.
12. Voir *Nouvelle Atlantide*, dans *Œuvres philosophiques, morales et politiques*, librairie Charles Delagrave, 1836, p. 596.

longtemps familier de son roi. Il en partage les vues politiques et philosophiques, même s'il doit affronter une disgrâce en 1621, suite à une procédure d'*impeachment*.

En d'autres termes, tout indique qu'il y a en effet sensibilisation à des thèmes, des symboles, des allégories qui vont séduire les pionniers de la franc-maçonnerie. Mais le distinguo avancé tout à l'heure entre conditions et causes doit être repris. Pour le moment, nous voyons apparaître comme un décor, un milieu. Reste à discerner la personnalité des acteurs, à caractériser leurs mobiles. Et nous ne pouvons le faire qu'en évacuant une autre légende, de même nature que celle relative à l'ésotérisme, à savoir qu'il est impossible d'attribuer à William Schaw, et à ses successeurs à la fonction de maître des travaux du roi ou de gardien général, le privilège d'avoir poussé à la métamorphose entre le système opératif et le système spéculatif. Quoique cette légende ne date pas d'aujourd'hui, c'est encore Stevenson qui lui a donné dans les années 1980 sa plus grande vigueur.

LES ASSOCIATIONS OPÉRATIVES

En résumé, la position de Stevenson consiste à dire que William Schaw survient en 1598 comme l'homme qui impose aux loges d'Écosse une réorganisation radicale de leur fonctionnement. Quelques unes existeraient déjà dans plusieurs villes depuis des siècles ; elles auraient des coutumes, une certaine tradition. Au nom de son roi, le maître des travaux agirait en vue d'harmoniser leurs pratiques selon des options nouvelles, à savoir précisément celles qui induiraient un goût inédit pour les réflexions inspirées par les découvertes ésotériques de la Renaissance, qui faciliteraient l'accueil de non-opératifs dans des assemblées naguère fermées, ou peu attractives, qui développeraient des rituels d'initiation à forte charge symbolique, qui préfigureraient sous certains aspects l'apparition d'une grande loge, car la tendance à unifier un réseau à partir de la capitale du royaume s'apparenterait bel et bien à un essai de centralisation.

Quitte à admettre un même constat de faits sur le dernier point, et uniquement celui-ci, on peut aboutir à des conclusions très différentes. En premier lieu, par choix ou nécessité, Stevenson réduit le champ d'analyse : il ne compare pas la situation en Écosse à celle du continent. Compte tenu des relations particulières entretenues entre l'Écosse et la France durant des siècles, il passe sous silence que des imitations se produisent entre les deux pays. La plus flagrante tient précisément à la manière de concevoir l'État, de consolider son unité en subordonnant aux officiers royaux les institutions qui pouvaient autrefois bénéficier d'une quasi autonomie ou d'une obéissance limitée aux pouvoirs locaux des seigneurs ou des municipalités.

D'un point de vue très général, c'est le concept de monarchie qui pousse son chemin ; d'un point de vue particulier, et corrélativement, c'est la propension à administrer davantage les partenaires d'une économie nationale qui se fait de plus en plus insistante. Aussi, les métiers, au sens de corps organisés dans la plupart des agglomérations, sont-ils concernés. Les révoltes de salariés n'étant pas rares, la prévention qui paraît la plus appropriée aux yeux des gouvernants est de chercher à réglementer de façon uniforme les conditions de travail dans les deux royaumes, quelles que soient par ailleurs leurs différences de besoins économiques.

Le 17 mai 1595, Henri IV de France établit des lettres patentes au profit de Guillaume Marchant « maître général des œuvres de maçonnerie, juge et garde dudit métier, ainsi qu'à son lieutenant [1] », dont la substance est de lui donner pouvoir d'exercer la justice sur le métier, de dresser des contraventions, de recevoir les compagnons au degré de maîtrise, sans omettre de rechercher les fautes et malversations dans les ateliers ou chantiers. Par surcroît, le texte dit qu'il a charge d'établir des règlements ; et c'est fort logique, car on ne voit pas comment il pourrait assumer une direction efficace, crédible, respectée s'il ne fournissait pas a priori un ensemble de principes imposables à tous. Jusqu'au début de 1598, semble-t-il, le parlement de Paris tarde à enregistrer les lettres royales ; mais le 16 mai de cette année-là Henri IV signe un ordre de jussion. Tout doit être accepté tel quel sans restrictions ni réserves [2].

L'arrière-plan de ces événements d'apparence subalterne est facile à retracer. Comme la plupart des métiers exercés dans un cadre urbain, celui de la maçonnerie est hiérarchisé. Apprentis, compagnons et maîtres forment les trois catégories d'hommes intervenant à l'ouvrage. Contrairement à un poncif plutôt éculé,

---

1. Archives Nationales de France, registre X^{1A} 8642, RR, f° 60. J'adopte ici la transcription condensée de Gérard Jubert dans *Ordonnances enregistrées au parlement de Paris sous le règne de Henri IV*, Archives Nationales, 1993, article 458.
2. Archives Nationales de France, registre X^{1A} 8644, UU, f° 200 v°.

Les associations opératives 35

ce n'est pas dire qu'il faut nécessairement passer par le second [3] pour accéder au troisième. En théorie, un apprenti peut fort bien devenir maître sans transition. Ce n'est pas dire non plus que tous les compagnons accèdent inéluctablement à la maîtrise, beaucoup choisissent de s'arrêter en chemin. C'est dire que la distribution des tâches et des responsabilités amène de plus en plus les maîtres à faire barrage aux promotions des uns et des autres pour des raisons de dominance familiale et financière. Dans les grandes villes où les chantiers sont rentables, ils ont le sentiment d'appartenir à une élite. Ils accaparent les marchés, empêchent les nouvelles concurrences, privilégient leurs proches aux dépens des étrangers. On voit bien alors qu'ils ne contribuent pas à instaurer un climat de confiance ; mais là n'est pas vraiment la principale cause des interventions du roi. Elle est d'un autre ordre, au sens où les oligarchies artisanales et commerciales ont tendance, lors de crises, à braver ses représentants ou ses vassaux. Sa réplique est de chercher à briser le système traditionnel en lui imposant un contrôle de plus en plus étendu, de moins en moins limité à sa capitale ou à ses propres domaines, comme c'était le cas au Moyen Âge.

Même s'il vaut mieux ne pas généraliser, on sait que la plupart des centres urbains se sont formés autour et grâce aux activités de l'artisanat et du commerce. Puis, le processus d'obtention des franchises ne s'est pas toujours mené dans la douceur. Nombreuses sont les villes dont les habitants ont pu se liguer pour contraindre un seigneur à leur concéder des libertés. Cependant, quand la bourgeoisie est parvenue à imposer sa dominance économique, elle a connu des divisions internes, avec la formation d'une sorte de patriciat trustant les postes de commande, et osant parfois résister à la pression fiscale du roi, voire en apportant son soutien à des factions de la

---

[3]. Le terme de « compagnon », au sens de salarié sous patronage d'un maître, est récent à l'époque. Voir le commentaire proposé dans mon ouvrage *La Légende des fondations*. En bref, au Moyen Âge, des maîtres pouvaient être considérés comme des compagnons quand ils s'associaient tout bonnement pour former une compagnie aux intérêts économiques communs. De même, un apprenti travaillant parmi des maîtres pouvaient être considérés par eux comme les compagnons du même atelier.

noblesse rebelle, comme au temps des frondes, lesquelles ne sont d'ailleurs pas achevées à l'époque qui nous intéresse. Ce patriciat est donc perçu vers le bas comme une force d'oppression par les citadins qui appartiennent essentiellement au salariat, mais aussi vers le haut comme une puissance capable de contrecarrer l'exercice d'une souveraineté. Pour y parer, l'astuce est de subordonner l'exercice d'un métier à l'autorisation royale elle-même.

Faire en sorte que les maîtres obtiennent leur droit d'exercer non plus par une cooptation entre pairs mais par la délivrance d'une lettre patente émanée de la chancellerie parisienne, c'est suspendre au-dessus des têtes une épée de Damoclès. C'est créer des obligés sur le même mode que la vassalisation féodale, avec un droit qui se retire à la moindre félonie, et avec la présomption qu'alors la fidélité sera plus grande. D'où la succession de mesures en ce sens tout au long du seizième siècle français. Des compagnons rejetés par l'oligarchie d'une ville parviennent à obtenir l'autorisation supérieure de s'y installer. Ils surgissent en trouble-fête dans des communautés qui veulent préserver leurs monopoles. Brèche dans un bloc, pourrait-on dire. Bientôt, les entrées solennelles de n'importe quel haut personnage intime du roi sont autant de prétextes à la création d'un nouveau maître de chaque métier là où le contexte est favorable. C'est ainsi que les bénéficiaires sont même dispensés des conditions coutumières. Entre cent, l'édit du 26 décembre 1589 est très éloquent, quand il stipule que partout où Henri IV fera visite, seront nommés des maîtres de chaque métier « sans qu'ilz soient tenuz faire aucun chef d'œuvre, espreuve ou examen, paier banquets, droicts de frarie et de boiste, ne faire aultres fraiz accoustumez deppendans de la maistrise de chacun desdicts métiers [4]. »

Une autre considération est à prendre en compte. Indépendamment de l'organisation pratique des métiers proprement dits, le souci du roi est également de contrôler de très près les confréries qui leur sont liées. Qu'il y ait parfois confusion des genres, à savoir un même collectif qui gère à la fois le métier et la

---

4. Archives Nationales de France, X^{1A} 8640, QQ, f⁰ 132.

Les associations opératives 37

confrérie, ou qu'il y ait séparation, il peut advenir que les membres en affinité s'engagent dans des protestations diverses, quand ce n'est pas dans un soulèvement. Lorsqu'il n'est pas possible de prononcer une interdiction pure et simple, les autorités réclament au moins un brassage des confrères de métiers divers, étant supposé que cette diversité empêche des citoyens aux mêmes intérêts économiques de se solidariser trop vite en cas de malaise. Ils ne peuvent pas se réunir et décider entre eux d'une action à entreprendre ; il leur faut affronter les opinions ou sentiments divergents d'autrui. Leur liberté de manœuvre s'en trouve entravée. C'est ce qu'on comprend dans les décisions prises par François 1er quand il supprime la confrérie parisienne des maçons, fondée en la chapelle Saint-Blaise et Saint-Louis, près de Saint-Julien le Pauvre, et quand Henri II consent en 1548 à ce que les biens séquestrés par son père leur soient rendus. Il y a eu tumulte de leur part, ils doivent maintenant prouver que leur confrérie, à ce qu'ils prétendent, était bien composée de gens de tous états, et qu'ils promettent qu'elle le sera encore [5].

Ces quelques données ayant été établies, quittons la France pour revenir en Écosse. Né vers 1550, William Schaw a été nommé maître de travaux du roi le 21 décembre 1583. Déjà, on peut s'étonner qu'il attende quinze années pour rassembler les responsables de loges du pays, et leur imposer sa réforme. Une fois qu'on a vu en lui un intellectuel attentif aux arts et à la littérature de la Renaissance, on ne parvient pas à comprendre pourquoi lui est si tardive l'idée de lancer des convocations et de fixer des statuts valables pour tous. On ne le comprend pas, justement parce qu'on suppose que c'est une idée qu'il aurait mûrie dans la fréquentation des bibliothèques, à la fois nostalgique de l'Orient biblique et convaincu d'une mission inédite de rénovateur. Compte tenu du parallélisme bien plus pragmatique montré plus haut, mieux vaut croire qu'il se comporte sensiblement de la même façon que son homologue continental Guillaume Marchant. Même les titres sont similaires. S'il est

---

5. Voir *Catalogue des actes de Henri II*, Éditions du CNRS, 1986, pièce 2500, p. 120.

question d'être gardien général ou juge en français, on s'aperçoit que ces mots correspondent à l'anglais *general warden* et *judge*. Bref, l'administratif et le politique donnent le ton, bien plus que les effusions théoriques ou, de façon plus marquée, ésotériques. La différence entre les deux hommes tient à ceci que Marchant ne convoque pas les représentants des associations professionnelles de maçons disséminées dans l'ensemble du royaume. Cela semble à peu près certain. N'empêche que, parmi ses tâches, celle qui n'est pas la moins futile, loin de là, consiste à examiner les demandes de reconnaissance officielle que ces associations sont tenues de lui adresser après qu'elles se soient signalées par des agitations. En 1586, le cas s'est présenté à Montpellier. Le conseil du roi a reçu une requête des maîtres et architectes de cette ville, lesquels demandaient à ce que les statuts rédigés par eux fussent valablement « autorisés », sachant que la région venait de connaître de forts tumultes à cause de la guerre civile. La décision leur a été favorable. En 1611, la scène se répètera à Mâcon, du moins verra-t-on la Confrérie des Quatre Saints Couronnés, dont la fondation remonte à plus d'un siècle, rechercher une approbation conjointe de l'évêque et du bailli, suite aux « guerres civiles qui ont regné plusieurs années en ce royaume[6] ».

Schaw demande à ses propres administrés de tenir enfin des procès-verbaux de leur activité, d'établir entre eux une correspondance régulière, d'appliquer les mêmes règlements, de se soumettre à son autorité suprême, par délégation du roi. On ne voit nulle part qu'il les incite à adopter une philosophie ou une conception métaphysique qui anticiperaient en quelque manière sur celles du dix-huitième siècle. Son projet se veut concret, sans épanchement hors des préoccupations juridictionnelles. La rationalité qui y préside n'est pas celle d'une géométrie encombrée d'abstractions. Elle est sous-tendue par le principe très

---

6. Archives départementales de la Saône et Loire, E.1482, f° 25. Pour information sur la situation à Montpellier, voir *Statuts des maçons et architectes*, dans *Travaux de la Loge Nationale de Recherche Villard de Honnecourt*, n° 12, 1986, p. 28 et suivantes.

commun que nul n'est censé ignorer la loi, en sorte que cette loi doit être la plus simplement exprimée. L'appliquer vaut bien mieux que disserter sur elle.

Lorsque Stevenson, dans son commentaire des statuts publiés en 1598 et 1599, assure que ce grand officier de la couronne est très influencé par l'hermétisme hérité d'auteurs italiens récents, nous pouvons le croire, à condition de rester sceptique sur les effets. Son argument majeur tourne autour d'un article des statuts de 1599, dans lequel les maçons de Kilwinning sont invités à cultiver l'art de la mémoire. Voilà où serait la preuve de cette influence. Pourtant, le précédent chapitre l'a montré, la mémoire est une faculté dont on vante les mérites depuis bien longtemps, avec ou sans l'enseigne de l'hermétisme. On admettra plutôt que les maçons de Kilwinning sont farouches à l'idée d'entrer dans un tel système de contrôle, qu'ils renâclent en invoquant des droits anciens, et que Schaw leur reproche de se tromper, d'oublier certains faits ou incidents qui justifient bel et bien des réformes essentielles. En l'espèce, ce sont bien les faits qui sont parlants, puisque les ordonnances rédigées en 1599 le sont à cause de protestations vives émises par eux. Nul doute n'est permis à cet égard [7].

Après la publication des décisions de Schaw, l'effervescence gagne la plupart des loges écossaises. Elles soutiennent ostensiblement, en portant leur témoignage devant notaire, une réplique de William Sinclair, seigneur de Roslin. L'événement est inattendu, personne ne semble l'avoir prévu à la chancellerie d'Édimbourg. Sinclair estime que ses titres héréditaires lui donnent le droit de revendiquer l'office de gardien général de la maçonnerie tenu par Schaw. C'est un de ses ancêtres homonymes qui, à titre personnel, l'a obtenu peu de temps après le couronnement de Jacques II d'Écosse en 1437, avec faculté de le transmettre à son lignage. Ce premier gardien était par ailleurs amiral de la flotte. Là encore, on remarque un mimétisme d'avec la France, non sans retard, puisque la première grande

---

7. Voir transcription intégrale des textes assurée par William James Hughan dans *Masonic Sketches and Reprints*, Masonic Publishing Company, 1871, p. 213-218.

maîtrise de la maçonnerie y a été créée dans les années 1260 par Louis IX au profit de Guillaume de Saint-Pathus, un de ses compagnons d'armes aux Croisades. Que les Sinclair de Roslin n'aient quant à eux pas toujours exercé leur charge avec constance, qu'ils s'en soient désintéressés des générations entières, ce n'est pas pour autant que William en doit être dépossédé. Voilà ce qu'il s'efforce de montrer dans une charte que contresigne donc une majorité de loges, par le truchement de leurs responsables. Et comment interpréter le geste de celles-ci, sinon comme une volonté chicaneuse de se dérober à l'emprise que l'administration du roi se propose donc d'étendre sur elles. La présomption selon laquelle elles auraient volontiers accepté l'influence de Schaw ne tient pas, encore moins qu'elles auraient consenti de recevoir le message prétendu hermétique tout en rejetant la tutelle juridictionnelle. C'est là où Stevenson laisse ses lecteurs sur une ligne de crête, avec un déséquilibre imminent. Les loges ne se risqueraient pas du tout à apporter leur caution à William Sinclair si le programme présenté lors des convocations solennelles à Édimbourg était à leur convenance. Elles renâclent, au contraire ; elles préfèreraient continuer leurs habitudes comme par devant, c'est-à-dire sans même un Sinclair en contrôle. Le contenu de la charte qu'elles font rédiger par le notaire ne révèle-t-il pas que les seigneurs de Roslin ont été pour le moins discrets à leur égard, voire absents, depuis des lustres et des lustres ? Tout bien pesé, il est permis de s'interroger sur quelques anomalies de la procédure qui s'amorce alors, et nous arrivons sans peine à la conclusion que les Écossais du métier n'ont guère le désir d'innover.

Sans exclure une susceptibilité personnelle à ce sujet, quelque chose comme la coquetterie d'un aristocrate jaloux de ne céder à personne un droit acquis par un lointain ancêtre, il n'est pas prouvé que ce soit William Sinclair qui prenne l'initiative de la protestation. En revanche, il peut trouver agréable que les loges utilisent son nom pour soulever un problème de légalité qui tournerait à leur avantage. Quoi qu'il en soit, Schaw meurt en 1602, et durant plus de vingt ans, la polémique semble oubliée. Tandis que Jacques VI s'installe sur le trône d'Angleterre, il n'est plus question de mettre le métier de la maçonnerie au carré. De Londres à Édimbourg, la distance favorise sans doute un relâchement des passions. Sauf que la vulgate aime à dire que les loges écossaises se distinguent par l'accueil qu'elles feraient, dans l'intervalle, aux non maçons, et nous aurions du même coup l'amorce du phénomène marquant la lente transition de l'opératif vers le spéculatif. Cela, avant que les Anglais eux-mêmes se distinguent.

On devine l'enjeu. Si les étrangers au métier lui manifestent leur intérêt, peut-être est-ce parce que les loges développent désormais des thèmes intellectuels ? L'inconvénient est qu'aucun procès-verbal de réunion ne contient des traces qui autoriseraient une hypothèse de ce genre. Aucun, strictement aucun. Ne se file ici que la continuité du malentendu sur le rôle de Schaw. Certes, il obtient que des registres soient tenus, que les différentes affaires de chaque district laissent des traces dans les archives, et c'est grâce à la conservation de celles-ci que nous sommes en mesure aujourd'hui de relever des noms de personnes dont la position sociale n'est assurément pas celle d'un ouvrier à la truelle, ni d'un patron. Mais il est impossible de leur prêter un rôle décisif.

Le premier nom avancé dans la liste des précurseurs fictifs est celui de John Boswell, laird d'Auchinleck. Le 8 juin 1600, il appose sa signature au bas d'une sentence prononcée contre le garde de la loge d'Édimbourg. Il y a eu faute, et Schaw tient à la sanctionner après audition de sa défense. Dans le droit fil de quelques prédécesseurs généreux, entre autres David Murray Lyon et Robert Freke Gould, Stevenson assure qu'il a été initié tout en reconnaissant néanmoins que l'assemblée n'a eu d'autre objet que d'agir comme cour de justice, sans intrusion en quelque manière de considérations ésotériques. Son argument : jamais Boswell n'aurait été invité à siéger s'il n'avait été auparavant agréé comme Frère. Il admet que les certitudes manquent à ce propos, mais il extrapole dans le sens favorable[8]. Une

---

8. « *It is not certain that Auchinleck was an initiate, for the meeting he was at of the lodge as a court may have had nothing esoteric about it. Nonetheless the likelihood is that as the existence of lodges was largely secret about he would not have been admitted if he had not been an initiate – and*

autre option est possible. Rien ne s'oppose à ce que Boswell intervienne tout bonnement pour ce qu'il est, un homme de lois. De même que la présence de notaires s'observe dans d'autres circonstances où des métiers ont à se réunir, et cela depuis le treizième siècle, au moins en Italie et en France, de même il n'est pas rare de voir des avocats ou procureurs intervenir dans des affaires ainsi traitées. Point n'est besoin d'une initiation pour cela. À Bologne ou à Paris, notamment, les décisions importantes sont prononcées en présence de spécialistes chargés de garantir la validité des opérations, ou de défendre une cause. La famille Boswell est originaire de Normandie. D'abord implantée dans le comté de Berwick, elle reçoit Auchinleck, en Ayr, durant le règne de Jacques IV, en remerciement des services rendus à la couronne par l'ancêtre Thomas[9]. Qu'elle ait des affinités avec les institutions judiciaires, c'est ce que montrent les habitudes de plusieurs générations. Par conséquent, s'en émouvoir, c'est forcer quelque peu l'exégèse. Ce qu'on croit être sa « marque » de signature ne renseigne absolument pas sur une éventuelle option maçonnique. Pas d'indices de symbolisme en rapport, ni d'improbables connivences avec un philosophisme typé. Paraphe analogue à bien d'autres de l'époque, que ce soit en Écosse ou dans d'autres pays. Un dictionnaire français contemporain renchérit en assurant qu'il serait un des « tout premiers Maçons non opératifs dont nous ayons la certitude de l'initiation[10] ». Démonstration ? Aucune. Exit Boswell.

On répliquera que la documentation montre malgré tout des loges fréquentées par des non maçons. Certes, au cours de la première moitié du dix-septième siècle, plusieurs affichent un effectif mélangé. Dans la foulée, on fournira les noms d'autres personnes dites de qualité qui apparaissent au moins dans les

---

he appended a mark to his signature that presumably is his mason mark », The Origins of Freemasonry, Scotland's century, 1590-1710, Cambridge University Press, 1988, p. 198.
    9. « (...) in reward for his valiant services to the Crown ». Peter Martin, A life of James Boswell, Weidenfeld et Nicholson, 1999, p. 25.
    10. Dictionnaire de la franc-maçonnerie, Daniel Ligou, Presses Universitaires de France, 1987, p. 154.

Les associations opératives 43

années 1620-1630. C'est le cas de nobles au grand abattage, dont James Murray, Anthony et Henry Alexander. Sauf que la conjoncture s'inscrit tellement dans la routine qu'on est en droit de s'interroger sur ce qu'elle peut signifier d'extraordinaire. Nulle part ne se discerne une anticipation de l'énigmatique modernité. Pas plus en Écosse qu'en Angleterre ou en Irlande. Cela dispense d'ailleurs de rechercher pour le moment des priorités entre ces différents pays. La question ne se pose pas encore.

Sur Murray et les Alexander, leur présence ponctuelle dans les associations de métier s'explique tout simplement par leur fonction. Maîtres des travaux du roi, ils doivent veiller à établir leur ascendant, et réclamer un respect des règles de plus en plus égales pour tous, sans les variations introduites par les folklores locaux. Premier acte : Anthony Alexander, son frère William et leur ami Alexander Strachan of Thornton se manifestent ensemble à la loge d'Édimbourg en juillet 1634. Le registre fait mention de leur passage. Dira-t-on que c'était pour une initiation ? Stevenson répond par l'affirmative ; mais il est impossible de trouver l'esquisse d'un compte rendu d'une pareille cérémonie dans les archives. Par contre, il est notoire que les Sinclair s'éveillent d'un long silence. Depuis la mort de William Schaw, ils étaient muets. Maintenant, ils ne le sont plus ; ils réitèrent leur revendication relative au titre de gardien général du métier.

Dès 1628, nous remarquons une coïncidence étrange. Murray est officiellement reconnu comme ayant pouvoir d'exercer sa juridiction sur l'ensemble des métiers du bâtiment ; en même temps, William Sinclair, fils du précédent, est cité dans une seconde charte d'opposition que plusieurs loges font rédiger derechef devant notaire. Il y est stipulé que le droit héréditaire de la famille n'étant toujours pas éteint, n'importe quel fonctionnaire royal qui le revendique est dans son tort. Naturellement, le roi Charles 1er est saisi de l'affaire, et la polémique apaisée une génération plus tôt reprend de plus belle. Or, deux conséquences en découle. En premier lieu, sans avoir à revenir sur le paradoxe qui montre à quel point des loges prétendument favorables à la hiérarchisation programmée par Schaw s'obstinent à vouloir s'y soustraire, nous comprenons que s'il y avait de l'ésotérisme dans l'air, ou une quelconque intellectualisation des habitudes selon un schéma inspiré d'en haut, il serait dans de très mauvaises conditions pour se développer. Conservons l'idée que c'est plutôt la pratique qui dicte les comportements. En second lieu, si les loges s'agitent, dans leur majorité, il est normal que l'administration royale cherche à les remettre au pas. Leur indiscipline procédurière est à canaliser le plus fermement possible. D'où l'action des grands officiers qui, loin de rechercher une initiation, ont mission de rappeler chaque sujet de sa Majesté aux devoirs d'obéissance.

C'est sur cet arrière-plan procédurier que Murray exerce son magistère et que, l'année de sa mort qui se situe précisément en 1634, les Alexander le poursuivent. Par surcroît, on ne tarde pas à comprendre que leur option est bel et bien de faire coexister des métiers différents sous la même bannière, tailleurs de pierre ou non. Là où il n'existe pas d'associations d'artisans, ils souhaitent en créer. Tel est le sens de ce qu'on appelle les statuts Falkland établis en octobre 1636. Loin de ne s'adresser qu'aux loges de maçons, au sens restreint, ils ont pour objet d'élargir le champ en leur adjoignant d'autres métiers, en sorte qu'un éventail assez ouvert d'arts « mécaniques », selon l'expression française, se trouve ainsi concerné. Anthony Alexander s'efforce de ménager son monde en évitant de trop toucher aux droits acquis ; il dispense cependant des consignes qui restent dans le sillage autrefois défini par Schaw, avec par exemple obligation de réunions épisodiques, mise en place d'un système de correspondance afin d'éviter que des itinérants en position délicate à un endroit ne cherchent à duper des patrons à un autre.

Deux remarques, aussi bien. La première est que le principe d'un contrôle juridictionnel reste fondamental, avec une primauté des programmes centralisateurs. La seconde est qu'on ne parvient toujours pas à comprendre en quoi une tendance à l'ouverture et à la diversification serait compatible avec le développement d'une culture qui tendrait au contraire à se cristalliser autour des maçons en particulier. Les deux phénomènes seraient antagonistes. Ce n'est pas en revendiquant une supériorité de prestige en faveur des maçons, quitte à les présenter comme formant une sorte d'élite, qu'on sauve la mise. Du tout.

Car les statuts n'envisagent pas autre chose que des concertations latitudinaires, chacun ayant voix au chapitre, y compris parmi les négociants, à proportion des intérêts qui lui sont propres, et le chapitre en question, par clause de style, n'a rien à voir, bien entendu, avec une chambre de cogitations abstraites. Les assemblées dont on connaît positivement les dates jusqu'à l'automne 1637, voire jusqu'au printemps de l'année suivante, s'inscrivent toutes dans cette perspective, y compris quand Anthony Alexander meurt et que son frère Henry le remplace dans ses fonctions. Le final est d'ailleurs éloquent, puisque les Écossais persistent à ne pas vouloir se mettre dans l'ornière. Chacun pour soi, et dieu pour tous.

Au plus schématique, par conséquent, il importe de retenir qu'il est dans la tendance naturelle d'une souveraineté monarchique de vouloir unifier les coutumes des différents points du territoire, de vouloir tout subordonner à ses appareils de gouvernement ou de gestion, et de brider les collectifs susceptibles de dynamiser une solidarité opposante en cas de crise. Pour cela, les notaires et les juges, outre les détenteurs de grands offices, sont mis à pied d'œuvre. Ils n'y viennent pas pour s'instruire de quelques pseudo mystères, mais plus prosaïquement pour s'assurer que les freins sont mis aux bons endroits, pour tenter de persuader d'abord, pour veiller aux éventuelles sanctions ensuite. En même temps, fonctionnaires ayant mission révocable du roi, ils doivent éclipser les potentats locaux qui, forts d'anciens privilèges, sont aussi tentés par l'insoumission. Quoi qu'il en soit, le panorama écossais ne paraît pas original, sinon par son retard en comparaison des mœurs continentales, et aussi par l'entêtement de la masse à s'échapper du clos dès que l'occasion s'y prête.

En d'autres termes, il faut vraiment que le contexte subisse un profond ébranlement pour qu'une inflexion se produise. Et, tout bien pesé, il est difficile de ne pas le discerner dans l'agitation que provoquent précisément les conceptions politiques de Charles 1er, dans les réactions virulentes à ses projets, d'abord en Écosse puis dans l'ensemble des îles Britanniques, avec plus ou moins d'intensité selon les régions et les moments. La version spéculative de la maçonnerie, le saut de côté par rapport à la ligne opérative, survient quand d'autres personnages entrent

46 *La Passion écossaise*

en lice. Il se peut, il est même à peu près certain que ce sont des intellectuels très imprégnés des allégories et autres constellations symboliques que les contemporains de Jacques VI-1er ont affectionnées, mais le fait déclencheur de leur engagement est dans la nécessité de se conjurer. La dimension politique prend indubitablement une importance capitale.

LE MOT DE MAÇON

Personne n'a encore trouvé aujourd'hui comment il s'articulait. Il paraîtrait que ce serait justement le mot de l'initiation, celui qu'on communiquait à tout nouveau reçu dans la loge. Pour cette raison, il aurait été secret, murmuré, jamais révélé à l'extérieur. Depuis longtemps, dit-on ; peut-être même depuis l'Antiquité. En publiant son poème, Henry Adamson n'aurait fait que mettre à jour un usage presque immémorial. Après lui, l'habitude aurait été prise d'en parler, d'abord de loin en loin, puis avec insistance, jusqu'à l'inflation de la fin de siècle. Certes, il aurait été laissé à couvert, protégé par le voile du mystère mais son existence aurait bel et bien été attestée, non contredite, autant chez les journalistes railleurs que chez les adeptes convaincus. Partant, les loges modernes auraient pu en continuer la tradition.

Rares sont les commentateurs à trouver ce raisonnement captieux. En premier lieu, les loges du dix-huitième siècle sont loin de présenter une uniformité de pratiques dont on pourrait penser qu'elles empruntent à une même tradition. Si le mot de maçon avait été unique dans un lointain passé, et c'est ce que le singulier laisse entendre, on ne peut expliquer l'extrême diversité qui gagne les prétendus héritiers spéculatifs. Supposer des déviations innombrables à partir d'une orthodoxie ne vaut rien, pour la bonne raison que personne n'est capable de dire ce qu'a pu être cette orthodoxie. En second lieu, le fait de présenter le métier des maçons comme une exception dans toute l'histoire de l'artisanat, car on n'en rencontre pas vraiment d'autres avec un mot secret sur arrière-plan initiatique, ce fait est sans doute flatteur pour eux, mais ne se justifie pas quand on examine de près les matériaux documentaires qui prouvent au contraire que la banalité est aussi développée dans leurs rangs que ceux des tricoteurs de bas ou des faiseurs de chaise.

Une certaine philosophie s'accommode de variations sur le legs sans cesse perpétué d'un enseignement supérieur, pour moitié composé d'indications morales, et pour l'autre moitié de concepts arcanes censés fournir la clef d'une science dérobée au commun ; l'histoire, elle, réclame du concret, du tangible, des actes ; et il faut bien alors reconnaître que l'époque révèle tout autre chose : des hommes qui s'opposent, se liguent, se cachent pour soutenir des intérêts compromis par les aléas de la conjoncture religieuse et politique. Adamson est le témoin d'un temps qui ne fait pas dans la dentelle, c'est le moins qu'on puisse dire. Il en va de même en France, avec l'opposition récurrente de factions, nobles et bourgeois ensemble. Faire abstraction de cela, pour se focaliser sur une herméneutique aux parfums douteux, c'est alimenter une sphère de fantasmes, sans plus, une parodie de culture. Ce n'est pas ainsi que le crédit peut venir.

Dans le principe, il est loisible de penser que des associations ouvrières ont pu se former au sortir du Moyen âge pour lutter contre un patronat hostile. On sait, de manière positive[1], qu'au seizième siècle, les compagnons imprimeurs lyonnais et parisiens, notamment, s'arrangent pour lancer des grèves très dures, limiter leurs liens fraternels à des hommes triés sur le volet, exclure les étrangers à leur ville, n'admettre d'échanges qu'entre eux, tenter d'imposer aux maîtres d'atelier des seuils de salaires préfixés. À l'occasion d'actions concertées, ils ont un mot codé qui circule entre eux ; ils le prononcent l'un après l'autre, et on les voit abandonner tous ensemble leur travail pour se réunir ailleurs, souvent dans une taverne, où ils déterminent la conduite à tenir dans la suite. Ce mot est connu, il est assez trivial : *tric*. Par mesure de bon sens, nous pouvons

---

1. Voir à la Bibliothèque Nationale de France, *Remontrances et Mémoires pour les compagnons imprimeurs de Paris et de Lyon, contre les libraires et maîtres imprimeurs desdits lieux*, fonds Morel de Thoisy. Voir aussi à la Bibliothèque Sainte-Geneviève, *Plaidoyer pour la Réformation de l'imprimerie*.

Le mot de maçon

concevoir des initiatives analogues dans d'autres métiers, peut-être chez les maçons, car les grèves ne sont pas rares en situation de pénurie, comme des statuts de loges établis en Allemagne s'en font l'écho très explicite. Ce n'est pas pour autant que l'on peut imaginer une volonté de constituer un ensemble de références intellectuelles anticipant sur celles des spéculatifs. L'obstacle majeur à une telle animation est de taille, on peut même dire qu'il est complètement obstructeur. En effet, dans un contexte de luttes économiques entre deux catégories de personnes, ici les maîtres et les compagnons, l'initiative que prennent les seconds de se donner un mot (de reconnaissance, d'ordre) ne peut a fortiori pas convenir aux premiers. Le mot de compagnon doit être nécessairement ignoré des maîtres. C'est certain, ou alors il n'a rien de secret. Donc, impossible d'envisager des réunions pacifiques, au sein de l'institution générale du métier, peu importe leur nom, qu'on les appelle assemblées de loge ou de juridiction, qui accueilleraient ce mot comme le mot de tous. Impossible. Or, ce sont les maîtres qui tiennent les rênes des communautés sur lesquelles portent l'analyse. On ne connaît pas, et pour cause, les associations ne regroupant que les compagnons exclusivement. Illégales. Syndicats avant la lettre, prohibés. L'Écosse ne semble pas former un cas singulier. Pas de conditions favorables au moins sur ce plan, pour qu'un mot unique soit partagé par tous.

Les registres établis à partir de William Schaw n'en font pas état, ni du rosicrucisme, ni du don de double vue. Il faut être très audacieux pour en déduire alors qu'un poème rédigé au plus tard en 1637 est à ériger en clef de voûte d'une théorie des commencements au sein du monde opératif. En revanche, l'emploi d'allégories pour exprimer l'admiration au roi se veut explicite. Bien que le contenu du mot ne soit pas dévoilé, il s'enchâsse dans cet élan pour l'éloge. Autrement dit, rien n'empêche de penser que son apparition dans la littérature confirme ce phénomène récent, extérieur aux chantiers ou ateliers, d'implication politique. On aurait mauvaise grâce à plaider le contraire quand tous les exemples qui vont courir durant une trentaine d'années environ seront précisément fournis par des individus n'ayant rien de neutre. Les allusions dans les associations de métier n'apparaîtront que dans les années 1660. Postérieures, elles ne doivent pas servir à justifier, selon un procédé d'analyse rétrograde, le postulat d'une filiation avec l'œuvre occulte d'un Schaw, ou d'un autre personnage de même stature dont nous n'aurions pas le nom. Le schéma le plus simple est le suivant : rien au début du siècle, esquisse d'une tendance politique dans les années 1630, ou au plus tôt à la fin des années 1620, cette tendance emprunte ses images à l'éventail déployé sous Jacques VI-1er, elle se dit maçonnique dans un sens qui est d'emblée étranger au fonctionnement des loges de métier, elle se conforte non sans aléas pendant des années de clandestinité, puis elle sert de modèle à l'essor du système dit spéculatif.

Il faut illustrer ce schéma. Rien de plus simple. Le 13 octobre 1637, voici John Stewart, premier comte de Traquair qui est accusé de posséder le mot alors que l'Écosse a commencé son opposition à Charles 1er. Des motifs religieux ont en effet disposé une fraction importante de la population à refuser des modifications importantes dans certaines pratiques du culte. Traquair, au nom de Charles, cherche à entrer en contact avec ses meneurs. Il le fait en secret. Alors d'autres partisans du roi, ignorants de sa mission, supposent que son comportement est très douteux. Ils récriminent. L'un de leurs griefs est de l'accuser de posséder le mot au même titre que d'autres parmi la noblesse (*among the nobilitie*[2]). Ce qu'il semble dénier, apparemment ; mais sans s'étonner outre mesure que l'usage puisse être présumé chez quelques autres personnages de sa mouvance, ou à peu près. La conséquence de cette révélation aussi précoce que celle d'Adamson dans la littérature maçonnique ne nous fait pas alors quitter les parages balisé par l'acrostiche du poète.

Aucune loge opérative d'Écosse, au vu des recherches actuelles, ne comporte dans ses registres le nom de Traquair. Les récriminations contre lui ne seraient pas justifiées si l'affaire était seulement liée au monde des chantiers, si elle trahissait par exemple une déviance par rapport à la foi majoritaire chez un grand nombre d'ouvriers ou de leurs comman-

---

2. Voir dans l'ouvrage de D. Laing, *A relation of procedings concerning the affairs of the Kirk of Scotland, from August 1637 to July 1638*, Bannatyne Club, 1830, p. 30.

ditaires. Ce sont les tractations clandestines entre des partis opposés qui les provoquent. Les partisans du roi, donc hostiles aux protestataires écossais, sont déjà dans une ambiance de connivences où les symboles maçonniques servent de référents. Leur connotation, en quelque sorte, est de plaider pour la ligne voulue à Londres depuis l'avènement de Jacques V-1er.

Au cours de l'été 1649, après la défaite subie par les royalistes, certains dignitaires du clergé presbytérien écossais se félicitent que leur cause ait triomphé. Cependant, ils déplorent que le mot de maçon circulent dans certaines assemblées dont la nature n'est pas précisée. Leurs avis sur son éventuelle nocivité sont partagés. Comme ils demandent aux officiants de base de se prononcer sur la question, sans qu'on sache du reste leurs réponses, ni même s'il y en eut, on ne comprend toujours pas pourquoi ils s'agiteraient ainsi dans un contexte borné aux associations de métier. L'hypothèse qu'ils y soupçonneraient l'intrusion de cérémonies contraires à leur foi est, pour le moins, tirée par les cheveux. Là encore, elle n'est soutenue par aucune information extraite des archives. Par contre, il est clair que les rivalités civiles sont loin d'être éteintes, que les susceptibilités sont à fleur de peau. Si les questions de foi sont en jeu, ce n'est pas pour des raisons de compétition éventuelle avec une tradition ésotérique qui commencerait à se faire jour comme par la bande, mais obstinément pour des raisons bien plus obvies de choix gouvernementaux.

Trois années se passent. James Ainslie, jeune candidat au ministère du culte presbytérien, dans le Roxburghshire, est suspect aux yeux du conseil de la *Kirk session* de Minto. Est mis en avant le fait qu'il possède le mot, et qu'il n'en disconvient pas, du reste. Alors, se pose la question de savoir s'il peut être agréé. Ses aptitudes théologiques ne font pas de doute. Le point litigieux est bel et bien la détention de ce mot dont on comprend qu'elle est réservée à des individus écartés du commun. Dans la documentation conservée, ne sont toujours pas évoquées de près ou de loin les loges opératives. Le monde des artisans n'est un souci pour personne. En revanche, un rapport intrigue. Celui établi par le presbytère de Kelso, consulté pour avis. Il insinue que le mot est connu depuis les temps les plus purs (*purest tymes*), sans péché ni scandale (*neither sinne nor scandale*), par des anciens de l'église et des professeurs. Un tel propos déconcerte. Mais peu. Stevenson le commente en réalisant un retour à la première décennie du siècle qui correspondait à l'époque où le pouvoir royal n'avait pas encore rétabli l'épiscopat. Il noue alors une connexion entre l'apparition du mot en ces temps « purs » et l'action de William Schaw à destination des métiers. Non sans prudence, à son avantage, il estime impossible d'être catégorique à ce sujet, mais penche malgré tout vers l'hypothèse que la clef du problème serait là [3]. Oui, elle est peut-être là. Mais elle pourrait être ailleurs. Si des fidèles de Charles 1er n'ont fait que transposer certaines allégories maçonniques du temps de son père, allégories bien plus affectionnées par les intellectuels que par quiconque, ils ont trouvé le moyen de se donner en bagage une terminologie effectivement typée, mais sans que les loges y soient pour quelque chose.

À la suite, Stevenson rappelle que Thomas Urquhart of Cromarty est l'un des premiers écrivains à fournir dans un ouvrage imprimé une référence au mot. En 1653, cet auteur publie en effet le *Logopandecteision*, conçu comme introduction à un langage universel, et dans lequel il raille les personnes qui, sous prétexte qu'elles ne comprennent pas quelque chose, imaginent qu'un mystère est tapi derrière. Parce que leur raison est limitée dans sa faculté de comprendre, elles présument des causes obscures, quasi magiques. Et c'est ainsi que Urquhart explique avoir connu un homme qui, en vertu du mot de maçon (*by vertue of the Mason word*) était capable de se faire reconnaître par un étranger, s'il le détenait comme lui, sans que des tiers puissent comprendre comment il y parvenait, car il ne fournissait aucun signe ostensible ni même aucune parole. Ceux-ci pouvaient être enclins à juger surnaturel le phénomène, alors qu'il ne l'était pas. Du coup, nous pouvons quant à nous considérer que l'auteur n'ignore pas le fond de l'affaire, en se gardant toutefois de le révéler. Et plusieurs éléments de sa biographie ne peuvent que conforter cette opinion.

---

3. *The Origins of Freemasonry, Scotland's century, 1590-1710*, Cambridge University Press, 1988, p. 128-129.

Le mot de maçon

« Urquhart rejette une telle interprétation par l'occulte, mais ne fournit aucun indice qu'il connaîtrait lui-même les secrets du mot [4] », ajoute Stevenson. Bien sûr, tant qu'une affirmation non ambiguë n'est posée nulle part, tant qu'un aveu est absent, on doit rester circonspect. Mais, poussons l'investigation. Né en 1611, Urquhart est le fils d'un personnage important du nord de l'Écosse, créé chevalier en 1617 par Jacques VI-1er et converti au protestantisme. À onze ans, il entreprend des études à Aberdeen, et se passionne autant pour les sciences physiques que la philosophie, c'est-à-dire en somme tout ce qui intéressait en son temps un humaniste curieux et doué. Une fois ses diplômes en poche, il fait comme beaucoup de ses contemporains dans le même cas, à savoir qu'il entreprend de passer sur le continent afin de visiter de nombreux pays, dont la France, l'Espagne, l'Italie. Il se passionne surtout pour la langue française, au point de s'annoncer comme l'un des meilleurs traducteurs de Rabelais, avec autant de malice et d'ingéniosité verbale que son modèle.

Rentré à Cromarty en 1636, il y trouve les affaires de famille assez compromises. Des créanciers réclament le paiement d'arriérés de dettes. Ses frères et lui ne s'entendent pas comme il conviendrait pour tenter d'épurer la situation. Quand surviennent les troubles occasionnés par les tentatives de reforme politico-religieuse et par l'opposition des Covenantaires, il s'écarte de ces derniers et choisit le parti du roi. Sa position est si vigoureuse qu'il est fait chevalier en avril 1641. Comme la fibre littéraire est également bien ancrée en lui, il commence son œuvre. À l'occasion, il écrit des vers en hommage au duc d'York, dont nous retrouverons plus tard la trace dans cette histoire, et très prégnante. Mais il ne se prive pas non plus de préciser quelle est sa conception de l'amitié, à savoir que, jouant avec humour sur les métaphores, il précise que les amis sont comme les melons, il faut en tâter une centaine avant de trouver un bon [5]. Simple boutade ?

---

4. *Id.*, p. 129.
5. « *Friends are lyk melons, of which sort of good, We'l test a hundreth, er we find one good* ». Cité par R. J. Craik dans *Sir Thomas of Cromarty*

En méthode, se pose la question des choix de lecture. Rien n'est plus facile que d'extraire d'un vaste ensemble de pages quelques citations allant dans le sens d'une hypothèse très surdéterminée idéologiquement. Quiconque se contente de l'allusion au mot de maçon trouve matière à soutenir celle de la connexion à l'ésotérique ; sauf que le vigoureux Urquhart est d'une grande incrédulité à cet égard, et que son comportement, à partir des années 1640, est si influencé par la conjoncture politique qu'il n'hésite pas à confier par écrit ses sentiments. Pour preuve indiscutable, voici un autre de ses propos très explicites. Dans son *Eskubalauron*, publié en 1652, et donc nécessairement écrit avant, il trace un portrait sans équivoque de Charles II, fils de Charles 1er qui a été décapité en 1649, suite à la victoire des troupes de Cromwell sur les légitimistes. Ce qu'il en dit mérite d'être bien relevé. Il lui trouve un charme personnel, du courage, de l'affabilité, pitié et piété, bonne aptitude à donner et recevoir des conseils, véracité, d'autres vertus encore et surtout don de prévoyance (*foresight*), à l'égal de ses prédécesseurs[6].

Cette annotation nous ramène soudain dans les vers d'Adamson qui, pour sa part, louait le père avec sa *second sight*. Et, décidément, les tics de langage, les métaphores et allégories en faveur depuis plus d'un demi siècle en Écosse, comme sur le continent, n'ont rien d'extraordinaire, avec ou sans le travers des Rose-Croix. Quoi qu'il en soit, notre auteur n'arrête pas d'être inquiété par le clergé presbytérien, outre les créanciers particulièrement tenaces. Cela, il le révèle lui-même, sans fard, dans le *Logopandecteison*. Par corrélation d'indices, nous sommes donc obligé d'admettre que, si les dignitaires de ce clergé font chicane à Urquhart à la même époque où ils s'interrogent sur la fiabilité de James Ainslie, et si le soupçon de posséder le mot de maçon est sans équivoque toujours dirigé

(1611-1660), Adventurer, polymath, and translator of Rabelais, Mellen research University Press, 1993, p. 4.
  6. « (...) *for comeliness of person, valour, affability, mercy, piety, closeness of counsel, veracity, foresight, knowledge, and other virtues both Moral and Intellectual, in nothing inferiour to any of his hundred and ten predecessors.* » Cité par R. J. Craik, *id*, p. 21.

Le mot de maçon 55

vers des personnages du parti royaliste, c'est qu'une telle conjoncture a bel et bien le sens qui vient d'être dégagé.

Urquhart est capturé à la fin de l'été 1651 à Worcester, quand l'armée levée par Charles II est battue irrémédiablement par celle des parlementaires de Londres. Il est aussitôt emprisonné, non sans assister à la perte d'une grande partie de ses manuscrits. En mai 1652, ce qui en reste est saisi par des émissaires du gouvernement, pour vérifier s'il ne contiendrait pas des textes séditieux. En juillet, on l'autorise à aller régler ses affaires à Cromarty sous condition qu'il ne fasse rien de préjudiciable au gouvernement instauré par Cromwell. Là-bas, la rengaine reste la même. Les créanciers ne démordent pas. Les soucis s'accumulent. Mais l'homme ne voit donc pas son imagination fléchir pour autant. Il pense à son œuvre. Ainsi, c'est peu après qu'il se moque de ceux qui croient que le mot de maçon a un parfum d'irrationnel, de surnaturel. Et, par contraste, nous devons plutôt estimer qu'il sait de quoi il en retourne. Il doit uniquement se tenir sur ses gardes. Une confidence mal présentée, ce serait fournir des armes à ceux qui le guettent au coin du bois pour l'incriminer davantage.

Ensuite, il faut attendre les années 1660 pour qu'il soit de nouveau question du mot. Je ne crois pas nécessaire d'anticiper là-dessus, sinon pour rappeler en bref que 1660 marquera précisément le restauration de la dynastie Stuart, et qu'il ne faudra par conséquent pas s'étonner de l'inflexion subie par certaines pratiques. Pour l'heure, il convient de faire un sort aux allégations de William Preston qui, dans le panorama historique introduit dans ses *Illustrations of Masonry*, affirmera que la fondation des premières loges disons modernes ce serait produite durant l'administration d'Inigo Jones, maître des travaux de la couronne sous Jacques 1er et son fils Charles II. D'après lui, plusieurs hommes savants auraient été initiés dans la société, laquelle aurait gagné en réputation au point d'attirer de nombreux contemporains, souvent au retour des voyages d'étude ou d'agrément qu'ils auraient faits en Italie[7]. Si l'on

---

7. « *During his administration, several learned men were initiated into masonry, and the society considerably increased in consequence and reputation. Ingenious artists daily resorted to England, where they met with great encouragement. Lodges were constituted as seminaries of instruction in the*

rapporte un tel propos à celui tenu sur Schaw par Stevenson, avec lequel il peut être en affinité, on pourrait considérer que nous faisons fausse route en prenant une option latérale. En réalité, Preston ne fournit aucun argument qui puisse étayer son assertion. Mais, il n'est pas impossible qu'il se soit inspiré d'une connaissance du contexte culturel pour imaginer une telle chose.

De façon provisoire, sous réserve d'inventaire plus complet, on peut en effet conclure de ce qui précède que les partisans des Stuarts, possesseurs du mot de maçon, n'ont de toute façon pas inventé leur culture du jour au lendemain. Ils en ont certainement emprunté les thèmes majeurs dans le florilège maçonnique développé depuis des siècles par des intellectuels, et particulièrement mis en exergue sous Jacques VI-1er. Ils ont tenu à filer des variations sur la métaphore, ô combien appréciée par les élites, du souverain qui bâtit son royaume à la façon d'un architecte. Au-delà des préoccupations terrestres, c'est aussi le renvoi aux écrits religieux de la civilisation judéo-chrétienne qui leur a donné de nombreux prétextes à justifier leur combat. Dieu, on sait qu'il est qualifié de grand architecte de l'univers depuis plusieurs décennies. Décrit comme tel dans les ouvrages du Français Philibert Delorme, par exemple, au milieu du seizième siècle, puis par Christopher Marlowe qui évoque vers 1590, dans sa pièce *Edouard II*, le grand architecte du ciel (*heaven's great architect*). Qu'une théorie, même très sommaire, serve de support mental aux amis de Urquhart, pour justifier leur alliance secrète, ce n'est donc pas une étrangeté. Bien au contraire.

En guise de comparaison très parlante, il est loisible de reporter une fois de plus le regard vers la France pour trouver des parallélismes de comportement. Que se passe-t-il quand le cardinal Jules Mazarin exerce son ministère, sinon un déferlement d'imprécations et de menaces orchestré par une bonne partie de la noblesse et de la grande bourgeoisie. Parmi les

---

sciences and polite arts, after the model of the Italian schools ; the communications of the fraternity were established, and the annual festivals regularly observed. » (*Illustrations of Masonry*, éditions Wilkie, 1792, p. 209-210)

Le mot de maçon 57

libelles et pamphlets qui circulent, et ils sont très nombreux, on en trouve un dont la date d'impression coïncide avec celle des malheureuses tentatives menées par Charles II pour reprendre en main le sceptre de son défunt père. Sorti d'une presse clandestine en janvier 1652, il s'intitule tout bonnement *Croysade pour la conservation du Roy et du royaume*[8]. Il appelle carrément à l'assassinat de Mazarin, ministre « immonde » (sic), et assure que des conjurés au nombre de soixante-dix ont déjà prêté serment de tout mettre en œuvre pour que cette sombre tâche soit mené à bien.

Propagande, objectera-t-on. Délire de papier. C'est possible. N'empêche que l'ensemble du manifeste décrit l'assemblée des conjurés en des termes qui ont des parentés frappantes avec des confréries, en général, et de certaines loges maçonniques en particulier, du moins telles qu'on les connaîtra plus tard. Réunions mensuelles, si un associé meurt pour la cause promesse est faite de secourir sa veuve et ses orphelins, recrutement après avoir été choisi par des hommes déjà reçus dans la croisade, l'essentiel étant de manifester avant cela des sentiments sincèrement hostiles à Mazarin, statuts en vingt-trois rubriques, sept directeurs assument une direction collégiale, et sont eux-mêmes assistés de sept autres membres, obligation absolue du secret après serment prêté sur les évangiles et la croix, absence de discrimination quant à la richesse ou la pauvreté, mélange des états, roturiers ou nobles, protection ou assistance garanties par les puissants au bénéfice des faibles, solidarité sans conditions, fidélité au roi. Bien sûr, relever des parentés terminologiques ici ou là ne signifie aucunement que l'analogie est totale ou que le parallélisme est parfait, loin de là ; mais, nous voyons bien que les contemporains trouvent assez normale l'idée de pouvoir former des assemblées plus que confidentielles pour des raisons politiques extrêmement précises. Qu'ils se piquent par surcroît d'avoir des mots de passe ou des signes de reconnaissance, c'est ce qu'il y a de plus constant depuis un temps immémorial.

Il est même troublant, très troublant, de remarquer à quel

---

8. *Croysade pour...*, sans nom d'imprimeur, à Paris, M.DC.LII.

point les Français excellent dans l'art de former des coteries belliqueuses, et conseillent aux fidèles de Charles Stuart d'en faire autant. Sous le ministère de Richelieu déjà, un long débat anime les sphères gouvernementales. À Paris, la question la plus brûlante est de savoir si le roi d'Angleterre est disposé à assurer le retour en force du catholicisme romain, et dans l'affirmative comment il doit manœuvrer. Certains estiment qu'il doit signer une déclaration publique, grâce à laquelle il aurait le soutien ostensible de Louis XIII ; d'autres prônent au contraire des engagements secrets, la formation de réseaux capables d'agir dans l'ombre, et c'est aussi l'opinion de certains émissaires dépêchés par Londres. Les mémoires du célèbre cardinal, quant à lui plutôt favorable à la transparence, ne disent pas autre chose quand plusieurs pages relatent les échanges diplomatiques entre les deux souverains [9].

Dans le même temps, le cardinal se lamente de ce que des nobles français de haute lignée le houspillent sur sa droite. Ils ont constitué une Compagnie invisible, dite du Saint-Sacrement, sur les débris de confréries de pénitents provençaux introduites dans la capitale sous Henri III. Officiellement dissoutes par arrêt du parlement, elles n'en ont pas moins continué à attirer des zélateurs, en sorte que 1627 marque leur renaissance, sous l'autorité d'Henri de Lévis, duc de Ventadour. Outre le mot d'ordre qui est de lutter sans conditions pour la foi catholique,

---

9. Voir *Mémoires de Richelieu*, éditions Jean de Bonnot, 1982, p. 270 et suivante. Les émissaires de Charles s'opposent à Richelieu qui réclame une déclaration publique de soutien aux catholiques. Ils objectent « *que c'étoit même lui ôter le pouvoir de bien traiter les catholiques, que de faire connoître publiquement qu'il eût ce dessein, et s'y fût obligé, pource qu'un chacun prendroit garde à ce qu'il feroit pour eux, et que la moindre grâce qu'il leur départiroit seroit considérée, pesée et enviée, au lieu que si ses peuples n'en avoient point de soupçon, il auroit plus de liberté de les favoriser, et on ne s'en apercevroit pas si facilement, ni ne lui feroit-on pas tant d'instance d'observer les rigueurs des lois entre eux.* » (p. 277) Plus loin : « *Que cet écrit ne donneroit pas au Roi leur maître plus d'empêchement de la part de ses peuples pour l'exécuter, que la simple promesse verbale qu'ils offroient, pource que toujours les protestants se douteroient-ils bien qu'il l'auroit promis, et le simple soupçon en matière de religion est si violent, qu'il feroit le même effet que s'ils en avoient une preuve certaine.* » (p. 278)

Le mot de maçon

leur programme est de tout faire pour que les membres de la compagnie parviennent à occuper les meilleures places dans les appareils de l'État. Bien sûr, rien ne doit être affiché, montré ; tout doit être concerté derrière les portes closes d'une antichambre. Et si Richelieu en est agacé, c'est parce que la Compagnie réprouve la guerre menée contre la Maison d'Autriche. Puisque l'empereur est resté dans le giron romain, au lieu de le combattre, il vaudrait mieux s'allier avec lui. Dans plusieurs grandes villes de province, ces messieurs étendent leurs connivences. Sous Mazarin, d'autres ou les mêmes prolongent donc ces habitudes. Amis, ennemis, peu importe.

Encore une fois, il serait étonnant si, de l'autre côté de la Manche, l'ambiance n'était pas de même nature. Indépendamment de ce que nous pouvons conclure sur le mot de maçon, les premiers documents qui révèlent une activité maçonnique non opérative en Angleterre sont surchargés d'indices. Le plus connu est fourni par le journal intime de l'érudit Elias Ashmole, en 1646. Là, indubitablement, nous sommes au cœur d'un groupe de royalistes se battant pour Charles 1er. Mieux encore, il est facile d'établir que les plus anciens manuscrits d'aspects rituelliques sont eux aussi dus à la plume de fervents partisans des Stuarts. Bref, plus on approfondit l'enquête dans cette direction, plus la conviction augmente que les pionniers de la « spéculation » ne sont pas, ne peuvent pas être des associés diaphanes, exclusivement soucieux d'abstractions. Ils sont quasi tous dans le même camp. Non seulement, nous ne voyons pas les communautés opératives manifester un quelconque symptôme de prétendue transition ou mutation, mais dans l'autre camp, celui des opposants au roi, on ne trouve aucun individu pour qui les symboles de la maçonnerie, tels qu'inspirés de la littérature déployée sous Jacques VI-1er, seraient porteurs d'un plan de méditation collective.

INTELLECTUELS ET MILITAIRES

Il est habituel de faire grand cas de la prétendue initiation de deux généraux covenantaires le 20 mai 1641, à Newcastle, par la loge d'Édimbourg alors en déplacement. Ce jour, Robert Moray et Alexander Hamilton auraient eu la grâce d'être admis dans la fraternité. Ils seraient les premiers maçons « acceptés » en terre anglaise. Pour cette raison, ils mériteraient d'être poussés au premier rang de la longue liste des spéculatifs dont on aurait la preuve qu'ils annonceraient la lente métamorphose de l'opératif. Et nombreux sont les exégètes à s'émerveiller de l'événement, tant il est vrai que le registre portant les signatures des intéressés existe encore. On peut le lire sans peine, le soumettre au test d'authenticité, et garantir qu'il y a bien eu présence des deux militaires lors d'une réunion de loge présidée par le maître des travaux du roi d'Écosse John Mylne.

Hélas pour cette conception onirique de l'histoire, l'affaire est d'une grande trivialité. D'abord, il est absurde de considérer que ce sont les maçons d'Édimbourg qui adressent une invitation à Moray et Hamilton pour leur offrir quelque chose comme un titre honoraire. En arrière plan, il n'existe pas une communauté plus ou moins élitiste qui chercherait à s'annexer des personnalités de hauts rangs pour les remercier d'on ne sait quelle attention flatteuse portée à son égard. C'est le contraire qui se passe. En mai 1641, l'armée écossaise en lutte contre celle de Charles 1er est aux abords de Newcastle. Comme veut l'usage lors des déplacements massifs de soldats, elle est accompagnée de sapeurs, de maçons, de tout ce qui forme aujourd'hui le génie, le train des équipages. Pour un Hamilton, général d'artillerie, et un Moray, responsable de l'implantation des campements, des approvisionnements en vivres et munitions, il s'agit tout bonnement de rameuter autour d'eux l'ensemble des professionnels ayant le devoir de participer au siège de la ville, au creusement des tranchées, à la levée des fossés, à la pose des mines, et à la réparation des dommages une fois la victoire assurée.

Donner des ordres, s'assurer d'une bonne coordination des tâches, déterminer les forfaits de rémunération, fixer des échéances, voilà ce qui importe. En tout état de cause, les six lignes manuscrites du registre où la rencontre est mentionnée sont muettes sur une très hypothétique cérémonie rituellique. Autant donc penser que les généraux Écossais font comme tous les autres militaires de leur temps. En France, sous Henri IV, quand Maximilien de Béthune, le futur duc de Sully, menait les sapeurs vers les tranchées creusées alentour des villes assiégées, il réunissait lui aussi son monde, et surveillait personnellement la bonne exécution du plan. S'il devint plus tard grand maître de l'artillerie puis surintendant des bâtiments et fortifications, il ne faut pas trop en être surpris. Avec les extrapolations à partir de la documentation écossaise, on assiste en fait à un gauchissement très net de perspective. Ce sont les reconstructions abstraites réalisées après coup qui, par rejet d'une analyse comparée des mœurs de l'époque, inclinent à donner un crédit précipité à l'hypothèse initiatique. Dans les faits, elle est inconsistante.

Cela élimine définitivement l'idée que les loges quelque peu étrillées par Schaw une quarantaine d'années plus tôt auraient abouti à façonner un dispositif bien rodé. En revanche, qu'il faille accueillir avec sérieux les confidences rapportées par Elias Ashmole dans son journal intime, en date du 16 octobre 1646, nul ne peut y objecter, et encore moins que le fonctionnement de l'assemblée soit tout, sauf opératif. Ashmole marque avoir été fait franc-maçon vers quatre heures et demie de l'après midi, à Warrington, dans le Lancashire, en compagnie du colonel Henry Mainwarring. Il nomme six responsables de l'affaire, dont un seul semble être maçon de métier, sous toutes réserves d'ailleurs. Ici, nous abordons en effet une piste très sérieuse,

Intellectuels et militaires 63

car l'enquête sur les personnages et la conjoncture invite à dissiper bien des ombres sur les rapports à la politique.

Fils d'un artisan sellier assez aisé, né le 23 mai 1617 à Lichfield, dans le Staffordshire, Elias Ashmole fait des études de musique et de droit avant d'être reçu avocat. En 1638, il épouse Eleonore Mainwarring, fille aînée d'un noble peu fortuné de Smallwood, dans le Cheshire, laquelle meurt d'ailleurs en couches trois ans plus tard. Jusqu'en août 1642, il vit à Londres. Mais les troubles générés par la guerre civile le poussent à regagner Smallwood, chez son beau-père, où il lit beaucoup et donne des consultations de juristes à des solliciteurs divers. En mai 1644, sans doute pour l'avoir demandée, il obtient une commission de participer dans le comté à la levée des taxes destinées au trésor royal. Il s'acquitte de cette tâche, non sans mal, car le gouverneur de Lichfield le contrarie autant qu'il peut. Puis, il gagne Oxford à la fin de l'année.

Quelque temps oisif, il s'inscrit dans des collèges universitaires et s'intéresse aux sciences supposées former à l'époque la panoplie de l'honnête homme. Entre autres, l'astrologie n'est pas en reste, ni la philosophie naturelle, ni les mathématiques. Il y montre des aptitudes suffisamment remarquables pour être distingué à la fois comme l'un des plus fidèles partisans de Charles 1er et comme officier apte à organiser des défenses d'artillerie autour de la ville. Cette fonction l'occupe jusqu'en décembre 1645, date à laquelle il est envoyé à Worcester pour reprendre son activité de collecteur d'impôts. Cependant, les revers militaires subis par les troupes royalistes sont importants. Comme il est soucieux de jeter activement ses propres forces dans la bataille, il se fait incorporer en mars 1646 dans le régiment en garnison, avec le brevet de capitaine, à la suite de quoi il obtient trois mois plus tard le commandement de l'artillerie du fort. Malheureusement pour lui, Worcester est prise en juillet. Lui-même est capturé ; mais, conformément aux usages, il bénéficie d'une liberté assez rapide. Le voilà donc qui rejoint la propriété de son beau père Mainwarring. On connaît la suite. Un peu plus d'un mois se passe, et il note dans son journal qu'il a été « fait » franc-maçon. Moins d'une dizaine de jours plus tard, il se permet même d'écourter son séjour forcé dans le Cheshire et de regagner Londres, contrairement à l'interdit imposé par les vainqueurs.

Obéirait-il à des impulsions spontanées, gratuites, voire frivoles dans un paradoxal contexte de détresse ? On a peine à le croire. Regardons son entourage. Né en 1608, Henry Mainwarring est le cousin de son beau père Peter. S'il est cité comme détenant le grade de colonel à l'instant des guerres, c'est parce qu'il encadre la milice locale. Sa fonction ordinaire est celle d'un magistrat civil. Au début des guerres, il prend parti pour le parlement en révolte contre le roi ; mais des dissentiments l'incitent à prendre des distances. Les biographes qui insistent sur l'idée que lui et Ashmole fourniraient le premier exemple de la fraternité, malgré des options politiques opposées, ne peuvent donc être suivis. En 1646, Mainwarring n'est plus à considérer comme un officier impliqué dans l'armée des parlementaires. Du tout. Il a au contraire accumulé quelques rancœurs. En tout cas, il y a fort à parier que la sensibilité de sa famille porte bel et bien l'empreinte choisie par Ashmole.

Quelques années plus tôt, c'est un autre Mainwarring, docteur en théologie, qui n'hésitait pas à prononcer deux sermons à Whitehall, selon lesquels la personne du roi devait être considérée comme au-dessus des lois voulues par le parlement, que son dire l'emportait sur n'importe quel autre, qu'il en était ainsi pour le prélèvement des impôts, et que quiconque osait s'insurger contre cela risquait d'aller en même temps contre la volonté de Dieu.[1] Le propos étant très incisif, sans une once d'ambiguïté, on ne peut qu'être frappé par la référence aux

---

1. Voir, de James Welwood, *Memoirs of the most Material Transactions in England, for the last Hundred years precedeing the Revolution in 1688*, printed for P. Wilson, J. Exshaw, J. Esdall, and M. Williamson, 1752, Mainwarring « preched two sermons before the King at Whitehall, in which he advanced these Doctrines, viz. That the King is not bound to observe the Laws of the Realm, concerning the Subjects Rights and Liberties ; but that his Royal Word and Command in imposing Loans and taxes without Consent of Parliament, does oblige the Subjects Conscience, upon Pain of eternal Damnation. That those who refused to pay this Loan, did offend against the Law of God, and became guilty of Impiety, Disloyalty, and Rebellion. And that the authority of Parliament is not necessary for raising of Aids and Subsides. » (p. 38)

procédés de taxations, et au-delà par la volonté du jeune Ashmole de remplir, à deux reprises, le rôle d'un agent collecteur. Coïncidence peut-être ; mais il est facile d'imaginer que, au sein d'un même cercle d'hommes liés par des parentés, soit recherchée une convergence des idées et des sentiments. Qu'il n'y ait pas de lois générales, en la matière, tout montre cependant que, chez les Mainwarring, les opinions sont plutôt tranchées et que Ashmole les épouse.

Il en est ainsi de tous les autres membres de la loge cités dans son journal. L'étude d'Henry Boscow publiée en 1989 par *Ars Quatuor Coronatorum*[2] *est précieuse pour affiner leur identification*. Le gardien (*Warden*) de la loge s'appelle Richard Penketh. Partisan inconditionnel de Charles 1er, il aura le malheur de subir de nombreuses vexations, avec appauvrissement, une fois la victoire acquise à Cromwell. Autour de lui, ce 16 octobre 1646, Richard Sankey est probablement l'un de ses parents, puisqu'on sait qu'un autre Richard Penketh, trois générations plus tôt, a épousé une Sankey. Les affinités de chacun sont d'ailleurs plutôt catholiques, et il faudra ultérieurement revenir sur ce détail qui n'a rien d'accessoire. De James Collier, nous savons très positivement qu'il a pris les armes contre les forces parlementaires, qu'il s'est donc, lui aussi, rangé sous la bannière du roi. Après la défaite, il écrira un mémoire expliquant que sa propriété a été confisquée, et sa maison pillée.

La personnalité de Henry Littler est plus difficile à cerner, de même que celle de Hugh Brewer. Avec Richard et John Ellam, il semble que nous ayons affaire à deux frères ayant peut-être un lien direct avec la maçonnerie opérative. Simple hypothèse, sans possibilité d'être validée à ce jour, et dont la justification vient de ce que des registres de sépultures contiennent une brève mention relative à un autre Ellam enterré le 27 janvier 1640 et assurément décrit comme maçon. Cependant, quand le premier Ellam se définit à son tour comme francmaçon, non maçon tout court, dans son testament de septembre 1667, rien ne prouve qu'il entende se désigner comme un

---

2. *The Background to 16 October 1646*, dans *Ars Quatuor Coronatorum*, volume 102, 1989, p. 222-233.

homme de métier. Dans la mesure où Ashmole emploie le mot sans équivoque, c'est-à-dire détaché de ses connotations opératives, il est permis de penser que Richard Ellam s'inscrit dans la même tendance. Quoi qu'il en soit, nous ne voyons nulle part que la loge soit voulue par une communauté restreinte d'artisans. Tout montre qu'il n'en est rien. Au reste, il serait malvenu de penser qu'Ashmole dresse une liste exhaustive de membres. Sous sa plume, elle peut être considérée aussi bien comme close qu'ouverte. J'aurais pour ma part à retenir la seconde éventualité. Pourquoi ? Parce qu'un document connexe a été conservé. Il porte exactement la même date que le compte rendu de notre auteur ; de plus, il est signé d'un certain Edward Sankey, dont on peut légitimement présumer qu'il est familier de son homonyme Richard. Il pourrait se lire comme le référent rituellique de l'assemblée présidée par Penketh. Il le pourrait. À telle enseigne qu'on admettra en effet que la loge a déjà quelques habitudes. Et l'une d'elles, non la moindre, est de jurer parfaite soumission au roi, sans félonie. Compte tenu de la conjoncture, qui osera contester qu'il s'agit là d'un manifeste au sens politique fort ?

Le deuxième article stipule que les maçons admis dans la fraternité doivent être hommes liges de leur souverain, ne commettre aucune trahison ou déloyauté à son égard, quitte à lui en faire l'aveu et la réparer sans délais [3]. En 1646, surtout après la défaite de Worcester, il est exclu que les insurgés groupés derrière Cromwell respectent un tel point de vue. Totalement exclu. On ne peut pas imaginer, non plus, que le vaincu Ashmole et les siens considèrent avoir devant les yeux une formule creuse, n'engageant à rien. Lorsque le premier article évoque la sainte Église (*holy Church*), on a peine également à imaginer que l'investissement religieux soit faible chez eux ; au moins est-il en accord avec l'option officielle.

Bien sûr, l'interrogation qui vient aussitôt à l'esprit est de déterminer dans quelle filiation théorique ou pratique s'inscrit

---

3. « You shall be true liegh men to the King without treason or falshood and [...] you shall know no treason that you amend it if you may or warne the King or his councell thereof. »

un tel document. Quant au fond, il semble emprunter à des clichés véhiculés depuis le Moyen Âge. Il innove peu. Dans *La Légende des fondations*, je montre en détail comment s'enchaîne certaines reprises de thèmes, sans qu'il soit du reste possible de croire un instant que les maçons opératifs ont déployé parmi eux une culture aussi originale que secrète. Toutefois, sachant que l'animation intellectuelle, depuis Jacques VI-1er, a incité une minorité de personnes à affûter quelque chose comme un ensemble d'allégories ou de métaphores pouvant servir de support à un combat idéologique, si j'ose cet anachronisme terminologique, il est évident à leurs yeux qu'ébranler l'édifice de la royauté, le mettre à bas, c'est commettre un sacrilège, une hérésie.

Le texte est à replacer dans la perspective tracée par le chancelier écrivain Bacon, qui ne pouvait assurément pas deviner ce qui allait advenir dans les années 1630-1640, mais qui a brossé une fresque où l'ascendant du Salomon antique vient s'accorder à l'idée d'une rénovation radicale des sciences, y compris de l'art de gouverner. Il hérite des enthousiasmes bâtisseurs d'après l'an mille, amplifiés par la Renaissance et désormais bien ancrés dans l'esprit de la modernité. En philosophie, le prestige de l'architecte est très grand, très fort. En France, notamment, René Descartes explique qu'il élabore son œuvre à l'imitation d'un constructeur de villes neuves, soucieux de tracés géométriques, de fondations assises sur du roc, de murs dressés vers le ciel, d'étage en étage, à l'épreuve de tous les vents contraires. Autour d'Ashmole, ce sont des hommes de combat qui se réunissent, mais selon le profil d'un dix-septième siècle, où les meilleurs sont très imprégnés de littérature, des arts, de ce qu'on appelle les humanités, ces humanités perdues de vue depuis.

C'est ainsi que le travail mené autour des anciennes archives anglaises depuis Leland prend une signification très importante. On a vu des érudits s'y intéresser, les discuter ; on en a vu les utiliser pour proposer une critique de l'histoire officielle ; on a vu le roi Jacques prendre ombrage de l'équipe groupée autour de Robert Cotton, John Spelman et plusieurs autres « antiquaires ». On a vu également ceux-ci souhaiter revenir en grâces, et demander au duc de Buckingham d'intervenir à la cour pour que tout soupçon contre eux soit levé. On sait enfin que deux anciennes chartes de maçons opératifs établies à la charnière des quatorzième et quinzième siècles sont redécouvertes au même moment, à savoir le *Regius* et le *Cooke*[4]. Manque alors le témoignage non équivoque d'un protagoniste qui révèlerait comment se sont opérées les influences. Mais, à la longue, l'abondance des indices finit par emporter la conviction.

Ce qui paraît assuré tient en peu de mots. Que les loges écossaises aient contribué à l'essor de la maçonnerie spéculative, cela est exclu. Totalement exclu. Malgré la vigueur dont David Stevenson fait preuve, il est impossible de le suivre dans cette voie. La lecture des registres des loges d'artisans n'apporte aucun élément valable de présomption. Au contraire, elle conforte l'idée que le système voulu par William Schaw en 1598 est en similitude de celui déployé sur le continent, à quelques variantes subalternes près. Même le mélange de maçons et d'autres gens étrangers métier, au sein d'une même communauté urbaine, n'est pas en soi une anomalie, puisqu'il répond à des directives qui datent. Toutefois, il n'est pas incongru de maintenir l'hypothèse d'un marquage écossais, puisque les Stuarts sont d'Écosse. En conséquence de quoi, la figure qui se dessine présente des contours assez nets. Quatre points sont très sûrs, à l'abri de quelque polémique que ce soit.

En premier lieu, les affinités personnelles de Jacques VI-1er ne sont pas sans avoir porté plusieurs intellectuels de son entourage à déployer plus qu'avant la thématique de l'architecture dans les champs caractéristiques de la politique. Elle-même ancienne, cette thématique s'accentue, pour ainsi dire. En second lieu, sa conception absolutiste du pouvoir, poursuivie par son fils Charles 1er, suscite des oppositions parlementaires multiples ; de même, les tentatives de réforme religieuse génèrent des troubles profonds qui divisent les sociétés sous sa gouverne ; le résultat en est qu'un clivage s'opère entre soutiens inconditionnés et opposants divers. Sous le règne de Charles, ce sont les premiers qui font naître une maçonnerie latérale à

---

4. Pour présentation de ces deux chartes, voir mon ouvrage *La Légende des fondations*.

celle du métier, comme le prouvent l'analyse des conditions d'emploi du mot de maçon, puis les informations induites par le journal d'Ashmole, puis encore le document copié par Edward Sankey. Latérale, car sur ce terrain on ne peut toujours pas établir une connexion avec l'opératif.

Troisièmement, la comparaison de ce qui se passe à Warrington en 1641, dans le sillage des généraux Moray et Hamilton, et de ce qui est vécu en 1646 à Warrington par Ashmole et Mainwarring, dispense de croire une seconde que les intentions de protagonistes sont les mêmes. À Newcastle, il est hors de question de verser en quelque manière hors des habitudes commandées par n'importe quel siège d'une grande ville ; le registre de la loge d'Édimbourg ne fait que consigner en quelques lignes la réalité d'une réunion ayant pour objet de coordonner des interventions pratiques pour le compte de l'armée écossaise. Interpoler à l'aveugle et dire qu'il y aurait initiation, c'est absurde. Cela n'empêche pas qu'on retrouvera plus tard Moray dans la filière politico-spéculative ; mais ce sera plus tard, dans un contexte qui coïncidera de toute façon avec celui esquissé de l'autre bord par les amis d'Ashmole. N'anticipons pas là-dessus.

Enfin, et corrélativement, il faut d'emblée accueillir la documentation dite spéculative, telle qu'elle apparaît à partir des années 1630, sous forme allusive avec Adamson, puis assez explicite avec Ashmole et Sankey, comme étrangère à un processus de transmission ou d'héritage vis-à-vis des communautés médiévales de tailleurs de pierre, ces communautés tant vantées dans la proliférante littérature d'aujourd'hui. Pour beaucoup, l'enjeu est capital, car il leur plaît de rabattre une origine vers l'image d'hommes penchés sur des plans, n'ayant pour autre souci que celui d'édifier des cathédrales hiératiques et autres châteaux majestueux. Il leur plaît de valoriser l'art, rien que l'art, et de jongler avec l'outillage mental qui s'y rapporte. La réalité est plus brutale, plus conforme à ce qu'enseignent les heurts des destinées collectives. Songeons plutôt à des hommes dégagés de la contingence des chantiers, des hommes qui, dans une ambiance de modernité émergeante et de complotite aiguë, entreprennent de justifier une union clandestine pour défendre ce qu'ils estiment être le seul régime de souveraineté acceptable en raison et en foi. Qu'ils s'abusent peut-être sur la portée de cette raison et de cette foi, là n'est pas l'objet en débat. Nous devons nous borner au constat, pas au jugement de valeur.

Cela établi, le seul point encore à éclaircir avant d'aller plus loin, tient aux usages rhétoriques qui commencent à se discerner au cours de ces années cruciales. Quelques exégètes de rituels postérieurs déploient une grande perplexité devant des formules hébraïques qui, d'après eux, contiendraient des messages cachés, quasi sortis de la Cabale, ayant précisément transité par des loges discrètes de tailleurs ou sculpteurs médiévaux. Ce point de vue est aussi forcé que celui sur la transition qu'aurait provoqué William Schaw. Il convient de le redresser en songeant aux ambitions des écrivains qui, au même moment, clament l'urgence d'adopter une langue universelle, et qui tentent de retrouver dans les langues prestigieuses du patrimoine les éléments aptes à forger cette langue. L'hébreu en fait partie.

René Descartes, Gottfried-Wilhelm Leibniz sont d'accord là-dessus. Mais aussi notre Thomas Urquhart of Cromarty. Dans son *Logopandecteision*, il n'aspire pas à autre chose. Très vif est le plaisir qu'il y prend à jongler avec les mots, à les concasser sous la meule de l'étymologie. Il le fait avec autant de jubilation que le prolifique Rabelais qu'il excelle à traduire. Acrobate, virtuose. Pour les agglutinations de sons, les torsions du sens. D'autres fois, il adopte en le disant la démarche du mathématicien Marin Mersenne, avec qui il est en relation épistolaire, et qui cherche à retrouver dans la simplicité présumée des premiers temps bibliques les vocables qui auraient été prononcés par les premiers habitants de la terre. De fait, on voit qu'il ne s'agit pas, pour lui, de recourir à la langue de Salomon avec l'ambition de composer la fresque d'un savoir occulte, partagé entre une minorité d'élus, mais avec l'espoir qu'il serait possible de retourner à une sorte d'état de grâce, accessible à n'importe quel humain. Loin de vouloir l'opaque, le nébuleux, il vante le transparent, le limpide.

D'où la question préjudicielle relative au mot de maçon. Nous devons y revenir. Il est tout de même étrange que le mot de compagnon, dans les loges spéculatives, soit *Schibboleth*. Il est également étrange que, pendant longtemps, les maçons issus de la mouvance stuartiste se traitent exclusivement de compagnons, sans nuances d'aucune sorte. Être fait maçon signifie être fait membre de la même compagnie restreinte, à parité avec n'importe quel autre. Il n'est pas question de deux grades, ni même de trois. Un seul état qualifie le néophyte. Mais pourquoi Schibboleth ? Au vrai, ce mot est un apax dans les écritures vétéro-testamentaires. Il apparaît une seule fois au douzième verset du livre des *Juges*, dans un contexte qui, maintenant que nous connaissons les entours du paysage socioculturel britannique de la première moitié du dix-septième siècle, n'est pas sans provoquer une grande perplexité.

Les *Juges* racontent l'occupation lente et difficile de Canaan par des clans d'Israël. Durant un siècle et demi, des paix précaires alternent avec des combats féroces. Et puis, voici que le narrateur évoque la guerre voulue par les Ammonites, ainsi que la mobilisation réalisée par les Israélites pour tenter de les vaincre. Cette mobilisation est loin de se faire spontanément, encore moins dans la confiance mutuelle. À tel point que les amertumes qui apparaissent entre les clans ont pour effet de provoquer des luttes intestines. L'une d'elles oppose Galaadites et Éphraïmites ; elle a pour décor les rives du Jourdain qui sert de frontière. Après un affrontement très âpre, les premiers se postent près d'un gué qui doit permettre aux seconds d'organiser leur retraite au-delà du fleuve. Ils ont l'intention de ne pas laisser un seul ennemi s'échapper. Pour cela, ils décident d'obliger tout individu non connu d'eux à prononcer le mot « Schibboleth ». Ils savent qu'un Éphraïmite ne le prononcera pas comme eux, ils savent qu'il dira « Sibboleth », en sifflant par expiration la première syllabe au lieu de l'aspirer en chuintant, et que cela suffira pour le confondre et l'occire sur le champ. C'est ce qui arrive, en effet, aux dires du narrateur.

À partir de là, mieux vaut se garder d'être péremptoire sur quoi que ce soit. Le fait que le mot se retrouve dans le bagage maçonnique de la modernité ne signifie pas de manière absolue qu'il est le fruit d'un emprunt délibéré à la geste biblique, par les familiers d'Ashmole, voire d'Adamson avant lui. N'empêche que les circonstances s'y prêtent beaucoup. Lorsqu'à la fin 1646 James Collier, l'un des membres de la loge tenue à Warrington, se plaint que sa maison ait été pillée, saccagée par les troupes parlementaires, tandis qu'il servait dans l'armée du roi ; on croit relire ce douzième verset des *Juges* quand les Éphraïmites marchant vers la ville de Gad, en Transjordanie, menacent d'incendier la maison de Jephté s'il refuse de se joindre à eux. Et c'est après cette menace que Jephté rassemble les guerriers de Galaad pour livrer bataille, remporter la victoire, et commander un terrible carnage aux abords du gué.

Si, par hypothèse plausible, Schibboleth fait partie de la culture orale des loyalistes avant les infortunes de Collier, s'il s'agit d'un mot apparu avant qu'Adamson n'écrive son poème *The Muses threnodie*, on en devine, d'entrée, la forte éloquence. Au moins, ne peut-on se passer de trouver aux métaphores littéraires un parfum très prégnant, car en évoquant la reconstruction prochaine du pont qui enjambe la Tay, Adamson maintient son lecteur dans un halo lexical de fleuve, de passage pour gagner l'autre bord, de construction à refaire sous le règne de Charles 1er, et sans aucune doute de fidélité à celui-ci. Sous la plume de l'auteur, quelques signes peuvent s'interpréter comme manifestant une connaissance plus ou moins assurée de la Bible, ce qui ne saurait étonner chez l'assistant d'un pasteur, connaissance qui viendrait alimenter ce qu'il semble révéler par ailleurs du courant intellectuel cautionné par les Stuarts.

Lorsque les mœurs spéculatives seront bien installées au siècle suivant, la totalité du rituel concernant le « grade » de Parfait Élu Écossais sera axé sur l'épisode qui vient d'être résumé, avec les fils de Galaad en première ligne. À leur sujet, on lit qu'ils se seraient souciés un jour de retrouver une voûte sacrée enfouie dans le sous-sol du temple détruit de Salomon. Ils auraient pris « en mains les outils nécessaires qui étaient la pelle, la pince, et le marteau taillant » ; arrivés à pied d'œuvre, ils auraient fouillé « avec tant d'activités mêlées de craintes » qu'ils seraient parvenus « en très peu de temps à découvrir enfin l'entrée de la voûte sacrée », où ils auraient trouvé « le corps du respectable Galaad[5] ». Le maçon d'aujourd'hui peut avoir le sentiment de lire ici une version déviée du mythe d'Hiram.

---

5. *Le Parfait Elu Ecossais, ou la voute Sacrée, appellé le quarré*, Archives particulières, f°119-120. Recopié en 1763, le fond de ce rituel est très probablement antérieur à cette date.

Qui sait si ce mythe n'en est pas au contraire une adaptation, tant il est vrai qu'un rituel au moins établit effectivement le lien entre les deux [6] ? En tout état de cause, le premier mot de passe des Parfaits Élus Écossais est encore Schibboleth, à répéter trois fois. Sachant que le dix-huitième siècle est celui du grand tourbillon en matière de composition rituellique, on ne peut jurer de rien. Mais, ce n'est pas commettre une faute que de présumer chez les auteurs les plus créatifs une capacité à disposer d'un héritage selon leur fantaisie, sans même parfois savoir d'où il provient ; car cet héritage, tout porte à croire qu'il ne date pas de la veille.

Adamson compare lui-même les arches du pont sur la Tay à la « voûte étoilée ». Quoi qu'il en soit, on connaît des épisodes sanglants du Moyen Âge où le sort d'une communauté trop proche d'un ennemi politique est également suspendu à la bonne prononciation d'un mot. Par exemple, gageons que dans les années 1600, ne sont pas oubliés les massacres qui ont endeuillé Bruges en 1302. Les armées de Philippe le Bel ont envahi la Flandre, elles ont apporté leur soutien à de nombreuses villes révoltées contre leur comte qui tentait pour sa part de conclure une alliance avec l'Angleterre mais sans y parvenir. Le matin du 18 mai, se sont des milliers et des milliers de Flamands hostiles à l'occupation française qui pénètrent dans Bruges et occisent tous les résidents incapables de prononcer correctement *Schild en Vriend* (bouclier et ami). Près de trois mille soldats de Philippe sont passés au fil de l'épée, outre les bourgeois fraîchement installés. Seul un authentique enfant de Flandre, ayant baigné depuis le premier jour dans la langue, pouvait être capable de prononcer correctement ce *Shild en Vriend* qui, curieusement, commence comme Schibboleth.

Par conséquent, le principal est dit. Si l'on ne retient que l'image de la conjuration, de la ligue clandestine pour défendre

---

6. G^d(*Elu p^t M(Ec. De Jaques Six Roy d'Ecosse et de toutte la grande Bretagne*, Archives particulières, f° 12 r°. recopié en 1763 : même remarque que ci-dessus. « *Au milieu [du tableau des Grands Élus Parfaits Maîtres Écossais] est représenté Hiram en entier et le poignet et levant le bras séparé et détaché du corps.* » (syntaxe respectée)

74 La Passion écossaise

un idéal ou, plus trivialement, des intérêts de parti, les intellectuels et militaires rencontrés sur notre chemin ne constituent en rien une exception. Des deux côtés de la Manche, l'époque voit naître, mourir et renaître des factions, des groupuscules divers, des intrigues. Cependant, l'empreinte maçonnique donnée par des personnages comme Ashmole, et nécessairement avant lui par ceux qui l'ont reçu nouveau compagnon de leur fraternité, est quant à elle originale. Elle l'est autant par le socle allégorique sur lequel elle se dessine que par le mouvement qu'elle amorce. Grâce à elle s'inaugure l'ère du spéculatif. Sauf que nul n'est alors capable de deviner comment les événements vont tourner après la défaite de 1646.

DIX ANNÉES DE CREUX APPARENTS

Une fois Charles 1er passé à l'échafaud, le 30 janvier 1649, l'ascension de Cromwell est irrésistible. Les royalistes qui ne sont pas exécutés ou exilés doivent faire allégeance au nouveau régime. Certains sont sincères, d'autres se limitent à des concessions de façades, tant ils ne perdent pas espoir de voir revenir un Stuart au pouvoir. Par ailleurs, du côté des parlementaires vainqueurs, les polémiques rebondissent sans arrêt. Groupes et factions s'interpellent par voie de presse ou de harangues aux carrefours. Des clubs s'ouvrent un peu partout. Tavernes et salons résonnent de discussions animées. Du point de vue qui nous préoccupe, se succèdent alors ce qu'on pourrait appeler des non-événements, au sens où ne se renouvellent pas de façon claire, non brouillée, des scènes analogues à celle rapportée par Ashmole. Toutefois, de nouvelles archives émergent, dont le message demeure très proche de celui qui vient d'être dégagé.

Une méprise est à lever sans attendre. Quelques branches historiographiques de la maçonnerie accordent un fort intérêt à des auteurs qui prêtent aux Cromwelliens le privilège d'avoir fondé les loges spéculatives. On en trouve quelques prémisses chez des pamphlétaires du dix-huitième siècle, comme l'abbé Larudan en 1745 quand il écrit *Les Francs-Maçons écrasés*[1], par répétition de ce qu'avait dit en 1738 un adaptateur franco-

---
1. *Francs-Maçons écrasés. Suite du livre intitulé l'ordre des Francs-Maçons trahi*, traduit du latin (sic), sans imprimeur (Amsterdam), 1745.

phone du fameux pamphlet de Samuel Prichard[2]. Pourtant, en analyse comparée, le déséquilibre des informations est patent.

Sur les Stuartistes, nous avons du tangible, du solide, même si nous devons regretter de n'en avoir pas assez ; sur les Cromwelliens, de vagues et indécises supputations ne suffisent pas à légitimer l'ébauche d'une théorie. Il paraîtrait que le futur maître des îles Britanniques aurait préparé sa rébellion dans la pénombre de conventicules maçonnisés ; il paraîtrait qu'il aurait rassemblé ses fidèles les plus sûrs en vue de promouvoir sa propre cause. On comprend à peu près les enjeux d'une telle fantaisie ; néanmoins, on ne possède aucun élément permettant de lui donner un quelconque sérieux.

Les enjeux s'énoncent aisément. Il s'agit de dire que la république cromwellienne aurait introduit dans le mouvement des cultures les idées de liberté, d'opposition triomphante à l'absolutisme monarchique. En tant qu'émanation du parlementarisme, elle aurait ouvert la voie à des manières démocratiques de gouverner. Larudan, très en verve, va même jusqu'à insinuer que Cromwell aurait été le promoteur d'un redressement du mythique temple de Salomon, qu'il aurait usé de l'allégorie pour justifier la fondation d'un nouvel ordre social et politique. Ainsi, en 1648, il aurait encouragé la formation de loges affidées. Des initiations auraient été réalisées, des constitutions auraient été élaborées. Traces ? Témoignages ? Aucun. Hostile à l'Institution, Larudan se dispense de les fournir. Par inversion de programme, après la tourmente révolutionnaire française, quelques thuriféraires abonderont dans le même sens, cette fois pour jurer qu'en effet la vocation première de la maçonnerie aurait toujours été de se dresser contre la monarchie. Ils resteront toujours aussi stériles en matière d'arguments objectifs. N'en déplaise aux dogmatiques à œillères, la franc-maçonnerie

---

2. *La reception mysterieuse des Membres de la celebre Societé des Francs-Maçons, contenant une Relation generale et sincere de leurs ceremonies. Par Samuel Prichard, ci-devant Membre d'une Chambre de la même Confrairie. Traduite de l'Anglois, éclaircie par des remarques critiques. Suivie de Quelques autres Pièces curieuses, relatives à la Grande Bretagne, avec des Observations Historiques et Geographiques*, par la Compagnie des Libraires, Londres, 1738.

originelle était monarchiste, pas républicaine. En tout cas attribuer la fondation de l'Art Royal à un régicide, ne manque pas de sel, reconnaissons-le [3].

Une première attache sérieuse est offerte par le fameux André-Michel de Ramsay. Lors des entretiens qu'il aura avec Anton von Geusau en 1741, il proposera de retourner presque un siècle en arrière, ceci afin d'expliquer que le général George Monk, principal appui de Charles II en vue de le rétablir sur le trône, faisait partie d'une loge. Il aurait pu ainsi « ourdir son complot dans la plus grande discrétion [4] ». Si nous nous replaçons dans l'actualité du contexte, nous devons penser que Monk, d'abord dévoué au parti parlementaire, change un jour de cap, qu'il noue des contacts discrets avec Charles II exilé, qu'il le fait en relation avec des francs-maçons, et que l'opération réussit, puisque le fils du roi décapité parvient à restaurer la monarchie outre-Manche. Selon Anton Friedrich Büsching qui rapporte les confidences de Geusau à ce sujet, Ramsay se serait gardé de révéler cet aspect du passé dans le seul discours prononcé par lui, au cours d'une importante cérémonie parisienne, en 1737, où il appelait à la fraternité sans frontière. Son souci aurait été alors de préserver la neutralité des loges de son temps au regard du fait politique. Sciemment, il n'aurait pas voulu prêter le flanc aux équivoques. Bref, si l'on comprend bien, Ramsay aurait développé une histoire en deux époques. Il y aurait eu celle des origines, très politisée ; et il y aurait maintenant celle des années 1730-1740, qui le serait moins, qui ne le serait pas.

Au vrai, elle l'est encore, sous une autre forme, comme nous le verrons au bon moment. Dans l'attente, gardons le rythme d'une marche mesurée, sans raccourci intempestif. Au cours des années 1650, quelques autres personnages font irruption sur la scène en ayant eux aussi un marquage politique assez puissant. Le premier ne nous est pas étranger. Il s'agit de Robert Moray.

---
3. Il faut de toute façon se méfier des concepts. L'idée d'une monarchie républicaine ou d'une république monarchique était facilement admise par les anciens. La disjonction introduite entre ces deux termes par les révolutionnaires français n'existait pas dans l'Europe d'autrefois.
4. Voir dans *Renaissance Traditionnelle*, n° 197-108, 1996, p. 223.

Nous l'avons vu aux côtés du général Hamilton, en 1641 devant Newcastle. Il était alors résolument rangé dans le parti des covenantaires écossais. Depuis, il a infléchi sa trajectoire. Créé chevalier par Charles 1er en 1643, il passe en France où il est intégré à l'armée qui se bat contre la coalition germanique. Fait prisonnier, relâché contre rançon, il s'implique vaille que vaille dans les actions de Charles pour endiguer les troupes parlementaires. En 1646, il est cité parmi des conjurés qui échouent à libérer leur roi gardé en otage par les Écossais, avant qu'ils le livrent aux Cromwelliens. L'année suivante, dit-on, il visite la loge opérative d'Édimbourg. Dit-on : car les précisions manquent sur l'événement. En 1651, il persiste dans sa fidélité en participant à la vaine tentative pour placer Charles II sur le trône national. Deux ans se passent, il se signale derechef dans un essai avorté de soulever des mécontents contre les troupes anglaises occupant le pays. En fuite, il doit passer la mer pour se mettre à l'abri sur le continent.

À partir de 1657, on le retrouve en Hollande. Or, une partie de sa correspondance révèle qu'il revendique la possession d'une « marque de maçon » vers la fin de cette décennie. Plus encore, il réitère sa loyauté vis-à-vis de Charles II, auprès de qui quelques mauvais conseillers ont cherché à le desservir. Notamment, il compare celui-ci à un bâtisseur libre de disposer de lui comme il pourrait le faire de n'importe quel autre matériau. Quelle que soit donc l'insistance avec laquelle il jongle avec les métaphores du métier, quelles que soient même les sympathies qu'il noue dans le milieu opératif, car nous le voyons prêter le serment de citoyenneté à Maastricht en recherchant la caution du maître de la maçonnerie en cette ville, quelles que soient par ailleurs ses affinités intellectuelles de lecteur intéressé par l'alchimie et sa symbolique flottante, quel que soit tout cela, l'essentiel de ses choix est commandé par sa condition de partisan d'un roi dont il a épousé l'exil et dont il espère le retour dans la patrie[5].

Autre personnage, plus obscur, à la biographie très succincte,

---

5. Consulter l'ouvrage d'Alexander Robertson *The life of Sir Robert Moray*, éditions Longmans, Green et Co., 1922.

Dix années de creux apparents 79

le sieur Thomas Martin. En 1659, il signe la copie à peine décalée du texte rencontré en 1646 sous la plume d'Edward Sankey. En première approche, on présumera qu'il appartient donc à la mouvance discernée à Warrington. Même la fin est à peu près pareille. Quand Sankey annonçait son nom par la formule latine *Finis p. me Eduardu Sankey*, Martin l'imite par un *Haec scripta fuerunt p. me* [6]. Et demeure en tête des articles du digne serment (*worthy oath*), celui qui promet une inconditionnelle fidélité au roi. Nous sommes en 1659, ne l'oublions pas. Cromwell est mort l'année passée, mais son fils a assuré sa succession. Il est question de faire revenir Charles II dans les îles, mais nul ne sait en certitude si l'opération réussira. Par conséquent, dans un contexte où il vaut mieux veiller à ne pas indisposer le gouvernement en place, le fait d'assister malgré tout à la résurgence de l'ancienne fraternité porte à réfléchir très sérieusement. Le premier réflexe serait de réputer le manuscrit de Martin comme une production isolée, à la limite du jeu abstrait. Mais si l'on agit ainsi pour lui, pourquoi sauvegarder les autres ? Tout est lié, en fait.

Ashmole nous a mis sur la bonne piste. À force de relier les fragments du puzzle, nous avons le droit d'estimer recevable la version de Ramsay sur l'initiation du général Monk à la franc-maçonnerie frappée du sceau des Stuarts. Edward Sankey et Thomas Martin, en rédigeant un document qui insiste sur la subordination au roi, ne quittent pas cet axe d'un pouce. On aura beau dire et beau faire, tout n'est pas que symbole dans les mises en scène. Tout n'est pas que pur divertissement, déconnecté de l'actualité. Le siècle britannique est trop tourmenté, trop riche en revirements de situations, et trop jalonné de morts aussi, de citoyens promptement occis, de soldats déchiquetés par la mitraille, pour qu'on imagine nos protagonistes dans une sorte d'éther. De toute façon, il y a encore à dire.

En 1688, le généalogiste Randle Holme confiera dans son *Académie du blason* qu'il est franc-maçon, qu'il fréquente la

---

6. Transcription du texte complet assurée par William James Hughan dans *Masonic Sketches and Reprints*, Masonic Publishing Company, 1871, p. 195-199.

société depuis un certain temps. Il n'avancera aucune date. Mais un précieux document lui ayant appartenu a été retrouvé, qui pourrait avoir été écrit une trentaine d'années avant la publication de l'*Académie*, donc dans la décennie qui nous retient ici. Il présente lui aussi de très étroites analogies avec les manuscrits Sankey et Martin. De plus, il est accompagné d'une liste de plus de vingt noms, dont il est facile de prouver que très peu désignent des opératifs de la maçonnerie, à commencer par celui de Randle Holme en personne. En tête de cette liste, un paragraphe stipule que les membres de la société connaissent des signes et des mots secrets qu'ils jurent ne manifester qu'auprès d'autres personnes de même appartenance [7]. Intrinsèquement, cela ne constitue pas une nouveauté pour nous. Et le ton de l'ensemble ne laisse planer aucune ombre au moins sur le détachement par rapport à la filière artisanale. Autre monde.

La particularité de Holme est d'être le correspondant de l'Ordre de la Jarretière pour le Chestershire, où il est né en 1627. Or, Ashmole s'intéresse de très près à cet Ordre, dont il va devenir l'historien officiel après la Restauration de 1660. Il est permis de se demander si la coïncidence est fortuite. En effet, dans les années 1610-20, lorsque s'est posée la question de faire renaître la Société des Antiquaires, l'idée de l'associer à l'Ordre de la Jarretière a été avancée, sans doute pour la placer sous tutelle. Et l'on a vu des personnalités notables, comme Robert Cotton et John Spelman, s'y intéresser. Il est donc légitime de se demander dans quelle mesure cette francmaçonnerie stuartiste si singulière, et si gênante pour les historiens classiques, ne maintient pas effectivement ses recrutements dans les zones puissamment indexée par l'option royaliste. Chevalerie en demi-teinte ? Avec d'autres concepts ?

Bientôt, c'est la figure de Christopher Wren, célèbre architecte de la fin du siècle, qui va se profiler dans le décor. Ses

---

7. « *There is Severall words and signs of a free mason to be revailed to y^u wch as y^u will answ : before God at the Great et terrible day of Judgem^t y^u keep secret and not to revaile the same in the heares of any person or any but to the M^{rs} or fellows of the said Society of free masons so helpe me God etc.* » Dans *Masonic Sketches and Reprints*, Masonic Publishing Company, 1871, p. 193.

accointances royalistes seront également transparentes, ostensibles, comme celles de la plupart de ses familiers. Or, Wren est le fils du doyen de l'Université de Cambridge, lequel est en même temps archiviste (*registrar*) de l'Ordre de la Jarretière. Un peu plus tard, voici le fils de Jacques II, dans son exil français et italien, qui se fera appeler chevalier de Saint-Georges, souvent ainsi, et qui songera à inventer une nouvelle chevalerie en mai 1722. Pourquoi ? Vaine interrogation, peut-être. Sauf que l'Ordre de la Jarretière est placé sous le patronage de Saint-Georges, avec sa fête le 22 avril. Sous un tel enchevêtrement de signes, on peut imaginer une chose et son contraire. Certes. Il y a toutefois un additif.

Avant que Wren-père soit nommé archiviste de l'Ordre, cette fonction était détenue par son frère Matthew. Et, celui-ci, évêque d'Hereford, doyen de Windsor, est le prototype même du légitimiste irréductible. Emprisonné sans procès le 30 décembre 1641, quand les parlementaires de la Chambre des Communes augmentent la pression sur leur souverain, il fait disparaître par ailleurs de nombreuses pièces appartenant à l'Ordre en les enterrant dans le jardin de la chapelle Saint-Georges, assiste peu de temps après à la saisie d'autres archives sous sa garde, en voit revenir quelques unes, et connaît derechef huit années d'incarcération à la tour de Londres, refusant de plier sous le joug du nouveau régime, malgré les ambassades complaisantes dépêchées vers lui par Cromwell[8]. Alors, c'est son frère, le père de Christopher, qui se soucie de cacher les dossiers de l'Ordre encore en sa possession, et qui les confie en 1657 à son fils, avec prière de ne les faire reparaître que le jour où l'Angleterre aura retrouvé un roi[9]. Ainsi, sans oser conclure que les loges maçonniques du temps seraient à ce strict diapason, nous pouvons quand même présumer qu'elles n'en sont pas loin.

Tout bien pesé, si les liens avec les loges opératives étaient

---

8. Voir, de James Chambers, *Christopher Wren*, Sutton Publishing, 1998, p. 4.
9. *Id.* « *In his last days he had entrusted his son with the precious records of the Order of the Garter and had made him promise to keep them safe and return them to their rightful owner as soon as there was a king again in England.* » (p. 24)

étroits, on se demande comment tous ces faits s'enchaîneraient.

Depuis qu'on sait l'existence du mot de maçon, dans les années 1630, il est clair que l'arrière plan britannique est tantôt, en Écosse, celui de presbytériens qui suspectent des rivaux d'être trop liés à la cause de Charles 1er, tantôt, en Angleterre, celui de partisans de ce monarque, triés sur le volet, qui jurent de le servir indéfectiblement. Tout cela est incompatible avec l'hypothèse d'un travail au cœur des communautés artisanales. Nous n'avons pas à rejeter l'idée de quelques artisans et commerçants, maçons ou non, qui s'impliquent dans le circuit déployé en faveur des Stuarts ; mais, dans ce cas, la relation d'influence ne peut pas leur être attribuée. Loin de là, très loin. Militaires et intellectuels se donnent la main, et souvent ils se confondent dans une même personne, parce qu'il ne leur faut pas seulement penser, pas seulement méditer sur des allégories ; il leur faut aussi se battre, à visage découvert ou dans la clandestinité de réunions à petits effectifs.

J'insiste sur l'étayage documentaire, pour la simple raison que les verrous mentaux sont lourds à manœuvrer dans les têtes des chroniqueurs encore convaincus de l'insignifiance du passé stuartiste, ou de sa dimension marginale. Certes, leur position se comprend parfois. Ils estiment inutile, voire dangereux de faire revivre une époque dont les valeurs paraissent à l'opposé de celles actuellement prônées, avec l'aspiration à la paix, le rejet des conflits, la tolérance des opinions. Mais, on ne peut tout de même pas repousser d'un revers de main les incidents qui fâchent. On ne peut pas s'en détourner pudiquement sous prétexte qu'ils font entendre des cliquetis d'épées, des salves de canons. Même ceux qui choisissent l'option opérative, en évoquant uniquement une transition dont auraient profité les loges actuelles à partir des artisans et ingénieurs médiévaux, versent dans un étrange romantisme compassionnel en oubliant que les conflits du travail ont longtemps été féroces et que le partage des savoirs se faisait de manière sélective. Au vrai, l'idée d'évolution ou de maturation doit être acceptée aussi sereinement que possible. Il y a eu une maçonnerie très partisane. Elle était conforme aux mœurs de ceux qui la vivaient. Rien de plus, rien de moins. Le reconnaître n'entache en rien la valeur prêtée à un héritage, tant il est vrai que les générations successives ont pu l'amender, lui imposer des tournures nouvelles.

RESTAURATION D'UN ROI, DIFFUSION D'UNE IDÉE

Le 29 mai 1660, grâce à Monk, Charles II reprend en main le sceptre tombé de son père. L'épisode cromwellien est clos. Le général n'a pas manqué de poser des conditions à son soutien. Un accord a été trouvé, des promesses solennelles ont été consenties. Beaucoup d'observateurs anglais estiment que le coup a été bien joué. Quant à nous, il va de soi que nous ne pouvons pas jurer que le rôle des francs-maçons a été capital. Ce serait fausser l'analyse. Les loges, dont on ignore d'ailleurs le nombre, n'ont probablement été que des organisations informelles, sans lieux stables ni réunions régulières, avec un rituel très sobre se limitant à une prestation de serment, avant ou après lecture d'un texte métaphorique. Et si elles n'avaient pas existé, d'autres biais auraient été trouvés pour former un réseau clandestin de partisans. Toutefois, il s'impose de prendre acte de cette évidence que la restauration du roi n'a pas entraîné leur disparition. Une sorte de flottement se constate durant une ou deux décennies, mais il ne dure pas. Au début des années 1680, c'est encore Ashmole qui confie à son journal intime une annotation sur sa présence dans une cérémonie où sont reçus des néophytes. Puis, une accélération se produit au basculement du siècle, dont la conséquence est de conduire en 1717 à la Grande Loge de Londres. Autrement dit, au lieu de s'estomper et de s'évanouir, le phénomène rebondit, prend des directions inattendues.

Une ambiguïté, pour commencer. Le 28 novembre 1660, dans la région d'Édimbourg, John Johnston, maître maçon de métier, assure par contrat qu'il donnera à son apprenti James Temple la formation requise pour devenir un bon ouvrier. Cela est très banal. Ce qui l'est moins tient à un alinéa par lequel Johnston assure qu'il communiquera également le mot de maçon détenu par lui [1]. D'après Stevenson, ce serait la première fois qu'une allusion directe au mot apparaîtrait dans un document de ce type. Or, comme Johnston assure détenir le mot depuis quelque temps, il y a peut-être lieu de penser qu'il ne fait que révéler ici un usage propre aux opératifs eux-mêmes, sans égard pour la chose politique. Peut-être, et peut-être pas. Car la chronologie laisse songeur.

À la fin de 1660, l'étoile de Charles II a repris toute sa hauteur. Pour cette raison, n'importe qui court moins de risques qu'avant s'il se déclare dans le secret du mot. Le fait est que la scène se passe en Écosse où, depuis plus de vingt ans, les rumeurs vont bon train à son sujet. Si les communautés opératives étaient vraiment impliquées, on ne comprendrait pas pourquoi elles n'en diraient rien. On ne comprendrait pas davantage pourquoi un individu, un seul, attend un basculement politique majeur pour se dévoiler, qui plus est dans un acte de contractualisation destiné à controverse judiciaire en cas d'incident entre les signataires. Lorsqu'en 1637, le comte John Stewart of Traquair s'attirait le grief de posséder le mot, « ainsi que d'autres parmi la noblesse », le contexte était déjà celui d'une effervescence politique ; et rien ne concernait les artisans, absolument rien. Ensuite, aucune référence au mot, quand elle était formulée par le clergé presbytérien hostile aux réformes religieuses engagées par le roi, n'attirait non plus le regard vers les loges opératives, aucune. Partant, de deux choses l'une, au moins. Ou bien Johnston fait partie des bourgeois (*freeman*, c'est sa qualification dans le contrat d'apprentissage), ayant secrètement épousé naguère la cause stuartiste, ou bien une sorte de mimétisme s'est récemment produit, au sens où les loges

---

1. « ... *the masone worde which he hath himself...* ». Voir RD.13/427/1661, West Register House, à Édimbourg. Cité par David Stevenson dans *The Origins of Freemasonry, Scotland's century, 1590-1710*, Cambridge University Press, 1988, p. 130.

d'Écosse se seraient flattées d'importer dans leur pratique une innovation extérieure. La troisième éventualité selon laquelle les maçons écossais auraient intégré la pratique d'un mot servant à distinguer des compagnons triés sur le volet, grâce à des conventions passées de loge en loge, cela pour empêcher l'intrusion d'étrangers ou de rivaux parmi eux, cette troisième éventualité n'est pas complètement à rejeter. Elle paraît cependant assez boiteuse. Reposante pour l'esprit, elle soulève plus de problèmes qu'elle n'en porte à résoudre. Notamment, on ne voit pas comment l'intégrer à un contexte de crispations récurrentes entre patrons et ouvriers. On voit mal pourquoi la tradition orale du métier ferait l'impasse sur elle. Il est inconcevable qu'un mot soit partagé par des centaines et des centaines d'ouvriers, sans que jamais il ne parvienne aux oreilles de leur entourage, puis de proche en proche à des étrangers. Le mythe du silence verrouillé n'est qu'un mythe, quand il n'a aucun rapport à la défense d'une forte cause qui le réclame. Justement, le métier ne le réclame pas. D'ailleurs, l'une des directives de Schaw était d'obliger les loges à avoir plus de relations suivies entre elles, par le biais des correspondances, afin de pouvoir mieux écarter du métier des indésirables. Avant lui, elles avaient tendance à fonctionner en huis clos, sans que la possession d'un mot soit donc égale sur l'ensemble du territoire national, et sans qu'elle soit nécessaire.

Hérésie, par conséquent, que d'imaginer une relation inverse de celle communément admise dans les encyclopédies et autres chroniques de l'Institution. Le mot de maçon n'a pas été transmis aux spéculatifs par les opératifs, mais par les premiers aux seconds. Il a fallu toute l'agitation écossaise des années 1630-1650 pour que des artisans se l'approprient. Il leur est venu par la bande, par des passerelles obliques. Quelques individus d'abord le signalent, puis d'autres encore. Oui, hérésie que de présenter le tableau ainsi ; mais la norme est ce qu'il y a de plus délicat à tracer sous le ciel britannique du dix-septième siècle. Il n'y a pas de norme. Il y a un mouvement, des vagues. L'histoire avance tantôt à petits coups, tantôt à puissantes enjambées. Quoi de plus flatteur, de toute façon, aux yeux d'hommes au chantier que de se couvrir des symboles développés par les érudits au service des Stuarts depuis Jacques VI-1ᵉʳ.

Bientôt, voici qu'un presbytérien en délicatesse avec les autorités de Fenwick, pour cause de mécontentement devant le rétablissement de l'épiscopat, fait derechef allusion au mot dans un sermon. William Guthrie pousse les comparaisons fort loin, puisqu'il présume que le mot pourrait ressembler au signe donné par Jésus à ses disciples, afin qu'ils se reconnaissent entre eux. Une certaine façon de se vêtir, d'être habillé, de se parer, et la confiance serait immédiate. Je dis bien : « une façon de se vêtir » (*to be in that dress*[2]). Contrairement à Stevenson, j'estime que Guthrie emploie les mots convenables pour exprimer ce à quoi il pense. Sans insinuer le moins du monde qu'il le connaît lui-même, on remarquera alors qu'il assimile le mot à un signe, à quelque chose qui se montre, qui n'est pas nécessairement verbal ; et nous n'éprouvons aucun embarras pour expliquer son sentiment.

Guthrie écrit en 1663 ou 1664. Remontons le cours des siècles. Un regard sur les pratiques confraternelles médiévales nous renseigne puissamment sur certaines habitudes peut-être en voie de disparition, mais qui peuvent avoir laissé des souvenirs plus ou moins nets dans quelques mémoires. En France, vers 1350, il est clair que certaines associations paroissiales veillent à entretenir parmi leurs membres une culture de l'identification secrète, sinon discrète, dont l'objet principal est d'inviter à l'entraide réciproque lors de séjour dans d'autres paroisses, dans d'autres lieux, voire dans la même paroisse quand elle est étendue et que les affinités sont sélectives. C'est le cas, entre autres, à Saint-Nicolas de Guérande, quand les statuts stipulent que les confrères doivent « se entrefaire » un signe de « cognoissance » en tous lieux où ils peuvent se trouver, afin de s'apporter de forts soutiens si nécessaire[3]. Dans

---

2. Cité par G.S. Draffen, *The Mason Word, another early reference*, dans *Ars Quatuor Coronatorum*, volume 65, 1952, p. 54.
3. Article 9 des statuts. Voir *Annales guérandaises : la très noble et très ancienne confrérie Monseigneur saint Nicola de Guérande*, dans *Revue de Bretagne et de Vendée*, 1874, XXXVI.

le même ordre d'exemples, il est facile de montrer que certaines confraternités de l'époque sont très impliquées dans les querelles politiques, et qu'elles se soucient de manifester leurs attachements en adoptant des vêtures particulières. Lors des rivalités violentes, sanglantes, entre les Armagnacs et les Bourguignons, plusieurs ne se privent pas d'arborer des chapeaux caractéristiques, ou de coudre des bandes de couleur à l'épaule pour bien signifier leurs options [4]. En Italie, les Guelfes et les Gibelins ne procèdent pas non plus autrement. En première approche, on doit donc considérer qu'il n'est pas requis de faire référence aux francs-maçons pour commenter des usages si communs du passé.

Cependant, Guthrie assure extrapoler à partir d'eux. Plus encore, sous sa plume le mot serait bel et bien le fait des maçons tout court. Très probablement, il désigne ainsi les opératifs. Faut-il craindre que nous nous soyons fourvoyé ? Non. Car, le commentaire proposé dans les pas de John Johnston peut être reconduit. De toute façon, dans l'hypothèse où seul le métier serait concerné, il est permis de s'interroger une dernière fois sur le hiatus qui existerait entre de vieilles habitudes propres à des artisans assez nombreux dans toutes les contrées, et la méconnaissance qu'en auraient des religieux censés avoir l'œil sur toutes les vies, qu'elles soient publiques ou privées. Argument encore plus décisif : on ne parvient pas à comprendre comment les religieux auraient pu perdre la mémoire du mot. En effet, au Moyen Âge, ils sont nombreux à s'impliquer activement dans la construction des églises et abbayes. Ils participent à toutes les tâches, de la manutention des matériaux à la conception des édifices. Dans les îles comme sur le continent, plusieurs descriptions de chantier attestent de leur présence quotidienne sur des chantiers d'importance. Or, ils sont les premiers à écrire, à témoigner de leur temps, voire les seuls. S'ils pos-

---

4. Le *Journal d'un Bourgeois de Paris* (Collection Lettres Gothiques, Livre de Poche, 1990) contient des scènes où l'on voit des messes organisées tantôt par les partisans des Armagnacs tantôt par ceux des Bourguignons, où on ne se mélange évidemment pas, et où le principal souci est d'adopter l'habillement qui convient à la cause défendue.

sédaient le mot, le confieraient-ils à un parchemin ? Peut-être pas. Mais ils se le transmettraient oralement, et la mémoire collective ne pourraient pas l'oublier. Phénomène contradictoire : le dix-septième écossais met en avant des hommes d'église qui s'inquiètent de son existence, sans être capables de l'élucider. Et lorsque quelques presbytériens, lors de l'affaire Ainslie, prétendent que certains ministres de paroisse le possèdent quand même, ils ne disent pas que c'est eux. Le ouï-dire supplée la démonstration.

C'est au cours des années 1660, si l'on en juge par les échos divers dans plusieurs agglomérations écossaises, que commence à se diffuser la connaissance des anciens manuscrits anglais dits *Regius* et *Cooke*. Dès lors, on peut partir du principe qu'une théorisation de la chose maçonnique, théorisation plus ou moins floue, n'est pas sans venir effectivement apporter des sédimentations nouvelles sur le terreau strictement opératif. Faut-il l'imputer à l'action des membres de la *Royal Society* ou à une libération des censures imposées par la dictature de Cromwell ? Peu importe la réponse. Il est certain que les principaux fondateurs de la *Royal Society* sont depuis longtemps acquis à la cause de Charles II. Moray, Ashmole, Wren, et quelques autres en sont. Comme son nom l'indique, la société est *royale* ; elle se justifie par cette épithète, qu'il valait mieux glisser sous le boisseau durant la décennie précédente. De là à reprendre la thématique du règne de Jacques VI-1er, une telle tentation se légitime. Par contrecoup, que les loges de métier s'appliquent à l'importer en leur sein, cela ne constitue pas non plus une anomalie.

Chose encore plus surprenante, car imprévisible dans son surgissement, l'incendie de Londres en 1666 bouleverse radicalement le statut des communautés opératives. Le feu se répand à grande vitesse, détruisant de nombreux quartiers de la capitale anglaise. Les écrivains John Evelyn et Samuel Pepys en sont les témoins affligés. Quand vient l'heure du bilan, elle incline à la désolation. Le nombre d'édifices à reconstruire est gigantesque. Force est donc de faire appel à une importante main d'œuvre venue de partout, y compris de France. Pour ne décourager personne, pour faciliter au contraire le séjour de tous les volontaires disponibles, les plus hautes autorités, a fortiori avec l'aval du roi, imposent à la compagnie urbaine du métier de ne plus réclamer le versement de taxes d'enregistrement à quiconque. C'était une lointaine pratique, répandue dans toute l'Europe occidentale, que d'exiger le versement d'une somme forfaitaire à tout nouveau patron ou ouvrier souhaitant exercer dans une ville donnée. Il ne faut plus le faire, au moins pour une période de sept années. Liberté, gratuité. Cette mesure a pour effet d'incliner les maçons à se désintéresser d'une quelconque vie associative à caractère traditionnel et institutionnel. Le phénomène peut être aisément vérifié en consultant les archives de la Compagnie Londonienne. Seuls les maîtres nantis, ayant un statut social enviable, souhaitent maintenir la ligne ancienne. On les comprend, en partie. Car en ayant la main sur la Compagnie, ils tenaient naguère en bride l'ensemble des salariés ; ils pouvaient manœuvrer pour imposer leurs conditions d'embauche. Le contexte est en train de changer.

Partant de là, on assiste à une désaffection dont nul ne médite jamais assez les conséquences. Décemment, peut-on envisager que tous ceux qui désertent la Compagnie londonienne, ou qui refusent désormais de s'y associer en quelque manière, forment une maçonnerie à part, insensible aux mystères des hypothétiques rituels de l'encore plus hypothétique doctrine ancestrale ? Peut-on supposer que ces maçons-là sont moins instruits que ceux qui consentiraient à rester dans l'ornière ? Les adeptes de l'histoire classique ne font pas dans la nuance quand ils allèguent que toute la maçonnerie anglaise ou écossaise était imprégnée du mot, de l'ésotérisme, des secrets chuchotés de bouche à oreille. Ils n'envisagent pas une maçonnerie à double détente, avec des initiés d'un côté et des profanes d'un autre. Ils ne l'envisagent pas, car autrement ils ne pourraient pas faire la différence entre les constructions attribuables aux uns et aux autres. Ils ne l'envisagent pas, car autrement il leur faudrait concéder que certaines loges, ou communautés assimilées, auraient été détentrices d'un savoir initiatique, et d'autres pas. Ils raisonnent d'un bloc. Eh bien, quand le bloc en vient à se fissurer à la fin des années 1660, il laisse paraître au grand jour une grande trivialité. Les maçons qui prennent leur liberté ne parlent pas du mot, parce qu'ils ne le connaissent pas. Les maçons qui ne la prennent pas y font quelquefois allusion, en

Écosse seulement ; et l'on ne voit pas en quoi ils s'inscrivent dans une tradition qui serait depuis longtemps ancrée dans les mœurs, encore moins qui serait partagée par tous. Donc, nous revenons toujours au même point. Le mot est récent, il a été forgé en extérieur. Ceux qui l'empruntent maintenant s'adonnent à l'imitation d'un courant qui n'a pas pris source parmi eux.

À propos de la Société Royale, on trouve dans un essai anonyme publié dans le *German Mercury* de Weimar, au début des années 1780, qu'elle aurait déjà été esquissée en 1659, et qu'elle aurait fourni les premiers jalons des futures loges spéculatives. Cet essai assure que John Wilkins, professeur au Trinity College, beau-frère du dictateur défunt aurait été si mécontent de Richard, son fils et successeur, qu'il aurait vite organisé un club, virtuellement pour cultiver les sciences, mais concrètement pour œuvrer à la restauration de la monarchie. Du coup, il aurait accueilli avec sympathie les militaires et autres notables partageant ses vues, dont Monk en personne. À chaque conférence, introduite par un sujet anodin de pure forme, les discussions auraient rapidement tourné autour des affaires politiques. Il y aurait eu respect mutuel des opinions contradictoires, en sorte que les interlocuteurs se seraient habitués à un style de relations anticipant donc sur celui des organisations de la génération plus jeune.

Ce point de vue est discuté peu après par Christoph Friedrich Nicolaï, libraire de Berlin rapidement évoqué dans un chapitre antérieur, qui préfère envisager une influence à retardement de la philosophie baconienne, mêlée de rosicrucisme, avec naissance effective de l'institution spéculative en 1646, année cruciale pour beaucoup [5]. Il conteste d'ailleurs l'implication de Monk, arguant que, emprisonné à la tour de Londres entre 1643 et 1647, ce général aurait été ensuite placé sous une surveillance très étroite, rendant impossible d'éventuelles connexions avec des conjurés. Une fois nommé à la tête de l'armée d'Écosse, il

---

5. *Versuch über die Beschuldigungen welche dem Tempelherrenorden gemacht worden, und über dessen Geheimniß ; Nebst einem Anhange über das Entstehen der Freymaurergesellschaft*, Berlin und Stettin 1782.

aurait de toute façon été dans l'impossibilité de faire des visites assidues au cercle de Wilkins. Tout en concédant que le retour de Charles II a bel et bien été manigancé par des clandestins, nécessairement liés à Monk, le libraire berlinois préfère remonter plus en amont, vers les intellectuels comme Ashmole, ou William Lilly, George Wharton et quelques autres, dont il pense qu'ils se seraient réfugiés dans une sorte d'ésotérisme, adossé en partie à la *Nouvelle Atlantide*, pour reconstruire en imagination la Maison de Salomon, non sans perdre cependant l'espoir que la réalité permettrait de la fonder un jour.

Pour compliquer la controverse, en 1788 Nicolas de Bonneville introduit dans le paysage la silhouette des Jésuites, clamant qu'ils se seraient tenus dans l'ombre pour pousser très tôt les francs-maçons britanniques à comploter sans cesse[6]. Il sera ensuite relayé par John Robison sur ce terrain. Au vrai, rien ne sert d'entrer dans les subtilités polémiques. Nous savons que les informations sur les cromwelliens font défaut, que celles sur les royalistes sont évidentes, quoique parcellaires. Par ricochet, nous savons que des loges existaient avant la fondation de la Société Royale. Elles n'avaient pas besoin d'elle pour apparaître. Ni l'herméneutique de Nicolaï, ni les audaces du *German Mercury*, ni encore moins les charges anti-jésuitiques de Bonneville ou de Robison ne sont nécessaires pour comprendre que des coalitions de partisans ont pu un jour se former autour des allégories maçonniques, et subsister en Angleterre jusqu'à la fin des années 1650.

---

6. *Les Jésuites chassés de la Maçonnerie, et leur poignard brisé par les Maçons*, Les éditions du Prieuré, 1993 (reproduction de l'édition de 1788).

RÉACTIONS ET PAMPHLETS

En 1672, le fameux poète Andrew Marvell publie *The Rehearsal Transpos'd*, autrement dit la Répétition transposée [1]. On en fait grand cas, à juste raison, parce que c'est la première fois qu'en Angleterre un auteur signale l'existence du mot de maçon. Et, comme se constate un retard par rapport à l'Écosse, on se croit autorisé à valider l'hypothèse que ce seraient bien les Écossais qui auraient lancé la mode. Mais quelle mode ? telle est la question préjudicielle qui divise les chroniqueurs. Pour Douglas Knoop, entre autres, il faudrait établir un lien puissant avec les communautés opératives. Cependant, le fait que les statuts Schaw n'en disent rien, et que ce sont plutôt dans les pénombres de la politique qu'il commence à être évoqué, nous sommes en droit de maintenir l'option latérale d'un usage certainement voulu par des nobles écossais et anglais proches de Charles II, mais sans une quelconque volonté de s'approprier la pseudo tradition des hommes du métier.

Est-ce une pure clause de style si Marvell songe à faire le rapprochement avec les Guelfes et les Gibelins d'Italie ? Les uns se déclaraient pour le pape, les autres pour l'empereur. « Ils étaient si peu conformes les uns par rapport aux autres qu'aux dires de l'historien ils s'appliquaient à différer dans les moindres circonstances de n'importe quelle action humaine : de même que ceux qui ont le mot de maçon se reconnaissent secrètement entre

---

1. *The Rehearsal transpos'd ; or, Animadversions upon a late Book, Intituled A Preface shewing What Grounds there are of Fears and Jealousies of Popery*, prétendument imprimé sur la rive sud du Lac Léman, 1672.

eux, de même rien qu'à sa manière de peler ou de couper un oignon un Guelfe reconnaissait du premier coup un Gibelin, et vice-versa[2]. » Une fois de plus, il est loisible de polémiquer sur le sens d'un tel propos. Quand Marvell parle de « ceux qui ont le mot de maçon », il ne dit pas que ce sont les maçons tout court, les artisans au chantier. Le profil qu'il ébauche est plutôt celui d'hommes formant une coterie singulière, une faction. Simple ébauche, objectera-t-on, trait non appuyé. L'objection peut être même poussée plus loin : dans cette citation, rien n'indique que Marvell songe explicitement au carré de fidèles ayant depuis plus d'un génération promis de servir inconditionnellement la dynastie des Stuarts. Oui, cet extrait est un peu court. Sauf que le reste de l'œuvre contient des textes très directs dans lesquels le poète exprime ses propres penchants, lesquelles sont hostiles à l'entourage intime de Charles II.

Né le 30 mars 1621 dans le Yorkshire, d'un père presbytérien et aussi poète, Marvell suit des études à Hull avant de s'inscrire à Cambridge. À vingt ans, il s'installe à Londres. Ensuite, conformément aux habitudes du temps, il passe sur le continent pour y faire son « grand tour ». Hollande, France, Italie, Espagne. Ses premières publications datent de son retour, après 1646, et elles sont nettement orientées, puisque l'une d'elles est une ode à Cromwell[3]. Ses affinités se renforcent d'une année sur l'autre. Bientôt, il est l'ami de William Duton, lui-même très proche du chef de guerre parlementaire. À la mort de celui-ci, en 1658, il compose d'ailleurs une sorte d'élégie et tient à faire partie de la procession funèbre qui accompagne le défunt à sa dernière demeure[4]. L'année suivante, durant l'intérim assuré par le fils, il est élu au parlement. Après la restauration, il semble se rallier aux Stuarts ; mais sa déception croit. Il se méfie de ses compatriotes qui manœuvrent pour assurer le regain des doctrines romaines en religion et celui de l'absolutisme en politique.

D'où son *Rehearsal*. Ce livre, d'abord publié anonymement

---

2. *Id.*
3. *An Horatian Ode upon Cromwell's Return from I^{re}land*, 1650.
4. *Poem upon the Death of His late Highness the Lord Protector*, 1658.

et sans avoir recherché l'approbation de la censure, est un pamphlet à la fois vigoureux et burlesque, qui réplique à un ouvrage de Samuel Parker, presbytérien gagné à l'anglicanisme. Très zélé, presque fanatique, Parker n'hésite pas à proclamer que le magistrat civil est à même d'exercer une autorité indiscutable sur la conscience de n'importe quel sujet. Marvell n'apprécie guère, bien entendu. Et nous ne pouvons un seul instant imaginer qu'il se divertit à penser aux mœurs des ouvriers en bâtiment lorsqu'il affûte sa plume. L'arrière-plan de la controverse dans laquelle il s'ébroue volontiers est entièrement politique. On dit que le roi ne lui est pas alors hostile, qu'il s'amuse de son style, de sa vigueur, et qu'il ne voit aucun inconvénient à ce que l'imprimatur lui soit accordé à retardement, sous réserve de supprimer quelques passages déplaisants lors d'un prochain tirage du livre. Marvell paraît lui-même ménager le monarque, en ajustant uniquement ses coups contre les courtisans qui l'exaspèrent. Mais, ses opinions sont assez tranchées pour que personne ne se trompe. Dès l'été 1674, il sera soupçonné de jouer les espions pour le compte des Hollandais, puis en 1677, un an avant sa mort, il écrira un traité contre la progression du papisme et l'arbitraire gouvernemental en Angleterre. Autrement dit, cherchez un écrivain qui ne peut pas éprouver de sympathie pour la maçonnerie apparue une quarante d'années plus tôt, vous trouvez Andrew Marvell.

Comme son devancier bien mieux disposé Thomas Urquhart of Cromarty, il ne suggère nulle part que le mot de maçon serait pour lui l'attribut de quelques égarés dans le brouillard d'un ésotérisme marginal. De même que les Guelfes et les Gibelins défendaient des causes aussi matérielles que contradictoires, ses propres contemporains lui paraissent impliqués dans des rivalités où les mystères ne sont jamais que ceux qu'on crée soi-même. Par conséquent, sachant à quel point le passé britannique est riche à ce sujet, et pas seulement lui, car les querelles françaises n'ont jamais manqué non plus, mieux vaut le lire avec placidité. Pas plus qu'aucun autre contemporain, il n'exprime une stupeur ou une critique sur ce qui se produirait chez les professionnels de la pierre. Au demeurant, nul ne connaît en Angleterre des loges qui seraient sur le modèle écossais connu depuis William Schaw. Le métier y est organisé autrement, y compris à la Compagnie de Londres. Il a déjà subi les mutations amorcées dans plusieurs autres pays européen.

En tout état de cause, grâce aux libertés concédées à la presse et aux libraires, en dépit de quelques sévérités récurrentes, l'ambiance générale est celle d'une liberté d'expression qui dispose des auteurs ou journalistes à déployer une gamme très étendue de railleries et de caricatures aux dépens d'adversaires réels ou supposés. C'est une évolution irréversible de la société anglaise, malgré ou à cause des guerres civiles, que d'amener à une conception de la citoyenneté qui élargit le champ des tolérances. Un auteur fait l'apologie d'une doctrine, un autre lui répond aussitôt en prenant le contre-pied. Cacophonie quelquefois, débats constructifs d'autres fois. N'en concluons pas que tout le monde s'en réjouit, loin de là. Disons seulement qu'il serait impossible à Charles II d'espérer un minimum d'union autour de sa personne s'il n'acceptait pas l'idée de faire coexister des différences. Néanmoins, le problème que posent les francs-maçons, ceux ayant le mot, c'est qu'ils font parler d'eux sans que les profanes sachent qui ils sont exactement. Marvell y voit des adversaires idéologiques ; mais comme des ombres chinoises sur un écran de lumière. Impossible de discerner leurs véritables traits.

Quand on ne sait pas, on brode, on oscille entre la gravité et la fantaisie plus ou moins délurée. Le 10 octobre 1676, voici la revue londonienne, *Poor Robin's Intelligence*, qui publie une annonce exotique. Les lecteurs sont informés que la Cabale du Ruban Vert, l'Ancienne Fraternité de la Rose-Croix, les Adeptes Hermétiques et la Compagnie des Maçons acceptés projettent un dîner collectif le 31 novembre prochain, à l'auberge du Taureau Volant, rue de la Couronne des Moulins à Vent. Le menu est d'ailleurs précisé : pâtés de cygne noir, œufs de phénix pochés, cuissots de licorne, et bien d'autres gâteries de même bouche. Les curieux sont invités à venir en masse, sous conditions de s'équiper de lunettes en verres malléables, car lesdites sociétés risquent fort de rester invisibles à ceux qui n'en auraient pas. C'est drôle, c'est frais. Le plumitif accumule les oxymorons pour accentuer le comique grinçant de son article. Quelque part, on a l'impression que l'irrésistible don Quichotte pourrait en être le dédicataire, ou bien l'illustrissime Gargantua. Retenons seulement la référence à la Compagnie des maçons « acceptés ». Pour Douglas Knoop encore, ce serait la première fois qu'elle serait imprimée. Faudrait-il, envers et contre tout, se rapprocher de la Compagnie opérative sise dans la capitale anglaise depuis au moins trois siècles, ou à peu près ? Ce que signifie l'acceptation dans le contexte médiéval, je l'explique dans *La Légende des fondations*. Grosso modo, est accepté un maître maçon qui, non originaire d'une agglomération urbaine, souhaite venir s'y installer. Pour cela il doit payer une taxe souvent supérieure à ceux des natifs ; par un serment juré sur les Évangiles, il doit également consentir à respecter les règlements locaux. Ce n'est pas de cela qu'il s'agit ici. Pas davantage, il ne s'agit de placer sous la qualification d'acceptés des curieux ou mécènes de la bonne société qui se seraient piqués de venir jouer les curieux lors des réunions organisées par les artisans. Pas plus en Écosse qu'en Angleterre ou Irlande, cette pratique n'est flagrante. On ne voit nulle part une augmentation plus ou moins lente, plus ou moins soudaine, de non opératifs parmi les habitués de la truelle ou du ciseau de taille. De plus, nous avons vu que l'incendie de Londres a sérieusement changé les conditions de surveillance et de contrôle des ouvriers, la majorité d'entre eux s'étant empressés de se soustraire à sa tutelle.

Compte tenu du ton général de la bouffonnerie, son auteur se contente de jongler avec des ouï-dire. Il n'en sait pas plus sur les francs-maçons que sur les Rose-Croix. Est-ce un lecteur tardif d'Adamson, d'Urquhart ? Est-ce un espiègle aussi facétieux que Marvell, mais sans pencher vers la controverse ? Il faudrait connaître les habitudes de sa revue, le contexte de sa parution, pour tenter l'analyse de ses motivations cachées. Le temps manque pour cela. En revanche, il compte sur l'humour de ses lecteurs pour leur faire comprendre une chose assez simple, à savoir qu'il y a toujours de la supercherie dans les mises en scène qui tournent autour de l'occulte, de l'hermétisme, de la magie, voire de l'extrémisme politicien, car la référence au Ruban Vert vise les plus farouches affidés du parti whig, lesquels – ô constance des mœurs – reproduisent la lointaine pratique médiévale de l'ostentation vestimentaire décrite dans le chapitre précédent, avec la citation de William Guthrie (*to be in that dress*)[5]. Consciemment ou non, il fournit un écho du propos d'Urquhart, au moins. Ce qu'on croit être surnaturel paraît fort trivial quand on en a élucidé le pourquoi. À cet égard, il est établi que les changements intervenus sur l'échiquier international retentissent beaucoup sur la politique intérieure de l'Angleterre. Le 1er juin 1670 Charles II signe un traité avec Louis XIV, dont l'une des clauses secrètes est de promettre la conversion du premier au catholicisme, dès qu'il aura assuré la maîtrise complète de ses peuples. On croit revenir aux débats qui passionnaient les sphères diplomatiques sous Richelieu. Moins d'un an se passe, et Charles décide de suspendre les convocations du parlement pour promulguer de son propre chef une Déclaration d'indulgence au profit des minorités religieuses, les catholiques pour commencer, bien entendu. En théorie, il n'est plus question de soumettre qui que ce soit à des astreintes pénales pour raison de foi. Il le fait en vertu de son pouvoir « suprême » qu'il exerce dans les affaires ecclésiastiques. On comprend alors les motifs de Samuel Parker : il essaie de justifier la méthode. Mais Marvell ne l'entend pas de cette oreille. Ni lui ni le parlement qu'il faut rappeler en urgence au début de 1673, car la guerre avec la Hollande réclame des prélèvements de taxes qui doivent être soumis au vote des élus. Ceux-ci en profitent d'ailleurs pour demander le retrait de la Déclaration, pour exiger même que tout fonctionnaire de la couronne doit communier selon le rite anglican. C'est ainsi que le propre frère du roi, Jacques Stuart duc d'York, doit démissionner de son office de Grand Amiral de la flotte ; car il est catholique, car il s'affiche ostensiblement comme tel.

Ces mouvements antagonistes ne disposent-ils pas à raviver ou exacerber la tendance aux divisions et, dans certains cas, aux solidarités plus ou moins avouées, plus ou moins souterraines ? La maçonnerie n'est-elle pas partie prenante ? Probablement. Compte tenu de son passé, on ne voit pas pourquoi elle se serait soudain métamorphosée en association neutre,

---

5. Ruban ou bande de couleur voyante. D'où : appartenir à la même bande.

incolore ou latitudinaire. On doit plutôt être attentif à ceci que, au cœur des arguments déployés par les presbytériens contre le catholicisme en particulier, ou dans une moindre mesure contre l'épiscopalisme anglican, revient sans cesse celui de la liturgie et de la hiérarchie associée. Les cérémoniels pompeux sont considérés comme totalement surannés, dépassés, voire humiliants pour les fidèles. D'aucuns en appellent à la simplicité, à la sobriété. Moins de fastes, moins d'ors, moins d'agenouillements à répétition, moins de crédulité aussi devant des scènes qui dépassent l'entendement, comme celle de la transsubstantiation. Il faut être attentif aux échanges très vifs sur ce point, car en fait les railleries et ricanements publiés par les humoristes londoniens sont exactement dans le ton. Ils traitent les francs-maçons comme s'ils formaient une bande de galopins se livrant à des salamalecs compliqués, quasiment de même nature – à leurs yeux – que les artifices portant le sceau romain.

De là, par un étrange effet de contamination, le caractère détonnant des premiers rituels soi-disant orthodoxes qui vont apparaître dans les années 1690. Ils présenteront un mélange de fantaisie carnavalesque et de sérieux. En vingt ans, quelques tabellions vont se mettre à composer une dramaturgie d'autant plus pittoresque que les crédules finiront par la prendre pour argent comptant, sans apercevoir en elle les éléments de satire. Il faudra bien du temps, un très long temps pour que des inventaires deviennent possibles. Un prochain chapitre permettra de clarifier le panorama à ce propos. Ici, c'est presque un truisme de remarquer que le clivage des opinions se continue depuis les émotions exprimées en Écosse par les censeurs presbytériens. Il maintient les données à peu près sur les mêmes bases qu'au début. D'un côté, il y a une fraternité secrète, aux convictions à la fois monarchistes et, sinon papistes, du moins anglicanes. D'un autre côté, il y a d'autres groupes ou des individus qui refusent l'arbitraire royal, aspirent à prolonger la vague de réforme religieuse amorcée depuis Calvin, ainsi qu'on le voit chez Marvell.

En ce qui concerne le rapport à la *Royal Society*, je l'ai peut-être abordé trop vite. Car, avant la restauration de 1660, il est possible de deviner que l'équipe d'intellectuels qui va en former le noyau est déjà assez active. Comme par hasard, elle se désigne elle-même comme un invisible collège, et une telle qualification n'est pas sans susciter la perplexité. On peut même considérer qu'elle provoque la verve ingénieuse de l'auteur qui s'épanche dans la *Poor Robin's intelligence*, quand il recommande à ses lecteurs de s'équiper en verres malléables pour réussir à suivre les allées et venues de personnages ayant la faculté de se soustraire à la vue du commun des mortels. Cependant, mieux vaut éviter d'aller trop vite en besogne sur ce terrain. Sans déroger au style de la contrefaçon rieuse, la notion d'invisibilité s'entend ironiquement. À Oxford, elle servait naguère à qualifier un groupe de professeurs et érudits divers qui, n'ayant pas de lieu institutionnel pour justifier les rapprochements entre eux, déclaraient former une entité invisible. Pas de locaux, pas d'administration. Disons qu'ils se réunissaient de temps en temps dans des tavernes ou un appartement privé. Alors, ils échangeaient un peu sur tout et n'importe quoi. Nous pouvons admettre que la politique ne leur était pas étrangère ; et nous savons que, assez tôt, plusieurs fondateurs de la *Royal Society* se sont comptés effectivement parmi eux. On y rencontrait, par exemple, William Dugdale, futur beau-père d'Elias Ashmole et roi d'armes de l'Ordre de la Jarretière, ou William Backhouse, qui a introduit le même Ashmole dans les subtilités de l'alchimie, ou encore John Aubrey, dont il sera question plus loin, voire Christopher Wren. Reste qu'il serait abusif de préjuger une complicité partout. Le terme de sensibilité convient mieux.

Au cours des années 1650, nombreux sont les membres de l'invisible collège enclins à partager l'option monarchiste, et ils ne se privent pas de jouer un rôle important dans la formation de la Société Royale après la restauration. Mais alors, phénomène classique, il faut regarder les sphères de l'intelligentsia comme naturellement prédisposées à accueillir une grande concentration d'individualités de premier plan, sans que cette concentration révèle automatiquement une similitude de choix politiques. En revanche, l'adhésion à la maçonnerie rentre dans ce cas de figure. Ici, les choix sont plus restreints, plus affûtés. On peut en dire autant lorsqu'il s'agit d'examiner les rapports d'autres collèges oxfordiens, bien visibles ceux-là, ou sociétés d'études, comme celle des Astrologues, avec la mouvance favorable aux Stuarts. Plusieurs noms relevés dans des listes séparées ne permettent pas de postuler l'existence d'un réseau souterrain. Des efforts pour séduire des collègues, certes, pour les circonvenir au besoin ; la diffusion d'un maillage précis, orchestré, non. À cette fin, n'est envisageable qu'une association délibérément marginale, opérant ponctuellement chaque fois que nécessaire. Là est la maçonnerie, ici sont les loges. Il est plutôt conforme aux usages de même nature que les loges n'aient pas de lieu attitré, permanent, fixe. Il n'est pas souhaitable, ni même nécessaire qu'elles se réunissent avec la régularité d'un office religieux ou d'un colloque académique. Signifient-elles seulement l'existence de groupes stables, plus ou moins homogènes ? Rien n'est moins sûr. Une loge peut être formée pour recevoir un nouveau maçon, mais le maçon devient membre de la maçonnerie en général, sans référence au groupe qui l'a accueilli. Être maçon, c'est appartenir à l'organisation, ni plus ni moins. D'où cette géométrie aux contours variables, qui génère à des endroits différents, selon les circonstances, des assemblées occasionnelles. Quelqu'un qui a été « fait » maçon est une fois pour toutes identifié tel, sans qu'il soit requis de l'instruire ultérieurement dans une improbable science occulte. De deux choses l'une : ou bien j'appartiens à la fraternité, ou bien je n'y appartiens pas. Une fois que j'y suis, mes attaches avec les autres membres du parti sont solides. C'est dit.

Le jour où un chercheur découvrira l'existence d'une loge « spéculative » à résidence fixe dans les îles britanniques avant 1660, il pourra se flatter de provoquer un séisme historiographique. Celle de Warrington ne rentre pas dans cette catégorie, et nul n'est en mesure de citer une seule ville qui puisse être définie comme un « Orient », au sens actuel du terme. Donc, il n'existe pas encore de système rigide, de connexions fixes, entre les groupes rassemblés dans certaines endroits au gré des besoins. Leur culture ne peut s'accommoder de cela. Toutefois, après 1670, le paysage sociopolitique subit donc quelques métamorphoses, et l'on assiste à une nouvelle distribution des cartes. De là, quel que soit le ton employé chez les profanes, ton acerbe ou clabaudeur, une relance des mystères. Qui sont les francs-maçons ? Marvell les compare aux Guelfes ou Gibelins. Serait-ce sous sa plume alerte un effet de pure rhétorique ?

PETIT PRÉCIS D'HISTOIRE NATURELLE

Enfin Robert Plot vint. Ressource inestimable pour les compilateurs. En 1686, ce vaillant docteur en médecine publie en effet une *Histoire naturelle du Staffordshire*, selon un genre très prisé à l'époque, dans laquelle il écrit un long passage sur la franc-maçonnerie, le plus long connu à cette date sous forme imprimée [1]. Et, il n'hésite pas à appeler un chat un chat. Pour lui, les vieux parchemins retrouvés par les Antiquaires, tels que le *Regius* et le *Cooke*, composent un tissu d'âneries. Quand ils retracent l'histoire du métier, ils mélangent des mythes et des fragments de réalité. Pis encore, Plot s'inquiète de la recrudescence de loges dans toute l'Angleterre, au premier chef dans son comté du Stafford, non pas vraiment à cause de l'exploitation pour le moins hasardeuse qui serait faite de ces reliques ancestrales, mais à cause des pratiques secrètes que les adhérents auraient développées parmi eux, pratiques aussi dangereuses pour la paix publique que l'étaient les révoltes artisanales de la fin du Moyen Âge [2].

La charge est menée tambours battants. Et l'on ne comprend pas très bien contre qui elle serait dirigée si elle ne visait que les artisans à l'ouvrage sur les chantiers. Plot assure qu'il connaît des personnages de plus haut rang (*persons of the most*

---

1. *Natural History Of Stafford-shire*, Oxford, printed at the Theatre, 1686. Voir chapitre III, paragraphe 85-88, p. 316-318.
2. *Id.* « 'tis still be feared these Chapters of Freemasons do as much mischeif as before, which if one may estimate by the penalty, was anciently so great, that perhaps it might be usefull to examine them now. »

eminent quality) devenus membres de la compagnie des francs-maçons. Ce premier éclairage est, en soi, très précieux. Il ajoute que les loges répondraient à des convocations réunissant au moins cinq ou six anciens de l'Ordre (*Ancients of the Order*). Second éclairage : si notre auteur entend décrire les mœurs d'un Ordre, au sens non équivoque de son temps, c'est qu'il ne le confond pas avec le métier lui-même (*Craft*). L'ordre désigne assurément un ensemble organisé de personnes selon des conventions qui sont de fraternité élective. N'entre pas qui veut. Pour cela, il faut être choisi, pressenti. Sur quoi, le qualificatif d'*accepté* est dans le texte (*accepted mason*). Il sonne un peu comme celui contenu dans l'article de la *Poor Robin's Intelligence*. Aucune allusion à une hiérarchie qui ne concernerait que les opératifs. L'acceptation dans l'Ordre n'est pas un processus d'annexion à une compagnie ouvrageante.

L'inconvénient est que Plot utilise des termes concrets quand il en vient à expliquer la solidarité jurée entre les membres. N'importe qui, serait-il perché au faîte d'un clocher (*top of a Steeple*), doit immédiatement satisfaire à l'appel d'un pareil, lui fournir une assistance en argent, lui procurer un travail, le soulager autant que possible. Le principe de l'entraide mutuelle est fondamental. De même, si un maître est aperçu à gâcher le métier, à se tromper dans la conception d'un édifice, à employer des matériaux de médiocre qualité, tout frère qui s'en aperçoit est autorisé à le conseiller pour y remédier, sinon la maçonnerie serait déshonorée. Ces quelques éléments supplémentaires dans le texte créent une sorte de handicap à l'analyse, car ils suggèrent des images d'hommes affrontés aux choses matérielles, comme on peut l'être au pied d'une construction véritable. Plus encore, Plot rappelle les prohibitions publiées sous la minorité de Henry VI contre des associations urbaines de maçons, et c'est pourquoi il conclut que la nouvelle société dont il déplore l'extension autour de lui mériterait à son tour d'être surveillée de très près, tant elle est porteuse de menaces pour la paix civile. La distinction entre les acceptés de maintenant et les ouvriers d'autrefois n'est donc pas nette chez lui. Tantôt, elle paraît telle ; tantôt, elle est au contraire brouillée, estompée.

N'empêche que, si l'on accueille son propos au plan métaphorique, si l'on admet qu'il prolonge la ligne abstraite déjà remarquée depuis les révélations faites par Ashmole en 1646, sans refuser d'ailleurs l'idée d'une anticipation au cours de la décennie précédente, tous les embarras sont levés. Il est tout à fait loisible à des hommes ne fréquentant pas les communautés professionnelles de reprendre leur vocabulaire pour l'appliquer à autre chose que la conception et l'édification d'un bâtiment. Quoi de plus certain quand on n'oublie pas à quel point philosophes, théologiens, poètes et autres écrivains s'appliquent à peindre leur propre œuvre comme une architecture. Les hauts personnages stigmatisés par Plot ne sont pas vraiment en porte-à-faux si, relisant par exemple le texte copié par Edward Sankey le jour même de la réception d'Ashmole à Warrington, ils promettent d'œuvrer à la défense du système monarchique.

Il est certain que les opératifs d'autrefois juraient d'observer de près n'importe quel confrère susceptible de gâter le métier, de le déshonorer par des étourderies ou des désinvoltures. Les premiers statuts connus à Paris, dans les années 1260, sous la prévôté d'Étienne Boileau, contiennent des articles très explicites à ce sujet, et pas seulement relatifs à la maçonnerie. Nous avons vu, avec une certitude égale, que des interdits ont été souvent prononcés aux dépens de congrégations d'artisans en rébellion plus ou moins spontanées contre les représentants d'un gouvernement royal ou des édiles un peu trop arrogants. Par conséquent, les attaques de Plot ne peuvent pas être entendues comme menées contre les corps ordinaires des maçons, lesquels sont plutôt paisibles après 1670, ayant beaucoup à faire, et avant tout à Londres, quelles que soient les frictions sporadiques avec le patronat. Les cibles sont ailleurs.

Que disait le deuxième article du serment juré par les amis de Sankey en 1646, puis de Martin en 1659 ? Pas un seul véritable frère maçon ne doit trahir la cause ; et, s'il commet une faute quelque part, il doit la signaler au roi ou à son conseil[3].

---

3. « *Alsoe you shall be true liegh men to the King without treason or falshood and that you shall know no treason that you amend it if you may or warne the King or his councell thereof.* » (*Manuscrit Sloane, 3323*, transcription de William James Hughan dans *Masonic Sketches and Reprints*, Masonic Publishing Company, 1871, p. 197).

Ici, l'idée est exprimée de manière très directe. Mais, il suffit de l'habiller du langage des métaphores pour qu'elle coïncide étroitement avec celle exprimée par Plot quand il dit que chacun est tenu d'être intègre, voire de contrôler l'activité d'autrui et d'en aviser qui de droit lorsqu'une malfaçon est déplorée. Aussi bien, cet univers original dont il fait état dans son précis d'histoire naturelle demeure-t-il très représentatif de celui que nous avons vu naître quarante années avant. Son souhait que les autorités le surveillent n'aurait aucune valeur si le leitmotiv ne se répétait pas : encore et toujours, il y a de la politique sous roche.

À toutes fins utiles, il est bon de remarquer que Plot ne prétend pas que les loges sont des organisations ayant des lieux fixes de réunion, ni se perpétuant à l'identique de mois en mois. Il observe que plusieurs se manifestent ici ou là, sans plus. En décrivant l'habitude de tenir un banquet avant la réception des candidats, puis de révéler des signes secrets, il n'indique pas si une obligation de périodicité est jurée. Donc, on ignore également la fréquence des cérémonies. Par surcroît, nulle part il n'insinue que l'entraide aboutissant à donner du travail à quelqu'un s'exerce dans le milieu des entreprises du bâtiment. Bref, tout bien considéré, il n'offre vraiment aucune base solide pour imaginer qu'il serait le témoin indirect de la fantasmatique transition si prisée par la vulgate. Ces francs-maçons dont ils se méfient, nous ne les voyons pas issus de l'acceptation des temps révolus. Autre espèce.

Dans son journal intime, Ashmole note que Plot lui offre son ouvrage après parution. Quoi de plus normal, il en a été le souscripteur, à l'instar de William Dugdale ou de Christopher Wren, entre autres. Dommage qu'il ne fournisse par ailleurs aucun commentaire. Mais tâchons de savoir quels sont les liens particuliers noués entre les deux hommes. Né en 1640, Plot est pressenti au début des années 1680 pour assurer la direction du musée fondé par Ashmole à Oxford, et veiller surtout au bon fonctionnement du laboratoire de chimie qu'il abrite. En même temps, il lui est demandé d'entretenir une correspondance suivie avec la Société Royale de Londres et la Société Philosophique de Dublin. Cependant, ses absences sont nombreuses, et Ashmole ne les approuve pas. Sans grands égards pour ses auditeurs, il lui arrive de manquer les cours hebdomadaires dont il a par ailleurs la charge. On admettra donc qu'entre le fondateur du musée et son tout premier directeur les relations ne sont pas souvent au beau fixe. Selon Robert Freke Gould, le premier tenait le second en haute estime [4]. Au début de leur collaboration, peut-être ; au fil des ans, l'entente devient pour le moins fragile. Cela est si vrai que Plot démissionne de son poste en 1691, et qu'Ashmole, plutôt amer et échaudé, hésite à agréer la nomination d'un successeur en la personne d'Edward Lhuyd. En réduisant les conjectures au minimum admissible dans l'examen de la documentation, on en conclut deux choses. La première est que la charge de Plot contre les francs-maçons peut indirectement viser Ashmole. Cela est tout à fait plausible, quoique non prouvé à l'heure actuelle. La seconde est qu'il a bien fallu à cet auteur connaître des bribes de la progression de la franc-maçonnerie dans l'Angleterre des années 1680 pour être en mesure d'écrire sa critique corrosive. Selon David Stevenson, reprenant en cela des éléments de *Dictionary of national biography*, il se serait laissé piéger par des informateurs facétieux de la gentry locale qui lui auraient fait prendre pour argent comptant des billevesées de collégiens [5]. C'est à voir. Autant nous devons considérer qu'il exagère l'ampleur du phénomène d'extension de l'Ordre (reprenons le mot, puisqu'il est sous sa plume), autant il ne se trompe pas de beaucoup sur sa réalité même. Au moment où il mène son enquête, les francs-maçons ne sont pas inactifs. Ils recrutent encore. Et comme ce ne sont pas des artisans, comme ce sont bel et bien des membres de la gentry ou de la haute noblesse, force est de ne pas rejeter son témoignage, serait-il indirect.

De toute façon, l'indice le plus flagrant de sa valeur est encore apporté par le journal intime d'Ashmole. Il est tout à

---

4. « *The author was held in high respect and esteem.* » *The Concise History of Freemasonry*, réédition Gale et Polden, 1920, p. 120.
5. *The Origins of Freemasonry, Scotland's century, 1590-1710*, Cambridge University Press, 1988, p. 224. « *But unfortunately Dr Plot's book displays in places considerable credulity, and it was said that for years after publication the gentry of Staffordshire entertained themselves with stories of how they had misled the poor doctor when he had applied to them for information about the shire.* »

fait incongru, pour ne pas dire absurde, que certains exégètes réputent Plot comme un crédule presque ignare, alors qu'au moment même où il amasse ses matériaux pour rédiger son histoire naturelle du comté de Stafford, notre vieux royaliste confie quant à lui avoir participé à une assemblée d'initiés au cœur même de la capitale anglaise. En quoi ce genre de cérémonies serait-il limité à une minorité d'individus résidant à Londres ? Si Plot assure en recevoir des échos de l'ensemble du pays, avec plus ou moins d'insistance selon les régions, n'est-on pas en droit d'inférer qu'une certaine mode s'est en effet diffusée dans des sphères particulièrement sensibles ?

Le passage du *diary* d'Ashmole est connu. Cent fois cité, cent fois commenté. Une de plus : le 11 mars 1682, vers midi, notre vétéran répond à une convocation reçue la veille. Le lieu est le *Masons Hall*, c'est-à-dire l'immeuble où les maçons réellement opératifs ont le siège de leur administration. Les membres déjà faits maçons, déjà « acceptés » en somme, outre Ashmole, sont Thomas Wise, Thomas Shorthose, Thomas Shadbolt, un écuyer nommé Wainsford, Nicholas Young, John Shorthose, William Hamon, John Thompson, puis William Stanton. Les néophytes sont William Wilson, Richard Borthwick, William Woodman, William Grey, Samuel Taylor, enfin William Wise. À l'issue du protocole exécuté dans les formes, tout ce beau monde se transporte dans Cheapside, afin de déguster un plantureux dîner, taverne de la Demi-Lune.

Grâce à une étude des plus anciennes archives londoniennes, Edward Conder[6] a pu signaler que Wilson et Borthwick, notamment, ne seront jamais ensuite répertoriés parmi les membres de la Compagnie de métier, proprement dite. À l'inverse, il a constaté que, parmi les nouveaux acceptés de mars 1682, se trouvent des personnages qui lui appartiennent depuis un temps assez substantiel ; d'ailleurs, Ashmole ne se prive pas de marquer que Thomas Wise en est le maître (M^r, lire : *Master*) pour la présente année (p^{r}sent yeare). Au vu de cela, Conder en déduit qu'il existe en fait deux institutions au même endroit.

---

6. *The London Masons Company*, dans *Ars Quatuor Coronatorum*, volume 9, 1896.

L'une serait la Compagnie (*Company*), l'autre la société (*Fellowship*) ; et sa théorie est que la seconde serait en quelque sorte l'émanation honorifique de la première, avec sélection des candidats y provenant, d'un côté, puis agrégation de personnalités extérieures, d'un autre côté. Dans les deux cas, l'acceptation serait la formalité d'entrée. Les « acceptés » seraient des maçons tantôt issus du métier, tantôt venus de l'extérieur.

Bien sûr, nous pouvons trouver cette théorie d'autant plus insolite qu'elle ne s'accorde en rien à la leçon tirée de l'autre passage du journal d'Ashmole, où aucun des protagonistes de Warrington ne peut être rattaché à une compagnie opérative. Plus encore, la masse documentaire relative aux métiers constitués en confréries ou compagnies depuis le Moyen Âge prouve que Conder commet une erreur en confondant les acceptés du *Craft*, au sens strict, et ceux du *Fellowship*. Ainsi que j'ai eu l'occasion de le rappeler sommairement, il était autrefois possible d'être accepté dans une ville quand on était originaire d'une autre ; il était également admis qu'un patron ayant perdu le droit d'exercer pour une quelconque raison (affaire de justice, maladie, faillite momentanée) sollicite le rachat de ce droit et soit donc autorisé à reprendre une activité normale. C'est pourquoi, y compris dans les archives anglaises, y compris dans celles étudiées par Conder, il est parfois mention de *purchase* ou de *redemption*, qui signifient assurément une capacité à acquérir ou recouvrer quelque chose. Il est même loisible d'aller plus loin dans l'analyse des usages linguistiques, puisque les contextes sont plutôt nombreux où l'appellation d'*accepted* apparaît simplement comme accolée à l'apprenti ayant passé avec succès les épreuves d'admission à la maîtrise, en sorte qu'elle s'avère finalement plutôt polysémique. Aussi bien, de façon plus rigoureuse, devons-nous admettre que *Company* et *Fellowship*, selon une distinction au demeurant adoptée aussi par Ashmole, sont et ont toujours été deux entités, deux institutions hétérogènes, sans liens de parenté originels.

À Londres, c'est l'évidence, l'endroit où se déroule la cérémonie de mars 1682 est l'immeuble de la *Company*. Mais ailleurs, mais dans les contrées du Staffordshire où Plot mène sa quête naturaliste, mais dans celles du Lancashire où les Mainwarring sont à l'œuvre depuis quarante ans, mais dans celles du Cheshire où le généalogiste Randle Holme se flatte d'en être ? De fait, Londres ne forme qu'un cas particulier. Si bien qu'un dosage des arguments est nécessaire. Au lieu de brandir comme un axiome intouchable, sous peine de blasphème, l'idée que les francs-maçons spéculatifs se sont habitués à une sociabilité séparée à partir d'une fréquentation des opératifs, il serait sans doute salutaire d'inverser l'angle de vue. Les francs-maçons politiques en sont venus à séduire quelques maçons de métier, et ils les introduisent parmi eux à la condition expresse qu'ils affichent leur soumission au régime monarchique incarné par Charles II. Voilà ce qui se passe *at Masons Hall*. Les protagonistes de l'affaire ont laissé des traces inégales dans les mémoires. On sait de William Wilson qu'il possède des talents de sculpteur. Peu de temps avant son acceptation dans la Société, il a été élevé à la dignité de chevalier par son roi, en remerciement des œuvres réalisées par lui. Donc, à moins d'affectionner le paradoxe, on ne dira pas qu'il est un opposant notoire. En 1664, Thomas Shorthose a détenu la charge de maître de la *Company* ; en 1668, est venu le tour de Thomas Shadbolt. Il ne semble pas qu'on puisse discerner en eux une inclination aux foucades antimonarchistes, ni une nostalgie du Commonwealth cromwellien. Shadbolt, surtout, a la délicate mission de contrôler la bonne exécution des chartes facilitant le recrutement et la circulation de la main d'œuvre après le tragique incendie. *Last but not least*, tout laisse penser que l'inusable Ashmole apporte sa caution à l'équipe. Non sans coquetterie, il précise être le plus ancien de tous les présents. Puisque nous savons son itinéraire politique et intellectuel, nous pouvons raisonner a contrario en affirmant qu'il situe le protocole de 1682 dans la continuité de celui de 1646. Pour lui, c'est de la même maçonnerie qu'il s'agit dans les deux cas. Conséquence : puisqu'elle était politique à Warrington, elle l'est tout autant à Londres.

L'arrière plan de cet événement si important pour la reconstruction du passé des loges est que Charles II ne cesse d'être en butte aux agitations de ses sujets. Après la révélation en 1678 du complot papiste (*Popish Plot*) et l'exécution de ses instigateurs, le duc d'York, frère du roi, est contraint à l'exil. Nous savons qu'il se déclare ouvertement catholique et a dû résigner ses charges officielles en 1673 pour ce motif. Le parlement est dissout. Les pétitions affluent de tous côtés. En 1681, des élections apportent la majorité aux députés whigs, de préférence héritiers des anciennes Têtes rondes cromwelliennes. Les turbulences ne cessent pas. Charles prononce une nouvelle dissolution. En même temps, les Tories cherchent à prendre le dessus. Bientôt, les juges de paix, ordinairement choisis dans la gentry pour se comporter à la fois en magistrats et administrateurs dans les comtés, sont démis de leur fonction s'ils sont présumés Whigs ou sympathisants. Le même sort est réservé aux officiers de la milice. L'année suivante, à Londres, ce sont des shérifs tories qui sont chargés de la police. Nous sommes alors en 1682. Et, comme tout indique chez Ashmole une réactivation de sa sensibilité d'autrefois, lui dont l'élan naturel est de prolonger ses sympathies de Cavalier sous la bannière tory, il est légitime de penser que l'attrait du banquet d'après loge tient pour peu dans sa volonté de répondre à la convocation du 11 mars. Conformément à ses longues habitudes, il ne révèle rien sur les opinions de ceux qu'il côtoient. Mais les siennes suffisent à classer l'affaire.

Le 6 février 1685, Charles meurt dans son lit. On dit qu'il se serait converti au dernier moment à la foi catholique apostolique et romaine. Sa maîtresse bretonne Louise de Penancoët, marquise de Kerouakke, tête pieuse et cuisse légère, aurait exercé sur lui une influence décisive. Peu importe. La succession est assurée par son frère, le duc d'York si malmené auparavant, qui prend le titre de Jacques II. Tout pourrait bien se passer si la douloureuse épine des dissensions religieuses ne restait plantée dans le talon de la dynastie. Mais attendons un peu. C'est en 1686 que Plot publie son histoire du comté de Stafford. À l'évidence, ce qu'il y dit de la maçonnerie nous rapporte aux années immédiatement antérieures, et nous sommes au cœur des turbulences qui viennent d'être décrites. Deux ans s'écoulent, et voici Randle Holme qui revendique son appartenance. Est-ce une manière de cultiver le contrepoint, sans glisser dans la polémique ?

Contrairement à ce que certaines traductions françaises laissent croire, Holme n'emploie pas le terme de compagnie (*Company*) pour exprimer sa revendication, il emploie celui de camaraderie ou de société (tantôt *Fellowship*, tantôt *Society*[7]). Les distinctions sémantiques d'Ashmole et de Plot restent donc valides. Et si ce généalogiste se plaît à rebondir sur les mythes et légendes véhiculées dans les feuilles copiées et recopiées depuis Sankey au moins, s'il ajoute que les outils des maçons de métier ont du sens pour lui, en sorte qu'il suggère une connexion réelle avec les communautés de chantier, nous savons néanmoins que d'autres archives rédigées de sa main contiennent une liste de Frères peu familiers de l'auge à mortier ou de la pierre à équarrir. Par surcroît, nous avons vu qu'il a pour attribution de collecter dans son comté les informations relatives à l'Ordre de la Jarretière. Il remplit donc la fonction d'héraldiste officiel, en relation directe avec Ashmole, ce même Ashmole dont on dit qu'il aurait introduit un fil à plomb dans les armoiries de la *Royal Society*, de concert avec Charles II en personne, ce qui demeure une façon d'accorder une grande importance aux outils concrets, mais uniquement dans un but allégorique[8].

Toutes proportions gardées, c'est maintenant qu'une sorte de parallélisme se dessine entre l'Écosse et l'Angleterre. Nous avons vu le mot de maçon apparaître dans un contrat d'apprentissage à la fin de 1660. Plus bas, nous allons assister à la diffusion dans les loges opératives des textes issus de la tradition anglaise du métier, et plusieurs vont développer une culture de l'hybridation, en ce sens qu'elles vont plaquer sur leur tradition des éléments empruntés à l'imagerie politique. Avant, elles n'y songeaient guère, ou prenaient garde de se compromettre en quelque manière. On ne voit pas du reste en quoi, dès le règne de Charles 1er, elles pouvaient massivement se rapprocher de la mouvance discernée chez les amis d'Ashmole,

---

7. Certes, selon les occurrences, *Fellowship* peut être traduit en français par « compagnie » (*Fellow* devant être rendu souvent par compagnon). En raison des enjeux historiographiques, il convient toutefois de marquer nettement des nuances. Holme écrit : « *I cannot but Honor the Fellowship of the Masons because of its Antiquity ; and the more, as being a Member of that Society, called Free-Masons.* » Voir, la rubrique « Outils de Maçons », dans *Academie of Armorie*, p. 393.
8. Armoiries accordées à la Société Royale le 22 avril 1663.

puisque leurs membres adhéraient de préférence au programme presbytérien. À leur niveau, la donne n'est vigoureusement changée qu'avec la restauration des Stuarts.

Cela établi, il ne doit pas nous échapper que la camaraderie exclut l'idée de grades, de distinctions. Entrer en maçonnerie, être fait (*to be made*) maçon, c'est devenir *Fellow*. À supposer que, ici, on ne retienne que le terme de compagnon pour traduire en français cet état, il n'appelle aucun stade inférieur ou supérieur. Tous les admis sont compagnons, ni plus ni moins. L'idée d'avoir à monter des échelons dans une hiérarchie n'est guère à l'ordre du jour. Voilà pourquoi il vaut mieux aussi clarifier la notion de travail initiatique qui, au besoin, pourrait être appliquée à ses pionniers de la « spéculation ». Comme de juste, elle reste collée aux pratiques ordinaires de la conjuration, au sens si courant dans le latin médiéval, à savoir que des conjurés sont tout bonnement des gens ayant juré de défendre une cause commune. Bref, l'initié, c'est le conjuré. Le serment suffit à lui donner cette position. Ensuite, advienne que pourra.

LA GLORIEUSE RÉVOLUTION

On a tout dit sur Jacques II. Aveuglement, obstination, morgue, violence. Peu importe son caractère, en fait. Une fois au pouvoir, il affiche sa foi romaine avec insistance. D'abord il demande l'abrogation des anciennes lois interdisant aux catholiques d'occuper des postes civils et militaires. Comme le parlement y objecte, il passe outre. Là où, croit-il, sa haute main doit se faire sentir, il nomme les hommes qui partagent ses convictions. Ainsi Richard Talbot, premier comte puis duc de Tyrconnel, devient Lord lieutenant en Irlande, Edward Hales gouverneur de Douvres, et Roger Strickland responsable de la marine. Les Jésuites sont bien vus : il appelle l'un d'eux, Edward Petre, dans son conseil privé. Chaque mois, il prend des décisions nouvelles qui vont dans le même sens. Tout en clamant sa volonté de tolérance, il impulse des changements guère appréciés par ses sujets. Il s'offre même le luxe de faire arrêter et juger une demi douzaine d'évêques anglicans ayant pétitionné contre lui. Ceux-ci ont la chance d'être acquittés, mais la colère gronde.

En novembre 1688, au terme de tractations qu'il serait trop long de rappeler, les Hollandais appelés à la rescousse par d'éminents personnages du royaume, aussi bien whigs que tories d'ailleurs, débarquent à Torbay. Ils portent les armes de Guillaume d'Orange, qui n'est autre que le gendre du monarque désormais honni. Quelques semaines suffisent à déterminer le sort de cette expédition étrangère. Jacques se rend compte que ses principaux soutiens sont trop faibles. Il hésite, tergiverse, atermoie, puis se résout enfin à fuir. Sa destination est française.

Louis XIV accepte de l'héberger à Saint-Germain en Laye et de subvenir à ses besoins. Commence alors une étonnante saga qui durera plus d'un demi-siècle, car les Stuarts exilés ne renoncent pas à leur ambition de revenir au pouvoir. Ils tenteront plusieurs reconquêtes. Ce sera le cas de Jacques II lui-même, de son fils Jacques III dit Chevalier de Saint-George, puis de son petit-fils Charles Édouard. Ils cumuleront les échecs. Or, dans le même temps, la maçonnerie va séduire les continentaux.

Compte tenu de ce qui précède, la question cruciale est bien entendu de se demander qui sont les responsables de cette séduction. L'optique qui a prévalu jusqu'à ces derniers temps s'énonce assez simplement. Ce serait les Anglais de Londres qui, après 1717, auraient provoqué l'imitation de Français parisiens et qui mériteraient donc d'être cités. Cette optique, dont l'une des particularités est de jeter par-dessus bord toutes les informations relatives au dix-septième siècle, sinon de les minorer en les réputant comme anecdotiques, a même l'avantage de profiter d'une quasi onction officielle dans la plupart des Obédiences actuelles, puisqu'elle est cent fois rabâchée aux candidats à l'initiation. Dans ce généreux élan didactique, Anderson, signataire des fameuses constitutions de 1723, est porté au pinacle. On ne jure que par lui. Autre genre de révolution. Je dirai avant la fin de ce volume ce qu'il faut en penser.

La première scène de notre saga s'ouvre par un sursaut des monarchistes. Ils tentent une contre-offensive. Troupes contre troupes, généraux contre généraux. Jacques II y participe au printemps 1689, grâce à un débarquement réussi en Irlande. En bon hôte quelque peu intéressé, Louis XIV ne dédaigne pas de lui accorder des renforts. Hommes, argent, munitions. De Brest et d'autres ports du Ponant, des vaisseaux partent en conquérants, pavillons hauts. Jusqu'en 1690, l'espérance reste à peu près intacte. Mais une cinglante défaite infligée à la Boyne, le 10 juillet, suivi du traité de Limerick le 30 octobre 1691, avec en additif le désastre naval de la Hougue huit mois après, sonnent comme un premier glas. Et si fort, si sourdement que les irréductibles au changement de régime, les inconditionnels au roi déchu, ceux qu'on appelle maintenant les Jacobites, choisissent à leur tour l'exil. Par dizaines de milliers, ils s'expatrient. La France est une première terre d'asile. Certains n'y feront qu'un passage ; d'autres s'y implanteront. C'est parmi eux que se trouvent les propagateurs de l'Ordre hors des îles. Ils sont anglais, irlandais, écossais.

La postérité ne retiendra que la dernière référence ; ce ne sera pas sans raison. Mais que dire des fidèles qui ne partent pas, qui restent au pays, soit par résignation, soit par manque de moyens, soit encore parce qu'ils prévoient de jouer le rôle d'opposants plus ou moins masqués ? Du strict point de vue chronologique, il est obligatoire de s'arrêter à cette année 1691 qui aboutit à Limerick. En effet, elle est également perçue par le courant maçonnique anglais comme manifestant la naissance de ses propres loges. Deux événements sont souvent mis en relief. Le premier est relatif à l'initiation de l'architecte Christopher Wren ; le second est qu'une gravure de 1729 place en tête des associations, par ordre d'ancienneté, celle qui se serait réunie à la taverne L'Oie et le Grill, près de la cathédrale Saint-Paul, presque au même moment. Quitte à valoriser la date de 1717 comme la plus symbolique du calendrier, car elle correspond à la naissance de la Grande Loge de Londres, la plupart des compilateurs insistent sur l'idée que cette Grande Loge s'est de toute façon formée grâce à la fédération de quatre loges particulières existant avant elle ; et, en quête de ces antériorités, ils désignent donc en numéro 1 celle de L'Oie et le Grill, sur quoi ils assurent que Wren aurait été le premier grand maître attesté de l'Ordre anglais.

Dans des passages de la seconde édition des *Constitutions* (1738), James Anderson mélange volontiers les titres. Tantôt, il présente Wren comme exerçant les responsabilités les plus éminentes sur la maçonnerie opérative, soit comme grand maître soit comme adjoint, tantôt il suggère subrepticement qu'il aurait en réalité aussi amorcé la jonction avec le système spéculatif. À la limite, il incarnerait bien le prétendu phénomène de la transition. Ce n'est pas qu'Anderson ignore l'histoire récente des îles Britanniques, puisqu'il vient d'Écosse et tient son office de pasteur à Londres ; c'est qu'il se complaît dans un tour de passe-passe. Quand il fait allusion à la chute de Jacques II, il en escamote certaines conséquences. À ses yeux, il n'y a qu'une seule maçonnerie. Son modèle est anglais, sans concurrence.

Reportons-nous une soixantaine d'années en arrière. Dans le

Wiltshire, le révérend Christopher Wren est chapelain d'une paroisse. Le 20 octobre 1632, un fils lui vient. C'est notre futur architecte. Bientôt, par transfert de charges détenues par l'oncle Matthew, vice chancelier de l'université de Cambridge et doyen de Windsor, le révérend devient archiviste de l'Ordre de la Jarretière. La jeunesse du jeune Christopher est, croit-on assez heureuse, ses études sont encourageantes ; mais surviennent les troubles civils. Bientôt l'oncle Matthew, promu entre temps évêque de Hereford, est décrété d'emprisonnement par les parlementaires révoltés. Se sentant pareillement en danger, dénoncé comme papiste, Christopher senior s'empresse de mettre à l'abri les bijoux et les archives de l'Ordre. En octobre 1642, cela n'empêche pas les troupes opposées au roi d'en saisir plusieurs, mais l'essentiel est mis à l'abri. La suite, nous la connaissons. Les Cavaliers subissent des revers. Charles 1er est décapité, Cromwell installe le Commonwealth.

Quoique des exils importants aient déjà lieu à l'époque, les Wren restent au pays. Christopher junior continue vaille que vaille ses études. Doué pour les mathématiques, il se distingue très honorablement. Comme nous le savons, il ne tarde pas à participer à certaines réunions du Collège invisible qui attire des intellectuels de haut vol. Tactiquement, peut-être, il veille néanmoins à combiner les sympathies. À Oxford, on l'aperçoit souvent dans un Café (*coffee house*) ouvert par un apothicaire ouvertement royaliste, Arthur Tillyard ; à Londres, il ne dédaigne pas de faire une apparition dans les appartements de Jonathan Goddard, physicien proche de Cromwell. L'une de ses chances est aussi de bénéficier de la protection de John Wilkins, pareillement bien en cour chez les Cromwell, puisqu'il épousera la sœur du dictateur. En tout cas, en 1657, lorsqu'il promet à son père mourant de conserver précieusement sous sa garde les archives de l'Ordre de la Jarretière, et de ne les faire reparaître au grand jour que le jour où l'Angleterre aura un nouveau roi, nous pouvons considérer qu'il y engage son honneur.

Pendant ce temps, derrière les barreaux de la tour de Londres, l'oncle Matthew refuse obstinément de faire allégeance au dictateur. Pas de liberté en échange d'un ralliement. Or, soyons sensible au fait que les recherches d'Ashmole sur l'Ordre de la Jarretière sont déjà commencées. C'est en 1655, d'après son biographe le plus récent, qu'il les a entreprises, cela en collaboration avec le vieux Christopher, en dépit de la conjoncture plutôt défavorable [1]. De deux choses l'une, alors, ou bien les Wren sont totalement ignorants de l'existence de la version stuartiste de la franc-maçonnerie, et l'on ne comprend pas bien comment ils peuvent être aussi fermes dans leurs convictions, ou bien ils savent pourquoi les loges sont constituées, et il n'est pas impossible que notre jeune architecte, pour le moment professeur de mathématiques, soit lui-même dans la confidence.

Oui mais. S'il n'est initié qu'en 1691 seulement, nous affrontons une ambiguïté massive. C'est John Aubrey, membre comme lui de la *Royal Society*, qui fait état d'une assemblée tenue le 18 mai en l'église Saint-Paul, et qui stipule très clairement que « sir Christopher Wren fut adopté comme frère [2] ». Si le terme d'adopté signifie qu'avant de l'être, on ne l'était pas, ce qui procède du truisme, nous devons écarter l'hypothèse d'une appartenance précoce de l'impétrant. En 1691, Wren a cinquante neuf ans. L'aurait-il voulu, ne serait-ce que par le biais d'Ashmole, il aurait pu découvrir depuis longtemps les secrets de l'Ordre. Plus troublant, Aubrey ne dit pas que l'événement vient de se passer dans une taverne à proximité de l'église cathédrale Saint-Paul ; d'après lui, c'est dans cet édifice même qu'il a eu lieu. L'ambiguïté s'alourdit, en somme. Difficile de prêter aux protagonistes un don d'ubiquité. Ils ne peuvent pas être à la même heure dans un espace religieux et dans une salle de la taverne L'Oie et le Grill.

Nous avons le choix des solutions. Il est licite de dire que les documents sont suffisamment vagues pour laisser entendre qu'il y a eu le même jour, ou à des jours différents, une réunion

---

1. « *With the assistance of the Dean of Windsor, Dr Christopher Wren, he began in 1655 to collect extensive manuscript material for his monumental publication on the Order of the garter, an undertaking which, in view of the political scene, seemed almost certainly doomed to failure.* » Elias Ashmole, *F.R.S (1617-1692)*, Ashmole Museum and Museum of the History of Science, Oxford, 1985, non paginé.
2. Bodleian Library, *Manuscrit Aubrey*, 2, f° 72. Version imprimée dans *The Natural History of Wiltshire*, The Wiltshire Topographical Society, 1847, p. 99.

ici puis une autre là. L'hypothèse d'une erreur d'interprétation commise par Aubrey n'est pas non plus à écarter. Il parle de l'église, et ce pourrait être parce qu'il a mal compris ce qu'un tiers lui a révélé. En attitude hypercritique, nous pouvons même tout repousser dans la rubrique aux ragots sans fondement. Sauf qu'une précaution minimale s'impose, qui est de hiérarchiser les informations. Celle plaçant la loge de L'Oie et le Grill en tête du répertoire anglais est tardive et indirecte. Celle reportée par Aubrey dans ses papiers personnels est contemporaine des faits. Même si elle demeure évasive, car cet éminent archéologue ne dit pas qu'il a assisté à la cérémonie, elle a l'avantage d'être crédible. C'est donc d'abord vers elle qu'il faut se tourner. Sans excès d'herméneutique, nous pouvons probablement en tirer quelques indices cohérents.

La traduction suivante respecte les hésitations et abréviations de l'auteur. « Mdm. Ce jour de mai 1691, le 18ème étant lundi, [au-dessus : après le dimanche des Rogations], il y eut une grand convention à l'église St-Paul de la Fraternité des Francs- [mot barré, au-dessus : Acceptés] Maçons, où Sr Christopher Wren a été adopté en tant que Frère, et Sr Henry Goodric, – de la Tour, et plusieurs [mot barré, au-dessus : divers] autres. Il y a eu des rois qui ont été de cette sodalité.[3] » Sachant que mdm est la forme condensée de « mémorandum » et que John Aubrey indique bien qu'il s'agit de *ce* jour, force est de considérer qu'il a le sentiment de consigner ainsi pour mémoire un fait assez important, d'une part, mais qu'il possède personnellement peu de connaissances de l'adoption ou de l'acceptation maçonniques, d'autre part. Bien qu'il en ait entendu parler depuis des années ; ce n'est pas pour autant qu'il fait partie de

---

3. « *Mdm / may 1691 the 18th being Monday* [lire au dessus : *after Rogation Sunday*] */ is a great convention at St-Pauls church of the Fraternity of the Free* [lire au-dessus *Accepted*]*-Masons, where Sr Christopher Wren is to be adopted a Brother, and Sr Henry Goodric, – of the Tower, and fews*[lire au dessus *divers*] *others. These have been Kings, that have been of this Sodalitie.* » Bodleian Library, *Manuscrit Aubrey*, 2, f° 72. Version imprimée dans *The Natural History of Wiltshire*, The Wiltshire Topographical Society, 1847, 99.

la Fraternité. D'où ses ratures et ses corrections. Quel est le mot juste ? S'il évoquait une cérémonie traditionnelle de dédicace ou de consécration, avec le clergé en première ligne et des opératifs autour, nonobstant les architectes et contremaîtres, il n'aurait aucune peine à bien décrire la scène. Ce n'est pas de cela qu'il s'agit, d'autant que les archives de Saint-Paul en aurait conservé des traces non équivoques. L'édifice est en reconstruction depuis des années, il ne sera achevé qu'après le passage du siècle. En 1691, aucun épisode remarquable concernant l'évolution des travaux n'est signalé. C'est donc la dimension spéculative qu'il importe de privilégier une fois de plus. Le fait que les trois noms fournis par Aubrey soient portés par des membres de la bonne société en est une illustration assez probante. Le cœur de l'énigme n'est pas atteint pour autant ; mais l'on a maintenant l'avantage d'être affronté à une alternative : ou bien la « convention » s'inscrit dans la ligne connue depuis au moins deux générations, sous tutelle stuartiste, ou bien elle amorce ce qu'on pourrait appeler une bifurcation, sous l'impulsion d'une tendance rivale formée par des partisans plus ou moins combatifs du régime orangiste.

À première vue, la présence de Wren, et ce que nous savons des péripéties subies par son père et son oncle, devraient nous incliner à choisir le premier terme de l'alternative. Au contraire, la connaissance de sa biographie nous oblige à une grande prudence. Qu'il soit loin de renier les anciens attachements de sa famille, n'en disconvenons pas ; qu'il tente quand même de composer avec les autorités ayant pris en main les affaires publiques, c'est une vérité qui peut être affirmée sans jeter une ombre sur son portrait. Sa sensibilité reste tory à cet égard ; mais nombreux sont les Tories à s'accommoder de la révolution, glorieuse ou pas. Détail qui a son importance, bien qu'il soit purement conjectural, il est permis de raccorder effectivement la réalité indubitable de cette « grande convention » à la cathédrale avec la possibilité que la toute première loge revendiquée par l'histoire anglaise ait bel et bien ses tenues à l'enseigne de L'Oie et le Grill. Par conséquent, le mieux que nous avons à faire est de creuser davantage cette piste.

N'allons pas au-delà de ce que le document enseigne. Après

notre architecte, est cité un certain Henry Goodric. Aucune confusion homonymique n'étant à craindre, il est sûr que la personne répondant à ce nom n'est autre que Henry Goodricke, fils unique du baronnet John. Il pourrait même être dans le cousinage de Wren, puisqu'on trouve dans sa parentèle une Elizabeth Wren[4] qui épouse un Daniel Goodricke en 1578. Né quant à lui le 24 octobre 1642, marié en 1668 à la fille d'un très fidèle colonel de Charles 1er, William Legge, il est nommé ambassadeur en Espagne à la fin de 1678. Rentré au pays bien avant le débarquement des troupes orangistes, il prend vite leur parti. Ayant éprouvé des états d'âme lorsque Jacques II s'est risqué à bouleverser le système des emplois officiels dans le royaume et pousser en avant garde les zélateurs du catholicisme, il n'hésite pas une seconde.

Durant les affrontements, il ne voit aucun inconvénient à réclamer la mise aux arrêts de ceux qui maintiennent leur loyauté à Jacques en refusant par conséquent de plier le genou devant Guillaume. Tel est, par exemple, le sort qu'il réserve à John Reresby, autre Sir et pourtant son ami intime. Reresby est alors gouverneur de la ville de York où, en novembre 1688, de nombreux habitants du comté sont venus s'abriter. Quand, en compagnie d'autres rebelles, Goodricke vient s'enquérir de ses sentiments, il se rend compte que toutes ses paroles seront vaines. Il n'hésite donc pas à ordonner la manière forte. Les compagnies de la garnison sont vite désarmées, et leur gouverneur est mis aux arrêts. On entend même des cris qui traduisent bien le programme envisagé : « Pas de Papisme ! Un parlement libre ! La religion protestante ! [5] » Le fait étant connu très vite, on a peine à croire que notre néophyte serait dans la mouvance jacobite. En avril suivant, Goodricke est d'ailleurs nommé lieutenant général d'artillerie. Vraiment, il est difficile de concevoir que la convention à laquelle il participe ensuite à Saint-Paul aurait pour but de renforcer les liens entre des compagnons se réclamant de la tradition enclenchée sous Charles 1er. Selon

---

4. *History of the Goodricke Family*, imprimé par Hazell, Watson et Viney, 1885, p. 9.
5. *Id*, p. 31. « No Popery ! A free Parliament ! The Protestant religion ! »

James Chambers, Wren lui-même approuve la révolution, et, malgré la suspicion des Whigs, le nouveau couple régnant lui porte son estime[6].

Wren a-t-il été dans un premier temps maçon stuartiste, puis dans un second temps maçon orangiste ? Vaine question, sans doute. Elle est imposée par la lecture d'Anderson, et plus encore par celle de William Preston qui, brossant dans ses *Illustrations of Masonry* une fresque extraordinaire d'Anglais ayant volontiers brassé les styles depuis un temps immémorial, accorde assurément à cet architecte la qualité d'avoir été grand maître très tôt, sous Charles II, et d'avoir assumé à l'identique cette charge sous Guillaume d'Orange, malgré une négligence passagère sous Jacques II. Au vrai, il n'a pas pu être grand maître de l'Ordre spéculatif, puisqu'il n'en était pas encore question. Et si son adoption/acceptation date de 1691 seulement, nous n'avons pas à ergoter. Qu'il soit l'un des tout premiers militants de la branche déviée, d'accord ; toutefois, il ne peut être désigné comme l'un des meilleurs devanciers de la maçonnerie originelle.

Quand certaines loges anglaises ne vont pas tarder à revendiquer le premier rang dans la chronologie officiellement instituée après 1717, elles le feront en soufflant un écran de fumée. Pour augmenter la confusion, il paraîtrait que les compères d'Anderson auront organisé l'incendie de papiers vétustes. Je suis enclin à penser trois choses. Premièrement, seule la *Company* de Londres possédait un greffe ; de ce côté les artisans savaient le caractère inoffensif de leurs écrits. Deuxièmement, les confréries de paroisse ne pouvaient pas avoir d'écrits équivalents puisqu'elles avaient été supprimées depuis longtemps. Troisièmement, les loges informelles sous enseigne royalistes n'avaient aucun intérêt à tenir registre de leurs adhérents ; elles devaient se limiter à transporter en quelques feuillets des textes de ritualisation, à l'instar de ceux copiés par Sankey en

---

6. « *Politically, he approved of the revolution but he was suspicious of the Whigs (...) but the new monarchs appreciated their Surveyor General and overwhelmed him with new commissions.* » *Christopher Wren*, Sutton Publishing, 1998, p. 84.

1646 ou Martin en 1659 ; elles avaient à respecter les règles de la culture orale si commune aux ambiances de complot, hors quelques exceptions. Résultat : ceux qui rebondissent d'argutie en argutie pour insinuer, envers et contre tout, qu'il ne faut pas remonter plus loin que 1691 pour reconstruire le passé, ceux-là sont assurément en cohérence avec eux-mêmes quand ils défendent par ailleurs la thèse de l'identité purement anglaise de la maçonnerie ; mais, ils se comportent en doctrinaires qui compensent par des incantations l'absence de preuves sur leur propre émergence. Il faudrait les croire sur parole. Acte de foi, oui, en une seconde révolution qui ose se glisser sous la grande. Rien d'autre.

Sur un autre feuillet manuscrit, John Aubrey poursuit les confidences en indiquant qu'il y a plusieurs années (*many years*) William Dugdale lui a communiqué oralement quelques informations sur l'origine de la fraternité. Au treizième siècle, sous le règne d'Henry III, le pape aurait demandé à des architectes italiens de parcourir l'Europe afin d'y bâtir des églises. Il leur aurait accordé une patente, et ceux-ci en auraient profité pour étendre un réseau d'initiés se reconnaissant par des signes, des marques (ce terme est barré dans l'original) et des mots de passe. Telle serait la pratique qui se serait transmise de siècle en siècle dans de nombreux pays. Outre l'inévitable serment du secret, le principe de secourir n'importe quel pareil dans la misère n'aurait jamais été abandonné. Ajoutons à cela une extrême solennité dans la procédure d'adoption, et Aubrey estime avoir résumé la position de Dugdale.

Y croit-il ? Plus exactement, Dugdale y croyait-il ? Pour l'essentiel, nous n'apprenons ici pas grand-chose de plus que ce que Robert Plot a divulgué dans son *Histoire naturelle du Staffordshire* en 1686. Dugdale étant mort la même année, on remarquera en passant que le rapprochement des dates s'avère significatif. N'y aurait-il pas eu, au moins une fois, des commentaires lâchés par lui à la cantonade, ou par son gendre Ashmole ? Quelle que soit la réponse, nous avons au moins l'avantage de vérifier à quel point ce sont toujours les mêmes individus qui sont au devant de la scène. Or, il paraîtrait qu'Ashmole en personne aurait songé à écrire une histoire de l'Ordre qui aurait corrigé les points de vue erronés exprimés par ses contemporains.

Il le paraîtrait. Insistons sur le conditionnel. Longtemps après sa mort, en 1719, voici que le libraire Edmond Curll publie de lui des inédits sous le titre d'*Antiquités du Berkshire*, avec une introduction de Richard Rawlinson[7]. Dedans, un paragraphe reprend dans ses grandes lignes le condensé d'Aubrey, voire mot pour mot, sans qu'on puisse nulle part retrouver le manuscrit auquel il ferait référence. Ensuite, quelques soi-disant érudits se piquent de développer l'affaire sans qu'ils puissent non plus montrer leurs sources. La manipulation se devine de loin, de très loin. Elle se devine d'autant plus facilement que les rééditions posthumes du livre sur l'Ordre de la Jarretière font à leur tour l'objet d'ajustements plutôt singuliers. L'auteur ayant disparu au royaume des morts, les survivants ont toute latitude pour bricoler.

Preuves ? Quand il relate la réception de Wren, Aubrey écrit « *These have been Kings, that have been of this Sodalitie* ». Sous le timbre de Curll et de Rawlinson, la paraphrase donne : « *Kings themselves have not disdained to enter themselves of this Society* ». Aubrey hésite entre « *free* », « *accepted* » et « *adopted Masons* ». Les deux compères emploient tout bonnement comme synonymes : « *From these are derived the adopted masons, accepted masons, or free-masons* ». Aubrey écrit : « *They have severall Lodges in severall countries for their receptions* ». Par manque d'inspiration, cela donne en 1719 : « *They have several lodges in different countries for their receptions* ». Bref, on modernise l'orthographe d'un mot, et l'affaire est entendue. Aubrey : « *They are known to one another by certain Signs and Marks and Watch-words* ». Curll et Rawlinson : « *...are known to one another all over the world, by certain signals and watch-words* ». On n'en reste pas là. Aubrey : « *and when any of them fall in decay, the brotherhood is to relieve him* ». Aucun changement dans la seconde version. Aubrey achève : « *The manner of their Adoption is very formall, and with an Oath of Secrecy* ». Curll et Rawlinson ampli-

---

7. *The antiquities of Berkshire by Elias Ashmole, Esq*, Edmund Curll, 1719.

fient un peu : « *The manner of their adoption or admission is very formal and solemn, and with the administration of an oath of secrecy* ». Manipulation, oui, quoi de plus certain.

Comme Aubrey ne prétend pas rédiger à partir d'un texte donné par Dugdale, comme il assure l'avoir entendu dire (Sr *William Dugdale told me*), il est clair que le prétendu *account* de 1719 est un vulgaire et lamentable plagiat à partir de son propre manuscrit. Décédé en juin 1697 à Oxford, il n'est plus en mesure de s'en plaindre. Dans la présentation qu'ils font eux-mêmes de deux extraits, Douglas Knoop et ses collaborateurs précisent que les archives d'Aubrey ont été vite déposées entre les mains du conservateur de l'université de la ville et que Richard Rawlinson au moins les a consultées [8].

Cela pour en arriver à ceci que l'on ne peut accueillir avec bienveillance tout ce qui est prêté à Ashmole, avec ou sans son beau-père Dugdale en truchement. Ce ne sont pas les élucubrations de quelques épigones en mal de sensationnel qui sont en mesure de combler le déficit de ses archives sur ce point très délicat. Après lecture des chapitres placés en préambule de son histoire de l'Ordre de la Jarretière, chapitres consacrés à la plupart des autres ordres de chevalerie connus dans la chrétienté, nous devons plutôt être très dubitatif sur ce qu'il aurait pu offrir en pâture à ses lecteurs. Ce n'était pas un doux rêveur, ni un abonné des fictions. Allons jusqu'à croire que, s'il n'y a pas eu un quelconque manuscrit significatif de sa main, hormis les annotations expéditives de son journal intime, c'est tout simplement parce qu'il n'en éprouvait ni l'urgence ni la nécessité. Bien qu'il soit impossible de démentir qu'il ait pu avoir des intentions d'en dire plus dans un récit circonstancié, osons croire qu'il n'était pas conforme à son tempérament d'empiler l'histoire politique des loges connues par lui sur une autre histoire tout à fait légendaire du métier. Il n'a rien écrit, parce

---

8. *Early Masonic Pamphlets*, Q.C. Correspondence Circle, 1978 (première édition en 1945). « *The manuscript, however, was at that time, and still is, in the Bodleian Library (Bibli. Bodl. Aubrey, MS, 2) and was doubtless accessible to Rawlinson.* »

La glorieuse révolution

qu'il ne voulait pas écrire, sachant trop de quoi il en retournait exactement.

Sans être maximaliste en la matière, nous devons tenir à une distance respectueuse les publications parfois ingénues, parfois intéressées qui sortent des presses anglaises au cours des années 1710-1720, sous la signature de protagonistes ayant le souci de rechercher des cautions à l'ombre sépulcrale des disparus. La censure est nette quand il faudrait évoquer les antécédents stuartistes de certains. Pour parvenir à composer un récit plus ou moins vraisemblable, on escamote les aspérités du proche passé. Et c'est donc ce que des âmes charitables s'empressent aussi de faire quand ils apportent des corrections ou suppléments à l'histoire de l'Ordre de la Jarretière. Consultez par exemple l'édition de 1715 imprimée chez Bell et... Curll, entre autres associés [9]. On y oublie de préciser que Jacques II, lors de ses premières semaines d'exil français, en janvier 1689, a fait chevalier son fils naturel James FitzJames Stuart, duc de Berwick, et l'a autorisé à porter l'étoile malgré l'impossibilité d'accomplir les cérémonies traditionnelles dans la chapelle de Windsor. Autre roi, autres dignités, autres souvenirs. Sur ce terrain, le politiquement correct n'est pas une invention récente.

---

9. *The History Of the most Noble Order of the Garter, and the several Orders of Knighthood extant in Europe*, Londres, A. Bell, E. Curll, W. Taylor, J. Baker, A. Colins.

QUELQUES FANTASMAGORIES

Pour l'agrément, suivons la piste d'un collègue universitaire de Wren, dont les activités sont particulièrement éclectiques. John Wallis est un mathématicien qui, dans les années 1640, sert l'armée parlementaire dans une tâche aussi rare que précise, à savoir celle de déchiffreur, de casseur de codes secrets. De temps en temps, il a entre les mains des lettres de Charles 1er, et en moins de deux heures, il en fournit les clefs à ses employeurs du moment. Sous le protectorat de Cromwell, il intéresse un homme comme John Thurloe, qui, après une ambassade en Hollande, devient le chef du service d'espionnage anglais, et dont l'une des caractéristiques, non des moindres, est d'avoir aussi un certain Andrew Marvell a son service. Nous n'arrêtons pas, en somme, d'évoluer dans un univers assez restreint.

Wallis se recycle à la restauration. Changement de maître, pas de compétence. On lui demande d'aller exercer ses talents sur le continent. Bien payé, il opine. Comme beaucoup d'autres intellectuels, comme Urquhart of Cromarty, il rêve en même temps de découvrir une sorte de langue universelle. À défaut, il invente une sténographie, et Ashmole s'en inspire. Songez alors à une chose toute bête, presque simpliste : est-ce que les alphabets maçonniques qui ravissent tant les adeptes de la thèse ésotérico-hermétiste ne doivent pas leur origine aux pratiques très prosaïques, très rationnelles, des hommes qui, à l'instar de notre chiffreur-déchiffreur, doivent communiquer par le moyen de grilles et autres alphabets artificiels ? Il existe depuis longtemps des symboles alchimiques, il existe des figures, des dessins, des formules plus ou moins alambiquées. Cet attirail n'a jamais composé qu'un bagage restreint. En revanche, les possibilités sont quasi illimitées lorsqu'on élabore un langage dont la traduction peut se faire en parler ordinaire, à conditions d'en posséder les clefs. C'est justement le cas des langages maçonniques conservés dans les archives.

On objectera qu'il n'existe aucun exemple de maçons ayant osé se servir d'un tel outil. Objection rejetée. Dans les années 1770, quelques Brestois encore liés à la cause jacobite, malgré l'inexorable déclin qui l'affectera après l'ultime tentative avortée de Charles Édouard en 1745-1746, suggèreront d'inclure dans leur correspondance des passages chiffrés qui respecteront ce principe. Ils feront allusion à un très éminent personnage ayant le projet de débarquer prochainement sur les côtes, afin d'accomplir une mission de la plus haute importance. Pour être sûrs qu'une interception de lettres ne porte préjudice à personne, ils préciseront : « vous pourriez vous servir de phrases entortillées que nous développerions, ou de la manière des Hébreux qui se servent des lettres de leur alphabet pour leur tenir lieu de chiffres.[1] » Suivent des modèles, assez puérils d'ailleurs ; mais la volonté d'y souscrire est donc ouvertement exprimée.

Avec le recul, nous devons tenir compte de l'importante évolution subie par l'Ordre en plus d'un siècle. Les Frères de la seconde moitié du dix-huitième siècle n'ont plus grand chose de commun avec leurs discrets prédécesseurs du siècle précédent. Quand même, le fait de savoir que Wallis appartient au Collège invisible avant d'être membre de la Société Royale, et qu'il partage finalement un engouement commun à plusieurs autres de ses contemporains dont Ashmole, ce fait-là rend plausible l'idée que n'importe quelle association politique de l'époque cherche à produire en interne un système de communication codée. La franc-maçonnerie en est. Partant, son mystère demeure aux antipodes de ce qu'on présume depuis Adamson. Aux marges, il est même facile de citer quelques rosicruciens bon teint, ou astrologues, qui manifestent plus de

---

[1]. Archives départementales du Finistère, 40.J.14, lettre du 2 septembre 1774.

virtuosité à coopérer aux réseaux de surveillance voulus par Cromwell puis Charles II, qu'à énoncer des théories sur les énigmes de leur supposée science. C'est notamment le cas de John Heydon, qui sert dans un premier temps dans les troupes royalistes et qui ensuite voyage beaucoup pour satisfaire quelques services aux programmes des plus pragmatiques. Faiseur d'horoscopes, il n'a pas que l'œil dans les étoiles [2].

Quoi qu'il en soit, une liaison est vite trouvée vers la nouvelle série de documents qui apparaissent au cours de la dernière décennie du siècle. En 1696, une brochure publiée à Édimbourg par un pasteur de Rerrick met en exergue le cas d'un maçon de métier dont on dit qu'il aurait reçu le mot de maçon et, par une sorte de relation causale, avoir voué en même temps son premier enfant au diable. Comique, n'est-ce pas ? La même année, un anonyme recopie un texte que nous pourrions interpréter comme le premier rituel structuré de la franc-maçonnerie, et qui comporte justement en suscription « Quelques questions à propos du mot de maçon [3] ». Nous pourrions l'interpréter comme tel, car c'est la leçon que voudraient enseigner la plupart des anthologies, s'il ne versait pas lui aussi dans la bouffonnerie. En d'autres termes, soixante années se sont écoulées depuis les *Muses threnodie*, beaucoup d'eau a coulé sous les arches du pont de Perth, mais certains amuseurs en sont toujours au même point. Faute de savoir en certitude ce qui se passe derrière leur dos, ils extrapolent sans vergogne.

Le pasteur de Rerrick s'appelle Alexander Telfair, le maçon diabolique Andrew Mackie. Ce qui saute aux yeux, quand on lit les quelques lignes consacrées à l'affaire, c'est qu'il n'est pas question de laisser entendre que la communication du mot serait une pratique habituelle chez les maçons. Loin de là, très loin de là. Telfair montre au contraire qu'elle serait rare ; et il va même jusqu'à affirmer que ce que la rumeur colporte sur

---

2. Pour un bon aperçu des procédés répandus sous Charles II, l'ouvrage d'Alan Marshall est à consulter : *Intelligence and espionage in the reign of Charles II, 1660-1685*, Cambridge University Press, 1994.

3. « *Some Questions Anent the Mason Word* ». Texte en entier publié dans *The Early Masonic Catechisms*, éditions Douglas Knoop et al., 1943, sous le titre *The Edinburgh Register House MS. 1696*.

Mackie est totalement infondée. Jamais il n'aurait reçu le mot, jamais au grand jamais. L'a-t-il interrogé ? Peut-être. Quoi qu'il en soit, nous avons ici un trait particulièrement net de psychologie collective. Des bruits continuent à courir sur l'existence du mot, mais personne n'ose prétendre qu'il serait habituel à tous les hommes de métier, ni même à une majorité. Quand, par ouï-dire, un nom est avancé, on comprend bien qu'il est censé faire exception, et même être exonéré de ce qu'on lui impute. « Je sais de source sûre qu'il ne l'a jamais reçu, et qu'il ne sait pas ce qu'est ce mot[4] », conclut le sceptique pasteur.

Ainsi, on aura beau disserter sur les loges opératives écossaises, ce n'est pas encore à la fin de ce siècle commencé sous la férule de William Schaw que l'on est plus avancé sur la fictive transition dont elles seraient le huis-clos. En novembre 1660, John Johnston n'hésitait pas à faire consigner devant notaire qu'il allait donner le mot à son apprenti James Temple. Nous avons vu le caractère inédit de ce contrat. Il n'autorisait nullement de croire en une généralisation de l'usage. Il ne nous a pas échappé, non plus, qu'il survenait après le retour d'un Stuart aux trônes d'Angleterre et d'Écosse. En 1696, rien ne permet de supposer que Telfair méconnaît le milieu artisanal et s'abuse sur sa tradition. Ce qu'il dit de Mackie, dont il paraîtrait aussi que la maison est le gîte de quelques encombrants fantômes, reflète bien l'état de l'opinion. On cause, on extrapole à propos d'un ou de quelques maçons de métier ; on ne prétend pas que tous partagent un secret, quelle qu'en soit la nature, maléfique ou bénéfique.

Passons au « rituel », les guillemets n'étant pas superflus pour le désigner. Les circonstances de sa rédaction sont totalement inconnues. Quelques indices laissent croire qu'il aurait été copié sur un texte antérieur ; mais, de cela même, on n'est pas éclairé non plus. Son principe est d'articuler deux parties. La

---

4. « *I am certainly informed he never took the same, and knows not what that word is.* » *A True Relation of an Apparition, Expressions, and Actings, of a Spirit, which infested the House of Andrew Mackie...* Cité dans *Early Masonic Pamphlets*, Q.C. Correspondence Circle, 1978 (première édition en 1945), p. 34.

première est une sorte de dialogue de reconnaissance et d'information didactique entre deux initiés ; la seconde est censée préciser dans quelles conditions se communique le mot de maçon, les signes et les postures associées. D'un point de vue extérieur, l'ensemble est conforme aux catéchismes ou cahiers d'instruction employés en religion, ou même à certains vieux protocoles de chevalerie. D'un point de vue intérieur, son originalité serait donc de révéler la coutume d'une minorité de maçons ; encore ne doit-on pas tenir pour de simples dérapages de plume les formules burlesques qui émaillent le texte. La parodie est au rendez-vous.

Sans reprendre ce que j'en dis dans *Le Temps des fondations*, je rappelle sommairement ici qu'il paraît pour le moins paradoxal d'envisager une scène où, en présence de tiers, quelqu'un interpelle autrui pour lui demander s'il est maçon, et attend d'être dans l'intimité pour lui révéler les signes et attouchements adéquats. Le fait de poser dans un premier temps des questions ouvertes, entendues par n'importe quel témoin profane, pour suggérer dans un second temps un jeu confidentiel, tout cela n'est pas sérieux. À elle seule, la première étape suffit à révéler une appartenance aux oreilles indiscrètes. Admettons que l'objet de la seconde soit de détecter les menteurs, de vérifier l'authenticité du dévoilement annoncé en public ; il n'en demeure pas moins, en hypothèse basse, que l'un au moins des interlocuteurs est désormais en position délicate vis à vis de l'entourage. Et c'est par conséquent une absurdité impensable dans le réseau. Elle ne peut venir qu'à l'esprit de mystificateurs.

Ensuite, il paraîtrait que les réunions de la loge se tiendraient à un jour de marche de n'importe quel lieu habité, là où ne s'entendent plus l'aboiement des chiens ou le chant des coqs. Bravo pour la ténacité des marcheurs et l'illusion que se font les glossateurs d'aujourd'hui quand ils applaudissent ! Simple distraction plaisante, à la limite du lapsus, ripostent les plus crédules. Admettons. Question : « Où se trouve la clé de la loge ? » – réponse : « Sous le repli de mon foie ». Autre question : « Quelle est cette clé ? » – réponse : « Une langue bien pendue ». Pour les adeptes du silence, du motus et de la bouche cousue, on peut vraiment trouver mieux. Qu'on ait ou pas une inclination aux licences poétiques, force est de se demander si l'on n'a pas affaire à des bonimenteurs de cabaret. Dans leur panoplie, l'équerre ou le compas passent après la chopine, celle qui provoque les cirrhoses et rend prolixes les taciturnes. On s'attendait à un mot. Il n'est pas écrit ; il est suggéré par référence à la Bible, premier livre des *Rois* et deuxième des *Chroniques*. Allons-y voir. Il s'agit de Jakin et Booz. Deux mots, donc ; pas un. Bizarre, bizarre. En ce qui concerne les signes, on sombre dans la frayeur et le délire, car la recommandation est de provoquer une peur insondable chez le néophyte qui oserait manquer au serment du secret. On lui promet une mort expéditive et la damnation éternelle en post-scriptum. Afin que le lecteur ne doute pas une seule seconde que le spectacle est extravagant, ses yeux sont invités à bien retenir les adjectifs. L'impétrant doit affronter des postures et grimaces ridicules (*ridicolous postures and grimmaces*). En échange il doit réaliser une courbette tout aussi ridicule (*ridiculous bow*) ; son chapeau, il doit le retirer d'une manière imbécile (*foolish manner*). Cou coupé s'il se renie, égorgé, avec inhumation en bordure de mer : pour le grain de sel, sans doute.

Vraiment, est-ce sur de telles bases que l'on peut considérer avoir entre les mains une digne relique de l'Ordre ? Non, bien sûr. L'ensemble reste dans le style des années 1670, quand le chroniqueur de la *Poor Robin's Intelligence* jonglait avec les oxymorons. Nous devinons sans peine que les francs-maçons continuent à exciter la curiosité railleuse des faiseurs d'opinion ; mais leurs mystères ne sont pas pour autant élucidés. D'autres « rituels » de même veine ne vont pas tarder à circuler en Écosse et en Angleterre. Ainsi du *Sloane 3329* et du *Chetwode Crawley* qui dateraient de 1700 environ, du *Dumfries n°4*, vers 1710, du *Trinity College*, qui aurait été rédigé en février 1711, si l'on en croit une annotation portée au dos. Tantôt, ils éliminent les formules comiques ; tantôt, il les reproduisent. Plus on les rapproche, analyse, dissèque, moins on est porté à la confiance.

L'argument se résumant à dire qu'ils méritent un crédit sans réserve parce qu'ils formeraient malgré tout le substrat des rituels ultérieurs, cet argument est lui-même paradoxal. Au plan de l'histoire des idées, il est pertinent, car il permet effectivement de repérer la principale source d'un ensemble documen-

Quelques fantasmagories 135

taire dont la valeur ne peut être niée, pour cause d'emploi réel dans une structure instituée. Au plan de l'histoire des faits, il ne l'est pas, car il ne fournit aucune réponse sérieuse à la question qui, envers et contre tout, reste préjudicielle, à savoir celle des premiers temps de l'Ordre sous la tutelle stuartiste. Ce qui se produit plutôt dans les années 1690, c'est une accélération des débordements. Le phénomène maçonnique excite plus qu'avant l'imaginaire des gens. Pour lui donner une apparence de réalité, ceux qui n'en ont pas le vécu reprennent les craintes d'un Marvell ou d'un Plot.

Il y a la crainte religieuse. Des voix s'élèvent pour dénoncer des risques d'hérésie, de sacrilège, de blasphème. Par exemple, c'est le cas lorsqu'un placard est diffusé par un certain monsieur Winter à « toutes les personnes pieuses de la Cité de Londres [5] » en 1698, en vue de les mettre en garde contre les « *Freed Masons* » qui composeraient une secte diabolique (*devilish Sect*). D'après ce vigoureux chrétien, ils se dissimuleraient dans les ténèbres, décideraient des corruptions innommables et ne chercheraient qu'à subjuguer leurs prochains. Il faudrait donc les fuir à toute vitesse. Cependant, cette crainte, n'est-elle pas seconde par rapport à celle qui ne s'est pas éteinte malgré la « glorieuse » révolution ? Gardons la question en suspens, et revenons momentanément à la bonne ville écossaise de Perth.

Dans le coffre aux archives, voici un contrat censé avoir été établi le 24 décembre 1658 par des maîtres maçons y résidant, et réclamant pour la circonstance un lien indéfectible avec Scone, village de proximité, au grand prestige malgré sa taille, car il fut l'ancienne capitale des Pictes où, jusqu'en 1488, les rois d'Écosse avaient leur couronnement. Au premier regard, son importance est décisive. On y trouve en effet mention de ce que Jacques VI-1er aurait, à sa demande, été « initié » en maçonnerie sous l'autorité du président de la loge, un certain John Mylne. De même, ce serait la première fois qu'un manus-

---

5. *To all godly people in the Citie of London*, imprimé chez R. Sare. Ce tract porte sur la fin la mention suivante : « *Set forth as a Warning to this Christian Generation by M. Winter* ». Adapté en français : « *Déclaré en guise d'avertissement à la présente génération chrétienne, par M. Winter* ».

crit de cette envergure comparerait la communauté universelle des maçons au Temple des Temples, c'est-à-dire à celui de Salomon. Par surcroît, serait reconnue la primauté de la loge de Kilwinning sur toute autre écossaise. D'où, en bonne logique, l'obligation que nous aurions d'amender les conclusions déjà faites. Puisque la loge de Perth and Scone est en mesure de produire un contrat de cette nature, la preuve serait administrée que les premiers pas de la franc-maçonnerie spéculative se sont accomplis dans le creuset de la maçonnerie opérative.

C'est en 1878 que le contrat est publié intégralement, aux bons soins de William James Hughan[6]. Depuis, il n'a cessé d'être controversé. Cela, à justes raisons qu'il serait trop long d'énumérer ici, mais dont on peut retenir les plus offensives. La date : un peu trop symbolique, sans doute, pour être honnête. Les allusions à Mylne : contrairement à ce que le texte assure, le seul personnage de ce nom à l'époque n'était pas John mais Thomas ; de plus, il n'était pas maître maçon du roi, chose que notre texte affirme encore. Les signatures au bas du folio : il n'est pas possible de considérer qu'elles ont toutes été apposées en même temps. Un grand nombre d'entre elles paraissent plutôt être très tardives dans le siècle, puisque des billets de comptabilité de 1698 (quarante années écoulées !) comportent les mêmes. À la rigueur, seuls deux ou trois hommes sur les sept cités dans le corps du document, et sur les quarante dont on peut ensuite dresser le répertoire grâce à ces anachroniques signatures, peuvent être retenus comme ayant bel et bien donné un coup de plume.

Beau désordre. Après 1698, on ne trouve plus grand chose de significatif dans le patrimoine de Scone and Perth. Pour ce qui aurait pu précéder, les statistiques montrent que la plupart des protagonistes ne font irruption dans le tableau qu'après 1670. Et leurs occupations sont variées. Certes, on rencontre quelques uns ayant des attaches avec le bâtiment, ainsi : deux maçons, deux tailleurs de pierre et un ardoisier ; mais ils côtoient des sergents de la milice locale, un gantier, un teintu-

---

6. *Masonic Magazine*, octobre 1878.

Quelques fantasmagories 137

rier, un brasseur, un tisserand, des négociants. On pourrait même leur ajouter le notaire du bourg si nous ne savions que la présence d'un tel citoyen n'a rien d'original en Europe depuis le treizième siècle.

Les articles ont surtout pour objet de préciser les conditions de travail dans l'agglomération. Ils disent comment un apprenti est à employer, comment un marché est à passer, quelles cotisations doivent verser les adhérents, et plusieurs autres obligations mineures. En les lisant de très près, on remarque que la qualification de maçon ne peut être acceptée au sens strict, puisque nombreux sont le contractants à ne l'être pas. L'occasion est donc bonne de penser que l'on a plutôt devant les yeux une marque d'honneur. Les membres de la loge sont maçons, au sens où ils adhèrent aux notions et allégories qui accordent dans leur univers mental une place de choix à l'architecture. Du coup, il suffit de se reporter à de bien plus vieilles chartes, écossaises ou non, pour aboutir à cette conclusion que leur seule innovation est là. Ils ont importé parmi eux une terminologie qui leur était étrangère au début du siècle.

L'ont-ils réellement fait sur le tard, en sorte que nous pouvons les soupçonner de contrefaçon ? Oui. L'invocation des Mylne ne cesse d'intriguer. Il paraît que le « dernier » serait mort en 1657, laissant derrière lui une loge complète, et qu'une élection aurait eu lieu l'année suivante pour désigner son successeur. Ainsi, le sieur James Roch aurait eu l'avantage de reprendre en main les destinées de l'association. Sachant que la suite du défunt à la charge de maître maçon du roi est en réalité assurée par son fils aîné, un autre John, qui décède pour sa part dix ans après, on a matière à présumer une embrouille. John a aussi des neveux qui ne tardent pas à se distinguer dans le métier. Par exemple, Robert dirige la reconstruction du palais royal d'Holyrood à partir de 1670. Cet arrière-plan aurait pu offrir aux bourgeois de Perth et Scone des appuis bien plus solides que ceux qu'ils revendiquent. Ils ne le connaissent que par fragments. De là, n'en déplaisent aux nostalgiques, le caractère trompeur de leur prose. Supercherie.

Dans le même genre, quelques audacieux d'Aberdeen se flattent de posséder un registre de marques et de signatures établi en 1670. Des noms, encore des noms, beaucoup de noms ; et, comme bien peu concerneraient des maçons opératifs, nous disposerions miraculeusement du premier répertoire complet de spéculatifs ayant joué un rôle capital dans la « transition » vers l'Ordre officialisé en 1717. Las, une étude minutieuse du tout invite à reconnaître une autre supercherie. Le hasard (?) veut que son auteur soit le père de l'ineffable James Anderson, aussi prénommé James, vitrier de son état. La liste comporte environ quarante-neuf compagnons. Ils sont nobles, ils sont propriétaires nantis, ils sont pasteur ou prédicateurs, professeurs, négociants, perruquiers, artisans. Le quart, à peu près, seraient maçons ou tailleurs de pierre. Jusque là, nous n'aurions rien à dire, si nous ne relevions de criantes incohérences. Peut-on croire que le percepteur Harris Elphingstone, annoncé comme président de la loge et « tuteur de Airth », le soit déjà en 1670 alors qu'il ne devient responsable légal d'une de ses nièces de Airth qu'en 1683 ? Peut-on croire que le professeur de mathématiques George Lidell, le soit déjà en 1670, alors qu'il n'est pas encore sorti de l'enfance, et ne commencera réellement à enseigner qu'en 1687 ?

Soyons conciliants. Rien ne s'oppose à ce que la fondation de la loge soit 1670, ni à ce qu'en une vingtaine d'années elle ait attiré à elle un éventail assez éclectique de frères. Dans ce cas précis, la forme du procédé indispose que plus que son fond. Or, la remarque faite plus haut mérite d'être reprise, selon laquelle la propagation des récits médiévaux anglais rappelant le passé légendaire du métier s'effectue durant cette période. Comme les archives des loges écossaises révèlent aussi un brassage des adhérents plus important qu'avant, avec l'apparition de nobles et autres personnalités qui ne semblent plus détenir des fonctions de justice ou de commandement, nous sommes en droit de considérer que l'Écosse connaît sensiblement la même tendance que l'Angleterre. Partiellement, le spéculatif va à l'opératif, il l'imprègne de ses teintes. Qu'il se trouve ici ou là des esprits un peu bancroches pour tricher sur leur ancienneté, c'est une loi humaine. Depuis que les archives existent, les faussaires aussi. Et quoi d'étonnant si les journalistes s'en mêlent. Ils ont du mal à se faire une opinion claire. Tout peut être dit, une chose et son contraire.

DEUXIÈME PARTIE

L'EXPANSION EN EUROPE

SAINT-GERMAIN EN LAYE

Que les fugitifs d'après Limerick soient arrivés en grand nombre sur le continent, personne ne le nie. Ils se comptent en dizaines de milliers. Hommes, femmes, enfants. Dès lors, n'ayons aucune appréhension en considérant que plusieurs deviennent les introducteurs de la maçonnerie d'abord en France où Jacques II prend asile, puis dans les autres pays d'accueil. Mais il faut s'entendre sur les mots. Quand Gustave Bord écrit qu'en 1689 les régiments loyalistes ont afflué « avec leurs cadres militaires et leurs cadres maçonniques », quand il ajoute que « les premiers étaient les agents exécutifs et les seconds le pouvoir directeur[1] », il laisse entendre que tous ces régiments obéissaient à une sorte de hiérarchie occulte, et que, à la limite, chacun disposait d'une loge. Non sans reprendre à son compte la thèse inconsistante du phénomène de transition qui aurait lentement engendré le spéculatif sur la souche opérative, et même en osant marteler comme « certain » le fait très improbable que Christopher Wren fut grand maître de l'Ordre en 1685, il imagine une sorte de système qui aurait traversé la Manche pour venir contaminer ses candides et vertueux compatriotes. Bien entendu, la réalité est moins caricaturale.

Dans leur grande partie, les références de Bord sont connues. Tantôt, il les confesse ; tantôt, il les passe pudiquement sous silence. Entre autres, voici François-Timoléon Bègue-Clavel, qui a publié en 1843 une *Histoire pittoresque de la Franc-*

---

[1]. *La franc-maçonnerie en France, des origines à 1815*, Nouvelle Librairie Nationale, 1908, p. 51.

Maçonnerie. Mais Clavel ne faisait qu'emprunter lui-même à l'Anglais John Robison ainsi qu'à l'Allemand Johann Joachim Christoph Bode. Comme il avait quelques scrupules, il osait préciser à leur sujet : « Nous ne savons de quels documents s'étaie l'opinion de ces écrivains ; cependant elle ne nous paraît pas dénuée de vraisemblance[2]. » Comprenons que la vraisemblance est dans la thèse que les Jacobites sont bel et bien responsables de la propagation de la maçonnerie en dehors des îles Britanniques ; quant aux modalités, il n'y a que Bord pour être aussi péremptoire. Son avantage, semble-t-il, est d'avoir pu entrer en dialogue avec une éminente personnalité écossaise de son temps, qui lui a fourni une abondante liste de noms[3]. Sur ce point, tant mieux. Les compilations sont écartées, l'originalité prévaut. Cependant, une liste ne fait pas un système.

L'histoire de la maçonnerie stuartiste est un immense palimpseste où toutes les écritures s'emmêlent si fort que les derniers arrivés à l'écritoire ne savent plus quelle est la couleur du parchemin. Avant Robison et Bode, rares sont les Français qui doutent de la possibilité de deux filiations. Ils n'ignorent ni l'influence anglaise de Londres après 1717, ni celle bien antérieure des hommes chassés de leur pays par la *Glorious Revolution*. En 1737, Philippe-Valentin Bertin du Rocheret n'écrit-il pas à l'un de ses cousins religieux que, à sa connaissance, la Société a été introduite en France « à la suitte du Roy Jacques II en 1689[4] » ? Deux ans plus tard, n'est-ce pas Jacques-Benjamin Rapin de Thoyras qui publie une brochure contre une « secte » qui fait sensation à Paris depuis peu, et n'est-ce pas en somme lui qui fournit sinon la clef, du moins une des clefs pour déverrouiller la porte du mystère ? En effet, Rapin affirme que les Écossais de l'entourage royal avaient le projet de faire agir

---

2. *Histoire pittoresque de la Franc-Maçonnerie*, reprint Artefact, 1987, p. 109. Pour Bode, se référer à *Mehr noten als text*, 1787 ; et pour Robison, à *Proof of Conspiracy*, 1797. Gustave Bord emprunte par ailleurs à l'article de Henri de Loucelles, *Notice Historique sur la R∴ L∴ La Bonne Foi, O∴ de Saint-Germain-en-Laye*, imprimerie Eugène Heutte et Cie, 1874.

3. *La franc-maçonnerie en France, des origines à 1815*, Nouvelle Librairie Nationale, 1908, note 1 p. 493.

4. Bibliothèque de Châlons, manuscrit 125, *Lettre au P. Thierrion*, p. 240.

l'Ordre afin d'œuvrer à la reconquête du trône ; il ajoute : « Mais Jacques étant mort entre temps, on en est alors resté là et ils n'ont plus fait parler d'eux jusqu'en 1725, année où ils se sont répandus partout.[5] »

Décodons un minimum : en 1736-1737, une grande animation gagne les loges parisiennes sous obédience jacobite. D'où l'émoi de Rapin qui, directeur des colonies françaises de Stettin et de Stargardt, est pour sa part farouchement partisan de la dynastie des Hanovre. Il publie son pamphlet pour y faire front. Ce qu'il sait du passé depuis une cinquantaine d'années est puisé à la meilleure source, puisqu'il est le fils d'un avocat huguenot de Castres s'étant réfugié outre Manche à l'époque de la Révocation de l'Édit de Nantes, ayant par la suite beaucoup fréquenté les milieux de la noblesse militaire au point de combattre à Limerick, et s'étant même permis d'écrire plusieurs études historiques sur les partis en lutte pour le pouvoir en Angleterre, nonobstant une histoire générale du pays en plusieurs volumes[6]. La périodisation suggérée par Rapin est donc la suivante. Avant 1689, l'Ordre maçonnique existait, rien de plus assuré. Après, il reste actif jusqu'à la disparition du monarque déchu, soit jusqu'en 1701. Une sorte de mise en sommeil dure l'espace d'une génération. En 1725, le réveil a lieu, accompagné d'une tendance au prosélytisme. Mais, c'est dans

---

5. *Von der Ankunft und Wachsthum einer Sekte in Paris, welche anjetzo viel Aufsehen aufgeregt hat*. Cité par René Le Forestier dans *La Franc-Maçonnerie templière et occultiste*, éditions Aubier Montaigne, 1970, p. 104. J'ai déjà signalé ailleurs l'impossibilité dans laquelle nous sommes de retrouver aujourd'hui l'original de ce document. Et j'en viens à douter qu'en son temps Le Forestier ait eu plus de chance. En fait, comme le marque Eugen Lennhoff, dans son dictionnaire publié en collaboration avec Oskar Posner, c'est la loge *Archimède* d'Altenburg qui propose en 1803 une analyse de la traduction en allemand qui aurait été faite en 1739. Voir *Internationales Freimaurerlexikon*, éditions Amalthea, 1980 (reproduction de l'ouvrage paru à Vienne en 1932, p. 1279).

6. Voir, de Paul Rapin de Thoyras, *Histoire d'Angleterre* imprimé par Alexandre de Rogissart, La Haye, 1724-1727. Dans son ouvrage référencé ci-dessus, Le Forestier reproduit l'erreur de Lennhoff consistant à prêter à Paul Rapin de Thoyras l'œuvre du fils. Paul étant mort à Wesel en 1725, il ne peut être invoqué.

la deuxième moitié de la décennie suivante que l'essor est le plus remarquable.

Cette chronologie en cinq moments est limpide. Prenons-la à rebours. Elle correspond à ce qu'on sait de l'importante mobilisation fraternelle signalée à Paris dès 1736. Elle correspond à ce qu'on sait de la fondation de la première loge de Paris encore, sans doute au cours de l'été 1725, sous la férule de plusieurs hauts partisans jacobites. Les troisième et deuxième moments font question, et c'est eux qui vont réclamer maintenant notre attention. Mais le premier est également attesté. Avant le coup de force orangiste, l'Ordre existait. Sinon que penser d'Ashmole et de ses pareils ? Pour sa part, Rapin ne semble pas prétendre que les francs-maçons étaient déjà très impliqués dans la défense des intérêts stuartistes. Néanmoins, on est en droit de présumer qu'il y pense. De toute façon, il n'ignore pas que la Grande Loge de Londres ne date que de 1717 seulement, et que la tradition est bien plus courte chez elle.

Perspective assez géométrique, en somme, ce qui ne gâche rien. Partant, examinons le contexte général de la France. Revenons à ce moment où Louis XIV révoque l'Édit de Nantes qui accordait depuis presque un siècle la liberté de conscience aux protestants. À la mi-octobre 1685, une nuée de cavaliers partent dans les provinces afin que tout le royaume soit informé le même jour de la décision qu'il vient de prendre. Les pasteurs ont ordre de sortir des frontières dans un délai de quinze jours, et les familles sont informées que tout nouveau né sera baptisé d'office dans la religion catholique. Naturellement, un exode commence. C'est ainsi que l'avocat Paul Rapin de Thoyras ne tarde pas à s'expatrier en compagnie d'un de ses cadets. Or, si ces circonstances ne doivent pas être surévaluées du point de vue qui nous intéresse, elles méritent quand même de retenir l'attention. Intervenant la même année où Jacques II succède à son frère Charles II, ce même frère dont on dit qu'il serait mort catholique après avoir « communié par les mains d'un prêtre qui lui sauva la vie à une bataille qu'il perdit contre Cromwell[7] », il ne

---

7. *Journal du marquis de Dangeau*, Treutell et Würtz, 1817, tome I, p. 105 (Lundi 19 février 1685).

Saint-Germain en Laye 145

manque pas d'avoir un impact retentissant sur l'opinion des autres pays européen gagnés par la Réforme, *a fortiori* celle d'Angleterre. Jacques II lui-même a beau tenter de rassurer ses peuples en promulguant des actes de tolérance, il ne parvient pas à gagner leur soumission. Parce qu'il cherche à confier des fonctions importantes, aussi bien militaires que civiles, aux catholiques les plus fidèles de la noblesse ou de la gentry, parce qu'il a épousé en deuxièmes noces la pieuse Italienne Marie de Modène, réputée sous influence française, parce qu'il limite parfois considérablement les libertés de certaines grandes villes, les passions s'exacerbent contre lui. D'où sa chute et son refuge auprès de Louis XIV. Cependant, de même que les idées de nouvelle croisade gonflent les esprits, quelle que soit du reste l'option défendue, pour ou contre Rome, de même se manifeste un regain des anciens ordres de chevalerie.

Nous devons considérer qu'il ne s'agit pas là d'une remarque anecdotique, car elle est liée avec la crise – le mot est faible – qui traverse les mondes religieux. Le premier jour de décembre 1688, une semaine après que Jacques II ait décidé de renoncer à l'affrontement armé avec Guillaume d'Orange et se soit replié sur Londres, le roi de France annonce les réformes qu'il souhaite introduire dans l'Ordre du Saint-Esprit. Le marquis Philippe de Courcillon de Dangeau, qui avait comme par hasard négocié le mariage de Jacques et de Marie de Modène, en rapporte quelques détails dans son journal intime. Il indique comment se font les choix des novices. Durant tout le mois de décembre, on tient chapitre, on vérifie les droits des candidats, on se dispute aussi un peu sur les émulations possibles, sur les préséances obligatoires, on entend les doléances des exclus ; enfin, le vendredi 31 et le samedi 1er janvier, près de cinquante nobles avancent quatre par quatre et reçoivent sur leurs épaules le coup d'épée royal les créant chevaliers de l'Ordre[8]. Voilà ce qu'indique Dangeau. En alternance, il transcrit quelles sont les dernières nouvelles concernant les malheurs de Jacques II. Sa fuite, après celle de sa femme et de son jeune fils, sous la

---
8. *Id*, tome I, p. 247 (Mercredi 1 décembre, jusqu'au vendredi 31).

protection rapprochée du comte Antoine-Nompar de Caumont, bientôt duc de Lauzun.

Une fois pris ses quartiers à Saint-Germain, Jacques organise à son tour des promotions dans l'Ordre de la Jarretière. Son fils naturel, le duc de Berwick en est breveté, comme dit Dangeau, le 24 janvier. Un mois plus tard, le 25 février, vient le tour de Lauzun, en place du duc d'Albermale, autrement dit Christopher Monk, mort depuis peu, fils du général. Ce n'est pas tout. Tandis que l'Ordre de Saint-Michel, associé à celui du Saint-Esprit, est ouvert aux roturiers, sous réserve néanmoins d'être anoblis quelques jours ou semaines auparavant, le monarque français surenchérit en créant celui de Saint-Louis, afin de récompenser les services de ses officiers, autant de mer que de terre. Condition expresse : être catholique. Un coup de pouce encore, et voilà l'Ordre de Saint-Lazare qui se dote d'un nouveau grand maître, lequel n'est autre que Dangeau en personne. Le dimanche 18 décembre 1695, il prête son serment sur l'Évangile.

Pour partie, c'est en s'inspirant de pareils modèles que des audacieux définissent la franc-maçonnerie comme un ordre ayant ses dignitaires, ses patentes et ses protocoles. Sur les traces de William Preston[9] et de George Oliver[10], cette fois, Bord attribue à Christopher Wren le titre de grand maître. Il aurait succédé en 1685 au comte Henry Bennett, premier comte d'Arlington, et aurait continué à occuper ses fonctions jusqu'en 1695, date à laquelle il aurait été remplacé par Charles Lennox, premier duc de Richmond, fils naturel de Charles II et de Louise de Keroualle[11]. Trois ans plus tard, il aurait eu l'insigne honneur d'être rappelé à la tête de l'institution, mais il en aurait

---

9. *Illustrations of Masonry*, première édition en 1772, à Londres, chez Williams, nombreuses rééditions ensuite, avec corrections et additions.

10. *Revelations of a Square* ; *Exhibiting a Graphic Display of Sayings and Doings of Eminent Free and Accepted Masons*, Masonic Publishing Company, 1854.

11. *La franc-maçonnerie en France, des origines à 1815*, Nouvelle Librairie Nationale, 1908, p. 56-57. Voir, pour comparaison, ce qu'en dit Preston (éditions Wilkie, 1788), p. 244-245. Paraphrase chez Bord, avec la déperdition de sens dont il est coutumier, puis les interpolations qui compensent.

été définitivement écarté en 1702. Du coup, dans les îles, il y aurait eu un moment de creux, jusqu'à la reprise de 1717 sous l'impulsion de quatre loges nostalgiques de Londres. En parallèle, le grand maître de la branche jacobite serait ni plus ni moins que Jacques II en personne [12]. De 1700 à 1730, intervalle durant lequel notre auteur assure avoir relevé de façon positive une multitude de noms d'initiés, grâce à la liste de la « personnalité » écossaise, l'Ordre prendrait du volume. L'inconvénient est que l'apparition d'une grande maîtrise ne peut pas être prouvée avant 1717 pour la capitale anglaise et qu'elle reste problématique jusqu'au milieu des années 1720 pour la mouvance jacobite transportée en France. Par conséquent, l'idée de système se trouve effectivement mise à mal.

Aucun indice n'autorise une conjecture sur l'existence d'une grande maîtrise au temps d'Ashmole, de Urquhart, de Holme et des autres personnages en affinités qui connaissent bien les coulisses du dix-septième siècle. Aucune indice, non plus, dans la dernière décennie. Le crédit de John Aubrey étant plus important que celui des esthètes ou imprécateurs de l'après-coup, on ne peut pas davantage prêter à Wren le privilège d'avoir été le premier dirigeant de l'Ordre spéculatif anglais. Mieux vaut partir du principe que le réseau maçonnique est essentiellement horizontal. Il tisse des relations individuelles pour soutenir une cause politique, certes, mais sans rechercher pour le moment une institutionnalisation analogue à celle des ordres d'honneur ou de chevalerie. Cette réserve tombe d'ailleurs sous le sens. Formée sous Charles II pour soutenir sa cause durant la crise qui secoue ses royaumes, ses adhérents en admettent d'emblée le caractère temporaire. L'horizontalité admet en hauteur l'action de quelques familiers du roi ; mais les partisans ne sont pas intégrés dans un dispositif aux cérémonies pompeuses et centralisées. Rien de cela. Sobriété et dispersion aléatoire selon les nécessités.

Après 1689, les habitudes ne changent pas du jour au lendemain, d'autant que les exilés, ceux qu'on appelle les « oies sauvages », conservent intact leur espoir de revenir au pays.

---

12. *Id*, p. 490.

Chez les Jacobites, nous pouvons donc admettre à la fois un projet de maintenir ou de créer de nouvelles attaches avec les hommes restés chez eux, d'une part, et la tentation de sensibiliser à leur cause leurs hôtes continentaux, d'autre part. Mais un tel double objectif exclut encore l'hypothèse d'un programme sur la longue durée, et bien plus celle d'une organisation chapitrée, si j'ose ce jeu de mots. Créer des loges dans les formes qui seront celles de la génération ultérieure n'a pas grand sens ; pas avec un staff plus ou moins permanent, ni avec des secrétaires tenant procès-verbal des séances (surtout pas !). L'intervention solennelle de Jacques II s'avère elle-même sans grand intérêt. Il lui suffit de savoir que quelques hommes de confiance agissent dans des directions multiples.

Robison est bien plus catégorique sur ce point. D'après lui, l'expansion de la franc-maçonnerie se serait faite très rapidement. Les Français auraient adapté les manières étrangères à leur goût. Ils se seraient empressés d'approuver la création d'un grand nombre de loges, lesquelles seraient devenues pour les Jacobites des lieux de rendez-vous, et des moyens de continuer une correspondance avec leurs amis d'Angleterre [13]. Certes, pour des raisons tactiques déjà évoquées, nous pouvons concevoir l'existence d'une technique cryptée de correspondance depuis les guerres civiles sous Charles 1er. Un demi siècle plus tard les changements sont mineurs sur ce plan, et les dossiers qui ont survécu aux événements contiennent encore des exemples de grilles et autres alphabets curieux [14]. Mais nous ne voyons pas en quoi l'image de la prolifération quasi immédiate de communautés plus ou moins stables aurait un quelconque crédit, car nulle part nous n'en trouvons la trace, même pas une allusion discrète. Plus acceptable demeure l'hypothèse d'un transfert de mœurs pour l'instant limité aux fugitifs. Ils ont franchi la Manche, ils entretiennent la flamme entre eux. Et s'ils en

---

13. « *The Lodges in France naturally became the rendez-vous of the adherents to their banished King, and the means of carrying on a correspondence with their friends in England.* » *Proofs of a Conspiracy*, éditions Western Islands, 1967, p.15.

14. Voir, par exemple, Archives du Ministère français des Affaires étrangères, série *Mémoires et documents*, sous-série *Angleterre*, volumes 84 et 93.

parlent à leurs hôtes, ce n'est pas vraiment pour en faire grand cas.

Sur de telles bases, peut-on accréditer le répertoire du Grand Orient de France, quand, en 1772, il reconnaît à la loge *La Parfaite Égalité* du régiment irlandais de Walsh une ancienneté remontant au 25 mars 1688 ? Peut-on suivre Henri de Loucelles, quand il assure en 1874 que la toute première loge a été établie à Saint-Germain, dès la venue de Jacques II ? qu'à des dates différentes et non précisées elle aurait compté parmi ses membres les plus éminents le récent chevalier de la Jarretière duc de Berwick ? et aussi la plupart des nobles de sa cour, comme les ducs Jean Drummond of Melfort, Jacques Drummond of Perth, Richard Talbot of Tyrconnel, James Butler of Ormonde, les comtes Antoine of Hamilton [15], Arthur of Dillon et Charles of Middleton, le baron John Caryll of Dunfort [16] ?

En premier lieu, il n'est pas improbable que des militaires se soient tôt préoccupés de former des loges propres à leurs régiments respectifs. Une fois décidée la formation d'une armée de métier par Charles II, et sachant le soin pris par Jacques II de nommer des catholiques à certaines fonctions clefs, on peut concevoir qu'un nouveau stade soit franchi en mars 1688. Peut-être le titre donné à celle de Walsh est-il surprenant. L'expérience montre que l'habitude d'identifier les associations n'est acquise qu'au cours des années 1740. Il y aurait donc là un précédent suspect. Cependant, il est loisible d'objecter que la reconnaissance rétroactive acceptée par le Grand Orient français porte moins sur le nom que sur la réalité du regroupement précoce. Effectivement, le procédé est très courant. Il est même encore en vigueur de nos jours, puisque les documents officiels de cette Obédience portent un sceau revendiquant, sous le titre de Grand Orient, sa fondation en 1736, alors qu'elle est de 1771-1772, justement dans la période où ses administrateurs

---

15. Loucelles le dit mort à Saint-Germain en 1720. Les registres de la paroisse le signalent inhumé le 22 avril 1719, à l'âge de soixante-quatorze ans.

16. Coquille dans le texte de Loucelles, qui écrit « Jean, baron de Dartfort et comte de Caryll ». Il s'agirait plutôt de John, premier baron Caryll of Dunfort.

veillent à authentifier l'ancienneté des loges aspirant à se placer sous sa férule.

Toutefois, cela n'est jamais qu'une vague supputation. Je l'avance uniquement pour maintenir les commentaires de Gustave Bord à distance. Ayant remarqué que cette loge n'était pas enregistrée dans les archives de Londres, il en déduit que son origine serait due à des frères constitués « de leur propre autorité[17] ». Une fois de plus, sa démarche consiste à postuler l'existence d'une hiérarchie qui n'existait pas avant 1689 et qui ne pouvait donc enregistrer qui que ce soit. Ni Ashmole, dans ce qu'il dit de la réunion à laquelle il assiste en 1682, ni Holme, entre autres, ne laissent entendre que la maçonnerie dont ils font partie serait une institution dirigée par une sorte de comité central, encore moins qu'elle se préoccuperait de former des loges particulières avec leurs propres habitudes, et certainement pas qu'elle ferait circuler des patentes ou autres chartes de fondation. Cette pratique serait incompatible avec les nécessités du secret, de la lutte clandestine. Il faut se contenter du strict minimum. Ici, Bord emprunte sans doute à Emmanuel Rebold et John Fletcher Brennan, son traducteur américain, qui présentaient en 1867 l'histoire de la maçonnerie britannique comme ayant connu en 1685 un dédoublement à partir d'un courant originel unique, dont Charles II aurait été publiquement le protecteur, et qui aurait perdu sa vigueur de 1685 à 1695, malgré la fictive grande maîtrise exercée par Wren[18] ? C'est alors, pour Rebold surtout, que la franc-maçonnerie jacobite se serait fourvoyée dans l'ornière de la mauvaise politique[19].

En second lieu, le répertoire de Loucelles indispose par l'omission d'indices chronologiques fiables. Considérons un seul homme dont l'appartenance maçonnique est certes prouvée, comme nous aurons l'occasion d'y revenir, mais dont la présence à Saint-Germain ne peut pas l'être avant 1714, à savoir

---

17. *La franc-maçonnerie en France, des origines à 1815*, Nouvelle Librairie Nationale, 1908, p. 491.

18. *A General History of Free-Masonry in Europe*, éditions George B. Fressenden, 1867, p. 310-311.

19. *Id*, p. 211.

James Butler, second duc d'Ormonde. Né à Dublin le 19 avril 1665, il se place dans le sillage de son père quand celui-ci fait allégeance à Guillaume d'Orange et reçoit en récompense son admission dans l'Ordre de la Jarretière. Ensuite, il sert avec suffisamment de brio dans l'armée anglaise pour obtenir en 1712 le commandement des troupes qui occupent alors les Flandres. Ce n'est pas pour autant qu'il cache ses sympathies envers les Jacobites exilés, mais il n'est pas tôt en mesure de les fréquenter. Il faut attendre une crise gouvernementale très vigoureuse outre Manche, avec perquisition menée dans sa maison de Richmont, pour qu'il se décide lui-même à franchir le Channel, et à séjourner quelque temps à Paris, avant de gagner Avignon.

La question n'est pas de savoir si, oui ou non, Ormonde est de connivence avec les hommes qui forment l'entourage immédiat des princes Stuarts ; la réponse apparaîtra bientôt évidente ; elle est simplement de déterminer s'il peut être physiquement présent parmi eux jusqu'à la mort de Jacques II qui survient en 1701, et dans la décennie suivante. C'est non. Par voie de conséquence, il s'avère impossible de trouver sa trace à Saint-Germain au moment où la franc-maçonnerie y continue à petits pas le chemin ouvert auparavant. À petits pas : j'emploie cette formule à dessein. Les autres noms proposés par Loucelles, et repris non sans augmentation par Bord, posent aussi des problèmes d'analyse documentaire, soit par la date de naissance des intéressés, soit par leur arrivée plus tardive qu'on croit en France. Devant cette nébuleuse, la meilleure attitude à adopter est de retenir comme une certitude la conservation du marquage maçonnique chez quelques fidèles, mais sans qu'ils soient tentés du jour au lendemain par un prosélytisme fébrile.

En fait, tous les moyens sont bons aux proches de Jacques II pour garder des relations aussi suivies que possibles avec les îles, et pour lier des amitiés dans les grandes métropoles françaises où ils espèrent n'être que provisoirement fixés. La maçonnerie n'apparaît pas comme le plus pratiqué, ni le plus efficace. Du reste, la petite bourgade de Saint-Germain n'offre que de maigres capacités d'accueil aux étrangers. C'est plutôt après la mort de Jacques II, qui survient le 16 septembre 1701, que l'on assiste à une très lente progression de la sociabilité si spéciale des loges. Pourquoi pas avant ? Parce que, tant que le roi était vivant, tout le monde espérait avec plus ou moins de conviction que les aléas de la politique internationale allaient pouvoir un jour favoriser son retour. À sa mort, son unique fils légitime, Jacques Francis Édouard est âgé d'à peine plus de treize ans. Même si les partisans le reconnaissent aussitôt comme détenteur de la couronne, ils savent bien que sa jeunesse interdit de mener des actions rapides. De plus, en Angleterre, Guillaume d'Orange ne tarde pas non plus à expirer, le 19 mars suivant, et sa succession est vite assurée par Anne, fille de Jacques II issue de son premier mariage avec Anne Hyde, fille d'Edward, premier comte de Clarendon.

Il paraît plus réaliste de croire que l'essentiel du recrutement disons « fraternel » reste localisé dans les régions insulaires où les Stuarts possèdent encore de nombreux soutiens. La création en 1696 de la loge de Dunblane entre dans cette catégorie. William Drummond, premier vicomte de Strathallan, est à sa tête, ensuite nous remarquons la présence de John Cameron of Lochiel, de son frère Alexander, de John Pearson of Kippenross, d'Alexander Drummond of Balhaldie, beau frère des Camerons[20]. Tous ont des accointances jacobites. David Stevenson le remarque lui-même ; mais il exclut que la loge en tant que telle puisse être liée aux « intrigues et conspirations endémiques à cette période[21] ». Soyons d'accord : la loge *en tant que telle* n'a peut-être pas été utilisée comme un prétexte à conciliabules orientés, car ce n'est pas son rôle. Elle ne sert qu'à recueillir des serments solennels de fidélité, selon le protocole autrefois pratiqué sous Charles 1er. Ce n'est pas vraiment un lieu de débat, sauf peut-être lors des échanges informels au cours du banquet, quand il y en a un. L'attention doit être moins portée sur le collectif que sur les individus ainsi unis. Profitons même de l'occasion pour relever une coïncidence qui n'a rien d'étrange. Après 1701, il semble que cette loge de Dunblane

---

20. Voir *Early minute book of the lodge of Dunblane*, dans Ars Quatuor Coronatorum, volume 67, 1954.

21. *Les premiers Francs-Maçons*, traduction française, éditions Ivoire-Clair, 2000, p. 140.

ralentit sa ferveur pour laisser le champ à des préoccupations plus ordinairement liées aux affaires opératives. Elle subirait une sorte de mutation vers le trivial. Eh bien, cela ne surprend pas outre mesure.

Nous sommes exactement à l'époque où Jacques II disparaît de ce monde et où les ardeurs fléchissent un peu, en attendant que Jacques III soit en âge de les revigorer par quelque prouesse batailleuse. Dans les registres paroissiaux de Saint-Germain en Laye se remarque de la même façon une baisse des afflux d'immigrants. Les mariages et baptêmes concernant les Jacobites sont en diminution par rapport à ceux de la décennie écoulée [22] ; c'est un signe qui ne trompe pas, et qui vient, très indirectement mais très fortement, corroborer le schéma de Jacques-Benjamin Rapin de Thoyras. La disparition du dernier Stuart ayant régné est suivi de deux phénomènes concomitants. D'une part, les partisans de la dynastie sont moins nombreux à rechercher asile à Saint-Germain en Laye ; d'autre part, les adeptes de la maçonnerie se tiennent en retrait.

Malgré tout, retrait ne signifie pas abandon. Il signifie changement provisoire d'initiatives. Et voilà où nous gardons matière à enquête. Peu à peu, se dessine le panorama sur lequel vont entrer en scène les plus éminents protagonistes de la geste française. Dans les récits classiques, cent fois rebattus, il faudrait sauter d'un bon le premier quart du siècle pour arriver en 1725 où, sans contestation possible, un nombre conséquent de Jacobites installent la première loge parisienne. Même Thoyras nous y pousse. Évitons une telle hâte. Contrairement à la boutade de Marivaux dans *La Méprise*, Paris n'est pas le monde, et le reste de la terre n'est pas que ses faubourgs [23]. Jusqu'en 1710-1714, concédons-le, il ne se passe pas grand-chose à l'enseigne du triangle, ni à Saint-Germain en Laye, ni en Grande Bretagne d'ailleurs, mais bientôt des frémissements sont

---

22. Archives Municipales de Saint-Germain en Laye, série GG. À la suite : abréviation Archives Municipales de Saint-Germain en Laye, pour désigner cette source.

23. *La Méprise*, 1734, tirade de Frontin, scène XIII : « Qu'appelles-tu une ville ? Paris, c'est le monde ; le reste de la terre n'en est que les faubourgs. »

perceptibles un peu partout, et ils vont aller en s'amplifiant. À Londres, certes, nous le savons, car la Grande Loge s'y fonde en 1717, mais aussi dans l'ensemble du royaume de France, sans exclusivité pour sa capitale un peu trop nombriliste, d'autant que Saint-Germain – comme Versailles – est considéré comme n'en faisant pas partie.

RELAIS DE FRANCE

Après 1701, les Jacobites savent à quel point le nouveau gouvernement britannique exerce des pressions sur Louis XIV pour qu'il leur retire sa protection. Ils savent aussi qu'ils sont espionnés au quotidien par des compatriotes rivaux qui adressent leurs rapports aux services de Londres. Alors, leur préoccupation est double. D'une part, ils souhaitent attirer et conserver la sympathie de la population française, sans que leur présence soit sentie comme une gêne ; autant que possible, ils cherchent à soigner les apparences, comme on dit. D'autre part, ils veillent à entretenir leur ardeur de reconquête en provoquant de nombreux prétextes à concertations discrètes entre gens sûrs. Ils montrent, ils cachent. Rien d'étonnant à cela. Les communautés contraintes à un long exil qui souhaitent sauvegarder des principes d'identité et aspirer au retour dans leur pays d'origine, entretiennent presque toutes une telle ambivalence. Mais, dans le cas présent, la difficulté est d'apprécier le rôle des francs-maçons.

Entre Saint-Germain en Laye et Paris, Jacques III donne l'exemple. Quand il se déplace, il le fait sans ostentation. Dans les rapports périodiques établis à la demande du lieutenant général de police, Marc-René d'Argenson, les détails relatifs à son comportement insistent là-dessus. Les soirs où il circule en carrosse pour se rendre au théâtre, par exemple, son escorte est réduite au minimum ; elle ne porte pas de marques distinctives. Il se montre généreux envers les comédiens et accepte volontiers d'aller ensuite souper chez le duc de Lauzun où, accompagné de son gouverneur James Drummond, premier duc de

Perth, il rencontre sans protocoles quelques grands du royaume[1]. Dans le même temps, le comte de Middleton se concerte avec le ministre français des affaires étrangères, Jean-Baptiste Colbert, marquis de Torcy, afin de renforcer la surveillance des Anglais qui apparaissent comme bien trop nombreux dans la capitale pour être tous politiquement honnêtes. Middleton suggère ni plus ni moins que les commissaires du lieutenant d'Argenson fassent conduire les suspects à Saint-Germain afin qu'il y soient interrogés et que, s'ils donnent satisfaction, s'ils font preuve de loyauté, de fidélité, leur soient délivrés des certificats d'agrément[2].

Cependant, en bonne logique d'opposition, les Jacobites cherchent à encourager pour leur propre compte les complicités qui permettent de maintenir leurs influence outre-Manche. Eux aussi font naviguer des hommes qui risquent fort de déplaire à Londres. Entre autres, c'est le cas de Hugh Hamilton. Lors d'un séjour dans les cellules de la Bastille, il confesse sans grande honte, et pour cause, être arrivé en France au mois de mai 1695, puis être reparti dans la capitale anglaise afin de combiner avec des amis les moyens qui pourraient faciliter le retour du prétendant Stuart. Trois années durant, il a ainsi joué aux émissaires clandestins. Ses ressources, il les obtenait de familiers résidant à Londres ou Dublin[3]. En un sens, cette anecdote parmi d'autres pourrait alors conforter le point de vue de Robison ; sauf que nous ne rencontrons nulle part une bribe d'information

---

1. *Rapports inédits du lieutenant de police René d'Argenson*, éditions Plon et Nourrit, 1891, p. 192.
2. Bodleian Library, Oxford, collection Carte, manuscrit 238, f° 186, *Lettre de Middleton à Jean-Baptiste de Torcy*, 14 juin 1707. « *Ainsi, monsieur ce magistrat [d'Argenson] n'aura qu'a faire signifier par les commissaires des quartiers a tous les sujets de S.M.B. [Jacques III] a Paris qui ne luy sont pas d'ailleurs assés connus pour n'en rien apprehender, qu'ils aient a venir ou a envoier a Saint-Germain se faire connoitre pour fidèles sujets et se pourvoir de certificats, leur donnant un temps convenable pour cet effet. Et de mon costé, je puis vous assurer, Monsieur, que je serai très exacte a les faire bien examiner, a ne donner des certificats a aucuns qu'ils ne soient bien connus et avoués ici, et qu'ils n'aient donné de bons répondants de leur conduite par rapport a leur fidélité.* »
3. *Id*, f° 22.

sur d'hypothétiques tenues de loge, que nous ignorons même si Hugh Hamilton est maçon, et que nous en sommes donc réduit à maintenir l'idée que les Jacobites utilisent une diversité de réseau, dont celui de la maçonnerie paraît finalement le plus imperméable.

Tout porte à croire que les adhésions demeurent individuelles, qu'elles concernent des personnalités de haut rang, et qu'elles n'entraînent en rien des réunions fréquentes. Sans grand changement depuis le temps d'Elias Ashmole, devenir maçon signifie entrer dans une association de choisis qui n'envisagent guère des assemblées périodiques où ils viendraient manigancer des coups. La loge, comme entité distincte d'une autre, avec des habitudes et un effectif stable, paraît à première vue une fiction. Recevant les promesses de loyauté, le reste se joue au-dehors, selon les nécessités très fluctuantes de la conjoncture. C'est pourquoi on est bien mieux renseigné quand, au lieu de focaliser sur la région parisienne, on élargit l'enquête à toutes les autres villes françaises où certains Jacobites choisissent également de séjourner. La méthode n'est pas courante, certes ; car elle vient écorner les clichés de cette littérature qui vante la suprématie de la capitale sur la province faubourienne. Mais que lui demande-t-on, fors de nous mener vers des protagonistes dont les liens précoces avec la maçonnerie peuvent être mis en évidence sans générer d'équivoques ?

Dans *Aux Origines de la franc-maçonnerie française*, j'ai apporté quelques éléments de réponse, limités à l'examen de la situation en Bretagne. Autant récidiver ici en élargissant la perspective. À partir du 7 novembre 1701, se constate l'apparition de la triponctuation dans le paraphe de René Le Corre, huissier de la communauté brestoise. Je prends – comme je l'ai prise dans mon ouvrage précité – la précaution de dire que je ne considère pas cet indice comme suffisant en soi pour postuler un début de sensibilisation des notables du Ponant à la pratique maçonnique. Bien que cette triponctuation soit identique à celle qui sera abondamment pratiquée dans la seconde moitié du siècle par les abonnés au triangle, je considère qu'elle pourrait être jugée tout à fait accessoire chez notre huissier s'il n'y avait de nombreux autres éléments du contexte local pour susciter la perplexité et conduire à quelques certitudes imparables.

La famille Le Corre réside dans la paroisse brestoise des Sept-Saints où Louise de Keroualle, ancienne maîtresse de Charles II Stuart, possède un hôtel particulier. L'huissier René est d'ailleurs apparenté au notaire Laurent Le Corre qui défend les intérêts de Louise. Il a pour cousin un autre René qui est lieutenant de vaisseau dans la Compagnie des Indes. Si l'on en juge par les registres baptistères de la paroisse, leurs épouses respectives fréquentent volontiers les Chapizeaux et les Le Brun. Avant 1740, un Charles-Armand Le Brun sera le vénérable d'une des premières loges connues dans la ville, et François-Félix Gouin de Chapizeaux sera aussi un frère méritant [4]. Le Brun ne se contentera pas de cela, puisqu'il sera chargé de superviser les embarquements des troupes jacobites en 1743, quand une opération de reconquête sera tentée (et manquée) sous l'étendard de Charles Édouard, fils de Jacques III [5]. Cependant, la fille du lieutenant de vaisseau s'appelle Françoise et épousera en secondes noces, car elle sera devenue veuve assez vite [6], Dominique Heguerty.

Ce dernier est né à Saint-Germain en Laye en avril 1699, où il est baptisé le 18 sous le prénom de Denis [7]. Quand les Orangistes avaient débarqué sur le sol britannique, son père Daniel

---

4. Procès-verbal de fondation de *L'Heureuse Rencontre*. Ce document de 1745 fournit une liste importante de signatures autographes, ainsi que les noms d'au moins trois vénérables ayant fondé chacun une loge bien avant cette date. Œuvre d'un avocat Parisien en transit, Jean-Baptiste Dieudonné Petit de Boulard, la quatrième loge citée est plus récente.

5. Lettre du ministre de la marine au chef d'escadre Jean-André de Barailh, 4 décembre 1743, transcrite par Jean Colin dans *Louis XV et les Jacobites*, Librairie militaire R. Chapelot, 1901, p. 45-46. Autre lettre du 29 février 1744, p. 99.

6. Contrat de mariage enregistré le 14 janvier 1724 (Archives Départementales du Finistère, B.1616). L'époux s'appelle Jean Alexis d'Anlezy, seigneur d'Autrèche. Les père et mère de Françoise Le Corre sont décédés à cette date, et elle a bénéficié d'une émancipation de justice.

7. Copie du registre baptistère assurée par C.E. Lart dans *The Parochial Registers of Saint-Germain-en-Laye, Jacobites extracts of Births, Marriages and Deaths*, The St. Catherine Press, 1910, volume 1, p. 81. Le patronyme Heguerty devrait se lire O'Heguerty, mais les exilés de cette famille abandonnent vite le O initial.

avait pris le commandement d'une compagnie dans le régiment de Charles O'Neil. Il était ensuite devenu l'aide de camp du duc Richard Talbot of Tyrconnel et de Lauzun. Passé sur le continent en 1691, il s'est donc installé à Saint-Germain. Mais provisoirement ; car, dans les années 1720, il achète une propriété en Lorraine et part s'y fixer. Dominique, lui, reste sans doute dans la région parisienne, et probablement dans la paroisse où sont concentrés un grand nombre de réfugiés, à savoir celle de Saint-Méry. C'est là en effet qu'il rencontre la veuve Françoise Le Corre, domiciliée rue Pierre Aulard. Se connaissaient-ils avant ? Impossible de le dire. Le mariage est conclu en 1726. Or, l'année précédente Dominique a participé à la fondation de la première loge parisienne *attestée*.

Aux dires de Loucelles, Richard Talbot, duc de Tyrconnel, aurait été franc-maçon. Peut-être. Nous savons avec plus de certitude qu'il était catholique et qu'il doit à Jacques II d'avoir été nommé Lord lieutenant en Irlande. En tout cas, sa mort est survenue en 1691 à Limerick, et cela interdit de lui prêter une quelconque influence sur Dominique Heguerty, hormis par le truchement de son père. Mieux vaut se rabattre sur son homonyme et neveu, qui épousera sa fille orpheline le 19 décembre 1702. Dans l'acte dressé pour cette heureuse circonstance, cet autre Richard est dit fils de Guillaume Talbot comte de Tyrconnel[8]. Colonel réformé d'un régiment au service de la France, il sera le père d'un autre Richard, aussi franc-maçon.

N'avançons pas trop vite. Restons dans la belle famille du nouveau marié Heguerty. En 1694, suite à son décès, l'étude notariale de Laurent Le Corre est achetée par Jean D'Erm, un ancien commis du bureau des postes ; durant quelques mois elle a été dirigée par un tiers, en attendant que la succession du défunt soit réglée. Comme D'Erm ne manque pas d'astuces, il profite des dossiers à traiter pour se placer dans les affaires, envoyer ses fils un peu partout, de l'Espagne à l'Allemagne, et surtout devenir dans Brest le fondé de pouvoir du banquier parisien Antoine Hogguer. Par ce biais, sans doute, car Hogguer est d'origine suédoise, il entre dès les années 1710 en relation

---

8. Archives Municipales de Saint-Germain en Laye, GG 69, f° 132 v°.

directe avec l'ambassadeur de Suède, le baron Eric Axelson von Sparre[9]. Bien entendu, tout ce monde est très attentif à la cause jacobite. Et maçonnique. Les preuves tangibles ne manquent pas. Jean-Denis, l'un des fils de D'Erm devient en 1746 le fondateur de la première loge morlaisienne[10]. Axel Erikson von Sparre, fils de l'ambassadeur, est initié à Paris le 4 mai 1731, par des hommes de l'Obédience jacobite, si l'on en juge par la suite donnée aux procédures, car une patente signée du plus intransigeant partisan de Jacques III, Charles Radcliffe, cinquième comte de Derwentwater, sera accordée au successeur de son père dans les services diplomatiques, Karl-Fredrik von Scheffer, en vue de fonder autant de loges que possible dans son pays[11]. Cela paraît-il un peu court ? L'installateur de Jean-Denis D'Erm dans ses fonctions de vénérable en 1746 est le Suisse Frédéric Zollicoffre d'Altenklingue. Natif de Saint-Gall, il a des affaires importantes à Marseille. Nous sommes assuré d'évoluer toujours dans le même univers, parce que Zollicoffre accepte d'être en juin de cette année-là le parrain du nouveau né d'Étiennette Le Corre épouse Le Dée, proche parente de Françoise épouse

---

9. Sur les ramifications de la famille D'Erm en général, et les rapports D'Erm/Hogguer/Sparre en particulier, voir à Stockholm, Riksarkiv, série Gallica, dossier F.C. Scheffer ; à Paris, Archives Nationales, collection Marine, B[3].293 ; à Quimper, Archives Départementales du Finistère, B. 4623 et suivants. On ne sera pas indifférent au fait que Hogguer assure le logement de Sparre, dans son hôtel particulier de la rue de Grenelle (Voir Germain Brice, *Description de la ville de Paris*, imprimé par J. Bulot, tome 3, 1752, p. 488).
10. Archives départementales du Finistère, B. 4646, lettre de Henri Schutz à Jean-Denis D'Erm, 10 décembre 1749.
11. Voir notices d'Eugen Lennhoff sur la maçonnerie suédoise, dans *Internationales Freimaurerlexikon*, éditions Amalthea, 1980 (reproduction de l'ouvrage paru à Vienne en 1932), p. 1426 et 1723. Le rapport entre Sparre et Scheffer mériterait des éclaircissements, car les notices de Lennhoff sont très elliptiques. Est-ce que Sparre, comme l'affirme Lennhoff, a vraiment fondé la première loge de Stockholm quatre ans après son initiation parisienne ? Cela se discuterait mais nous éloignerait de notre sujet. Écrivant *La Maçonnerie Écossaise dans la France de l'Ancien Régime*, je suis moi-même allé trop vite sur ce point délicat. J'ai posé comme acquis des points de détails qui, faute d'examen approfondi, méritent en réalité des réserves.

Relais de France 161

Heguerty[12]. En outre, dans son rôle d'installateur, il intervient au nom de la loge « anglaise » de Bordeaux, qui le mentionnera en 1752 comme inspecteur de loges « bâtardes » d'Aquitaine.

Il y a plus. Le négociant qui est loué, sans contestation de ses contemporains[13], comme le fondateur de la toute première loge brestoise s'appelle Pierre Bourdon. En recherchant ses fréquentations, on est assez surpris de leur éventail, si surpris que les archives se révèlent soudain bavardes sur le cas jacobite. Le voici en effet lié à un de ses confrères, Nicolas Le Masson, dont la caractéristique est d'acheter un important lot d'armes à Saint-Étienne en mars 1716. De quoi équiper un régiment entier, puisque le nombre de fusils atteint 809, celui des pistolets 210, et celui des sabres 200. Ce fourniment est voituré jusqu'à Auray, puis il disparaît complètement de la circulation. Volatilisé ! Curieuse péripétie, faut-il penser, car elle survient dans une période où, venant d'échouer dans une tentative d'expédition en Écosse, Jacques III bat le rappel de ses meilleurs officiers pour en préparer une autre. Comme l'occasion va se présenter bientôt de revenir là-dessus, je n'insiste pas, sauf pour remarquer que lesdits officiers sont en étroite relation avec le baron Sparre[14].

Le Masson, si bien nommé, appartient-il à la fraternité ? Lors de son inhumation dans le cimetière de l'église des Carmes déchaussés, le 26 janvier 1742, à l'âge de soixante cinq ans, Pierre Bourdon sera présent, bien entendu, et sur les cinq autres hommes de l'assistance trois auront leurs noms dans les archives maçonniques locales[15]. S'il ne s'agissait là que d'un hasardeux phénomène de convergence, il faudrait croire que

---

12. Voir Archives Municipales de Brest, registre de la paroisse Saint-Louis, Baptême de Frédéric-François Le Dée, 15 juin 1746.

13. Procès-verbal de fondation de *L'Heureuse Rencontre*, f° 1 v°.

14. Sur Nicolas Le Masson, voir Archives Nationales de France, G7/201, lettre de Poulletier, 16 janvier 1720. Sur l'animation parmi les Jacobites et leur relation avec le baron Sparre, voir l'ouvrage de Martin Haile, *James Francis Edward, The Old Chevalier*, éditions J.M. Dent, 1907, p. 165 et 226.

15. Archives Municipales de Brest, registre de la paroisse Saint-Louis. Je ne compte pas dans le relevé des signatures, celles des pères Carmes qui sont témoins de l'inhumation dans le cimetière de leur église.

l'histoire est perverse. En effet, l'examen approfondi des pièces d'archives concernant Le Masson révèle que les autorités françaises ne se seront inquiétées de ses trafics qu'en 1720 seulement, au moment d'élucider la conspiration bretonne dite de Pontcallec, avec des connivences jacobites encore, et par surcroît l'implication d'un personnage dont les fils laisseront aussi tous un nom dans les registres maçonniques, à savoir Claude-Alain Barbier de Liscoët, ancien condisciple de François-Félix Gouin de Chapizeaux au fameux collège de La Flèche.

Il est dommage que les rares traces laissées par Bourdon ne nous fournissent pas la date où il crée sa propre loge. Une tradition orale, étayée par aucun écrit, la situe vers 1728. Une autre tradition, tout aussi instable du point de vue documentaire, prétend même que la première loge de Saint-Brieuc serait apparue sept années plus tôt. Bien que nous sachions, grâce aux registres de la marine, que le père de Charles-Armand Le Brun exerce momentanément là-bas les fonctions de commissaire, nous en sommes réduit aux vagues conjectures sur cet aspect de chronologie. En revanche, rien n'est plus facile que de démontrer l'implication précoce de Jacobites présumés francs-maçons dans les affaires commerciales de Bretagne et d'autres grandes métropoles du royaume de France, par exemple Bordeaux ou Rouen. Justement, une bonne illustration est offerte par la plupart des personnages qui viennent d'être évoquées.

En 1704, les mines de plomb argentifère de la région comprise entre le Huelgoat et Châtelaudren sont inactives. Les anciens concessionnaires ne s'y intéressent plus. L'intendant de Bretagne propose de faire appel de candidature auprès de nouveaux exploitants. Ceux qui tentent l'aventure appartiennent à la cour de Saint-Germain en Laye. Ils sont si intimes de Jacques III qu'ils apparaissent d'ailleurs comme des prête-nom. Ainsi, au premier rang, de James Porter et de Henry Parry. Chaudement recommandés par le duc de Berwick auprès des ministres qui ont la décision, l'un est vice chambellan de son roi. Il est déjà septuagénaire, et meurt bientôt, au début de mars 1711. L'autre est maître d'hôtel ordinaire. Un coup d'œil sur les archives paroissiales de Saint-Germain, nous permet de voir qu'au baptême de son fils Jean, le 23 octobre 1705, la marraine n'est autre qu'Elizabeth Middleton, fille du comte Charles dont Loucelles assure qu'il est maçon.

À leurs côtés, Thomas Nevill n'est autre qu'un écuyer, passé gentilhomme de la chambre du prince de Galles à celle de la reine. James-Charles Booth est un ancien capitaine du régiment de Berwick converti en gentilhomme de la manche du prince devenu roi. Lorsque sa fille aînée vient au monde, et qu'elle est baptisée le 20 décembre 1701, le parrain est le duc de Berwick, et la marraine Louise-Marie Stuart, fille de Jacques II. Un fils succède en novembre 1703, Jacques III est le parrain, tandis que la marraine est probablement, si l'on en juge par les signatures, la duchesse de Perth, née Mary Gordon. Une seconde fille naît en 1705, le parrain est alors Thomas Nevill, et la marraine Elizabeth Middleton. Deux années se passent, voici un autre fils dans la maison. La marraine est l'épouse du duc de Berwick, Anne Bulkeley, tante d'un éminent frère des années 1740. Encore une fille : parrain James Porter, marraine la duchesse de Perth. Encore un garçon : parrain Dominick Sheldon, vice-chambellan du roi et oncle d'un certain William qui sera membre de la loge de Rome dans les années 1730.

Cependant, en 1716, date qui vient en parfaite coïncidence avec ce que nous savons du transport d'armes organisé par Le Masson, tout les associés de l'exploitation minière s'évanouissent de Bretagne[16]. Bizarre. Il y a plus bizarre. Durant une quinzaine d'années, il ne se passe plus grand-chose dans les mines. Puis, en 1733, voici François-Joseph Guillotou de Kerever qui se décide à racheter les privilèges y afférant, en association avec des banquiers parisiens. Né en 1704 à Morlaix, ami de Jean-Denis D'Erm, nous devons l'ajouter à la liste des

---

16. « *D'après une tradition recueillie par les historiens des mines de Châtelaudren, les jacobites n'hésitèrent pas à abandonner leurs travaux lorsqu'ils apprirent que leur prince avait débarqué en Écosse ; il s'agit probablement de la malheureuse prise d'armes de novembre 1715. Cette tradition est peut-être fondée, car on ne trouve plus aucune mention de la compagnie Porter et Nevill après cette date.* » Henri Bourde de La Rogerie, introduction à l'inventaire sommaire des Archives départementales du Finistère, série B, tome III, p. CCII. En parlant de « prise d'armes », l'auteur pense ici aux mésaventures essuyées effectivement en 1715, il ignore l'affaire de l'année suivante.

francs-maçons bretons, telle qu'on peut la reconstituer d'après les correspondances privées. En 1734, il fait venir un ingénieur écossais, William Robertson, originaire de Dumfarting, pour organiser la reprise. À la fin des années 1740, il se désengage ; mais, au sein de la nouvelle équipe qui impose son magistère, non trouvons des Zollicoffre. C'est parce que sa famille a donc des intérêts dans l'affaire que Frédéric vient souvent dans le Ponant.

Autre éminente personnalité, Louis Guiguer. Voilà peu de temps, il était en cheville avec Alexandre Alexander qui, très impliqué par ailleurs dans l'armement maritime, était le principal actionnaire de la compagnie minière de Bourgogne et d'Alsace. Or, l'appartenance maçonnique d'Alexander est également révélée dans une lettre du 22 avril 1736, en même temps que celle du duc d'Ormonde, lettre que George Keith, dixième comte Marischall, écrit d'Avignon à Francis Sempill, autre frère en relation directe avec Jacques III[17]. Tous ces recoupements sont significatifs. Sans qu'il soit nécessaire d'insister sur le fait que les Guiguer sont apparentés aux Darcy, et que des hommes de la famille, changeant leur nom en d'Arcy, seront également signalés maçons un peu plus tard, sans avoir non plus à rappeler qu'Alexander est un ancien combattant de Preston, puis qu'il s'applique en cette année 1716 à veiller sur les intérêts de son roi aussi bien à Sens qu'à Paris, « très plaisant et honnête compagnon[18] », nous pouvons sans crainte d'erreur affirmer que les Jacobites ont, après la mort de Jacques II, la volonté de

---

17. Archives du Ministère français des Affaires étrangères, série *Mémoires et documents*, sous-série *Angleterre*, volume 84, lettre du 22 avril 1736, f° 158-159. Post scriptum du 23 : « *The Great Master has given me only this minute Mr Alexandre's letter, having forgot it these three days passt* [sic] *; tell him I shall answer it, when I found a proper occasion to speak to the person concerned, and shall be glad to do him service.* » Cette lettre n'est pas signée, mais il suffit de se reporter à une autre, du 18 juin 1736, pour avoir le nom de son auteur : « *Your Lordship's most humble and most obedient servant Marischall* » (f° 164 v°).

18. Voir *Stuart Papers*, Windsor, lettre de Mar à la reine Marie de Modène, 7 octobre 1716, volume III, 37-38. « *I (...) am told there is one Alexander at Sens or Paris, who was a Preston, and made his escape, a very pretty honest fellow, and of letters and used to business.* »

trouver des appuis économiques forts. Ils le font en fondant des banques ou en y prenant des participations, ils le font aussi en s'impliquant dans le commerce et les entreprises de rapport. Partant, leur marquage maçonnique n'est pas innocent. Loin d'intervenir comme un ornement, il manifeste une volonté de liens distincts de ceux que l'on peut nouer sous les formes ordinaires de la sociabilité.

Ce point n'a pas échappé à Herbert Lüthy que ses études sur la banque protestante en France ont conduit à frôler souvent les domaines couverts par la banque catholique sous pavillon jacobite. « L'action jacobite a sans doute souvent été parallèle aux 'idées anglaises' ; il y eut certainement de nombreux points de rencontre, même en dehors des loges 'écossaises'.[19] » Les guillemets à l'intérieur de la citation sont de Lüthy lui-même. Ils méritent d'autant plus un commentaire que les auteurs pressés persistent à croire que les épithètes anglaises, quand elles sont appliquées aux précurseurs étrangers des loges françaises, prouvent l'influence de l'Obédience fondée à Londres en 1717. Ils ignorent que les Français de l'époque sont peu soucieux de nuances sémantiques, et désignent souvent comme 'anglais' les exilés qui parlent tout bonnement la langue anglaise. L'amalgame est flagrant dans les registres paroissiaux de Saint-Germain en Laye et dans les rapports de police que Marc-René d'Argenson demande à ses commissaires parisiens.

Dans un tel contexte, il est permis de s'interroger sur le rôle joué par le ministre des affaires étrangères, le marquis Jean-Baptiste Colbert de Torcy. Au fil de ses mémoires, René-Louis d'Argenson, fils du précédent, affirme qu'au temps de ce ministre il existait au Louvres une « académie politique » qui ne put durer, en raison de « plusieurs inconvénients qui s'y rencontrèrent dès sa naissance ». Sans faire la liste de ceux-ci, il expose que les membres manquaient d'assiduité et songeaient à assurer leur fortune[20]. Etaient-ils Français, admettaient-ils

---

19. *La Banque Protestante en France, de la révocation de l'Édit de Nantes à la Révolution*, SEVPEN, 1961, volume II, p. 316.

20. *Mémoires et journal inédit du marquis d'Argenson*, chez P. Janet, 1857, tome 1, p. 101.

parmi eux des étrangers ? Faute de temps suffisant pour une enquête approfondie, je n'ai pas trouvé de réponse convenable à la question. Cependant, il est clair que Torcy était très favorable aux Jacobites, qu'il leur rendait service autant qu'il pouvait, et qu'ils le lui rendaient bien.

Lorsque Jacques III réunit son premier conseil après la mort de son père, c'est par l'intermédiaire de Torcy que ses déclarations solennelles sont communiquées à Louis XIV. Compte tenu de ses fonctions, la chose est normale, dira-t-on. Certes, elle l'est. Mais la plupart de ses choix diplomatiques et de ses manifestations de sympathie se font ouvertement en faveur des exilés. Entre autres, les courriers de Charles of Middleton en témoignent, comme lorsqu'en 1706 celui-ci lui explique que le roi Jacques en personne travaille à des plans de débarquement en Écosse avec le talent d'un habile ouvrier[21]. Dans certains messages chiffrés, le pseudonyme de Torcy est Sheldon, tandis que celui de Louis XIV est Dorrington. Et quand Jacques écrit un jour à Middleton, il ne manque pas de lui transmettre de chaleureuses salutations[22]. Dans la même lettre, il fait également l'éloge de son chambellan Charles Booth.

Torcy jouit d'une position très avantageuse. Parmi les charges officielles qu'il cumule, celle de surintendant des postes « et relais de France » n'est pas la plus fastidieuse. Elle lui permet de surveiller toutes les lettres qui circulent dans le royaume, de faire ouvrir celles qui sont suspectes, et de demander au lieutenant général d'Argenson d'arrêter qui bon lui semble. Dans sa propre correspondance, la princesse Palatine, mère du duc Philippe d'Orléans, s'en agace souvent, et signale par exemple à son actif l'arrestation d'espions allemands en décembre 1700, juste avant que n'éclate la guerre dite de Succession d'Espagne[23]. Autant dire que, dans les situa-

---

21. « *...with the ability of a skilled workman...* » Papiers Nairne, Bodleian Library, volume VIII, n° 33, lettre de Middleton à Torcy, 28 juin 1706.

22. « *If you see Mr Sheldon* [lire Torcy] *remember me very kindly to him.* » Papiers Nairne, Bodleian Library, volume III, lettre de Jacques III à Middleton, 2 juin 1710.

23. *Lettres de la princesse Palatine*, Mercure de France, 1999, lettre du 18 décembre 1700, p. 290.

tions délicates qui ne réclament aucune publicité, il peut également travailler au profit de ses amis, et des amis de ses amis.

Un mémoire sur la situation des Jacobites entre 1688 et 1715 renforce l'ensemble de ce qui vient d'être dit à la fois sur les trafics d'armes, l'implication de banquiers internationaux, et les tractations secrètes entre francs-maçons *déjà* connus comme tels ou des sympathisants très proches – j'insiste ici sur l'adverbe. Il est absolument certain que Jacques III reçoit des messages porté par Allan Cameron, frère de John Cameron of Lochiel, membre de la loge de Dunblane [24]. Il est tout aussi certain qu'il n'ignore pas que ses fidèles ont pour premier souci de trouver l'argent qui leur permet de constituer un arsenal de fusils, pistolets et autres engins de guerre [25]. Pour assurer le financement sont sollicités Antoine Crozat et Antoine Hogguer. Ce dernier a pour homme de confiance un Suisse originaire de Saint-Gall, dont le nom n'est malheureusement pas indiqué [26]. Un homme du baron de Sparre, joue par ailleurs les intermédiaires [27]. Constamment, les protagonistes sont exhortés au secret, et dès qu'un personnage suspect circule à proximité, ils s'informent les uns les autres pour le tenir à distance [28].

Du coup, un fait assez pittoresque mérite d'être narré. Il concerne la venue à Paris de Simon Fraser, onzième Lord Lovat. Un volume de mille pages ne suffirait pas pour peindre les turpitudes du personnage. Allons au plus pressé, quitte à ajouter des touches au portrait selon les circonstances. Né en 1667 ou 1668, dans une famille de souche française, il est indiscutablement maçon. En 1702, très en délicatesse avec la justice pour une sombre affaire de viol, ses biens étant momentanément saisis, le projet de gagner la France lui paraît urgent.

---

24. Archives du Ministère français des Affaires étrangères, série *Mémoires et documents*, sous-série *Angleterre*, volume 75, f° 99 r° : « *depuis ma lette écrite, M. Cameron est revenu avec la réponse du duc d'Ormond* » (copie d'une lettre de Jacques III à Torcy, juillet 1715).

25. *Id.*, « *Sa lettre du 10ᵉ de ce mois de juin [1715] portait, qu'il savait que les chefs des Jacobites travaillaient à se pourvoire d'armes* », f° 93 r°.

26. *Id.*, f° 111 r°.

27. *Id.*, f° 106 v°.

28. *Id.*, f° 125 r°.

Peut-être ses convictions intimes l'y poussent-ils, aussi, car il vient de proclamer à Inverness, Guillaume d'Orange étant mort, que son seul roi était Jacques III. En tout cas, il informe son entourage qu'il va combattre vaillamment pour la restauration de la dynastie des Stuarts. Il en discute avec plusieurs chefs de clan écossais, qui l'approuvent et le prient de transmettre leur promesse de soutien de l'autre côté de la mer. Son passeport est au nom de Donald Campbell. Acte de foi authentique ou liberté d'opportuniste, il décide dans le même temps sa conversion au catholicisme. Une fois arrivé sur le continent, son premier mouvement est de frapper à la porte d'un de ses cousins, qui séjourne au vieux château de Saint-Germain en Laye, John MacLeane. Voilà encore un homme familier des francs-maçons, car son fils James Hector sera en 1725 le cofondateur de la première loge parisienne [29]. Probablement l'est-il lui-même. Lors du coup de force orangiste, à la tête de son clan il a maintenu sa fidélité à Jacques II. Ensuite, le traité de Limerick ayant ruiné ses espoirs, il s'est rendu, il a même feint une allégeance aux nouveaux souverains, mais pour mieux obtenir l'autorisation de quitter les îles. Ayant promis de rejoindre l'armée anglaise qui combattait en Flandres, parvenu à bon port il n'a pas manqué en effet de demander l'hospitalité française. C'est ainsi que sa fille Louise est baptisée le 8 novembre 1702, dans la chapelle du château de Saint-Germain. Son parrain est le duc de Perth, sa marraine la princesse Louise-Marie, sœur de Jacques III. Quand on compare sa signature avec l'une de celles publiées par Bord en fac-similé, et présentées par lui comme appartenant toutes à des francs-maçons [30], on n'a aucun doute, c'est la même.

Fraser s'active, rencontre Marie de Modène, s'insinue à Versailles. En février 1703, il rembarque, muni d'une lettre le nommant représentant de Jacques III auprès des Highlanders écossais. Charge à lui de mobiliser les mécontents, de créer les

---

29. Les formes de son nom varient selon les documents : tantôt MacLean, tantôt MacLeane ; je me conforme ici aux usages les plus courants.
30. Voir *La franc-maçonnerie en France, des origines à 1815*, Nouvelle Librairie Nationale, 1908, p. 119 ; comparer avec GG 69, f° 118 v°.

conditions d'une reconquête. Pour ce faire, il entreprend une longue tournée. Et quelle est la réunion la plus significative de son circuit, sinon la dernière où se trouvent en force les Drummond et les Cameron of Lochiel ? Rappelons-nous ces noms : ils désignent les fondateurs de la loge jacobite de Dunblane en 1696. Dans le château des premiers, une assemblée a lieu, et un accord est conclu sur la nécessité que Lovat retraverse le Channel, avec mission de convaincre Torcy qu'une rapide opération militaire est souhaitable en Écosse. Il passe alors en Hollande, puis descend sur Calais où il retrouve John MacLeane disposé quant à lui à revenir définitivement au pays, escomptant un pardon de la reine Anne, pardon qui lui permettrait en sous-main d'œuvrer lui aussi à la restauration politique espérée. Les conditions climatiques ne sont d'ailleurs pas favorables ; il faut patienter avant de monter dans un bateau, et c'est là que, le 30 ou 31 octobre 1703, naît James-Hector, le futur grand maître parisien.

Quinze jours après, Lovat est à Versailles. On ne peut émettre aucun doute sur la réalité de l'événement, puisqu'il est relaté dans plusieurs témoignages contemporains, outre les comptes rendus du ministère des affaires étrangères français. Par surcroît, Lovat lui-même a confié ses souvenirs à un de ses proches[31]. Malheureusement pour lui, l'impression qu'il fait sur ses compatriotes de la cour ne tarde pas à être plus que mitigée, voire désastreuse. Fougueux, prolixe, incertain, intéressé par l'argent et les honneurs, il ne plaît pas. On en vient même à le soupçonner de jouer l'agent double, de simuler une indéfectible loyauté jacobite pour mieux renseigner les services britanniques d'espionnage. Car on apprend qu'il a fabulé sans scrupules lors de ses périples de prospection, qu'il s'est comporté en fanfaron, faisant de vaines promesses à droite et à gauche. Comble de

---

31. *Memorial to the Queen of all that my Lord Lovat did in his voyage to England end Scotland*, imprimé par James Macpherson dans *Original papers containing the Secret history of Great Britain, from the restoration to the Accession of the House of Hanover*, 1775. Bref extrait : « *The day appointed for the meeting, my Lord Lovat, with the said commissioner* [en l'occurrence le laird John Steward of Appin] *and the Laird of Lochiel* [John Cameron of Lochiel] *and other considerable chiefs, came to the castle of Drummond...* »

malchance, il aurait eu des rendez-vous équivoques à Londres, avant de prendre le bateau. En un temps record, Middleton et Torcy conviennent qu'il faut s'en débarrasser. Comme il a eu la rapide possibilité de percer beaucoup de secrets au château de Saint-Germain, eh bien la meilleure manière de le neutraliser est de l'envoyer en prison. Le 16 ou 17 janvier 1704, un peloton de soldats s'en empare et le jette dans une cellule. Autrement dit, son aventure s'achève par un échec cuisant. Trois ans d'incarcération à Angoulême, plus sept de liberté surveillée à Saumur, voilà le menu qui lui est proposé, et qu'il ne peut refuser.

Sa peine purgée, il reparaîtra, certes ; non sans déconcerter encore les observateurs. Pour l'instant, reconnaissons que sa trajectoire est éloquente. Si, dès son introduction parmi les familiers de Jacques, il réussit à accumuler une grande quantité d'informations compromettantes, c'est qu'il les obtient aux sources les plus autorisées. Elles ont une teinture maçonnique, cela paraît très vraisemblable. Sinon, comment interpréter ce que nous savons de la loge des Drummond et Lochiel ? Quelle importance accorder au fait que le contact avec ces hommes, dont l'attache maçonnique est indéniable, soit le plus décisif pour Lovat ? Il possède la bonne clef. Sauf que la situation a un implacable revers. Entre frères, les prétextes à méfiance sont faciles à détecter, et l'alarme facile à donner. Cela, il lui incombait de le prévoir. Quand une escouade de la maréchaussée s'empare de lui, il est trop tard.

David Stevenson nie que les accointances politiques des frères de Dunblane soient déterminantes à cette époque. Nous ne pouvons pas être d'accord. La mise en connexion des archives maçonniques écossaises et diplomatiques françaises est très instructive. Car tout n'a pas été dit. Alexander Drummond of Balhaldie a dans sa parenté William Drummond of Balhaldie, mieux connu dans les archives des Stuarts sous le pseudonyme de William MacGregor. Ce nouveau personnage sera le principal protagoniste des opérations entamées dans les années 1730 pour promouvoir la cause de Jacques III dans la plupart des pays d'Europe amis. Son appartenance maçonnique ne pourra être positivement établie ; n'empêche que son principal interlocuteur, lorsqu'il séjournera en France, sera Francis

Sempill, déjà rencontré. Une remarque analogue s'impose à propos de James Drummond of Strathallan, capitaine du régiment Royal Écossais au service de la France[32], et dont on dit grand bien de son père le vicomte[33]. De même, quand on sait à quelque point les relations de famille sont importantes dans l'ancien régime, il n'est pas superflu de rappeler qu'Alexander Drummond of Balhaldie est gendre de John Cameron of Lochiel, dont il a épousé la fille aînée, tandis que Ewen, père de John, a lui-même épousé Isabel MacLeane, fille du premier baronet. Quant à James-Hector MacLeane, *last but not least*, lorsqu'il se manifeste à Saint-Germain, le 6 juillet 1723, pour assister au mariage d'un Français[34], faut-il s'étonner que ce soit en compagnie de Donald Cameron of Lochiel, lui-même fils de John ?

À titre récréatif, il est parfois plaisant de raconter l'histoire de la première femme qui aurait été faite franc-maçonne. Un soir de 1713, Elisabeth Saint-Léger, fille du vicomte Doneraille, aurait voulu savoir ce que faisait son père lors d'une réunion, dans le château de la famille ; pour épier sans être vue, elle se serait cachée, mais une maladresse aurait provoqué sa découverte. Pour s'assurer de sa discrétion, sous serment, les présents auraient alors accepté son entrée dans la fraternité. La scène serait presque romantique, avec gentils messieurs accordant une faveur à belle et jeune dame, si nous n'avions encore et toujours de quoi méditer sur l'ordinaire des exilés. En effet, lorsque Robert Sempill, père de Francis, se soucie en 1723 de revendiquer l'amitié d'un certain Saint-Léger, nous pouvons parier que cet autre personnage, s'il n'est peut-être pas le vicomte, est quand même dans sa parentèle[35]. De même, si le lieutenant

---

32. Service Historique de l'Armée de Terre (SHAT), 1Yc 871, 1Yc 871, registre du 13 février 1740.

33. Archives du Ministère français des Affaires étrangères, série *Mémoires et documents*, sous-série *Angleterre*, volume 78, f° 324, 3 novembre 1745 : « Le vicomte Strathallan, gouverneur de Perth, homme sage et estimé, son aîné qui est au service de la France commande ici le régiment du duc de Perth. »

34. Archives Municipales de Saint-Germain en Laye, GG., f° 77 v°.

35. Archives du Ministère français des Affaires étrangères, série *Mémoires*

John Saint-Léger s'enrôle en 1744 dans le Royal Écossais dévoué à Jacques III, il est probable que ses affinités ne nous éloignent pas de ses homonymes [36]. Par précaution, admettons que l'épisode concernant Elisabeth soit enjolivé ; il n'en demeure pas moins qu'à force de côtoyer les mêmes protagonistes, il est de plus en plus exclu de se tromper sur leurs intentions.

Naturellement, ces quelques données ne constituent qu'un viatique pour cheminer avec plus de sûreté dans les méandres de l'histoire si controversée du début de siècle. La période qui court jusqu'en 1717 demeure assez opaque. Quiconque souhaite comprendre les raisons pour lesquelles la Grande Loge de Londres en vient à être érigée, doit parcourir d'autres pistes. Mais celle-là, sans jouer sur les mots, paraît déjà assez royale. De toute façon, on ne va pas tarder à vérifier combien elle est la référence, au sens où les innovations introduites dans la capitale anglaise ne le sont jamais que par rapport à elle.

La démonstration prend l'allure d'un syllogisme. Jusqu'en 1688, la franc-maçonnerie est indubitablement le fait de plusieurs partisans des Stuarts. Après 1689, elle est indexée sous le vocable jacobite, ce qui revient à peu près au même, en sorte qu'elle continue ses activités sur la ligne ancienne. Dans l'intervalle entre 1689 et 1717, elle intéresse peu à peu les rivaux du parti orangiste-hanovrien ; jusqu'à la volonté manifestée par ces derniers d'entrer vigoureusement en lice. Donc, il faut admettre que l'apparition de la Grande Loge londonienne n'est effectivement qu'une étape dans l'histoire globale de l'Ordre. Elle n'en forme aucunement le seuil originel ; elle traduit plutôt une divergence. Nous n'avons pas à émettre un jugement éthique là-dessus ; bornons-nous au constat.

Une possible ambiguïté menace. Ce n'est pas parce que les officiers de la maison du roi Jacques ou les principaux chefs

---

et documents, sous-série *Angleterre*, volume 86, f° 260. Lettre du 8 septembre 1723.

36. John Saint-Léger est tantôt inscrit comme lieutenant, tantôt comme trésorier de son régiment. Voir Archives du Ministère français des Affaires étrangères, série *Mémoires et documents*, sous-série *Angleterre*, volume 79, f° 148 et f° 159, et *Muster Roll of Prince Charles Edward Stuart's Army*, 61.

militaires sont impliqués en nombre conséquent dans l'Ordre, que toute la cour partage leur secret. Nous ne voyons jamais évoluer qu'une minorité. Les opinions ne manquent d'ailleurs pas d'être tranchantes sur l'impossibilité de tenir les bouches closes quand une information importante est divulguée sans contrôle. Dans ses mémoires, Torcy se fait écho des méfiances qu'il faut savoir entretenir, jusque dans les corridors et bureaux les mieux protégés de Saint-Germain en Laye. Par exemple, quand Louis XIV examine avec son ministre un nouveau projet de débarquement en Écosse, il recommande d'user de grandes précautions, qui peuvent aller jusqu'à éviter des entretiens avec les habituels interlocuteurs de Jacques, voire à différer le moment d'impliquer celui-ci personnellement. « On voulait lui cacher le projet afin qu'il ne fût pas découvert par les espions de Saint-Germain (...) Le Roi d'Angleterre et la reine sa mère parlant à madame de Maintenon de l'entreprise d'Écosse avaient dit qu'ils savaient qu'on craignait le peu de secret de Saint-Germain.[37] » Et Torcy d'ajouter que des « intelligences » sont de toute façon entretenues par les « ennemis » : « Middleton était fort soupçonné, peut-être injustement[38] ». Prudence, sélection des complicités.

Les études réalisées par Jane Clark, Barry Martin et Edward Corp autour de Richard Boyle, troisième comte de Burlington, consolident cette idée que plusieurs relais entre la cour de Saint-Germain en Laye et les partisans restés outre-Manche passent effectivement par la maçonnerie. Né en 1695, Burlington réalise son « Tour » à partir de 1714. De caractère opposé à Lovat, sachant rester en retrait, sans ostentation, il se comporte en amateur d'art qui ne dédaigne pas les rendez-vous confidentiels avec les personnages les mieux introduits auprès du roi. David Nairne, probablement, sert d'intermédiaire pour certaines correspondances secrètes. La maçonnerie « était une raison importante de sa loyauté et constituait également un réseau hermétiquement étanche par lequel on pouvait transporter de l'argent,

---

37. *Journal inédit de Jean-Baptiste Colbert, marquis de Torcy*, éditions Plon et Nourrit, 1884. Respectivement : p. 66, p. 75.

38. *Id*, p. 120.

174   La Passion écossaise

des armes et des messages dans toute l'Europe avec une grande sécurité. [39] » Quitte à discuter bientôt l'argument de l'étanchéité, et à repérer quelquefois des défauts d'harmonie, on admettra sans peine que, aux yeux de ses frères du continent, Burlington est une recrue de choix. Il n'est pas impossible que son père, mort en 1704, le fût aussi [40].

---

39. *L'Autre exil*, Presses du Languedoc, 1993, p. 187.
40. Depuis les travaux de Jane Clark, l'attachement de Burlington à la cause jacobite est conjecturé à bon droit. Dans les dossiers du Ministère français des Affaires étrangères, on trouve plusieurs mentions de ce Lord. Outre une liste du 23 novembre 1743 où son nom apparaît comme un partisan ou un sympathisant des Stuarts (Archives du Ministère français des Affaires étrangères, série *Mémoires et documents*, sous-série *Angleterre*, volume 76, f° 208 r°), un rapport circonstancié du lendemain le donne comme ayant une bonne influence sur les habitants de la province du Middlesex (f° 204 r°), de même que le duc de Beaufort, et sur celle de York (205 v°).

LA SOI-DISANT
RENAISSANCE BRITANNIQUE

La rhétorique adoptée par James Anderson pour présenter en 1723 les événements connus récemment par lui est devenue un classique. « Et maintenant, les libres nations britanniques, délivrées des guerres étrangères et civiles, et jouissant des bons fruits de la paix et de la liberté, ont depuis peu appliqué leur heureux génie à la Maçonnerie de toute espèce, et ranimé les loges déclinantes de Londres, cette belle métropole prospère, aussi bien que celles d'autres régions.[1] » Son propos est limpide. Il y a eu des loges, les guerres ont entraîné leur mise en sommeil, et l'heure de leur réveil a sonné. Voilà ce qu'on appelle *the revival*. En 1854, un auteur comme George Oliver en vantera les effets dans un livre curieusement bâti. Il y fera parler une équerre censée avoir assisté à toutes les réunions importantes de la Grande Loge de Londres depuis sa fondation. À la manière d'un Victor Hugo qui dialoguera avec les morts grâce aux tables tournantes, il imaginera cette équerre ayant été capable d'enregistrer les conversations des plus éminents frères

---

1. « *And now the Freeborn British Nations, disintangled from foreign and civil Wars, and enjoying the good Fruits of Peace and Liberty, having of late much indulg'd their happy genius of Masonry of every sort, and reviv'd the drooping Lodges of London, this fair Metropolis flourisheth, as well as other Parts...* » *The Constitutions of the Free-Masons containing the History, Charges, regulations, etc. of that most Ancient and Rigth Worshipul Fraternity*, imprimé chez William Hunter, 1723, p. 47.

de l'Ordre, et les restituant à son oreille[2]. Le problème est que, dans tous les cas, nous avons affaire à des fictions.

Anderson possède un esprit à double ou triple détente. La version historique qu'il fournit des prodromes de *sa* maçonnerie subit d'importantes retouches en 1738, quand il publie une seconde édition des *Constitutions*. Quatre loges très respectables de Londres auraient fondé la toute première grande loge en sortant de leur léthargie. Cette fois, il fournit un repère très explicite : « En 1716, après que la rébellion fût terminée, les quatre loges se réunissent et constituent une Grande Loge pro tempore à la taverne Au Pommier.[3] » La rébellion qu'il réprouve est celle tentée par les Jacobites en 1715. Ainsi, n'importe quel lecteur qui pouvait concevoir un doute sur les allusions guerrières de 1723, est désormais éclairé. S'agit-il d'insinuer que les turbulences traversées depuis 1689 auraient empêché l'essor normal de l'ancienne maçonnerie, et qu'il a fallu plus de vingt ans pour y remédier ? Certes, même si Anderson varie sur les détails, il ne dit pas autre chose. Avec lui, il est question de cette trop fameuse transition qui aurait conduit les loges opératives à devenir progressivement spéculatives sous l'influence d'érudits et de protecteurs de la noblesse. Le mouvement aurait été amorcé de longue date, les guerres y auraient mis un frein, et la paix revenue aurait favorisé sa reprise.

Caricature. Reprenons le fil offert par John Aubrey. D'après lui, il y a eu grande « convention » à Saint-Paul en 1691, avec Christopher Wren et Henry Goodricke parmi les nouveaux adoptés de la fraternité. Rien n'en est dit par Anderson. Admettons que ce type d'assemblée n'a eu aucun prolongement ; n'empêche que, les archives d'Aubrey ayant pu être consultées par les éditeurs de celles d'Ashmole relatives à l'histoire du Berkshire, en 1717-1718 au plus tard, nous pouvons admettre

---

2. *Revelations of a Square* ; *Exhibiting a Graphic Display of Sayings and Doings of Eminent Free and Accepted Masons*, Masonic Publishing Company, 1854.

3. *The New Book of Constitutions of the Ancient and Honourable Fraternity of Free and Accepted Masons...*, imprimé pour les frères Caesar Ward et Richard Chandler, 1738, p. 108.

La soi-disant renaissance britannique 177

que l'information pouvait être connue des curieux. En 1695, un citoyen nommé Edward Hall aurait été reçu membre de la loge de Chichester sous l'autorité de Charles Lennox de Richmond, premier duc du nom, fils de Charles II et de Louise de Keroualle. C'est ce qu'il prétendra en mars 1732 auprès de la Grande Loge de Londres, et il aura un soutien de poids, celui du second duc de Richmond, fils du précédent [4]. Anderson restera très discret à ce sujet. En revanche, il prétendra que vers 1693 quelques loges se tenaient encore à Londres. Garantissant que l'information lui aura été donnée par des frères encore vivants vers 1730, il fournira l'adresse de sept, dont la vieille (*old*) sise à Saint-Paul et indiquera que Robert Clayton était à la tête d'une occasionnelle. En faisant cette concession, il ne fera que persister dans son parti pris.

Clayton aurait provoqué une assemblée à l'hôpital Saint-Thomas afin de concevoir avec des maîtres opératifs les plans de bâtiments à édifier sur le site. Grâce à lui, ou presque, une loge permanente se serait ensuite formée. De fait, il est tout bonnement le maire de Londres. Dans les années 1670, quand il n'était que conseiller municipal, il manifestait son intérêt pour le métier de la maçonnerie, car il suggérait que la juridiction de la compagnie londonienne fût étendue de sept miles autour de la ville. C'est tout, et ce n'est rien, surtout quand on n'oublie pas les arrêts concernant la liberté à laisser aux artisans, afin qu'ils soient nombreux à participer aux reconstructions des édifices touchés par l'incendie de 1666. Mais une autre facette de sa personnalité est intéressante : notre homme est un Whig opiniâtre. Dès lors, on comprend mieux l'intérêt que lui porte Anderson. Tandis que le duc de Richmond sent le souffre, car il rappelle par sa naissance le lien avec les Stuarts, Clayton réunit suffisamment d'avantages pour être poussé à retardement sous les projecteurs. En éludant les considérations politiques de cet ordre, Anderson feint la candeur. Quoi qu'il en soit, aucune trace de la supposée loge de l'hôpital Saint-Thomas dans les annales.

Un déplacement à York offre plus de garanties. Le 23 octobre

---

[4]. *Minutes de la Grande Loge de Londres*, 2 mars 1732.

1693, un certain Mark Kypling recopie ce qu'il appelle les Constitutions de la maçonnerie faite et maintenant pratiquée par les meilleurs maîtres et compagnons[5]. Il termine son travail en employant une formule anglo-latine : *scripted p me*. Elle est sur le modèle de Sankey et de Martin avant lui. Plus encore, le corps du texte présente de telles similitudes avec les manuscrits rédigés par les mêmes qu'on ne peut pas douter de l'emprunt opéré par Kypling. Concession, toutefois, à l'air du temps, il indique que cette année 1693 est la cinquième du règne du roi Guillaume et de la reine Mary II Stuart. Puis, à la fin, il fournit le nom des frères, dont celui du gardien, en l'occurrence Isaac Brent. Avec lui, cela porte l'effectif à six hommes seulement. C'est peu, si peu que plusieurs historiens, par exemple Harry Carr, ont pu estimer qu'il était impossible d'accorder une grande signification à un tel document.

L'argument tiendrait si la loge était opérative ; il ne tient pas si elle est politique. Ce faisant, reste à savoir de quel bord sont ses adhérents. Parce qu'ils reproduisent une charte autrefois réservée aux Stuartistes, on pourrait considérer qu'ils sont à leur tour en affinité avec le mouvement favorable à Jacques II ; et nous trouvons assurément des Brent parmi les fidèles de Saint-Germain, entre autres Robert, marqué conseiller du roi, qui est inhumé le 2 mars 1695, à l'âge de soixante cinq ans. Mais, parce qu'ils achèvent donc leur propre mouture en invoquant le nouveau couple régnant, et qu'il faut se méfier des homonymies, ils pourraient être en vérité des opposants, l'article sur l'allégeance au roi gardant ici la valeur qu'il ne pouvait avoir sous Cromwell. La porte est donc largement ouverte aux conjectures. Celle qui persiste au fil des pages tient au rôle que d'anciens frères d'avant 1688 jouent par la suite en rejoignant la ligne orangiste. Il serait miraculeux si pas un ne connaissait en effet un revirement de conscience. Nous pouvons en tout cas admettre comme plausible l'amorce d'une tendance

---

5. « *...made and now in practice by the best Masters and Fellowes...* » Texte intégral retranscrit par William James Hughan dans *Masonic Sketches and Reprints*, Masonic Publishing Company, 1871, p. 91-97.

divergente le jour où Wren et Goodricke sont signalés à la convention de Saint-Paul. Contentons-nous de cela.

Le 10 juillet 1705 une autre loge non-opérative est signalée à Scarborough, encore dans le comté d'York[6]. Elle est présidée par William Thompson, écuyer, qui semble avoir reçu ce jour là six frères, dont un homonyme qui appartient sans doute à sa parenté, Edward Thompson. Un témoignage très ultérieur, de 1778, mais qui émane d'une personne ayant pu consulter les archives yorkaises hélas dispersées depuis, confirme approximativement cette information en donnant les noms d'autres francs-maçons appartenant à la noblesse ou la gentry de l'époque, puis – ce qui est décisif – en indiquant l'existence d'un parchemin comportant une liste de même nature quant à elle préservée. Elle commence le 19 mars 1712 pour s'achever le 4 mai 1730. Assurément, on y trouve deux pairs du royaume, trois baronnets, huit écuyers et une quinzaine de *gentlemen*. Comme, parmi eux, se manifeste Robert Benson, lequel sera nommé inspecteur des bâtiments par George 1er, ainsi que le maire de York, Robert Bingley, l'hypothèse de la divergence acquiert maintenant toute sa validité[7].

Même comté, à Bedale, le 10 février 1710, George Grey of Southwick signale dans son journal intime qu'il a été fait franc-maçon. Aucun détail sur les circonstances. Le style employé est encore plus lapidaire que celui d'Ashmole plus de soixante années plus tôt[8]. Trois ans se passent, et non loin, à Bradford, dix-huit hommes des premières familles du voisinage (*neighbourood*) sont faits maçons (*made Masons*). Puis, dans York même, le 18 décembre de cette année 1713, il est question

---

6. Archives de la Grande Loge du Canada. Fac-similé du document original dans *Quatuor Coronati Antigrapha*, volume 5, 1894. « M[emoran]*dum. Thatt att A private Lodge held at Scarborough in the County of York the tenth day of July 1705 before William Thompson Esqr P^{r}sident of the said Lodge and severall others bretheren ffree Masons the severall psons whose names are hereunto Subscribed were then admitted into the said ffraternity*

Ed : Thompson / Jo : Tempest / Robt Johnson / Tho : Lister / Samuel. Dollar / Richard Hudson »

7. Archives de la Loge de York n° 236, manuscrit n° 7.

8. George Grey : « *1710. Feb.20. I was made a Freemason at Beedall.* »

d'une loge tenue dans la maison de James Borehams, à Stonegate. Dirigée par le chevalier et baronnet Walter Hawxworth, elle accueille en son sein trois néophytes. Rien n'indique, bien au contraire, que des artisans soient à l'initiative de chacun de ses événements. Même si, à York, un nouveau frère, Thomas Challoner, accompagne sa signature par le tracé d'une 'marque', à l'instar des anciens ouvriers du Moyen Âge, nous ne pouvons en conclure que ce sont des soucis d'opératif qui l'inspirent, d'autant que sa marque est un très banal T. Par surcroît la formulation du bref compte rendu est éloquente, puisqu'elle stipule, comme dans le cas précédent de Scarborough, que la loge est privée (*at a private Lodge*). Elle n'a rien à voir avec les affaires publiques, officielles [9].

L'intérêt de ces rappels est de montrer que l'animation observable dans le Yorkshire a peut-être du répondant dans Londres, et c'est ce qui expliquerait la publication dans une feuille périodique à cancans, le *Tatler*, de deux brèves mises en garde contre de gracieux (*pretty*) compagnons qui auraient formé un club et se seraient donné des mots et signes de reconnaissance analogues à ceux des francs-maçons [10]. Pour autant, on est frappé par l'absence complète de rumeurs ou, ce qui serait mieux, de documents authentiques sur le comportement de communautés de chantier qui pourraient elles-mêmes être présentées comme la souche du système bientôt vanté par Anderson. Pas plus qu'avant, les opératifs ne sont mis en cause dans les journaux ou autres publications. Nulle part ne se discerne la trace des loges qui auraient agi la prétendue renaissance de 1717.

C'était là une première approche indispensable pour ne pas s'exposer aux impairs dans l'interprétation de l'attitude du pasteur. S'il escamote la pierre qui devrait être pourtant à l'angle de son édifice théorique, c'est parce qu'elle le gêne ; il pourrait trébucher dessus, à la façon des grecs : objet possible de scandale, d'esclandre. À la rigueur, il aurait la possibilité de limiter les risques en se faisant l'écho de ce qu'il a pu observer dans

---

9. Archives de la Loge de York n° 236. Plusieurs autres minutes d'archives reprennent l'appellation de loges « privées ».

10. *Tatler*, numéros 26 (juin 1709), et 166 (avril-mai 1710).

son Écosse natale, surtout à Aberdeen dans les pas de son père. Non, il préfère focaliser sur la capitale anglaise, sans jamais être en mesure de fournir à son récitatif la moindre illustration concrète. L'argument selon lequel des frères de son entourage auraient brûlé des archives, de crainte qu'elles tombent entre des mains malveillantes, est bien faible pour justifier ce vide. L'option dont il se fait le chantre est tout simplement inconsistante. Rien ne peut être exhibé qui ressemble à un héritage transmis par des ouvriers, parce qu'il n'y a jamais rien eu de ce genre, d'une part, et parce que le seul héritage qui ait du sens révèlerait indubitablement la primauté des rivaux politiques, d'autre part.

Moins technique, la seconde approche est complémentaire de la première. Que sait-on des Whigs après 1689, sinon que les plus imaginatifs d'entre eux inventent des groupes ou comités qui se piquent de singer certaines liturgies de l'église romaine, voire parfois anglicane, et qui contribuent alors à développer cette culture de la parodie dont les prémisses sont apparues vingt ans plus tôt. Pour ce qui concerne la franc-maçonnerie proprement dite, il est légitime de penser que, à l'instar de la jacobite, la nouvelle tendance orangiste cherche la discrétion. Cependant, en dehors d'elle, les vieilles plaisanteries ne cessent pas. Le Club de la Tête de Veau, par exemple, propose à ses membres de revêtir des vêtements sacerdotaux pour mettre en scène la mort du pape condamné au bûcher. Sur un autre registre, le philosophe John Toland n'hésite pas à peindre quelques joyeux drilles en mal de lévitations métaphysiques, avec de bonnes bières à portée de la main.

Les deux numéros du *Tatler* parlent de citoyens qui se comportent « comme » les francs-maçons. La tendance au mimétisme est forte. Il devient de plus en plus trivial de parler de la maçonnerie, mais au travers de commérages comiques, encouragés par la confection de pseudo rituels. À telle enseigne que nous devons, là encore, inverser certains schémas trop longtemps admis comme irréfutables. Les loges maçonniques ne sont pas issues d'une sorte de métamorphose des cercles de joyeux intellectuels ou d'avant-gardistes aspirant à débattre ensemble sur de purs problèmes artistiques et culturels. Ce sont ces cercles, plusieurs d'entre eux, qui se divertissent à emprunter quelques traits de la tradition souterraine des anciens partisans des deux Charles Stuart, cette même tradition dont il est licite de penser qu'elle est bien mieux assumée par les générations maintenant favorables aux deux Jacques successeurs.

Du moins, les turbulents Whigs croient-ils savoir quelle est la vérité, et espèrent-ils la contrefaire à leurs goûts. Quand Toland célèbre sa Société Socratique en disant que les assemblées prévues à son calendrier sont très différentes de celles des marchands, artisans ou ouvriers, il est bien dans le ton, mais ce n'est qu'un ton. Quoi qu'il en soit, bien que l'image soit radicale et très contestable à l'examen des calculs statistiques, nous ne devons pas perdre de vue que, pour les Whigs, les Jacobites sont tous papistes. Par conséquent, à leurs yeux, s'ils sont maçons, ils ne font que reproduire dans leurs loges les agenouillements et autres gestuelles d'une liturgie encore plus détestée dans les îles après la *Glorious Revolution* qu'avant. Ce n'est pas que les Whigs réduisent tout aux aspects maçonniques, loin de là ; ils ont bien d'autres prétextes à s'épancher, à polémiquer. Mais, contrairement à Anderson, ils ne peuvent pas feindre de les ignorer, eux.

En définitive, quelle est la difficulté ? La réponse se découvre à l'issue du bref rappel suivant. Au cours des guerres civiles qui sont fatales à Charles 1er apparaissent les premières méfiances contre le Mot de maçon. Sous le règne de Charles II sont publiées les premières attaques, directes ou allusives, contre les loges ; elles continuent avec Plot au commencement du règne de Jacques II. Durant cette longue période de la restauration, on ne trouve aucun témoignage de Britanniques qui pourraient être des opposants au régime et qui en même temps revendiqueraient publiquement, ou dévoileraient dans des papiers privés, une quelconque adhésion de leur part. Dès 1691, il en va autrement. Goodricke, avec fermeté, et Wren avec pondération, sont tous deux d'accord pour approuver le coup de force orangiste. Puis, tandis qu'en Écosse, comme à Dunblane, quelques loges entièrement non-opératives sont créées par des partisans jacobites, en Angleterre, au moins dans le comté d'York, d'autres loges semblent voulues par des notables de l'autre bord, et ils manifestent bien plus de retenue que les tumultueux clubistes londoniens. Reconnaître ces quelques faits n'est pas au goût d'Anderson.

Car, dans l'intervalle voici la tentative d'insurrection menée par les Jacobites. Bien qu'il soit impossible, faute d'espace, de relater la totalité des événements qui y mènent, cela depuis le traité d'union scellé en 1707 entre l'Angleterre et l'Écosse, nous gagnons à rappeler que la reine Anne en vient à être favorable au retour de son demi-frère Jacques sur le trône de leur père commun. Seulement, il faut préparer l'opinion, il faut manœuvrer avec beaucoup de doigté pour que les prétextes à polémiques, surtout en matière de religion, soient atténués. Les émissaires de Jacques sont alors en relation assez régulières au moins avec le général James Butler of Ormonde, en faveur à la cour, et le ministre tory Henry Saint-John, premier vicomte de Bolingbroke. Mais Anne meurt le 12 août 1714, et les Whigs s'empressent de solliciter George de Hanovre pour qu'il assure la succession sans délais. C'est ce qui décide les Jacobites à tenter un nouveau coup d'éclat.

Dans les biographies le concernant, Bolingbroke est présenté comme l'un des premiers francs-maçons du siècle. Nul n'est cependant capable de dire quand il l'est devenu. Tout en n'ayant pas la prétention de faire mieux, je note quand même que cet éminent personnage est l'une des chevilles ouvrières du traité d'Utrecht qui, en 1713, est censé mettre un terme aux conflits opposant les principales nations européennes depuis des années. À ce titre, souvent de manière officieuse, il a l'occasion de venir en France et de s'entretenir avec Torcy. Rencontre-t-il tout aussi officieusement ses compatriotes de l'agglomération parisienne ? C'est certain. Est-il sollicité pour entrer dans la fraternité ? C'est probable. Entre temps, afin de satisfaire aux exigences de la diplomatie, Jacques III a dû quitter Saint-Germain et aller résider en Lorraine, à Bar-le-Duc, après une longue halte à Châlons-sur-Marne. Mais ce n'est un mystère pour personne qu'il est en relation quotidienne avec ses fidèles de la capitale française, nonobstant tous ceux qui sont dispersés dans les autres grandes villes continentales. Le duc de Berwick, par exemple, est l'un de ses correspondants épistolaires les plus réguliers. Les garanties de loyauté offertes par Bolingbroke lui paraissent solides. Et si le roi a confiance ...

En novembre 1712, James Douglas, quatrième duc de Hamilton, a été mandaté par la reine Anne en vue de tenir en France le rôle d'ambassadeur. Ici, la mission est des plus officielles. Mais son revers l'est beaucoup moins, au sens où le futur diplomate doit élaborer avec Jacques le plan de sa restauration prochaine. Peu de jours après, n'ayant pas encore quitté Londres, il est provoqué en duel pour des motifs difficiles à élucider, et il en meurt. Nous n'aurions pas à nous en émouvoir si, curieusement, avec celle de Dunblane, la seule loge non opérative créée dans les années 1690 était dans la propriété de la mère du défunt. Bien entendu, il est loisible de discuter sur les mots. Rien n'est plus aisé de montrer que la duchesse Anne of Hamilton a décidé des travaux importants dans son château, que des artisans sont devenus membres de la loge, que le lien avec le métier était donc assuré. Mais, pourquoi, au début des années 1700, est-elle fréquentée par tant de propriétaires locaux, tant d'édiles, tant de représentants de la gentry, dont les préoccupations sont bien plus politiques qu'autre chose ? Après le couronnement de George 1er, l'assassin du duc sera jugé, acquitté et promu gouverneur de Portsmouth.

Toujours est-il que, sans le duc d'Hamilton en conseiller particulier, la mort soudaine de la reine Anne oblige les Jacobites à accélérer leur entreprise. Tandis que Bolingbroke et Ormonde, accusés de trahison, doivent se réfugier sur le continent, la concertation devient intense entre les autres soutiens de la cause non encore inquiétés dans les îles. Plusieurs mois durant, on se réunit ici ou là, par petits groupes, avec des messagers circulant d'Écosse en Angleterre, et d'Angleterre en France. Le résultat en est que John Erskine, sixième comte de Mar, récent secrétaire d'État pour l'Écosse, décide de tenter l'aventure en battant le rappel des volontaires pour un soulèvement. À la fin de l'été 1715, les premiers rassemblement de troupes ont lieu. Là encore, il serait superflu d'entrer dans les détails. Mais, le regard mérite d'être fixé sur plusieurs figures.

Le 26 août, un grand conseil de guerre est tenu à Braemar. Parmi les présents, le vicomte William Drummond of Strathallan est l'héritier du maître fondateur de la loge de Dunblane, tandis que le comte Marischall, George Keith, s'il n'est déjà franc-maçon, le sera sous peu, ainsi que son frère. Les jours suivants, voici le colonel John Hay qui brandit l'étendard royal à Perth ; beau-frère de Mar, il s'agit du futur comte et duc d'Inverness, dont une lettre de 1736 contenue dans les archives du ministère des affaires étrangères français révèlera les accointances, en confirmant celle de Marischall[11]. Passons sur William Murray, dit par ailleurs baron de Nairne, dont le petit-fils David sera capitaine du régiment Royal-Écossais dans les années 1740 et franc-maçon[12]. Sur John Cameron of Lochiel, l'essentiel a été dit ; lui aussi répond à l'appel, et il s'arrange fort bien avec John MacLeane qui ne s'est pas fait oublier depuis son retour au pays natal à la fin 1703, puisqu'il est maintenant secrétaire du duc d'Ormonde.

Quelque part, c'est George Seton, cinquième comte de Wintoun, qui surgit avec un convoi de munitions. Nous tenons ici un futur vénérable de la loge de Rome que je viens d'évoquer, encore que sa date d'initiation soit du 15 août 1735 seulement[13]. William Murray, fils aîné du duc d'Atholl, n'entend pas rester à la traîne ; il jouera à son tour un rôle militaire important auprès de Charles Édouard, et il sera l'un des promoteurs de l'élite maçonnique, quand la décision de créer un haut grade aura été prise. Même adhésion de la part de John Stewart of Grantully, malgré quelques appréhensions ; il faudra le compter derechef parmi les frères en résidence à Rome. Il manque quelqu'un : Simon Fraser of Lovat. Les premières semaines de l'insurrection se passent sans lui, car il est alors à Londres. Mais les nouvelles lui parviennent vite. Après avoir purgé ses dix années de contrariétés en France, il a repris la mer, et il enfourche maintenant son cheval pour mener son clan à la bataille.

Voilà pour la mouvance écossaise. Descendons vers le sud,

---

11. Archives du Ministère français des Affaires étrangères, série *Mémoires et documents*, sous-série *Angleterre*, volume 84, lettre du 22 avril 1736, f° 158 et 159.

12. À ne pas confondre avec David Nairne, secrétaire de Jacques III et futur beau-père d'André-Michel de Ramsay.

13. *The Jacobite Lodge at Rome, 1735-1737*, imprimé par Torquay Directory Co, pour la loge de recherche n° 2429 de Leicester, 1910, p. 41 (f° 13 du registre).

franchissons la frontière. James Radcliffe, troisième comte de Derwentwater, se manifeste à Durham dès la fin septembre. C'est le frère de Charles Radcliffe qui succédera en 1737 à James-Hector MacLeane dans les fonctions de grand maître de l'Obédience française. Pour l'heure, ce second Radcliffe ne dédaigne pas non plus de prendre les armes, puisqu'il assure le commandement de la compagnie levée par son aîné. L'action de John Cotton est plus délicate à décrire. On sait qu'il rejoint l'armée écossaise avec son père quand, descendue sur Preston, elle est sur le point d'engager l'affrontement qui lui sera fatal. Est-ce le futur vénérable de loge de Rome, avant George Seton of Wintoun ? Nous pouvons le croire, dans la mesure où un rapide portrait de 1743 le présentera assurément comme ayant mené une compagnie de cavalerie à la bataille aux côtés du comte de Derwentwater [14].

La plupart des informations militaires sur ces différents protagonistes sont contenues dans les mémoires et récits rédigés peu après les faits. Charles Sanford Terry en a publié une anthologie [15] en 1915. Je me borne à les rapprocher de celles qui sont fournies par la documentation maçonnique. Ce faisant, je n'ignore pas quel est l'obstacle majeur à une juste interprétation des événements, à savoir qu'il est impossible de recomposer le calendrier des entrées de chacun dans l'Ordre, en sorte que le danger est de procéder par anticipations abusives. De même, la mise en relief de parentés ne garantit en rien qu'un père est maçon avant un fils. Le cas de George Seton of Wintoun, dont la réception ne se constate formellement qu'en 1735, vingt ans après la cuisante défaite de Preston, porte à la circonspection. Sauf que, pour avoir établi la réalité de réunions bien avant le soulèvement commandé par le comte de Mar, ne serait-ce qu'à Dunblane, avec les Drummond et Cameron of Lochiel, il n'y a pas à discuter au moins le principe quasi fondamental du pré-

---

14. Archives du Ministère français des Affaires étrangères, série *Mémoires et documents*, sous-série *Angleterre*, volume 76, Lettre du 17 juillet 1743 au marquis d'Argenson, f° 163 r°.

15. *The Chevalier de St. George and the Jacobite Movements in his Favour, 1701-1720*, University Tutorial Press, 1915.

sent propos : dès les années 1690, les Jacobites développent parmi eux cette culture que James Anderson prétend voir dans un ailleurs opératif qui n'existe pas. Ces Jacobites sont bel et bien les seuls Britanniques à pouvoir assumer l'héritage façonné sous Charles 1er.

En parallèle ou complément, revenons aux clubs, aux assemblées d'arrière-salle dans les tavernes. Whigs et Tories sont en compétition pour leur donner le plus de vigueur possible. Du côté jacobite proprement dit, le Comité des frères (*Board of Brothers*) est fondé en 1709 et présidé par Charles-Noel Somerset, quatrième duc de Beaufort, qui est par ailleurs membre de la Loyale Fraternité (*Loyal Brotherhood*) de Badminton. Le Club des Frères (*Brothers Club*) doit sa naissance à Bolingbroke lui-même l'année suivante. Assurément, on insiste beaucoup sur les liens fraternels. Cela n'empêche pas quelques propensions à l'humour, du moins pour la façade. À Walton, au début du siècle apparaît la Moqueuse Corporation (*Mock Corporation*), et celui qui en devient le président en 1711 n'est autre que James Radcliffe of Derwentwater, qui a d'ailleurs passé une bonne partie de sa jeunesse à Saint-Germain en Laye, jusqu'en 1705, comme compagnon de Jacques III. Ici et là, on revendique plus expressément l'emblématique stuartiste, puisque le Cycle de la Rose Blanche (*Cycle of the Withe Rose*) s'installe à Wrexham un jour anniversaire de la naissance de Jacques, soit le 10 juin 1710, sous la houlette de Watkin William Wynn, troisième baronnet, dont Francis Sempill parle beaucoup dans ses courriers.

Au final, on comprend la réaction épidermique d'Anderson quand il jette un voile épais sur le rôle des Jacobites. On la comprend, car il est whig, car il est hanovrien ; elle n'est pas excusable pour autant. Encore moins excusables sont ses zélateurs qui, durant de longues décennies, vont prendre sa prose pour de la vraie monnaie. Glissons... Pour clore ce chapitre, je ne saurais quant à moi manquer les commentaires qu'un médecin d'Avignon très éclectique fait chaque jour des événements qui se produisent en Europe. Quand il apprend le débarquement de Jacques III en Écosse, à Peterhead, le 2 janvier 1716, il retrouve une image brossée par Andrew Marvell autour du Mot de maçon. « Je sçaurais donner une plus juste idée des deux parties qui partagent aujourd'huy la Grande Bretagne et en troublent le repos qu'en les représentant comme etoient autrefois les Gibelins et les Guelphes qui désolaient l'Italie pendant les 12 et 13èmes siècles, l'un et l'autre sous pretexte de defendre l'Eglise et la Religion.[16] » Ce digne thérapeute n'a pas lu Marvell, rien ne nous l'indique ; mais le fait de découvrir sous sa plume des formules analogues à celles de l'écrivain anglais corrobore étroitement ce que nous avons pu en dire. Quant à Jacques III, à peine débarqué sur le sol des ancêtres, il apprend la très mauvaise nouvelle. Le désastre de son armée à Preston a déjà eu lieu ; pas un de ses généraux n'est en mesure d'y remédier. Il lui faut retourner en France.

---

16. Bibliothèque d'Avignon, Journal du docteur Brun, manuscrit 3188. Brun n'indique pas les dates de ses comptes rendus journaliers. Les affaires de portée internationale, souvent perçues au travers des gazettes, commencent à être évoquées au f° 114.

1717-1721, IMITATION ANGLAISE, RÉACTION ÉCOSSAISE

Dans son historique de 1738, Anderson insiste à dire que le *Revival* de 1717 est dû au fait que Christopher Wren a longtemps négligé les loges de Londres, et que quatre d'entre elles se sont regroupées pour y parer. Dans ses *Illustrations of Masonry*, William Preston adoptera ce point de vue, en considérant toutefois que l'attitude de l'architecte s'expliquait par son âge avancé et quelques ennuis de santé [1]. Par contre, Rebold sera plus offensif. Il insinuera que vers 1700 les loges de la capitale anglaise se seraient dissoutes sous l'influence des crises sociopolitiques, mais que quelques assidus se seraient réunis à Saint-Paul, le jour de la Saint-Jean Baptiste, afin d'envisager la continuation de leur tradition sous réserve d'opérer la métamorphose de l'opératif au spéculatif. Malheureusement pour eux, Wren s'y serait opposé avec vigueur, et les aurait contraints à ne rien faire. C'est pourquoi il aurait fallu attendre 1717, après la mort de celui-ci, pour que les frères puissent mettre leur projet à exécution [2].

On ne prête qu'aux riches, dit le vieil adage. Au cours des premières années du règne de Guillaume d'Orange, Wren est surtout occupé par la reconstruction de Saint-Paul. Malgré la majorité obtenue par les Whigs au parlement, il est apprécié

---

1. *Illustrations of Masonry*, éditions Wilkie, 1792, p. 245-246.
2. *A General History of Free-Masonry in Europe*, éditions George B. Fressenden, 1867, p. 311.

par son souverain et continue à exercer sa charge de Surveillant général des travaux. En 1696, les ennuis commencent. Une commission diligentée par les Whigs juge qu'il dépense trop, qu'il coûte cher. Elle propose que ses propres émoluments soient diminués de moitié, jusqu'à l'achèvement du chantier. Ces tracas d'ordre pécuniaire, ajoutés à la mort de sa fille Jane en 1702 et de ses meilleurs amis, diminuent son ardeur. « On le voit moins dans les cafés », écrit son biographe James Chambers[3]. Il lui faut attendre une alternance de majorité politique, après 1710, avec le retour des Tories au pouvoir, pour que les sommes qui lui sont dues soient débloquées. Encore que cela n'empêche pas qu'un pamphlet soit publié contre lui, mettant en cause son intégrité.

Vaille que vaille, sa charge officielle lui est conservée, car si la cathédrale Saint-Paul a été achevée, il reste d'autres chantiers à diriger. Mais, la mort de la reine Anne, la faillite du gouvernement dont Bolingbroke a été le plus illustre représentant, les excitations provoquées par la rébellion écossaise, tout cela crée une ambiance délétère. Contrairement à ce qu'affirme Rebold, il ne meurt pas en 1717. En revanche, il est démissionné l'année suivante par George 1er, le 26 avril exactement. L'homme qui le remplace s'appelle William Benson. C'est un Whig, et il ne se prive pas de lancer de sévères critiques contre lui. Cinq années s'écoulent encore. Le 23 février 1723, après dîner, il s'assoupit dans son fauteuil et lâche son dernier soupir. Ainsi, l'homme a-t-il dû traverser une longue période de revers, de disputes, dont les motifs sont souvent colorés de préjugés politiciens.

Bien que favorable à la Révolution orangiste, Wren reste un homme profondément marqué par le passé de sa famille. Tory modéré, pour sa part, mais Tory quand même, il n'est pas en odeur de sainteté chez l'adversaire. Par voie de conséquence, pour comprendre ses mobiles, il n'est pas requis d'entrer dans le brouillard de quelques supputations relatives à son rôle comme prétendu grand maître d'une inexistante grande maî-

---

3. « *He was seen less often in the coffee houses* ». *Christopher Wren*, éditions Sutton, 1998, p. 88.

trise, ni chez les opératifs, hors ce que sa charge officielle réclame, ni chez les spéculatifs politiques de Londres. Sans que son cas soit atypique, il fait partie de ces Anglais pris dans la zone intermédiaire qui fluctue entre les radicaux de chaque bord. Piégé pour cette raison, il subit les aléas des changements de tendance. En définitive, ne serait-il pas un déçu de la Révolution ? Après son « adoption » de 1691, que fait-il, maçonniquement parlant ? Nous n'en savons rien. Mais nous sommes en droit de penser qu'il ne peut être enclin à apprécier d'éventuelles réunions avec d'encombrants frères qui, s'ils sont Whigs, ne sont pas pour autant enclins à plaider sa cause auprès de leurs chefs de file.

De toute façon, il est bien en vie entre 1717 et 1723, lorsque sont rédigées les constitutions inaugurales de la maçonnerie anglaise. Outre que ce point suffit à réfuter les allégations contraires, nous ne pouvons donc que maintenir notre étonnement devant la manière andersonienne d'en parler. En 1723, dans la première édition des Constitutions, il n'est pas question des quatre loges qui se seraient concertées pour donner naissance à une Obédience fédératrice. En 1738, elles sortent comme d'une pochette surprise. Suffit-il de vouloir rechercher si elles ont jamais fonctionné, nous n'avons de renseignement à peu près acceptable que sur celle de Saint-Paul, rien sur les trois autres, absolument rien. Elles auraient été opératives : cela se discute. La « convention » de Saint-Paul, indéterminée quant à son lieu (taverne ou cathédrale), ne le paraît pas vraiment dans le compte rendu d'Aubrey. La personnalité de Goodricke et l'évocation de plusieurs autres gens titrés disposent plutôt à penser que le métier n'est pas le souci premier des affiliés, ni qu'il l'a été, ni qu'il va le devenir.

Le premier problème qui se pose est purement matériel. Quand on cherche à savoir quelle est la salle où se déroulent les assemblées de cette *so-called* Grande Loge, on est déconcerté par sa petitesse. Elle se trouve au premier étage de l'auberge L'Oie et le Grill. Au sol, elle mesure 6,70 m environ sur 4,50. Sauf à prêter aux frères l'intention de se serrer les uns contre les autres, avec l'imparable résultat d'empêcher n'importe quelle exécution d'un protocole, il faut reconnaître que les précurseurs de la capitale anglaise sont peu nombreux.

Mettons-y une grande table, car les tenues de la Saint-Jean sont stipulées dans les textes comme servant à élire en symposium les premiers grands maîtres, et le calcul est vite fait. Entre quinze et vingt participants, pas plus, sous réserve qu'il n'y ait pas d'autres meubles en encombrement.

Anderson suggère qu'une réunion préparatoire à celle de fondation se serait tenue en 1716. La décision aurait été prise de mettre à la tête de l'Ordre le plus vieux maçon connu dans Londres, avant qu'un « noble » frère puisse le remplacer. On connaît le nom de ce « plus vieux », on connaît aussi approximativement son âge, son domicile et sa profession. Anthony Sayer, environ quarante huit ans, quartier Saint-Gilles, libraire [4]. Ce n'est pas ce à quoi on pouvait s'attendre. La légende commence assez mal. Peu importe. Une année se passe nul ne sait comment, puisqu'il n'existe aucune archive qui y renvoie. Le 24 juin 1718, un autre gentleman est élu à la tête de cette curieuse et étriquée grande loge. Il a un rang social au-dessus de celui de Sayer. George Payne a en effet commencé sa carrière comme responsable d'un bureau à l'Office du cuir, et il lui arrive d'arborer un titre d'écuyer. Là encore, point d'archive. Le vide complet. Mais un lien est offert avec un troisième grand maître, ou soi-disant tel : Jean-Théophile Desaguliers, lequel paraît en 1719, accomplit une année de charge, et rend sa place à Payne.

La littérature sur lui est très abondante. Il est né à La Rochelle le 12 mars 1683, dans une famille réformée qui fuit les persécutions la même année en se rendant à Guernesey. Son arrivée en Angleterre date de 1692. Étudiant à Oxford, il demande à être ordonné diacre anglican à la fin du printemps 1710, puis prêtre en décembre 1717. Trois mois plus tard, il obtient son doctorat en droit. Entre temps, il a été élu à la Société Royale de Londres et a commencé à se distinguer par des travaux de sciences physiques. C'est ainsi qu'en 1713 il a pu annoncer qu'un de ses ouvrages de « philosophie mécanique

---

4. Nécrologie parue après la mort de Sayer dans le *London News* des 16-19 janvier 1742, à compléter avec les registres paroissiaux. Le défunt avait soixante dix ans. Il a été inhumé au cimetière de Covent Garden.

et expérimentale » était en vente au bureau de George Payne lui-même. Les liens d'amitié entre les deux hommes peuvent donc être jugés assez précoces, d'autant que le frère de Payne, prénommé Thomas, a été son condisciple à Oxford. Et allez donc savoir si, par aventure, le libraire Sayer n'est pas non plus sollicité par Desaguliers pour diffuser ses publications. Les mœurs du temps rendent la chose plus que probable.

Demandons-nous si ce trio est politiquement neutre. Non, bien sûr, il ne l'est pas. Desaguliers, au moins, est engagé dans la défense des principes whigs. Ce n'est pas qu'il le soit de manière outrée. En raison de sa position d'immigré, victime de l'intransigeance d'un roi français catholique, il préfèrerait vivre parmi des concitoyens tolérants, et plusieurs amis tories se comptent parmi ses relations ; mais, sa conception personnelle de la politique l'incline à être plus à l'aise dans la mouvance prédominante depuis bientôt trente ans. En 1716, il est d'ailleurs devenu chapelain de James Brydges, comte de Carnarvon qui, par les loyaux services rendus à la couronne, sera élevé duc de Chandos. Bien mieux, en 1727, Desaguliers prolongera cette charge de chapelain auprès du prince Frederick de Galles, fils du roi George II. Faute de posséder un témoignage à peu près objectif de ce qui advient le jour où Sayer introduit la mouture anglaise de la maçonnerie, nous pouvons alors procéder par élimination des thèses irréalistes.

Premièrement, est-ce que ce sont des maçons opératifs qui se réunissent pour opérer une renaissance, même avec métamorphose acceptée de leur tradition ? Dans les listes ultérieurement connues des adhérents, ils seront très peu nombreux à avoir un rapport direct avec le métier. Conséquence : ou bien les extérieurs ont l'affront de les éjecter en quelques mois de fonctionnement, ou bien ils ne se sentent guère concernés au départ. La vraisemblance porte à retenir la seconde position. Deuxièmement, est-ce que ce sont bien quatre loges issues de chantier qui se mettent d'accord pour élire Anthony Sayer ? La réponse est que l'on ignore tout d'elles, à l'exception de ce qui s'est passé à Saint-Paul en 1691 dans un contexte de grande agitation politique. On peut même trouver une anomalie dans le fait qu'il puisse exister réellement des loges opératives structurées à Londres, alors que nous n'avons d'information que sur une compagnie, sans sous-groupes dispersés dans la ville, et que cette compagnie a vu depuis la fin des années 1660 ses prérogatives très limitées.

Troisièmement, est-ce que les « nobles frères » qu'Anderson présente comme susceptibles de prendre la tête de l'Ordre après Sayer sont déjà actifs ? Nous pouvons très sérieusement en douter. Ils ne s'intéressent à l'affaire qu'après l'acte inaugural de 1717. Donc, même la très éphémère « convention » de Saint-Paul est restée sans prolongements dans l'intervalle ; et l'on peut en dire autant de la très hypothétique initiative du maire Clayton en 1693. Quatrièmement, est-ce que la soi-disant Grande Loge est désormais une institution sourde aux sirènes de la politique ? Non plus. On peut bien supputer qu'en six années, jusqu'à la parution des Constitutions, le concept de désengagement ou de séparation a néanmoins le temps de faire son chemin. L'argument est gratuit. Il participe de l'incantation, car il est démenti par les faits.

Les faits ? Au deuxième article qui présente les obligations auxquelles tout frère doit souscrire, on trouve un passage dont l'ambiguïté est évidente. D'abord, il recommande à tout bon maçon d'être pacifique, d'être parfaitement loyal à l'égard des autorités civiles, quelles qu'elles soient, du souverain au magistrat subalterne. Ce propos n'a rien d'original, car il est aussi vieux que les chartes médiévales imposées aux associations de métier ou de culte dans la plupart des pays européens, et souvent non respectées d'ailleurs. Ensuite, il surprend quand même beaucoup, car il prévient que n'importe quel rebelle ne peut être expulsé de la fraternité. À condition qu'il n'ait commis aucun *autre* crime (*other Crime*), le désaveu sur celui de sa rébellion ne peut ni ne doit entraîner une rupture des liens d'avec la loge, lesquels demeurent indéfectibles[5]. L'innovation est là, seulement là. Elle renvoie très explicitement aux troubles générés par les Jacobites, et c'est pourquoi la version remaniée

---

5. *The Constitutions of the Free-Masons containing the History, Charges, regulations, etc. of that most Ancient and Rigth Worshipul Fraternity*, imprimé chez William Hunter, 1723, p. 50.

de l'historique que le pasteur Anderson publiera en 1738 reprendra ce fil.

Reste à comprendre un tel langage. Dans l'article précédent, on lit que la maçonnerie admet la tolérance religieuse, qu'elle est un centre d'union pour des hommes dont la foi n'est pas celle du prochain mais qui se respectent les uns les autres. Soit, voilà un principe encourageant. Mais il est accepté par les Jacobites eux-mêmes. En dépit de l'imprégnation romaine de leur tradition, ils accueillent en leur sein des Anglicans. Jacques III en personne, dans ses multiples déclarations officielles, veille à préciser que son parti admet la pluralité des croyances. La propagande rivale s'acharne à proclamer le contraire ; c'est de la propagande. Partant, il est clair que le trait politique définit effectivement l'axe majeur des volontés exprimées par Anderson, voire par Desaguliers en personne, puisqu'une analyse stylistique et sémantique de ces deux articles autorise à croire qu'il en est le véritable auteur. Ce qui se résume ainsi : les « rebelles », pour être réprouvés dans leur rébellion, restent des frères à part entière ; envers et contre tout, il faut considérer que leur fréquentation n'est pas répréhensible.

Rapprochez maintenant ce point de vue de celui de Robert Walpole, farouche Whig qui devient premier ministre du pays en 1721. À un interlocuteur qui lui demande pourquoi il recrute des espions parmi les Jacobites, il répond : « Comment puis-je apprendre les projets jacobites sinon par eux-mêmes ?[6] » La réputation de Walpole est celle d'un tribun tonitruant, très accroché au pouvoir, et n'hésitant pas à user de tous les moyens de corruption imaginables pour circonvenir ses rivaux les plus faibles. De même, c'est lui qui réclame que les réseaux de renseignements étendent une toile de plus en plus serrée aussi bien dans les îles que sur le continent. Est-ce une coïncidence si, l'année où il accède à la plus haute fonction du gouvernement, la *so-called* Grande Loge de Londres se dote de son premier grand maître noble ? Est-ce une coïncidence si la décision

---

6. « *How can I learn Jacobite designs but from themselves ?* » Voir l'ouvrage de Paul S. Fritz, *English Ministers and Jacobitism between the Rebellions of 1715 and 1745*, Toronto Press, 1975, p. 123-124.

d'écrire les Constitutions est prise ? Sachant à quel point Walpole redoute une restauration des Stuarts, et combat depuis longtemps tous ceux qui pourraient y contribuer, doit-on considérer que le deuxième article des constitutions andersoniennes, très sobre et œcuméniste en apparence, échappe à ses informateurs ?

Le ministre n'ignore pas ce que la franc-maçonnerie a déjà signifié avant 1720. Mais, justement, elle était jacobite en son fonds. Par impossibilité de l'annihiler, le meilleur moyen qui se présente à lui est de l'infiltrer. Ce n'est pas dire qu'il invente la version anglaise. Nul ne peut établir que Sayer et ses amis de 1717 anticipent sur un ordre qui serait venu de lui. C'est dire qu'il ne voit pas d'un mauvais œil l'apparition d'une Obédience rivale à celle exilée en France, surtout si elle prône un libéralisme aussi inattendu à l'adresse de ses irréductibles ennemis. Tandis qu'il prend en mains les rênes du gouvernement, le duc John of Montagu, semble-t-il initié l'année précédente à une loge convoquée à la taverne L'Ours et la Herse, prend dans les siennes celles de la maçonnerie anglaise. Sur quoi Anderson est invité à composer son pensum.

Le très officiel livre de la Grande Loge actuelle réfute avec énergie l'opinion émise naguère par Alec Mellor, selon laquelle Walpole et ses meilleurs serviteurs, entre autres Philip Dormer, quatrième comte de Chesterfield, lui-même initié en cette opaque année 1721, ont utilisé les relations maçonniques afin de mener des coups politiques en Hollande et en France. Ce serait une opinion accusatrice et « ridicule[7] ». Supposons qu'il s'agit là d'une réaction épidermique, car elle ne lui oppose aucun contre-argument valable. On en perçoit les enjeux, puisque c'est le pan le plus ostensible de la mythographie qui s'écroule soudain ; on ne voit pas ce qui lui donne une quelconque validité. La suite va apporter quelques nouveautés sur ce sujet. Et j'irai quant à moi plus loin que Mellor : les liens

---

7. « *Accusations levelled at Sir Robert Walpole and Lord Chesterfield for using Masonic connexions to achieve political coups in France and Holland are frankly ridiculous.* » *Grand Lodge, 1717-1967*, University Press, Oxford, 1967, p. 214.

rendus possibles par la fraternité maçonnique n'ont pas été utiles à Walpole qu'en France, pas qu'en Hollande non plus, ils l'ont été en Italie aussi, et bien sûr en Écosse, en Irlande et en Angleterre même.

Patience pour voir comment. Un éclaircissement est à apporter auparavant sur la situation des exilés. Lorsque Jacques III, alors à Saint-Malo, s'est replié vers Dunkerque afin de prendre le bateau et de débarquer à Peterhead le 2 janvier 1715, il était accompagné du seul Charles Booth, son chambellan et principal actionnaire, en prête-nom, des mines de plomb argentifère bretonnes. Une fois parvenu au port, l'annonce cuisante de la défaite subie par son armée à Preston l'afflige considérablement. Il rembarque un mois après, mais son intention de repartir au combat n'est pas éteinte. À ce moment son entourage se désintéresse des mines, et participe à la prise en charge des armes voiturées jusqu'à Auray. Les villes où sont signalées alors des concentrations de fidèles sont Blois, Rouen, et Bordeaux. Cependant, sur les instances réitérées de Philippe d'Orléans, régent de France, suite à la mort de Louis XIV, Jacques III est prié de chercher refuge en dehors du royaume. La première halte choisie est Avignon. La seconde est Urbino, avant une installation quasi définitive à Rome.

Or, 1718 est une date plusieurs fois citée dans la documentation pour indiquer la formation d'une première vague d'initiations en France. Son ampleur ne peut être mesurée. Tout porte à croire qu'elle est légère, mais sa réalité est indéniable. Antérieure de sept ans à la fondation de la première loge parisienne, voici ce qui nous autorise à en parler. Dans un de ses pamphlets contre les jésuites, censément imprimé à Londres en 1788, Nicolas de Bonneville affirme : « Il est prouvé par le Calendrier maçonnique, que dès l'année 1718, on avoit sérieusement pensé à étendre la Maçonnerie.[8] » Comme son texte est composé de bric et de broc, avec de nombreux écarts de langage, nous pourrions croire qu'il ne songe qu'au dispositif connu d'Anderson ; mais, il ne manque pas juste avant de faire

---

8. *Les Jésuites chassés de la Maçonnerie et leur poignard brisé par les Maçons*, 1788, fac-similé éditions du Prieuré, 1993, volume II, p. 78.

une allusion appuyée aux Écossais qui servent le chevalier de Saint-George. Nous devons alors, sinon adhérer à son propos, du moins considérer qu'il peut servir comme premier point d'appui.

En second, vient un manuscrit. Dans une lettre du 24 juin 1760, le négociant de Metz Antoine Meunier de Précourt songe explicitement à « l'époque du passage de l'Ordre en France en 1718 [9] ». Bien qu'il ne fournisse aucun nom de « passeurs », il n'hésite pas lui non plus sur la date. Son avantage est de vivre à une sorte de carrefour européen des influences. Il lui arrive de rencontrer des voyageurs de diverses nationalités en transit dans sa ville, et de pouvoir rassembler grâce à eux des matériaux relatifs à la fois aux rituels et à l'histoire. On le voit notamment beaucoup se dépenser pour qu'un haut grade maçonnique, celui de Chevalier Kadosh, soit adopté par les loges de sa correspondance. Étant donné que ce grade, dans la forme connue vers 1760, n'est que l'héritier du quatrième degré inventé bien avant par les Écossais jacobites, il n'est pas impossible que Précourt possède quelques renseignements partiels sur leur action.

En troisième point, le témoignage retranscrit par Georg Kloss dans son histoire de la maçonnerie française ne manque pas non plus d'intriguer. Grosso modo, il assure que la première loge française aurait été fondée au château d'Aubigny par le duc de Richmond et que derechef en 1718 y auraient été reçus le duc d'Antin et le médecin chansonnier Procope, lequel Procope aurait ensuite contribué à l'initiation du comte de Clermont [10]. Non sans de bonnes raisons, Pierre Chevallier a indiqué combien il fallait se méfier de ce genre de révélations, car elles seraient tardives, même si celui qui les exprime prétend les tenir de la bouche de l'ancien régisseur du château [11]. La principale difficulté est qu'elles désignent le duc d'Antin et le comte de Clermont respectivement comme premier et second grands maî-

---

9. Bibliothèque Nationale de France, collection Chapelle, tome IV, f° 118.
10. *Geschichte der Freimaurerei in Frankreich ausächten Urkunden*, Darmstadt, 1852, tome 1, p. 73-74.
11. *Les Ducs sous l'acacia*, réédition Slatkine, 1994, p 16.

1717-1721, imitation anglaise, réaction écossaise 199

tres de l'Ordre en France ; sauf que ces dits grands maîtres ne commencent en réalité à se manifester qu'à la fin des années 1730, même de préférence au début de la décennie suivante. Une erreur de copiste est à craindre. Au lieu de 1718, il faudrait lire 1738, car c'est cette date que la vulgate retient au moins comme relative à l'élection de Louis-François de Pardaillan d'Antin au sommet de l'Ordre français. Cependant, veillons à ce que la critique soit équilibrée.

Contrairement à ce que la vulgate ressasse, d'Antin n'a pas été élu en 1738, mais en mars 1740. J'explique les circonstances de cet événement dans un précédent ouvrage[12]. Quant à Michel Procope-Couteaux (ou Coltelli), né en 1684 à Paris, on peut dire de lui qu'il est assurément en relation avec des Britanniques en 1718, puisque sa pièce *Arlequin Balourd* est jouée à Londres l'année suivante. Sachant qu'un spectacle ne s'improvise pas, il a certainement fallu plusieurs mois pour le préparer avec des hommes d'outre-Manche. Les Almanachs Royaux dont l'ordinaire est de contenir les adresses et attributions des citoyens tenant le haut du pavé parisien le rangent dans la liste des docteurs régents de la Faculté de médecine, mais d'une année à l'autre le signalent souvent absent. Ce n'est pas un assidu de la lancette et de l'émétique, sans doute. Il voyage, il bouge, il écrit.

Le duc de Richmond ? Un litige est possible entre deux homonymes. Dans l'ordre : Charles Lennox de Richmond est le fils de Charles II Stuart et de Louise de Keroualle. Il est né à Londres le 16 juillet 1672. Il mourra le 12 juin 1723. Pierre Chevallier assure qu'il n'est venu faire une visite officielle à Versailles qu'en 1720. Soit, mais il a pu accomplir des voyages privés avant. Quand on suit de près les tribulations de sa mère réfugiée en France après la mort de son royal amant, on s'aperçoit qu'elle doit batailler ferme pour obtenir de la cassette royale française les subsides sans quoi son train de vie souffrirait beaucoup ; et c'est justement en 1718 que ses doléances sont enfin acceptées. À la lecture des archives bretonnes la

---

12. *La Maçonnerie Écossaise dans la France de l'Ancien Régime*, éditions du Rocher, 1999.

concernant, plusieurs recoupements laissent penser que son fils est intervenu personnellement. Et nous n'avons pas oublié la déclaration faite en 1732 auprès de la Grande Loge de Londres, par Edward Hall. Celui-ci assure en effet avoir été fait maçon en 1695 à Chester par ce Richmond-là. Ce que son fils, le second duc du nom, avalise. Alors ?

Un autre litige est possible chez les d'Antin. Le marquis Louis-Antoine Pardaillan d'Antin est né en 1665. Oscillant entre une carrière militaire et une carrière civile, il est nommé en juin 1708 à la très lucrative direction générale des bâtiments du roi, arts et manufactures. Le mémorialiste Louis Rouvroy de Saint-Simon raconte comment il y parvient, à force d'intrigues et de courtisaneries, selon le style de Versailles. Il s'agit simplement de remplacer l'illustre architecte François Mansart. Bien que les revenus de celui-ci aient été auparavant très diminués par la volonté de Louis XIV, d'Antin espère que la fonction lui donnera au moins le moyen de devenir un familier du roi et de ses grands commis ; ce grâce à quoi il pourra davantage pousser ses ambitions. En effet, il ne va pas tarder à obtenir que son marquisat soit érigé en duché-pairie. La remarque de Saint-Simon ne manque alors pas de sel : « Il fut plaisant qu'un seigneur comptât, et avec raison, sa fortune assurée par les restes, en tout estropiés, d'un apprenti maçon [Mansart], en titre, en pouvoir, en appointements réduits à un tiers. Ce fut une sottise ; il eut bientôt après plus d'autorité et de revenu que Mansart, mais en s'y prenant d'une autre manière.[13] »

N'allons pas jusqu'à croire en une malice de Saint-Simon quand, rappelant l'origine roturière de Mansart, il insiste sur l'image d'un apprenti maçon dans les pas duquel un futur duc entend se glisser. N'empêche que, s'il est un seigneur français que l'on voit souvent à Saint-Germain en Laye, c'est d'Antin. Raisons professionnelles, dira-t-on aujourd'hui. Il y a le château, il y a le parc, il y a l'entretien à organiser, il y a des travaux à commander. Mais d'Antin regarde les tâches pratiques d'assez haut. Puisque son tempérament le porte à cultiver le plus de relations mondaines possibles, l'entourage de

---

13. *Mémoires*, éditions Jules Tallandier, 1980, tome 3, p. 656.

1717-1721, imitation anglaise, réaction écossaise 201

Jacques III l'intéresse bien plus que les murs et les statues. Même s'il se montre parfois versatile, il veille à ce que ses visites soient aussi agréables que multipliées. À l'occasion, il organise dans ses hôtels particuliers de somptueux dîners.

À la fin de l'été 1718, nommé au conseil de régence, il regrette que certains autres membres soient des bavards impénitents, incapables de garder les secrets de l'État. Du coup, on aimerait sonder sa propre conscience. Que fait-il en cette même année 1718 quand éclatent les révélations sur le complot mené par la coterie du duc du Maine, en cheville avec les Espagnols et les Jacobites ? Tandis que le régent convoque un lit de justice afin d'exclure de la succession au trône les fils et filles non légitimes du roi, dont justement le duc du Maine, d'Antin demande exceptionnellement de ne pas assister à la séance. Selon Saint-Simon, son excuse serait d'être trop « mêlé de société » avec les « bâtards et bâtardes de sa mère », la marquise de Montespan devenue maîtresse royale après sa naissance [14]. En fait, Maine craint d'être arrêté à chaque minute, et d'autres nobles de haut rang ne sont pas très à l'aise, comme les maréchaux François de Neufville de Villeroy et Claude-Louis-Hector de Villars. Une crise gouvernementale est pendante. Torcy lui-même est au bord de la disgrâce, ayant trop complaisamment fournit des passeports aux conspirateurs [15]. D'Antin redouterait-il lui-même d'être éclaboussé par l'affaire ?

Une possibilité ne fait pas une certitude. Toujours est-il que la mobilisation reste entière chez les Jacobites, même si le régent voudrait qu'elle soit moins visible. Malgré l'arrestation de l'ambassadeur d'Espagne, le prince Antoine-Joseph del Giudice de Cellamare, elle débouche en 1719 sur une expédition maritime commandée par le duc d'Ormonde, à partir de Cadix, pour tenter sans succès une nouvelle reconquête outre Manche. Par conséquent, le contexte est favorable à la sensibilisation de

---

14. *Id.*, tome VIII, p. 559.
15. Voir le *Journal de la Régence* de Jean Buvat (éditions Plon, 1865). Ce modeste copiste calligraphe de la bibliothèque du roi est l'homme par qui la conspiration dite de Cellamare est découverte. Il dit comment dans ce Journal. Sur les passeports, voir Tome 1, p. 340.

certains Français comme d'Antin à la franc-maçonnerie, avant que son petit-fils devienne un éphémère grand maître. Si nous nous trompions sur son compte, il n'en demeurerait pas moins que ce sont toujours les mêmes personnages qui circulent maintenant entre les trois grandes capitales que sont Rome, Paris et Madrid. À Rome, le prétendant s'est établi. À Paris, le général Arthur Dillon est resté l'un de ses principaux représentants. À Madrid, c'est Ormonde qui négocie avec les Espagnols les modalités de leur soutien.

En définitive, peu importent les cas du duc d'Antin et du médecin Procope, ou encore de Richmond dont les sympathies, pour être prudentes, ne sont pas non plus cachées, puisqu'il est intervenu auprès de George de Hanovre en 1716 avec l'espoir d'obtenir la grâce de James of Derwentwater, alors enfermé à la Tour de Londres. Durant les sept années qui précèdent l'apparition de la première loge *attestée* de Paris, il se produit bel et bien une ouverture des cercles jacobites à leurs hôtes français. Sinon, il faudrait croire au principe de la génération spontanée un beau jour d'été 1725. La combinaison qui paraît la plus cohérente est que les connivences restent rares, mais non exceptionnelles, jusqu'au lendemain de la prise de pouvoir du duc John of Montagu sur la maçonnerie londonienne. Certes, il paraît étrange d'établir cette chronologie ; car, si les tendances sont distinctes, on ne comprend pas pourquoi les Jacobites, largement premiers en date, se détermineraient par rapport aux partisans de la maison de Hanovre. Mais, le phénomène est assez facile à caractériser.

Longtemps le dispositif de la maçonnerie jacobite est flottant et basé à Saint-Germain en Laye. Quand il s'agrège quelques Français de façon très sélective, soit en province, soit dans l'agglomération parisienne, ce n'est pas vraiment pour les inviter à fonder eux-mêmes des loges. Ils rentrent dans un réseau de connivences personnelles, voilà tout. Après 1716, leurs rivaux hanovriens décident de les imiter, en modifiant toutefois les manières d'être. Pour eux, la loge devient une institution avouée, confessée, voire tacitement agréée par un gouvernement avide d'espionnage. Ils impulsent donc une dynamique contre laquelle les Jacobites doivent à leur tour réagir. Loges contre loges, système contre système. Bien que soit prônée de chaque côté une éthique de la tolérance réciproque, nul n'est prêt à renoncer aux mobiles essentiels de la politique.

Telle qu'elle est sur le point d'être mieux connue par les contemporains du siècle, la maçonnerie continentale est le fruit de cette réaction qui partage son histoire en deux segments. Avant 1717-1721, il suffit aux Jacobites d'avoir un Ordre secret, de lier des affidés dans un réseau unique et assez informel. Après, il leur faut s'adapter aux innovations imposées dans les îles. Concurrencés jusque dans des pratiques qu'ils croyaient protégées, ils observent dans un premier temps les échos de l'opinion à Londres, puis ils comprennent qu'ils seraient vite doublés sur leur terrain s'ils n'accéléraient pas leur propre mouvement. D'où l'animation qui va porter Charles Radcliffe à s'associer avec James-Hector MacLeane et Dominique O'Heguerty, entre autres, afin de fonder chez un traiteur parisien la première association parisienne ayant laissé des traces dans les annales. Ils ne créent pas vraiment, ils transforment. La nuance est importante.

FARCES ET ATTRAPES

D'autres sources placent avant 1725 l'apparition de premières loges en France. Paris ne serait ni la seule ni la première ville concernée. Par exemple, à Dunkerque, il y aurait eu en octobre 1721 une installation officiellement approuvée par le duc de Montagu, récent grand maître anglais [1]. Ces sources n'inspirent guère confiance. Elles semblent étayées par Jacques-Philippe Levesque, qui publie au dix-neuvième siècle une sorte de panorama sur les « sectes » maçonniques dans lequel il assure que ses propres recherches l'autorisent à avancer que deux loges auraient réellement été fondées dans le royaume de France, encore en 1721 et encore sous l'autorité de Montagu [2]. Cependant, cette dernière précision est justement ce qui porte au scepticisme. Non seulement les archives de la Grande Loge de Londres n'ont conservé aucune trace de ces prétendues loges, mais il paraît très surprenant que des Français soient aussi rapidement attirés par elles.

Quoique le débat reste ouvert, il est plus cohérent d'envisager des présences éparses de quelques frères dans plusieurs villes, sans qu'elles signifient une action commune de leur part en vue de former un groupe institué. Ou bien, s'ils éprouvent des velléités en ce sens, mieux vaut penser qu'elles sont inspirées par les Écossais de l'émigration. C'est ce qui arrive à Brest, comme

---

1. Voir, entre autres, le livre de François-Timoléon Bègue-Clavel, *Histoire Pittoresque de la Franc-Maçonnerie*, reprint Artefact, 1987, p. 108.
2. *Aperçu général et historique des Principales sectes maçonniques qui ont été les plus répandues dans tous les pays*, chez Caillot, 1821, p. 50.

on l'a vu, et qui se présume à Saint-Brieuc où l'année 1721 est une fois de plus censée marquer une origine [3]. Le même raisonnement est d'ailleurs applicable pour la Hollande où, comme par effet de litanie, 1721 demeure un repère. Lorsque, quatorze ans plus tard, les premières interdictions seront prononcées à Rotterdam contre l'Ordre, des frères décrits comme anglais et écossais de nation attesteront en effet que leurs compatriotes auront été des devanciers en la matière [4]. Ils ne s'épancheront pas vraiment sur leur passé, mais il est à peu près sûr que Londres n'y aura été pour rien.

C'est l'élucidation du processus conduisant à la métamorphose des pratiques continentales qui mérite donc d'être tentée. Et force est de commencer par le portrait de Philip of Wharton qui va devenir le premier grand maître de la Grande Loge jacobite de Paris, après avoir été, non sans tumultes, celui de la Grande Loge hanovrienne de Londres. Au premier regard, une telle oscillation, reconnaissons-le, ne manque pas de saveur. Elle tend à corroborer la thèse d'une primauté de l'Obédience insulaire sur la continentale. Mais, il suffit d'en recomposer le contexte pour s'apercevoir que la trajectoire du personnage le dispose au contraire à s'ébrouer dans les eaux jacobites avant de tenter l'aventure dans celles des rivaux.

Au cours de l'été 1716, comme la plupart des jeunes gens britanniques de la noblesse, il décide de faire le classique « Grand tour » de l'Europe. Quoique déjà marié, il n'a pas encore fêté son dix-huitième anniversaire. Accompagné de son précepteur huguenot, il traverse la Hollande, puis l'Allemagne, et s'arrête en Suisse. Au bout de quelques jours, à Genève, l'envie de passer en France le démange. Son tuteur tente de l'en dissuader car il ne pourrait plus être à ses côtés, en raison de l'interdiction de séjour qui frappe les Français de la religion réformée. Mais Wharton n'en a cure. Il quitte son mentor sans le ménager le moins du monde, franchit la frontière et gagne

---

3. Voir, entre autres, le livre de Jacques Brengues, *Les Francs-Maçons dans la ville, Saint-Brieuc*, éditions Soreda, 1995, p. 7.

4. Voir l'article de Hugo de Schampeleire, *Une loge maçonnique à Rotterdam, fondée avant 1721-1722*, dans *Lias 8*, 1981.

Farces et attrapes

Paris. Là, il s'empresse d'aller rendre visite à Bolingbroke, démis récemment par Jacques III de sa charge de secrétaire, parce qu'il aurait communiqué – soit par volonté délibérée, soit par imprudence d'alcôve – des informations secrètes sur l'expédition échouée l'année précédente. Bonjour, bonsoir.

Paris lui plaît, ses antichambres, ses cafés, ses spectacles. Quelque part, il rencontre Thomas Winnington, neveu du comte Robert Harley of Oxford, qui l'oriente vers un certain Gwynn, espion jacobite très présent dans les endroits que fréquentent aussi les partisans des Hanovre, surtout les attachés d'ambassade. Aujourd'hui, ne cherchez pas trace de lui dans le *peerage*. C'est un homme d'extraction modeste, si modeste que les historiens, quand ils le citent, et rarement, ne le font que pour la forme. Pourtant, ne faudrait-il pas le rapprocher de cet homme qui s'est montré particulièrement fougueux à la suite de James Radcliffe of Derwentwater [5] ? La question reste subalterne. Je la pose uniquement pour signaler que les altérations de noms sont courantes, que l'on remarque par exemple des métamorphoses de certains Quin en Guin ou Gwin, et enfin qu'un Daniel Quin, appelé Guin par le clergé de Saint-Germain en Laye épouse Anne Heguerty le 16 juin 1708, ce qui ne facilite guère l'effort d'identification [6]. Quoi qu'il en soit, Gwynn et Wharton ont de longues conversations ensemble, et le premier réussit à convaincre le second que Jacques III est le seul souverain acceptable pour le Royaume Uni, tandis que George n'est qu'un étranger usurpateur. L'un plaide, l'autre souhaite que des contacts soient établis avec la reine à Saint-Germain, puis le roi à Avignon.

L'ambition d'accomplir de grandes œuvres taraude Wharton. Pourquoi pas dans les rangs Jacobites ? Gwynn ne tarde pas à lui assurer que ses offres seraient bien reçues. Tant qu'à faire, il s'arrange pour rencontrer le ministre Torcy ; puis il descend

---

5. Voir, de Charles Sanford Terry, *The Chevalier de St. George and The Jacobite Movements in his favour,* University Tutorial Press, 1915, p. 294. Dans cet ouvrage, nous lisons qu'il s'agit d'un Mr. Guin. Cette orthographe est aussi celle retenue dans les registres paroissiaux de Saint-Germain en Laye (10 juin 1716).

6. Archives Municipales de Saint-Germain en Laye, GG 75, f° 70 v°.

sur Lyon, adresse une première lettre à Jacques III par le truchement du comte de Mar, dans laquelle il lui promet une allégeance complète. Le roi tente de le convaincre qu'il ferait mieux de réaliser son « Grand tour », de songer à sa formation, et cela en commençant par Orléans et Bordeaux. Il réclame au contraire le privilège d'une audience rapide. Dans une seconde lettre à Mar, son impatience est à peine voilée. Pour mieux convaincre, il explique en vouloir à son père Thomas d'avoir été l'un des principaux protagonistes de la chute de Jacques II, d'avoir intrigué pour la venue de Guillaume d'Orange. Oui, son souhait le plus ardent est de laver ce qui lui paraît être un déshonneur familial. Il ose même jurer que sa lettre pourrait servir de preuve publique contre lui s'il lui arrivait un jour de se renier[7]. Dans la foulée, il sollicite un haut grade dans l'armée, avec en prime son admission dans l'Ordre de la Jarretière, étant entendu qu'il promet de n'en jamais rien révéler, s'il y va de l'intérêt du roi.

Avignon lui tend les bras, on lui répond qu'il y sera le bienvenu, à condition de demeurer assez discret. Il y va. Ormonde et les seigneurs de la cour sont ravis de saluer en frais ami le fils d'un de leurs plus acharnés adversaires. Le chevalier de Saint-George lui délivre un brevet de colonel de cavalerie ; le 2 octobre, il le crée également vicomte de Winchendon, comte de Malmesbury et duc de Northumberland, étant entendu que ces titres ne seraient effectifs qu'après la restauration tant espérée de la dynastie. Cependant, il diffère le moment de lui accorder l'honneur de la Jarretière. Plus tard, plus tard. Manquent quelques bons états de service, sans doute. Wharton n'en affecte pas le dépit. Le temps de goûter les charmes de la Provence, il remonte vers Paris, passe à Saint-Germain en Laye saluer la reine mère qui l'a recommandé à son fils, clame à qui veut l'entendre qu'il souhaite le retour des Stuarts aux commandes de son pays, s'efforce de rencontrer Alexandre Alexander dont le comte de Mar dit grand bien, estimant qu'il

---

7. *Stuart Papers*, Windsor, volume II, p. 471. Lettre du 25 septembre 1716. « *I beg this letter may be kept with care, that, if ever I should depart in the least from my present sentiments, it may rise up in judgement against me, and show me to be the last of mankind.* »

pourrait bien servir⁸, puis rentre à Londres à la fin décembre, apparemment content et... frappé d'amnésie, sans que la variole qui l'afflige presque aussitôt en soit la cause.

Il aurait dit : « je souris au visage des Whigs, pour leur couper la gorge⁹ ». Mais en janvier 1718, il est très heureux d'être fait duc de Wharton par George 1ᵉʳ. Aurait-il trop souri et perdu son couteau au tourniquet des girouettes ? Les rumeurs commencent à aller bon train sur son compte. Évidemment, elles attirent l'attention du comte de Mar qui fait savoir que, tout de même, la lettre signée en 1716 pourrait lui rabaisser le caquet. L'ennui est que la réputation de Mar lui-même n'est pas flatteuse. Surnommé *Bobbing John* en raison de son passé qui l'a amené alternativement à défendre les intérêts orangistes et jacobites, ou bien à approuver et regretter le traité d'union de l'Écosse et de l'Angleterre, il laisse perplexes les exilés de la première heure.

En ce qui concerne Wharton, le fait de s'attirer ainsi les grâces de deux rois en compétition pour le même sceptre signifie qu'il joue le double jeu. Nul ne peut le nier. Sauf qu'on peut se demander si chacun des deux rois, nécessairement informés, ne cherche pas à en tirer un peu plus de profit que l'autre. C'est en 1721, d'après l'histoire officielle de la Grande Loge de Londres qu'il aurait été initié ; on aimerait savoir où et par qui. En fait, l'incertitude est complète là-dessus¹⁰. Et ce qu'on apprend des manœuvres qu'il met en branle l'année suivante en vue de se faire élire à la grande maîtrise de l'Ordre anglais, n'est pas sans susciter un vif intérêt. Quelque part, on

---

8. Stuart Papers, volume III, 69-70. Lettre de Mar à Wharton, 12 octobre 1716. À propos d'Alexander : « *He is in or near Paris, so you may see him yourself, and then you will be better able to judge if he will be fit for you propose.* »

9. « *I smile on the faces of the Whigs in order to cut their throats* », cité par Martin Haile dans *James Francis Edward, The Old Chevalier*, éditions J.M. Dent, 1907, p. 251.

10. Seul Anderson, dans la partie historique de la seconde édition des *Constitutions*, quand il évoque l'année 1722, écrit que le duc de Wharton a été « *lately* » initié. Dernièrement ? Récemment ? On sait combien Anderson est peu fiable.

devine le coup de force. Et de farce, car Wharton ne s'est pas privé de fonder par ailleurs une association de gais lurons, le *Hell-Fire Club*, où l'on boit aussi promptement qu'on se complaît dans des diableries de collégiens attardés. Chaude ambiance dans la capitale. La fraternité se conjugue au conditionnel ou au subjonctif, avec des savonnettes glissées sous les pas des étourdis.

Un parallèle s'impose. Tandis que Wharton intrigue à qui mieux-mieux pour succéder au duc de Montagu, ses amis de Rome et de Paris envoient des agents chez leurs correspondants d'Angleterre, d'Irlande et d'Écosse afin qu'ils agitent un complot de plus. En toute candeur, admettons cependant qu'il s'agit là d'une pure concomitance ; et adoptons comme prémisse innocente à ce singulier épisode le journal intime de William Stukeley. Originaire du Lincolnshire, celui-ci est un médecin archéologue qui s'est installé à Londres en 1717. Le 6 janvier 1721, il écrit avoir été reçu maçon à la taverne du Salut, rue Tavistock. Or, dans un récit autobiographique ultérieur, il précise que les frères l'ayant accueilli en leur sein étaient si peu nombreux qu'ils leur a été difficile d'officier. Déjà, ce détail nous paraîtrait insolite si nous n'avions pas remarqué plus haut que l'affluence n'est pas ce qui caractérise les premiers temps de l'Obédience anglaise soi-disant ravivée par Sayer et un quarteron de loges obscures. Stukeley veille même à ajouter que, peu après, la franc-maçonnerie « prit son élan et courut à perdre haleine par la folie de ses membres [11] ». Il est vrai que son intention à lui était d'y découvrir des mystères antiques, et qu'il a évidemment été déçu.

Le 10 mars suivant, il rend visite à Christopher Wren. Tiens ? Puis, le 24 juin, il dit que les maçons se sont réunis à la Chambre des Libraires (*Stationers Hall*), que Desaguliers a prononcé un discours, que le grand maître Payne a produit un manuscrit vieux de cinq cents ans, et que Montagu a été élu à la chaire de Payne. Dans la mesure où Stukeley en assure la copie, nous n'avons pas à convoquer l'herméneutique pour

---

11. *Family Memoirs of Stukeley*, Surtees Society, 1881 : « ...*took a run and ran itself out of breath through the folly of its members.* »

comprendre que le manuscrit est le *Cooke*, depuis longtemps connu des intellectuels appartenant à la mouvance stuartiste. Le 27 décembre, voilà notre médecin happé vers les hauteurs, puisqu'il est élu vénérable d'une nouvelle loge ouverte à la taverne de La Fontaine, dans le Strand. Le 22 mai 1722, même lieu, il rencontre plusieurs dignitaires de la Grande Loge pour débattre avec eux de la future assemblée générale de la Saint-Jean. Sans doute est-il question des élections à la grande maîtrise. Le 3 novembre de la même année, Wharton ayant été élu, il vient avec son ami le comte Francis of Dalkeith visiter la loge de Stukeley, toujours à l'enseigne de La Fontaine. Est-ce pour apporter des remerciements ?

Au quotidien, les assidus de la taverne sont des Jacobites notoires ou, à tout le moins, des Tories obstinés. Plusieurs appartiennent au club *The Mourning Bush*, autrement dit Le Buisson de Deuil, en souvenir de la décapitation de Charles 1er. Farouchement opposés à Walpole, ils préfèrent lever leurs verres, genoux à terre, en hommage à Jacques III. Ni Stukeley ni Wharton ne sont aveugles au point d'ignorer la chose. Ils ne le peuvent pas, car les susceptibilités du temps veulent que des expéditions soient parfois lancées entre clubs tories et whigs, quand les adhérents des uns ou des autres poussent la provocation à fêter avec trop d'arrogance les idoles de leurs panthéons respectifs. L'incident le plus fameux est assez récent, puisque le 4 novembre 1715, jour commémoratif de la naissance de Guillaume d'Orange, des « Jacks » exubérants ont monté un bûcher dans Old Jewry avec l'intention de brûler l'effigie de l'ancien monarque, et que des rivaux de Cheapside sont venus leur distribuer quelques horions.

Sur le continent, les affairements vont dans le même sens. À l'automne 1721, l'avocat Christopher Layer, proche de Burlington, s'est rendu à Rome afin de soumettre à Jacques III un nouveau plan de rébellion. Sont déjà dans le coup l'évêque Francis Atterbury, les comtes Robert Harley of Oxford et Thomas Wentworth of Strafford, plus d'autres représentants de la noblesse ou de la gentry. Atterbury surtout est un chaud partisan de la cause, car à la mort de la reine Anne survenue en 1714, il voulait déjà proclamer officiellement Jacques son successeur, et prendre la tête d'une procession publique solennelle. Convaincu de la nécessité de temporiser, Bolingbroke l'en avait dissuadé. Dans le plan proposé maintenant par Layer, il est prévu d'agir simultanément en plusieurs points d'Écosse, d'Angleterre et d'Irlande, sous la bannière d'hommes expérimentés, par exemple le comte de Mar ou le comte de Dillon. Le roi acquiesce. Puis, il écrit à ses autres généraux et colonels qui servent provisoirement dans les armées françaises afin qu'ils parent à toute éventualité, d'une part, mais encore invitent leurs officiers subalternes les plus qualifiés à se tenir prêts pour un rassemblement et un transport rapide, d'autre part. Michel of Rothe, Andrew Lee, Christopher Nugent, John Skelton, Daniel O'Donnell, Matthew Cooke et Charles O'Brien of Clare reçoivent de lui cette explicite missive [12].

Le 22 mai, il fait un pas de plus en envoyant à Mar une patente pour créer un nouvel ordre de chevalerie militaire dès qu'il serait en Écosse, et ce serait un ordre explicitement lié à l'acte de restauration [13]. Cette démarche est assez dans l'air du temps, car d'autres souverains s'appliquent eux aussi à inventer des distinctions inédites. Par conséquent, évitons de lui donner une importance exagérée. Cependant, nous nous trouvons ici à la conjonction de trois séries d'informations. La première est que, très directement, Jacques III demande aux officiers dignes de confiance qui servent en France de se tenir en alerte. La seconde est que l'Ordre de chevalerie à créer le serait pour récompenser tous ceux ayant montré un ralliement sans faille. La troisième est que le répertoire des premiers francs-maçons jacobites qui se manifestent en France est massivement

---

12. « *He enclosed letters to Generals Rothe, Lee, Nugent, Skelton, O'Donnel, Cooke and Lord Clare in the French service, empowering them to summon in his name all such officers as they shall think fit to be assembled and convoyed into Britain.* » Résumé de l'opération dans l'ouvrage de Martin Haile, *James Francis Edward, The Old Chevalier*, éditions J.M. Dent, 1907, p. 286. Je rétablis les prénoms des officiers après consultation des registres paroissiaux de Saint-Germain en Laye (colonels ou généraux, qualifiés comme tels lors d'un mariage, d'un baptême ou d'une inhumation).

13. Jacques III au duc de Mar, lettre du 22 mai 1722, citée par Henrietta Tayler dans *The Jacobite Court at Rome in 1719*, Scottish History Society, troisième série, volume 31, 1938, p. 215.

composé de militaires. Sans qu'il soit nécessaire d'extrapoler, nous pouvons considérer que l'appartenance à un réseau secret est un moyen très facilitant pour mobiliser un grand nombre de partisans, et que le fait d'user d'un autre système pour leur délivrer ensuite de façon publique remerciements et honneurs n'est pas en soi une étrangeté.

L'un des principaux agents jacobites qui approchent Oxford et Atterbury dès 1717 s'appelle John Menzies. Désigné sous le pseudonyme d'Abraham dans certaines dépêches chiffrées, il appartient à la même famille que James Menzies, argentier du roi quand il était à Saint-Germain, et que William Menzies of Pitfodels dont les six fils seront jacobites, et deux au moins initiés, à savoir l'aîné Gilbert né en 1712, et le cadet John né en 1718. Après des études secondaires au collège écossais de Douai, nous verrons en effet le premier assister Charles Radcliffe of Derwentwater lors d'une installation de loge, avec le titre de porte-glaive, tandis que le second sera plus discret. Mais, pour en revenir à l'espion qui œuvre dans Londres, il écrivait en février 1717 que les discussions engagées entre l'évêque de Rochester et le comte d'Oxford, qui venait à peine d'être libéré de la Tour de Londres où il avait été incarcéré trois ans plus tôt, tournaient souvent au babillage, faute d'une autorité forte exercée sur eux. Il appuyait ce jugement quelque peu désabusé sur une triste expérience qu'il avait lui-même vécue, sans dire laquelle [14]. C'était le passé. Hélas, le présent va être en écho, car en 1722 les agents de Walpole ne restent pas non plus inactifs, et le complot ourdi par Layer est éventé. D'où la proximité maintenue d'avec Wharton.

C'est dans la réédition des Constitutions qu'Anderson expose la manière dont ce fougueux jeune homme aurait provoqué son élection à la grande maîtrise [15]. D'après lui, le duc de Montagu aurait tant donné satisfaction, que les « meilleurs frères »

---

14. Stuart Papers, Windsor, lettre du 1 février 1717. « Without a great and de facto authority over them, it will be nothing but Babel. I dare venture to assure you by the sad experience I have had in the matter, which enough to make an Angel a misanthrope. » Voir *James Francis Edward, The Old Chevalier*, éditions J.M. Dent, 1907, p. 234.

15. *The New Book of Constitutions of the Ancient and Honourable Fra-*

l'auraient incité à renouveler son mandat pour l'année 1722-1723. À cette fin, ils auraient repoussé la date rituelle du 24 juin pour sa réélection. Mais, Wharton serait intervenu en trublion. Il aurait lancé des convocations pour que la fête ait lieu au jour dit à la Chambre des Libraires. L'assistance aurait alors fait présider la tenue par le plus vieux maître maçon présent (*oldest Master Mason*), le scrutin aurait eu lieu, et Wharton se serait hissé au sommet. Rétrospectivement, Anderson en est indigné. Le procédé était irrégulier, explique-t-il, car ni le plus vieux sollicité pour la présidence, ni Wharton n'étaient auparavant vénérables en titre d'une loge particulière. Aucun d'eux n'était qualifié pour occuper la première chaire de l'assemblée, soit pour quelques heures soit pour une année. De l'ouverture à la fermeture des travaux, les manquements aux règles auraient été flagrants.

Un tel récit ne tient pas debout. Pourquoi quelques « meilleurs » frères décideraient-ils de repousser à plus tard la cérémonie si symbolique de la Saint-Jean d'été ? Est-ce parce que le duc de Montagu est loin de Londres ? Lorsque la loge de Stukeley a été installée le 27 décembre 1721 à la taverne La Fontaine, ce n'est pas le duc qui a officié, mais son adjoint, le docteur John Beale. Lorsque le 25 mai 1722, plusieurs dignitaires se sont concertés au même endroit, justement en prévision de la prochaine fête de Saint-Jean, il était absent. Anderson ajoute que l'audace de Wharton provoque cependant des protestations, qu'un malaise dure jusqu'au 17 janvier 1723, jour où, sur convocation générale lancée par Montagu, une mise au point est faite. Cette fois, Wharton serait officiellement intronisé, mais c'est encore et toujours le docteur Beale qui proclamerait sa légitimité. Montagu : absent ! et la réunion aurait lieu à la taverne Les Armes du Roi, qui est celle où se réunit la loge de Wharton lui-même. Décidément, cela ne tient pas debout.

Nous admettrons que l'émotion est grande, que l'attitude de Wharton fait beaucoup jaser ; mais, Anderson nous égare. En

---

ternity of Free and Accepted Masons..., imprimé pour les frères Caesar Ward et Richard Chandler, 1738, p. 114.

prétendant par ailleurs que l'administration de Montagu a toujours été bonne (*good government*), il est incapable de prouver son efficacité à la tête de la Grande Loge ; nous voyons, au contraire, qu'il n'est jamais là aux moments critiques. Quoi qu'il en soit, parce que Wharton maintient son emprise sur l'Ordre anglais, le paradoxe est flagrant. Il rend les « meilleurs » frères à la raison. Ce n'est pas le prétexte d'après lequel sa confirmation par Beale aurait été enfin régulière qui nous éclairerait en quelque manière sur l'innocuité de ses foucades. On peut même se demander si Anderson est témoin de tout ce qu'il raconte. Nous pouvons très sérieusement en douter. Hors course, aux marges, son assiduité est aussi peu évidente que celle de Montagu.

Le moins qu'on puisse dire est qu'avant la Saint-Jean de juin 1722 tout le monde est informé qu'une assemblée générale aura lieu. Pas le 24 d'ailleurs, mais en soirée du lundi 25. L'hypothèse que Wharton aurait ameuté ses troupes par des moyens confidentiels est inconsistante. Les journaux passent en effet des annonces très explicites. Ainsi, le *Daily Journal* du 20 juin prévient que l'assemblée générale aura lieu à la Chambre des Libraires, « comme d'habitude ». Le même jour, le *Daily Post*, publie la même information, mais ajoute que tous ceux qui ne se montreront pas à la chambre « seront considérés comme des faux frères ». Le lendemain, un rectificatif peut être lu par les lecteurs de ce second quotidien, au sens où l'allusion aux faux frères est jugée injurieuse et sournoise, qu'elle est donc retirée. Puis, le surlendemain, voici le premier quotidien qui rappelle que les tickets de présence sont délivrés par la plus « vieille branche » de la société active dans Londres.

Nous pouvons même remonter de quelques jours en arrière, et relever dans le *London Journal* du 16 juin qu'une délégation de maçons a demandé audience à Charles Townshend, secrétaire d'État et beau-frère du premier ministre Walpole, avec l'intention de lui demander si l'élection prévisible de Wharton à la grande maîtrise ne provoquerait pas une réaction désagréable du gouvernement. La démarche n'aurait pas été accomplie s'il n'y avait pas eu de craintes politiques. Superbe et plutôt narquois, Townshend avait répondu que les secrets de leur société devaient être « d'une nature très inoffensive car, bien que l'humanité aime se disputer, personne ne s'était jamais donné la peine de les trahir [16] ». Gageons qu'il y a une relation entre les initiatives prises par ces craintifs émissaires et la dénonciation quelques jours plus tard des faux frères.

Sur ce, le mardi 26 juin, le *Daily Post* confirme que la veille une importante réunion s'est tenue, en présence de nombreux nobles. Le mercredi 27, le *Daily Journal* renchérit en disant qu'y sont en effet apparus des personnages de distinction, que Wharton a été élu à l'unanimité, puis qu'il a choisi comme premier adjoint le docteur Desaguliers à la place de Beale. En l'occurrence, nous pouvons admettre des litiges parmi les initiés, sinon des appréhensions n'auraient pas été exprimées devant Townshend ; mais, nul ne semble contester la validité de l'opération. Mieux encore, là où la presse assure que Wharton a désigné comme adjoint Desaguliers, Anderson aura l'aplomb d'écrire seize années plus tard qu'il aurait en vérité omis de le faire, que c'est plutôt le 17 janvier suivant que cette désignation aurait eu lieu, Beale étant censé exercer encore son ancienne fonction. À choisir, préférons donc les synthèses journalistiques convergentes à la reconstruction aussi partiale que tardive du pasteur.

À la fin du banquet, une fois les santés portées en hommage au roi George, l'orchestre aura attaqué l'air d'une chanson jacobite « *Let the King enjoy His Own again.* [17] » En matière de provocation, Wharton aurait pu faire moins bien. Il aurait pu ne rien faire du tout, et se complaire dans un œcuménisme doucereux. Il a attaqué, au contraire, sans rien celer de ses sentiments. Et si aucune censure ne vient, si le gouvernement ne bouge pas, comme Townshend l'avait annoncé, c'est bien parce que Walpole préfère laisser ce tourbillonnant nouveau grand maître s'épancher dans les oreilles de quelques agents à sa solde. Laisser parler, jusqu'à un certain point ; laisser dire. Le travail du service de renseignements s'en trouve grandement facilité. Pas de conspiration à la Grande Loge, certes ; mais les

---

16. *The secrets of the Society must be* « *of a very harmless nature, because, as much as mankind love mischief, nobody ever bothered to betray them.* »

17. « *Laissez le roi aimer les siens de nouveau* »

Jacobites qui s'y trouvent, et qui conspirent ailleurs, peuvent se brûler eux-mêmes en livrant des bribes de confidences à un frère, vrai ou faux. Des bribes, des miettes : des policiers habiles savent toujours comment les exploiter.

En 1887, Henry Sadler, alors bibliothécaire de la Grande Loge anglaise, ne manquera pas de mettre le doigt sur les graves contradictions du texte d'Anderson. Il ne se fondera pas sur les extraits de journaux, apparemment ignorés de lui, mais simplement sur une analyse interne [18]. Tout en reconnaissant une dette importante à son égard, je ne le suivrai pas sur le point crucial. À ses yeux, Wharton ne serait jamais que le représentant de l'ancienne maçonnerie opérative, récemment convertie au spéculatif [19]. Mon opinion est qu'il s'est glissé dans l'ornière tracée depuis longtemps par les Jacobites, et que la qualification de « plus vieille branche » imprimée dans la presse ne se justifie que là. Sadler remarque qu'en 1725 Wharton, en tant que vénérable de sa loge particulière, est assisté aux postes de premier et deuxième surveillants par Thomas Mackworth et John Trevor. Ils sont tous les deux titrés. Vingt neuf membres par ailleurs : presque le tiers d'entre eux sont dans le même cas. Le fait de ne trouver aucune marque nobiliaire pour les autres n'autorise pas de les transformer en artisans de la pierre. Du tout : quand elles existent, les listes de l'époque révèlent une très grande diversité des professions.

Au vrai, que se passe-t-il durant le second semestre de 1722 ? Estimant le moment opportun, Walpole dénonce le complot d'Atterbury, Layer et consorts. Le 24 août sont opérées des arrestations en chaîne. Londres est en effervescence. Wharton ne les approuve pas. Il proteste que le gouvernement commet des erreurs impardonnables. Jusqu'au printemps 1723, il s'active davantage dans les sphères de la politique que dans celles de la maçonnerie. Du moins, n'avons-nous aucun indice sur la façon dont il exercerait son magistère, hormis le compte rendu de Stukeley disant qu'il vient le visiter en novembre avec son ami

---

18. *Faits et fables maçonniques*, traduction française aux éditions Vitiano, 1973.

19. *Id*, p. 76.

Dalkeith. N'empêche qu'en mai 1723 il prononce un discours retentissant à la chambre des lords en faveur d'Atterbury, discours que celui-ci s'empresse de faire imprimer et de lui donner ainsi le maximum de publicité [20]. Wharton ne se contente pas de cela. L'évêque étant condamné à l'exil, car les preuves de son implication dans le complot sont insuffisantes, il l'accompagne sur le quai où il doit prendre le bateau. Un grand maître de la maçonnerie aux côtés d'un proscrit notoirement jacobite ? Depuis quelques semaines, il a aussi ajouté une corde à son arc. Il assume la publication d'un périodique, *The True Briton*, vigoureusement critique à l'égard de Walpole et de son ministère [21].

Le 24 juin arrive, et avec lui les nouvelles élections à la grande maîtrise. C'est Dalkeith, d'ailleurs absent en Écosse, qui s'attire la majorité des suffrages. On passe au scrutin pour élire son député. L'écart des voix est très serré : 43 pour Desaguliers, 42 contre. Après le dîner, Wharton se déclare peu satisfait de la manière dont les votes ont été comptabilisés ; il suggère qu'on recommence la procédure avec un grand souci de vigilance. Flottement dans la salle. On cause, on chahute. Wharton et ses fidèles sortent. Ceux qui restent ont à leur tête le capitaine Andrew Robinson, premier surveillant de la loge de Dalkeith, qui convainc l'auditoire d'en rester là, de considérer que la scène est jouée, qu'il n'y a rien à y changer, que les propositions de Wharton sont causes de discorde. Le duc reparaît. On l'informe des propos tenus par Robinson. Rideau : « l'ancien grand maître quitta la salle sans aucune cérémonie [22] ».

Le lendemain, il défile dans les rues avec des frères de sa coterie, tablier à la ceinture. Durant quelques mois, il semble ensuite mettre un bémol à ses extravagances ; mais, au début de septembre 1724, le *Daily Post* insère dans ses colonnes une nouvelle délirante sur l'introduction récente en Angleterre de l'ordre des Gormogons, soi-disant venu de Chine. Un chapitre

---

20. *His Grace the Duke of Wharton's Speech in the House of Lords, on the Third Reading of the Bill to Inflict Pains and Penalties on Francis (late) Lord Bishop of Rochester ; May the 15th. 1723*, printed for T. Warner, 1723.
21. Premier numéro le lundi 3 juin 1723. Imprimé par un sieur Payne. Serait-il parent du premier grand maître de la Grande Loge de Londres ?
22. *Id.*, p. 72.

serait tenu à la taverne du Château, et les maçons sont invités à le rejoindre pour y être admis dans les formes, à condition cependant qu'il renonce solennellement à leur anciennes attaches [23]. Une dizaine de jours se passent, le canular est repris par le *Plain Dealer*, qui déplore une « prostitution récente » de l'Ordre maçonnique, au sens où un trop bon accueil aurait été fait à des cabaretiers à la faible cervelle, des dessinateurs, des perruquiers, des tisserands, etc. L'institution, désormais, serait en grand péril, le germe de la confusion et de la terreur y ayant été jeté [24]. Bien sûr, c'est notre espiègle qui, dans l'ombre, orchestre ce remue-ménage. Et, si les buts qu'il poursuit ne sont pas affichés tels quels, on les devine sans peine.

Le premier article stipule en Nota Bene que le Grand Mogol serait membre de l'honorable société, mais que l'admission du « rebelle » Merriweys lui aurait été refusée, ce qui l'aurait grandement mortifié. Le « Mandarin » ayant introduit l'ordre en Angleterre est par ailleurs décrit comme devant partir sous peu (*shortly*) à Rome. Or, Mogol est l'un des nombreux pseudonymes utilisés dans les lettres chiffrées des Jacobites pour désigner Jacques III en résidence à Rome, tandis que Merriweys est celui de Georges 1er, comme le confirme une pochade ultérieure de Wharton [25]. De même, la référence au rebelle semble être une inversion du second article des Constitutions rédigées conjointement par Desaguliers et Anderson. Cela ne suffit-il pas ? Dans un opuscule de 1725 prétendant révéler le mystère des francs-maçons, et faisant en contrepoint l'éloge des Gormogons, la charge contre ces deux hommes est féroce. Accusés d'être des individus funestes et agités (*unhappy busy*), ils sont décrits comme coauteurs du livre creux (*empty*) des Constitutions, dans lequel ils ont imposé des idées inutiles, sortes de chinoiseries vulgaires sur Adam, Salomon et Hiram [26]. Anderson

---

23. *Daily Post*, 3 septembre 1724.
24. *Plain Dealer*, 14 septembre 1724.
25. Voir *Mist's Journal* du 24 août 1728 qui est une apologie très explicite de la maison Stuart, et conséquemment de Wharton *himself* qui signe son morceau d'anthologie du nom de Amos Dudge.
26. Voir *Early Masonic Pamphlets*, Douglas Knoop et al., 1944, reprint Q.C. Correspondence Circle, 1978, p. 148-149.

est qualifié « d'instituteur presbytérien » (*Presbyterian Teacher*) et Desaguliers de « révérend orthodoxe quoique mathématicien théologien » (*Reverend Orthodox, tho' Mathematical Divine*).

Entrer dans une analyse littérale de l'ensemble des textes relatifs à cette polémique serait trop long. Il faudrait montrer que, sous le langage dru des plaisanteries assassines, l'opposition politique entre les deux Obédiences rivales est sans aucun doute ce qui influence les comportements. Une future publication y contribuera. Ici, un autre entrefilet journalistique est à épingler. Le *British Journal* signale le 12 décembre 1724 qu'un pair de haut rang, connu comme appartenant à la société des francs-maçons, a volontiers permis que son tablier et ses gants soient brûlés avant qu'il soit reçu parmi les Gormogons. Le comique reste entier. C'est bien ainsi qu'il faut l'accueillir. La farce continue. Car Wharton se garde d'abandonner la fraternité. Mieux vaut être dedans que dehors. Grand maître ou pas. On ne peut même pas lui appliquer l'épithète de dissident, sinon ce serait accorder à l'équipe Anderson-Desaguliers le privilège d'être quant à elle dans la norme. D'ailleurs, quels seraient les critères de cette norme ? L'ancienneté ? Le duo s'applique à laisser entendre que la vieille tradition est préservée par l'Ordre rebâti, que le toilettage des archives « gothiques » (sic) n'a en rien altéré leur fond. En réalité, c'est un décor de carton-pâte qui se dessine sous les yeux du lecteur. Dans l'impossibilité de se placer sous la caution d'opératifs dûment identifiés et authentifiés comme tels, Anderson et Desaguliers surfent sur des légendes. En inventant celle des Gormogons, Wharton les imite. Farce contre farce.

En janvier 1725, un pamphlet est mis en vente par un pasteur huguenot, Jean-Antoine Dubourdieu, réfugié à Londres. Il est écrit en français. Par prudence, le nom de Wharton n'y apparaît pas ; il est remplacé par deux traits « Duc de – – » ; mais le portrait est voulu incisif, et sans équivoque : « Maçon libre, Breton de faux aloy, Ecrivain Hebdomadaire, Bourgeois de la ville de Londres, Maître cirier, etc. » La qualification de maître cirier, voulue ironique, a pour objet de rappeler que Wharton s'est fait recevoir en avril précédent comme membre honoraire de la compagnie des chandeliers, non pas vraiment pour le plaisir d'un banquet bien arrosé, mais pour mieux peser de son influence sur les artisans et commerçants de la bourgeoisie moyenne qui participent à l'élection de la municipalité, et a fortiori des shérifs. Tous les leviers qu'il devine à sa portée méritent d'être actionnés. Il n'en néglige aucun. Dubourdieu n'apprécie guère.

Le style du duc étant cependant plus folklorique que celui de ses bêtes noires, voire plus talentueux, et plus vive sa tendance aux incartades publiques, avec un crescendo, il ne lui est pas conseillé de demeurer plus longtemps dans le royaume. Ses créanciers, aussi, aboient à ses basques. Donc, bateau pris et pied marin, il rejoint ses amis exilés, via Rotterdam. Nous sommes à la fin juin 1725. Jacques III lui fait bon accueil et l'envoie à Vienne, en Autriche. L'évêque Atterbury maintenant à Paris ne peut pas faire mieux que lui décerner une bénédiction épistolaire ; le 16 juillet 1726, il écrit à son roi que le duc a toutes les qualités pour pénétrer les intentions de ceux auxquels il a affaire, un extraordinaire degré d'application quand il trouve plaisir à faire le tour complet d'un problème[27]. Éloge sans réserve. Mais, à double facette. Car si Wharton est doué pour attirer les confidences de n'importe qui, il peut lui arriver d'en lâcher à quelqu'un d'aussi habile que lui. D'ailleurs, il a une tendance à boire plus que les doses ordinaires, et c'est un risque.

À Vienne, il rencontre le duc Louis-François-Armand de Richelieu, en ambassade pour la France, aussi déluré que lui, et franc-maçon à faire. Au début de février 1726, il rentrera à Rome. La qualité de ses services sera enfin reconnue, car il sera admis dans l'Ordre de la Jarretière. Le 27, il adressera à Atterbury une lettre enthousiaste dans laquelle il réitèrera son entière allégeance aux Stuarts. Il sera alors sur le point de gagner Madrid où sa mission sera de convaincre les souverains d'Espagne qu'ils doivent s'allier avec la France et l'Autriche contre l'Angleterre, afin de hâter la restauration de Jacques. Peu de temps après, il combattra aux côtés des Espagnols faisant le

---

27. « *He has all the talents required to dive into the intentions of those he deals with ; and an extraordinary degree of application when he pleases, and is intent upon compassing a point* ». Cité par Martin Haile dans *James Francis Edward, The Old Chevalier*, éditions J.M. Dent, 1907, p. 309.

siège de Gibraltar, en vain. On le verra également accomplir un assez long séjour à Paris, où il sera élu grand maître de la Grande Loge. Sa trajectoire ne s'y arrêtera pas ; mais suspendons-la provisoirement, sinon il faudrait commencer à tracer la silhouette d'un autre curieux frère qui épie ses faits et gestes quand il vient rendre compte de ses missions à Rome, mais qui est pour sa part ouvertement stipendié par Walpole, à savoir le baron Philip von Stosch.

On retiendra seulement de ce chapitre que les premières années de la Grande Loge de Londres sont bien plus perturbées qu'on aurait tendance à le croire, et qu'elles le sont assurément pour des raisons extérieures aux éventuels litiges sur les catéchismes et règlements de pure sociabilité. Du point de vue psychologique, il est loisible de concéder que le tumulte introduit par Wharton aurait certes moins de résonance, si celui-ci n'avait pas une inclination naturelle pour la comédie bouffonne. Cette concession faite, il n'en reste pas moins que les clivages entre Jacobites et Hanovriens sont profonds. Les appels à la fraternité lancés par Desaguliers le sont à l'adresse des « rebelles » qui, bien sûr, ne les apprécient guère, à commencer par le grand maître. Sous les épithètes fleuries et les grâces, la colère bouillonne. Pour que Wharton conquière sa chaire, il lui fallait composer plus ou moins avec ce « révérend quoique ». Durant l'année de son magistère, il le tient probablement à distance. Signe qui ne trompe pas : c'est en juin 1723, Wharton éjecté, que la Grande Loge crée l'office de secrétaire et que les premiers registres dignes de ce nom commencent à être tenus. Ce n'est que maintenant qu'elle peut définir l'axe de son évolution future. Hanovrien, exclusivement tel, *of course*.

DEUX SAINT-GERMAIN

L'article sur la franc-maçonnerie imprimé dans l'*Encyclopédie*, sous la signature de l'astronome Joseph-Jérôme Le François de Lalande, est connu. C'est à partir de lui que s'enchaînent la plupart des compilations sur les débuts de l'ordre maçonnique en France. Paris y est présenté comme la métropole d'où l'Ordre aurait rayonné dans les provinces. En effet, après un résumé du récit historique proposé par Anderson dans le livre des Constitutions, la saga française commence ainsi : « Vers l'année 1725, mylord Derwent-Waters, le chevalier Maskelyne, M. D'Heguerty et quelques autres Anglais établirent une loge à Paris, rue des boucheries, chez Hure, traiteur anglais.[1] » Grâce à d'autres sources, les orthographes quelque peu fantaisistes des protagonistes sont faciles à corriger.

Sous Derwent-Waters : Charles Radcliffe, cinquième comte de Derwentwater, seulement titré ainsi en 1731, après le décès de son neveu, fils de son frère décapité en 1716 au lendemain de l'échec du soulèvement mené en Angleterre. Sous Maskelyne : James-Hector MacLeane, né à Calais, fils du baronnet John mort en mars 1716 à Gordon Castle. Sous D'Heguerty : Dominique Heguerty, brasseur d'affaires, bientôt époux de la veuve brestoise Françoise Le Corre. Les âges, aussi, peuvent être calculés sans peine : Radcliffe, trente deux ans ; MacLeane, vingt quatre ; Heguerty, vingt six. La moyenne statistique donne

---

1. *Encyclopédie, ou dictionnaire raisonné des sciences, des arts et des métiers*, troisième édition, chez Jean-Léonard Pellet, imprimeur de la république de Genève, 1779, p. 360.

un peu plus de vingt-sept ans. Le trio est jeune, selon nos critères actuels. Voilà pourquoi, sans doute, la thèse de l'implantation récente de l'Ordre est trop rapidement acceptée, sans justification.

Et Hure ? demandera-t-on. On a le choix. Ou bien il s'agit de Jean Huré, ou bien de Barnaby Hute. Le premier, époux de Marie-Anne Chevillard, a certainement des affinités à Saint-Germain en Laye, puisqu'il y met en nourrice l'une de ses filles. Elle y meurt d'ailleurs le 24 septembre 1729, âgée d'un an. Dans l'acte établi pour la circonstance, il est dit demeurer dans la rue de l'Université « près l'abbaye Saint-Germain, paroisse Saint-Sulpice[2] ». Il n'est pas impossible qu'il ait son logement à un endroit et son auberge à proximité, ou bien qu'entre 1725 et 1729 il ait changé d'adresse. Ce qui aurait permis de conclure catégoriquement, c'est l'indication de son métier. Elle fait défaut. Pour sa part, Barnaby Hute a tenu un office de bouche au château de Saint-Germain. Il y était responsable de la cave à vins, dans la première moitié des années 1710[3]. Nous pouvons également admettre comme plausible l'hypothèse de sa conversion en traiteur « anglais » après qu'obligation fût faite à Jacques III de partir définitivement en Italie.

Pour sa part, Gustave Bord assure avoir réalisé des recherches permettant d'élargir le cercle. Il avance d'autres noms, et ose écrire que la plupart se retrouvent en 1726, dans cette même rue des Boucheries, « lors de l'installation de la loge Saint-Thomas, ainsi dénommée en souvenir de saint Thomas de Cantorbery, le saint vénéré de l'Angleterre des Stuarts[4] ». Un tel

---

2. Archives Municipales de Saint-Germain en Laye, GG 96, 24 septembre 1729, f° 141. Une génération plus tôt, Nicolas de Blegny vantait les melons du fruitier Huré, tenant commerce place Dauphine (*Le Livre commode des adresses de Paris pour 1692*, réédition Paul Daffis, 1878, tome 1, p. 303).

3. Présence attestée, au plus tard, en 1715, sous la qualification de « *assistant of the wine cellar* ». Information confirmée par Edward Corp. Voir *Lord Burlington's Clandestine Support for the Stuart Court at Saint-Germain-en Laye*, dans *Lord Burlington. The Man and His politics*, Edwin Mellen Press, 1998, note 18, p. 21. Complément : « *Hute was employed in 1715, but not in 1709. Date of recruitment is unknown* » (Lettre à l'auteur, 24 juin 2000).

4. *La franc-maçonnerie en France, des origines à 1815*, Nouvelle Librairie Nationale, 1908, p. 118.

Deux Saint-Germain

propos manque de solidité. Non seulement, on s'aperçoit que la date de 1726 est reprise en aveugle à plusieurs prédécesseurs, de Claude-Antoine Thory à Jean-Émile Daruty, lesquels se sont inspirés de documents d'environ quarante ans postérieur aux faits, à savoir des listes très peu fiables établies par des secrétaires de l'Obédience française rénovée, mais on ne comprend pas pourquoi les premières loges parisiennes emprunteraient leur titre distinctif au saint d'un calendrier qui leur est indifférent. Comme tous les exemples à venir le montreront, elles sont identifiées en référence soit aux rues dans lesquelles elles s'installent, soit aux auberges ou hôtels, soit plus tard aux vénérables qui les dirigent.

Encore que l'objection cruciale n'est pas là ; elle est dans le fait que la plupart des recoupements et analyses tendent à laisser penser que Bord réunit sous le même faux titre de Saint-Thomas deux loges distinctes. La plus importante et aussi la plus ancienne ne peut pas être située dans Paris même, pour des raisons liées aux personnes ; elle mérite par conséquent de l'être ailleurs. Elle correspond plutôt à celle qui a dû fonctionner à la cour même des Stuarts, dans le château mis à leur disposition par Louis XIV. Entre deux Saint-Germain, l'un faubourg en rive gauche de la Seine, l'autre à plusieurs lieues de la capitale, il faut apprendre à circuler sans collision. Les enjeux sont forts, de toute façon. Ils réclament une relativisation de tout ce qui a pu être écrit à ce jour sur l'opaque période des origines.

La première tâche qui s'impose à la lecture de Bord est de discerner ce qui correspond chez lui à la consultation de quelques archives parcellaires, d'une part, et à l'amalgame de données hétérogènes, d'autre part. Exemple d'amalgame : les signatures qu'il insère en fac-similé dans son ouvrage. Nous voulons bien croire qu'elles appartiennent à des francs-maçons, mais d'où sont-elles extraites ? Si elles le sont de registres de loges, on ne peut que s'étonner d'une absence d'exploitation de ceux-ci dans le reste de l'ouvrage. En fait, elles paraissent empruntées à des documents disons civils ou profanes, et regroupées pour les besoins d'une illustration, comme cela se faisait beaucoup dans d'autres types de publication au début du vingtième siècle. Quiconque pousse la curiosité jusqu'à les comparer avec celles marquées dans les registres paroissiaux de

Saint-Germain en Laye est d'ailleurs frappé par de telles similitudes qu'il est parfois possible de pratiquer des superpositions sans défaut. Bref, il faut comprendre que, ayant repéré l'existence de nombreux frères au fil de ses pérégrinations archivistiques, soit sur indication de la « personnalité » écossaise dont il ne fournit pas le nom, soit au gré de ses propres investigations, Bord les a ensuite enrôlés sous la bannière usurpée de saint Thomas de Cantorbery.

Parmi les membres de cette loge, il n'aurait pas trouvé le nom de Charles Radcliffe. En revanche, il serait parvenu à « relever positivement », ceux de François Heguerty, MacLeane, Drummond duc de Perth, Dillon, Middleton comte de Monmouth, Douglas, Sackeville, O'Brien, MacDermott, le comte de Hamilton, Sheldon, Talbot duc de Tyrconnell, Fitz-James, Hyde, MacDonald, Lally ; cela pour les exilés Jacobites. En ce qui concerne les Français, nous aurions un Choiseul, un Tingry, puis les sieurs Monin, Leroy, Salbray, Picot ou Picod, Drouin ou Dromy. Auparavant, il aura fourni une bonne partie de l'effectif de la loge des gardes écossaises, là encore indûment intitulée La Bonne Foi[5], qui aurait eu, d'après lui, son site à Saint-Germain, et trois noms sont identiques : Lally, Talbot de Tyrconnel et Dillon.

Pour partir d'un bon pied et espérer une progression pas trop chaotique, nous pouvons choisir la méthode suivante. Si nous retrouvons souvent les mêmes personnes ensemble dans d'autres circonstances, alors nous pouvons présumer des affinités personnelles qui retentissent sur des options maçonniques, le critère pour nous libérer d'une hypothèque à ce sujet étant d'en trouver plusieurs dont la qualité d'initié est certaine. Le minutieux Pierre Chevallier a pu l'adopter dans plusieurs de ses études ; il a su lui donner une belle efficacité[6]. Elle gagne à être reprise ici, ne

---

5. Voir *La franc-maçonnerie en France, des origines à 1815*, Nouvelle Librairie Nationale, 1908, p. 116 : « *La première loge battant maillet en France fut la Bonne Foi à l'O∴ des gardes écossaises du roi d'Angleterre (régiment de Dillon)* ». La page 490 fournit un commentaire plus nuancé, au moins sur l'appellation des régiments.

6. Voir *Les Ducs sous l'acacia*, réédition Slatkine, 1994, et *La première profanation du temple maçonnique*, éditions Vrin, 1968.

serait-ce que pour apporter aux résultats de Chevallier, justement, des additifs précieux, voire quelques correctifs.

Sur les MacLeane, aucune difficulté ne se présente. Bord se trompe en écrivant que James-Hector ne serait que « simplement maître d'une loge militaire irlandaise[7] » ; il a raison en avançant deux autres hommes du même nom. L'un, prénommé Alexander, est capitaine au régiment de Dorrington. Il a épousé le 14 février 1704 Mary Chilton, veuve de Hugh Callaghan. Parmi les témoins du mariage, la présence de John Drummond ne doit pas passer inaperçue à nos yeux, et l'une des signatures que Bord reproduit dans son livre lui appartient[8]. Le second, prénommé John, se déclare chevalier sans qu'on sache exactement sa fonction, mais il n'est autre que le père de James-Hector, donc quatrième baronet du nom. Époux de Mary Macpherson, cousin de Lovat, nous avons vu qu'il a baptisé le 8 novembre 1702 sa première fille dans la chapelle du château de Saint-Germain, avec la duchesse de Perth en marraine, et c'est aussi la signature de John que Bord reproduit[9]. Dans ce

---

7. *La franc-maçonnerie en France, des origines à 1815*, Nouvelle Librairie Nationale, 1908, p. 121.

8. Archives Municipales de Saint-Germain en Laye, GG 70, f° 25 et 26, la signature d'Alexander MacLeane (en l'occurrence MacLean) apparaît au f° 26 et est identique à celle reproduite par Bord à la page 119 de son livre. Comme on voit, elle date de 1704. Il est possible que cet officier soit celui évoqué dans le second tome de *Histoire secrète des intrigues de la France en diverses cours de l'Europe*, publié à Londres en 1713. Il est présenté comme un capitaine ayant fui Saint-Germain en Laye parce qu'il n'y trouvait pas de quoi assumer un train de vie conforme à son rang. « *Il faudrait placer ici Milord Henmore, Monsr. Lousbian, les capitaines Murray, Dalgel, Maygil, MacLean, Fielding, Mr Kinmaird, et mille autres qui ont quitté la cour de Saint-Germain, parce qu'il n'y pouvaient trouver de quoi vivre avec quelque honneur, à moins de changer de religion.* » (p. 188) De fait, on ne retrouve plus la signature d'Alexandre MacLean dans les registres de Saint-Germain en Laye après 1705, ni d'allusions à sa présence dans la ville ; mais, sous réserve qu'il n'y ait pas confusion de personnes, ce qu'en dit l'auteur anonyme de cette *Histoire* est sujet à caution, car MacLean n'éprouve aucune difficulté à se soumettre au rite catholique, et son épouse reste en France après son départ.

9. *Id.*, GG 69, f° 118 r° et v°, la signature de John MacLeane se trouve au v°.

dernier cas, ne manquons pas de remarquer que James Drummond, premier duc de Perth, meurt en 1716, mais que son fils hérite du titre, lequel est signalé à son tour par Loucelles comme franc-maçon. Quoi qu'il en soit, Alexander et John sont tous deux décédés en 1725, en sorte que se justifie une fois de plus notre perplexité vis-à-vis de Bord.

Transition aisée : quand Perth est inhumé dans la chapelle du collège écossais, l'un des témoins est Richard Hamilton, grand maître de la garde robe du roi, dont Saint-Simon vante la piété[10]. Est-ce notre comte ? Loucelles indique plutôt le prénom d'Antoine dans son article. Celui-ci trépasse à son tour le 21 avril 1719. Comme Alexander et John MacLeane, il ne peut donc être à l'œuvre cinq ou six ans plus tard. Mais, Richard ne peut l'être davantage, puisqu'il a ajouté son nom à la liste des disparus, en allant finir ses jours en 1717 chez une de ses nièces, abbesse à Poussay. Le seul repli qui se présente est alors vers Charles, fils adultérin du quatrième duc de Hamilton, sans relation avec les précédents. En tout cas, il est loisible de noter que la plupart des Hamilton sont assez proches des autres francs-maçons. Par exemple, dans le calendrier des événements qui concernent l'officier d'artillerie George Meade, l'un des domestiques d'Anthony jusqu'en 1707 environ, on s'aperçoit que des relations sont régulières avec les Dillon, les MacDermot, les Sheldon et les Chilton. En sus, nous avons des Ramsay. Ce qui ne gâte rien, il s'avère que Meade se convertit vers 1707 en cabaretier[11], sans doute dans la ville même de Saint-Germain en Laye, et nous savons que Hute l'imite peut-être, mais à Saint-Germain des Prés.

Pas de *duc* de Tyrconnel en 1725-1726. Une fois de plus, Gustave Bord nous égare. S'il a emprunté cette information à Loucelles, il ne s'est pas aperçu que le dernier porteur du titre est mort en 1691. J'en ai parlé. En substitution, il est possible de s'arrêter en première approche sur son neveu Richard Talbot, fils du second comte de Tyrconnel, qui épouse justement la fille du duc le 18 décembre 1702. En première approche, seulement ;

---

10. *Id.*, GG 83, f° 45 r°.
11. *Id.*, GG. 75, f° 179 v°.

car Richard, semble-t-il, meurt en 1716. Conséquence : c'est un troisième Richard, issu des précédents en décembre 1710, qui reste en lice. Lors de son baptême, avec François en second prénom, il a l'honneur d'être parrainé par Jacques III. Plus tard, il sera ministre plénipotentiaire de la France à Berlin. Il y mourra le 12 mars 1752. Son corps sera rapatrié à Saint-Germain en Laye où il sera inhumé le samedi 12 août. Ses titres seront donnés ainsi : comte de Tyrconnel, vicomte de Baltinglass, baron de Talbostown, pair d'Irlande, maréchal des camps et armées du roi [12].

Clement MacDermot est probablement chevalier, si l'on se fie au titre accolé en juin 1703 à celui de sa fille, Jeanne quand elle est marraine à un baptême, aux côtés de Gérard Dillon dont l'épouse, Mary, est une Hamilton [13]. C'est le fils de Sir Terence, maire de Dublin [14]. En 1746, une notice du ministère des Affaires étrangères le décrira en des termes assez éloquents. « Il était très attaché à Milord Dorenwater (*sic*) ; il fut pris à la mer avec lui, mis à la tour de Londres et ensuite renvoyé en France comme Français. Ses pères avaient tout perdu dans les premières révolutions d'Irlande. Il avait gagné 2 millions au Mississipi, aujourd'hui est dans la dernière misère ; mais il est dans le cas de ceux à qui l'expédition du Prince n'a pu porter aucun préjudice : il est protégé par Mrs Bukeley (*sic*) et Lally. [15] »

Dans ces quelques lignes, référence est faite d'abord aux spéculations monétaires qui ont mis Paris en ébullition sous la Régence, puis à la nouvelle expédition guerrière que Charles Édouard ne parviendra pas à réussir en 1745-1746. Il est trop

---

12. *Id.*, GG 134, f° 35 v°.

13. *Id.*, GG 70, f° 59 v°. « *Jeanne macderrmot, f^e. du chevalier Macdermot.* » Voir, de Pierre Chevallier, *La première profanation du temple maçonnique*, Vrin, 1968, p. 21-22.

14. Voir Edward Corp, *Lord Burlington's Clandestine Support for the Stuart Court at Saint-Germain en Laye*, dans *Lord Burlington. The Man and His politics*, Edwin Mellen Press, 1998, note 17, p. 20.

15. Archives du Ministère français des Affaires étrangères, série *Mémoires et documents*, sous-série *Angleterre*, volume 79, note du 30 décembre 1746, f° 343 r°.

tôt d'en parler. Mais, on peut déjà noter deux choses. La première est que Lally et Bulkeley sont tous deux francs-maçons, preuves à l'appui, comme nous aurons également l'occasion de le voir. La seconde est que le lien avec Derwentwater est certes affirmé ; mais l'auteur de la notice fait allusion à ce qu'il a perçu de ses propres yeux à la fin des années 1730, lui-même étant introduit alors dans les loges. Il s'agit d'Alexandre-Jean-Baptiste Boyer d'Éguilles, né en 1708, et initié maçon en 1736 seulement.

Dominick Sheldon est général. Ayant fait fonction de gouverneur et de vice-chambellan du roi, quand il résidait à Saint-Germain, il a accepté d'être le parrain du fils du duc James de Berwick, en 1703 ; la marraine n'était autre que Charlotte Bulkeley, femme de Charles O'Brien of Clare [16] et sœur d'Anne, mère du nouveau-né. En 1711, il portera sur les fonds baptismaux Edward, fils de Charles Booth, actionnaire écran des mines bretonnes. Cependant, en 1725, il est préférable de porter le regard vers son neveu William. En effet, Dominick est mort à la fin février 1722, dans la soixante-quinzième année de son âge. Je m'attarde uniquement sur lui, car on peut faire à propos de sa famille la même remarque que pour les Hamilton. Filles et garçons côtoient les Middleton, les Drummond of Perth, les Lee, les Nevill, les Talbot, les Caryll. Ainsi, arrêtons-nous sur la cérémonies qui voit sa fille Catherine, épouse d'Arthur Dillon, assister à l'ondoiement d'Edward-Alexander, fils de Thomas Sackville, le 11 juin 1710.

Chevallier regrette que ce nom n'ait encore « été repéré nulle part [17] ». Eh bien, la lacune est comblée. Thomas Sackville, gentilhomme anglais, épouse le 7 juin 1702 Elizabeth Darell. Parmi les témoins : Nicolas Cusack, ancien colonel des gardes du corps de Jacques II, dont au moins un fils ou petit-fils sera franc-maçon, s'il ne l'est pas lui-même. Le 22 septembre de la

---

16. À ne pas confondre avec le général cité précédemment, lorsqu'en 1715 Jacques III demande à ses officiers de se préparer à une mobilisation rapide. Ce second O'Brien de Clare, né en 1699, est le fils du précédent, mort en 1706.

17. *La première profanation du temple maçonnique*, Vrin, 1968, p. 21.

même année, son fils aîné aura pour parrain et marraine Jacques III et Lady Middleton. Peu de temps après, Thomas est qualifié de « gentilhomme de la chambre du Roy d'Angleterre ». Parmi les naissances ultérieures, c'est encore le gotha qui défile, y compris James Porter, autre actionnaire écran des mines bretonnes. Toujours est-il que Thomas Sackville n'est pas à confondre avec Charles Sackville, comte de Dorset (6ème) et de Middlesex (1er), qui se manifestera sous peu dans la première loge hanovrienne de Florence, et que René Le Forestier annexe abusivement à la mouvance écossaise. Aucun rapport, hormis le nom[18].

Pour FitzJames, non sans la prudence qui lui est coutumière, Chevallier lance une piste vers François, l'abbé qui sera évêque de Soissons. On se demande en effet qui pourrait convenir, si ce n'était pas lui. Fils du duc de Berwick, il a deux frères plus âgés, tous deux prénommés James. L'aîné, issu d'un premier mariage de son père, n'a pas plus de dix-neuf ans quand il est associé aux opérations militaires des Stuarts en 1715. Échappant à la capture, il se réfugie dans Édimbourg avec son cousin Francis Bulkeley. Les deux jeunes gens trouvent rapidement un bateau qui les transportent en Hollande ; de là, ils regagnent Saint-Germain, où l'on remarque que James signe en qualité de marquis de Tynemouth[19]. Mais il devient duc de Liria peu de temps après, grâce au titre obtenu par son père lors des guerres d'Espagne, et il quitte la France pour épouser justement une fille de la noblesse espagnole. Son demi-frère cadet, se manifeste alors sous le nom FitzJames tout court, en tant que titulaire du duché du même nom créé en France dans l'Oise en remerciement des services rendus par son père ; mais il meurt en 1721. Reste donc François, né le 9 juin 1709, qui hérite du titre et du duché. Quatre ans plus tard, il apparaît bien jeune pour participer à une assemblée maçonnique ; cependant, la précocité

---
18. *La Franc-Maçonnerie templière et occultiste*, éditions Aubier Montaigne, 1970, p. 163.
19. Par exemple, le 18 octobre 1715 : « Tinmouth », baptême de son frère Édouard (GG 82, f° 81 r°).

est un trait de famille[20]. Et si le premier James lui-même devait être considéré comme frère, cela serait assez normal, tant il maintient son attachement indéfectible à Jacques III, et continue à le servir comme par devant.

Hyde appartient-il à la famille des Clarendon, dont une des filles fut la première épouse de Jacques II ? Non. William est le seul homme qui, dans le cercle assez étroit de Saint-Germain répond à ce nom, sans homonyme à la période qui nous retient, et sans lien avec les Clarendon. Gentilhomme de la chambre privée de la reine Marie, seconde épouse de Jacques, il meurt en 1715, laissant au moins un garçon en héritier, savoir Charles-François, né en 1698. En raison de l'absence de choix, sans concurrence de quelque homonyme que ce soit, ni dans les registres paroissiaux ni dans d'autres sources, les chances sont importantes pour que nous ayons affaire au bon individu. Et c'est aussi l'avis d'Edward Corp[21].

François Heguerty est le frère de Dominique. Né à Caen le 12 février 1703, engagé dans l'armée, il deviendra en 1737 gentilhomme ordinaire de la chambre de Stanislas Leszczynski, roi de Pologne sans couronne réfugié en Lorraine, puis combattra à Fontenoy où, lieutenant-colonel, il perdra un œil[22]. Chevallier l'écarte de son chemin, parce que la stature de son aîné est plus imposante, surtout quand les dossiers diplomatiques révèlent à quel point ce dernier met au service des Stuarts ses connaissances de la finance et du commerce. Pourtant, rien ne s'oppose à adopter une position favorable aux deux. L'un peut fort bien se manifester à Paris et l'autre à Saint-Germain en Laye. Chevallier fait sienne la thèse selon laquelle la liste

---

20. Il n'entrera en religion qu'en 1736, se donnant le temps de quelques divertissements préparatoires. Comme franc-maçon, Edward Corp lui préfère Charles, né en novembre 1712.

21. *Lord Burlington's Clandestine Support for the Stuart Court at Saint-Germain en Laye,* dans *Lord Burlington. The Man and His politics*, Edwin Mellen Press, 1998, note 17, p. 20.

22. Voir *Dictionnaire de la Noblesse*, François Aubert de La Chenaye-Desbois, éditions Berger-Levrault, 1980, Tome 8, p. 130, et *Vie du Maréchal de Löwendal*, par le marquis de Sinéty, éditions Bachelin-Deflorenne, tome 2, p. 164.

de Bord, moins François, serait à raccrocher à celle de Lalande, ce qui produirait en résultante l'effectif de la première loge parisienne ; cette thèse n'est pas la nôtre. Mais continuons avant d'ouvrir le débat.

Daniel O'Brien est colonel (il signe O'Bryan). En 1725, nous avons écho de tracas que lui occasionne l'évêque Atterbury [23]. Par la suite, il est l'un des principaux intermédiaires entre les différents ministres français des affaires étrangères et Jacques III. On dit de lui qu'il est le Jacobite le mieux intégré à la société parisienne. Cela est si vrai que la quasi totalité de sa correspondance est en français, même à l'intention de ses compatriotes. En 1729, le jeune prince Charles Édouard s'applique à en tenir compte quand il lui écrit d'Italie une brève missive pour lui demander un cadeau : « L'on m'a tant vanté votre bon goût que je suis persuadé que j'en serait fort content, servez-moi bien. [24] » Sa réputation flatteuse lui vaudra plus tard le titre de comte de Lismore. Les *Stuart Papers* aujourd'hui conservés à Windsor abondent en synthèses, demandes et comptes rendus divers établis par ses soins.

Nous avons rencontré à plusieurs reprises Charles Middleton, comte de Middleton (2nd) et de Monmouth (1er) . L'évoquer à nouveau sert à montrer les limites de certaines extrapolations quand elles ne sont pas étayées par des documents irréfutables. Un jour, le comte John Drummond of Melfort, frère du duc de Perth, est exilé à Orléans pour cause de disgrâce ; Middleton assure sa succession au secrétariat d'État de Jacques II. Comme il ne tarde pas à être soupçonné d'être à la cour un espion des Hanovriens, le mémorialiste Saint-Simon le dépeint en quelques mots affûtés. « Plein d'esprit et de ruse, avec force commerces en Angleterre, pour le service de son maître, disait-il ; mais on prétendait que c'était pour le sien, et qu'il touchait tous ses revenus (...) C'était un athée de profession et d'effet, s'il peut

---

23. Voir, de Martin Haile, *James Francis Edward, The Old Chevalier*, éditions J.M. Dent, 1907, p. 308. Daniel O'Brien signe constamment O'Bryan ; j'adopte la graphie la plus courante par souci d'homogénéité.

24. Lettre de Charles Édouard à Daniel O'Brien, dans l'anthologie publiée par Alistair et Henrietta Tayler, *The Stuart papers at Windsor*, éditions John Murray, 1938, p. 87.

y en avoir, au moins un franc déiste ; il s'en cachait même fort peu.[25] » Sauf que le comte, ici victime d'une fausse accusation, quitte ce monde le 8 août 1719 et qu'il est donc impossible de le voir s'activer en maçonnerie au cours de la décennie suivante. Qu'il ait été frère avant, cela nous devons l'admettre sans réserve sérieuse ; toutefois, si l'on tient absolument à évoluer dans l'espace de temps tournant autour de 1725, mieux vaut lui substituer son fils John présenté effectivement « comte de Mommont (sic) et de Middleton[26] » le jour des obsèques de son père. Colonel en 1708, il avait été capturé en mer, incarcéré à la Tour de Londres, et libéré en juin 1713.

Il a un autre fils homonyme. C'est sans doute ce second Charles, capitaine en 1708, que Bord pousse également dans la fraternité en reproduisant les paraphes de « maçons écossais[27] », et en omettant de donner l'ombre d'une précision sur leur origine. Il utilise le même procédé quand on se soucie de savoir à quel moment il nous parle d'Arthur Dillon ou de ses fils Charles et Henry. Le premier est identifié par Loucelles comme effectivement maçon, et l'un des paraphes reproduits par Bord lui est attribuable sans contestation possible, malgré l'absence de prénom[28]. Pour cette raison, faute de mieux, admettons qu'il est très probablement le maçon remarqué sous le faux patronage de Saint-Thomas de Cantorbery. Son fils Henry, né en 1705, dont la signature est également fournie, avec le prénom, regagnera l'Angleterre en 1744, où il sera accueilli à bras ouverts et pourra profiter de ses biens.

L'embarras persiste quand, parmi ces signatures, nous avons à identifier deux Drummond à distinguer des ducs de Perth. L'un fait précéder son nom de John ; l'autre, de Jean. Une première ouverture s'offre vers le fils aîné du duc de Melfort, John Drummond, qui porte le titre de marquis de Forth. Mais c'est lui qui signe sous le prénom de Jean, par exemple le

---

25. *Mémoires*, éditions Jules Tallandier, 1980, tome 3, p. 41 et 603.
26. John, Lord Clermont, 3ème comte de Middleton en 1719.
27. *La franc-maçonnerie en France, des origines à 1815*, Nouvelle Librairie Nationale, 1908, p.119.
28. Voir, entre autres, Archives Municipales de Saint-Germain en Laye, GG 94, acte du 1 octobre 1727, f° 132 r°.

16 février 1709, à l'issue du baptême de son fils Louis-Jean[29]. En 1707, selon toute apparence, il a été l'un des principaux émissaires chargés de recueillir en Écosse l'adhésion des notables dévoués à Jacques III. Les mémoires de Nathaniel Hooke, chargé par le gouvernement français de superviser ces préliminaires sur place mentionnent en effet sa présence outre-Manche[30]. Pour être complet : Hooke doit lui-même être initié. Natif de Drogheda, ancien colonel du régiment de Sparre, entre autres, il est trop proche de la plupart de ceux cités dans ce chapitre, et il sera bientôt le premier traducteur en anglais des *Voyages de Cyrus* commis en 1727 par André-Michel de Ramsay.

Douglas est moins facile à identifier. Ils sont peu nombreux sous ce nom à Saint-Germain en Laye ou à Paris. Une hésitation est possible entre deux George. L'un est un capitaine irlandais qui marie sa fille le 17 janvier 1715 ; l'autre est l'excentrique comte de Dunbarton. Penchons pour le second. Son père, marquis de Douglas, est dans sa jeunesse page de Louis XIV qui le fait comte d'Angers et lui accorde un brevet de major général. En 1673, il rejoint Charles II, obtient le titre de comte de Dunbarton, connaît d'autres honneurs, puis passe avec Jacques II en France qui le fait gentilhomme de sa chambre à coucher, charge qu'il occupe jusqu'à sa mort en 1692. Entre temps, son

---

29. *Id.*, GG 79, f° 35 v°.
30. Voir *The Secret History of Colonel Hooke's Negotiations in Scotland, in favour of the Pretender ; in 1707. Being the Original Letters and Papers Which passed between the Scotch and Irish Lords and the Courts of Versailles and St. Germains*, imprimé pour T. Becket, Londres, 1760. Cet ouvrage est la traduction en anglais du même paru en Français, à la Haye en 1758, sous le titre *Revolutions d'Ecosse et d'Irlande en 1707, 1708, et 1709*. Il gagne à être complété par les dossiers du Ministère français des Affaires étrangères. Par exemple, de précieux repères chronologiques sont fournis dans la série *Angleterre*, volume 75. Hooke reçoit ses pleins pouvoirs le 9 mars 1707 « pour traiter avec les Écossais » (f° 11), le 8 avril il rend compte d'un entretien eu à Dunkerque « avec un Jacobite », le 7 mai il reçoit des « seigneurs d'Écosse » un mémoire sur leur position. Rentré en France, il rend compte de sa mission ; à la suite de quoi le comte de Gacé est chargé officiellement de traiter successivement avec les Écossais et les Irlandais (pouvoirs du 5 mars 1708).

fils est né en 1687. Le couple royal veille alors sur le jeune orphelin ; il le comble d'attentions.

George exprime très tôt son désir de passer une vie méditative dans un monastère. L'entourage l'en dissuade et le convainc de s'exercer plutôt au métier des armes. Il souscrit donc un engagement et fait quelques campagnes en Russie. Consciencieux, sans doute. Après une quinzaine d'années de cavalcades, estimant s'être acquitté de ses devoirs, il revient à l'idée que la vie spirituelle lui est plus convenable. On ignore comment il s'y prépare, mais on dispose de quelques indications qui révèlent son retour en France. En effet, le 27 octobre 1727, tandis qu'il vient juste de commencer sa première retraite religieuse à Saint-Riquier, avant de se transporter provisoirement à Douai, il s'excuse de quitter le service de son pays, puis il gratifie l'évêque de Rochester d'un bon souvenir, de même qu'un certain Monsieur Inese[31]. Il n'a pu les rencontrer qu'à Paris ou à Saint-Germain en Laye ; son correspondant lui-même semble installé dans la capitale française. Or, la signature d'un L. Inese apparaît également dans l'ouvrage de Bord.

L ? Cette simple initiale nous aide beaucoup. Un seul homme peut lui correspondre, à savoir Lewis (ou Louis, selon les actes) Inese. Né en 1651 dans le Banffshire, il vient très tôt à Paris suivre ses études au Collège des Écossais. Quand Jacques II échoue à Saint-Germain en Laye, il occupe des fonctions de secrétaire d'État. En même temps, il remplit les fonctions de principal du Collège qui a vu sa formation, sur les Fossés Saint-Victor. À partir de mars 1714, la reine Marie de Modène le prend comme aumônier. Les archives diplomatiques françaises le citent si souvent qu'il paraît être la cheville ouvrière de nombreuses combinaisons, entre autres celle qui prélude au débarquement manqué de Jacques III en 1715, avec banquiers et trafiquants d'armes en seconds rôles[32]. Il lui arrive d'avoir de

---

31. *Lettre de George Douglas of Dunbarton*, 2 octobre 1727. Dans l'anthologie publiée par Alistair et Henrietta Tayler, *The Stuart papers at Windsor*, éditions John Murray, 1938, p. 262-267.

32. Archives du Ministère français des Affaires étrangères, série *Mémoires et documents*, sous-série *Angleterre*, volume 75, f° 22 à 135.

longs entretiens avec Torcy, avec Allan Cameron, Arthur Dillon, Dominick Sheldon, Charles Middleton. Difficile de croire que c'est pour des badineries de salon. Il échafaude des plans. Il conçoit des projets où la religion a peu de place. Ses échanges épistolaires avec John Menzies en apportent des exemples, comme lorsqu'il s'intéresse à Wharton. Quoi qu'il en soit, sa fréquentation de la cour de Saint-Germain est très régulière, comme l'attestent encore une fois les registres de la paroisse[33]. C'est lui qui baptise la fille du baronet John MacLeane en 1702. Et nous le rencontrons encore le 30 août 1707, assistant au baptême de Jacques Roettiers[34], fils du graveur général des monnaies de France et d'Angleterre, qui sera vénérable de la loge de Mailly[35] dans les années 1740.

Toutefois, pour sa part, George Douglas signe toujours sous son titre comtal de Dunbarton. Du coup, nous sommes affronté à une alternative. Ou bien il faut se rabattre sur le capitaine irlandais homonyme, dont on ne sait rien de la carrière, voire qui semble inactif dans les années 1720, car son nom n'apparaît plus sur les registres des régiments ; ou bien, il faut maintenir l'hypothèse que la liste de Bord, indépendamment des signatures puisées ailleurs, pour être issue d'une consultation de documents originaux détenus par l'anonyme « personnalité » écossaise, tient compte de pratiques orales par lesquelles le futur moine Dunbarton serait désigné sous le nom de Douglas. Tout bien pesé, c'est la seconde option qui est la plus satisfaisante.

Jusqu'à sa mort, les personnes qui côtoient le père de notre futur moine l'appellent indifféremment sous les titres de George Douglas ou George Dunbarton. Il s'agit là d'une habitude, comme le confirment son acte de décès[36] et d'autres témoignages contenus dans des mémoires de l'époque. Il n'est pas

---

33. D'où, encore une fois, la signature de l'intéressé que Bord reproduit.
34. Archives Municipales de Saint-Germain en Laye, GG 74, f°87 r°.
35. Bibliothèque municipale de Lyon, manuscrit 5447 pièce 31, f° 1.
36. *The Parochial Registers of Saint-Germain-en-Laye, Jacobites extracts of Births, Marriages and Deaths*, The St. Catherine Press, 1910, volume 1, p. 69. Le corps de Milord George Duglas (sic), comte de Domberton (resic) a été transféré du château de Saint-Germain où il est décédé le 20 mars 1692, vers l'abbaye du même lieu, pour son inhumation le 23.

impossible qu'elle se soit prolongée avec le fils[37]. Bord nous déroute, car il ne dit pas quelle est, dans l'ensemble des noms qu'il publie, la part réservée aux renseignements communiqués par l'anonyme écossais de son temps, et celle formée par ses propres enquêtes. On doit admettre sous sa plume un effet d'empilement. S'il avait eu sous les yeux des procès-verbaux authentiques, la plupart des fac-similés reproduits par lui auraient correspondu aux noms qu'il divulgue. Cependant, ne boudons pas notre plaisir : tantôt des signatures, tantôt des révélations produites par un lointain héritier de la culture jacobite, tantôt sans doute des confidences transcrites de lettres familiales d'époque. Sans balises, il n'est pas facile de s'y retrouver ; mais, quand on avance de proche en proche, les inductions sont souvent concluantes.

Autre exemple délicat à interpréter. On trouve dans la version imprimée de notre auteur le nom de Salbray. J'ai pu suggérer naguère que Salbray pouvait être une altération de Salaberry, nom très porté au début du dix-huitième siècle par des Parisiens de la judicature et de l'armée. Je le faisais sous réserve d'inventaire ultérieur. En découvrant dans les dossiers de Saint-Germain en Laye que les prêtres français transforment Salisbury en « Sallebret », il me semble que s'offre ici un ancrage plus satisfaisant. Le 7 janvier 1693 est baptisé Jacques-Jean, fils de feu Jean Salsbury (sic), de son vivant capitaine irlandais. Six jours plus tard, il est enterré ; puis vient le tour de sa mère Hélène Sallebret[38] (sic), le 16 janvier, à l'âge de 35 ans. Nous pouvons en déduire qu'ils ont été tous deux victimes d'un

---

37. Edward Corp retient également le nom de George Douglas, deuxième comte de Dunbarton, comme étant celui du franc-maçon. Voir *Lord Burlington's Clandestine Support for the Stuart Court at Saint-Germain-en Laye*, dans *Lord Burlington. The Man and His politics*, Edwin Mellen Press, 1998, note 17, p. 20. Il précise en outre : « *Family name : Douglas ; title : Dunbarton. In full : George Douglas, Earl of Dunbarton ; normally shortened to 'George, Lord Dunbarton'. He would sign either 'George Dunbarton' or simply 'Dunbarton'. That is normal practice.* » (Lettre à l'auteur, 24 juin 2000).

38. *The Parochial Registers of Saint-Germain-en-Laye, Jacobites extracts of Births, Marriages and Deaths*, The St. Catherine Press, 1910, volume 1, p. 121.

accouchement difficile, mais que les Salisbury ont pu avoir auparavant d'autres enfants dont au moins un fils qui serait notre franc-maçon. Irait en ce sens le fait qu'Armand de Béthune, duc de Charost et chef du conseil royal des finances, se soucie en 1746 de la pension versée annuellement, sur le trésor français, à une dame de ce nom, alors souffrante et probablement veuve [39].

Les mêmes remarques peuvent être faites pour l'indéterminé Picot ou Picod. En fait, les prêtres hésitent quand ils ont affaire aux Pigott ou Piggott. Tantôt, ils écrivent Piquot, tantôt, Pigot. Le 17 octobre 1695, par exemple, ils baptisent Anne Piquot, le parrain est le sous-gouverneur du prince de Galles, futur Jacques III, tandis que la marraine Anne Darell, veuve du chevalier Murray, est la sœur d'Elizabeth qui convolera avec Thomas Sackville. Le 21 octobre 1702, Susanna Pigot, épouse du capitaine Guillaume Bourke, est signalée mère d'une petite fille. En se reportant aux autres naissances fêtées dans le cercle familial de ses beaux-frères et belles-sœurs, il est clair que ses relations avec les Sheldon, les Middleton, les Drummond et les O'Brien, entre autres, sont assez fréquentes, même s'il est aventureux de les dire intimes, car on sent bien que les différences de statuts sociaux sont maintenues. Quoi qu'il en soit, dans les années 1720, il existe un Kivian (ou Quivian) Pigot employé dans les fermes du roi, tandis que nous voyons Jacques Piquot de La Mézangère, garde du corps du duc d'Orléans, assister le 17 août 1723 au mariage de Marie-Anne Middleton, dont le frère Jacques-François-Édouard, si l'on se reporte aux signatures reproduites par Gustave Bord, est bel et bien franc-maçon [40].

Entre MacDonald et MacDonnell, nous observons encore des

---

39. Archives du Ministère français des Affaires étrangères, série *Mémoires et documents*, sous-série *Angleterre*, volume 79, f° 307 et 329. Elle obtient le 6 décembre 1746 une gratification de 500 livres (f° 332 r°).

40. Baptême et inhumation de la fille de Quivian Pigot, Henriette-Elizabeth, les 11 juillet et 15 août 1724 (GG 91, f° 91 r° et 103 v°). Mention de Jacques Piquot de La Mézangère le 17 août 1723, avec signature de Jacques-François-Édouard Middleton (GG 90, f° 97 v°). Le parrain de ce Middleton, baptisé le 12 septembre 1696, n'est autre que le prince James Francis Edward, futur Jacques III.

hésitations. Daniel MacDonnell était naguère gentilhomme de la chambre du roi. Issu de la maison des comtes d'Antrim, pairs d'Irlande, il s'est marié en 1710, à l'âge avancé de cinquante-trois ans, et il mourra en septembre 1734. Faute d'avoir d'autres indices sur ses occupations, je n'en dirai rien de plus, hormis qu'il occupe un appartement au rez-de-chaussée du château de Saint-Germain, à proximité des Dillon[41] ; mais, dans ses pas, se confirme bel et bien l'idée que les déformations onomastiques sont courantes. D'ailleurs, elles pourraient également affecter l'identification du sieur Monin. En première tendance, il est possible de se replier vers Manin, ou Mannin. Deux sont susceptibles d'être concernés. Mark est postillon de Jacques II dans les années 1690, Michel est porteur de la reine mère vingt ans plus tard, vers 1713. Peut-être passons-nous alors du père au fils. Cependant, il suffit de s'attarder sur des documents comportant le paraphe d'Étienne Dumirail de Monnot, pour se rendre compte qu'un lecteur non prévenu peut le lire sous la forme condensée de Monin, sans rallonge. Cela est flagrant en 1710, quand il assiste avec David Nairne à l'ondoiement d'une fille venue dans le ménage de domestiques[42]. Époux de Mary Haye, secrétaire de John Caryll of Dunford puis de Marie de Modène, parfois qualifié de « ministre » du roi d'Angleterre, il n'est guère expansif au moment de signer, et quiconque manque du texte en rapport pour décrypter son nom peut être enclin à opter pour Monin.

La présence d'hommes d'un rang social bien moins élevé que celui des ducs et comtes peut surprendre. Un Jean Drouin évolue également dans le secteur de Saint-Germain. Sa signature apparaît dans plusieurs actes de la paroisse[43]. Tantôt il est

---

41. Voir Archives départementales des Yvelines, A.369/2-3. Il existe par ailleurs de nombreuses lettres de lui dans les *Stuart Papers* ; mais, faute de temps... Edward Corp me signale que son neveu Randal fut général dans l'armée espagnole.

42. Archives Municipales de Saint-Germain en Laye, GG 77, f° 19 v°.

43. Elle est assez originale, avec trois points en couronnement : deux sur le u, un sur le i. Cela pour deux raisons purement orthographiques, sans que la symbolique maçonnique y ait sa part. Voir Archives Municipales de Saint-

dit porte-bannière, tantôt bedeau de la chapelle, sans qu'on sache davantage sur lui. Il n'est pas incongru de penser qu'une ouverture du recrutement s'accomplit au profit des plus fidèles serviteurs de la noblesse. L'exil rend certaines solidarités plus chaleureuses. En tout cas, il convient d'être sensible au fait qu'il faut agencer matériellement des locaux, que les banquets réclament d'être préparés et les plats apportés aux convives par des personnels de confiance. De même qu'il sera question plus tard de « frères servants », nous sommes en droit d'apercevoir déjà auprès des initiés deux ou trois hommes de leur domesticité.

Même les prêtres, est-ce crédible ? Comme Maurice Morphy, dont Bord reproduit aussi le signature ? Tournons-nous vers un homme dont l'appartenance maçonnique reste incertaine, mais dont la carrière est éloquente. D'une famille originaire de Rabodanges, François Gaultier est sacristain de Saint-Germain à l'arrivée des Stuarts. Vite, il gagne la confiance des meilleurs, ce qui lui vaut d'être agréé par le ministère français des affaires étrangères pour aller servir au début du siècle comme aumônier à l'ambassade de Londres. Ce titre est officiel. Quand la guerre éclate entre la France et l'Angleterre, il reste outre-Manche, et passe provisoirement au service de l'ambassade du duc de Savoie. En sous-main, par des voies officieuses, il adresse très régulièrement des courriers à Torcy et à David Nairne. Il le fait si bien qu'il obtient une abbaye de Louis XIV et des appointements fort substantiels de Jacques III. Comme il meurt en 1720, nous ne pouvons pas l'impliquer dans les mouvements de la décennie. Néanmoins, son cas ne dément pas la possibilité d'une implication d'autres confrères du clergé ou de roturiers aptes aux services parallèles.

Originaire de Gascogne, un autre Gaultier prénommé comme lui est « chef de l'échansonnerie du roi Jacques[44] ». Lequel est

---

Germain en Laye, GG 77, f° 68 v°, 16 juin 1710, inhumation de son fils André-Jean.

44. Acte de baptême de Louis Péchin, 3 octobre 1712, Archives Municipales de Saint-Germain en Laye, GG 79, f° 16 r°. François Gaultier est décédé récemment, sa fille étant marraine du nouveau-né.

parent, selon toute probabilité, de Jean, rôtisseur, et de Pierre, marchand de volailles. Faites un bond vers la rue des Boucheries, où Barnaby Hute, sinon Jean Huré, accueille justement dans ses murs le trio composé de Charles Radcliffe, James-Hector MacLeane et Dominique Heguerty, et vous restez dans les mêmes qualifications. Ancien assistant de la cave à vins du roi[45], Hute s'est en effet converti en traiteur. Qui dit échanson, dit vins. Qui dit traiteur, dit rôtis. Hute et les Gaultier – sauf François, mort en 1711 – ont nécessairement travaillé ensemble dans les cuisines de Saint-Germain. Ce qui advient à la suite du départ de Jacques III, avec dispersion d'anciens serviteurs, paraît donc conserver une certaine cohérence. Nous devons en être d'autant plus convaincu que le 27 juillet 1725, la fille de Pierre Gaultier, présenté comme « poullaillier » défunt, se marie à un brave garçon cordonnier, et que parmi les témoins se distinguent Charles de Saincton « amy », un Talbot, deux Dillon, une Barnewall, un Nugent[46].

Mais, trois autres personnages sont restés en marge : Lally, Le Roy, plus « un » Tingry et « un » Choiseul, comme dit Bord. Le premier est sans doute Thomas-Arthur Lally, futur comte de Tollendal, né en 1702. À l'instar de Loucelles et de Corp, nous ne pouvons pas exclure cependant l'implication de son père Gérard, lieutenant-colonel au régiment de Dillon, qui s'est marié en 1701 avec Anne-Marie de Brissac, et que Jacques III a créé baronet en 1707. Il deviendra lieutenant général de l'armée française en février 1734, dans des circonstances auxquelles il faut déjà se préparer, puisqu'elles ne seront pas sans importantes répercussions chez les maçons ayant comme lui un métier militaire.

Jean-Baptiste Le Roy est un citoyen qui habite rue au Pain, à Saint-Germain en Laye ; il est formier, c'est-à-dire qu'il réalise sur mesure les formes qui servent à façonner des chaussures

---

45. Information confirmée par Edward Corp. Voir *Lord Burlington's Clandestine Support for the Stuart Court at Saint-Germain-en Laye*, dans *Lord Burlington. The Man and His politics*, Edwin Mellen Press, 1998, note 18, p. 21. Complément : « *Hute was employed in 1715, but not in 1709. Date of recruitment is unknown* » (Lettre à l'auteur, 24 juin 2000).

46. Archives Municipales de Saint-Germain en Laye, GG 92, f° 90.

commandées par de riches clients. On trouve d'autres homonymes dans la ville ; ils sont qui tailleur, qui vigneron, qui faiseur de bas, qui charpentier. Mais aucun ne peut afficher des relations aussi orientées que Jean-Baptiste. En effet, le jour de son mariage, en février 1722, parmi les assistants se comptent Thomas Lally, Charles et Henry Dillon, Richard Sheldon et Thomas Burke. Ensuite, aux différents baptêmes de ses filles la plupart des invités sont jacobites. Le premier décembre 1722, sont respectivement parrain et marraine Charles et Catherine Dillon. Le 4 janvier 1727, vient le tour de Jacques et Laura Dillon, épouse du comte Luc-Henry Cary of Falkland. Le 10 février de l'année suivante la marraine est Mary-Charlotte Talbot, fille de défunt Richard Talbot, comte de Tyrconnell, et le parrain Henry Dillon. Parmi les signataires de l'acte baptistère, on trouve aussi James (marqué Jaques) Wogan[47]. En raison de ses attributions, Le Roy ne fréquente pas que les gens du château de Saint-Germain, on le voit aussi proches des habitués de Versailles, puisque dans un acte de 1724 le parrain d'une autre fille n'est autre que Claude Bontemps, dit y résider[48].

Pour Tingry, l'hypothèse que Bord avance est fondée. En effet, le 16 novembre 1718, Louise-Christine de Thally, fille d'un lieutenant au régiment de Lee, est tenue sur les fonts baptismaux par Claude Bachelet agissant « au nom et de la part haut et puissant seig^r Prince de Tingry[49] ». Il s'agit de Christian-Louis de Montmorency-Luxembourg. Né en 1675, il est aussi comte de Luxe et lieutenant général des armées du roi. En saine logique, affirmons qu'il ne donnerait procuration à personne s'il n'avait pas de sympathies envers les parents. S'il en a, c'est que le milieu des Jacobites ne lui est pas fermé, au contraire. Au printemps 1740, son fils sera soupçonné, à tort

---

47. Archives Municipales de Saint-Germain en Laye, GG 89 f° 20 r° et v° ; baptêmes : GG 89, f° 53 v° ; GG 94, f° 2, v° ; GG 95, f° 33. Jean-Baptiste décèdera le lundi 3 février 1744. Au mariage de Marguerite Le Roy, le 3 février 1750, seront présents Pierre et Édouard Nugent, Marie et Brigitte Dillon, entre autres (GG 129, f° 15).

48. Archives Municipales de Saint-Germain en Laye, GG 91, f° 28 r°. Et la marraine est une « demoiselle de madame de Dillon ».

49. *Id.*, GG 85, f° 91.

ou à raison, de faire également partie de la fraternité. Sur la foi d'une rumeur véhiculée par le lieutenant général de police, le cardinal ministre André-Hercule de Fleury le convoquera à son cabinet pour une confession. Le jeune Tingry démentira[50]. Mais ne sera-ce pas un mensonge pieux ?

Pour Choiseul, retenir Henri-Louis, né en 1689, marquis de Meuse paraît également acceptable. Mousquetaire à quatorze ans, il devient peu après, par héritage, mestre de camp du régiment d'Agenais. En campagnes dans les Flandres, il est distingué par son allant, et obtient en 1712 un brevet de colonel. La même année il épouse Françoise-Honorée-Julie de Zurlauben, à qui il fait deux fils dans son château de Sorcy. Une fois nommé brigadier, en 1719, il s'attarde du côté de Versailles. D'après l'avocat Edmond Barbier et la correspondance de la marquise de Balleroy, il se comporte en joyeux luron qui ne dédaigne pas de se pousser à l'avant garde de sa génération. Sans tabous ni préjugés, l'une de ses occupations nocturnes serait de courir les bosquets de Versailles, avec l'espoir de lutiner des demoiselles plus ou moins consentantes. En août 1722, il est même exilé à Bellegarde pour avoir un peu exagéré[51]. Parmi ses compères se trouve l'un des frères du prince de Tingry. Rappelé quelques mois plus tard, il veille à plaire à Louis XV. La croix de Saint-Louis lui est décernée, ainsi que la survivance du gouvernement de Ribemont.

On le voit introduit dans le monde de la finance, car il mariera en 1734 son fils aîné Maximilien-Jean à Émilie-Justine Pâris de la Montagne, fille du célèbre banquier. Et ce monde est partie prenante des affaires Jacobites, car les Pâris financeront les tentatives de restauration jusqu'en 1745-1746. Cet aîné décèdera en 1738, à l'âge de vingt-trois ans. Il lui restera le cadet, François-Honoré, colonel du régiment de Forez, qui ira se fixer en Lorraine, et qui sera aussi franc-maçon. Son petit-fils

---

50. Voir *Mémoires et journal inédit du Marquis d'Argenson,* chez Pierre Janet, 1857, tome 2, p. 163-164.

51. Voir, de Barbier, *Chronique de la Régence et du règne de Louis XV,* éditions Charpentier, 1857, volume 1, p. 229 ; et *Les correspondants de la Marquise de Balleroy,* éditions Hachette, 1883, tome 2, p. 472 et 481.

Maximilien-Claude-Joseph, issu de Maximilien-Jean, ne demeurera pas non plus inactif sur ce plan. Il appartiendra à la très renommée loge parisienne de La Candeur. On a souvent confondu ces Choiseul-là avec la branche d'Étienne de Choiseul-Stainville, futur duc et ministre ; les abondants renseignements contenus dans la correspondance de Françoise de Graffigny ne permettent pourtant pas d'hésiter[52].

Maintenant, le tour d'horizon devient assez complet, et passons aux aspects techniques. Outre que Bord assure avoir « positivement » relevé le nom de François Heguerty quelque part, qui n'est donc pas Dominique, il garantit que Charles Radcliffe est absent de sa liste dite de Saint-Thomas : « je n'ai pas trouvé trace de ce nom ». C'est ce qui nous inquiète le plus dans sa manière de présenter ses résultats, car un nouveau report aux fac-similés de signatures nous montre pourtant qu'il a trouvé celle de ce comte quelque part. On ne comprend pas : ou bien les signatures ont été relevées sur des documents maçonniques, et Bord devrait être capable de nous dire lesquels ; ou bien, elles l'ont été sur d'autres disons profanes, comme je l'ai suggéré, et on se demande comment il a alors interpolé les confidences transmises par son informateur écossais. Mais, au moins sur le point capital qui nous préoccupe, l'inquiétude est levée si nous acceptons la séparation annoncée au début. Il y a deux Saint-Germain ; il y a deux « orients », comme on ne va pas tarder à le dire dans le siècle. Une chose est la loge abritée dans l'auberge de Hute ou de Huré, autre chose est la loge de la cour.

Saute aux yeux une belle évidence. Radcliffe et ses amis habitent tous Paris, et ils sont tous civils. Dominique Heguerty est brasseur d'affaires, comme on l'a vu ; son domicile se trouve rue de la Cossonerie, paroisse Saint-Eustache[53]. MacLeane est

---

52. Correspondance de Madame de Graffigny, Fondation Voltaire. Sur Maximilien-Jean de Choiseul, voir archives du Service Historique de l'Armée de Terre, Vincennes, série Y^b : 119, f° 157 ; 120, f° 125 ; 123 f° 130. Sur Maximilien-Claude-Joseph, voir même lieu : $7Y^d$ 759.

53. Acte de décès de sa fille Anastasie, le 1 octobre 1727, GG 94. Âgée onze mois, Anastasie était alors en nourrice, à Saint-Germain. Absence des parents lors de l'inhumation.

rentré en 1721 d'Écosse où il a achevé ses études secondaires ; si l'on se fie aux habitudes du temps et aux rapports établis au début des années 1740 par les informateurs du cardinal Fleury, il habite à l'hôtel. Radcliffe, auparavant à Bruxelles où il s'est marié, réside dans la paroisse Notre-Dame de la Pissotte, du côté de Vincennes, comme tend à le prouver l'acte de baptême de son fils aîné James-Bartholemew, quoique sa signature n'apparaisse pas sur le registre de la paroisse[54] ; il n'a pris aucun engagement dans aucun régiment irlandais ou écossais levé en France. En face, si j'ose dire, le groupe plus étoffé de Saint-Germain en Laye est essentiellement formé de militaires ou – quand ils ne cumulent pas les deux statuts – de gentils-hommes ayant eu naguère un office auprès de Jacques III avant son installation en Italie, ayant prolongé leur service auprès de la reine mère Marie de Modène jusqu'à sa mort survenue en 1718, et continuant à jouer divers rôles d'intermédiaires entre Rome et Versailles.

Justement, parce qu'il en est ainsi, on ne peut pas imaginer que le second groupe se pique de convoquer ses réunions dans le faubourg de Saint-Germain des Prés. Combien de temps pour y aller ? Quelle utilité ? L'idée la plus satisfaisante est sans nul doute celle de la séparation. Si l'on approuvait Bord en aveugle, il faudrait abandonner Loucelles, puisqu'on serait incapable d'expliquer par exemple le rôle du comte Anthony of Hamilton, mort en 1719, sept années avant la prétendue fondation de Saint-Thomas ; on ne saurait que faire non plus de John Drummond, premier duc de Melfort, ni de John Caryll of Dunfort, disparus en 1715 et 1711. Bord prend la précaution de dire que le régiment de Dillon aurait eu sa loge active à Saint-Germain en Laye bien avant 1726, et c'est ainsi qu'il ne s'étonne pas de retrouver la plupart de ses membres dans Saint-Thomas ; mais il ne nous explique pas pourquoi, soudain, ils auraient décidé de changer d'espace.

---

54. Archives Municipales de Vincennes, *Acte de Baptême*, paroisse Notre-Dame de La Pissotte, samedi 25 août 1725, f° 44 v° et 45 r°. Les signatures sont celles du comte Jean de Middleton qui représente Jacques III, et de Françoise Clifford qui représente Catherine Brudenel comtesse de Middleton.

Plusieurs facteurs entrent dans l'équation. Étant donné l'âge des protagonistes les plus jeunes, d'un côté ou de l'autre, par exemple les frères Heguerty ou Thomas Lally, voire le troisième duc de Perth qui n'aurait que douze ou treize ans[55], nonobstant Richard Talbot quatrième comte de Tyrconnell, qui en aurait quinze ou seize, nous devons admettre une mutation importante de l'institution au milieu des années 1720. Le contexte est favorable. Tandis que l'évêque Atterbury, proscrit de son pays, vient provisoirement s'installer à Paris, Wharton entretient une correspondance chiffrée avec lui. Il n'est pas impossible que ce dernier soit l'élément déclencheur du phénomène, surtout quand il prend à son tour la tangente au début de l'été 1725. En raison de son passé immédiat, de l'expérience qu'il vient de vivre à la tête de la grande loge de Londres, il sait que la maçonnerie jacobite est en passe d'être sérieusement débordée par celle des partisans de la dynastie hanovrienne. La caractéristique de celle-ci est de pencher désormais vers un mode de fonctionnement où les plaisirs apparents de la sociabilité prennent le pas sur les allégeances politiques. C'est une maçonnerie qui se veut semi-ouverte, avec publicité, sinon les Constitutions d'Anderson ne seraient pas imprimées et accessibles à n'importe quel lecteur.

Reprenant les anciens slogans médiévaux répétés par n'importe quel autre type d'association, elle prétend ne débattre en aucune façon des affaires de l'État et de la religion. Mais en jetant un regard critique sur les « rebelles », ce sont assurément les menées jacobites qu'elle condamne ; puis, en se déclarant déiste, elle enjoint tout de même aux frères de croire en un dieu qui reste celui de la tradition chrétienne (issue de Noé). Elle encourage la multiplication des loges ; on sait bien que les espions du premier ministre Walpole y sont à l'affût, qu'ils sont poussés à ne rien manquer qui augmente sa connaissance des mouvements souterrains en Angleterre. Que faire contre elle,

---

55. Né le 13 mai 1713 au château des Drummond, en Écosse, il suit sa première scolarité à Douai, et prend le titre de duc de Perth en 1720. Son père étant décédé en 1716, son frère est devenu second porteur du titre aussitôt, mais il est mort en 1720.

sinon adopter une démarche où l'on s'ouvrirait aussi à la sociabilité d'apparence neutre, tout en conservant l'option initiale de la fidélité aux Stuarts ?

Ce n'est pas le moindre paradoxe de l'histoire que d'assister à un mimétisme en deux temps. D'abord les Hanovriens de 1716-1717 empruntent aux Jacobites le modèle associatif connu par eux depuis trois générations au moins ; ils le font probablement en adaptant les rituels plus ou moins parodiques qui circulent dans les îles Britanniques depuis 1696 environ ; et ils officialisent leur émergence en 1723, avec la publication des Constitutions. En 1725-1726, les exilés des deux Saint-Germain français copient les innovations d'outre-Manche. Il y va de la prépondérance qu'ils entendent conserver. Pour la façade, une mode est en train de prendre son essor. En coulisse, les liens d'autrefois doivent être maintenus tels quels.

Que, à distance, Wharton puisse donc être le principal inspirateur de ce rebondissement, c'est plausible. Mieux encore, nous pouvons considérer que son initiation date des années où il est venu jurer sa fidélité à Jacques III, tant il est vrai que personne n'est capable de dire s'il l'a été à Londres. Son comportement incite à le croire. Tant de hâte dans la quête des honneurs et des dignités, tant de volonté à s'introduire dans les sphères les plus proches du roi. Quand il passe de Rotterdam à Francfort, il active sa correspondance avec Atterbury. Pour sa part, venu de Bruxelles, Charles Radcliffe regagne la région parisienne, comme tend à l'attester la naissance de son fils aîné du côté de Vincennes. Il n'est pas impossible que les deux hommes se soient croisés et concertés, puis que Radcliffe ait demandé l'avis du comte de Middleton (2nd *Earl*), lequel assiste audit baptême, ayant procuration de représenter le parrain qui n'est autre que Jacques III. En tout état de cause, sachant à quel point l'Ordre est ancien, nous ne pouvons pas imaginer une seconde que Radcliffe soit un néophyte. Pas de création ex nihilo.

Au milieu de la décennie, deux pôles jacobites commencent à être discernables en Île de France. Ils sont en relation, bien sûr. Toute la littérature sur une concentration qui n'aurait eu lieu que dans la rue des Boucheries mérite d'être revue. L'emblème fictif de Saint-Thomas est à abandonner. Ou alors, il convient d'être très attentif au fait que la rue Saint-Thomas est dans le quartier du Louvre, très près du bâtiment où sont à l'époque archivées les différents dossiers du ministère des affaires étrangères, non loin de l'hôtel de Vivienne où le ministre Torcy réunit son « académie politique[56] », selon les propres termes du marquis d'Argenson. De 1703 à 1712, les Melfort prennent d'ailleurs pension dans le même quartier, exactement à l'hôtel de Soissons, dont la réputation est grande du point de vue maçonnique ; ils passeront ensuite rue des Petits-Augustins, ce qui les rapprochera de la rue des Boucheries[57].

À bien approfondir la question du contexte dans lequel évoluent nos protagonistes, on constate même un fait troublant. La création de la loge parisienne par le trio Derwentwater-MacLeane-Heguerty intervient au cours d'une année où une querelle est très vive parmi les exilés de la région parisienne. Pour en comprendre les grands traits, il suffit de se reporter deux ans plus tôt où le comte de Mar, plénipotentiaire de Jacques III à Paris, à peine devenu duc, prend l'initiative d'adresser un manifeste au régent Philippe d'Orléans. Il le fait en s'inspirant d'un plan esquissé peu avant par Arthur Dillon. En septembre 1723, plus que tendancieux, il insinue que c'est « c'est l'attachement du Roy Jacques pour la France [qui] luy coûta en quelque façon sa couronne[58] ». Suggérant de constituer une ligue contre les Hanovriens afin de remporter une victoire définitive sur eux, il explique que les Espagnols pourraient être intéressés, puis les Hollandais, les Suédois, les Russes. Mais,

---

56. Germain Brice décrit l'hôtel particulier de Torcy, rue Vivienne, dans la plupart de ses ouvrages, à partir de la troisième édition (1698). Torcy en possédait un autre rue de Bourbon.

57. « *Lord Melford lived in the Hôtel de Soissons (near Saint-Eustache), 1705-1712. In december 1712 he moved to 'la plus belle maison' in the rue des Petits Augustins, now the rue Bonaparte.* » (Lettre d'Edward Corp à l'auteur, 14 juin 2000). Voir aussi *Description de la ville de Paris et de tout ce qu'elle contient de plus remarquable*, chez François Fournier, 1713 (6ème édition), tome 3, p. 168-170.

58. *À son Altesse Royale Monseigneur le Duc d'Orléans, Mémoire sur l'Interêt de la France par rapport l'Ecosse, a l'Angleterre et a l'I^{re}land*, s.l., s.i., p. 1.

ni le ton ni le contenu de son propos ne sont appréciés par le régent, en sorte que Jacques III ne tarde pas à désavouer son représentant officiel.

L'affaire est grave. Comme souvent quand une disgrâce survient, des langues acérées s'appliquent à renchérir dans l'opprobre. « On » insinue que Mar reçoit des pensions secrètes du gouvernement de Londres, qu'il jouerait un jeu équivoque. « On » remet sur le tapis des accusations dont son épouse se plaignait en 1721, en cela qu'il lui était reproché d'intriguer secrètement en vue d'obtenir son pardon auprès de George de Hanovre[59]. À Rome, certains de ses détracteurs s'appliquent à le discréditer auprès du roi. « On » se demande même s'il n'aurait pas eu tendance à manquer d'équité dans la répartition des sommes annuelles réservées aux principaux soutiens du parti en France. Les rumeurs vont bon train, plus ou moins argumentées, plus ou moins perfides. Durant toute l'année 1724, ses vrais ou faux amis de Paris sont donc placés devant un choix de conscience. Ou bien, ils volent à son secours ; ou bien, ils s'en éloignent. André-Michel de Ramsay, lui, se fait son avocat. Parti en Italie prendre en charge l'éducation des princes, il tente de plaider sa cause. Mais, en quelques mois, tout est dit. Mar est écarté des charges officielles, tandis que Ramsay est invité à rendre son tablier de précepteur. C'est en vain que la reine Clementina a tenté de prendre sa défense. Elle-même est repoussée.

Il suffit que l'évêque Atterbury surgisse dans la querelle pour

---

59. Lettre de la duchesse de Mar au duc de Kingston, 9 juillet 1721, citée par Alistair et Henrietta Tayler dans *The Stuart papers at Windsor*, éditions John Murray, 1938, p. 59. « *Within these few days there has been a great many reports spread about here, which gives my Lord so much uneasieness that he beg'd me to write to y^r G. about it. There has been many letters wrote from England that say he is soliciting his pardon and leave to go home himself. Your G. knows the obligation he is under of liveing quietly and entering into no business and he has done so and I hope given no cause for complaint to anybody since his being here, but these storys for wh he knows there is no ground are vexatious to him upon several accounts and I cannot imagine what has occasioned them. My Lord is very sensible of your great kindness to him upon all occasions and begs the continuance of it. He will ever esteem it a happiness to him and is a very particular to me* ».

que le summum soit atteint. Il reproche à Mar de l'avoir sciemment compromis dans le complot de 1722. Il a communiqué des lettres très imprudentes à des amis d'Angleterre, lettres qui ont été interceptées par les agents de Walpole. Cris et grincements de dents. Mar, décide de faire imprimer le malheureux manifeste adressé au régent, lequel est trépassé entre temps. Ramsay en peaufine le texte. Une version anglaise et sa traduction française sont diffusées dans le public. En *Nota Bene* trois lignes sont comme une banderille plantée dans l'échine des adversaires : « L'auteur de ce Memoire et les autres qui etoient engagés avec luy ont été bientôt disgraciéz, et sont jusqu'aujourdhui hors de place et de confidence.[60] » C'est très clair.

Les Mar habitent la paroisse Saint-Sulpice, donc dans le faubourg Saint-Germain des Prés. Rentré de son bref séjour romain, Ramsay les fréquente au quotidien. Dans le tourbillon des protagonistes est cité le colonel John Hay, comte d'Inverness, que Jacques III substitue à Mar en 1724 et qu'il confirme dans les fonctions de secrétaire d'État en mars 1725. Les silhouettes d'Arthur Dillon et de William Sheldon se profilent également en arrière-plan. En revanche, comme il n'est nulle part question ni de Derwentwater ni de MacLeane ni de Heguerty, on a l'impression que c'est une équipe de jeunes hommes étrangers à ce remue-ménage qui entreprend de constituer cette loge nouvelle de la rue des Boucheries. Sang neuf. MacLeane est en relation avec les vétérans de Saint-Germain en Laye, puisqu'il s'y rend de temps à autre. On l'y rencontre par exemple en juillet 1723, quand il assiste au mariage d'un couple français, en compagnie de Richard Butler, de Mary Meagher et d'un Lochiel dont le prénom fait défaut, mais qui est certainement Donald Cameron of Lochiel[61]. Ne s'agirait-il

---

60. *Id*, p. 4.
61. Archives Municipales de Saint-Germain en Laye, GG., f° 77 v°. Pour Lochiel, concordance de sa signature sur cet acte et de celle produite sur le pacte des confédérés écossais du 13 mars 1741 (Archives du Ministère français des Affaires étrangères, série *Mémoires et documents*, sous-série *Angleterre*, volume 76, f° 103 r°).

pas de grouper sur un autre pôle les meilleurs fidèles, non impliqués dans la querelle ?

Récapitulons. Bord nous plonge dans les ténèbres les plus denses en évoquant la fausse Saint-Thomas. Finalement, aucun des trois fondateurs de la loge de la rue des Boucheries n'est identifié par lui. Derwentwater : aucune trace, dit-il. Heguerty : il nous parle de François, pas de Dominique. MacLeane : il écarte James-Hector en le déclarant vénérable d'une loge irlandaise, et met en avant deux hommes décédés depuis plusieurs années. En revanche, le gros de l'effectif qu'il fournit ne peut correspondre qu'à des hommes ayant leur résidence à Saint-Germain en Laye, et peu enclins à épouser la cause de Mar. Ce sont donc toutes ces raisons qui justifient la présente analyse. D'une part, il est totalement impossible de postuler que les exilés seraient ignorants de l'ambiance délétère de 1725 ; d'autre part, ils conçoivent leur implication maçonnique sur les nouvelles bases imposées par la rivalité naissante de Londres. Les deux Saint-Germain étant en connexion, il incombe aux jeunes provisoirement installés dans la rue des Boucheries de se porter à l'avant garde.

Ce faisant, ne sous-estimons pas l'implication très précoce et très insistante de deux commis de Torcy dans les affaires du temps, dont l'appartenance maçonnique ne va pas tarder à être certaine : Antoine Pecquet et Nicolas-Louis Le Dran. Dans les années 1710-1720, eux-mêmes ou leurs pères respectifs sont déjà assidus du ministère des affaires étrangères, de Torcy, des Jacobites. Ils classent les dépêches, élaborent des comptes rendus, des rapports, rencontrent les solliciteurs. Tantôt ils sont à Versailles, tantôt au Louvre où se trouve le dépôt des archives du ministère. On va même voir qu'ils ont des habitudes dans la rue toute proche qui porte tout bonnement le nom de Saint-Thomas. Là se trouvent des hôtels, des auberges. Nicolas Le Dran y devra habiter jusqu'en 1740. Autrement dit, si l'on veut à toute force un saint éponyme pour les Jacobites, ne le cherchons pas ailleurs.

AUTOUR DU LOUVRE

Le Marquis d'Argenson précise dans ses Mémoires comment fonctionnait le conseil de régence instauré par Philippe d'Orléans durant la minorité de Louis XV. « Ce conseil n'avait d'autre directeur ni guide que Pecquet, qui en était secrétaire, et avait été commis de M. de Torcy.[1] » Il serait trop long de relater les circonstances qui provoquent la disgrâce du ministre, après l'échec de la reconquête entreprise par Jacques III en 1715 et de la piteuse conspiration de Cellamare en 1718. Trop ardent défenseur des exilés, trop opposé à la politique de la maison de Hanovre, Torcy est prié de prendre du champ. Cependant, ses commis restent à l'ouvrage. S'ils ne sont que les exécutants des ordres supérieurs, ils maintiennent des contacts avec les agents de Saint-Germain en Laye. Le style si particulier à la diplomatie ne réclame pas moins. On continue à se voir. Tantôt en urgence, tantôt sans se presser, selon que les occasions accélèrent ou ralentissent les humeurs.

Bien entendu, évitons de décrire les loges comme des antichambres du ministère des affaires étrangères. Elles ne l'ont jamais été ; elles ne sont pas en train de s'y préparer. Percevons-les plutôt comme des associations qui, forcées de se constituer en entités distinctes, à cause de la concurrence apparue en Angleterre, veillent à s'agréger des Français dont les influences politiques ou économiques, voire administratives, peuvent être appréciées. Plus qu'avant, ils sont à solliciter. Les

---

1. *Mémoires et journal inédit du marquis d'Argenson*, chez P. Janet, 1857, tome 1, p. 28.

ressortissants de pays amis, quand ils sont de passage à Paris, méritent également des égards. Dès 1725, nous devons tenir compte de cela. Toutefois, il n'est pas facile à des immigrés de se manifester à découvert. Les Anglais de la mouvance hanovrienne sont chez eux, pas les Jacobites dont le handicap est d'avoir à ménager les susceptibilités des autorités gouvernementales françaises. Pendant quelques années, ils doivent concilier deux tendances contradictoires. D'une part, accroître leur organisation ; d'autre part, la laisser dans une pénombre aussi discrète que possible.

Le sieur Pecquet cité par d'Argenson est le père de celui qui nous intéresse. Mais commençons par son collègue Le Dran. Né en 1687, dans une famille installée à Saint-Cloud, il poursuit des études au séminaire Saint-Magloire, sous la férule du « fameux père Pouget[2] », puis entre au service de la diplomatie en 1711, avec l'agrément de Torcy. Après avoir fait ses preuves au secrétariat d'État dans un grade subalterne, il est appelé à être l'interlocuteur privilégié de l'abbé Inese et autres émissaires de Jacques III, et à rédiger des synthèses périodiques. Lorsque le jeune roi Louis XV devient apte à comprendre la subtilité des affaires internationales, il lui prépare des rapports. Discret, capable à la fois de s'intéresser aux détails et de porter une appréciation d'ensemble sur le suivi d'un dossier, il s'impose comme un personnage clef.

Pour cette raison, il dispose d'appartements à Versailles. Mais, contre son gré, il doit les abandonner en 1727, pour aller habiter au Louvre treize années durant, dans le donjon qui donne sur la rue Saint-Thomas. Celui qui lui occasionne ce tracas n'est autre que Pecquet en personne. Plus jeune, né en 1704, celui-ci a commencé sa carrière à la mort de son père, en 1725, après avoir voyagé en Allemagne en compagnie de l'abbé Charles Rollin, auteur d'ouvrages sur l'éducation des jeunes gens, très apprécié du comte Marischall[3]. Prolixe,

---

2. Ministère français des Affaires étrangères, volume 44, dossier Le Dran aîné, f° 228.

3. Voir, entre autres, lettres du 21 mars 1734 à Francis Sempill, Archives

quoique imprécis dans le choix des mots[4], Pecquet a joui des protections suffisantes pour se hisser très vite dans la hiérarchie des commis, et obtenir en passant son entrée dans l'Ordre de Saint-Lazare[5]. Son ascension a été si fulgurante qu'il lui a suffi de quelques mois pour intriguer avec Louis-Germain de Chauvelin, successeur de Torcy, en vue de chasser Le Dran de Versailles, lequel s'en rappellera en 1740, non sans avoir profité d'un retour en grâces et assisté à la défaveur de Pecquet[6].

Assez triviale en soi, l'antipathie entre les deux hommes nous confirme que Le Dran est bien placé pour maçonner rue Saint-Thomas ou dans ses environs immédiats. Bien que son nom n'apparaisse que vingt années plus tard dans les archives maçonniques proprement dites, le 20 octobre 1745, quand, de retour à la cour, il reconnaît de manière officielle, en qualité de « député grand maître[7] », l'existence d'une nouvelle loge apparue deux années plus tôt, nous pouvons être sûr qu'il n'est pas de la dernière couvée. En raison de son âge et de ses fonctions, il est certainement l'un des premiers Parisiens qui franchissent le pas dans la seconde moitié de la décennie 1720. Jusqu'à près de quatre-vingts ans, retiré à Saint-Cloud, doté d'une maigre pension, il continuera d'ailleurs, en relation avec son frère benjamin Pierre, à rendre simultanément de menus services au ministère et aux responsables de la Grande Loge.

---

du Ministère français des Affaires étrangères, série *Mémoires et documents*, sous-série *Angleterre*, volume 84, f° 94.

4. Ministère français des Affaires étrangères, volume 44, dossier Le Dran aîné, f° 166 v°.

5. Promotion de 1725.

6. Pecquet, écrit Le Dran, engagea « *le President Chauvelin devenu en cette année 1727 secrétaire d'État des aff^s etr^s, à me retirer de la cour de Versaille, et à me reduire a la garde du Depot des volumes, titres et papiers de ce ministere au dongeon du Louvre a Paris* ». *Id.*, lettre de Nicolas-Louis Le Dran, 1er octobre 1740, f° 147 v° et f° 148 r°. Dans cette lettre, Le Dran se trompe de date. Il propose 1726 pour marquer l'entrée de Chauvelin aux affaires étrangères. Il est en fait nommé à ce poste le 23 août 1727. Je corrige donc dans la citation.

7. Documents Kloss, XX-1, *Statuts et Règlements de la Loge La Chambre du Roy*. Ici, une confusion est possible. Le frère de Le Dran, prénommé François, et chirurgien de son état, est également Trésorier de la Grande Loge.

Que la rue Saint-Thomas soit extérieure aux deux Saint-Germain, cela n'empêche pas qu'il a donc pu y avoir très tôt une animation typée. Seulement, dans l'état actuel des connaissances, nous ne pouvons rien dire sur la loge qui a pu y travailler. Rien, ni sur sa longévité, ni sur sa composition. Celle de Pecquet, qui donne dans le négoce au cours des années 1730 et publie des ouvrages sur l'art de la diplomatie, n'est pas plus facile à localiser ni à décrire. Mais on sait qu'elle existe aussi, puisqu'une liste de 1743 l'y inclut[8]. Au moins doit-on être convaincu que, malgré leur incompatibilité de caractères, les deux commis sont particulièrement bien placés pour se lier avec l'avant-garde des Radcliffe, MacLeane et autres. Mettons-les à égalité sur ce plan. Et le rusé Walpole ne manque pas le coche en faisant espionner très tôt au moins Pecquet, car un de ses agents de l'ambassade parisienne, réussit en avril 1731 à lui dérober un paquet de lettres qui révèlent un nouveau projet de guerre contre la maison de Hanovre[9].

Pendant ce temps, il est notoire que la mode est aux salons et aux clubs dont les invités choisis tiennent séances hebdomadaires autour d'une collation. Le plus célèbre est celui fondé par l'abbé Pierre-Joseph Alary en 1724, dans les appartements que lui loue le président du parlement Charles-Jean-François Hénault à l'entresol de son hôtel particulier, place Vendôme. Ses éventuelles connexions avec le parti des Stuarts sont indiscernables. Elles ne peuvent guère, en tout cas, être déclarées institutionnelles, au sens où le club ne forme pas une assemblée d'hommes adhérant à une doctrine unique et un programme politique avoué. On y voit même un jour de 1726 Horace Walpole, frère du fougueux ministre whig, nommé ambassadeur de son pays à Versailles, venir faire une conférence en toute liberté, deux longues heures, avec l'espoir, écrit le marquis d'Argenson qui en est, de persuader les abonnés « qu'il était à propos que

---

8. Bibliothèque municipale de Lyon, manuscrit 5447, pièce 31, f° 1. La liste est datée de 1744, mais elle est le résultat d'un appel à signalements lancé en 1743, le premier du genre lancé en France par la grande loge de Paris.

9. British Museum, manuscrit 32.772, lettre de Benjamin Keene au duc Thomas Pelham Holles of Newcastle, 27 mai 1731, f° 126.

la France restât dans les mêmes liaisons avec l'Angleterre que par le passé [10] », étant sous-entendu que ses liaisons sont celles instaurées par le régent et confortées par le récent traité de la Triple Alliance, au désavantage des Jacobites. Le programme des travaux, dirions-nous, est donc souple, sans partis pris apparents. Toutefois, nous y voyons une concentration de personnages dont les attirances demeurent assez caractéristiques.

D'abord, c'est le vicomte Bolingbroke qui semble avoir donné à Alary l'envie de réunir la coterie [11]. Celui-ci, non sans ruse car il voulait recouvrer ses biens confisqués, a accepté de rentrer au pays en 1723 ; mais, surtout grâce à sa seconde femme française, qui fait passer une correspondance clandestine par les filières commerciales, il maintient des contacts étroits avec ses amis de l'exil. Ensuite, le nombre des francs-maçons est assez élevé, étant entendu que nous nous prononçons sur ceux dont l'affiliation ne fait aucun doute, et que nous pouvons ignorer quelques autres, ce qui rendrait de toute façon le bilan plus conséquent. Au premier rang, voici le chevalier de Ramsay. Fraîchement honoré d'une pompeuse entrée dans l'Ordre de Saint-Lazare, comme Pecquet, il lit le manuscrit des *Voyages de Cyrus* et sollicite les commentaires afin de procéder aux amendements utiles. À Paris, sa personnalité est controversée depuis la disgrâce infligée au duc de Mar. Il lui est resté fidèle et continue à fréquenter sa maison. Trop écossais pour certains, trop pédant pour d'autres, son ambition est d'entrer à l'Académie française. Il se dépense beaucoup pour augmenter ses chances, il paraît, il cause.

À juste raison, ses biographes ne cessent de discuter sur l'époque de son entrée en maçonnerie, en dehors de ses interventions à l'Entresol. D'aucuns la situent vers mars 1730 seulement, de surcroît lors d'un séjour à Londres, quand, muni d'un passeport en bonne et due forme, il aura décidé de franchir le Channel pour se rapprocher de son Écosse natale. Compte

---

10. *Mémoires et journal inédit du marquis d'Argenson*, chez P. Janet, 1857, tome 1, p. 92.

11. Voir les lettres de Bolingbroke à Alary, publiées en 1808 par Philippe-Henri de Grimoard, *Lettres de Henri Saint-John, lord vicomte de Bolingbroke*.

tenu de ce que nous savons maintenant sur ses accointances, nous sommes en droit d'en douter très sérieusement, tant il est vrai que l'article de journal qui évoque son passage à la loge *The Horn* qui contiendrait trace de son passage n'a rien de convaincant. Depuis plusieurs années, il est informé de ce qui se trame à Paris, à Saint-Germain en Laye, à Avignon, à Rome. Très tôt, à Blois, chez la fameuse Marie-Jeanne Bouvier de La Motte, veuve Guyon, il a fréquenté Alexander Forbes of Pitsligo marqué dans la correspondance chiffrée des Jacobites, et c'est un premier signe.

Orphelin à cinq ans d'un Lord que le père de James Anderson avait inscrit dans la liste des francs-maçons d'Aberdeen[12], impliqué dans la rébellion de 1715, Forbes est venu se réfugier en France, via la Norvège. Son avantage est d'être neveu du comte de Mar. Rien que cela nous maintient en effet dans le même cercle. Vers 1720, il a obtenu la permission de retourner en Écosse, mais il n'a pas rompu ses liens d'amitié et participera d'ailleurs à l'autre rébellion de 1745. Entre temps, il séjournera souvent dans la bonne ville thermale de Bath, où la maçonnerie jacobite sera particulièrement active dans les années 1730, y compris en présence du prince de Galles alors en opposition déclarée à son père George II. Dans certaines lettres[13], Forbes dira que c'est pour soigner la santé de son fils. Un motif réel peut en cacher un autre.

Le marquis Jacques-Claude-Augustin de La Cour de Balleroy naît à Paris le 20 janvier 1694. Entré aux mousquetaires du roi à quatorze ans, il épouse à vingt-six la fille du comte Louis de Matignon-Gacé, maréchal de France et, *of course*, si impliqué dans les entreprises militaires jacobites qu'il a été admis en 1708 au conseil particulier de Jacques III, avec Charles Mid-

---

12. Voir la liste si contestable de « 1670 ». Alexander Forbes de Pitsligo, père de notre Jacobite, est né en 1636. Il meurt en 1690. Il ne fait guère de doute qu'il fut franc-maçon ; mais ne comptons guère sur les archives truquées de James Anderson pour savoir dans quelles conditions.

13. Voir, par exemple, dans le recueil publié par Alistair et Henrietta Tayler, *Stuart Papers et Windsor*, éditions John Murray, 1939, la lettre du 8 octobre 1738, adressée à Rome au secrétaire de Jacques III, James Edgar (p. 192-193).

dleton et James Drummond of Perth. Depuis le départ de Bolingbroke, il fait également partie de ceux qui entretiennent une correspondance régulière avec lui. Ainsi, les préférences de son gendre, notre mousquetaire, ne paraissent guère détonantes. En 1728, il entre comme enseigne aux gardes du corps de la compagnie écossaise. Il est bientôt promu lieutenant ; puis il devient premier écuyer du duc d'Orléans, et enfin gouverneur du fils de celui-ci. Pour ce qui concerne ses liens maçonniques, ils ne sont révélés qu'en 1743 seulement, quand il signe le 11 décembre les règlements de la grande loge de Paris collationnés à la demande du second duc d'Antin, qui vient juste de mourir. Comme Le Dran deux ans après, il le fait en tant que « député grand maître », ce qui indique l'importance de la position acquise par lui dans l'institution. La question reste pendante de savoir quelle est son ancienneté. Mais, compte tenu de ce nous savons de sa trajectoire personnelle, avec l'Entresol en ornement, il est probable qu'elle remonte aussi à la seconde moitié des années 1720.

Le général Jean-Antoine-François de Franquetot de Coigny, né le 16 mars 1670, a servi sous le duc de Berwick pendant l'offensive lancée contre les Espagnols à l'été 1719. L'année suivante, son brillant comportement lui a valu d'être choisi par le secrétaire d'État chargé des guerres, Claude Le Blanc, pour occuper auprès de lui un poste éminent de conseiller. Or, s'il se trouve un ministre français que les Hanovriens ont vraiment en détestation, c'est bien Le Blanc. Le 18 juin 1726, l'ambassadeur Horace Walpole écrit une longue lettre à Thomas Pelham Holles, quatrième duc de Newcastle, pour s'en plaindre. Je connais, dit-il, « la correspondance qu'il avait entretenu sous la régence avec les Jacobites et surtout avec milord Orrery pendant la dernière conspiration [14] ». Partant du principe qu'un ministre ne choisit pas ses collaborateurs au hasard, nous sommes en droit de penser que Coigny partage ses vues.

Dans cette même lettre, l'ambassadeur ne se gêne pas pour signaler qu'il a lui-même des « intelligences parmi les Jaco-

---

14. Lettre du 18 juin 1726 insérée par Baillon dans *Lord Walpole à la cour de France*, librairie Didier, 1867, p. 226.

bites [15] ». Nous pouvons le présumer. Lesquelles ? Peu importe la réponse, d'autant qu'il est impossible de se faire une opinion au seul examen des griefs que certains contemporains s'infligent mutuellement. Tantôt, Mar est mis sur la sellette, tantôt Bolingbroke lui-même, tantôt Wharton, et j'en passe. Ne retenons que la certitude relative à la connivence de Coigny. En décembre 1739, un message fournira très clairement son nom, en tant qu'invité à la prochaine réception dans l'Ordre d'un « seigneur de distinction [16] ». On aura beau, ici encore, remarquer que l'événement nous porte au-delà des années 1725-1726, cela n'empêche pas de voir en Coigny un vétéran. Il a l'âge plus que convenable pour cela ; comme son ami Balleroy, il en a aussi le parcours.

Né avec le siècle, Louis Davy de la Fautrière est magistrat. Il devient conseiller à la troisième chambre des enquêtes le 27 février 1726. Pierre Chevallier l'a bien dépeint au fil de plusieurs articles. En 1737, au cœur de quelques turbulences qui mériteront d'être narrées, il sera lui aussi cité parmi les francs-maçons éminents de la capitale. Nous devrons même le considérer comme dirigeant d'une loge qui sera, bien entendu, sous obédience jacobite, puisque les papiers qui en témoigneront seront tout bonnement saisis chez le menuisier Broomett, chargé par Radcliffe of Derwentwater de communiquer à chacun des vénérables travaillant avec lui les lieux et horaires des assemblées générales. Entre temps, en 1732, il aura subi un exil en Franche-Comté, pour avoir frondé le gouvernement ; mais il aura été pardonné et sera revenu parmi ses amis de Paris, des projets de livres en tête, et quelques vers de vaudevilles pour l'agrément, si l'on en croit le duc de Emmanuel de Croÿ [17].

En passant d'un sociétaire à l'autre, mon propos n'est pas de présenter le club de l'Entresol comme une annexe ou une préfiguration des loges maçonniques. Il est de montrer qu'ils forment à la même époque deux genres séparés de commu-

---

15. *Id.*, p. 219.
16. Bibliothèque de l'Arsenal, Paris, *manuscrit 10024, pièce 186.*
17. Voir le *Journal inédit du duc de Croÿ 1718-1784*, éditions Flammarion, tome I, p. 141.

nautés conviviales, et que, si l'on rencontre quelques personnages ici, il ne faut pas s'étonner de les voir évoluer pareillement là. Ils baignent à peu près dans le même air, quoique les préoccupations soient de nature différente, et que de toute façon la double appartenance ne soit jamais que le choix de quelques uns, pas de tous. De même, je voudrais souligner que nous ne saurions presque rien de l'Entresol si le marquis d'Argenson n'en avait pas parlé dans ses mémoires, et si un manuscrit synthétique d'Alary n'avait pas été publié sur le tard, dans la *Revue rétrospective*[18]. Cela signifie que nous devons pas, non plus, nous étonner que les informations relatives aux loges soient elles-mêmes fort rares. L'erreur serait d'en déduire que le défaut de documentation manifeste une quasi absence d'activité.

Le paradoxe est que l'abbé Alary passe son temps à vanter son innovation, que les curieux voudraient bien connaître ce qui s'y passe, que les questions posées par des tiers montrent à quel point le club acquiert une bonne notoriété au fils des mois, mais que l'on ne trouve guère d'écho dans les journaux, gazettes et autres feuilles censées traduire l'opinion publique. En ce qui concerne les loges, beaucoup plus discrètes, nous n'avons donc pas à être surpris de ce qu'elles ne suscitent pas encore les bavardages, ou que, si elles le font, les chroniqueurs s'en désintéressent. Contrairement aux excitations connues en Angleterre depuis des décennies, on ne s'alarme pas, pas encore. L'historien en est affligé, car c'est un matériau qui lui manque. Mais, bien mal avisé, s'il renonce à comprendre.

L'occasion est bonne de revenir au premier duc d'Antin. À la réflexion, il ne faut pas accorder une trop grande importance à ce que marque de lui l'avocat Mathieu Marais, en date du 20 août 1725 : « M. le duc d'Antin a fait des compliments qu'on dit dressés dans l'Académie de Maçonnerie, mais les réponses auraient été faites ailleurs[19] ». Comme j'ai pu le signaler naguère[20], il n'existe pas d'académie de maçonnerie à l'époque,

---

18. *La Revue rétrospective*, n° 92.
19. *Journal et mémoires*, Slatkine, 1967, volume III, p. 35, lettre XXX.
20. *La Maçonnerie Écossaise dans la France de l'Ancien Régime*, éditions du Rocher, 1999, p. 183.

seulement une juridiction du même nom, très ancienne, dont d'Antin est le grand maître, mais qui n'a pas d'autre rôle que de trancher des litiges bien matériels survenus entre des entrepreneurs ou des artisans. Partant de ce constat, et sachant que d'Antin n'assiste quasiment jamais aux débats, la tentation est grande de considérer que Marais, avocat de profession, ne trébuche pas sur les mots, qu'il ne confond pas une juridiction et une académie, et qu'il pointe peut-être le doigt vers l'une des premières loges hors Saint-Germain en Laye. Au vrai, la correspondance de la marquise de Balleroy, mère du marquis précité, incline à des réserves sérieuses.

Le duc d'Antin y apparaît souvent en courtisan avide d'honneurs, de prestiges, d'offices et de paraître. Qu'il ait pu vouloir être franc-maçon de bonne heure, si l'on en croit le témoignage indirect de l'ancien régisseur du duc de Richmond, cela reste donc assez cohérent avec son portrait, d'autant qu'il sait garder un secret quand l'intérêt y est. Il a pu rechercher des amitiés multiples parmi les Jacobites et manifester une curiosité pour l'Ordre. Cependant, nous lisons dès 1715 ceci à son sujet : « M. d'Antin a pris toutes les académies [21] », ce qu'il faut interpréter comme un mouvement personnel pour en avoir la tutelle, de la même façon qu'il recherche une concession sur les carrosses de louage, les jardins du roi ou l'administration de l'opéra. Nulle part, à ses yeux, il n'y a de petits profits ; et, quand il s'aperçoit qu'il frôle la dette au contraire, qu'une institution risque de lui coûter plus d'argent qu'il n'en gagne, il y renonce vite ; c'est justement le cas de l'opéra. Sauf que, le 27 novembre 1723, il préside l'académie de peinture, afin de distribuer des médailles et des pensions aux candidats qui souhaitent aller se perfectionner à Rome. « Cette distribution n'avait pas été faite depuis quatorze ans. [22] » Par association d'idées, on peu alors envisager qu'il se livre à des cérémonies analogues

---

21. Lettre de Luc-Urbain Le Febvre Caumartin de Saint-Ange à la marquise Madeleine-Charlotte-Émilie de La Cour de Balleroy, dans *Les correspondants de la marquise de Balleroy,* éditions Hachette, 1883, tome 1, p. 50.

22. Lettre anonyme à la marquise de Balleroy, 7 décembre 1723. *Id.*, tome 2, p. 555.

dans d'autres académies. Et un regard sur les Almanachs royaux du temps nous renseigne : il n'existe certes pas d'académie de maçonnerie, mais il en est une dite d'architecture. En définitive, il est assez probable que ce soit d'elle que l'avocat Marais nous parle. Le duc d'Antin en est dit le « protecteur ».

En d'autres termes, ce n'est pas en sa compagnie que nous pouvons escompter des éclaircissements sur l'attitude des frères parisiens. On peut même se demander si, jusqu'en 1728 inclus, les Jacobites se soucient vraiment de faire école. Ainsi, que savons-nous de James-Hector MacLeane, sinon qu'il repasse en Écosse en 1726 pour y rester deux années dans sa famille. Dans le même temps, Dominique Heguerty se marie avec Françoise Le Corre, et songe à ses futures paternités. Quant à Charles Radcliffe, son emploi du temps reste ignoré. La conjoncture internationale n'est pas non plus très favorable. Le traité de la Triple Alliance entre la France, l'Angleterre et la Prusse indispose beaucoup l'Espagne, l'Italie romaine et a fortiori Jacques III. Personne n'ose faire de pronostics sérieux sur l'avenir proche. À Saint-Germain en Laye, l'expectative chasse les optimismes d'autrefois. Quelques uns pensent que le gouvernement de la France, dont le cardinal André-Hercule de Fleury tient désormais les rênes, fait bonne figure à l'Angleterre sans avoir diminué sa volonté de soutenir en secret les projets jacobites de restauration. Ils ne se fient pas aux déclarations publiques ; ils préfèrent croire aux garanties d'amitié qui leur sont réitérées par Pecquet, entre autres, dans le huis-clos de son cabinet au ministère des affaires étrangères, ou par Le Dran confiné dans son donjon du Louvre. D'autres sont sceptiques, sinon moroses. Si bien qu'il faut attendre 1729 et le traité de Séville pour qu'ils reprennent espoir.

Nouvelle année décisive dans cette histoire. Gustave Bord assure qu'elle voit l'apparition de quatre loges. Naturellement, nous ne le suivrons pas dans ce qu'il en dit. Mais, l'auteur demeurant une référence chez un nombre conséquent de chroniqueurs actuels, force est de revenir un instant à ses côtés pour mieux s'en détacher. Un résumé de son analyse [23] réclame peu

---

23. *La franc-maçonnerie en France, des origines à 1815*, Nouvelle Librairie Nationale, 1908, p. 155.

de lignes. D'après lui, la première loge, celle de François Heguerty, du prince de Tingry et autres, se serait ouverte le 12 juin 1726. Elle l'aurait fait à l'enseigne de Saint-Thomas, et ses constitutions auraient été renouvelées le 3 avril 1732. Une telle entrée en matière ne tient pas la route. Le renvoi à 1732 concerne une loge hanovrienne, la première qui sera cautionnée par Londres, et il est inimaginable que les Jacobites se soient laissés embarquer dans une tentative de reconnaissance auprès de l'obédience rivale.

Ensuite, il faudrait considérer que, au cours de la même 1726, un certain Coastown (ou Goustaud, indique Bord – en réalité : Coustos), aurait fondé la sienne. Nous verrons qu'il s'agit là d'une anticipation de dix années tout rond, puisque l'événement se situera en 1736. Enfin, il faudrait compter parmi les pionnières de 1729, une loge fondée par un certain Lebreton sous le titre de Saint-Louis d'Argent (sic), puis une deuxième dite de Saint-Martin, avec Pény-père en président, puis une troisième dite Les Arts Sainte-Marguerite ; quant à la quatrième et dernière dite de Saint-Pierre et Saint-Paul, elle devrait son ouverture à l'action de l'architecte Jean-Baptiste Puisieux. Sur le total des six loges, pour trois références, Bord use de précaution en disant que la moitié ont été mises en relief par Jean-Émile Daruty (Saint-Thomas, Louis d'Argent et Les Arts Sainte-Marguerite). Cela est exact [24], mais Daruty expliquait pour sa part quelle était sa démarche conjecturale, avec plusieurs emprunts à des prédécesseurs, en sorte qu'il n'est pas inconvenant de choisir une autre.

En guise de respiration, avant de s'y lancer, une ultime remarque s'impose. Nous avons quitté le comte George Douglas of Dunbarton à Saint-Riquier en octobre 1727, quand il écrit une lettre à un ami parisien pour qu'il transmette ses remerciements à l'évêque Atterbury et à Lewis Inese, principal du collège écossais et ancien confesseur de Marie de Modène. Il est en fait sur le point de rejoindre Douai où se trouve un autre collège écossais. Eh bien, il est curieux de retrouver dans

---

24. *Recherches sur le Rite Ecossais Ancien Accepté*, General Steam Printing (île Maurice) et Panisset (Paris), 1879, p. 84-85.

ses murs une concentration d'élèves dont l'appartenance maçonnique sera avérée à l'âge adulte. J'ai cité John et Gilbert Menzies ; nous pouvons leur ajouter les deux frères James et John Drummond, successivement troisième et quatrième ducs de Perth, et plusieurs autres qu'il conviendra d'évoquer en temps utiles. Ce que nous pouvons légitimement supposer d'eux, c'est qu'ils sont très jeunes imprégnés de la tradition, et qu'ils n'ont pas besoin, eux non plus, de recevoir des nouvelles d'outre Manche pour savoir quel en est l'essentiel.

L'ESSOR

Dès que les premiers pamphlets contre l'Ordre commencent à circuler en France, à la fin des années 1730, les auteurs souvent anonymes, ou masqués sous des anagrammes, ont peine à élucider les conditions dans lesquelles les premières loges sont apparues. Non seulement ils adoptent un point de vue réducteur en ne portant leur regard que sur la capitale, mais ils hésitent tous sur le calendrier. Par conséquent, il ne faut pas s'étonner que nous soyons aujourd'hui dans le même embarras. La seule chose acquise est que 1725 est un terminus a quo très acceptable pour Paris même, et que durant la décennie suivante, disons jusqu'en 1737 comme terminus ad quem, une bonne quinzaine de loges s'ouvrent ici et là sans qu'on sache comment. Un opuscule de 1745 ne manquera pas de regretter le brouillard de ces années d'essor. « Quant à la Maçonnerie française, on peut datter son établissement depuis environ 18 ans ; mais dans le commencement elle étoit peu connue, et ensevelie dans un grand secret.[1] »

Environ dix-huit ans, cela nous reporte en 1727. Mais... le secret. Bien avant Bord ou Daruty, c'est Claude-Antoine Thory qui tente d'en déchirer le voile. Se fondant sur l'inévitable article de Lalande, il écrit que la loge de la rue des Boucheries est la première qui reçoit en France une constitution régulière de la grande loge d'Angleterre, mais que son ancienneté n'est retenue qu'à partir du 7 mai 1729 seulement sous le titre de

---

1. *Le Sceau rompu, ou la loge ouverte aux profânes Par un franc Maçon*, à Cosmopolis, 1745, p. 21.

Saint-Thomas à la taverne du Louis d'Argent[2]. Il donne le document qui lui sert d'appui : le premier tableau voulu par la Grande Loge de Londres, en 1735, afin de présenter l'ensemble de ses affiliées. Bord lui-même ne dédaigne pas d'y faire une allusion très fugitive. Dès lors, tâchons de le consulter, sachant que sa première publication en France date de 1741, dans une série très éclectique de sept volumes sur les cérémonies et coutumes religieuses de tous pays[3].

Il se présente comme une série de vignettes juxtaposées, chacune fournissant un titre et un numéro de loge. Cinquième rangée, sixième colonne, voici le 90. On y lit : « Au Louis d'Argent, dans la rue de Boucherie à Paris », rien de plus. Presque au même moment, le *Manuel du franc-maçon*[4], signé de William Smith, fournit ses dates d'officialisation et d'ancienneté, respectivement le 3 avril 1732 et le 7 mai 1729. En prime, nous avons le jour de la semaine où se passent les réunions, à savoir le mercredi. Il n'y est pas question de se placer en quelque manière à l'enseigne d'un quelconque saint Thomas.

Dans un dossier de 1737, qui méritera d'être bientôt étudié en détail, on apprend que Thomas Le Breton, compagnon orfèvre chez M Théry (ou Thierry), demeurant Vieille Cour du Palais, est « suposé maitre de Loge Louis Dargent[5] ». François Théry est lui-même franc-maçon, car il est adjoint à Le Breton, en qualité de secrétaire. Cependant, la loge est à présent « tenneu dans une androit cashé ». Pour en savoir un peu plus, reportons-nous à un compte rendu du même dossier, où il est dit que Thomas Le Breton et Jean Meyers Custos [lire Coustos]

---

2. *Histoire de la Fondation du Grand Orient de France*, chez P. Dufart, imprimerie Nouzou, 1812, p. 11.

3. *Histoire générale des cérémonies, mœurs, et coutumes religieuses de tous les peuples du monde, représentées en 243 figures dessinées de la main de Bernard Picart ; avec des explications historiques, & curieuses ; par M. l'Abbé Banier & par M. l'Abbé Le Mascrier*, Paris, chez Rollin fils, 1741. La gravure consacrée aux francs-maçons se trouve au quatrième volume, p. 336. Né à Paris, Bernard Picart a émigré en Hollande vers 1710 pour des raisons religieuses ; et il y est mort en 1733.

4. *The Freemason's Pocket Companion*, Torbuck, 1736.

5. Bibliothèque Nationale de France, Collection Joly de Fleury, *volume 184*, f° 124.

ont osé provoquer une assemblée rue du Four et une autre à Passy durant le carême. Toujours pas de Saint-Thomas.

Un saut vers le tout premier recensement des loges demandé en 1743 par l'Obédience française est plus éclairant. Nous y trouvons une Saint-Thomas ouverte dans la capitale. Hélas, ce n'est pas la bonne. Elle est dirigée par Jean-Pierre Le Court. Qui est cet homme ? Notaire au Châtelet, il vient de prendre la succession de son père en 1740. Son étude se trouve rue Saint-Martin, au coin de la rue de la Verrerie, vis-à-vis de l'église Saint-Merry[6]. Pour y accéder, nous devons quitter la rue des Boucheries, passer en rive droite de la Seine. Le Breton n'est plus dans le coup. C'est à peine si nous pouvons imaginer une éviction provisoire, car le tableau illustré de la Grande Loge de Londres est désormais bien connu à Paris, et une substitution aléatoire de titres paraît difficilement concevable.

Il faut attendre les années 1760 pour que des formules d'ailleurs ambiguës établissent au moins une connexion rhétorique. Lorsqu'une mise au point est réalisée par les administrateurs de la Grande Loge française, afin de rayer des états signalétiques les vénérables décédés, on apprend que Le Breton a bien travaillé sous les auspices de Saint-Thomas, et c'est ici que se découvre la date du 12 juin 1726 comme marquant son ancienneté[7] ; mais elle est réfutée par un autre document, en l'occurrence un registre commencé en 1760 et prolongé sur plusieurs années, qui rétablit celle du 7 mai 1729. La loge « Le Louis d'Argent dite Saint-Thomas »[8], ne peut espérer mieux. On remarquera au passage la tournure « *dite* Saint-Thomas » que Le Breton emploie lui-même lorsqu'il est invité à signer cer-

---

6. Voir les *Almanachs Royaux*, décennie 1740. Auparavant, l'étude est dite située toujours rue Saint-Martin, au coin de la rue des Lombards, ce qui est sans changement, car cette autre rue est tout bonnement dans le prolongement de celle de la Verrerie.

7. Bibliothèque Nationale de France, FM[1] 112, *Tableau Général de tous les Vénérables Maîtres de Loges tant de Paris que de la Province...*, 15 avril 1769. Dans un tableau du 1 janvier 1765 (*id.*), la loge est dite de 1729 avec comme titre : « Louis d'Argent de Saint-Thomas ».

8. Bibliothèque Nationale de France, *Registre du Président de la Grande Loge des Maîtres de l'Orient de Paris, dite de France*, f° 80-81.

tains actes[9]. À partir de quand est-elle ainsi dite ? Impossible de le déterminer. Mais, comme tout ce qui précède tend à le montrer, c'est très probablement après 1750.

De fait, Gustave Bord s'efforce de rendre compatibles ces archives manuscrites de la Grande Loge et l'article de Lalande. Avec Daruty en intermédiaire, mais aussi Thory et quelques autres écrivains du dix-neuvième siècle, il pousse au premier rang la loge jacobite en la confondant avec celle de Le Breton (Louis d'Argent) ; en second, il installe celle de Coustos, lui octroyant ainsi le bénéfice d'une décennie de fausse ancienneté ; en troisième, il explique que Le Breton s'est séparé des Jacobites en 1729, avec pour effet de créer son propre groupe sous label « orangiste » ; en quatrième, il glisse Martin Peny, qui serait curieusement entré en lice le même jour que la scission provoquée par Le Breton ; en cinquième position, voici les Arts Sainte-Marguerite, sans vénérable identifié ; enfin, l'architecte Puisieux piloterait Saint-Pierre et Saint-Paul.

Le Breton serait un traiteur pour Emmanuel Rebold[10]. Gustave Bord le métamorphose en imprimeur, en cela qu'il s'agirait de l'homme ayant fait sortir de ses presses la fameuse *Encyclopédie* dirigée par Denis Diderot. Nous venons de voir qu'il est orfèvre. Et, selon toute apparence, il possède une grande aptitude à la mobilité. Car, s'il est dit habiter en 1737 Cour du Palais, c'est rue du Four et à Passy qu'il ose convoquer des assemblées irrégulières (aux yeux des Jacobites) en plein Carême. Deux ans plus tard, devenu maître orfèvre joaillier, il réside rue Saint-Éloy, dans la paroisse Saint-Pierre des Arcis[11] ; puis il est signalé en 1744 au Pont-au-Change[12]. Aimant aussi les « endroits cachés », il convient de tenir pour très invraisem-

---

9. Par exemple, quand il signe en 1762 les patentes constitutives de la loge Saint-Jean, de Metz (Bibliothèque Nationale de France, FM^1 111, f° 134 r°, copie de l'original).

10. *A General History of Free-Masonry in Europe*, éditions George B. Fressenden, 1867, p. 80-81.

11. *Livre de la Communauté des Maîtres marchands orfèvres et joailliers de la ville de Paris*, Archives Nationales de France, T. 14905.

12. Bibliothèque de l'Arsenal, Paris, *manuscrit 11556*, f° 299 (P-V. d'audition de Quentin-Joseph Potel, mercredi 4 mars 1744).

blable son souci de réunir sa loge toujours au Louis d'Argent, rue des Boucheries. En corollaire, nous devons poser comme une certitude qu'une même rue, un même quartier peut accueillir plusieurs loges distinctes. Une même auberge peut aussi offrir d'abriter un jour une association, et le lendemain une autre. Nous n'aurons aucune peine à le vérifier bientôt. Quoi qu'il en soit, nous aboutissons à toujours à la même conclusion. L'itinéraire de Le Breton est si singulier que le titre distinctif de Saint-Thomas ne peut lui être accolé dans les années 1720-1730, et encore moins aux Jacobites.

Il ferait la paire avec John Coustos ? Celui-ci, Lalande le cite comme un lapidaire ayant vite imité Radcliffe et consorts ; mais nous avons constaté que ce deuxième personnage prête autant à la controverse. D'origine suisse, car né à Berne en 1703, son père chirurgien passe en France avec l'espoir d'y perfectionner son art. En 1714, une loi contre les Calvinistes l'en chasse. Elle est promulguée le 14 mai. La famille fait ses bagages et part en Angleterre. John entre en apprentissage chez un artisan de Londres. Son initiation maçonnique survient vers la fin des années 1720 seulement, ou au tout début de la décennie suivante. Il ne se fixera à Paris qu'en 1736, où il travaillera dans les galeries du Louvre[13]. D'où les festivités de l'année suivante.

Ce n'est pas tout. Il est légitime de s'éloigner résolument du plumassier Martin Peny, demeurant rue Saint-Denis. Certes les

---

13. La date de naissance de Coustos se calcule grâce à la gravure frontispice qui illustre son mémoire publié en 1746 à Londres, après un séjour dramatique au Portugal, y ayant été incarcéré par l'Inquisition. Cette gravure indique dans son cartouche qu'il est âgé de quarante-trois ans (*The Sufferings of John Coustos for Free-Masonry, and for His refusing to turn Roman Catholic in the Inquisition at Lisbon...*, imprimé par W. Straham, 1746). Le départ de sa famille en Angleterre ne se situe pas à l'époque de la révocation de l'Édit de Nantes, comme il est commun de le dire, mais après la promulgation de la loi du 14 mai 1714, ce qui change considérablement le regard à porter sur sa vie. Pour l'édition française concernant les autres détails de sa biographie, se reporter à *Procédures curieuses de l'Inquisition de Portugal contre les Francs-Maçons. Pour découvrir leur secret, avec les interrogatoires et les réponses, les cruautés exercées par ce tribunal...* Par un frère maçon sorti de l'Inquisition. Dans la Vallée de Josaphat, l'an de la fondation du temple de Salomon MM. DCCC. III (lire : 1747).

listes de la Grande Loge[14] l'enregistreront sans discussion possible comme ayant commencé son action le 7 mai 1729 ; mais d'autres listes moins enthousiastes[15] proposeront plutôt l'année 1749. L'écart est important. Pour décider, ce sont les recoupements extérieurs qui comptent : aucune allusion à Peny avant les années 1750, vraiment aucune. Exit Saint-Martin.

Dans le même registre de la Grande Loge de France, on découvre une dualité étrange à propos de Puisieux. Il aurait été Vénérable des Arts Sainte-Marguerite dès le 15 décembre 1729, et en même temps de Saint-Pierre et Saint-Paul. Un report vers une liste imprimée vers 1770, permet de dissiper cette première ambiguïté. Dans une colonne où Puisieux est signalé comme doyen, selon une qualification amplement méritée puisqu'il est nonagénaire, sa loge est uniquement les Arts Sainte-Marguerite[16]. Ni Pierre ni Paul ne sont invoqués. Bord impose une torsion alchimique à tout cela en disant que Coustos aurait été le premier vénérable de la première loge, que Puisieux l'aurait été de la seconde. Et il invoque la reconstitution des Arts qui aurait été sollicitée par l'architecte en octobre 1773. Ailleurs, il préfère dire que c'est son fils qui aurait tenu le premier maillet des Arts, tandis qu'il aurait bel et bien officié sous Pierre et Paul[17]. Le tout est inintelligible.

En 1729, Puisieux a cinquante ans. L'*Almanach royal* de cette année-là ne le compte pas parmi les membres de l'académie d'architecture dont le duc d'Antin est le protecteur, ni parmi ceux de la juridiction de la maçonnerie, ni parmi ceux des jurés du roi[18]. Mais, quatre ans plus tard, il est intégré

---

14. Bibliothèque Nationale de France, *Registre du Président de la Grande Loge des Maîtres de l'Orient de Paris, dite de France*, f° 70-71

15. Bibliothèque Nationale de France, FM¹ 112, *Tableaux des Vénérables Maîtres...*, 1 janvier 1765 et 27 avril 1769. Dans le second, la loge de Peny est marquée rayée des effectifs à dater du 5 avril 1766.

16. *Tableau des Officiers de la Très-Respectable Grand-Loge de France*, archives particulières.

17. *La franc-maçonnerie en France, des origines à 1815*, Nouvelle Librairie Nationale, 1908, p. 302.

18. *Almanach Royal pour l'année MDCCXXIX*, imprimerie de la veuve d'Houry, 1729. Académie royale d'Architecture : p. 297-298 ; juridiction de la Maçonnerie, p. 203-204 ; experts jurés, p. 299-300.

parmi les « architectes experts bourgeois », il demeure alors cour du Dragon, faubourg Saint-Germain. Un peu plus tard, le voici carrefour Saint-Benoît. Ensuite nous le retrouvons rue du Plâtre Saint-Jacques. Tous ses déménagements le maintiennent à peu près dans la même aire géographique, aux alentours de la rue Sainte-Marguerite. De toute façon, il s'annoncera lui-même comme « M^{tre} de la L. des Arts, architecte de la G : L : de France [19] » en 1762, laissant Paul et Pierre dans les marges. Il associera d'ailleurs parfois sa signature avec celle de Thomas Le Breton du Louis d'Argent « dite » Saint-Thomas. N'allons pas contre.

Cela établi, la date du 15 décembre 1729, également imprimée dans la liste, est sans doute davantage celle de son initiation que de son installation comme vénérable ou de la création des Arts. Une étude sommaire du parcours des autres frères cités à sa suite laisse penser que, en général, les repères chronologiques correspondent aux jours où chacun a demandé son inscription en tant que dirigeant fondateur de sa propre association. Mais, il n'est pas ainsi du sous-doyen, Jean-Pierre Le Lorrain, présenté comme avoir été vénérable de la sienne le 29 novembre 1736, alors que des procès-verbaux d'époque nous apprendront qu'il aura exercé cette charge plus tardivement. Des ombres persistent, d'autant plus que nous verrons plus loin qu'en 1743 et 1744 Puisieux n'est indiqué nulle part comme chef de loge. Quoi qu'il en soit, la revue s'achève par lui, et sur les cinq possibilités avancées par Bord, en sus de la première loge pionnière, une seulement peut être accréditée. L'orfèvre Le Breton et l'architecte Puisieux commencent sans doute à maçonner la même année, l'un au printemps, l'autre à la fin de l'automne ; mais nous ne possédons de quasi certitudes que sur l'action fondatrice du premier.

Il se peut que Bord se soit laissé influencer par Daruty pour prendre 1726 comme point de départ des loges parisiennes. L'argument de celui-ci s'énonce assez simplement : le coup d'envoi n'a pas pu être donné avant, parce que les rituels suivis

---

19. Voir les patentes constitutives de la loge Saint-Jean, de Metz, en 1762 (Bibliothèque Nationale de France, FM^1 111, f° 134 r°, copie de l'original).

par les frères, selon ce que certaines estampes en révèlent, ont été agréés en novembre 1725 seulement, et que « vu les difficultés des communications[20] » ils n'ont pas été connus sur le continent avant plusieurs semaines. Daruty considère toutefois comme acquis ce qui ne peut l'être. Les Jacobites de Paris n'ont pas besoin d'être à la remorque de Londres, ils n'ont pas besoin d'une leçon extérieure pour se mettre à l'ouvrage. Qu'ils empruntent quelques éléments aux rivaux hanovriens, c'est une chose à concéder, sous réserve de réciproque à leur avantage, comme nous l'avons vu ; mais, leur indépendance est un fait que personne n'ignorait à l'époque. D'ailleurs, les estampes en question sont d'une dizaine d'années postérieures, si bien qu'il est cavalier de se tourner prématurément vers elles.

Partant, nous sommes mieux armé pour effectuer un retour vers le duc de Wharton. Nous l'avons laissé à Francfort, en 1725. Le 22 août, il obtient de Jacques III une lettre d'accréditation pour jouer un rôle de plénipotentiaire à la cour de Vienne. Sa mission est de convaincre l'empereur d'Autriche de refuser un rapprochement avec les Hanovriens, et de ne pas rentrer dans l'Alliance qu'ils souhaitent par ailleurs avec Louis XV. Il n'est pas le seul Jacobite à se démener en ce sens. Un traité est malgré tout signé entre l'Angleterre, la France et la Prusse. Demi échec ou demi succès, c'est selon. Au début de février 1726, Wharton part en informer son roi à Rome ; et, le 5 mars, il a enfin la joie d'être admis dans l'Ordre de la Jarretière.

Sa volonté en est décuplée de servir Jacques, et d'accepter une nouvelle ambassade extraordinaire à Madrid. Objectif : mettre tout en œuvre pour que la seule alliance triple qui vaille soit de préférence entre la France, l'Autriche et l'Espagne. Assister le duc d'Ormonde qui est déjà pied d'œuvre. Wharton prend un passeport sous le nom de Philibert, embarque à Gênes, arrive à Barcelone sans avoir fait de mauvaises rencontres, et rejoint Madrid. Là, donc, il consacre toute son énergie à plaider la cause. Presque toute, car son goût des mondanités réclame

---

20. *Recherches sur le Rite Ecossais Ancien Accepté*, General Steam Printing (île Maurice) et Panisset (Paris), 1879, note 40, p. 84.

L'essor

aussi une bonne dépense d'énergie. À Vienne, il jouait au Pharaon avec le duc de Richelieu, et y perdait cinq cents ducats ; maintenant, une jolie demoiselle retient son regard. Marie-Thérèse O'Berne est fille d'un colonel irlandais récemment disparu. Pour elle, il se convertit au catholicisme et l'épouse en juillet.

Les affaires vont cahin-caha. Quand l'Espagne décide de mener le siège de Gibraltar, il demande à commander un régiment de mercenaires Irlandais. On le voit en première ligne. On le voit si bien que la nouvelle est portée à Londres et qu'une procédure de haute trahison est engagée contre lui, avec en bout de course la saisie des biens qu'il possède sur le sol britannique. L'assaut espagnol échoue ; ce n'est pas de sa faute. La procédure anglaise continue ; ses ennemis considèrent qu'il doit payer. En parallèle, il maçonne. Rien n'est plus sûr. En février 1728, à Madrid, dans un hôtel français de la rue San Bernardo, portant l'enseigne Aux Trois Lys, il s'associe avec quelques frères afin d'inaugurer la première loge de la péninsule. Français, ils seraient huguenots, le plus notable d'entre eux étant Charles de Labeylie. Or, chose à première vue très étrange, ils demandent leurs patentes constitutives à la Grande Loge de Londres, lesquelles leur sont accordées avec inscription sur le tableau officiel. Notre duc serait-il à ce point inconstant dans ses fidélités ?

Retardons la réponse. En avril 1728, Wharton apprend que le roi Jacques est en Avignon. Il lui demande par écrit une entrevue. Jacques tente de le dissuader, tant les renseignements qu'on lui apporte sur le jeune duc sont contradictoires, mettant à la fois en cause son goût immodéré pour l'alcool et ses oscillations de ferveur. Sans appuyer là-dessus, il essaie au moins de le convaincre qu'il ferait une erreur grossière en venant le rejoindre dans l'enclave papale. Puisque des mesures de déchéance ont été réclamées contre lui en Angleterre, il serait bien inspiré en ne prêtant plus le flanc aux critiques. Wharton feint de ne pas comprendre. À la fin du mois, il prend le bateau avec son épouse. Entre temps, Jacques est descendu sur Bologne. L'entrevue devient inévitable. Le roi demande à ce qu'elle reste la plus secrète possible. Elle a lieu. Wharton expose que sa fortune est dans un état pitoyable. Il demande des soutiens. Jacques promet, un peu.

Pas assez, aux yeux du voyageur, lequel prend la route de Paris. Au cours d'une halte à Lyon, il rédige une lettre de repentance à l'intention de l'ambassadeur Horace Walpole. Bref extrait : « Je viens à Paris afin de me mettre entièrement sous la protection de votre excellence.[21] » Changement radical de maître ? Il arrive dans la capitale française en matinée du 5 juillet. Comme annoncé, il ne tarde pas à se présenter à l'ambassade d'Angleterre, où il réitère son vœu d'être pardonné, ce qui devrait lui permettre du même coup de rentrer en possession de ses biens outre Manche. Il parle, promet, jure, raconte des anecdotes piquantes sur les Jacobites de Madrid et de Rome. Après tout, rien ne coûte à l'ambassadeur de profiter du personnage pour engranger de nouvelles informations. Bien sûr, il en réfère aussitôt son ministre de tutelle, le duc de Newcastle.

Wharton a l'impression qu'il a misé sur la bonne carte. Prudent, il évite de rester à Paris. Jusqu'à ce que le gouvernement de Londres prenne une décision officielle à son sujet, il part avec la duchesse s'installer à Rouen. Newcastle souffle le chaud et le froid. Le temps passe. Wharton s'impatiente. Des visiteurs, autant jacobites que Hanovriens viennent régulièrement lui rendre visite. Il leur écrit, se montre flexible avec tout le monde. Trop. Atterbury s'inquiète de savoir s'il s'est vraiment converti au catholicisme en Espagne. Il le confirme en des termes qui laissent penser qu'il pourrait adhérer à n'importe quelle religion au gré de ses intérêts personnels. Le personnage indispose de plus en plus ses amis des deux Saint-Germain. Il leur assure cependant qu'il ne trahit en aucun cas Jacques III, lequel lui aurait de toute façon donné la permission de contacter Horace Walpole. En somme, il entend passer pour un homme d'une rare habileté, capable de fréquenter l'ennemi pour mieux se retourner contre lui au moment crucial. Vieux thème, chez lui.

Daniel O'Brien lui accorde un crédit limité, mais un crédit suffisant pour envisager qu'il puisse encore rendre de grands

---

21. « *I am coming to Paris to put myself entirely under Your Excellency's protection.* » Historical Monuments Collection, manuscrits Weston-Underwood, lettre du 28 juin 1728 (vieux style).

services. Le mois d'août s'écoule, pendant lequel il est convaincu que son étoile lui sourira. En vérité, il ne risque pas de revenir en faveur à Londres où des pamphlétaires whigs le malmènent sans retenue. C'est ce qu'il doit convenir en août, après avoir reçu des émissaires officieux du gouvernement. Alors, ayant fait courir le bruit que la confiscation totale de ses biens l'a réduit à un état de misère, assiégé par les artisans et commerçants de Rouen qui réclament le paiement de services fastueusement demandés, il écrit cette fameuse lettre au *Mist's Journal*, où il reprend la terminologie des Gormogons pour flétrir la maison de Hanovre ; puis, un peu forcé par le tintamarre lancé par les créanciers de la région, il se rapproche de Saint-Germain en Laye, de Paris. Peter Redmond, un Irlandais ayant fait office de consul jacobite au Portugal, consent à l'héberger.

Son infortune ne l'empêche pas de dépenser. Au château de Saint-Germain, il semble ne s'intéresser qu'aux bals, au concerts, aux pavanes et parades. Voilà, en très bref, ce que retiennent les quelques biographes plus ou moins bien disposés à son égard. Pourtant, on ne doit pas douter une seconde qu'il participe aussi aux assemblées maçonniques. Comme élément imparable de preuve, nous avons ce qu'en dira MacLeane lorsqu'il fera réviser en 1735 les constitutions de l'Obédience française. Il le présentera comme son prédécesseur à la grande maîtrise. MacLeane ne pourra pas se tromper, puisque lui-même sera rentré d'Écosse en 1728, après deux années de séjour là-bas, et aura donc assisté en personne aux réunions de loge. Je voudrais toutefois insister sur un autre aspect.

A-t-on remarqué que les deux loges continentales inscrites dans les registres de la Grande Loge de Londres, avec dates d'apparition 1728 et 1729, sont successivement celles de Madrid et de Paris, c'est-à-dire dans le second cas celle du Louis d'Argent de Thomas-Pierre Le Breton ? Peut-on établir que Wharton est effectivement à Paris le 7 mai, quand Le Breton entre en piste ? Quelques semaines auparavant, lors d'un bal qu'il a offert au château de Saint-Germain, malgré sa complète infortune, il s'est querellé avec un soupirant un peu trop empressé de sa jeune femme. Afin d'éviter un embarras, il a proposé qu'un duel au pistolet ait lieu à Valenciennes, ville où la juridiction royale ne risquait pas de les importuner. Il s'y est rendu, accompagné du capitaine Robert Brierley en guise de témoin, a attendu en vain son rival, puis est rentré convaincu de la couardise de celui-ci. Mais, à peine arrivé à Paris, il a été mis aux arrêts par une connaissance, à savoir le maréchal de Berwick, agissant au nom de Louis XV. En fait, la nouvelle qu'il règlerait son affaire d'honneur dans les Flandres avait transpiré. Son rival avait été arrêté, d'où son incapacité à se présenter au rendez-vous. Lui-même a donc subi le même sort. Puis, relâché, il a repris ses dissipations festives. Une courte retraite dans un couvent ne l'a pas enclin à la modération sur ce point.

En mai, il est certainement à Paris. Plusieurs lettres de sa correspondance en attestent. Il lui arrive de se rendre souvent à Saint-Germain en Laye, où Brierley a sa parentèle, mais il ne s'y fixe pas. Une hypothèse devient alors plausible. S'il encourage les initiatives de l'orfèvre Le Breton, ce ne serait pas une bizarrerie ; mais il est peu probable qu'il lui dispense les mêmes encouragement qu'à Labeylie, quand il était à Madrid. Il n'est plus question de solliciter une patente de Londres, puisque sa demande de retour en grâces a été rejetée par le ministère Walpole. L'an passé, quand il était en Espagne, il pouvait encore y rêver, et il pouvait concevoir justement l'appel aux frères britanniques comme une manifestation de bonne volonté de sa part ; maintenant, le sort a basculé. Il lui reste à se comporter en grand maître parisien, sans doute autoproclamé. Son Obédience demeure pour l'instant assez virtuelle, tant il y a fort peu de loges à fédérer sous sa houlette ; mais le mouvement est lancé. Ce qu'en dira plus tard MacLeane peut donc être interprété sans soupçon. En 1729, l'imprévisible Wharton marque de sa forte empreinte le système jacobite. Abonné au fait accompli, il n'a pas attendu qu'on l'en prie.

Voilà peu de temps, Peter Redmond, qui appartient à l'Ordre du Christ, lointain héritier portugais des templiers médiévaux, lui a proposé de participer à un dîner entre chevaliers. Le duc s'est fait confectionner des vêtements noirs, exigés par le protocole, et il s'est bien diverti. Souvent, il se promène dans une uniforme de colonel espagnol, arborant l'étoile de l'Ordre de la Jarretière sur la poitrine. Tout ce qui est cérémoniel le fascine. S'il aime se mélanger à la bourgeoisie, voire aux gens du peuple, ce n'est jamais pour renoncer à sa propre image de favori des princes. Cependant, sa réputation décline. Ses amis jacobites nourrissent une méfiance croissante contre lui ; ils hésitent à lui prêter l'argent qu'il dépense sans retenue. En juin, grâce à l'aide d'Antoine-Vincent Walsh, armateur d'origine irlandaise, il décide donc de prendre un bateau qui, de Nantes, le ramènera en Espagne. C'est là-bas qu'il contractera une maladie abdominale et mourra, le 31 mai 1731, retiré dans un monastère cistercien alors qu'il voulait aller se soigner dans une station thermale.

J'insiste sur ces jalons chronologiques, parce qu'ils sont importants pour l'analyse. Ce n'est qu'en avril 1732 que la loge du Louis d'Argent sera reconnue par la Grande Loge londonienne. Celle de Madrid a, quant à elle, eu la satisfaction de l'être très tôt. C'est ainsi qu'elle portera le numéro 50, dans le tableau récapitulatif de 1735. Après l'adieu au duc, les Parisiens de la mouvance jacobite, tous proches de la noblesse, n'auraient-ils pas eu un mouvement de répulsion vis-à-vis de Le Breton, en sorte que celui-ci aurait choisi de se retourner vers les Londoniens de la mouvance hanovrienne ? Il serait intéressant de savoir quand sa demande de constitutions a été reçue outre Manche. Cette information mériterait d'être recherchée. Toutefois, il est facile de raisonner par défaut. Si Le Breton avait été patronné dès le printemps 1729 par les Anglais de Londres, ceux-ci n'auraient pas mis presque trois années pour lui accorder ses patentes. Comme nous devons exclure l'idée d'une génération spontanée, il est effectivement plausible d'y voir l'œuvre de Wharton. Mais, une fois sa mort connue à Paris, en juin 1731, Le Breton change d'enseigne.

En tout état de cause, le mouvement est désormais bien lancé. Et le peu d'influence des Hanovriens, dans la capitale, ne leur permet pas de soutenir la concurrence avec les Jacobites. Quant à l'hypothèse d'une influence encore plus décisive de Ramsay, elle est également à écarter. J'ai dit qu'en 1725 ses connivences avec le duc de Mar ne permettait pas de le retenir comme un moteur de la loge créée rue des Boucheries. En novembre 1727, il fait de nouveau parler de lui en des termes qui montrent que les sympathies lui sont comptées. Tandis que Jacques III a prononcé contre sa femme Clementina une mesure d'éloignement, lui reprochant d'avoir trop prêté l'oreille à la coterie parisienne groupée autour du duc, notamment de s'être laissée manipuler par Dorothy Sheldon, sa dame de compagnie qui est aussi belle sœur d'Arthur Dillon, est relancée la rumeur selon laquelle Mar aurait abusé de sommes d'argent confiées à Dillon pour secourir des compatriotes. Il aurait trompé le général sur l'usage personnel qu'il pensait en faire.

Aujourd'hui, nul ne peut savoir quel est le fond de vérité ou de mensonge de l'affaire ; cependant, les personnalités les plus en vue de la diaspora jacobite s'en émeuvent. Ce qui les tient en éveil, c'est que Mar a décidé de congédier son intendant pour une raison triviale, mais que celui-ci clame qu'il sait beaucoup de choses compromettantes sur son maître, qu'il pourrait donc les révéler au grand jour si le projet de le mettre à la rue se réalisait. La conjoncture se complique d'une histoire de cœur avec une dame d'atours de la duchesse, qui veillait également à copier des courriers confidentiels à l'insu de celle-ci. Il y a du chantage dans l'air. Le curé de Saint-Sulpice est invité à raisonner au moins la servante. En vain. Le lieutenant général de police est supplié d'éloigner les fauteurs de trouble. En vain, aussi. Comme Ramsay y met son grain de sel, de même que la duchesse de Kingston, mère de la duchesse de Mar chez qui elle loge, et encore George Granville, baron de Lansdowne of Bideford, nonobstant Arthur Dillon, les salons connaissent vite une excitation dommageable pour tout le monde. En fin de course, Mar est désavoué. Ramsay n'est donc pas en meilleure position. « On ne peut exprimer la consternation de Dillon, de Launsdoun et de toute la bande.[22] »

C'est ainsi que notre chevalier de Saint-Lazare choisit de prendre la tangente en allant à Londres où il va devenir membre de la *Gentlemen's Society*. Lorsque son biographe Albert Cherel, imitant Thory, dit que c'est pour y aller jeter les fondements de la maçonnerie nouvelle, nous sommes en droit de considérer que ce motif est purement imaginaire[23]. Ramsay

---

22. Archives du Ministère français des Affaires étrangères, série *Mémoires et documents*, sous-série *Angleterre*, volume 86, f° 172 v°.

23. *Un aventurier religieux au XVIIIème siècle, André-Michel Ramsay*, librairie académique Perrin, 1926, p. 47.

s'éclipse à cause de ce scandale qui met en effervescence bon nombre d'expatriés. Enveloppé dans les critiques que la plupart émettent sur le duc de Mar, dont on murmure d'ailleurs qu'il aurait le cerveau un peu dérangé, il comprend que son intérêt est de se faire oublier. Comme ses productions littéraires ne contribuent pas à lui donner l'aura personnelle à laquelle il aspire, la prudence l'incite à s'éloigner pour deux ans. Mar, lui, choisit bientôt de se retirer à Aix-la-Chapelle où il va mourir dans de tristes conditions, en 1732.

UN PEU DE NÉGLIGENCE

En 1735, James-Hector MacLeane ordonne la rédaction de nouveaux règlements devant s'appliquer à toutes les loges du royaume de France. Dans un passage explicatif, il prévient que l'observance des dits règlements a été négligée depuis la disparition du duc de Wharton, au préjudice de l'harmonie générale, et qu'il s'est avéré utile de les refaire afin que, portés à la connaissance de chaque nouveau frère, ils soient désormais uniformes partout. C'est ainsi que, le 27 décembre, au cours d'une assemblée de la grande loge de Paris, il appose sa signature et son sceau sur le texte de référence, dont la mise au net a été réalisée par le secrétaire John More[1].

En première approche, la question qui se pose est de savoir si, au temps de Wharton, une version de base a pu être établie. C'est ce que laisse penser un alinéa présentant les règlements comme ayant été « modelés sur ceux donnés par le très haut et très puissant prince Philippe duc de Wharton ». Mais, nous pouvons discuter sur le sens de ce don. Wharton semble n'avoir jamais produit que les Constitutions d'Anderson publiées en 1723, dont la vignette frontispice le montre comme en recevant justement le premier exemplaire des mains du pasteur. De plus, rien ne prouve que, d'emblée, les Jacobites de Paris aient voulu en respecter les articles. Ce n'est pas parce que le texte de 1735 est assurément une adaptation de ceux-ci, et souvent une simple copie littérale, qu'il faut imaginer une adhésion spontanée au

---

1. Voir Bibliothèque Nationale de France FM^1 94, et manuscrits conservés à la Grande Loge de Suède.

départ. Loin de là. Le fait que MacLeane signale lui-même des changements délibérés témoigne d'une réaction sur des points considérés comme capitaux.

Le premier est que l'option chrétienne est clairement affirmée dans l'article d'introduction. Le second est que, pour le principe, les réunions de la grande loge ne sont pas programmées le 24 juin, mais le 27 décembre. Ici, saint Jean l'Évangéliste supplante saint Jean Baptiste, ce qui est d'ailleurs dans la ligne des habitudes opératives du monde médiéval, car l'hiver est la période creuse pour les travaux de chantier, et donc la plus favorable pour faire le bilan de l'année écoulée, prévoir de nouvelles constructions et surtout régler les litiges en suspens. Je passe sur d'autres aspects pour arriver alors à cette opinion que la négligence regrettée par MacLeane est toute relative. Il convient plutôt de l'interpréter comme le symptôme d'une détente. Tant que les rivaux hanovriens restaient sans danger en France, et surtout dans Paris, rien ne servait de s'alarmer. Mais en 1732, le Louis d'Argent obtient son inscription sur les listes de Londres ; l'année suivante, vient le tour de la première loge de Valenciennes « in French Flanders » ; encore un an, et c'est le second duc de Richmond qui attire à lui, dans l'hôtel de sa grand-mère Louise de Kerouallé, des Français et des Britanniques plutôt favorables à la maison de Hanovre. Comme le même récidive en septembre 1735, avec plus d'éclats, il n'est pas possible aux Jacobites de rester indifférents. Ou bien, ils se laissent déborder, doubler ; ou bien, ils réagissent en tâchant de renforcer leur propre système.

L'abbé John Moore est le personnage le plus difficile à cerner de tous ceux qui s'activent en France depuis le début du siècle. Si un heureux chercheur parvenait à découvrir son origine et les différents services qu'il rend aux exilés, la plupart des questions que nous nous posons sur la diffusion de l'Ordre trouveraient des réponses définitives. Est-il apparenté à Anthony Moore, qui est chargé des transports de la reine mère dès son arrivée à Saint-Germain en Laye, et qui meurt en 1719 à l'âge de quatre-vingt sept ans ? L'est-il au futur officier du régiment Royal-Écossais, et franc-maçon ? Il se signale la première fois à nos yeux en 1716, quand Philip of Wharton est à Paris, après s'être entretenu en Avignon avec Jacques III. Son rôle est d'assurer la copie et l'expédition de lettres circulaires que Wharton se propose d'adresser aux amis qu'il pense sensibles à la cause. N'ayant pu, apparemment, joindre Alexandre Alexander recommandé par le duc de Mar, il se rabat vers l'abbé. Homme de confiance, très prudent et très efficace, il connaît apparemment toutes les adresses. Tel est le portrait de lui, qui se discerne dans ce qu'en disent Wharton et Mar, même si, ne l'ayant pas encore vraiment testé, Mar recommande quelques réserves à son égard[2].

Peu après, Mar étant devenu douteux, ses relations sont particulièrement suivies avec Francis Sempill, aussi agent de Jacques III en France, un temps favorable à Ramsay, et franc-maçon soucieux de prosélytisme auprès des personnels de l'ambassade italienne, comme nous aurons l'occasion de le vérifier[3]. Ce sera ainsi jusqu'en 1745 inclus, puisque, sur le point de tenter son expédition en Écosse, Charles Édouard recommandera à un de ses proches de régler avec lui, de manière claire et définitive les conditions dans lesquelles la correspondance secrète pourrait être échangée en toute sécurité[4]. Au moins comprend-on sans peine qu'il n'est pas un protagoniste de seconde zone. Voilà pourquoi l'impossibilité de mieux le

---

2. Voir *Stuart Papers, Windsor,* III, 61-62, 69-70, 149-150. Lettre de Wharton à Mar, 10 octobre 1716, postée de Lyon : « *I have sent for Moor[e], whom I mentioned, to meet me at Paris, and shall in all things conform myself to the King's directions.* » Lettre de Mar à Wharton, 12 octobre 1716, postée d'Avignon : « *If you can confide in Moor[e] whom you have sent for, it would not be a bad way to give him the letter signed by yourself, which he might show to such of your friends as you should direct him to, and but to one at once, and he might give as many copies of it as there is occasion, and it would not be amiss he destroy or send you back the original by a sure hand.* » Lettre de Wharton à Mar, postée de Paris, 29 octobre 1716, « *I shall find some safe method of publishing the circular letter, and that end shall wait M[oore]'s arrival.* »

3. Mais un autre John Moor (sans *e*) est parfois également impliqué, et l'on a parfois du mal à distinguer les attributions de l'un et de l'autre.

4. « *To spe[a]ke and agree with Mr. Moore about the correspondence and that it should be safe.* » Voir le bref mémoire de Charles Édouard dans l'anthologie publiée par Alistair et Henrietta Tayler, *The Stuart papers at Windsor*, éditions John Murray, 1938, p. 123.

connaître est assez désolante ; mais, s'il est par ailleurs tôt investi de la charge de secrétaire de la grande loge de Paris, l'excuse de la négligence ne tient pas beaucoup. Jusqu'en 1734, il n'a pas encore matière à craindre la concurrence hanovrienne ; donc le fonctionnement de l'Obédience demeure assez souple.

Il n'est pas superflu de rappeler que MacLeane a rejoint en 1726 sa proche famille en Écosse, et qu'il a attendu 1728 pour rentrer à Paris. Charles Radcliffe lui-même est parti en 1727. Il s'est rendu à Rome. Il ne reparaît à son tour dans la capitale française qu'au terme d'un séjour de quatre ou cinq années environ à la cour de son roi. Cependant, on ne doit pas considérer que ces absences ont contribué à une sorte de flottement. Wharton veille à produire son effet si personnel ; et, parmi les vétérans de Saint-Germain en Laye, on en trouve plusieurs à être très certainement encore très convaincus de tenir haut le flambeau. D'ailleurs, deux témoignages au moins confirment qu'il n'y a pas interruption des travaux. Seraient-ils malheureusement fort secs, sans longs commentaires, ils sont néanmoins éloquents en soi. Ils invitent à penser que les Jacobites conservent encore l'idée que leur maçonnerie doit rester vaillante, sans baisse d'intérêt. On protestera qu'ils ne sont que deux, et que cette rareté est un signe tendant à prouver le contraire. Tout dépend du point de vue auquel on se place. La caractéristique des Jacobites est de penser que leurs loges doivent éviter de pratiquer la même ouverture que celles contrôlées au Royaume Uni par leurs ennemis. Ils recrutent dans la noblesse ou la haute bourgeoisie, pas ailleurs.

Quand, à l'automne 1716, retour d'Avignon, Wharton s'est activé entre Saint-Germain en Laye et Paris, il a rencontré le baron Eric Axelson von Sparre, ambassadeur de Suède. Deux de ses lettres au moins en témoignent. Avec l'accord de Jacques III, il utilise sa valise diplomatique afin de communiquer au Landgrave de Hesse-Cassel des propositions d'alliance[5]. Eh bien, le 4 mai 1731, voici que son fils Axel Erikson est accueilli en néophyte maçon dans une loge de Paris. J'en ai rapidement

---

5. *Stuart Papers*, Windsor, volume III, 172-174, lettres du 4 novembre 1716.

parlé dans un chapitre antérieur. Eugen Lennhoff propose une brève notice sur lui dans son *Lexikon*, peut-être en s'inspirant de confidences rapportées par un tiers, ou d'un manuscrit de Bruxelles : « 1731, 4 mai. Initiation aux mystères de la Franc-Maçonnerie, dans une loge de l'Orient de Paris du fr∴ Axel Erikson Wrede, comte de Sparre, gouverneur de Stockholm, Suède[6] ». Manquent le nom de la loge ainsi que celui du vénérable qui a officié. Chevallier affirme que Derwentwater aurait été dans le coup et qu'il aurait été alors le grand maître en chaire de l'Obédience[7]. Le second point se discute. Ni Lennhoff ni le manuscrit de Bruxelles ne le mettent en avant. Mais, peu importe.

Le comte de Sparre est né en 1708. La lumière, selon l'expression consacrée, lui est donc donnée à un âge assez jeune. Il est capitaine d'une compagnie au service de la France. Comme beaucoup de ses pareils, il habite à l'hôtel. Des rapports de police disent lequel, à savoir celui de Bussy, tenu par Nicolas-Alexis Landelle. Du moins, est-ce la déduction qui s'impose quand on s'aperçoit qu'en 1732 ledit Landelle s'inquiète du montant des dettes contractées par l'officier, et de son incapacité à les acquitter. Il s'interroge. Comme il n'est pas le seul, loin de là, Sparre est arrêté le 15 décembre 1732, puis conduit à la Bastille. Il faut l'intervention du baron Nicolas Peter von Gedda, ministre plénipotentiaire de son pays à la cour de Versailles, pour qu'il soit élargi. Sparre accepte que le banquier Fleury Tourton prenne en mains ses affaires et se charge de désintéresser les créanciers[8].

Tourton est issu d'une grande famille de financiers. Il mérite à son tour de retenir l'attention, non pas qu'on sache s'il appar-

---

6. Bibliothèque Royale Albert 1er, Belgique, II 216, tome II, *Éphémérides historiques et biographiques de la Franc-Maçonnerie depuis 1721 jusqu'en 1802*, f° 101. Dans le même manuscrit, tome III, au f° 3, l'initiation du comte de Sparre est indiquée le 4 mars 1721 : « *Initiation à Paris du fr∴ comte Axel Erikson Wrede Sparre, qui constitua les premières LL∴ en Suède* ». Cette date est très improbable ; elle s'explique sans doute par un lapsus calami. Sparre est fait compagnon le 16 novembre 1731, maître le 6 mai 1733.

7. *Les Ducs sous l'acacia*, réédition Slatkine, 1994, p. 26.

8. Bibliothèque de l'Arsenal, Paris, 11240, f° 241.

tient ou non à une loge, mais il a pour associé Christophe-Jean Baur dont les initiatives à la tête de l'Ordre français seront dans quelques années sujettes à controverses. Herbert Lüthy a bien replacé les deux hommes dans leur contexte [9]. La première trace objective de leur rencontre date de 1724, leur association proprement dite de 1728. Est-ce le moment choisi par Baur, au moins, pour s'approcher des francs-maçons ? Mystère. Cependant, on pourrait reculer la date de deux à trois ans que cette indécision ne changerait rien au principal, à savoir que Baur est, comme Tourton, sensible aux mésaventures subies par les Jacobites.

Né en 1699 d'un aubergiste d'Ulm, il arrive à Paris au moment où John Law enflamme les imaginations par ses audaces. D'après quelques auteurs, il aurait été promu député du grand maître parisien de 1743 à 1755 environ. Nous savons bien que cette durée est discutable, sauf à galvauder les titres, car La Cour de Balleroy et Le Dran remplissent également cette fonction. En revanche, trait qui a échappé à ces mêmes auteurs, il ne fait aucun doute qu'il a parmi ses relations d'autres banquiers, les Jaume, dont l'implication maçonnique est sous les couleurs écossaises. Devenu veuf, il épousera d'ailleurs en 1755 Anne-Marie Jaume. Nous n'y sommes pas encore. Disons, pour faire bref, qu'auparavant un des frères de celle-ci, Honoré, aura donné quelques tourments aux mouches de la police chargées d'espionner les partisans de Charles Édouard. En 1746, en langage très clair, il aura été dit vénérable d'une loge écossaise [10]. Patientons pour voir comment.

Le deuxième renseignement explicite sur une initiation au début des années 1730 concerne le comte Louis-René Brisay d'Énonville. Né le 17 mai 1701, entré dans une compagnie de mousquetaires en 1716, il passe cornette des chevau-légers de la garde du roi en 1718, puis mestre de camp de cavalerie l'année suivante. Il sera nommé brigadier en 1734 et maréchal de camp en 1740. C'est un homme volontiers joueur qui subit

---

9. *La Banque Protestante en France, de la révocation de l'Édit de Nantes à la Révolution*, SEVPEN, 1961, volume II, p. 160 et suivantes.
10. Bibliothèque de l'Arsenal, Paris, *manuscrit 11556*, f° 344.

les désagréments d'une incarcération au fort de Vincennes, pour dettes impayées[11]. Un répertoire belge le donnera membre de la loge de Tournay en 1770, ce qui est tardif, mais précisera que son initiation est survenue en 1732 lors d'une tenue présidée par le « V^{ble} Milord d'Arenouatre [lire : Derwentwater] G∴M∴ des L : de France[12] ». Faisons la part des choses. Depuis peu, Charles Radcliffe porte le titre comtal de Derwentwater, car son neveu qui en était l'héritier vient de décéder à Londres. En revanche, qu'il soit déjà grand maître, nous avons peine à le concevoir. Lorsqu'en 1735 MacLeane nommera Wharton comme son unique prédécesseur, il n'aura aucun motif à mentir. L'annotation belge est donc acceptable sur l'essentiel, non sur l'ensemble. Il manque soit un adverbe, soit une qualification : Milord Derwentwater *ensuite* ou bien *député* grand maître.

De Sparre à Brisay, il serait difficile d'aller plus loin, s'il n'y avait un autre regard possible sur les événements dont ils sont les acteurs. Bientôt, un opuscule circule dans Paris, qui prétend dévoiler les agissements de quelques adeptes de « mystères effrayants » qui se réunissent non seulement chez le traiteur et hôtelier Landelle, rue de Bussy, mais encore à l'hôtel de Soissons, ou à la Rapée. Cet opuscule n'a pu être localisé jusqu'à présent dans aucune bibliothèque publique ; il est seulement signalé par Claude-Antoine Thory et encore dans un éphéméride belge évoquant des faits de 1734, notamment les rivalités entre la Grande Loge de Londres et celle de York[13]. Ne doit pas nous laisser indifférent le fait de lire dans son titre le nom de Nicolas-Alexis Landelle, hôte du comte de Sparre,

---

11. Voir Archives Historiques de l'Armée de Terre, et *Lettres de M. de Marville,* chez H. Champion, 1896, tome 1, p. 105.

12. Bibliothèque Royale Albert 1er, Belgique, manuscrit 215, tome II, f° 75.

13. *Id.*, Manuscrit II 216, tome I, *Éphémérides historiques et biographiques de la Franc-Maçonnerie depuis les temps les plus reculés jusqu'à nos jours,* f° 109 : *La grande lumière ou conférences sur les mystères effrayans pratiqués chez Landelle traiteur rue de Bussy, ou à l'hôtel de Soissons, ou à la Rapée, etc.,* Jérusalem, in 12°, 44 pages.

Thory : annexe du premier volume de *Acta Latomorum* (chez Pierre-Élie Dufard, 1815), *Bibliographie historique de la Franche-Maçonnerie,* p. 550.

puis de découvrir des adresses dont plusieurs gazetiers ne vont pas manquer de signaler qu'elles abritent des réunions maçonniques. Bien sûr, évitons de penser que les frères sont les seuls clients à provoquer l'inquiétude du profane, car le vaste hôtel de Soissons surtout, dans la rue des Deux Écus, est réputé depuis longtemps pour abriter des salles de jeux où les garçons de bonne famille se ruinent, comme dit le marquis d'Argenson[14] ; mais, ils manifestent sans aucun doute un affairement particulier. Autre jeu, autre motivation, encore que le *Pharaon* et le *Biribi* aient pour certains autant d'attirance que l'évolution autour d'un tapis de loge.

Cependant, les meilleurs échos viennent de Bordeaux. Le samedi 27 avril 1732, deux capitaines marchands irlandais, Martin Kelly et Jonathan Robinson, s'associent avec Nicolas Staimton (ou Staunton), afin d'y créer le premier groupement maçonnique stable. Une certaine tradition assure aujourd'hui qu'ils auraient reçus l'agrément de la Grande Loge de Londres. Les dossiers de celle-ci ne comportant aucune trace à ce sujet, nous sommes dans l'impossibilité de le croire. Ce n'est qu'en 1766 qu'elle y sera enregistrée. Si elle était déjà en faveur au début des années 1730, comment expliquer la reconnaissance du Louis d'Argent à Paris, au début de ce même mois d'avril 1732, et pas la sienne ? Sur ce plan, les oublis du secrétariat londonien sont plutôt rares à l'époque, voire inexistants. Mieux vaut partir du principe que, en France, le grand maître MacLeane ne songe guère à adopter pour son propre gouvernement obédientiel le système des patentes. Cette pratique n'apparaîtra qu'à la fin de l'année 1736, quand les enjeux de rivalité seront devenus très importants sur le continent. En quelque façon, la négligence déplorée en décembre 1735 explique cette lacune.

Le 20 octobre 1701, on célèbre à Saint-Germain en Laye le baptême d'une petite fille née au foyer de François Miner, écuyer. La marraine s'appelle Barbe Bradshaw, veuve « Sainton ». Pour mémoire, nous pouvons déjà remarquer que

---

14. *Mémoires et journal inédit du marquis d'Argenson*, chez P. Janet, 1857, tome 2, p. 81.

Miner est tantôt qualifié « d'officier de la bouche du roy [15] », tantôt « chef de cuisine du Prince de Galles [16] ». Mais c'est madame Bradshaw qui attire la curiosité. De fait, comme à leur habitude, les prêtres hésitent dans les orthographes. Quelquefois, ils proposent Sainton, quelquefois Stanton ou Saincton. Phonétiquement, on s'explique mal ces inexactitudes quand elles tournent autour des mêmes personnes ; elles doivent néanmoins être prises en compte, d'autant que les archives de Bordeaux propose ici Staunton, là Stainton, ailleurs Staimton. Elles le doivent, car le fait qu'il s'agit de mettre présentement en relief, tient à ceci que le jour où les premiers trois coups sont frappés sous le maillet tenu par le capitaine Kelly, le premier compagnon à être élevé au rang de maître s'appelle tout bonnement James Bradshaw. Sachant que le premier surveillant est donc Staimton (ou Staunton), il est permis de se demander si les deux hommes sont cousins.

Bradshaw est qualifié de marchand. On sait qu'une maison de ce nom s'installe dans la capitale de Guyenne avant 1715. Elle prospère ensuite dans les exportations de vins à destination de l'Angleterre et la Hollande. Ce n'est pas une raison suffisante pour penser que l'influence maçonnique suit le sens inverse. Demandons-nous d'ailleurs où James Bradshaw a été admis compagnon (*interprentice* et *fellow-craft*). Il ne semble pas l'avoir été dans Bordeaux, puisque le registre s'ouvre sur la séance où il est promu maître. En raison des attaches qui viennent d'être mises en évidence, plusieurs occasions de séjourner dans la région parisienne se présentent certainement à lui. Il devient vénérable de la loge en mai 1732 quand Staimton part en voyages, ayant lui-même assuré la succession de Kelly qui a dû prendre la mer, lequel semble aussi apparenté à Olivier Kelly, négociant aux Chartrons [17].

---

15. 13 juin 1693, 28 août 1700.
16. 26 septembre 1697.
17. Archives départementales de la Gironde, C. 1072. Un Thomas Staunton fait partie des Irlandais cités à la fin d'un poème publié en hommage à Charles Édouard en 1747 (Archives du Ministère français des Affaires étrangères, série *Mémoires et documents*, sous-série *Angleterre*, volume 70, f° 409).

Dans l'ensemble, la majorité des pionniers de la maçonnerie bordelaise ont un rapport étroit au commerce maritime, et la plupart ont leur origine ou des correspondants à Dublin. C'est justement le cas de Bradshaw, ou de Patrick Dixon qui est reçu néophyte le jour de l'inauguration de la loge. On pourrait alors les supposer à l'écart des troubles politiques. Quelques uns le sont peut-être ; ou bien, ils veillent à ménager leurs intérêts en entretenant des relations aussi bonnes avec les Jacobites qu'avec les Hanovriens. Mais, il est notoire que plusieurs sont issus de parents réfugiés en France après les défaites des années 1689-1691, voire à l'époque des guerres civiles du temps de Charles 1er. Est dans ce cas, entre autres, Jean-Valentin Quin, admis en loge le 6 mai. Son père Patrice se marie à Bordeaux en 1703 avec Jeanne Lee, et tous deux ont été pris dans le mouvement massif de l'immigration. L'est aussi Thomas-Michel Lynch qui sera dans quelques années premier surveillant de la loge, son père a fondé sa maison au début du siècle, avant d'épouser Guillemette Constant en 1709.

Quoi qu'il en soit, il est clair que Bordeaux est, de très bonne heure, une ville particulièrement attractive pour les Jacobites. Ils ne la perçoivent pas seulement comme un grand port atlantique où il est donc possible de s'installer en armateur ; surtout après 1715, ils en font aussi une sorte d'étape entre Madrid et Paris, lorsqu'il s'agit de faire divers voyages plus ou moins furtifs sur ordre de Jacques III. Nous avons vu que c'est là, après Orléans, que Wharton est invité à se rendre en 1716, sans qu'il obtempère, si pressé qu'il est de rallier Avignon en droiture, comme disaient les marins. C'est là qu'en 1719, les deux frères James et George Keith attendent une convocation du duc d'Ormonde, alors à Cadix, pour qu'ils participent à l'expédition encouragée par le roi d'Espagne.

À un degré moindre, Nantes n'est pas sans offrir des avantages analogues. Nous ignorons quand le premier groupement maçonnique y apparaît. Les archives françaises ne signalent une animation de frères qu'à partir de 1742, avec un sieur Guy Bonet qui se distinguerait, tandis qu'une liste donne l'année suivante deux loges ouvertes[18]. Néanmoins, il n'est pas indifférent de remarquer qu'Antoine-Vincent Walsh (dont la signature est *Wailsh*) y a installé ses affaires une fois devenu adulte, et qu'il est le dernier à s'occuper du grand maître Wharton en 1729, avant son départ vers Bilbao. Né en janvier 1703 à Saint-Malo, troisième fils de Philip, qui commandait le bateau ayant ramené Jacques II en France après la bataille perdue de La Boyne, et qui était rapidement devenu un gros armateur de Saint-Malo, allié aux Lee par sa mère, il met en effet à disposition du duc la frégate *Bretagne*. En 1745 et 1746, il sera le principal financier des essais de reconquête menés, de concert avec les Heguerty, tandis que son frère François-Jacques prénommera au même moment l'un de ses fils Charles Édouard, ce qui ne participera pas de la fantaisie, soyons-en certain, mais confirmera un profond attachement au jeune prétendant Stuart. Peu de temps après, versant plus obscur, il s'associera avec Tourton et Baur dans la création de la Société d'Angola afin d'organiser des transports négriers entre l'Afrique et les Amériques.

Sur de telles brisées, il n'est pas indifférent de noter que le début des années 1730 correspond aussi à la période où la banque d'Alexandre Alexander commence à connaître de telles difficultés qu'elle court inéluctablement à la faillite. Alexander a beau user des astuces et autres stratagèmes connus à l'époque pour tenter de limiter ses pertes ; il a beau jongler avec ses écritures, il est acculé. Or, quand on examine attentivement la liste des débiteurs qui lui jouent un mauvais tour en ne remboursant pas les prêts à eux consentis, on y remarque le nom de James of Waldegrave, ambassadeur d'Angleterre à Vienne avant d'assurer la succession d'Horace Walpole à Paris. Dans l'acte établi en septembre 1740, le banquier le nommera comme le particulier qui lui doit la somme la plus importante, soit 22.115 livres. En même temps, il présente parmi ses créanciers

---

18. Voir Archives Nationales de France, O1/438, f° 60, lettre du 22 avril 1742 au sénéchal de Nantes ; et liste *Journal*, Bibliothèque municipale de Lyon, manuscrit 5457, pièce 31, f° 2.

les Zollicoffre de Genève [19]. Cette indication nous ramène certes vers Frédéric Zollicoffre d'Altenklingue, qui appartient à l'illustre famille suisse de Saint-Gall, et qui se fait bientôt le commis voyageur des frères bordelais auprès des Brestois et des Morlaisiens ; mais elle porte aussi à s'interroger sur les relations que le Jacobite Alexander entretient avec le Hanovrien Waldegrave.

Outre que ce dernier est justement cité comme l'un des principaux maçons actifs dans Paris en 1734, on sait qu'il est déjà enregistré dans la loge londonienne *The Horn* en 1723. Enregistré veut-il dire initié ? La question n'est pas gratuite, et l'on ne peut qu'être déçu de ne pas lui trouver une réponse satisfaisante au vu du tableau de cette loge. N'empêche que d'autres indications, disons profanes, sont assez troublantes. En 1690, meurt à Saint-Germain en Laye Henry Waldegrave, grand maître de la maison de Jacques II. Deux ans plus tôt, il a assuré le transfert d'importantes sommes d'argent, pour le compte de son roi, de Londres vers Paris. C'est le père de James qui, né en 1684, devient donc un jeune orphelin. Celui-ci est d'abord placé en pension dans un collège de Jésuites, puis il passe la fin de son adolescence à la cour de Saint-Germain. Après les échecs essuyés par le parti en 1708, il décide de rallier la maison de Hanovre. Voilà pourquoi, ayant fait ses preuves, il en vient à représenter George II à Paris en 1730, suite à trois années vécues en Autriche.

Si, très vite, Alexander n'hésite pas à lui faire crédit, il est loisible d'expliquer cette confiance par de simples calculs d'intérêt, au sens où le banquier n'aurait fait que son métier, sans autres considérations parasites. Toutefois, compte tenu du contexte, il est difficile de se satisfaire de ce seul argument. Waldegrave ne peut pas ignorer quelle était l'ambiance autour de Jacques III, avant qu'il se retire à Rome. Il ne peut pas ignorer quelle a été l'évolution de la maçonnerie jacobite au cours des vingt dernières années. Et comment expliquer qu'il ne marque aucun empressement à rembourser Alexander, auquel

---

19. Archives Nationales de France, Minutier, Étude XLVIII, 78, 12 septembre 1740.

Jacques III, envers et contre tout, maintient sa confiance jusque dans les années 1740[20] ? Vaines conjectures, peut-être, si je présume une embrouille où le hasard n'intervient que pour une part infime. Mais, le risque de me tromper à son sujet n'est pas grand. Waldegrave joue sur deux registres en même temps, et attend le moment propice pour faire pencher la balance plutôt du côté des Hanovre. Diplomate avant tout, il sait transformer un adversaire potentiel en partenaire provisoire. Il ruse.

Rappelons le contenu de deux articles publiés à Londres dans le *Whitehall Evening Post* en 1734, puis le *Saint-James Evening Post* en 1735, chaque fois en septembre, qui se font écho de réunions maçonniques dirigées à Paris par le second duc de Richmond, ancien grand maître de l'Obédience anglaise. Dans le premier, il est dit que cet ancien grand maître de la Grande Loge de Londres a réuni une loge chez sa grand-mère Louise de Keroualle, duchesse de Portsmouth, et qu'il y a reçu « plusieurs personnes de distinction[21] ». Parmi les déjà initiés, se trouvaient l'écrivain Montesquieu, le brigadier Churchill, l'écuyer Edward Yonge ainsi que Walter Strickland. Dans le second article, Richmond est présenté comme ayant œuvré plutôt à l'hôtel de Bussy, en présence du comte de Waldegrave, avec pour invités encore Montesquieu, le marquis de Locmaria, Lord Dursley, fils du comte de Berkeley, l'Honorable FitzWilliams, le docteur Hickam, et plusieurs autres personnages français et anglais, dont « messieurs Knight père et fils ». Les néophytes reçus sont le duc de Kingston, le comte de Saint-Florentin, le fils de l'ambassadeur Waldegrave, puis un Pelham, un Arminger, un Cotton, et enfin un Clément[22].

Ce serait alourdir le commentaire que de tracer la série complète des portraits. Pour certains détails, le lecteur gagne à

---

20. « *I beg you would remember to obtain for Mr Alexander the banker the protection I have mentioned to you more than once.* » Lettre de Morgan [pseudonyme de James Edgar, secrétaire particulier de Jacques III] à Francis Sempill, 14 mars 1743, Archives du Ministère français des Affaires étrangères, série *Mémoires et documents*, sous-série *Angleterre*, volume 87, f° 373.

21. *Whitehall Evening Post,* 5-7 septembre 1734.

22. *Saint-James Evening Post*, 20 septembre 1735.

se reporter aux études de Pierre Chevallier[23]. Ici, je voudrais seulement porter l'attention sur le duc de Kingston et les deux Knight. Sans aucun doute, le premier est le neveu de la comtesse de Mar. Il se nomme Evelyn Pierrepoint, et a hérité du titre ducal à la mort de son grand-père, en 1726. Bien plus familier de la paroisse Saint-Sulpice à Paris que de celle de Saint-Paul à Londres, il fait partie de ces singuliers frères dont le destin reste indéterminé. Compte tenu des vicissitudes éprouvées par la famille de sa tante, on comprend aisément qu'il n'ait pu trouver une entrée dans les loges jacobites. Il saisit donc l'opportunité de la venue de Richmond pour faire le pas. Et l'on croira volontiers que Ramsay, de temps en temps, l'instruit des légendes en cours.

Les Knight se prénomment tous les deux Robert, et seront cités en 1740 comme créanciers d'Alexander. Cela signifie que, au cours de la décennie qui nous intéresse, ils ont avec lui des relations assez étroites. Sont-ils Jacobites, Hanovriens, amphibies ? Aux alentours des années 1720, le père est caissier de la *South-Sea Company*. Comme beaucoup de ses pareils, il réalise des spéculations hasardeuses, et l'examen de son cas provoque des débats virulents au parlement de Londres. Wharton lui-même exprime sa colère, parce qu'il a perdu une bonne partie de ses mises. En janvier 1722, ayant promptement pris la clef des champs, le voici incognito à Rome où il espère se mettre aux services de Jacques III. Quelques désagréments lui sont d'abord opposés, mais il réussit à obtenir une audience et à promettre son allégeance. Las pour lui, le roi se doute que le personnage n'est pas d'une sincérité infaillible.

En fait, il agit sur commande. Un mystérieux comte anglais résidant à Paris lui a dicté sa conduite. Il lui a donné mission de gagner la confiance générale, de s'immiscer dans les plus hauts secrets pour lui en référer. Le voici déconfit, par conséquent. Il comprend sans peine qu'il serait bien inspiré en s'échappant sur Naples ou Venise. Afin d'assurer ses arrières, il écrit alors à son énigmatique protecteur parisien ; mais sa

---

23. Voir *Les ducs sous l'acacia*, et *La première profanation du temple maçonnique*.

lettre est interceptée par un officier du pape. Il la terminait par une sorte de supplique : « J'espère, cependant, Mylord, comme je n'ai d'autre appui que votre protection, que vous ne m'abandonnerez pas, je vous prie de réfléchir, qu'il vaut mieux mourir une fois, que d'être dans des allarmes continuelles des poursuittes et d'emprisonnement [24]. » Naturellement, Jacques est informé des frasques osées par un tel solliciteur. Il fait même reproduire cette lettre accusatrice, afin que nul n'en ignore dans toutes les cours d'Europe où il a ses délégués.

Les années passent. Knight oublie sa mésaventure. Il passe en Espagne. Or, là-bas, il lui arrive de côtoyer George Keith, comte Marischall, auquel il consent plusieurs prêts d'argent. Est-ce derechef avec des pensées équivoques ? Dans une lettre à Francis Sempill, Marischall le considèrera comme un homme de bonté [25]. Quelques autres allusions dans des rapports dispersés le présenteront au contraire comme un individu dont il faut se méfier. En 1741, surtout, Jacques III sera irrité de ce que plusieurs Jacobites le fréquenteront en lui faisant des confidences malheureuses [26]. Nous pouvons donc conclure qu'il existe effectivement des passerelles entre les deux partis antagonistes. Toutefois, s'il fallait prendre au pied de la lettre les déclarations de MacLeane relatives aux négligences consécutives au départ de Wharton à Bilbao, ne serait-ce pas à cause de cette situation ? Pourquoi réagir en 1735, apparemment avec vigueur ? En fait, c'est maintenant que commence l'âge le plus dense de la maçonnerie jacobite.

---

24. Lettre du 22 janvier 1721, Archives du Ministère français des Affaires étrangères, série *Mémoires et documents*, sous-série *Angleterre*, volume 90, f° 52.

25. Lettre du 7 juin 1734, Archives du Ministère français des Affaires étrangères, série *Mémoires et documents*, sous-série *Angleterre*, volume 84, f° 113. Voir aussi la lettre du 16 novembre 1734 (f° 140). Le même besoin d'argent est exprimé par George Keith écrit en avril 1736 que le grand maître est à Avignon (f° 158) ; cette fois il se tourne vers Alexandre Alexander.

26. Archives du Ministère français des Affaires étrangères, série *Mémoires et documents*, sous-série *Angleterre*, volume 90, lettres du 22 et 27 juillet 1741, f° 215 et 252.

TROISIÈME PARTIE

L'ÂGE D'OR

ROME

Rumeurs de guerre. Elles commencent à la fin de 1732. La *Gazette d'Amsterdam* les signale dans un numéro de décembre : « On craint fort qu'il n'y ait quelque changement dans le système général de l'Europe qui pourrait tendre à une rupture entre quelques puissances au printemps prochain.[1] » Effectivement, il suffit que le roi de Pologne Auguste II meurt pour que les principaux États se laissent gagner par une fébrilité belliqueuse. C'est qu'en Pologne la monarchie est élective. Pour être porté au trône, il faut gagner les suffrages de la Diète. Deux candidats espèrent triompher, d'un côté le fils du défunt, et de l'autre l'ancien monarque Stanislas Leszczynski, devenu entre temps beau-père de Louis XV. En septembre, les élections sont favorables à Stanislas. Mais son rival n'a pas l'intention de renoncer. Du coup, le jeu des alliances internationales font que deux blocs sont prêts à en découdre. Et il n'y a pas que ça. Le duc François de Lorraine vient de se rapprocher aussi étroitement que possible de l'Autriche ; il accepte d'épouser l'héritière de l'Empire. La France n'admet pas d'être menacée à sa porte de l'Est. La guerre est un moyen d'y parer.

On ne dira pas que la maçonnerie continentale n'en subit pas les contrecoups ; on ne dira pas qu'elle est une institution à l'écart des contingences. Au contraire, il est permis de penser que le brassage des militaires provoqué par les déplacements des troupes crée des occasions nouvelles de prosélytisme. Les

---

1. *La Gazette d'Amsterdam*, 16 décembre 1732.

Jacobites espèrent que l'issue des batailles sera favorable à leurs propres alliés que sont encore la France et l'Espagne, et qu'ils pourront profiter des tractations qui ne manqueront pas de se produire. Bien sûr, les loges ne sont en aucun cas des lieux où se conçoivent les offensives ; elles servent cependant à nouer des liens de sympathie, à renforcer certains aspects de sociabilité oubliés depuis, mais si caractéristiques du dix-huitième siècle. Des lieutenants, des capitaines, des colonels, des généraux transportent avec eux certaines habitudes mondaines, ils ne refusent pas quelques divertissements typés. À l'occasion, dans les capitales, les citoyens des nations ennemies, quoique surveillés, sont invités à d'agréables dîners ou des spectacles gracieux.

Commençons par Rome. En 1727, Charles Radcliffe est venu s'y installer, pour mieux bénéficier des subsides de son oncle William, propriétaire d'une maison spacieuse ; mais, il a regagné la région parisienne après quatre ou cinq années de séjour. En a-t-il profité pour maçonner ? Cela paraît assez probable, car on ne comprend pas pourquoi il aurait été actif en France et passif en Italie. Pour espérer en savoir un peu plus, nous devons nous rabattre vers le premier registre connu qui retrace les conditions d'ouverture de la première loge jacobite *attestée* – ce qui ne veut pas dire *effective* – dans la ville pontificale. Sa transcription a été réalisée en 1910 par William James Hughan dans une brochure ayant l'avantage de contenir quelques reproductions de signatures [2]. Il suffit d'établir la liste de ses membres permanents ou transitoires pour être définitivement éclairés sur le rôle des principaux soutiens de Jacques III.

Étant donné, d'une part, que le second procès-verbal annonce une légère sanction pécuniaire contre des frères absents quoique dûment convoqués, et, d'autre part, que le nom des présents à la première tenue désigne sans nul doute des hommes déjà initiés [3], il est certain que ce groupe romain n'est pas récent. Son registre manifeste une volonté de formaliser par écrit un mode

---

2. *The Jacobite Lodge at Rome, 1735-1737*, imprimé par Torquay Directory Co, pour la loge de recherche n° 2429 de Leicester, 1910.

3. *Id.*, tenue du 16 septembre 1735. « *That it being contrary to the laws*

ancien de fonctionnement. Les premières pages précisent brièvement quelles sont les règles à respecter par chacun. Nous pouvons émettre l'hypothèse d'un sommeil durant quelques mois, et d'un regain voulu par une huitaine de volontaires. Cette hypothèse est d'autant plus plausible que, dans un répertoire de membres, d'ailleurs incomplet, William Howard est signalé comme *Master* de la loge, c'est-à-dire vénérable, avec James Irvin et Richard Younger en adjoints remplissant les charges de surveillants (*wardens*) ; or son nom n'apparaît nulle part ensuite, ni à cette fonction ni à une autre ; celui de Younger, non plus [4].

Avant le refuge à Saint-Germain en Laye, un parfait homonyme était secrétaire et grand chambellan de la reine Marie de Modène. Ses fils ont occupé des offices similaires jusqu'à la mort de celle-ci, dont le cadet John, devenu baron Stafford en s'alliant lors d'un premier mariage avec l'héritière du titre. Est-ce que le maçon romain est son aîné ? Je n'ai pas encore trouvé une réponse acceptable. Mais, s'il fallait pencher vers l'affirmative, l'occasion s'offrirait de renouer le fil avec l'ambassade anglaise de Paris. En effet, en secondes noces, John Howard Stafford a épousé Thérèse Strickland, dame d'honneur de la reine, qui est étroitement apparentée au Walter Strickland dont parle le *Whitehall Evening Post* en septembre 1734. Comme les Waldegrave, certains Strickland se sont rapprochés de la maison de Hanovre, mais ce n'est pas vraiment le cas de Walter. Après avoir été lui aussi nommé gentilhomme de la chambre à coucher de la reine (*Groom of the Bedchamber*), il est resté dans la mouvance jacobite, soit à Paris, soit à Rome.

Parmi les frères mis à l'amende pour cause d'absence non excusée, lors de la deuxième tenue consignée dans le registre, Henry FitzMaurice est un capitaine qui sert dans les armées de Louis XV. Originaire de Listonhill, il est neveu par sa mère de l'évêque de Waterford Richard Pierse, aussi contraint à l'exil.

---

of Masonry for a member to absent himself after due warning, it has been thought proper by the Grand Master, and the Lodge, to fine Sir Mar. Constable, M. Fitsmorise, M. de Wick in their share of the supper. »

4. *Id*, f° 3, p. 37 de la brochure de Hughan.

Son âge ne peut être calculé avec exactitude. Le 10 mai 1745, il obtiendra une patente de noblesse signée de Jacques III, dans laquelle seront précisés les quelques éléments que je résume ici ; son frère Richard sera alors décrit comme ayant servi dans un régiment espagnol de dragons, et tué en opérations. Que nous n'en sachions pas plus sur lui, c'est regrettable, mais il nous mène directement vers les camps ou autres attroupements militaires, et la lecture du compte rendu de séance en date du 28 février 1736, en langue française d'ailleurs, n'est pas de nature à nous surprendre.

Ce jour, sont reçus dans la loge le comte de Cronstadt, le vidame de Vassé et le capitaine de Croismare (ou Croysmare). Le premier est suédois, les deux autres sont français. Tous font partie des armées mobilisées dans cette guerre dite de succession de Pologne. Faute de matériaux, je ne dirai rien de Cronstadt. En revanche, ni le vidame du Mans, Charles-Emmanuel de Vassé, ni Jacques-René de Croismare ne nous sont inconnus. Et, pour ne rien manquer de leur trajectoire personnelle, revenons en 1708, quand une autre guerre maintient la Flandre en état d'insécurité. À cette époque, Jacques III manque son premier essai de reconquête ; il en est affecté, mais sollicite très vite la permission de Louis XIV d'aller incognito se battre dans le nord. Y est déjà le marquis Emmanuel-Armand de Vassé, père du vidame, qui commande un régiment.

La mort de celui-ci survient quelques mois après. Il laisse trois jeunes orphelins à la charge de sa veuve. Les aînés sont des jumeaux, nés au début de 1707, dont Charles-Emmanuel. Éducation soignée, apprentissage des armes, ambitions d'officier : cheminement classique. Lieutenant réformé en 1723, il lève une compagnie quatre ans plus tard, et devient maréchal de camp en 1730. Colonel du régiment à son nom, comme l'indique le registre de Rome, il deviendra brigadier en 1740. En attendant, il a donc sous ses ordres Jacques-René de Croismare. Mais son initiation fait école parmi ses propres frères de sang, puisque son jumeau Jacques-Armand, aussi colonel d'un régiment, le Dauphin-dragons, est reçu franc-maçon « *in all the due forms* » le 23 janvier 1737. Au vu d'un dossier incomplet, j'ai commis naguère une erreur en confondant celui-ci avec Armand-Mathurin, né en août 1708, justement quand son père est en Flandre. Écuyer et chevalier de Malte, qui sera lui-même propriétaire du régiment de Picardie, il n'est pas encore marquis quand les Jacobites de Rome sont à l'ouvrage. Il ne possédera ce titre qu'après la disparition de ses deux aînés, c'est-à-dire en 1742. Conséquence : reléguons-le provisoirement aux marges [5].

Croismare est chevalier. Son domicile se trouve rue Saint-Honoré, à Paris, paroisse Saint-Roch. Selon ses propres déclarations lorsqu'il témoigne comme « preuve vocale » lors de la légitimation en noblesse [6] d'Armand-Mathurin de Vassé, il est né en 1697. Les archives militaires sont encore plus explicites. Elles le présentent comme lieutenant de cavalerie réformé au régiment de Bretagne en juin 1719, puis dans celui de Beringhen et enfin celui de Vassé. C'est en 1733 qu'il passe en Italie où il participe aux sièges de Milan et de Tortonne en 1734. Il y reste jusqu'en 1736, date à laquelle il rentre en France. Cette dernière indication coïncide étroitement avec celle du registre. Après sa réception en loge, sa participation n'est plus signalée, parce qu'il a regagné ses quartiers et organise son départ. On comprend en tout cas qu'il est de ceux dont l'activité maçonnique peut se prolonger à Paris, où il habite. Et l'on comprend aussi pourquoi son frère (peut-être) Henry [7],

---

5. Voir *La Maçonnerie Écossaise dans la France de l'Ancien régime*, p. 233 (erreur), puis *Almanachs Royaux* de 1735 à 1745, puis le dossier 1Yd5, note du 18 avril 1741 au Service Historique de l'Armée de Terre, Vincennes.

6. Archives Nationales de France, *Procès verbal des preuves de noblesse, filiation et légitimation de Noble Armand-Mathurin de Vassé, écuyer, présenté en minorité le 6 Novembre 1738*, 283.AP.1 (liasse 14).

7. Erreur de ma part dans *La Maçonnerie Écossaise dans la France de l'Ancien régime*, p. 232. Dans cet ouvrage, comme l'avait fait plus prudemment que moi (à juste titre) Pierre Chevallier dans *Les Ducs sous l'acacia*, je retenais l'hypothèse de l'appartenance à l'Ordre de Jacques-François de Croismare, ancien capitaine du régiment de Bretagne, entré page en 1732 à la Petite Écurie. Un dossier des Archives Nationales de France (Maison du Roi, Pensions sur le Trésor, carton 0/1/672) fournit la date de naissance de celui-ci (20 octobre 1718). Quoique la précocité ne soit pas refusée, j'estime alors qu'il est trop jeune entre 1735 et 1737 pour être inclus dans le répertoire des satellites du grand maître parisien. Il est préférable de lui substituer Henry,

commandant de la petite écurie du roi l'imitera, ou l'a déjà fait, dans son adhésion à l'Ordre. Bientôt, il faudra le compter parmi les proches du grand maître. Cela pour le futur proche. Quant au passé, est-ce un hasard si un acte de baptême signé à Saint-Germain en Laye le 3 avril 1710, présente la marraine comme étant l'épouse de Charles Butang, secrétaire du « président » de Croismare ? Le parrain n'est autre qu'Innocenzo Fédé, surintendant de la musique de Jacques III. Il semble que ce président exerce ses talents au parlement de Rouen, sans qu'on puisse en être sûr ; de toute façon, il est clair que la famille n'est pas insensible au sort des exilés. Partant, sans croire aux prédéterminations absolues en la matière, il est assez logique de découvrir des cousins aux côtés de contemporains aux sympathies affichées. Pierre Chevallier signale ceux que, à Verdun, la société de l'Aimable Commerce accueille en son sein au cours des années 1720. Durant une quarantaine d'années nous rencontrons deux ou trois autres dans les sphères littéraires et artistiques de Paris, dont Marc-Antoine-Nicolas qui inspirera Denis Diderot au moment d'écrire *La Religieuse*.

Hughan s'interroge sur la personnalité de William Hay. Aurait-il été fait prisonnier à Dunfermline en 1715, condamné ensuite pour trahison ? Est-il parent du comte John Hay of Inverness ? Les seuls détails à peu près certains sont qu'il est chargé en 1725 d'une mission diplomatique impliquant l'empereur de Russie, puis qu'il est nommé en novembre 1727 gentilhomme de la chambre de Jacques III, enfin qu'il accompagne John Gordon of Glenbucket en Écosse en 1737, lorsque commence à se mettre en place la longue conspiration dont j'ai amplement parlé dans mon précédent ouvrage, et qui aboutira à l'expédition de 1745. Plus bas, j'en redirai quelques mots. Pour ce qui concerne Hay, devenu colonel, il sera promu à la fin janvier 1747 chevalier et baronnet.

Ces quelques esquisses suffisent à fonder le principal argument, à savoir que les Jacobites de Rome, qu'ils y soient de

---

que d'autres documents donnent aussi écuyer du roi, commandant de la Petite Écurie du roi, et plus âgé (mais date de naissance non précisée... à ce jour...)

passage ou à demeure, saisissent l'occasion des guerres pour resserrer leurs liens avec les officiers étrangers, y compris des Italiens, car ils accueillent parmi eux, le 21 septembre 1735, le comte Soudavini. Toutefois, ils le font dans une ambiance où les Hanovriens ne sont pas non plus inactifs, et cela depuis trois ou quatre ans, sinon dans Rome même, du moins dans d'autres villes renommées, avant tout Florence. Le personnage qui cristallise toutes les craintes est alors Philip von Stosch. Né à Krustrin-Brandenburg en 1691, il commence à s'insinuer parmi les exilés de la cour de Jacques III vers 1723. Créature de Robert Walpole, doué pour les langues, il utilise le pseudonyme de John Walton afin de s'attribuer sans doute une ascendance anglaise. Qu'il soit franc-maçon très tôt, il n'est pas possible d'en douter.

Bien informé de ce qui se passe au palais Muti ou dans la résidence d'Albano, il ne marchande pas ses éloges à John Hay of Inverness, mais décrie volontiers de nombreux familiers du roi. Il s'arrange également pour lancer de fausses nouvelles parmi eux et pour faire naître de vaines querelles. Cependant, il est vite démasqué, y compris par Hay lui-même, et c'est pourquoi nous sommes en droit de nous demander dans quelle Obédience il a réalisé ses premiers pas. Le 15 août 1725, Hay le décrit en ces termes, dans une lettre adressée à Robert Atterbury : « Nous avons un fameux espion ici, un Prussien, qui touche en réalité une pension de l'Électeur de Hanovre et est protégé par le Ministre de l'Empereur dans ce pays [comprendre : l'Ambassadeur plénipotentiaire]. J'ai été souvent étonné d'entendre que ce compagnon, dans toutes sortes de société, ne perd aucune occasion de dire tout le bien qu'il pense à mon sujet, mais je ne lui ai jamais adressé la parole de ma vie.[8] » Si donc Stosch n'a aucune relation directe avec ce col-

---

8. Public Record Office, Londres, Stuart Papers, série *Rome*, volume XIV. « *We have a famous spy here, a Prussian, who has actually a pension from the Elector of Hanover, and is protected by the Emperor's Minister in this country. I have been often surprised to hear that this fellow, in all sorts of company, looses no occasion of saying all the good he can of me (...) tho' I never spoke a word to him in my life.* »

laborateur intime de Jacques III, il en a avec beaucoup d'autres de la cour.

En 1730, la colère à son égard est si grande qu'il est menacé d'être battu à mort s'il continue ses manigances. Jacques III intervient auprès du pape pour qu'il soit contraint de quitter la ville. C'est chose faite à la fin janvier 1731. Il part résider à Florence, dans une maison de la *Via dei Malcontenti*, d'où il continue à renseigner régulièrement Walpole, non sans y glisser du reste des fables de son cru, pour faire du volume, ce qui est à ses yeux censé justifier ses appointements. Il ne se contente pas de cela. Comment expliquer que, peu après son arrivée dans la ville, y apparaisse la première loge ? Nous n'en trouvons aucune trace sur les tableaux de la Grande Loge de Londres. Elle ne peut donc être considérée comme une émanation de celle-ci, ou une entité qui aurait son agrément. Si une demande de constitutions avait été formulée, elle aurait été prise en compte et aurait bénéficié d'un enregistrement, à l'instar de celle fondée par Wharton à Madrid. Stosch ne serait-il pas un frère qui s'est d'abord insinué dans l'intimité des Jacobites et qui ose maintenant quelques initiatives ?

Le médecin florentin Antonio Cocchi attire notre attention sur le phénomène. Il consigne dans son journal intime, le 4 août 1732 qu'il a été admis dans la loge de la cité, essentiellement composé de Britanniques, parmi lesquels le baron Stosch se trouve très à l'aise[9]. Si l'on en juge par une correspondance du comte de Lorenzi, chargé des affaires de la France auprès du duc de Toscane, c'est lui qui loue le local où se déroulent les tenues[10]. Il n'a plus aucune raison de se retenir. C'est ainsi qu'il en vient à solliciter Charles Sackville of Middlesex, ou à être sollicité par lui ; mais sans que l'on puisse attribuer à ce dernier le privilège d'avoir été le précurseur de l'Ordre dans la région. René Le Forestier ne convainc pas quand il le dépeint

---

9. Bibliothèque de l'université de Médecine, Florence, *Journal du docteur Antonio Cocchi*, R. 207-24.
10. Lettre du comte Lorenzi au secrétaire d'État Jean-Jacques Amelot de Chaillou, 3 août 1737. Cité par Henri Poulet dans *Les Lorrains à Florence. François de Lorraine, grand duc de Toscane et le ministère lorrain (1737-1757)*, Revue Lorraine Illustrée, 1910, p. 42.

en seigneur ayant « initié les Toscans aux usages pittoresques des clubs maçonniques anglais [11] », et lui confère même une tardive « maîtrise provinciale » du système jacobite sur la péninsule italienne. Ou alors, il faut ériger les billevesées en pierres de touche de l'historiographie. Comment imaginer qu'un lord d'Angleterre, particulièrement bien en cours auprès des Hanovriens, ne fasse pas la démarche pour officialiser « sa » loge auprès du grand maître de Londres ? Comment admettre que les Jacobites lui accordent le pouvoir de diriger une « province » de leur Ordre ?

Plus gratifiantes sont les analyses de Pierre Chevallier qui n'omet pas de marquer à quel point les enjeux d'espionnage perturbent certains comportements individuels. Elles s'inscrivent dans la droite de ligne de ce que l'avocat Alec Mellor disait dans son essai sur la séparation des Obédiences [12]. À condition de n'être pas totalement discrédité, comme Stosch vis-à-vis des Jacobites, et même des Hanovriens si l'on en croit certains jugements émis sur lui par des agents de Walpole, entre autres Horace Mann, certains maçons peuvent un jour s'aventurer dans une loge, et passer dans une rivale le mois d'après. Chevallier observe que la plupart des noms imprimés dans l'édition du *Saint-James Evening Post* de septembre 1735 se retrouvent dans les papiers de Francis Sempill [13], dont l'ardeur est inlassable en France depuis quelques années. Bien sûr. Il ne faut pas se leurrer sur la circulation des influences.

D'où la question qui touche le sieur Cotton dont on nous dit qu'il s'est joint aux invités du duc de Richmond à l'hôtel de Bussy, et qu'il a été reçu dans l'Ordre par ses soins. Le vénérable qui préside la première séance inscrite dans le registre de Rome s'appelle lui aussi Cotton. Successeur de William Howard, il assure cette fonction jusqu'au printemps 1736, non

---

11. *La Franc-Maçonnerie templière et occultiste*, éditions Aubier-Montaigne, 1970, p. 163, note 1.

12. Chevallier : *La première profanation du temple maçonnique*, éditions Vrin, 1968, p. 32 ; p. Mellor : *Nos Frères séparés*, éditions Mame, 1961, p. 153 et suivantes.

13. *La première profanation du temple maçonnique*, éditions Vrin, 1968. p. 31.

sans quelques absences répétées. Aurions-nous affaire à la même personne ? Des Cotton sont signalés à Saint-Germain en Laye au début du siècle. Deux officiers du même nom, père et fils, combattent aux côtés des frères Derwentwater en 1715. Ils sont capturés à Preston, mais parviennent à s'évader et à gagner le continent, où ils louent une maison à Boulogne sur Mer au cours des années 1720. Le fils séjourne ensuite quelque temps à Angers, puis il rentre en Angleterre vers 1739. Qualifié de chevalier dans des mémoires diplomatiques, en tant qu'issu d'une vieille noblesse insulaire et jouissant d'une très confortable fortune, il correspond à John Hynde Cotton, né vers 1688, qui fera partie d'un ministère tory dans les années 1740, qui maintiendra de nombreux contacts avec l'entourage de Charles Édouard jusqu'à l'expédition malheureuse de 1745, et qui en sera inquiété [14].

S'il assistait à la cérémonie parisienne relatée par la presse anglaise, cela ne serait pas étrange. Et s'il prend peu de temps après les rênes de la fraternité romaine, pourquoi pas ? L'unique obstacle à l'interprétation de son comportement vient des dates. L'article anglais est publié en septembre. La réouverture de la loge jacobite de Rome se situe en août. Mais la nouvelle parvenue à Londres a pu mettre du temps à être reçue par les échotiers. Il n'est guère impossible que les Jacobites essaient d'infiltrer les loges hanovriennes, de la même façon qu'ils redoutent la réciproque à leurs dépens. Être reçu pour la première fois sous la houlette d'un Richmond, par exemple, ne signifie en rien qu'un candidat est vierge d'une implication antérieure sous celle d'un Derwentwater ou d'un MacLeane, voire d'un Wharton. Pour plusieurs hommes qui ont intérêt à n'en rien laisser paraître, n'importe quelle ruse est permise.

En tout état de cause, le duc de Richmond semble passer par Paris avant de gagner ses terres berrichonnes d'Aubigny. Là, il fonde également une loge dont les constitutions délivrées par Londres portent la date du 12 août 1735, selon les indications

---

14. Archives du Ministère français des Affaires étrangères, série *Mémoires et documents*, sous-série *Angleterre*, volume 81, *Mémoires sur la situation présente de l'Angleterre*, 30 janvier 1745, f°9.

fournies par Samuel Prichard dans l'une des multiples rééditions de sa *Masonry dissected*. On peut émettre quelques réserves sur la longévité de celle-ci, car elle n'a laissé aucune trace dans la région ; et l'on ne voit pas quels auraient pu en être les continuateurs au terme du séjour de Richmond. Toutefois, cette simple donnée confirme une antériorité de la cérémonie parisienne qui pourrait compter au minimum deux semaines. Cotton dispose d'un temps très large pour descendre sur Rome, et s'introduire parmi les Jacobites, bénéficiant sans doute de recommandations.

Le fait est que, une fois rentré dans ses pénates britanniques, il ne dévoile pas en public ses attaches à Jacques III, mais fait bon accueil à des émissaires discrets. Cette attitude, qui ne l'empêche pas de se déclarer résolument du parti tory, lui permet de glaner ici et là des renseignements de premier ordre. Voilà pourquoi il lui arrive d'informer Sempill des travers de certains agents qui ont pu donner des gages de fidélité, mais qui, consciemment ou non, sont entrés dans le jeu de l'adversaire. Ainsi, à Londres, du colonel William Cecil. En 1731, il a succédé à Charles Boyle, quatrième comte d'Orrery, dans la délicate mission de communiquer des rapports réguliers à Jacques III. En réalité, il est devenu un intermédiaire manipulé par Walpole, et il n'a jamais livré que des informations trompeuses, sinon sur les détails accessoires, du moins sur l'essentiel[15].

Cela dit, le frère le plus pittoresque reste sans nul doute George Seton, cinquième comte de Wintoun. Né en 1678, il passe assez jeune en France, soi disant pour apprendre les subtilités du métier de forgeron. Prévenu en 1710 que son père était décédé, il rentre au pays, se comporte en aristocrate fantasque, et participe à la mobilisation de 1715. On l'y voit aux côtés des Derwentwater, à la tête d'hommes de son clan. Prisonnier, enfermé à la Tour de Londres, il comparaît devant ses juges en mars 1716. Le verdict est la peine de mort, pour motif de haute trahison. C'est alors que ses talents manuels l'avantagent. Il bricole la serrure de sa cellule ou bien descelle des

---

15. *Stuart Manuscripts*, Archives Royales de Windsor, volume 250, lettre de Sempill à Jacques III, 17 juin 1743.

barreaux, et prend la fille de l'air, à destination de la France puis de l'Italie. Célibataire, quelque peu aigri, il vivote dans Rome, non sans réclamer des demandes d'aide aux trésoriers successifs de Jacques III.

Le 14 janvier 1737, il écrit une lettre furibonde à son roi ; et la mettre en parallèle avec les procès verbaux de la loge qu'il préside ne manque pas de piment. S'étant plaint dans un message antérieur qu'on ne lui accordait pas une pension suffisante pour assurer son modeste train de vie, il indique maintenant qu'il vient de recevoir un papier contenant une menace de meurtre à son endroit. Sans savoir s'il s'agit d'une plaisanterie ou d'une chose sérieuse, ce papier lui a été présenté par un certain Slezer, et son auteur se nomme Steuart, ou Stewart. Or, il suffit en effet de se reporter au registre maçonnique pour constater que Charles Slezer et John Stewart sont ses adjoints, respectivement aux postes de premier et second surveillants. Curieux, n'est-ce pas ? À la limite, supposons une confusion possible sur Stewart ; car ils sont plusieurs à porter ce nom, mais nous ne pouvons en risquer aucune sur Slezer[16]. Si bien que le reste de la plainte est à entendre la tête froide, au sens où Seton s'insurge que Jacques soit entouré de favoris, de flatteurs et d'ignorants, qui ont toujours été et resteront la ruine des Rois, des Princes et de toutes les autres personnes ayant leur confiance[17]. Ce propos, même de biais, ne fait que corroborer l'analyse qui précède. Aurait-on quelques doutes sur la sérénité de Seton, tant d'autres courriers contiennent une litanie de récriminations et de rancœurs, nous ne pouvons pas en avoir sur l'ambiance qui règne dans la capitale des exilés. Quelques uns se comportent en trouble-fête ; toute la difficulté est de pouvoir les débusquer.

---

16. Slezer mourra le 24 octobre 1742. Dans une lettre à Francis Sempill, James Edgar, secrétaire de Jacques III, le qualifie d'honnête homme. « *I am sorry to tell you that poor Mr Slezer dyed yesterday of the illness. I formerly mentioned to you, I really believe he was an honest man.* » Archives du Ministère français des Affaires étrangères, série *Mémoires et documents*, sous-série *Angleterre*, volume 87, f° 332.

17. Lettre intégrale dans l'ouvrage de Alistair et Henrietta Tayler, *The Stuart papers at Windsor*, éditions John Murray, 1938, p. 274-285.

Peu importe, finalement. Tandis que la loge romaine ne va pas tarder à mettre la clef sous la porte, autant pour les raisons qui viennent de transparaître (dissensions internes) que pour d'autres inspirées par l'Inquisition (un commentaire là-dessus méritera d'être développé dans un autre chapitre), autant les francs-maçons de Paris, bien plus nombreux, bien mieux organisés gagnent en puissance. C'est vers eux qu'il faut se tourner à nouveau pour ne pas se méprendre sur la tournure des événements. À peine MacLeane s'est-il décidé à établir sa version des règlements généraux censés s'appliquer à toutes les loges de France, que la tendance au prosélytisme en direction des Français s'accélère. Elle ne plaît pas à tout le monde ; elle est néanmoins irrépressible.

AU GRAND JOUR, OU PRESQUE

Les plus grandes méprises concernant l'histoire des débuts de la maçonnerie parisienne sont dues à une propension très singulière des tout premiers compilateurs à jurer qu'une enseigne d'auberge, par exemple celle du Louis d'Argent, ne pouvait jamais correspondre qu'à une seule loge. Un lieu, une adresse, un toit, une assemblée. En réalité, il arrive qu'un même tenancier accueille une clientèle variée, maçonnique ou non. Un jour, voici un vénérable qui retient une salle ; le lendemain, c'en est un autre. *A fortiori*, on peut dire la même chose d'une rue. Celle de Bussy (ou, si l'on préfère, de Buci) est le théâtre de plusieurs animations vespérales, sans qu'on puisse toujours jurer que c'est chez le même traiteur, le même hôtelier. Inversement, il est clair que les tenues d'une même loge peuvent se dérouler dans des endroits différents. Thomas Le Breton est un virtuose de la mobilité en la matière. Et, à Rome, des déplacements sont réalisés au moins dans trois tavernes différentes, celles de Joseppe, puis de Dion, enfin des Trois Rois dans la rue Paolina.

Il suffit de relever des bizarreries dans certaines archives londoniennes pour en arriver à une conclusion analogue, au moins pour le commencement des années 1720. Là où l'on croit que plusieurs loges se tiennent dans un même secteur, parce que des dénominations distinctes apparaissent d'un mois sur l'autre, il faut se demander si ce ne sont pas des itinérants qui se manifestent. Bien sûr, le critère strictement local, si j'ose dire, ne manque pas quelquefois de pertinence ; mais, plus on remonte dans le passé, moins il est recevable. Les amis d'Ashmole se limitaient aux assemblées occasionnelles, là où les nécessités de la guerre les conduisaient. La notion de loge ne correspondait alors en rien à un cadre matériel fixe. Tenir *meeting* signifiait accomplir un rassemblement temporaire dans un lieu plus ou moins caché.

C'est ainsi que la connexion entre la loge présidée par Richmond en 1734, chez sa grand-mère Louise de Keroualle, et celles de 1735, à l'hôtel de Bussy puis à Aubigny, est purement virtuelle. Sa prétendue continuité ne vient que de Richmond lui-même. Il fait des maçons qui se dispersent une fois qu'il a quitté la France, et qui s'intègrent à un autre groupe ou passent carrément la main, ayant satisfait leur curiosité. Quitte à rencontrer des documents qui évoquent après lui l'existence d'autres loges au moins à l'hôtel de Bussy, nous devons nous garder de croire qu'il en serait à l'origine. Il se comporte de la même façon que Desaguliers quand, à La Haye en 1731, ce pasteur accueille le duc François de Lorraine dans la fraternité. On cherchera en vain dans les registres de la grande loge de Londres des précisions sur cet autre événement, parce que le collectif formé pour la circonstance est éphémère, sans stabilité aucune, ni dans l'espace ni dans la durée. Et lorsque le duc passe en Angleterre quelques semaines après, quand il y assiste à une seconde tenue, c'est dans une résidence qui est la propriété du premier ministre Robert Walpole lui-même, sans que le secrétaire de la grande loge en consigne un quelconque compte rendu, celui-ci n'apparaissant que succinctement dans un manuscrit de Norwich.

Donc, la circonspection est souhaitable. Revenons quelques instants à l'article du *Whitehall Evening Post* qui rapporte pour la première fois la réunion tenue chez « sa grâce la duchesse de Portsmouth ». Le journal paraît en septembre 1734. Louise de Keroualle se trouve alors à Aubigny, et s'apprête d'ailleurs à regagner Paris où elle espère soigner sa santé déclinante. Les quatre noms avancés dans l'article, outre celui de Richmond, sont de l'écrivain Montesquieu, dont il est inutile de faire le portrait, du brigadier Churchill, de l'écuyer Edward Yonge, greffier de l'Ordre du Bain, enfin de Walter Strickland. Tous sont déjà initiés ; et, s'il fallait ne s'intéresser qu'à un seul, ce serait certainement à Churchill. En 1721, James Murray écrit à sa sœur, Marcelle Hay of Inverness, qu'il s'étonne que le duc de Mar reçoive dans sa grande maison de Paris plusieurs émissaires plus ou moins officiels du parti hanovrien, dont Churchill. N'étant alors que colonel, à peine rentré de Vienne où il avait une mission, le voici qui a ses entrées intimes chez Mar, et qui s'offre même de faire le galant avec la duchesse lors d'une soirée à l'opéra[1].

L'année suivante, les arrestations provoquées par Walpole sont fatales à plusieurs Jacobites notoires d'Angleterre. L'évêque Atterbury est arrêté. Nous savons jusqu'à quel point Wharton prend sa défense, et comment il est libéré au printemps 1723. Eh bien, à peine arrivé à Paris, Atterbury est convaincu que ce sont les entretiens privés accordés par Mar à Churchill qui ont contribué à renseigner l'adversaire[2]. Est-ce par maladresse, est-ce par naïveté, est-ce contre le versement d'espèces sonnantes et trébuchantes ? Ne revenons pas sur les incidents relatifs peu après à la rédaction du manifeste proposé au régent. Parmi les victimes de la répression en Angleterre, s'est trouvé aussi le diacre anglican George Kelly, principal messager des plis secrets entre les Jacobites de Paris et ceux de Londres. Or, né en 1688, Kelly est maçon. Avant d'être capturé et incarcéré, il a eu le temps de jeter au feu de nombreux papiers compromettants.

Kelly s'échappe de sa prison en 1736, repasse sur le continent aussitôt où il devient secrétaire du duc d'Ormonde, plus fiable. Nous sommes replacé ainsi dans la décennie qui nous intéresse. Tout le monde sait à quel point il faut désormais jouer serré, très serré ; mais cela n'exclut pas, au contraire, une surenchère dans les ruses. Fréquenter les hommes de Walpole, quoi de plus utile, à condition de mettre les bons verrous là où l'on ne souhaite pas qu'ils poussent en retour leur propre curiosité. Aujourd'hui, les sceptiques objecteraient qu'un tel scénario ne

---

1. *Lettre du 16 avril 1721*, publiée par Alistair et Henrietta Tayler, *The Stuart papers at Windsor*, éditions John Murray, 1938, p. 72-73. « *This letter bore also that he [duc de Mar] made and received visits frequently from the English Minister, Sir Robert Sutton and that Coll. Churchill on his return from Vienna came to his house when he arrived at Paris and gallanted the Duchess to the Opera.* »

2. Voir l'ouvrage de Martin Haile, *James Francis Edward, The Old Chevalier*, éditions J.M. Dent, 1907, p. 303.

pourrait même pas émouvoir un producteur de feuilletons télévisés, série B. Cependant, il ne faut pas perdre de vue deux choses. La première, que Walpole était adepte des manigances les plus tordues, ce que nul n'ignorait déjà en son temps ; la seconde, qu'il ne négligeait certainement pas le levier maçonnique, puisqu'il a autorisé une assemblée exceptionnelle dans sa propriété, en présence du duc de Lorraine, comme je viens de le dire, et aussi... de Churchill, promu brigadier[3]. Plus encore, un échotier du journal de Norwich a osé publier qu'il s'était lui-même plu à devenir maçon ce jour-là[4].

Partant, la seconde tenue présidée en septembre 1735 par Richmond paraît bien hétéroclite. Les deux Knight, Cotton : on ne peut pas considérer que ce sont des inconditionnels des Hanovre. Quant au marquis de Locmaria, son cas est encore plus éloquent. Fils unique d'un lieutenant général distingué par sa bravoure, mais qui meurt alors qu'il est encore au berceau, Jean-François-Marie du Parc de Locmaria est élevé par une mère dynamique, et suffisamment riche pour faire construire un hôtel particulier dans Paris, rue de l'Université. Après ses années de formation, il part à l'armée. Officier de cavalerie au régiment de Piémont, le voici en Italie quand commence la guerre dite de succession de Pologne. En 1733, au tournant de l'âge adulte, qui est à vingt-cinq ans, il songe à vendre son brevet de capitaine. Est-il déjà à Rome, où son entrée en maçonnerie a lieu, selon un gazetin[5] ? Dans la mesure où nous sommes assuré qu'il est de retour à Paris à l'été 1735, on admettra au moins le point fondamental, à savoir que si son initiation est romaine, elle est effectivement jacobite, en sorte que le découvrir un peu plus tard en bons termes avec Richmond ne doit aucunement nous inciter à le transformer en partisan de l'Obédience hanovrienne.

Jouent certainement en sa faveur des attaches familiales. Lui

---

3. Registre de la loge *The Maid's Head*, Norwich, premier folio. Y aurait-il deux francs-maçons nommés Churchill à l'époque, est-il possible de confondre ?

4. *The Norwich Gazette*, 27 novembre 1731.

5. Bibliothèque Historique de la Ville de Paris, manuscrit 616, f° 20 v°, 5 avril 1737.

et Richmond ont des parentés communes. Ils sont cousins, à la mode de Bretagne, comme on disait déjà, cousins réels cependant. La correspondance de ces autres cousin que sont les Barbier de Liscoët, accessoirement seigneurs de Kervella, en témoigne[6]. Non seulement, la duchesse de Portsmouth accueille dans son hôtel le marquis François-Claude Barbier de Liscoët lorsqu'il vient faire ses « académies » militaires dans la capitale, mais le père de celui-ci, le comte Claude-Alain, chevalier de Saint-Lazare, essaie vainement de s'entremettre pour marier une de ses nièces avec Locmaria. Comme deux autres Barbier plus jeunes, également frères et fils des précédents, ne vont pas tarder à revendiquer explicitement la qualification écossaise pour leur propre engagement maçonnique, dont le fameux chanoine comte de Lyon, François-Louis-Augustin Barbier, nous pouvons aisément confirmer que leurs préférences sont assez caractéristiques.

Au demeurant, il suffit de remonter de quelques décennies en arrière, pour s'apercevoir que les Barbier font partie de ces rares gentilshommes et marins du continent, qui obtiennent de Charles 1er, au temps des guerres civiles, commission de corsaires pour attaquer les navires armés par les parlementaires[7] ; qui récidivent lorsque Jacques II commence son exil à Saint-Germain en Laye[8] ; et qui en rajoutent lors de la conspiration de Cellamare, ce qui vaut à deux d'entre eux, dont le comte Claude-Alain, de s'échapper aussi vite que possible à l'étranger avant que les gendarmes du régent ne s'en emparent, et d'attendre avec impatience qu'une rémission leur soit accordée. Une lettre adressée à la marquise de Balleroy, dans le style si courant des nouvelles à la main, en rapporte fugitivement les déboires[9].

---

6. Archives Départementales du Finistère, série 1.E, fonds Barbier.

7. Commission donnée à René Barbier de Kerjan (ou Kerjean, ou Querjan).

8. Commission donnée à Joseph-Sébastien Barbier de Kerjan, puis certificat de fidélité accordé au même après les trois années durant lesquelles il a servi Jacques II (Archives particulières). Voir, pour corroboration, l'ouvrage de Melville Henry Massue, marquis de Ruvigny et Raineval, *The Jacobite Peerage*, réédition Charles Skilton, 1974, p. 196.

9. *Les correspondants de la Marquise de Balleroy*, éditions Hachette, 1883, tome 2, p. 281.

Toujours est-il que l'année 1735 n'est pas une année blanche pour les Jacobites. La tendance est de surévaluer l'activité des Hanovriens pour la seule raison que les deux articles du *Whitehall* et du *Saint-James Evening Post* sont les références publiques les plus bavardes. Il s'agit là d'un réflexe asservi à une très incertaine conception de l'histoire maçonnique, ayant encore quelques tenaces défenseurs aujourd'hui, et qui consiste à tenir pour quantités négligeables les archives manuscrites n'ayant eu aucune répercussion immédiate. Empruntons en effet une autre piste. Dans les confidences que fera Pierre de Guénet, sur ses vieux jours, alors qu'il réside en Alsace, quelques indications précieuses concerneront ses années de séjour à Paris, au cours des années 1730.

On connaît au moins trois lettres de lui qui font alors mention de sa réception dans l'Ordre. L'une date du 26 septembre 1763, dans laquelle il dit avoir été admis parmi les « Anglais » en 1735, et évoque son inclination à fréquenter les loges dès ce moment[10]. Une autre date du 22 avril 1773, et se veut très explicite : « Il y a environ quarante ans que je fus reçu à Paris par Milord Darwenwater qui était alors grand Maître et qui reçût tous les seigneurs de la cour, et j'ai été témoin de tous les progrès et variations que l'ordre a essuyé...[11] » Enfin, le 20 mai de cette même année 1773, il assure : « J'ai beaucoup connu à Paris le frère de Massanes mon compatriotte, homme de beaucoup d'esprit dont j'ignorais la fin[12] ». Pourquoi rapprocher ces trois souvenirs ? Parce que, si nous adoptions une attitude hypercritique, il faudrait les rejeter au motif d'incohérence, bien qu'ils paraissent très précis ; parce que, si nous préférons au contraire une bienveillance à l'égard d'un homme dont la mémoire peut être incertaine trente ou quarante ans après les faits, nous trouvons sous sa plume des éléments précieux d'analyse.

La seconde lettre autorise d'elle-même une approximation :

---

10. Bibliothèque Nationale de France, collection Chapelle, tome VI, f° 406.
11. Archives Départementales de l'Hérault, 1.E.8. Orthographe de l'original respectée.
12. *Id.*

« environ ». Mais elle entre en conflit avec la première. En effet si Guénet a été reçu par Derwentwater, en tant que grand maître, ce ne peut être en 1735, car la charge est occupée par MacLeane cette année-là. La transmission du relais entre les deux hommes ne se fera qu'en fin de l'année suivante, le 27 décembre. Peut-être que, à la place de 1735, il faut lire 1737, qui irait beaucoup mieux ? En fait, ce sont les conditions dans lesquelles l'Ordre fonctionne de 1730 à 1735 qui ne cessent de paraître curieuses. Nous n'avons pas oublié que Louis-René Brisay d'Énonville est présenté dans des archives belges comme ayant lui aussi été admis en 1732 dans la fraternité sous la houlette de Derwentwater[13]. L'hypothèse selon laquelle celui-ci aurait pu agir en tant que député grand maître, avant de remplacer son ami MacLeane, n'est pas à exclure. Elle expliquerait bien des confusions dans les témoignages.

Né en 1702 dans une famille de Béziers ayant acquis une bonne aisance grâce au négoce, Guénet est en âge suffisant pour entrer en maçonnerie au début de la période ici concernée. Quelques notices biographiques rédigées sur Derwentwater prétendent que celui-ci aurait cependant fait plusieurs voyages clandestins en Angleterre, au moins deux, et presque l'année entière de 1736, ce qui ne lui aurait pas permis ni d'être grand maître, ni député efficace. Essentiellement forgée par William Sydney Gibson pour les aspects privés et politiques[14], puis amplifiée en France par Gustave Bord pour les conséquences maçonniques, cette légende est gratuite. Les dossiers des Stuarts conservés au château de Windsor n'en font jamais état, ni les correspondances de Francis Sempill en France. On objectera que la nature clandestine d'une absence dispose à ne laisser aucune trace. L'objection est faible. Ou bien un homme est quelque part, ou bien il est ailleurs. Quand il n'est pas là où on le voit d'ordinaire, ses amis ont matière à se poser des questions. Aucune jusqu'au début de 1738. Celle qui surgit cette année-là ne concerne pas Derwentwater, mais sa femme Char-

---

13. Bibliothèque Royale Albert 1er, Belgique, manuscrit 215, T. II, f° 75.
14. *Dilston Hall, or Memoirs of the Right Hon. James Radcliffe, Earl of Derwentwater, a Martyr in the Rebellion of 1715*, Green and Longmans, 1850.

lotte-Mary Livingston, comtesse de Newburgh. Alors le secrétaire de Jacques III, James Edgar, écrit une lettre à Derwentwater pour lui demander quelques explications, comme s'il y avait désormais un doute sur la loyauté de la famille ; mais, celui qui est désormais devenu grand maître répond en toute franchise qu'il n'a jamais failli dans son zèle envers le roi exilé. Je reviendrai là-dessus en temps utile. Autrement dit, Derwentwater reste bien à Paris ou dans ses environs depuis son retour de Rome. Il est en mesure de contribuer à plusieurs initiations.

Le cas de Massanes (ou Massannes) est encore plus troublant que celui de son ami Guénet. Dans son ouvrage sur les financiers du Languedoc, Guy Chaussinand-Nogaret le présente comme conseiller à la cour des comptes de Montpellier, cela en s'appuyant sur une autre lettre de Guénet conservée aux archives départementales, que je n'ai malheureusement pas pu retrouver, ni les agents de la réserve, sans doute parce qu'elle est momentanément égarée dans une liasse[15]. En première approche, cette piste vers la cour des comptes s'avère donc plutôt indécise, d'autant qu'un lecteur attentif de mes précédents volumes me signale qu'il a lui-même amorcé une enquête provisoirement non concluante sur l'identification du personnage parmi les magistrats locaux[16]. Est-il alors François de Massanes, chevalier de Saint-Louis qui deviendra lieutenant-colonel du régiment de Mailly ? Difficile de se prononcer. Sauf que Massanes reparaîtra à la fin des années 1740 dans un contexte où les couleurs jacobites seront encore haut levées, avec l'activité de titulaires d'un haut grade dit « Sublime Chevalier Élu ». Par conséquent, nous avons matière à considérer que le marquage acquis bien plus tôt à Paris, quand Massanes et Guénet se fréquentent, ne laisse toujours pas de place aux

---

15. Ou bien parce qu'il s'agirait d'une coquille dans la date, comme le suggère le conservateur : *Lettre du 18 juillet 1773* (?), Archives Départementales de l'Hérault, 1.E.8. Voir, de Guy Chaussinand-Nogaret, *Les Financiers du Languedoc au XVIIIème siècle*, SEVPEN, 1970, p. 283.

16. Lettre de Jean-Denis Bergasse à l'auteur, 2 avril 2000 : « *Autre interrogation sérieuse sur Massannes, que je ne crois pas conseiller à la Cour des Comptes, Aides et Finances, mais l'affaire est à voir avec une grande précision.* »

influences venues de la grande loge hanovrienne de Londres, avec ou sans l'intercession du duc de Richmond.

Dans sa correspondance, Guénet affirme qu'il a participé à l'admission en loge de Joseph Bonnier de La Mosson, lequel a ensuite fondé la première loge de Montpellier[17]. C'est justement en tant que représentant de cette ville que Massanes se manifestera comme secrétaire des Chevaliers Élus. Même si aucune trace de cette fondation n'a subsisté dans les archives locales ou nationales, il est impossible de suspecter la véracité du propos de Guénet. Celui-ci ajoute qu'Antoine-Joseph de Niquet est dans le même cas à Toulouse. Après avoir été reçu à Paris sous son vénéralat, il y « établit une loge brillante[18] ». L'habitude veut qu'on ne s'attarde que sur celle ouverte en décembre 1741, sous patente irlandaise, par Richard et Jean Barnewall, de concert avec Vincent-Sylvestre de Timbrune, comte de Valence[19]. Tout bien pesé, il est concevable que Niquet soit à l'œuvre plus tôt. Né en 1700, président à mortier du parlement de sa ville, son âge est largement suffisant pour lui permettre de jouer le rôle de précurseur entre 1735 et 1740. Par surcroît, on trouvera également un représentant de Toulouse dans la liste des chapitres appartenant à l'Ordre des Chevaliers Élus.

L'exemple le plus complexe est celui de Louis Colins. Un gazetin de septembre 1735 le présente comme un « peintre et brocanteur » assidu des Anglais et souvent fourré chez l'ambassadeur Waldegrave ; en l'espèce, il serait le correspondant de « mylord Kingston[20] ». Il est assez probable que ce milord soit le duc aperçu à la tenue présidée par Richmond à l'hôtel de Bussy quelques semaines auparavant, c'est-à-dire le neveu de Lady Frances Mar, devenue veuve en 1732. Sur la lancée des fermentations de la décennie écoulée, cela ne contribue pas à

---

17. « *Nous fîmes aussi recevoir Mr Bonnier de la Mosson qui établit une loge à Montpellier* », lettre du 20 mai 1773, Archives Départementales de l'Hérault, 1.E.8.

18. *Id.*

19. Copie de l'acte de fondation, Bibliothèque Nationale, FM^2 454, dossier 1, f° 36.

20. Bibliothèque Historique de la Ville de Paris, manuscrit 617, gazetin du 18 septembre 1735.

donner de Colins une opinion univoque, limpide. Mais il y a une chose qui ne dépare pas dans le paysage, à savoir que Colins sera cité dans les années 1740 comme un informateur du ministère français des affaires étrangères quand les projets de soutenir Charles Édouard seront agités. On se demandera donc si, déjà en 1735, il ne travaille pas en secret pour les partisans des Stuarts. Les surveillances mutuelles, répétons-le, font désormais partie de la routine.

Adrien Juvanon transcrit dans un de ses livres l'acte de fondation de la loge dont Colins assure la présidence[21]. Elle aurait été reconnue régulière le 29 novembre 1736 par MacLeane, puis installée en bonne forme par Derwentwater le 7 février 1737, secondé en la circonstance d'une demi-douzaine de ses adjoints habituels. Nul ne peut avoir la moindre réticence à reconnaître que ceux-ci sont majoritairement jacobites et que, du même coup, la caution donnée à Colins en porte la marque. Mieux encore, il suffit de constater qu'entre ces deux dates, le 18 décembre, la régularité d'une autre loge, savoir celle de John Coustos, est admise au moins par le député maître de Derwentwater ayant agi *pro tempore* lors de l'installation de celle de Colins, en l'occurrence Denis Errembault Dudzeele, pour admettre que la tendance devient effectivement de plus en plus à l'expansion de l'Ordre, mais pas avec l'option latitudinaire et neutre qu'une certaine tradition essaie de valoriser. Même sur le continent, même à Paris, les premières initiatives ont été plus militantes qu'on le croit.

---

21. *Vers la lumière*, imprimerie centrale de la Bourse, Paris, 1926, p. 134-135. Alain Le Bihan fait allusion au titre utilisé par Juvanon, en disant qu'il est désormais classé au fonds FM de la BN. Il ne précise pas la cote. Voir *Francs-Maçons et ateliers parisiens de la grande loge de France au XVIIIème siècle*, Bibliothèque Nationale, p. 275. Il s'agirait de la copie réalisée par un successeur de Colins au vénéralat, en l'occurrence Lorrain, pour être reconnu dans son ancienneté en 1762 (p. 135 de Juvanon).

GRANDES MANŒUVRES

Le palimpseste des années 1736 et 1737 commence à se laisser déchiffrer. Nous avons désormais de bons atouts en mains. Cependant, avant de faire un pas de plus dans l'enquête, une précautions s'impose. Je me serais dispensé de l'expliciter si Alain Bernheim, à la suite de la parution d'un de mes précédents ouvrages, n'avait publié dans la revue *Humanisme* un article déconcertant sur la manière d'écrire l'histoire maçonnique[1]. Son souci est de vouloir rendre hommage et gratitude aux prédécesseurs. C'est ainsi qu'il cite Albert Lantoine, Georges-Henri Luquet, Daniel Ligou, Françoise Weil et Pierre Chevallier. Il ne faudrait pas oublier que « nombre de lettres, gazetins et procès-verbaux d'époque [ont été] retrouvés et transcrits » par eux. On note donc ici une volonté de remonter la chaîne des exégètes. La difficulté est cependant de savoir où est l'amorce de cette chaîne. Lantoine est le plus ancien. Le livre qu'il consacre au rite écossais a été publié en 1930. Or, la quasi totalité des références qu'il contient ont été empruntées à des prédécesseurs, y compris dans les reproductions d'archives issues du ministère français des affaires étrangères, dont les fameuses lettres de Ramsay signalées depuis 1832 ![2]

---

1. *Humanisme*, printemps 2000, p. 155 et suivantes.
2. *Le Rite Écossais Ancien et Accepté*, éditions Émile Nourry, 1930. Un siècle plus tôt, les lettres de Ramsay étaient en grande partie transcrites par Pierre-Édouard Lemontey dans son *Histoire de la Régence et de la minorité de Louis XV, jusqu'au ministère du Cardinal Fleury*, chez Paulin, tome 2, note 1. 292-293. L'auteur ne doutait pas non plus de l'influence jacobite :

Luquet vient en second. Son livre auquel songe Bernheim est paru en 1963. Il est vrai qu'il contient des transcriptions de gazetins, de lettres et autres documents. Mais, cet auteur a lui-même puisé aussi bien dans Lantoine qu'à d'autres sources, ce dont il ne s'est d'ailleurs pas caché, comme l'indique sa bibliographie en fin de volume. Au vrai, et c'est probablement ce qui perturbe certains compilateurs, les principaux vecteurs utilisés par les historiens sont la *Revue rétrospective* publiée au dix-neuvième siècle, d'une part, et les *Documents Maçonniques* diffusés durant la seconde guerre mondiale sous la direction de Bernard Faÿ, alors directeur de la Bibliothèque Nationale, d'autre part.

Luquet renvoie d'ailleurs à la première source, augmentée de la *Revue d'Histoire littéraire de la France*, en reconnaissant que le mérite d'avoir accompli un travail de pionnier revient à Paul d'Estrée. Il suffit donc de s'y reporter pour comprendre que, de texte en texte, on est vite conduit à relativiser la façon dont se sont ensuite transmis les copies et copies de copies, ce qui incline au total à préférer un report direct aux originaux proprement dits, quand les enjeux sont forts, pourvu que la possibilité se présente. La même remarque s'applique à la consultation des correspondances d'anciens ministres de Louis XV. Un exemple suffira à convaincre. Bernheim ne cite pas comme référence utilisée par Chevallier le lieutenant général de police Claude-Henry Feydeau de Marville, dont la publication des lettres a été assurée en 1896. Une lecture attentive de la préface écrite par Arthur de Boislisle renseigne bien

---

« *Quand les Jacobites vinrent en France, plusieurs d'entre eux étaient initiés ; mais la dévotion de Louis XIV, et la crainte de l'inquisition jésuitique, les détournèrent de leurs rites. Le duc d'Orléans, qui aimait les arcanes de toute espèce, les eût probablement favorisés sans les inquiétudes de sa régence, et l'état de contrainte où sa politique le plaça toujours avec les réfugiés anglais. Ce fut donc seulement en 1725, sous le ministère de M. le Duc, que se tint la première loge française sous les auspices de fondateurs étrangers.* » (*id.*, p. 290) En l'occurrence « détourner » ne signifie pas oublier ; est admise la possibilité d'un entretien de la flamme limité à un cercle étroit de fidèles.

Grandes manœuvres 327

sur plusieurs sources maçonniques³, sans négliger de valoriser le travail de Paul d'Estrée, mais aussi de Jacques Peuchet qui a porté à la connaissance de ses contemporains des interdits prononcés contre l'Ordre en 1737, dont des sentences reproduites en fac-similé par Luquet, encore, mais cette fois sans indication d'emprunt⁴.

En ce qui concerne les documents publiés par Bernard Faÿ, on peut comprendre l'apparition de scrupules à l'heure de les citer. Ils n'ont jamais eu pour objet que de servir la propagande vichyssoise, assortis de commentaires haineux. Mais si la répulsion des maçons en tant que tels s'excuse, on voit moins ce qui justifie le silence des historiens. Deux synthèses ont été publiées, l'une sous la signature de Jacques Ploncard, l'autre sous celle abrégée de M.-Cl. Bertrand. Y sont repris des textes d'Albert Lantoine, de Lionel Vibert, de Gustave Bord, de Charles-Philippe d'Albert de Luynes, de René-Louis de Voyer d'Argenson, de Claude-Henri Feydeau de Marville, de Paul Dudon, notamment, sans exclure de nombreuses transcriptions de manuscrits conservés soit à la Bibliothèque municipale de Châlons, soit à la Bibliothèque nationale, soit à celle de l'Arsenal, soit encore aux Archives nationales, voire la Bibliothèque historique de la ville de Paris⁵. À titre d'exemple significatif, quiconque pense

---

3. *Lettres de M. de Marville*, chez H. Champion, tome 1 : 1896, tome 2 : 1903, p. XLIII et LXXIII.

4. Jacques Peuchet : *Mémoires tirés des archives de la police de Paris, pour servir à l'histoire de la morale et de la police, depuis Louis XIV jusqu'à nos jours*, chez P. Levasseur, 1838. Sur les *Sentences de police* du 14 septembre 1737 et du 5 juin 1744, voir fac-similés dans *La Franc-Maçonnerie et l'État en France*, Vitiano, 1963, p. 40-42 et p. 253-255. La reproduction de la seconde sentence a été très certainement réalisée à partir de l'original conservé à la Bibliothèque Nationale de France, collection Joly de Fleury, volume 184 f° 79, 79bis et 79ter (*Sentence* du 5 juin 1744). La position du cachet situé dans la marge gauche de la première page en apporte la preuve. Avant Peuchet, Nicolas-Toussaint Le Moyne, dit des Essarts, avait publié entre 1786 et 1790 plusieurs volumes d'un *Dictionnaire de la police* ; on trouve au tome 4, p. 180, un renvoi explicite à l'affaire de 1737.

5. *Les Documents Maçonniques*, réédition en un seul volume à La Librairie Française, 1986. La synthèse de Jacques Ploncard d'Assac (écrit Ploucard en

à Châlons doit se référer automatiquement aux manuscrits de Bertin du Rocheret. Ce sont effectivement ceux-ci qui sont mentionnés dans l'article de Ploncard, plus de vingt années avant que Pierre Chevallier les réutilise avec bonheur dans ses propres ouvrages.

En d'autres termes, la question de la découverte d'une information, ou de sa traçabilité, n'a souvent qu'une pertinence fragile. Pour cette raison, il ne faut tenir grief à personne de court-circuiter les intermédiaires. Simple b-a-ba du métier d'historien, enseigné aux étudiants débutants : privilégier tous les témoignages qui sont les plus proches des faits et événements. Les guides pour y arriver sont parfois très divers ; il est permis de les abandonner une fois au but. C'est ce que les devanciers loués par Bernheim ont su faire, avec ou sans remerciements explicites. La difficulté ne surgit qu'au moment où des écrivains laissent dans la pénombre leur propre système de références. Les débats ne valent la peine d'être ouverts que dans ces conditions, sous réserve de les étayer soi-même par des renvois à un autre système quant à lui accessible au lecteur.

Ainsi, les archives paroissiales de Saint-Germain en Laye ont-elles permis de contester les prémisses de l'exposé de Gustave Bord sur les précurseurs jacobites, et d'en annuler plusieurs conséquences. Nous savons même qu'un procès-verbal de 1750, actuellement consultable aux archives départementales de Quimper, dont ce chartiste a assuré une présentation résumée sans en révéler l'origine, a pu être retrouvé, et qu'il consolide n'importe quelle ambition de retour aux sources. L'ironie de cet exemple est éloquente, d'ailleurs, puisqu'elle révèle que Bernheim n'échappe pas aux équivoques en exploitant de façon trop impulsive la translittération que j'ai assuré de ce procès-verbal, après en avoir mené une brève analyse conjointement avec Philippe Lestienne [6].

---

fin de texte) se trouve à la page 432 et suivantes, celle de M.-Cl. Bertrand à la page 953 et suivantes.
6. Transcription dans *Renaissance Traditionnelle*, n° 112. Et signaler le fait ne m'empêche pas de reconnaître les mérites de Bernheim quand il s'efforce d'apporter sa contribution à l'histoire.

Cette mise au point étant faite, nous devons maintenant songer à l'essentiel. Juvanon fait partie de ceux dont les références sont lacunaires. Toute prudence gardée, reprenons ce qu'il dit de l'installation de la loge de Louis Colins. L'installation a lieu le 7 février ; la délivrance des patentes est réalisée une semaine après, le 14, étant convenu que Colins doit se transporter au siège de la grande loge de Paris pour en avoir délivrance. Le grand secrétaire qui établit ce document est John Moore. Il s'agit ni plus ni moins de l'abbé déjà rencontré. C'est vers lui que Wharton a été invité à se tourner en 1716, afin qu'il lui serve de secrétaire provisoire[7]. C'est avec lui que Francis Sempill, l'un des principaux agents de Jacques III en France, entretient des relations serrées, surtout dans les années 1740. Tout porte à croire qu'il détient depuis longtemps les archives de la maçonnerie jacobite proprement dite, c'est-à-dire issue de l'émigration. Nous aurons l'occasion de vérifier que le personnage est en tout cas très sûr, très habile, car il saura échapper à une perquisition en sauvegardant le bien de ses amis.

Le grand trésorier s'appelle Duncan Buchanan. Il sera inscrit parmi les officiers de 1745, avec le grade de capitaine. Appartient-il à la famille de George, qui fut précepteur de Jacques VI, après un assez long séjour à Paris ? Impossible de le dire. Pour l'heure, il semble lié au jeune banquier Aeneas MacDonald, qui participera au financement de l'expédition de 1745, et dont les bureaux se trouvent dans le quartier du Louvre. Avec George Kelly, Buchanan et MacDonald feront de toute façon partie du cercle rapproché de Charles Édouard quand il faudra embarquer sur le vaisseau mis au service de la cause par Antoine Walsh. Buchanan aura auparavant effectué de nombreux voyages pour transporter des plis secrets de chaque côté de la Manche[8].

Font office de premier et second surveillant Jacques Eliot et René Le Chapelain. Selon toute probabilité, le premier est britannique, et le second français. Ils sont tous les deux difficiles à identifier. Le premier est cité plusieurs fois dans des lettre

---

7. Voir *Stuart Papers, Windsor*, III, 61-62, 69-70, 149-150.
8. Voir, entre autres, *The Rash Adventurer*, Margaret Forster, éditions Stay and Day, 1973, p. 57.

adressée à Francis Sempill, par Francis Salkeld et le comte Marischall[9] mais sa personnalité reste dans le vague. On a beaucoup plus de chances avec le porte-épée Gilbert Menzies of Pitfodels. Son père William a accompli ses études au collège de Douai, de 1700 à 1707. Lui-même y vient au cours des années 1720, en compagnie de son cadet John[10]. Comme la plupart des exilés francs-maçons, ils feront partie de l'expédition de 1745-1746. Ils échapperont à la capture, et reviendront finir leurs jours en France. Sur ce, la liste de Juvanon se termine. Du moins, pour ce qui concerne la députation qui installe Louis Colins dans ses fonctions de vénérable, selon l'appellation actuelle. On apprend seulement que ses propres adjoints sont ce jour-là un certain Joseph Agard et Jean-Pierre Le Lorrain.

Il est inutile de s'attarder sur ces derniers. Pierre Chevallier les a déjà bien campés. Plus instructif est le report au registre de la loge dite de Coustos qui s'ouvre en assurant que « la première loge régulière at étée tenue le 18 décembre 1736[11] ». On trouve parmi les deux surveillants Denis Errembault Dudzeele et Christophe-Jean Baur. Le nom du premier disparaît ensuite du registre. Est-ce pour cause de désintérêt soudain ? Cela paraît inconcevable. Il vaut mieux se demander s'il n'intervient pas encore comme député du grand maître qui, à cette date, n'est pas encore Derwentwater, mais MacLeane. Dans l'affirmative, nous aurions le signe d'un basculement de tendance. Avant l'accession de Derwentwater à la grande maîtrise, les installations n'étaient pas solennelles ; dans Paris, elles se faisaient en présence d'un représentant de la grande loge, et en

---

9. Voir lettre de Francis Salkeld à Francis Sempill, 22 juin 1733, Archives du Ministère français des Affaires étrangères, série *Mémoires et documents*, sous-série *Angleterre*, volume 90, f° 280-281 ; et lettres de Marischall à Sempill, Archives du Ministère français des Affaires étrangères, 4 octobre et 10 novembre 1734, Archives du Ministère français des Affaires étrangères, série *Mémoires et documents*, sous-série *Angleterre*, volume 84, f° 90 et f° 86.

10. *Jacobites of 1745*, Frances MacDonnell, éditions Clearfield, 1998, p. 30 et 38.

11. Bibliothèque Nationale de France, collection Joly de Fleury, volume 184, f° 133.

usant de formes assez libres. Ensuite, elles le deviennent. J'use du conditionnel. Mais la suite permet d'abonder dans ce sens.

Le registre commence assez curieusement par une liste supposée fournir les noms du « tres venerable Maitres, surveillants et compagnons qui ont composé la premiere loge reguliere et de ceux qui la composeront dorennavant ». La présence de Thomas-Pierre Le Breton n'y serait pas la moins insolite, s'il s'agissait vraiment des membres de la loge, au sens strict. Il faut plutôt comprendre que, lors de l'assemblée d'ouverture, des frères d'autres loges sont invités, qu'ils viennent ou ne viennent pas, qu'ils inscrivent leur nom ou pas, et que leur réapparition est plutôt rare après, voire inexistante. De fait, Le Breton œuvre ailleurs, à la tête du Louis d'Argent, ce dont témoignent plusieurs autres documents de la même période. De même que la visite de Colins sera signalée le 17 février 1737, notre orfèvre assiste comme on dit, à l'allumage des feux de son ami Coustos.

Du reste, celui-ci est contesté le 30 avril 1737. On lui reproche de n'avoir « pas pris l'obligation ordinaire des maçons[12] ». Curieusement, le secrétaire veille à stipuler que ce reproche n'est pas fondé, mais ajoute que Coustos se met en règle en prenant cette obligation « entre les mains du frère Baur », lequel est son adjoint direct, aux fonctions de premier surveillant. L'épisode a quelque chose de paradoxal, puisqu'il consiste à demander au détenteur de la plus haute fonction d'obtenir sa reconnaissance par un subalterne. Cela suppose, en tout cas, que Baur est quant à lui parfaitement orthodoxe, aux yeux des sourcilleux censeurs. La conséquence est facile à deviner. Nous assistons à l'émergence d'un nouveau collectif dont les membres sont de provenance diverses. Plusieurs ont certainement la caution de MacLeane, avant Derwentwater. En décembre 1736, il est peu probable qu'ils soient issus de la loge de Colins, puisque la cérémonie de son installation n'a pas encore eu lieu.

Contexte opaque. En accord avec ce que nous savons de l'agitation du début de l'année écoulée, avec la réception des six

---

12. *Id.* f° 142.

seigneurs appartenant à l'Ordre du Saint-Esprit, nous devons considérer qu'au commencement de l'hiver suivant le nombre de maçons actifs dans Paris est assez important, que le prosélytisme y a déjà pris un vigoureux élan. Coustos s'accorde avec plusieurs anciens pour créer son propre groupement, comme d'autres l'ont fait, et comme d'autres vont le faire. Quoi qu'il en soit, pour savoir quels sont les frères qui lui restent extérieurs, il suffit donc de repérer ceux qui ne reparaissent pas après le 18 décembre 1736, ou encore les visiteurs occasionnels. On ne peut exclure des erreurs sur un ou deux, pas sur l'ensemble. Ainsi, le nombre des seconds tourne autour de quinze. À la réflexion, on ne peut pas imaginer qu'ils ne proviennent tous que d'une seule loge, celle de Colins étant apparemment exclue.

Résumons ces premiers acquis. Le 29 novembre 1736, le peintre Colins est informé que la loge qu'il souhaite ouvrir a l'hôtel de Bussy a obtenu l'agrément de la grande loge. Le 18 décembre, Coustos installe la sienne, en présence du marquis Errembault Dudzeele dont la familiarité avec les Jacobites est incontestable. Le 27 décembre, Derwentwater est élu à la grande maîtrise, en lieu et place de MacLeane. Dans la soirée du jeudi 7 février 1737, Colins est investi dans ses fonctions. L'hôtel de Bussy s'anime à l'arrivée de la délégation. En l'occurrence, il y a des grandes manœuvres au sommet. L'effectif des frères s'est accru dans de grandes proportions, leur volonté de participer désormais sans trop se cacher au développement de l'Ordre devient évident. Le problème, quasi mathématique, est de tenter une élucidation de leurs mobiles.

Dans les règlements « modelés » en 1735 par MacLeane[13], il est indiqué que, en dehors des séances propres à chaque loge particulière, deux genres de réunions générales doivent être programmées au cours d'une année sous l'autorité du grand maître ou d'un représentant. En effet, le douzième article évoque l'assemblée annuelle du 27 décembre, d'une part, puis les assemblées trimestrielles des environs du 25 mars (fête de Marie), du 24 juin (Saint-Jean Baptiste) et du 29 septembre (Saint-Michel), d'autre part. Ce même article stipule clairement

---

13. Bibliothèque Nationale de France, FM^1 94.

Grandes manœuvres 333

que les membres y ayant droit d'entrée appartiennent à ce qu'on pourrait appeler le triangle de chaque loge particulière, à savoir le maître et ses deux surveillants. Aucune autre personne n'ayant ces titres ne peut être autorisée à siéger, sauf approbation explicite du grand maître. Voilà les données structurelles qu'il faut bien garder en mémoire, quand on s'efforce de démêler l'écheveau des péripéties dont ces anciens sont les protagonistes.

Un journal de Weimar explique qu'aux derniers jours de 1736, on voit plus de soixante affiliés (*Mitglider*) participer à l'élection de Derwentwater[14]. Sur ces bases, nous sommes en droit de considérer que la distribution arithmétique des représentants de chaque loge particulière répond aux exigences des règlements généraux, lesquels disent en outre que le grand maître officie aux côtés de ses propres adjoints ; c'est-à-dire son député et le grand trésorier à sa gauche, le grand secrétaire et le porte-épée à sa droite, enfin les grands surveillants à leurs lieux et place[15]. Il suffit alors de réaliser un calcul très simple. Puisque l'équipe administrative du grand maître est composée de six hommes, et puisque chaque loge n'a pas la possibilité de déléguer plus de trois lors des assemblées générales, on procède d'abord par soustraction, puis par division. Enlevons des 60 présents environ signalés par le journal allemand les 6 qui composent l'entourage immédiat du grand maître, il reste 54 venus des particulières ; or, s'ils sont trois à chaque fois, ce total doit être partagé d'autant, et nous avons le nombre de loges existant à Paris à la fin de 1736, autrement dit 18.

Le chiffre est-il exagéré ? On connaît d'autres nouvellistes qui, au même moment, donnent celui de quatre ou de cinq. Nous serions donc en peine de choisir s'il n'y avait par ailleurs une source bien plus fiable que les chroniques de presse pour nous éclairer. Il s'agit de la liste saisie chez le clerc de la loge de Derwentwater, dans des circonstances que je vais rappeler bientôt. Cette liste comporte onze noms. Pierre Chevallier et

---

14. *Acta Historico Ecclesiastica*, 1738, p. 1052-1053.
15. Article 12. Et l'on remarque que ces données sont en phase avec celles relatives à l'installation de la loge de Colins.

quelques autres ont pu l'interpréter comme révélant l'effectif de cette loge même ; c'est ainsi qu'ils la décrivent, sur les brisées de Gustave Bord, sous le titre très insistant de Saint-Thomas. Ils ne parviennent évidemment pas à convaincre pour la raison irréfutable qu'elle ne comporte aucun des noms signalés dans la patente délivrée à Colins. Comment expliquer qu'on n'y retrouve ni Errembault, ni Menzies, ni Buchanan, ni Eliot, entre autres ?

Dans un précédent ouvrage [16], j'ai fourni l'identité des onze frères marqués. Je n'ai rien à y ajouter, hormis deux ou trois considérations techniques inspirées encore par la lecture des règlements signés par MacLeane en 1735 et approuvés par son successeur en 1736. Il y est dit que, à chaque assemblée de trimestre, les vénérables des particulières doivent apporter la liste des nouveaux frères reçus sous leur autorité, étant entendu que les candidatures doivent être soumises un mois à l'avance à l'approbation du grand maître, afin de faciliter les enquêtes de moralité. Ce procédé des enquêtes préalables n'a certes pas à être surévalué, car il est pratiqué dans les ordres traditionnels de chevalerie, avec deux « parrains » ayant vocation à avancer les garanties souhaitées ; certains confréries artisanales ou paroissiales fonctionnent aussi sur le même mode. En revanche, on voit bien que le souci du grand maître parisien est de se doter lui-même d'un organe administratif chargé de conserver des écritures sur la vie de l'Ordre.

À son niveau, l'idée est d'établir aussi le répertoire des différentes particulières sous son autorité. Cela est expressément souligné au treizième article : le « secrétaire aura un livre où l'on enregistrera toutes les loges, le temps et le lieu qu'ils s'assemblent, les noms de tous les membres de chaque loge, et toutes les affaires de la Grande loge qui conviennent d'y être insérées ». On en conclut que, pour lancer les convocations à l'une ou l'autre assemblée générale, il faut bien un répertoire. Le principe est le suivant. Le grand maître informe son secrétaire des modalités de la prochaine réunion, et le secrétaire pré-

---

16. *La Maçonnerie écossaise dans la France de l'Ancien régime*, éditions du Rocher, 1999, p. 216 et suivantes.

vient le clerc de la grande loge qu'il doit contacter les vénérables des particulières dispersées dans Paris, lesquels font ensuite état de l'événement lors d'une séance de préparation avec leurs propres amis. Que ce clerc dispose lui-même d'une liste sommaire, c'est ce qu'il y a de plus rationnel. Eh bien, voilà le document qui sera saisi par la police en mars 1737, et qui nous permet maintenant de savoir quelle est la structure de l'Ordre, sinon dans le royaume de France, du moins dans sa capitale.

Reste à s'expliquer sur un décalage. Notre opération d'arithmétique élémentaire a donné environ dix-huit loges possibles, notre liste n'en fournit que onze. C'est encore l'article 22 qui précise qu'aucun frère autre que les vénérables et les surveillants ne peut être présent lors d'une grande loge ; néanmoins, une dérogation peut être accordée par le grand maître. Du coup, on peut fort bien supposer qu'il suffit à un grand seigneur de solliciter une telle faveur, pour qu'il l'obtienne. Parmi ceux dont la réception est récente, soit aux armées soit à Paris, il y en a certainement plusieurs qui souhaitent assister à l'élection du 27 décembre. De même, il se conçoit que d'autres adjoints du grand maître apportent leur concours au bon déroulement de la cérémonie, par exemple le grand orateur, par exemple le chancelier garde des sceaux. Le total des présents excède alors certainement la quarantaine. S'il voisine la soixantaine, cela reste compatible.

Bref, nous devons considérer qu'à la fin de cette année si propice au prosélytisme, il existe en tout et pour tout douze loges de l'obédience jacobite à Paris. Celle de MacLeane et Derwentwater accueille probablement la majorité des exilés. Sans exclure bien entendu la participation d'étrangers d'autres nations, les onze autres sont plutôt formées de personnalités de souche française. S'il y manque les trois supplémentaires dont on connaît positivement l'existence, savoir celles de Colins, de Coustos et de Le Breton, l'explication a déjà été suggérée. Premièrement, Colins n'est installée officiellement que le 7 février suivant ; donc son nom ne peut pas être inscrit dans la liste de décembre 1736. Coustos ne se manifeste lui-même que le 18 de ce mois-là, dans des formes qui seront contestées ensuite, et cela laisse penser qu'il n'était pas encore jugé orthodoxe lors de l'élection de Derwentwater. Enfin, Le Breton peut s'estimer autonome, sans avoir en quelque manière à solliciter un agrément des Jacobites, car cela fait cinq années maintenant qu'il a obtenu la caution des Britanniques de Londres.

C'est ce qui se passe dans les semaines consécutives à l'élection de Derwentwater qui ne cesse d'intriguer. Elles nous mènent à la première assemblée de quartier, celle que les règlements prévoient de tenir le 25 mars, à peu de jours près. En l'espace de trois mois se produit une telle accélération qu'elle indispose le premier ministre en personne. Il n'est pas dans l'ignorance de ce qui a déjà pu arriver avant ; il sait très bien que depuis un an, au moins, petits et grands seigneurs se piquent de curiosité pour cette sociabilité si particulière prônée par les Jacobites ; sa gêne vient maintenant des implications politiques de l'affaire. Jusqu'à présent, elles étaient discrètes ; elles sont en passe de ne plus l'être. Cela crée quelques remous au plan diplomatique. Voilà un premier point. Il y en a un second, au sens où l'expansion de l'Ordre amène aussi des citoyens de la bourgeoisie à s'y intéresser plus qu'avant, à vouloir en découvrir les attraits. Comme ils ont tendance à échapper au contrôle du grand maître, à l'instar de Le Breton, un malaise est perceptible au sein des dirigeants de l'Ordre eux-mêmes. En dehors de leur propre sphère, ils assistent en réalité à un mimétisme qu'ils ne parviennent pas à brider.

Les premiers symptômes se discernent dans les comptes rendus de la loge de Coustos. Le 17 février, elle se donne comme vénérable Louis-François-Anne de Neufville, duc de Villeroy[17]. Mais le duc ne se montre guère assidu, en sorte que Coustos est maintenu dans sa fonction dirigeante. Or, le 12 mars, son secrétaire écrit que Derwentwater vient d'introduire des innovations dans sa propre loge. Il impose que, lors des réceptions, tout néophyte soit accueilli par des frères portant chacun une épée. En première approche, l'initié d'aujourd'hui

---

17. Bibliothèque Nationale de France, collection Joly de Fleury, volume 184, f° 136 v° : Le « *frere Duc de Villeroy passé maitre et au desir unanime de la loge et avec la permission du venerable frere et maitre Cousteau a été déclaré maitre de nôtre ditte loge en la forme et l'ordre requis en presence des freres cy après...* »

songe aux lames pointées vers le dernier venu, quand le bandeau lui est ôté des yeux et qu'il découvre soudain les rangées d'anciens « à l'ordre » ; les armes ainsi employées n'étant que des symboles. Les amis de Coustos sont plus abrupts dans leur interprétation. Ils estiment au contraire que le port de l'épée, tel qu'il est réclamé par les Jacobites, a pour effet d'exclure les bourgeois. Aucune équivoque ne plane là-dessus, quand on lit leur propos : « les freres ont ajouté que l'ordre n'est pas un ordre de chevalerie mais de société ou tout homme de probité peut ettre admis sans porter l'épée, bien que plusieurs seigneurs et princes se fassent un plaisir d'en ettre [18] ». Pour eux, il est incontestable que la mesure envisagée par le grand maître est à intention d'élitisme. Ils protestent contre. Pas d'épée, pas d'entrée en loge.

Dans un passage qui corrobore pleinement l'analyse qui précède, sur l'organisation de l'Obédience, ils précisent que la très prochaine assemblée de printemps n'est prévue que pour les maîtres de chaque loge et leurs deux surveillants. Ils en ont été informés ; ils ne voient pas d'objection à s'y rendre, se promettant sans doute d'exprimer à ce moment leur opinion. En somme, le débat n'est que momentanément clos, et ils continuent comme par devant à se réunir, soit le mardi, soit le dimanche. Ainsi, le 16 mars, ils mettent au voix la réception du gouverneur du prince de Nassau, le sieur de Wernicke. Il est assez probable que cet homme soit de la même famille que l'homonyme se manifestant au début du siècle dans l'entourage du ministre Torcy, avec mission de s'occuper en France des affaires du roi de Danemark. Celui-ci se prénommait Christian [19]. Quoi qu'il en soit, le même jour, un gazetin circule dans Paris, signalant que l'Ordre serait tout nouveau en France, qu'il n'aurait pas été toléré en Hollande, et qu'il serait même « à peu

---

18. *Id.*, f° 138 r°.
19. Ministère français des Affaires étrangères, série *Mémoires et documents*, sous-série *Hollande*, volume 222. Voir aussi *Journal inédit de Jean-Baptiste Colbert, marquis de Torcy*, éditions Plon et Nourrit, 1884, p. 9. « Wernike, chargé ici des affaires de cette couronne [de Danemark] ». La princesse Palatine l'évoque aussi dans ses lettres.

près » comme celui des Templiers[20]. Puis, le lendemain, voilà que la rumeur fait état d'un interdit prononcé par le cardinal premier ministre Fleury. Enfin, des perquisitions sont vite lancées par des commissaires de police.

Le duc de Luynes se fait l'écho de la prohibition ministérielle. Il écrit qu'elle serait en partie inspirée par la situation vécue en Hollande récemment, obligation ayant été faite aux loges du pays d'interrompre leur activité. Rentré de La Haye pour des nécessités extérieures à l'affaire, l'ambassadeur de France lui en a parlé. Celui des Provinces Unies en résidence à Paris aurait renchéri en montrant à quelques curieux le texte du serment prêté par ses compatriotes. « On dit que ce qui a déterminé principalement de faire cette défense en Hollande a été la découverte d'une faction pour M. le Prince de Nassau pour se faire élire stathouder, et que l'on trouva que la plupart de ceux qui composaient cette faction étaient Frimassons.[21] » En la circonstance, la présence de Wernicke dans la loge de Coustos paraît difficilement être le fruit du hasard. D'autant que, si ce vénérable est maintenant en relation officielle avec Derwentwater, quitte à être contesté plus tard par les siens, puis rétabli promptement dans son autorité par son adjoint Baur, c'est que son groupe a obtenu récemment d'être ajouté au nombre des affidés, en même temps que celui de Colins.

L'avocat Edmond Barbier explique autrement l'inquiétude de Fleury. Il assure qu'elle serait due au « changement qui vient d'arriver dans le ministère[22] ». En effet, Louis-Germain Chauvelin vient à peine d'être démis de son secrétariat d'État aux affaires étrangères, de sa garde des sceaux et, tant qu'à faire, de sa charge de vice-chancelier. Il ne plaît plus. Pourquoi ? Trop favorable aux Jacobites, pas assez souple à l'égard de Fleury, lequel a obtenu du roi une lettre de cachet contre lui, quoique « avec peine » selon Barbier, n'ayant agi que

---

20. Bibliothèque de l'Arsenal, Paris, manuscrit 10166, f° 88.
21. *Mémoires sur la cour de Louis XV, 1735-1758*, chez P. Firmin-Didot, 1860-1865, tome 1, 18 mars 1737, p. 210.
22. *Chronique de la Régence et du règne de Louis XV*, chez Carpentier, 1857, tome 3, p. 81.

sur les pressions réitérées de l'Empereur d'Autriche et du roi George d'Angleterre[23]. Bien que les affaires de Hollande ne soient guère mentionnées, il n'en demeure donc pas moins que les considérations politiques influent sur certaines attitudes.

Pour bien en évaluer la force, le moment est venu de reprendre la compagnie d'André-Michel de Ramsay. Le duc de Luynes reste dans le vague en exposant dans son journal que ce chevalier est l'auteur d'un discours prononcé à l'occasion de nouvelles réceptions dans l'Ordre[24]. Parce que sa teneur n'est pas restée longtemps confidentielle, nous savons aujourd'hui que ce discours vient de servir le jour où Derwentwater a été élu à la grande maîtrise. Toutefois, Ramsay se propose soit de l'amender, soit d'en écrire un autre, qu'il pourrait faire découvrir à ses frères durant l'assemblée générale du 24 mars. Comme il pense souhaitable d'avoir l'aval du premier ministre Fleury, il lui en adresse une copie. Voilà comment tout se complique.

Le samedi 16 mars, il fait porter son texte par un exprès au cardinal. Il n'y a pas d'autre possibilité de date que celle-là. En effet, la lettre d'accompagnement a été registrée le 20 mars par un commis du ministère des affaires étrangères. Ramsay y indique qu'il doit lire son « discours demain dans une assemblée générale de l'Ordre, et le donner lundi matin aux Examinateurs de la Chancellerie[25] ». La formule n'est trompeuse que parce qu'elle prévoit une assemblée « générale », mais aucune équivoque n'est permise. Le 20 est un mercredi. Il est dans les habitudes des commis d'archiver les correspondances une fois que leur destinataire en a pris connaissance. Ce jour ne peut pas correspondre à celui d'émission du courrier ; d'ailleurs, on voit bien que c'est une main étrangère qui a porté la suscription d'enregistrement. Donc, à l'examen, trois événements sont concomitants, la diffusion du gazetin assurant que l'Ordre serait

---

23. *Id.*, p. 66.
24. *Id.*, annotation du 9 mars 1737, p. 204.
25. Archives du Ministère français des Affaires étrangères, dossier 1309, f° 211-212.

« à peu près » pareil à celui des anciens Templiers, le scrutin pour l'admission de Wernicke, et la lettre de Ramsay.

Le lendemain 17, Fleury fait prévenir les cabaretiers et traiteurs qu'ils ne doivent plus accueillir chez eux une quelconque loge. Allez savoir si c'est uniquement le gazetin, ou la candidature de Wernicke, ou la lettre de Ramsay qui le porte à agir. Allez savoir si ce n'est pas la conjonction de tout cela. Le fait est qu'une perquisition est vite menée chez le menuisier Broomett qui n'est ni traiteur ni cabaretier, et qui offre sans doute régulièrement une salle de son atelier à Derwentwater pour qu'il y abrite sa propre loge, laquelle a donc quitté son premier gîte, soit chez Hute soit chez Huré. Le commissaire ayant instrumenté le décrit en quelques mots : « ouvrier anglais qui fait des éventails, des chaises de chambre ; a travaillé dans le Louvre. Il est clerc de loge (sous le nom de couvreur de loge) ; il est employé par l'abbé More, Irlandais demeurant près du temple, qui est chargé de l'ex^{on} [lire : exécution] des ordres de mylord Derenwater grand maitre des Frimassons, qui demeure R. Daufine a l'hotel Imperial.[26] » Dans la foulée, sont saisis chez lui vingt-neuf tabliers, huit maillets, divers cahiers de chansons brochés en papier marbré (ce détail aura de l'importance par la suite), mais aussi une « liste de frères et de leurs demeures qui lui servait p^r avertir des jours d'assemblées et indiquer les loges ». C'est d'elle qu'il vient d'être question, avec les onze noms de personnages notoirement connus dans Paris.

Ainsi, nous savons comment approfondir l'étude du dossier. Mais une dernière remarque doit être prise en compte. Elle est inspirée par les commentaires plus ou moins redondants que font des Allemands anonymes, en 1738, des événements vécus en France au début de l'année précédente[27]. À condition de procéder à une indispensable substitution de date[28], nous sommes informés que le 13 mars 1737 ont été accueillis dans

---

26. Bibliothèque Nationale de France, collection Joly de Fleury, volume 184, f° 122 v°.

27. Voir la *Gründliche Nachricht von der Freymaureren*, et *Acta Historico-Ecclesiastica*, 1738.

28. Il y est question d'une nouvelle connue le 20 mars 1736 selon laquelle le conseil du roi de France se serait inquiété pour la première fois de l'aug-

l'Ordre six personnages de qualité, dont un des plus grands seigneurs de la cour. Peu de temps auparavant, dix autres avaient connu le même honneur. Les réceptions se sont faites soit dans *la* loge *anglaise*, soit dans d'*autres* loges. Dans le premier cas, le singulier se veut explicite, et il renvoie sans équivoque à la tendance jacobite menée par Derwentwater, décrit à juste raison comme successeur de MacLeane. Même si la question des origines reste suspendue dans le brouillard, aux yeux des chroniqueurs les francs-maçons « anglais » de Paris sont bel et bien typés.

Du coup, replaçons le calendrier sous nos yeux. D'une part, les échotiers allemands situent le 13 mars la réception de six hauts seigneurs de la cour royale dont un très grand. D'autre part, ils situent peu de temps avant celle de dix autres pareils. Or, c'est dans l'intervalle, le 12, que Coustos proteste contre la volonté de Derwentwater d'introduire le port de l'épée en loge. Reconnaissons que le contexte est très suggestif. La lecture du registre de Coustos prouve que les dites réceptions ne sont pas faites sous sa houlette ni celle du duc de Villeroy, lequel brille d'ailleurs pas son absence le 12. Elles ont donc lieu ailleurs, ou bien dans *la* loge jacobite ou bien dans les « autres », et parmi ces autres, on ne peut pas compter celle de Le Breton, ni celle de Colins. Décidément, c'est vers les onze qu'il faut se tourner.

---

mentation du nombre des francs-maçons. Cette date répond au style anglais, et doit donc être convertie en 31 mars 1737. N'ayant pas réalisé cette conversion dans *La Maçonnerie écossaise...*, j'ai commis une erreur d'analyse (p. 199) que je corrige ici.

UNE RÉSISTANCE TÊTUE

Alain Bernheim reprend la thèse de Georges-Henri Luquet, selon laquelle la loge dite de Bussy dans la documentation française de 1737 serait celle de Thomas-Pierre Le Breton. Il me fait grief de ne pas savoir lire, en m'opposant les tableaux composés par la grande loge de Londres. Ainsi, de 1735 à 1737, le Louis d'Argent serait continuellement marqué comme se réunissant à l'hôtel de Bussy, rue de Bussy. Elle n'aurait changé de lieu qu'ensuite, et tout cela serait conforme aux mœurs de l'époque[1]. L'obstacle à une telle interprétation est dans les archives mêmes. Un même hôtel peut abriter plusieurs loges à des jours différents de la semaine, et les témoignages démentent que l'annotation de Bertin du Rocheret situant « Rue de Bussy, la loge la plus régulière de France » puisse concerner celle de l'orfèvre Le Breton. Mon critique, une fois de plus, est victime de sa précipitation.

---

1. Puisque Bernheim tient absolument à rendre à chacun le salaire qui lui est dû, je transcris son propos. « Expliquons-lui [à André Kervella] que Luquet n'a commis aucune erreur et qu'une loge pouvait changer son lieu de réunion, comme le montrent les listes dressées à Londres depuis 1722./ Sur celle de 1732, reprise dans la 6ᵉ édition de Prichard, comme sur la liste gravée publiée par Hughan en 1889, la loge n° 90 se réunit *Au Louis D'Argent / dans la rue de Boucherie a Paris / every Wednesday / 3d April*' (*3d Apr. 1732* sur la liste de 1734). Mais sur la liste de 1735 dont l'original, conservé à la *Bodleian Library* d'Oxford, a été publié en fac-similé, comme sur les deux listes de 1737, la loge n° 90 se réunit *A l'hotel de Bussy / Rue de Bussy a Paris / First Monday / 3d April 1732*'. Elle avait changé son jour et son lieu de réunion, constatation qui justifie pleinement le commentaire de Luquet » (*Humanisme*, printemps 2000, p. 159). La démonstration est plutôt courte.

Le vendredi 22 mars, Ramsay envoie une seconde lettre au ministre Fleury, dans laquelle il dit être à la campagne et avoir été informé que les assemblées de « Freemassons » lui déplaisaient. Il proteste alors un peu, pour la forme, mais assure qu'il entend se conformer « avec une docilité sans bornes » aux décision du pouvoir[2]. La mésaventure survenue à Broomett a été portée à sa connaissance. Il prend ses distances. Le 23 mars, la loge de Coustos est convoquée extraordinairement « pour prendre les avis des freres sur ce qui doit ettre proposé demain 24 du dit mois a la grande loge ». Cela signifie que Coustos, lui, ne sait pas encore ce qui s'est passé. Peu après, le procès-verbal indique qu'il a reçu une lettre « contenant les sentiments des freres de la loge de Bussi sur ce qui doit ettre proposé a la grande loge, lesquels sont conformes aux avis de tous les freres icy presents[3] ». Hélas, cette clause ne nous renseigne guère sur le fond du sujet. Peut-être s'agit-il du point concernant le port de l'épée en loge ? Attendons pour répondre. Quant au principe, remarquons seulement que, sous la plume du secrétaire, la loge de Bussy n'est toujours pas celle de Le Breton, mais celle de Colins, comme nous le garantit un report au procès-verbal du 17 février[4]. Le quiproquo entretenu par Bernheim, pour des motifs qui m'échappent, est donc définitivement levé.

Avec la liste des onze vénérables parisiens soustraite à Broomett, il y a deux autres papiers, au moins, qui réclament une grande attention. Le premier est un pli portant l'adresse de « Monsieur Le Breton, chez Mons. Thieri, orfevre, vieille cour du Palais, a Paris ». Il contient un message très expéditif le prévenant de la prochaine assemblée générale : « Le Grand maitre et ses officiers / Le passe Grand maitre / Mr Le chevalier Ramsey / Le Ceremony comance a 5 heurs du soir percies / a

---

2. Archives du Ministère français des Affaires étrangères, dossier 1309, f° 221.

3. Bibliothèque Nationale de France, collection Joly de Fleury, volume 184, f° 140 r°.

4. *Id.*, « Le maitre de la Loge de Bussi avec ses deux Surveillants nous ont fait l'honneur d'assister aux susdites receptions, ont signé *Jean de Lamoureux, J. Agard, Colins*... »

suppe a 8 ». L'écriture est de Broomett, et on ne peut lui en vouloir de malmener l'orthographe française[5]. Mais, comme Le Breton n'est pas inclus dans l'effectif des onze, on se demandera quel est le sens d'une telle convocation. Il est indubitable que Colins et Coustos ont eux aussi été convoqués, puisque nous apprenons qu'ils demandent à leurs adhérents respectifs l'attitude qu'ils doivent adopter à l'assemblée générale du 24 ; d'où la nécessité de les ajouter à la liste des onze plus anciens. Le Breton, en revanche, fait question.

Sur une autre feuille de la main de Broomett, on lit que cet orfèvre est « suposé maitre de la Loge de Louis d'Argent, rue des buchery ». Plus bas, une précision est apportée : « mais a present le loge est tenneu dans un androit cashé[6] » Bernheim ne tient pas compte, non plus, de ces intéressantes informations. La loge a siégé rue des Boucheries, elle a siégé rue de Bussy. En mars 1737, elle n'y est plus. Ce point de détail est confirmé par un procès-verbal non daté, mais qui a également fait l'objet d'une saisie lors d'une perquisition ultérieure. On y lit que Le Breton et Coustos ont osé tenir une « assemblée dans la rue du Four et une autre à Passy, des plus tumultueuses, et cela dans le Careme[7] ». La rue du Four se trouve certes encore à Saint-Germain des Prés. Elle rejoint même les rues de Bussy et des Boucheries, mais elle n'est ni l'une ni l'autre. Le plan Turgot montre que nombreux y sont les immeubles susceptibles d'abriter des cabarets, auberges et autres hôtels, par exemple celui de La Guette évoqué dans d'autres témoignages. Quant au dimanche de Carême, il se situe cette année-là le 10 mars. Voilà pourquoi les inquiétudes politiques ne sont pas les seules à prendre en compte. La morale religieuse trouve à s'émouvoir.

Rançon d'une gloire naissante, dirait-on. La discipline est ce qu'il a de plus difficile à imposer. Tant que l'Ordre est limité à un nombre restreint d'adhérents, les risques de déviations sont faibles. Maintenant qu'il prend du volume, il est exposé aux défaillances de quelques uns. Derwentwater estime qu'il pour-

---

5. *Id.*, f °131.
6. *Id.*, f° 124 r°.
7. *Id.*, f° 129 r°.

rait y remédier s'il parvenait justement à imposer une sélection sévère des candidats. Il s'attire l'hostilité de ceux qui risquent de se voir refouler. Toujours est-il que les grandes manœuvres ne sont pas freinées par l'action de la police. Pour être contrariées, elles se prolongent de semaine en semaine, sans qu'on ait l'impression que Fleury cherche vraiment à hausser le ton. Il lui faudrait indisposer tous les grands seigneurs ayant ceint le blanc tablier des initiés. Ce serait mener une épreuve de force qui ne sied pas à son tempérament. Accoutumé aux procédés courbes, il parie sans doute sur la durée ; il espère obtenir l'assentiment ferme du roi. Il attend. Les frères en profitent.

La correspondance de Ramsay suggère que les exilés jacobites optent pour un repli provisoire. Ils commettraient une lourde maladresse s'ils osaient revenir chez Broomett. Seuls les seigneurs français, aux habitudes bien ancrées en la matière, ont vraiment la possibilité de fronder le pouvoir. C'est donc eux qui animent le reste de l'année. Pour voir comment, reprenons notre marche à partir du 24 mars. Ce jour-là, Coustos réunit ses amis. Il le fait probablement en début d'après-midi, et les informe qu'il a reçu une lettre du « trés V.g.m. », donc de Derwentwater, « par laquelle il propose de remettre l'assemblée de la grande loge, vû certaines conjonctures facheuses qui ne seront pas déduittes. Il suffit de dire que les maçons libres sont menacés de n'avoir plus la liberté de s'assembler[8] ». La mauvaise nouvelle n'empêche pas Coustos de programmer une réunion pour les siens le mardi suivant, soit le 26 mars, puis une autre le 6 avril. Chez lui, la suspension des travaux ne survient qu'entre cette dernière date et le mardi 30 avril, quand sa légitimité est mise en cause, avec invitation à prêter son serment de maçon « entre les mains » de Baur.

En parallèle, tous les autres vénérables de Paris ne demeurent pas non plus inactifs. Le 25 mars, un gazetin commente les « nouveaux progrès que fait tous les jours l'ordre des frimaçons[9] ». Le 28, un autre apporte des compléments en donnant comme membres de la fraternité le duc de Richelieu, le comte

---

8. *Id.*, f° 140 v°.
9. Bibliothèque Nationale de France, manuscrit français 13694, f° 210-211.

Jean-Frédéric Phélippeaux de Maurepas et son cousin Louis Phélippeaux de Saint-Florentin. Il paraît même qu'un commissaire de police ayant reçu ordre d'aller sévir chez le cabaretier Ruel, à la Courtille, a été menacé de recevoir des coups de bâtons s'il persistait dans son intention d'empêcher une cérémonie. Même le lieutenant général de police, rendu sur place, aurait été rabroué[10]. Le 5 avril, on dit que le marquis de Locmaria reçoit des néophytes dans des assemblées de « dix frères et sans épée nue à la porte[11] ». Le 13, des agapes ont lieu à l'hôtel de Bussy ; même si personne ne porte le tablier, l'appartenance à la maçonnerie est affichée[12]. À quelques jours près, le duc Louis-Marie d'Aumont aurait donné chez lui un dîner où il n'aurait invité que les frères de la noblesse, « ce qui a fort fâché et mortiffié les autres[13] ». Enfin, le 17, on apprend que nombreuses sont les cérémonies qui se continuent « à petit bruit » dans les maisons particulières[14].

Pour le principe, observons que les gazetins jonglent avec des adverbes qu'il ne faut pas toujours prendre au pied de la lettre. Par exemple, lorsqu'ils laissent croire que Richelieu, Saint-Florentin et Maurepas seraient de fraîches recrues, nous avons de quoi douter. Grâce au *Saint-James Evening Post*, nous savons que le second a été reçu par le duc de Richmond au cours de l'été 1735. Plus à fond, observons également que l'organisation du calendrier au cours du mois d'avril fournit la clef de plusieurs comportements collectifs. D'abord, la remarque selon laquelle le marquis de Locmaria se réunirait avec une dizaine de frères seulement n'est pas à minorer. Avec lui, cela fait onze chefs de loge, et nous retrouvons ainsi le chiffre relevé sur la liste emportée de chez Broomett. Les insoumis de mars n'auraient-ils pas tendance à improviser une sorte de conseil extraordinaire, afin d'examiner l'attitude à adopter ? Tout porte à le croire. Tandis que Derwentwater a

---

10. Bibliothèque de l'Arsenal, Paris, manuscrit 10166, f° 106.
11. Bibliothèque Historique de la Ville de Paris, manuscrit 616, f° 12.
12. *Id.*, f° 20.
13. *Id.*, f° 60.
14. *Id.*, f° 67.

pris un peu de recul, sans doute à Saint-Germain en Laye, ils se concertent et maintiennent comme par devant leur intention de maçonner sans entraves.

Nous pouvons parier que, au moins dans les jours qui suivent les fêtes de Pâques, soit du 21 au 23 avril, ils prennent des décisions assez fermes, en tout cas voulues telles. Deux raisons nous inclinent à cela. La première est qu'ils font courir le bruit qu'ils ont obtenu de Fleury la permission de s'assembler une fois cette échéance passée[15]. La seconde est que, parmi de nouveaux papiers qui seront saisis chez Moore, à la fin juillet ou au tout début du mois d'août, se trouve une sorte de pétition qui condamnent les manquements dont Coustos et Le Breton se seraient rendus fautifs du Carême à Pâques. Plus haut, j'en ai rapidement évoqué les premières lignes. Le reste du texte contient des révélations assez piquantes sur l'ambiance qui règne dans la fraternité en ce printemps de 1737.

Les deux amis ne se sont pas contentés de s'épancher lors du Carême, ils ont récidivé dans la « semaine de la passion de Notre Seigneur ». Ils ont fait bombance, mangeant à profusion, buvant avec excès ; ils ont allumé des feux d'artifice, « y attirant même tout le village de Passy, et tout cela sur la feinte d'une assemblée de maçons ». Le pire est qu'ils ont osé recevoir dans la fraternité, « contre toutes les règles », des Messieurs ayant été non seulement refusés par la grande loge, mais aussi dans celle de Le Breton. Ils se sont livrés à ces extravagances sans le consentement d'un adjoint au moins de l'orfèvre, lequel a offert son aide à Coustos pour tenir en sus une réunion non agréée par Derwentwater. Le tout est qualifié de « séditieuse caballe », en sorte que ce réquisitoire s'achève par une condamnation explicite des fautifs, et surtout par la volonté des innocents qui les jugent de maintenir leur fidélité au grand maître[16].

Le grief d'avoir agi contre les règles est réitéré sous une autre forme quand on lit que ces téméraires si outrés ont bafoué

---

15. *Id.*, f° 60.
16. Bibliothèque Nationale de France, collection Joly de Fleury, volume 184, f° 129.

« toutes Loix et raisons ». Une fois de plus, il est inconcevable, aux yeux des contemporains, de présenter le Louis d'Argent comme la loge la plus régulière de France, étant au contraire la plus imprévisible. La grande majorité des frères estiment même que l'hostilité du pouvoir à leur égard serait très certainement atténuée s'il n'y avait pas quelques marginaux à donner de l'Ordre une image controversée. Partant, nous pouvons inférer que Coustos a connaissance de la réprobation générale. S'il accepte de prêter tardivement son obligation le mardi 30 avril, sous le contrôle de Baur, c'est qu'il n'a pas le choix : se soumettre ou se démettre. Il a beau prétexter avoir dirigé cinq loges en Angleterre, avant son arrivée en France, cela n'impressionne personne ici.

Ne manquons pas de remarquer que les réjouissances de Passy ne risquaient guère d'être ignorées de certains frères de la loge de Bussy. En effet, cette loge s'est vite donnée comme vénérable nominal le duc Louis-Marie d'Aumont. Or, voilà un grand seigneur qui possède une belle demeure dans le village. Situé en bordure de rivière, c'est l'une des plus considérables, selon Germain Brice[17]. On vient de voir qu'un gazetin prétend qu'il aurait lui-même réuni ses frères de la noblesse, laissant la bourgeoisie de côté. Sachant que la nouvelle date du lundi 15 avril, qu'elle évalue à « quelques jours » cette audace élitiste nous pouvons nous reporter à la semaine qui précède. Comme elle est justement consécutive au dimanche de la Passion, il est permis de se demander si Aumont ne s'efforce pas déjà de réagir contre les turbulences de Le Breton et Coustos, d'une part, et si ceux-ci ne tentent pas de répliquer à leur façon en persistant dans les représentations publiques.

La succession des dates est des plus cohérentes. Le jour où Coustos est mis en cause, le procès-verbal de sa loge contient plusieurs lignes très révélatrices de la conjoncture, cela avec d'autant plus de force qu'elles ont été rayées après coup. Les frasques osées du Carême à Pâques y sont bel et bien évoquées. Autant qu'on puisse assurer un déchiffrement correct du pas-

---

17. *Description de la ville de Paris*, imprimé par J. Bulot, tome 1, 1752, p. 181.

sage ainsi biffé, il prévient que les semaines pascales doivent être respectées des assemblées de maçons, car si la liberté de conscience est inaliénable en chacun, il reste malgré tout nécessaire de se soumettre aux prescriptions de la religion catholique puisqu'elle est « la base de toutte »[18]. Incontestablement, nous avons sous les yeux un condensé du texte rédigé par les onze groupés autour du marquis de Locmaria. Hélas, il ne comporte aucune signature, ce qui rend difficile l'attribution de sa paternité à qui que ce soit ; mais, puisque les auteurs sont plusieurs, comme le confirme l'emploi du nous collectif, et qu'ils professent leur « obéissance envers le tres venerable Grand Maitre de la grande Loge[19] », il n'y a en effet pas d'autres possibilités que de se reporter à ces onze-là.

En résumé, des manquements ont été observés en trois temps, d'abord dans la semaine du Carême (10 mars), ensuite durant celle qui conduit au dimanche de la Passion (7 avril), enfin à l'occasion des Pâques (21-23 avril). Il n'est pas impossible que l'assemblée du dimanche 17 mars dont parle Ramsay dans sa première lettre à Fleury ait servi, entre autres choses, à discuter de ce qui s'est passé au début, et à prévoir une comparution de Le Breton lors de l'assemblée du 24 qui n'a donc pas eu lieu, en raison de l'empêchement voulu par le cardinal ministre. Voilà ce qui expliquerait que Broomett n'ait pu réussir à découvrir ce compagnon orfèvre, à son domicile de la Vieille Cour du Palais, et que la convocation lui soit restée entre les mains. Il a pu toucher tout le monde, c'est-à-dire les onze de son répertoire, plus Colins et Coustos, mais pas le principal accusé, lequel s'est transporté dans un endroit « caché ».

Ensuite, la perquisition réalisée chez Broomett laisse croire à l'indocile qu'il est libéré de la férule que le grand maître voudrait exercer sur toutes les loges, la sienne inclue ; il s'allie alors avec Coustos pour organiser les divertissements trop bruyants de Passy, après ceux de la rue du Four. Sachant que Derwentwater, comme Ramsay, opte pour un repli prudent du devant de la scène, ce sont les autres vénérables de la capitale

---

18. *Id.*, f° 141 v° et 142 r°.
19. *Id.*, f° 129 v°.

qui se réunissent en conseil extraordinaire pour statuer. D'où la condamnation qu'ils rédigent, et par laquelle ils assurent quant à eux rester parfaitement loyal à l'égard du grand maître. Leur jugement est vite connu de la loge de Coustos ; aussi, sa propre régularité personnelle est-elle mise en cause, avec nécessité de s'amender et de promettre désormais de se conformer aux règlements généraux de l'Ordre en France. Baur y veille.

Nous savons que Coustos a réuni sa loge le samedi 6 avril, veille du dimanche de la Passion, pour y « traitter quelques affaires » dont la nature est passée sous silence [20]. On y lit aussi que le frère Jacques-Christophe Naudot a proposé de voter pour l'admission de son fils et que celui-ci a été reçu sur le champ « par dispense ». Il y a de la hâte dans la procédure. Elle est dans la continuité de celle manifestée le 24 mars, alors que Coustos venait juste d'être informé des tracasseries infligées au grand maître, et qu'il avait pris l'initiative d'admettre deux nouveaux compagnons [21], « quoique ce ne soit point l'usage de faire la reception le meme jour que l'on propose [22] ». Il s'était également permis d'ouvrir une loge de maîtres dans la foulée, afin de promouvoir à ce grade huit compagnons, y compris les novices du même jour, ce dont on lui tient également rigueur en avril.

L'examen de tous les documents disponibles ne provoque aucune contradiction sur l'essentiel. Toujours est-il que les coups portés par Fleury sont vite esquivés. Aux tracasseries de la police sont opposées des bravades ostensibles. Du côté de la noblesse et de la haute bourgeoisie, aucun fléchissement net des habitudes ne se constate. À la limite, il y a du jeu dans l'air ; la résistance est à la fois opiniâtre et joyeuse. Plus on les agace, plus les frères montrent qu'ils n'ont pas l'intention de se laisser intimider. Loin de l'insaisissable Le Breton, dont il faut bien comprendre que le cas reste unique une fois Coustos revenu en grâces, l'institution se porte plutôt bien. C'est pour-

---

20. Marqué par erreur le 6 mars sur le registre. Tenue comprise entre le 26 du même mois, et le 30 avril.
21. Pas de notion « d'apprenti » dans le document.
22. *Id.*, f° 140 v°.

quoi la seconde réunion de quartier, celle du 24 juin, s'annonce sous les meilleurs auspices. Là encore, les gazetiers se piquent d'en rapporter les nouvelles à leurs abonnés.

L'assemblée générale est d'autant plus fastueuse qu'elle dure de cinq heures du soir à trois heures du matin. Sont reçus sous le triangle, entre autres le comte Maurice de Saxe et le mari de sa demi-sœur Claude-Marie Bellegarde d'Entremont. Fils de l'ancien roi de Pologne, Saxe est arrivé à Paris en 1720, donc sous la régence de Philippe d'Orléans. Militaire avant tout, il a aussitôt acheté le régiment d'infanterie qui était depuis quatre ans la propriété du très jeune comte Axel Erikson von Sparre. Ensuite, il s'est appliqué à fréquenter la cour de Versailles, mais sans que sa présence soit toujours appréciée. Ce sont ses états de service durant les guerres commencées en 1733 qui lui ont valu une belle notoriété. À la fin 1736, profitant d'une accalmie de ce côté, il est allé régler ses affaires personnelles à Dresde. Il en est revenu au cours du mois de mai suivant. Comme on voit, il lui a suffi de bien peu de temps pour être ensuite approché par les francs-maçons et être considéré par eux comme une recrue de choix. Est-ce Bellegarde qui lui a fait des avances, ou bien le contraire ? Celui-ci partage son temps entre Paris et la Savoie dont il est originaire.

Il s'avère que le retour dans Paris même de Derwentwater est remarqué aussi par le nouvelliste. À son hôtel de la rue Dauphine, il recevrait chaque matin « une grande cour de ses chevaliers [23] », et se ferait volontiers invité à table par l'un ou par l'autre, étant plutôt limité en ressources personnelles. Après être allé se mettre au vert à Saint-Germain en Laye, il reparaît. Sa meilleure sécurité est de pouvoir officier en présence de tous ces princes, ducs et autres gens titrés contre lesquels le poids d'un commissaire est très léger. En un sens, il a même quelque chose à gagner dans ce remue-ménage. Il suffirait que les actions répressives soient détournées vers les frères de moindre élévation sociale, tous ceux-là qui ne portent pas l'épée ou ne jouissent pas d'un grand rayonnement personnel, pour que

---

23. Bibliothèque Historique de la Ville de Paris, *manuscrit 616*, f° 324.

s'opère la sélection voulue à l'intérieur de l'Ordre. Certaines alliances objectives se fondent parfois sur un paradoxe.

Que Fleury ne raisonne pas ainsi est indifférent, en sorte que les nouveaux avatars qui surviennent au cœur de l'été sont à méditer sans excès d'émotion. Fin juillet ou début août, deux nouvelles perquisitions sont décidées. L'une touche l'abbé Moore, l'autre Coustos. On remarquera que ce sont bel et bien à chaque fois des Anglais, ou supposés tels qui sont visés. Même si l'on est en peine pour connaître par le menu les circonstances de ces deux nouvelles affaires, elles confirment que le cardinal ministre est avant tout animé par des préventions de nature politique, mais que ses offensives se heurtent à d'irréductibles obstacles. Le 2 août, une première rumeur assure que le secrétaire général de l'Ordre a été arrêté, mais qu'il a pu sauver son registre. Une semaine plus tard, il est question d'une descente de police réalisée à l'hôtel de Bourgogne, où des statuts, des ustensiles, des « figures », ont pu être emportés. Le bilan de la chasse est assez maigre. Entre temps, on sait d'ailleurs que d'autres manifestations ont été programmées par quelques loges, comme à l'auberge des deux Écus ou même dans la rue des Boucheries, mais sans perturbation notable.

Quant au fond, la plupart des historiens estiment que les véritables persécutions des loges ne commencent que maintenant. Ils postulent notamment que les papiers saisis chez Broomett l'auraient été lors de l'arrestation de Moore. Un tel point de vue n'est pas compatible avec la lecture des sources. Le policier qui a instrumenté en mars a décrit ce qu'il emportait avec lui, dont des cahiers de chansons brochés en papier marbré et des vignettes figurant la vêture des frères [24]. Voilà une définition assez précise en soi, qui n'est pas applicable à l'unique chanson sur feuille volante découverte dans la chambre de Moore, et dont la traduction est assurée le 5 août par un interprète du procureur général [25]. On ne comprend pas non plus pourquoi la rumeur du début août se contenterait d'évoquer la

---

24. Bibliothèque Nationale de France, Collection Joly de Fleury, *volume 184*, f° 122.
25. *Id.*, f° 125.

figure de Moore, sans Broomett, alors qu'en mars seul Broomett est mis sur la sellette, sans Moore. En tout état de cause, outre la minute de l'assemblée de police tenue le 1er août qui présente en quelques mots l'inventaire des objets saisis[26], le dossier aujourd'hui consultable comprend plutôt trois séries distinctes de documents, la troisième étant tout bonnement le registre de Coustos lui-même, auquel s'ajoute une autre collection de chansons.

On peut considérer que Moore a été arrêté ce premier août qui est un jeudi, sans doute à l'instant où il devait se rendre à une tenue convoquée par Derwentwater. C'est ce qui se déduit du calendrier de février où deux jeudis consécutifs (7 et 14) sont présentés comme donnant occasion à rassemblement des maçons jacobites, révélant ainsi une habitude. Mais il réussit donc à sauver son registre, ce qui est le principal, ne laissant à ses tourmenteurs que des papiers inoffensifs. Résultat : sur ce plan, l'opération est blanche pour les hommes de Fleury. Les tracas subis par Coustos sont plus difficiles à dater. Il a réuni sa loge les 3, 10 et 17 juillet, qui sont des mercredis. Cependant, nous ne possédons pas d'information sur une saisie qui aurait pu être décidée vers le 24. Sans exclure la possibilité d'une vacance à partir du 17, il est assez probable qu'il est interpellé un peu avant ou un peu après Moore, sans doute à l'hôtel de Bourgogne. Si, pour sa part, il est alors moins habile que l'abbé irlandais, car ses documents les plus importants lui sont soustraits, les conséquences de sa mésaventure restent toutefois très sobres. On pourrait même les juger futiles, l'ardeur des frères n'étant pas ralentie.

Elle le serait considérablement si les soutiens autour de Derwentwater fléchissaient. Ils se consolident, au contraire. Dans une lettre du 12 juillet, le comte de Saint-Florentin écrit au duc de Richmond qu'on a « un peu désapprouvé icy les assemblées et les receptions, mais je croy que le grand maître qui étoit icy a reçu trop indifferemment toutes sortes de personnes qui ont

---

26. Bibliothèque Nationale de France, manuscrit français 11356, f° 333 v°-334 v°, puis 336 r°.

Une résistance têtue

beaucoup bavardé et fait grand bruit[27] ». Voilà un résumé très elliptique qui peut faire l'objet d'une lecture à double sens. Doit-on comprendre que le « grand bruit » est celui mené par Le Breton et Coustos, mais condamné par Derwentwater et la grande majorité des autres maîtres de loges ? Ou bien, est-ce celui provoqué par ces mêmes maîtres depuis le mécontentement proféré par Fleury en mars ? Je laisse ces questions en suspens, pour souligner le *un peu* de Saint-Florentin. Lui-même ne considère pas qu'il y a péril en la demeure. Tout au moins, est à maintenir l'idée selon laquelle les démonstrations de force le sont souvent pour la parade ou la pavane. Les protagonistes se testent, osent l'escalade dans les attaques et les répliques ; mais sans qu'un séisme soit proche.

Le 10 septembre, à neuf heures et demie du soir, le commissaire Delespinay se précipite chez un marchand de vin nommé Chapelot, à la Rapée, avec l'intention de sévir contre des tenaces. Ils sont arrivés en grand équipage, au moins une cinquantaine : carrosses, cochers, laquais en livrée. Du beau monde, en somme. Naturellement, il est impossible de procéder à une expulsion musclée. La douceur est préférable. Elle ne marche pas. Reste à sévir contre l'hôte. Il est invité à rendre des comptes séance tenante, sans plus. Le lendemain, il reçoit avis de se rendre bientôt à une audience du Châtelet pour s'entendre juger et sanctionner. Il évite de comparaître. La sentence est donc rendue par défaut : mille livres d'amende et fermeture de son auberge durant six mois. Pour servir de leçon, le lieutenant général de police la fait publier, en prévenant que n'importe quel autre traiteur, cabaretier, aubergiste qui se risquerait à braver son autorité s'exposerait à poursuites. Les crieurs de carrefour sont priés de répercuter tout cela à sons de trompettes. L'effet est plutôt comique. On en rit, car quelques facétieux assurent qu'un excès de zèle de la part du commissaire se serait soldé par une culbute dans la rivière coulant à proximité. Lui et son escorte auraient vite goûté la fraîcheur de l'eau.

Deux ou trois jours se passent, un certain chevalier de Roi-

---

27. Chichester Archives, Goodwood Papers, lettre 5.

demont est désigné comme le plus entreprenant des maçons de la capitale française. Il s'appliquerait à attirer beaucoup de compagnons pour étoffer les effectifs des loges [28]. Qui est-ce ? Selon les 'on-dit', il serait chevalier de Saint-Lazare. Un report à la liste des membres de cet Ordre ne permet pas d'identifier un quelconque individu ayant ce nom, ni sous cette forme exacte, ni sous une forme approchée. L'information serait donc suspecte si elle n'éveillait pas la curiosité vers John Redmond, fils de Peter, l'ancien consul jacobite au Portugal ayant hébergé Philip of Wharton à la fin de son séjour parisien, avant qu'il s'embarque à Nantes. Rappelons-nous : le premier grand maître de la maçonnerie française est si dépensier qu'il lui faut trouver un gîte après ses quelques mois de séjour en Normandie. Peter Redmond est par surcroît chevalier de l'Ordre du Christ du Portugal, dont l'habit est à dominante noire, comme celui de Saint-Lazare. Probablement, John le porte-t-il à son tour, ce qui explique les confusions du cancanier qui épie ses mouvements.

En ancien français, les prononciations « ai » et « oi » était parfois très voisines. Entre Roidemont et Raidemont, il n'y avait pas grande différence, de même qu'entre Anglois et Anglais ; si bien que de Raidemont à Redmond la passerelle était vite jetée. Les contemporains n'avaient pas non plus grande connaissance des marques ou signes distinctifs qu'arboraient certains chevaliers de ceci ou de cela. On en a la preuve quand, en 1717, le duc Léopold de Lorraine est intrigué de voir autour de lui un homme portant un étrange ruban. Il demande alors qu'on lui dise à quel Ordre il appartient, et la réponse fuse : Saint-Lazare [29]. Quoi qu'il en soit, un gazetin annonçait en septembre 1733 le retour d'un gentilhomme du roi de Pologne nommé Roidemont, sous le titre de chevalier, étant entendu que ce roi n'était autre que Stanislas Leszczynski, récemment élu par la Diète et aussitôt contesté [30]. Stanislas était parti de France dans le secret le mieux caché, il avait espéré s'emparer de la

---

28. Bibliothèque Historique de la Ville de Paris, manuscrit 617, f° 3.
29. *Les correspondants de la Marquise de Balleroy*, éditions Hachette, 1883, tome 1, p. 112.
30. Bibliothèque de l'Institut, Paris, manuscrit 701, 24 septembre 1733.

couronne, mais n'avait pu résister contre une opposition résolue. Compte tenu de l'extrême resserrement des dates à cette époque, nous pouvons être sûr que Redmond faisait partie de ses hommes de confiance. C'était au moment où Claude-Marie Bellegarde d'Entremont, ayant quant à lui servi plus tôt à la cour polonaise dans les fonctions de chambellan du prédécesseur de Stanislas, mort en février de la même année, regagnait sa Savoie natale avant d'effectuer plusieurs séjours à Paris.

De fait, né en 1709, John Redmond est admis aux mousquetaires de la garde du roi de France en 1730. Il passe capitaine au régiment de cavalerie du Rumain le 14 mars 1735. Comme ses états de service ne précisent pas ce qu'il fait dans l'intervalle, nous pouvons inférer à bon droit qu'il accompagne le beau-père de Louis XV dans son expédition. Après les premiers succès apparents de celui-ci, il apporte à Paris en septembre 1733 des nouvelles enthousiastes, mais il est vite contrarié par les revers essuyées du côté de Varsovie. L'avocat Barbier ne manque pas de noter dans son journal que, en effet, d'autres courriers arrivés à Versailles suscitent de l'inquiétude[31]. Dommage que, pour sa part, il ne fournisse aucun nom. Cependant, si l'on se fie à la correspondance de Francis Salkeld qui a affaire au père de John et à un quasi homonyme (Redmond Everard) au cours du second semestre 1733, il semble effectivement que la situation polonaise soit un sujet de préoccupation pour la famille[32]. De toute façon, nous retrouverons le chevalier aux avant-postes de la mouvance militaire jacobite en 1745,

---

John Redmond deviendra lieutenant-général des armées du roi de France en 1762, il sera jusqu'à la fin désigné sous le titre de « chevalier de Redmond » (voir, par exemple, Almanach Royal de 1764, p. 101). Sa sœur aînée Elizabeth-Bridget est l'épouse de Jacques Nugent, colonel du régiment de cavalerie à son nom (voir Archives Municipales de Saint-Germain en Laye, GG.109, f° 44, acte de décès de leur fille Paule, 8 août 1739, puis acte de décès de Jacques Nugent, *id.* 12 décembre, f° 68 v°).

31. *Chronique de la régence et du règne de Louis XV*, éditions Charpentier, 1857, p. 427, octobre 1733. « *Depuis la nouvelle de l'élection du roi Stanislas, il est sûrement arrivé plusieurs courriers, et cependant il ne transpire rien de ce qui se passe en Pologne, d'où l'on conclut que l'élection n'est pas aussi tranquille qu'on le croyait.* »

32. Archives du Ministère français des Affaires étrangères, série *Mémoires*

quand la mobilisation des fidèles sera intense. Après avoir été promu aide maréchal général des logis à l'armée du Rhin en avril 1744, il sera en effet enregistré comme mestre de camp le 1er décembre 1745 en vue de soutenir l'expédition écossaise de Charles Édouard[33].

Plus encore, en 1737, un autre agent du roi de Pologne, pareillement chevalier de l'Ordre du Christ, se manifeste quand le public apprend la manière dont Chapelot a été jugé au tribunal du Châtelet. Il s'agit d'un certain Desfourniels, dont les mystères de la banque ne sont pas non plus méconnus. Tandis que le trésorier de la fraternité indemnise l'aubergiste des désagréments qu'il vient juste de subir, cette nouvelle recrue augmente le nombre des émancipés. Redmond est efficace, semble-t-il. Partant, nul ne doit s'étonner des quelques remarques acerbes émises par ses amis. « Les freys massons politiques disent que cette défensse [la sentence du 14] a été sollicitée par l'ambassadeur d'Angleterre de l'ordre de son maître qui appréhende que Mylord Derwentwater grand maître de cet ordre et jacobite outré ne se serve de toutes ses associations en faveur du prétendant et contre son gouvernement.[34] » Voilà ce qu'ils disent, par intuition ou provocation.

À l'approche de la troisième assemblée générale de l'année, c'est-à-dire dans la semaine qui précède la Saint-Michel, la vigilance n'a pas fléchi, ni le prosélytisme. Un espiègle suggère même d'aller tenir loge dans les appartements de Waldegrave lui-même, ce qui n'aura évidemment pas lieu. Ce n'est que dans les derniers mois de l'année qu'on devine quelques inquiétudes. Derwentwater laisse entendre qu'il aimerait passer la main, qu'aux prochaines élections il ne briguera pas la grande maîtrise une seconde fois, qu'il a même été déçu par des Français ayant

---

et documents, sous-série *Angleterre*, volume 90, f° 280 et suivants. Le marquis de Ruvigny présente Peter Redmond comme probablement mort avant le 26 mars 1732 (p. 155 de son livre sur le *peerage* jacobite). Les lettres de Salkeld montrent qu'il est encore en vie l'année suivante, et encore en 1734 où il est question de Sir Peter.

33. Archives Historiques de l'Armée de Terre, Vincennes, 3 YD 991, notice des services du Chevalier de Redmond.

34. Bibliothèque Historique de la Ville de Paris, manuscrit 617, f° 298.

été trop bavards en société. Toutefois, on est assez loin d'une régression de usages, et encore moins d'un désintéressement. Les candidats qui frappent à la porte du Temple, comme on dit, demeurent nombreux.

D'après Georg Kloss, qui se fonde sur une source de 1744, des frères farouches se seraient étonnés auprès du lieutenant général de police qu'il les fasse serrer de trop près par ses subalternes, tout en laissant les Anglais dans une quasi impunité. Il leur aurait répondu qu'il n'avait pas à se préoccuper de ces Anglais car ils n'étaient que de passage en France ; leurs assemblées devaient donc être considérées comme éphémères, promises à disparaître à leur départ[35]. Bien sûr, ce genre de propos porte à la circonspection ; on ne voit pas de quels Anglais il serait question. S'il vise les Jacobites en général, sans égard à leur origine nationale proprement dite (anglaise, écossaise, irlandaise), il n'a aucun fondement, puisque les trois saisies de l'année, chez Broomett, Moore et Coustos le sont précisément chez des sujets venus des îles Britanniques. De plus, nul n'imagine qu'ils sont appelés à quitter la France bientôt. Au bout de presque quarante années d'exil, l'échelle des durées n'autorise guère à croire qu'ils vivent dans le momentané. Si la mise en cause concerne les fidèles de la dynastie de Hanovre, plus ou moins satellites de l'ambassadeur Waldegrave, on ne voit pas davantage quel est son sens. De ce côté, personne n'a intérêt à indisposer le gouvernement français. Pour des raisons diplomatiques évidentes, chacun doit veiller au contraire à se tenir dans le calme. D'ailleurs, aucun gazetin ne cite d'éventuelles tenues qui auraient été dirigées par des affiliés de la grande loge de Londres. Seul Le Breton pourrait jouer les francs-tireurs ; mais, depuis la fin mars, il est si bien caché qu'on n'a plus aucune nouvelle de lui. Donc, soyons pondéré, et posons comme vérité de principe que certains observateurs troublent sans doute encore plus le jeu en racontant n'importe quoi : ça bouge, ça parle, ça s'égare.

La seule certitude indiscutable est que les Jacobites compren-

---

35. *Geschichte der Freimaurerei in Frankreich ausächten Urkunden*, Darmstadt, 1852, tome 1, p. 32.

nent désormais qu'ils ne peuvent plus conserver les rênes de l'Ordre en France. Un chapitre entier mérite d'être consacré à ce moment de transition. Encore ne faut-il pas négliger un autre aspect de leur histoire, aspect trop longtemps passé sous silence, à savoir que c'est en 1738 que plusieurs seigneurs écossais promettent en secret d'œuvrer au rétablissement de Jacques II. Ils créent une « confédération ». J'en ai parlé suffisamment dans un précédent ouvrage pour que je me dispense ici d'en retracer les motifs. En bref, après s'être concerté avec plusieurs nobles d'Écosse, John Gordon of Glenbucket envisage de gagner Rome afin d'apporter au Prétendant l'assurance qu'il sera suivi par de nombreux clans dès qu'il entreprendra une reconquête. Si Derwentwater n'en était pas informé, tôt ou tard, cela serait surprenant. Fleury lui-même reçoit des rapports sans ambiguïté.

LE PASSAGE DU TÉMOIN

La correspondance de Bertin de Rocheret renseigne beaucoup sur la façon dont sont vécus à Paris les derniers mois de 1737 et le commencement de 1738. Il est difficile de s'en contenter. Quelques ombres subsistent à sa lecture. La seule chose indubitable est que l'accalmie viendra avec le printemps. Fleury se montrera moins ombrageux, la police se retirera prudemment de la lice. Pour une meilleure connaissance du contexte, d'autres sources méritent d'être approchées. En réalité, on vient de le constater, les faiseurs d'opinion ne s'expriment pas d'une voix unanime. Tantôt, ils prétendent que les cérémonies de loges constituent de violents outrages aux lois de la religion ou de l'État, voire aux bonnes mœurs ; tantôt, ils croient savoir qu'elles ressemblent à de banales festivités de collégiens qui auraient oublié de devenir adultes, hormis à l'heure d'écluser quelques verres de bon vin. Il y a des indignés, il y a des souriants. Les jugements sont fort contrastés.

Tandis que Chapelot fait appel de la sentence qui lui est infligée, sans grand succès, les frères n'éprouvent qu'un vague à l'âme passager. D'abord, c'est Derwentwater lui-même qui s'offusque de ce que certains d'entre eux tiennent bien peu leur langue. Ils parlent trop. Ensuite, c'est le lieutenant général de police qui profite des talents d'une demi-mondaine pour soutirer des confidences à un de ses soupirants, et pour les publier avec l'espoir de ridiculiser la fraternité[1]. Dans l'ensemble, on croit

---

1. Bibliothèque Nationale de France, manuscrit français 11356, f° 339 r° : rendre « *les pretendus freres si honteux qu'ils n'oseraient plus s'assembler et qu'en ce cas il serait inutile d'en reparler* ».

que des perquisitions sont encore possibles dans les cabarets et autres auberges, en sorte que les tenues ont lieu de préférence chez les particuliers, quasi tous de la noblesse ou de la bonne bourgeoisie. Mais personne n'envisage une interruption radicale du mouvement. Des pessimistes ont beau se plaindre de ce que leurs libertés soient restreintes, de ce qu'il faut cultiver davantage la discrétion, ils sont minoritaires. L'abbé Robert-Jean Le Camus résume la situation à sa manière : « Tous les gens de bon sens se présentent en foule pour augmenter le nombre des freres et ce titre vaudrait au Roy autant qu'une des cinq grosses fermes s'il plaisait à Sa Majesté de l'ériger en charge, même sans appointement[2] ».

Confirmation nous est apportée par la patente établie le 25 novembre au profit du baron de Scheffer. Sur sa requête, Derwentwater lui donne pouvoir de « constituer une ou plusieurs Loges dans le Royaume de Suede, de faire des Maîtres Maçons, et de nommer les Maîtres et Surveillans des Loges qu'il constituera, lesquelles seront subordonnées à la Grande Loge de France, jusqu'à ce qu'il y ait un nombre suffisant de Loges pour elire un Grand Maître du dit Royaume de Suede[3] ». le même a été reçu compagnon par Coustos le 14 mai seulement, puis élevé maître la semaine suivante. Loin de sombrer dans la morosité ou de se replier sur soi, la maçonnerie française n'aspire qu'au rayonnement, à l'expansion. Ce ne sont pas les agitations des folliculaires, ou les ragots de cour, qui inclinent ses dirigeants à se retenir.

La publication des révélations d'alcôve qu'on dit obtenues par la demi-mondaine, comédienne à l'opéra, provoque d'abord de la stupeur. Elle est imprimée sous le titre *Reception d'un Frey-Maçon*[4]. L'abbé Le Camus se plaint que le public ironise sur ce qu'il apprend ainsi. Guère dupes devant ce qui apparaît comme des secrets de polichinelle, quelques amuseurs de rue

---

2. Lettre de l'abbé Le Camus à Bertin du Rocheret, 15 novembre 1737. Bibliothèque Nationale de France, manuscrit français 15176, f° 23.

3. Archives particulières, fac-similé de la patente délivrée le 25 novembre 1737.

4. Plus exactement RECEPTION D'UN FREY=MACON.

s'exercent à contrefaire les signes, attouchements et autres conventions en usage dans la fraternité. Mais les vertus de l'humour sont connues ; elles contribuent à dédramatiser une affaire qui, depuis mars, n'a plus vraiment le même impact sur le premier ministre. Leur résultat est de suggérer que, durant de longs mois, on fait beaucoup de bruit pour pas grand chose. Quant à elle, la présence des exilés n'est certainement pas une nouveauté ; la coloration politique de leurs engagements ne l'est pas davantage.

L'unique effet notable est que l'assemblée générale du 27 décembre n'a pas lieu. Différée à la prochaine réunion de mars, elle l'est fort probablement parce que le roi s'exprime enfin, promettant d'envoyer le futur grand maître à la Bastille. Quand le souverain prend la peine de se déclarer « hautement », comme l'écrit l'abbé[5], mieux vaut se concerter, réfléchir. Cependant, une fois l'orage passé du côté de Versailles, et il passe vite, la routine reprend ses droits. L'élection tant attendue d'un nouveau dirigeant parisien a bien lieu ; des archers ne viennent pas s'en emparer au petit matin pour le conduire en prison. Encore que son identification n'est pas facile. La tradition, amorcée par Lalande, est de mettre en avant Louis-François de Pardaillan de Gondrin, second duc d'Antin. Elle n'a aucun fondement solide.

Trois séries de références méritent d'être combinées. La première est contenue dans le registre de la loge d'Avignon qui, sans hasard aucun, vient d'être fondée par le marquis Charles-François de Calvière. Aide-major des gardes stationnés à Versailles, ce marquis a profité d'un éloignement de Paris pour introduire ses amis de la ville pontificale dans le courant de la mode. Bien que les procès-verbaux des tenues qu'il organise soient aujourd'hui disparus, il restera un registre ouvert une douzaine d'années plus tard, dans lequel le discours préliminaire rappellera que le duc d'Aumont fut « le premier grand maître de toutes les loges de France[6] ». Une telle formule par-

---

5. Lettre de l'abbé Le Camus à Bertin du Rocheret, 23 janvier 1738. Bibliothèque Nationale de France, manuscrit français 15176, f° 34.
6. Bibliothèque Municipale d'Avignon, manuscrit 6692, p. I.

ticiperait du lapsus si elle n'était pas révélatrice des flottements subis par l'usage des titres depuis le duc de Wharton. En fait, celui-ci n'a jamais exercé son magistère que sur quelques loges de Paris. Quand MacLeane assure la relève, on ne voit pas qu'il y change grand-chose. Bien que les règlements de 1735 soient présentés comme devant s'imposer à toutes loges de la « très ancienne et très honorable fraternité des francs-maçons dans le royaume de France », le reste du texte n'évoque jamais que les loges de la capitale ou de sa périphérie. Les assemblées générales, soit annuelles soit trimestrielles, ne le sont qu'à l'intention des vénérables et surveillants qui résident dans un rayon géographique limité. Avec Derwentwater, en revanche, les premières patentes commencent à être délivrées à des frères étrangers, comme on vient de le voir avec le baron de Scheffer. Aussi bien, le duc d'Aumont doit-il être plutôt qualifié de premier grand maître *français* de toutes les loges de France. La nuance est dans l'adjectif.

Les charges propres aux adjoints échoient à d'autres membres de sa loge. Il y a transfert global de compétences. Par exemple, le chevalier de Raucour, domicilié au Cloître Saint-Nicolas du Louvre, où il assure la représentation du Landgrave de Hesse, devient le chancelier de l'Ordre, à la place de Ramsay, tandis que le marquis de Calvière remplit l'office d'archiviste. En somme, c'est la loge la plus régulière de France, comme dit Bertin du Rocheret, frais initié du 9 septembre 1737, qui tient dorénavant le haut du pavé. Faute de savoir s'il y a eu tractation, si le glissement s'est fait dans l'harmonie, nous pouvons au moins considérer qu'il est assez naturel. Et cela corrobore a contrario l'interprétation fournie plus tôt, à savoir que la loge de Bussy est bel et bien la seule à avoir été installée dans les formes prescrites par Derwentwater après son élection de décembre 1736. Sans être la plus ancienne, loin de là, elle est celle qui répond le mieux aux règles protocolaires que le troisième grand maître jacobite en France souhaitait faire respecter. Dire qu'elle est même peut-être unique en son genre, c'est même un pas que nous pouvons risquer. Après la perquisition infligée à Broomett, nous ne possédons aucune preuve que des cérémonies d'installation analogues à celle du 7 février 1737 aient été réitérées.

En mars 1739, après une année d'exercice, l'échéance d'une nouvelle élection amène Raucour et Calvière à échanger une correspondance. Le second envoie au premier deux lettres du président du Rocheret en l'invitant à les lui retourner, afin qu'ils les joignent au dépôt sous sa garde[7]. Est-ce dans la perspective de présenter à son éventuel successeur des dossiers en ordre ? Nous sommes enclin à le penser. Même si les deux hommes manifestent encore une grande connaissance des événements relatifs à la gestion de l'Ordre, quoique l'assiduité de Raucour finisse par fléchir en 1740, ils semblent envisager l'imminence d'un changement d'équipe. Mais peu importe ce point opaque ; le principal est dans le fait que le duc d'Aumont cède sa place à un autre duc dont nous avons parlé, c'est-à-dire Villeroy.

Au vrai, celui-ci a été reçu en Maçonnerie sur ordre de Louis XV. Telle est en tout cas la révélation que fera Coustos le jour où, parti à Lisbonne avec l'espoir de s'embarquer pour le Brésil, il subira les foudres de l'Inquisition[8]. On admettra donc que, dès le départ, il a la faveur de son monarque. De plus, cette faveur ne diminue pas à l'automne 1737, quand le bruit court que Louis aurait accepté de se rendre chez le duc pour assister à une réception prévue dans son hôtel particulier. L'homme qui annonce ce scoop, en termes journalistiques actuels, n'est autre que Raucour[9]. Certes, il doute de son bien fondé, présumant à tort qu'il faut être initié pour assister à une tenue (il est impossible de refuser l'entrée au souverain) ; mais il ne dément pas que le duc soit effectivement bien en cour, moyennent quoi nul ne doit s'étonner aujourd'hui que les

---

7. Bibliothèque Nationale de France, manuscrit français 15176, f° 142.

8. *Procédures curieuses de l'Inquisition de Portugal contre les Francs-Maçons. Pour découvrir leur secret, avec les interrogatoires et les réponses, les cruautés exercées par ce tribunal... Par un frère maçon sorti de l'Inquisition. Dans la Vallée de Josaphat, l'an de la fondation du temple de Salomon MM. DCCC. III* (lire : 1747), p. 37 : « *Mr Dom Manuel de Sousa, Seigneur de Calbaris, Capitaine aux Gardes, aïant oui dire que la personne qui avoit reçu Franc-Maçon le Duc de Villeroi par ordre de Louis XV, étoit à Lisonne, avoit prié Mr de Chavigny, qui étoit encore le Ministre de ce Monarque à la cour de Portugal, de vouloir bien faire les perquisitions nécessaires pour me découvrir.* »

9. Bibliothèque Nationale de France, manuscrit français 15176, f° 14.

anciens frères aient traversé les turbulences de la fin des années 1730 sans grands désarrois.

Reste à établir positivement le passage de Villeroy à la tête des loges de France. Un recueil de chansons, imprimé vers la fin de 1740 ou à peine plus tard, nous y aide. Dans les *Notes Historiques* qui prolongent la brève préface, une liste commence ainsi : « Monsieur le Duc d'Antin est le Grand Maître General de France. Mr. le Duc de Villeroy ancien Grand Maître Chef de Loge. Mr. le comte de Mailli aussi chef de Loge [10] » Il n'y a pas d'équivoque possible sur l'usage des titres. Villeroy est le prédécesseur de d'Antin à la grande maîtrise. N'en concluons pas que toutes les informations contenues dans ce recueil utilisé par les Lyonnais sont à prendre pour argent comptant. On y détecte en effet une étrange amnésie concernant les Jacobites, d'une part, et une tendance à ne valoriser que le système dirigé par la grande loge de Londres, d'autre part. Cependant, le témoignage vient d'un homme contemporain des faits au moins depuis 1739, qui est la date de la première publication de son livre, ainsi qu'il le mentionne expressément lui-même.

D'où le sens tout à fait obvie qu'il convient de prêter au propos de Calvière quand il écrit en 1740 à Bertin du Rocheret : « Vous trouverés notre vénérable ordre un peu changé à votre retour ; le pouvoir législatif a passé en d'autres mains, plus élevées a la vérité, mais moins accoutumées a manier la truelle [11] ». Nous sommes le 5 avril. Il est facile de reconstituer la chronologie, en cela que l'assemblée générale de la fin mars a eu lieu. Cette fois, la passation des pouvoirs a permis au duc d'Antin d'éclipser Villeroy. Calvière annonce de surcroît que le nouveau chef va agir en despote. Nous pourrons vérifier l'exactitude du pronostic quand il s'avèrera qu'il n'y aura plus d'autres élections jusqu'à la mort du duc, mort d'ailleurs prématurée, et que son successeur tiendra aussi les rênes de l'institution jusqu'à sa disparition. Le despotisme est synonyme ici de mandat *ad vitam*.

---

10. Bibliothèque de la Ville de Lyon, manuscrit 761, *Livre de la Tres-Noble et Tres-Illustre société et fraternité des maçons libres...*, s.d, s.e, s. f°.

11. Bibliothèque Nationale de France, manuscrit français 15176, f° 228 v°.

Au total, nous remarquons donc que la succession des grands maîtres au moment où d'Antin s'impose, probablement encore avec l'agrément de Louis XV, est la suivante : Wharton, MacLeane, Derwentwater, Aumont, Villeroy. Quiconque manque les deux derniers ne peut rendre compte valablement du changement signalé par Calvière en ce début d'avril 1740, ni ne peut justifier les informations contenues dans les archives avignonnaises ou lyonnaises. À cet égard, la notice signée de Lalande dans l'*Encyclopédie* ne se présente pas comme digne de foi. Que d'Antin ait pu se porter très tôt à l'avant-garde, qu'il ait été l'un des seigneurs aimant courir les auberges, son tablier au vent, admettons-en la possibilité ; qu'il ait pris le relais de Derwentwater, nous ne pouvons pas le croire. Ceux qui l'affirment s'étonnent souvent de ne rien savoir de son action ; la réalité est qu'il ne pouvait pas agir, au moins de 1738 à 1740, car il n'était pas habilité.

Mon objet n'étant pas d'entrer dans les circonstances de son élection, ce qui provoquerait des détours non opportuns, je reporte volontiers cette tâche vers une autre publication. Par économie de moyens, revenons à Derwentwater. Bien des indices laissent penser que l'animation qui règne autour de sa personne est vite connue au palais Muti de Rome, où Jacques III n'a aucunement renoncé à ses projets de restauration. Depuis la fin de l'été 1737, il a exprimé son désir de se démettre de sa charge. Se fait-il forcer la main ? Lui recommande-t-on d'accentuer le recul stratégique amorcé au printemps ? Nous pouvons être sûr qu'il exprime à plusieurs reprises sa déception, voire son amertume devant le comportement trop exubérant de certaines recrues parisiennes. Mais, nous ne voyons nulle part qu'il cherche à s'effacer totalement.

Une rumeur vient aux oreilles de Jacques, selon laquelle il serait tenté par un retour outre-Manche, qu'il aurait chargé son épouse Mary d'aller négocier à Londres son pardon et la restitution de ses biens confisqués. Il s'applique aussitôt à la démentir. De Paris, il écrit le 7 mars 1738 une lettre de justification dont une partie du texte a été reproduit par Ralph

Arnold, l'un des biographes de son frère James[12]. Sa loyauté, explique-t-il, ne peut être suspectée par personne ; à ce sujet, il n'a aucune leçon de morale à recevoir de quiconque. Arnold estime que la protestation est sans doute un peu forcée, qu'elle n'est qu'à moitié sincère. Quoi qu'il en soit, « *no pardon was forthcoming* », en sorte que rien n'est changé dans ses options initiales.

Pierre Chevallier émet quant à lui une hypothèse à double volet. D'une part, il note que le pape Clément XII est sur le point de publier une encyclique, la première de l'histoire, portant excommunication des francs-maçons au motif d'hérésie. D'autre part, il présume que Derwentwater aurait préféré au même moment « aller s'occuper de ses intérêts matériels en Angleterre plutôt que de continuer à exercer une charge que sa conscience de catholique ne lui permettait plus d'exercer[13] ». En l'occurrence, nous voyons qu'il n'en est rien. Le seul point intéressant est que la bulle pontificale est fulminée le 28 avril 1738, un mois à peine après que les Jacobites aient transmis leurs pouvoirs aux hommes de la loge de Bussy-Aumont. Cela fait des années que les Inquisiteurs connaissent l'existence des loges. Ils ont néanmoins attendu qu'aucun homme lié étroitement à Jacques III ne soit plus au devant de la scène pour lancer leur prohibition.

Derwentwater se rend assez souvent à Saint-Germain en Laye. Le 7 décembre, par exemple, il y assiste à l'inhumation de William Connock, ancien colonel du régiment de Bourke, mort presque nonagénaire la veille à la chancellerie du châ-

---

12. Ralph Arnold, *Northern Lights*, The Catholic Book Club, 1959 : « *I must beg of your Majesty to have a better opinion of me and Lady Derwentwater than to suspect us of disagreeing on any point of loyalty. She went over with my full consent and approbation, but if she took any steps not suitable to my maxims she and I would never meet again, for I must own to your Majesty I think I have a sort of a right to understand loyalty and to teach it to others. People who are accustomed to transgress and stretch a point may think different from me, but I despise their morals... No subject you have, I think, burns with so much zeal to serve you, as your Majesty's most devoted humble servant.* » (p. 194).

13. *Les Ducs sous l'acacia*, réédition Slatkine, 1994, p 120.

Le passage du témoin 369

teau[14]. Un an plus tard, jour pour jour, est-ce encore de lui qu'il s'agit lorsqu'une invitation adressée à Maurice de Saxe par la loge de Bussy assure que l'ancien grand maître sera présent à la réception d'une éminente personne ? J'en doute. Le plus récent ancien chef de l'Ordre est le duc d'Aumont. Comme il est le protecteur de cette loge, dont le premier maillet est de fait tenu par Colins, nous sommes enclin à lui accorder la préférence. Cependant, les affinités des autres invités ne nous éloignent pas du cercle centré sur les exilés. Entre autres, Paul-Maximilien Hurault de Vibraye est le fils du lieutenant général qui a participé en 1708 à l'expédition malheureuse de Jacques III. En mettant cette nuance en relief, disons qu'il importe de ne pas faillir au principe de précaution. À partir de 1739, quasi inexistants sont les documents qui laisseraient penser que les Jacobites maintiennent leur activité dirigeante dans Paris même. Par contre, il peut être facilement prouvé qu'ils ne renoncent pas à conserver une longueur d'avance du côté de Saint-Germain en Laye.

Est-ce une sorte de repli vers l'un des tout premiers pôles de leur activité ? Je le pense, tant il semble que se présente ici la principale clef pour comprendre les circonstances dans lesquelles une nouvelle forme de maçonnerie est sur le point de se développer, celle des hauts grades, qui justifie d'ailleurs le mieux l'appellation *écossaise* depuis le dix-huitième siècle. Quoique nous ne puissions l'établir en totale certitude, il est assez probable que les années 1730 ont signifié un ralentissement ou une suspension des travaux chez les résidents du château. En supposant que les registres paroissiaux fournissent de bons repères d'appréciation concernant la présence de frères dans les environs, nous y remarquons une sorte de creux. En revanche, il suffit que Derwentwater vienne s'y fixer définitivement[15] en 1741 pour qu'un regain soit observable, lequel est

---

14. Archives Municipales de Saint-Germain en Laye, GG 107, f° 81, 17 décembre 1738.

15. Il assiste en mai 1741 à l'abjuration d'Anne Dawnson (ou Danson), Archives Municipales de Saint-Germain en Laye, GG 112, f° 29 v° 30 r°, puis en août 1742 à celle de Suzanne Martin, GG 112, f° 95 v°.

confirmé par quelques témoignages de visiteurs, comme nous aurons l'occasion de le vérifier.

Pour l'instant, on retiendra de ces quelques aperçus sur la vie parisienne que l'alternance des phases de discrétion et de publicité ne crée pas un frein à l'essor de l'institution. Nul n'est capable de dire quelle est exactement l'opinion du roi sur la question, et celle du pape est considérée comme une sorte d'éternuement aussi lointain qu'inoffensif. C'est pourquoi, quitte à pondérer quelquefois l'enthousiasme des protagonistes quand ils prétendent former une cohorte innombrable, nous devons au moins croire qu'ils appartiennent à plus d'une dizaine de groupes dispersés dans l'ensemble de la ville. En se fondant sur quelques rapports de police et sur une lecture fragmentaire de la correspondance de Bertin du Rocheret, le chiffre le plus communément admis à ce jour est celui de quatre ou cinq. Bien trop faible, il peut être contredit sans difficulté.

Notamment, ce qui a déjà été dit sur la liste découvert chez Broomett trouve une suite très éloquente dans certaines productions littéraires. L'avertissement à la pièce de théâtre intitulée *Les Fri-Maçons, hyperdrame* en est une bonne illustration. Son texte est imprimé en 1740. On y lit qu'en 1737 « la Fri-Maçonnerie étoit extrêmement à la mode à Paris [16] ». Qui parle de mode ne la restreint pas à une poignée de vénérables qui se compteraient sur les doigts d'une seule main. Puis, lorsque le personnage du grand maître indique à un candidat aux mystères qu'il lui suffit de se rendre à quatre portes de la maison où ils se trouvent pour être accueilli par une loge assemblée, on a le sentiment que le décor est celui du quartier très cosmopolite de Saint-Germain des Prés. Rue des Boucheries, il a au moins deux auberges qui attirent les suffrages, celle du Louis d'Argent et celle portant enseigne À la Ville de Tonnerre. Faites quelques pas, et vous voici dans la rue du Four, où l'hôtel de La Guette est pareillement fort prisé. Passez rue de Bussy, l'hôtel du même nom vous accueille.

Germain Brice décrit le quartier en ces termes : « L'affluence

---

16. *Les Fri-Maçons, Hyperdrame*, chez J...T... dans le Strand, Londres [localisation fictive], 1740, Avertissement, non paginé.

des étrangers a quelquefois été si grande, qu'on a compté pendant un hiver, douze Princes des plus illustres maisons d'Allemagnes, et plus de trois cens Comtes et Barons, et un bien plus grand nombre de simples gentilshommes qui y étoient attirez par la haute réputation où étoit montée la gloire de la France [17] ». Il fournit ensuite quelques noms. Quoi d'étonnant si l'on découvre parmi eux celui des Lubomirski, La Lippe, Württemberg, Saxe qui donneront à chaque fois un franc-maçon au moins. Une telle concentration de personnages à l'affût des nouveautés crée les conditions les plus favorables pour que le développement de la maçonnerie, après quelques années de réserve, y soit rapide.

Dans un recueil de discours contemporain de la publication de la pièce, il est fait allusion des pratiques de « démembrement », ce qu'on appelle aujourd'hui un essaimage [18]. Dès qu'une loge atteint un effectif trop important, elle engendre une fille. Le système est déjà prévu dans les règlements généraux de 1735 signés par MacLeane. Deux ans plus tard, nous savons que le prince polonais Czapski, initié dans la loge de Coustos, envisage de créer la sienne. Il ne doit pas être le seul dans ce cas. Ce recueil de discours propose justement un modèle de harangue qui peut être prononcée le jour où chaque nouveau groupe s'émancipe d'un précédent. Tout cela paraît naturel aux yeux des frères. Et profitons-en pour mettre en exergue un détail qui n'a rien de secondaire, à savoir que les démembrements exemptent souvent ceux qui les souhaitent de demander une quelconque patente au grand maître. Ils obtiennent la caution de leur loge-mère, cela leur suffit amplement. Là-dessus, la recommandation contenue dans les règlements généraux tarde à être suivie. Centraliser les demandes de constitutions n'est pas vraiment le souci des successeurs de Derwentwater, autant à Paris qu'en Province. Et c'est pourquoi, pendant de longues années encore, le mimétisme obéira à une sorte de cartographie

---

17. *Description de la ville de Paris*, imprimé par J. Bulot, tome 3, 1752, p. 277.

18. *Discours prononcés à la loge de***, et autres Piéces en Prose et en Vers concernant l'Ordre des Francs-Maçons*, 1740, s.e., s.l.

défiant la logique des historiens préjugeant que les Français ont cherché à copier les habitudes anglaises.

Quant à la suscription apportée par Bertin du Rocheret au dos d'une lettre à lui transmise par Raucour, suscription qui comporte des noms de loges ou de frères de lui connus, il convient donc de ne pas la lire comme révélant un quelconque répertoire exhaustif [19]. Elle indique uniquement les destinataires de l'apologie que ce magistrat écrit au moment où la police entreprend de divulguer les prétendus secrets de l'Ordre. Bertin cible ses lecteurs, un point c'est tout. En tête, il place sa propre loge, quoi de plus normal, et c'est celle qu'il qualifie de « plus régulière de France ». Que Luquet se soit fourvoyé par une note de bas de page où il affirme qu'elle serait celle du Louis d'Argent, ne lui en tenons pas rigueur, puisque personne n'est à l'abri des erreurs.

Au demeurant, c'est bien parce que le nombre de loges commence à devenir important dans Paris, en excédant vite la douzaine, que les premiers pamphlets circulent en France. Certains sont inspirés par des auteurs souvent anonymes que la franc-maçonnerie effraie ; d'autres le sont par des partisans de l'option hanovrienne. L'intervention de Jacques-Benjamin Rapin de Thoyras, directeur des colonies françaises de Stettin et de Stargardt, ayant été signalée dans un chapitre antérieur, il est inutile que je la commente à nouveau dans celui-ci [20]. De toute façon, elle n'est pas la seule du genre. Lorsque le polygraphe Jean-Baptiste Boyer d'Argens écrit en Hollande ses lettres dites « cabalistiques [21] », où il fait d'ailleurs à plusieurs reprises l'éloge de Paul Rapin de Thoyras, il consacre indirectement plusieurs passages à cette chevalerie templière que d'aucuns voudraient faire renaître sous la bannière de la maçon-

---

19. Bibliothèque Nationale de France, manuscrit français 15176, f° 15 v°. Dos de la lettre du 23 novembre 1737.

20. *Cum grano salis*, Rapin de Thoyras aura un fils moins farouche que lui sur la question des hauts grades, car, en tant que Vénérable de *L'Étoile Flamboyante*, il sera en 1797 membre du Directoire Écossais de Berlin.

21. *Lettres Cabalistiques, ou correspondance philosophique, historique et critique, entre deux cabalistes, divers esprits élémentaires et le Sieur Astaroth*, Chez Pierre Paupie, La Haye, 1754.

nerie. Il évite de citer les loges. Son silence est même paradoxal à leur sujet. Mais on devine qu'il n'en pense pas moins. Ayant combattu dans les armées royales françaises sous les ordres de Conti et de Richelieu, il est également l'auteur d'aperçus biographiques sur les ducs de Wharton et d'Ormonde[22]. Son frère Jean-Baptiste Boyer d'Éguilles, dont la présence auprès des militaires jacobites sera remarquée en 1745-1746, est lui-même un des tout premiers initiés de Provence.

C'est aussi maintenant que plusieurs auteurs, Bertin y compris, insistent sur une chronologie qui, au lieu de situer les débuts de la maçonnerie continentale en 1725, la reporte aux années 1690. Après eux, une longue amnésie affectera les historiens ; pourtant, tout est clair. Même à Londres, lorsque paraît en français la *Réception mystérieuse*, qui mélange en 1738 des éléments empruntés à Samuel Prichard et la « divulgation » réalisée par la police parisienne, la date de 1691 est retenue comme celle de la métamorphose radicale de la société maçonnique. Le texte n'en dit pas vraiment beaucoup plus ; mais il insiste sur le fait que, lors du serment rituel prêté lors de l'accueil d'un néophyte, l'article sur l'allégeance au roi satisfait à la fois le parti du prétendant et celui de la maison d'Orange[23]. Autrefois, chez les partisans de Cromwell, il pouvait à la limite être particulièrement discriminant. Désormais, il trouve son application dans les deux camps. Les sceptiques qui seraient tentés de ne voir là-dedans qu'un effet de folklore jugent par précipitation.

Et la province ? demandera-t-on. Bertin du Rocheret nous oriente vers Avignon, les États du Languedoc, Lyon, et aussi vers Lunéville qui fait partie en ce temps du duché de Lorraine, non encore rattaché à la couronne de France, où l'on retrouve

---

22. *Memoirs of the Count du Beauval, including some curious particulars relating to the Dukes of Wharton and Ormond, during their exiles. With anecdotes of several other illustrious and unfortunate noblemen of the present age*, imprimé pour M. Cooper, Londres 1754.

23. *La reception mysterieuse des Membres de la celebre Societé des Francs-Maçons contenant une Relation generale et sincere de leurs ceremonies. Par Samuel Prichard ci-devant Membre d'une Chambre de la même Confrairie,* par la Compagnie des Libraires, Londres, 1738.

François-Honoré de Choiseul-Meuse et Charles-Henri-Gaspard de Saulx-Tavannes. Ce sont de simples indications. Pour espérer avoir une vue assez riche, il faut ouvrir l'éventail, et même envisager un voyage dans les possessions d'outre-mer. Un second volume ne suffirait pas à épuiser le sujet. Malgré la difficulté à trouver des archives consistantes, on ne manque pas de multiples indices permettant de reconstituer le réseau des influences. Contentons-nous de quelques ouvertures.

L'ÉTENDUE DU ROYAUME

Lyon est une ville très commerçante, très cosmopolite. Selon un gazetin du 18 septembre 1737, elle fait bon accueil à la mode venue de Paris. Là, pas d'équivoque. La province se met à l'unisson de la capitale. Celui qui y veille est un familier du prince de Carignan et du comte de Clermont. « Il est un peu brocanteur de son métier et amy de beaucoup de monde à Lyon, du reste galant homme. Depuis le mois de juillet, il en a reçu au moins 40 à Lyon dont M. le Prévost des Marchands Perrichon à la teste.[1] » C'est donc au commencement de l'été qu'il s'est mis à l'ouvrage. Comme le nouvelliste ajoute qu'il passe en réalité près de huit mois par an à Paris, on admettra sans réserve sérieuse qu'il se considère comme une sorte de missionnaire profitant des beaux jours pour séjourner dans le berceau de sa famille et, en même temps, pour s'imposer en quelque manière dans les salons comme un visiteur de marque.

Voltaire en parle quelquefois dans sa correspondance, sans apporter aucun éclaircissement sur sa situation exacte. Est-il d'origine nobiliaire ? Nous avons bien des raisons de le croire, tant le qualificatif de brocanteur ne doit pas être entendu dans son sens actuel. Disons qu'il sert d'intermédiaires dans la passation de certains marchés. Il vend et achète pour le compte d'autrui, en prenant une commission substantielle. Dès lors, sous réserve de contre-indication pour l'heure non connue, il semble être Jean-François de Billy, ancien mestre de camp de

---

1. Bibliothèque Historique de la Ville de Paris, manuscrit 617, f° 295 v°.

cavalerie et capitaine des gardes du comte de Charolais qui a été promu chevalier de Saint-Lazare la même année que Ramsay, en 1723. Dans certains actes, il est tantôt présenté comme seigneur de Montguignard, dans d'autres comme marquis de Billy[2]. Parmi les chevaliers de la même promotion, on remarque d'ailleurs un troisième personnage dont l'appartenance à la maçonnerie sera pareillement attestée en 1737, savoir Louis-Élisabeth de La Vergne, comte de Tressan, aussi mestre de camp de cavalerie à la suite du régiment de Bougars.

La familiarité de Billy avec Victor-Amédée de Savoie de Carignan est significative. L'irremplaçable Germain Brice présente ce prince comme le propriétaire de l'hôtel de Soissons[3] qui, sur le plan Turgot, forme un bel ensemble immobilier, disposant d'un vaste jardin clos dont les murs longent la rue des deux Écus et celle de Grenelle. Lors de la spéculation de Law, il y avait fait monter cent trente sept baraques afin de faciliter les rencontres entre ambitieux de toutes provenances[4]. Ensuite, nous apprenons que, parmi ses familiers, se comptent à la fois le chevalier de Redmond, le marquis de Locmaria, le médecin Michel Procope[5]. En février 1737, c'est lui qui, par l'intermédiaire de sa femme, fait prévenir le ministre Chauvelin que Fleury vient d'obtenir son retrait du secrétariat d'État aux affaires étrangères. Le marquis d'Argenson, plus expéditif, déplore qu'il soit entouré d'espions, voire qu'il en soit un lui-même au bénéfice de Louis XV, et accessoirement du roi de Sardaigne, ou l'inverse[6].

---

2. Un Jacques de Billy est prévôt et receveur du comté de Lyon dans les années 1680 (Bibliothèque Municipale de Lyon, manuscrit 149, quittance du 14 novembre 1681).

3. *Description de la ville de Paris*, imprimé par J. Bulot, tome 1, 1752, p. 479.

4. Voir le *Journal de la Régence* de Jean Buvat, éditions Plon, 1865, tome 2, p. 110, 118 et 308. Chaque baraque était louée pour la coquette somme de cinq cents livres par mois, ce qui donnait un excellent revenu au prince.

5. Bibliothèque Historique de la Ville de Paris, manuscrit 617, 18 septembre 1737.

6. *Mémoires et journal inédit du marquis d'Argenson*, chez P. Janet, 1857, tome 4, p. 35. Voir aussi la préface de Boislisle aux *Lettres de M. de Marville*, chez H. Champion, 1896, tome 1, p. XXII.

Tout cela compose un portrait assez compatible avec celui de Billy.

Gardons-nous alors d'employer des qualificatifs déplaisants. Espions ? Agents de renseignements ? Barbouzes ? On a vu qu'en Angleterre le gouvernement de Walpole veille à tolérer la maçonnerie jacobite, car il lui est plus facile de l'infiltrer, une semi-liberté valant mieux qu'une prohibition clandestinement transgressée. En France, Louis XV ne raisonne pas autrement, tant l'intérêt personnel qu'il montre envers les combinaisons souterraines est connu. Voilà pourquoi il s'arrange pour que les successeurs de Derwentwater soient des ducs tenus par lui. De toute façon, il importe de relativiser. Outre que les mœurs changent avec les siècles, quelques comportements individuels atypiques ne font qu'accompagner un phénomène socioculturel d'envergure qui les transcende.

Le cas de Camille Perrichon est encore plus éloquent, puisqu'il montre à quel point la position de Fleury ne manque pas non plus de contraste. Né en 1678, il est nommé prévôt des marchands lyonnais en 1730. On dit qu'il assure par ailleurs le commandement de la ville en l'absence du duc de Villeroy[7]. Grâce à son père anobli par la petite porte et devenu chevalier de l'Ordre de Saint-Michel en 1728, il arbore les titres d'écuyer et de conseiller d'État ordinaire. Or, quand l'Espagne décide de voter une loi interdisant les dorures et galons sur les habits, les manufactures françaises s'en plaignent tant que Fleury ne trouve rien de mieux que de traiter par son entremise avec une personne d'influence à la cour de Madrid. Afin de l'accréditer dans ce rôle, le cardinal lui adresse en 1739 une lettre officielle. Peut-on imaginer qu'il le fasse à l'aveugle ? Non. De fait, il utilise les moyens qui lui paraissent les plus efficaces pour réussir une entreprise. L'affiliation à la maçonnerie n'est pas un handicap ; au contraire, ce peut être parfois un atout. Perrichon parvient d'ailleurs à ses fins. Le cardinal s'en frotte les mains, et... oublie de verser aux correspondants madrilènes ayant bien œuvré le montant de leurs honoraires, ce qui scan-

---

7. Bibliothèque de la ville de Lyon, manuscrit 1334, f° 6.

dalise fort le marquis d'Argenson, voyant dans cette ingratitude le trait d'un parjure[8].

À Brest, l'action du négociant Pierre Bourdon est plus ancienne. Nous avons vu quels étaient ses liens d'amitié avec un autre négociant ayant, au milieu des années 1710, acheté à Saint-Étienne des armes pour le compte des Jacobites ; il les avait fait voiturer jusqu'au cœur de la Bretagne où elles avaient disparu, comme par enchantement. Cet homme, Nicolas Le Masson, meurt en janvier 1742, accompagné au cimetière par plusieurs francs-maçons[9]. Il est facile de prouver l'existence à l'époque d'une activité maçonnique dans la ville, puisque le ministre de la marine adresse en juillet de cette année-là une lettre au chef d'Escadre, lui enjoignant de faire cesser les loges auxquels participent des officiers sous son commandement. En réponse très dilatoire, il reçoit avis que les plus actifs des frères portant l'uniforme militaire appartiennent en réalité au régiment du Gâtinais, alors en garnison dans ce grand port du Ponant[10]. De fait, il y a aussi bien sûr beaucoup de civils concernés.

En l'occurrence, le procès-verbal d'installation de la première loge *générale* brestoise renvoie explicitement aux vétérans qui sont à l'œuvre depuis plusieurs années, dont Bourdon « le plus ancien maçon de la ville, par qui la plus grande partie des freres [ont] esté reçus[11] ». J'insiste sur le fait qu'il s'agit d'une *générale*, au sens où elle propose en 1745 de fédérer sous sa houlette cinq particulières déjà ouvertes à cette date. Il n'est pas rare de lire des notices qui confondent les genres. C'est à l'occasion de cette installation que Frédéric Zollicoffre est chargé par la loge de Bordeaux de donner des patentes aux Brestois, mais cela fait belle lurette qu'ils sont dans le circuit. Quitte à contester la tradition orale qui avance l'année 1728

---

8. *Mémoires et journal inédit du marquis d'Argenson*, chez P. Janet, 1857, tome 2, p. 213. Le principal contact de Perrichon à Madrid est la nourrice de la reine. On doutera qu'elle soit membre d'une loge.

9. Archives Municipales de Brest, registre de la paroisse Saint-Louis, 26 janvier 1742.

10. Archives Nationales de France, Marine/B/2/317, lettres du 4 juillet (f° 3) et 25 juillet 1742 (f° 18 et 390).

11. *Fondation de L'Heureuse Rencontre*, f° 2 r°.

L'étendue du royaume

comme étant celle du commencement de la première assemblée, sans négliger des sensibilisations individuelles depuis le passage du siècle, comme chez les Le Corre alliés aux Heguerty, il est parfaitement crédible d'accepter au moins la seconde moitié de la décennie 1730 comme marquant un essor sous l'impulsion de Bourdon, probablement associé à Le Masson, entre autres. D'où les correspondances ministérielles de 1742.

Plus de cinquante signatures autographes sont apposées sur la charte de 1745. Ce nombre aurait pu être doublé si la grande salle de l'aubergiste accueillant les invités avait été plus grande, rue de la Voûte, et s'il n'y avait pas eu un contretemps sur l'heure du rendez-vous. En nous contentant de celles qui se présentent à nos yeux, nous voyons bien de toute façon que la plupart correspondent à des hommes ayant des affinités envers les Jacobites [12]. Ils ne se sont jamais souciés d'obtenir une quelconque caution de Paris pour la bonne raison que l'usage est très loin encore d'être répandu. L'intervention tardive de Zollicoffre n'est qu'un moyen employé après coup pour confirmer leur insertion dans le réseau, rien d'autre. Car, pour être Suisse de nation, Zollicoffre est aussi sensible qu'eux aux affaires des Stuarts.

Le même constat est applicable aux Nantais. C'est également en 1742, le 22 avril, que le sénéchal est prévenu qu'il doit faire cesser des réunions provoquées par le sieur Bonet, ou bien abritées chez lui [13]. Les ministres ont reçu des ordres, il les répercutent tels quels. Nous sommes alors frustrés d'ignorer comment le sénéchal s'acquitte de sa tâche. Mais, l'année suivante deux loges sont recensées dans la ville, avec les noms de leurs vénérables respectifs, grâce à quoi nous sommes en mesure de constater que l'un d'eux est lié aux Walsh. En effet, René-Jacques Le Maugin est intime du commissaire de la marine Claude du Teillay, comme le prouve en 1739 l'acte de baptême de son fils [14] ; or, c'est justement le nom de *Du Teillay*

---

12. Voir mon ouvrage *La Maçonnerie Écossaise dans la France de l'Ancien Régime*, éditions du Rocher, 1999.
13. Archives Nationales de France, 01/438, f° 60. Bonet y est écrit Bonnet.
14. Archives Municipales de Nantes, GG 242, 5 mars 1739.

que l'armateur Antoine-Vincent Walsh donnera à l'un des vaisseaux mis à disposition de Charles Édouard en 1745 pour tenter son expédition d'Écosse.

Ces messieurs de la marine, qu'elle soit de guerre ou de commerce, sont bien placés pour être les propagateurs des idées nouvelles. Si nous nous contentions du tout premier recensement national commandé en 1743 par le grand maître d'Antin, nous serions bien en peine de caractériser leur attirance vers la maçonnerie, puisqu'il n'en parle guère. Que se passe-t-il, par exemple, à l'île de Saint-Domingue en 1739-1740 ? Trente ans plus tard, des frères du Cap revendiqueront leur fondation à cette époque-là. Un inspecteur de la grande loge de France, désormais dotée d'une administration fixe, hésitera à les croire, au motif que l'installateur se sera appelé Langeron et que sa trace ne se trouvera « nulle part sur le tableau général[15] ». Il pêchera par excès de fétichisme envers le papier. Il ne découvrira rien sur Langeron, parce que ses archives n'en auront rien conservé, voilà tout. En réalité, deux ou trois Langeron auront eu la capacité de jouer les missionnaires maçonniques outre-mer. Le nôtre aurait agi avec la caution ou sous les auspices d'Édouard Stuart (Jacques ou Charles). Pourquoi pas ? Plusieurs militaires portent ce nom, et l'un d'eux ne va pas tarder à faire partie de l'Ordre Sublime des Chevaliers Élus, dont l'option jacobite est incontestable.

Un report à la correspondance commerciale du Morlaisien Jean-Denis d'Erm nous révèle qu'il s'unit de bonne heure avec des habitants du Cap pour l'armement de certains navires ou des transactions diverses. On le voit pareillement en relation suivie avec des Nantais, des Bordelais ou des Rouennais dont la sensibilité maçonnique est certaine. Que, des indéterminations ne puissent être levées concernant les dates d'entrée en

---

15. Cité par Alain Le Bihan dans *Loges et Chapitres de la Grande Loge et du grand Orient de France, Loges de province*, CTHS, 1990, p. 392. On trouve ailleurs la preuve qu'une loge existe à Saint-Domingue avant 1740, puisque cette année-là sont francs-maçons le procureur du roi et plusieurs membres du Conseil Supérieur (Voir *Une loge de Francs-Maçons à Saint Domingue*, 1740, Revue de l'Histoire des Colonies Françaises, 1927, p. 603-606).

loge de quelques uns, les convergences statistiques donnent cependant crédit à la thèse de la précocité. Il arrive même quelques situations cocasses, au sens où ce futur vénérable breton en vient à être mis en rapport avec de nouveaux partenaires pour des raisons exclusives de négoce, après quoi – au bout de quelques mois, voire plusieurs années – il lui arrive d'apprendre que certains sont aussi maçons que lui. Quand la fin d'une lettre est orné du paraphe triponctique, tout est vite dit, et même confirmé par des formules non ambiguës d'amitié ; quand une signature reste sobre, sans autre épanchement, il faut compter sur le hasard où l'indiscrétion d'un tiers pour lever le voile. Le meilleur exemple sera fourni par le commissaire de la marine Louis Le Termellier qui, membre d'une loge de Bordeaux avant de gagner à son tour Saint-Domingue, ne s'enchantera qu'en 1749 seulement de sa connivence avec d'Erm ; avant, il l'ignorait [16].

Là-bas, Jacques S'Kerret est aussi négociant. Il ne se manifestera qu'au cours des années 1750, en tant que secrétaire de La Parfaite Loge d'Écosse. Dire que sa famille, d'origine irlandaise, est néanmoins très tôt attentive au sort des Stuarts ne fait pas difficulté. Les premiers jalons ont été posés à Saint-Malo dans les années 1660. Ensuite, par le jeu des alliances matrimoniales, filles ou fils se sont dispersés dans d'autres cités portuaires françaises. Ainsi, Hélène S'Kerret s'est établie à Nantes avec son conjoint Jean Stapleton, seigneur des Dervallières, anobli par Louis XV en octobre 1728. L'aîné du couple a épousé en février 1733 Agnès O'Shiell, issue d'une autre famille de négociant, dont la sœur Marie se mariera avec Antoine-Vincent Walsh le 10 janvier 1741, établissant d'ailleurs un contrat notarié évoquant les fructueuses affaires du marié dans les îles d'Amérique [17]. Ces indications pourraient être jugées anecdotiques si, d'une part, les O'Shiell n'étaient pas au

---

16. Archives Départementales du Finistère, B. 4646, lettre du 5 octobre 1749. Pour des reports aux années 1660, voir Archives du Ministère français des Affaires étrangères, manuscrit 1508, f° 329-336.

17. Voir Archives Municipales de Nantes, GG 162, 238, 244 (26 mars 1725, 13 février 1733 et 10 janvier 1741), puis Archives Départementales de Loire Atlantique, E II 357, étude de Maître Boufflet, 9 janvier 1741.

début du siècle très soucieux de faire agir leurs amis de Saint-Germain en Laye afin d'accélérer le traitement d'importants dossiers par les bureaux de Versailles, et si, d'autre part, l'un des tout premiers Rennais à recevoir le haut grade maçonnique – et jacobite – de Chevalier Élu n'était lui-même marié à une Stapleton, en l'occurrence Jean-Baptiste Pinot de La Gaudinays. Ce n'est pas tout, en novembre 1748 Jacques III nommera Mark S'Kerret archevêque de Tuam[18].

Chérubin Bergeron ne réside pas au château de Saint-Germain en Laye ; il y a plutôt son gîte au couvent des Récollets, où il porte le titre de docteur en théologie et de prédicateur du roi. Est-il maçon, ne l'est-il pas ? Impossible de trancher. L'une de ses lettres montre en tout cas que les relais établis depuis plus de trente ans entre la famille d'Erm et certains financiers ou brasseurs d'affaires parisiens sont demeurés actifs. Il y est question d'une dame Artur ou Artus qui investit de temps à autre dans des transits de pacotille et des locations immobilières. Faute de garantie généalogique, supposons qu'elle n'est pas fille du banquier qui, à la fin du siècle dernier, était chargé des places d'Angleterre, d'Écosse, d'Irlande et de Hollande[19] ; elle lui semble néanmoins apparentée. Et c'est en compagnie de deux récollets[20] du même couvent que Derwentwater, en août 1742, se porte témoin de l'abjuration de Suzanne Martin, né à Londres en 1670. Plus : lorsque la sœur de Chérubin se marie en 1744 avec Jean-Baptiste-Marie Perain de Saint-Victor, receveur des fermes royales, la présence de la comtesse de Sparre parmi les invités ne passe pas inaperçue[21].

La filière la plus courante est celle de la Compagnie des Indes. Nombreux sont ses officiers qui accomplissent de longs périples avec l'intention d'exporter leur goût pour la ritualité des loges. « Votre frère », écrit Bergeron à d'Erm, « a fait partir

---

18. Selon Melville Henry Massue, marquis de Ruvigny et Raineval. *The Jacobite Peerage*, réédition Charles Skilton, 1974, p. 230.

19. *Le Livre commode des adresses de Paris pour 1692*, réédition Paul Daffis, 1878, tome 1, p. 119.

20. Toussaint Bardel et Christian Wetherherd (Archives Municipales de Saint-Germain en Laye, GG 112, f° 95 v°.).

21. *Id.*, GG 118, 15 avril 1744, f° 29 v°.

pour les Indes les trois caisses et les lettres dont il avait bien voulu se charger ; le nom du capitaine et du vaisseau, le jour et le mois que tout a du partir, ce sont des choses qu'on doit savoir. [22] » Assurément, même incomplet, n'importe quel inventaire dressé à partir des rôles d'embarquement qui ont subsisté aujourd'hui révèle des accointances multiples, puisqu'elles sont corroborées soit par la liste des visiteurs qui assistent à la fondation de la *générale* brestoise, soit par la correspondance explicite de Jean-Denis d'Erm. Par exemple, les Tiercelin, les Levesque de Beaubriand, les Des Essarts, s'illustrent comme capitaines sur les mers exotiques et, le temps d'une escale, comme francs-maçons.

Un détour vers Lorient nous conforte dans cette opinion. C'est en juin 1719 que les deux anciennes compagnies d'Occident et des Indes Orientales sont réunies en une seule, avec son attache à Port-Louis. Le premier directeur à s'en occuper s'appelle Edward Rigby. Originaire du Lancashire, il a fait ses débuts d'officier vers 1703. Qu'il soit partisan des Stuarts, nul n'en disconviendra. Le premier brigantin qu'il fait construire reçoit en effet le nom de *Saint-Édouard*. Qu'il ait aussi des familiers du côté de Saint-Germain en Laye, c'est certain, puisque son unique sœur habite tout près, dans la petite bourgade du Pecq. Au bout d'un an, il est rappelé à Paris, car sa gestion inquiète ; et son décès intervient en 1723. On évitera donc de penser que son influence est déterminante sur les mentalités du personnel laissé sur place. Toutefois, en suivant son itinéraire singulier[23], on est vite mis sur les traces d'autres Jacobites qui ont à la fois des intérêts dans la Compagnie et des inclinations pour la maçonnerie. Ainsi du banquier Alexandre Alexander dont avons vu qu'il est par surcroît le principal actionnaire de la compagnie minière de Bourgogne et d'Alsace. En conséquence, si le premier chef de loge cité dans la ville

---

22. Archives Départementales du Finistère, B. 4654, lettre du 28 mars 1743.

23. Les références le concernant sont très nombreuses. Pour mémoire et par sélection : voir Archives Nationales de France, dossiers Marine/$C^1$161 et $C^7$276, puis E 2050, f° 574-577.

bretonne est lui-même capitaine de vaisseaux, cela s'inscrit dans le bon ordre des choses. Alexandre Poupart de Beaubourg se distinguera au siège de Madras, en 1746, comme commandant du *Duc d'Orléans*[24].

Rouen est aussi un port qui attire de nombreux réfugiés, comme par exemple l'armateur et banquier Robert Arbuthnot, dont le frère Thomas, ancien médecin de la reine Anne, lui communique des nouvelles régulières[25]. Il n'est pas prouvé que le séjour que Wharton y fait dans ses environs soit très fécond d'un point de vue maçonnique. Bien que l'hypothèse mérite d'être soulevée, rien ne permet de l'étayer valablement. Cependant, il est notoire qu'en 1743 sept loges y seront remarquées. L'abbé Gabriel-Louis Pérau donnera ce chiffre en fournissant des précisions qui ne paraissent pas inventées, au sens où il décrira une cérémonie funèbre organisée à la fin de l'année, suite au décès inattendu du grand maître d'Antin[26]. Puisque nous possédons une bonne comparaison avec Brest où quatre loges particulières sont déjà ouvertes en 1744, la cinquième n'apparaissant que peu de temps avant la formation de la générale, il y lieu de penser que la Normandie connaît donc la mode aussi intensément que d'autres provinces. L'avantage de la correspondance adressée à Jean-Denis d'Erm est encore de nous en apporter des preuves irréfutables, y compris dans l'intérêt manifesté envers la cause jacobite, comme lorsque François Taillet, intéressé dans des opérations d'armement commercial, se souciera du sort de Charles Édouard en 1745 en des termes chaleureux[27].

---

24. Pour compléments sur les loges de Lorient, se reporter à mon livre *La Maçonnerie Écossaise dans la France de l'Ancien Régime*, éditions du Rocher, 1999.

25. Sur l'implication de Robert dans le réseau jacobite, voir MAE, série *Mémoires et documents*, sous-série *Angleterre*, volume 75, f° 22 et suivants ; volume 88, f° 78. John, son fils, sera capitaine dans le Royal Écossais au service de la France ; puis dans le régiment levé par John Drummond en 1743 pour soutenir les projets de reconquête (voir Service Historique de l'Armée de Terre, 1Yc 871).

26. *L'Ordre des francs-maçons trahi*, 1745, réédition Slatkine, 1980, p. 66.

27. Archives Départementales du Finistère, B.4654, lettre du 11 décembre 1745.

En Avignon, la conjoncture est un peu nébuleuse. En 1737, le marquis de Calvière y fonde la première loge. Il profite d'une longue absence de Paris pour jouer les pionniers de l'Art Royal. On dit qu'il attire à lui des gens en renom et que l'assemblée qu'il parvient vite à former est brillante. Mais il apprend tout aussi vite les tracas essuyés par ses frères de Paris, et décide alors de suspendre son activité. Cette suspension dure apparemment trois ou quatre ans, jusqu'un premier regain d'aussi courte durée. Ensuite, il faut attendre 1749 pour que la détermination reparaisse chez les initiés de la ville, mais au bout de deux ans une troisième interruption survient. Or, ce qui est dit des origines dans le seul registre qui soit resté de ces péripéties suscite la perplexité.

C'est le comte de Baltimore qui aurait introduit Calvière dans l'Ordre en 1736. Il aurait été grand maître de toutes les loges d'Angleterre ; dix ans plus tard, en 1746, il se serait « signalé par son zèle et sa fidélité pour son légitime Souverain Roi ; victime de la tyrannie il [aurait] payé de sa tête son attachement en faveur de la maison Stuart [28] ». Si nous nous contentions du nom seulement, nous devrions songer à Charles Calvers, baron de Baltimore, pair d'Irlande. Voilà encore un homme très impliqué dans le monde de la finance. Propriétaire de la colonie du Maryland aux Amériques, souvent en affaires avec les Thellusson de Paris, il lui arrive d'accomplir des voyages en France. Sauf qu'il ne sera jamais condamné à l'échafaud. À sa place, il est préférable de nommer Arthur Elphinstone, sixième baron Balmerino.

Né en 1688, il manifeste de bonne heure son intention de vouer son énergie au soutien de Jacques III, ainsi qu'en témoigne une lettre que celui-ci lui adresse au mois de mars 1711 sous le couvert de David Nairne [29]. S'il lui arrive de

---

28. Bibliothèque Municipale d'Avignon, manuscrit 6692, p. I.

29. Lettre du 2 mars 1711 : « *The friendship you have always shown me hath been so true and unalterable, and your merit so universally distinguished, that I have no words at present to express my gratitude towards you, but hope when I dine with you at Leith, or whenever it may best happen, to give you essential proofs how great a value I have for you.* » (Cité par Martin Haile

séjourner en Avignon vingt-cinq ans après, j'ignore dans quelles conditions, et encore moins qu'il serait auparavant passé par Paris. Peut-être a-t-il entrepris un voyage à destination de Rome, afin d'y conférer avec son roi ? Pour autant, cela ne nous permet pas de savoir comment il en est venu à rencontrer le marquis de Calvière et surtout à lui ouvrir les portes du temple, comme on disait déjà. La principale objection est qu'il n'a pu agir seul, sans autres frères en appoint.

Tout bien pesé, la seule possibilité qui se présente est qu'il profite d'un rendez-vous prémédité. On se souvient de la lettre du 22 avril 1736 écrite à Francis Sempill par le comte Marischall, lui-même venu de d'Espagne où il s'ennuyait beaucoup. « Le Grand Maître est arrivé, par qui j'ai le plaisir d'apprendre qu'il vous avait quitté en bonne santé à Paris... [30] » Il s'agit indubitablement d'un échange entre hommes qui partagent les mêmes convictions. Comme le grand maître n'est autre que James-Hector MacLeane, et comme il est fort peu probable qu'il voyage en solitaire, nous sommes en droit de penser qu'il réunit au cours du printemps une équipe de frères aptes à recevoir le marquis. La lettre suivante de Marischall date du 29 août 1736. Il ne fait pas allusion aux événements survenus dans l'intervalle ; il ajoute seulement en post-scriptum que, la prochaine fois où Sempill verra Jacques III (pseudo : Lord Edward), il doit l'inviter à brûler ses lettres devant lui ainsi que celles de son frère (James Keith)[31]. Au regard de l'ensemble des dossiers encore disponibles au ministère français des affaires étrangères, il va de soi qu'une telle prudence est en priorité dictée pour des raisons de pure politique. Mais, nous ne pouvons pas exclure un souci de protection maçonnique. Du coup, vu son âge qui le place en position d'aîné par rapport à MacLeane, et vu sa très probable implication en Écosse, il n'est

---

dans *James Francis Edward, The Old Chevalier*, éditions J.M. Dent, 1907, p. 107).

30. Archives du Ministère français des Affaires étrangères, série *Mémoires et documents*, sous-série *Angleterre*, volume 84, lettre du 22 avril 1736, f° 158.

31. *Id.*, f° 161 : « *First time you go to see Ld Edward, please tell him that I have desired you, who knows my papers and my brother's, to burn them all before him, assure him of my kind compliments and respect.* »

pas inconcevable que Balmerino soit sollicité pour présider une tenue exceptionnelle. Un témoignage de peu postérieur évoque d'ailleurs sa présence à Saint-Germain en Laye[32]. Quoi qu'il en soit, la présence de Calvière dans le Midi s'inscrit dans une habitude. À la belle saison chaque année, il est autorisé à s'absenter de la cour.

Ce rapide tour d'horizon provincial n'est évidemment pas exhaustif. Pour le compléter, il faudrait revenir vers Montpellier, vers Toulouse, Bordeaux et quelques autres villes, nonobstant le duché de Lorraine où Lunéville attire les pionniers comme Choiseul, Tavannes, Heguerty. Le temps manque. Concluons plutôt provisoirement par une ouverture sur l'étranger proprement dit. Paris et Versailles attirent bon nombre de représentations diplomatiques. L'intérêt des Jacobites est de nouer des liens d'amitié avec les différents envoyés officiels ou officieux qui passent à leur portée. Nous avons vu que le baron suédois Karl-Fredrik von Scheffer ne se dérobe pas. En ce qui concerne les Italiens, la lecture de rapports rédigés par les inquisiteurs du Saint-Office sont très éclairants sur les procédés. Ils apportent des précisions supplémentaires à la fois sur le rôle de Derwentwater et sur celui de Francis Sempill.

Les recherches effectuées par Giuseppe Orlandi[33] poussent en première ligne le comte Carlo Cassio, représentant de la légation de Modène, puis Francesco-Maria Romani, également chargé d'affaires. À l'issue de leur mandat, c'est-à-dire l'hiver de 1738-1739 pour le premier, et l'été 1740 pour le second, ils regagnent leur pays où ils sont invités à rendre des comptes. Cassio explique avoir fréquenté la loge de Coustos-Villeroy, tandis que Romani confie avoir organisé des assemblées à son propre domicile. Ce dernier précise même avoir été reçu dans la fraternité vers 1734, ce qui valide la thèse d'une activité bien

---

32. Vers 1737-1738, Henrich-Wilhelm Marschall von Biberstein passe à Saint-Germain où il rencontre Balmerino. (Voir, de Christian-Carl von Nettelbladt, *Geschichte Freimaurerischer Systeme in England, Frankreich und Deutschland*, éditions Ernst Siegfried Mittler & Sohn, 1879, p. 236).

33. *Per la storia delle Massoneria nel Ducato de Modena dalle origini al 1755*, Modène, 1983.

antérieure aux premières publicités autour de l'Ordre. De plus, avant son retour en Italie, il a reçu des lettres patentes l'autorisant à y créer des loges ; c'est John Moore qui les lui a adressées. Quant au fond en litige, Cassio et Romani protestent de ce qu'ils n'ont pas eu le sentiment de heurter la foi catholique, n'ayant rien perçu qui lui fût contraire, ni dans les propos de Derwentwater ni dans ceux de ses proches. Notamment, Romani assure en avoir été convaincu par Sempill.

Attardons-nous sur ce dernier personnage. En 1739, Jacques III confirme à Louis XV l'accréditation qu'il lui a donnée afin d'être son porte-parole auprès des différents ministres du gouvernement français. Pair d'Écosse, fils d'un capitaine émigré du régiment de Dillon, il est à l'ouvrage au moins depuis la fin des années 1710. « Tres attaché à ma personne et a ma cause, il est pleinement instruit de la situation presente de la Grande Bretagne[34] » Ces mots sont écrits le 13 juillet 1739. Le 24, Jacques III se félicite que Fleury ait manifesté de grandes marques d'attention à un agent aussi fidèle. Se peut-il que, depuis deux ans, depuis l'irritation affichée en mars 1737, il y ait eu un changement radical de cap ? En matière de politique étrangère, il ne faut jamais juger de rien. Aussi bien, appréciera-t-on à leur juste valeur ce que le prince Stuart ajoute dans cette même lettre à l'intention du cardinal. « Vous sentirés bien l'importance du secret dans les resolutions que vous voudrés prendre et personne aussi ne le sçait mieux garder que vous : vous pouvés compter sur le mien et vous serés le maitre non seulement du secret, mais de tout ce qui a rapport au grand ouvrage medité[35]. » Point de maçonnerie, ici, soyons en sûr ; le reste de la lettre montre que Jacques ne songe qu'à sa restauration. N'empêche que Fleury n'est pas sans connaître les occupations de Sempill quand il n'est pas en représentation officielle.

Pour lui, la franc-maçonnerie n'est pas un mal en soi. Ne le perturbe que l'agitation qu'elle provoque dans l'opinion. Tant

---

34. Archives du Ministère français des Affaires étrangères, série *Mémoires et documents*, sous-série *Angleterre*, volume 93, lettre du 23 juillet 1739, f° 55.
35. *Id.*, f° 57 v°.

qu'elle reste silencieuse, tant qu'elle ne suscite aucun débat, il la tolère ; peut-être même est-il indifférent à son égard. On se méprend sur son rôle si l'on omet cette nuance capitale. D'où, finalement, le peu d'effet de ses initiatives de 1737, quand il voulait calmer les prosélytes. Derwentwater, Ramsay et consorts ont accepté volontiers de mettre un bémol à leur action ; mais les seigneurs français ont pris volontiers la mouche. Ensuite, il a cherché encore à contrecarrer les assemblées tenues dans des lieux publics ; mais, ses efforts sont restés assez vains. La mise en sourdine ne vient qu'avec l'accession des ducs d'Aumont et de Villeroy à la grande maîtrise. Pas de bruit : cela lui sied.

Sa tournure d'esprit est bien celle-là. Daté de février 1735, une injonction relative aux « pleureuses », sorte de rubans portés en mémoire de la décapitation de Charles 1er, le prouve de manière incontestable. Regrettant que les Jacobites de Paris se soient mis à en porter, il ordonne qu'ils les abandonnent. « Ce n'est pas dans ces marques extérieures que se marquent les véritables sentiments, et cela ne peut porter aucun tort a ceux que vous avés dans le cœur ». Son idée fixe est qu'ils sauvent les apparences, qu'ils ne compromettent pas l'image de son gouvernement auprès des autres monarques européens, quels qu'ils soient. Officiellement, Louis XV ne soutient pas les exilés ; surtout, il ne veut pas « reconnaître le Chevalier de St George en qualité de Roy d'Angleterre [36] » ; nul ne doit donc laisser penser le contraire. En coulisse, cependant, les libertés sont plus grandes. D'où la belle sérénité de Fleury quand il se plaît à employer des maçons pour ses propres manœuvres. Raison d'État, en un sens ; sans égard pour les bulles venues de Rome, tout ecclésiastique qu'il est. Donner le change en lançant à droite et à gauche des prohibitions non respectées, cela lui permet d'affecter l'air d'un ministre qui fait de son mieux. Les dupes sont ceux qui veulent bien l'être.

Le pape lui-même ? Dans sa ville pontificale, la dernière réunion de loge présidée par George Seton date du 20 août 1737. Il se peut que l'ordre d'interruption soit donné par Jacques III,

---

36. *Id.* volume 86, lettre du 11 février 1735, f° 62.

après une protestation émanée de son hôte. Cela laisserait entendre que, au sommet, les Jacobites ne seraient plus favorables à la maçonnerie pour cause d'incompatibilité découverte tardivement entre ses rites et la foi catholique. Dès lors, la mutation serait spectaculaire. Depuis Charles 1er, la tendance est plutôt d'associer la vision maçonnique de l'État monarchique à celle d'un monde obéissant aux principes de la foi romaine, quitte à s'accommoder sur les bords de l'anglicanisme. À l'été 1737, il se peut que la réprobation soit cinglante, surtout à cause des tumultes vécus à Paris. Telle est l'hypothèse admise par plusieurs historiens, non sans vraisemblance[37]. La première bulle de Clément XII va être publiée au printemps suivant. Il est concevable que le pape demande avant à Jacques III d'interdire la loge de son plus proche carré de fidèles, sinon la situation risquerait de devenir très ambiguë pour tout le monde.

Bien que nous sachions à quel point Seton est perturbé par une querelle suscitée contre lui par ses adjoints Slezer et Stewart, et que cela constitue déjà une raison d'abandon, n'allons pas contre. Il semble qu'en janvier 1739, Jacques III ait un entretien à ce sujet avec le pape, et accepte le principe de la prohibition, sans s'opposer aux poursuites susceptibles d'être engagées contre les citoyens de Rome qui y contreviendraient[38]. Toutefois, il est hasardeux d'en déduire que les maçons Jacobites s'exécutent avec ardeur. Il est faux de croire qu'ils ploient le nuque et mettent genoux à terre. Ils acceptent mal les intrusions extérieures dans leurs affaires. La meilleure démonstration de cette attitude est apportée par ceux qui, parmi eux, appartiennent au clergé. En examinant leur cas, on annule d'ailleurs aussi la théorie selon laquelle les Jésuites auraient été au commencement de l'Ordre ses inspirateurs de coulisse. Ils n'ont jamais joué ce rôle. Au contraire. Dans les années 1730, avant que Seton se retire du cénacle, ils se plaignent des libertés que

---

37. La prohibition romaine est connue à Paris en Juillet, comme le confirme l'assemblée de police du 1er août qui y fait allusion (Bibliothèque Nationale de France, manuscrit 11356, F° 334 v°).

38. Dans son numéro du 12 février 1734, le *Lancashire Journal* fait état de cet entretien, d'après une lettre venue de Rome datée du 24 janvier.

prennent notamment les dirigeants du Collège des Écossais de Paris, où l'on sait que Lewis Inese impose ses marques depuis longtemps. L'enjeu est capital, puisqu'il porte sur l'éducation des jeunes gens de l'aristocratie exilée. Ce collège aurait tendance à influencer les autres établissements associés, comme celui de Douai, et même à envoyer en Écosse des missionnaires à sa façon. Il le ferait sans se soucier le moins du monde de la hiérarchie romaine. Pis encore, suprême grief, il aurait tendance à virer au Jansénisme.

Un mémoire réprobateur expose la situation[39]. Il n'y est pas question de loge, cela est certain. Mais les dirigeants du Collège Écossais sont malmenés avec une extrême virulence. Ils inciteraient leurs élèves à lire des livres hérétiques. Ayant même l'outrecuidance de faire bon accueil aux thèses du diacre François Pâris et de ses convulsionnaires[40], ils refuseraient toute inspection menée par des censeurs de la Compagnie de Jésus. Parjures, blasphémateurs, intrigants, voilà ce qu'ils seraient. Le mémoire n'est pas à l'eau de rose. Il ironise sur les Inese, qui seraient capables de faire croire en leur probité, alors qu'ils seraient des fourbes. Habiles à placer des affidés un peu partout, ils auraient abusé l'archevêque et le prieur des Chartreux. Thomas Inese, frère de Lewis, l'aurait imité au collège de Sainte-Barbe dont il fut le directeur avant que la succession soit assurée par leur neveu aussi prénommé Thomas. La diatribe est fort longue, et au final on comprend à peu près son sens. Le rédacteur se plaint de ce que les Inese aient longtemps exercé une influence pernicieuse sur les plus éminents représentants du roi « légitime », entre autres Edward Drummond, oncle du troisième duc de Perth. Il faudrait leur casser les reins. Même

---

39. Archives du Ministère français des Affaires étrangères, série *Mémoires et documents*, sous-série *Angleterre*, volume 92, f° 144 et suivants. Outre Douai, les autres collèges écossais sur le continent se situent à Rome et Valladolid.

40. François Pâris, frère d'un conseiller au parlement, est condamné à mort en 1727 pour hérésie. Ensuite, par tous les temps, ses adeptes viennent prier sur sa tombe, au cimetière de Saint-Médard, et ont tendance à se perdre en convulsions.

l'abbé Rollin est secoué, en raison de son amitié avec eux[41]. Quant à « l'ecclésiastique d'une naissance distinguée », prétendu trop complaisant à leur égard, dont la famille a toujours été « inviolablement attaché à la Religion et au Roy d'Angleterre[42] », il semble être l'abbé FitzJames qui bientôt sera promu évêque de Soissons.

En 1738, Lewis Inese meurt. Peu avant, un changement intervient parmi les supérieurs de l'équipe dirigeante. Mais le nouveau principal George Inese est encore un neveu qui continue sur ses brisées. L'économe Andrew Hiddock et le préfet des études John Mackenzie le suivent sans réticence. Provocateurs, ils vont jusqu'à vanter la qualité des cours professés dans les écoles publiques concurrentes. Le désordre persiste, malgré les mises en garde de la hiérarchie. Autrement dit, quant à nous, point n'est besoin d'entrer dans les questions d'orthodoxie pour admettre que Paris n'est pas Rome. Et si le clergé écossais prend une telle liberté avec les ordres du Saint-Siège, la plupart des exilés jouent l'imitation. Le pape demeure pour beaucoup une autorité lointaine. Ses décrets, brefs, bulles et autres décisions solennelles sont à suspendre dans l'éther d'une métaphysique qu'ils ne partagent pas.

---

41. *Id.*, f° 146 r°.
42. *Id.*, f° 147 r°.

QUATRIÈME PARTIE

RETOUR AUX SOURCES

SEPT OU HUIT GENS PEU CONNUS

Au printemps 1740, quel est ce remue-ménage qui met la police sur les dents ? On n'y comprend rien si l'on persiste à croire que d'Antin a été élu à la tête de l'Ordre en mars 1738 ; on trouve une explication très plausible si l'on reporte sa prise de pouvoir deux ans après. Dès que s'annonce la fin du mandat de Villeroy, il va de soi que tout le monde est prévenu que sa succession est ouverte. À ce moment, d'ailleurs, Villeroy est quelque peu en froid avec Louis XV qui lui reproche de ne pas savoir garder le silence sur les conversations qu'il est amené à entendre dans les salons particuliers de Versailles. Il ne plaît plus. D'Antin est-il en meilleure position ? Nous n'avons pas oublié ce qu'en confie Calvière à son ami Bertin du Rocheret. Il lui prête un tempérament de despote. En termes métaphoriques, l'art de manier la truelle lui serait même assez peu familier.

En 1737, il a été compromis dans la cabale dite des « marmousets ». Hostile à la politique et à la personne de Fleury, il a pris le parti de Chauvelin. S'étant allié à quelques ambitieux de son âge, il a fait rédiger un mémoire adressé au roi, par lequel il a réclamé la retraite du premier ministre, décrit comme trop vieux, presque gâteux. Le coup n'a pas réussi. Plus habile, plus perspicace, l'œil vif, les idées claires, Fleury a répliqué en obtenant à la fois la démission de Chauvelin et l'exil dans leurs terres des principaux meneurs de la cabale, dont d'Antin. Certes, les retours d'affection sont monnaie courante à l'époque ; mais, lorsque d'Antin a été autorisé à reparaître à la cour, il n'a certes pas été accueilli à bras ouverts par son auguste opposant. Nous pouvons donc parier que les circonstances dans lesquelles il avance sa candidature à la grande maîtrise ne sont pas innocentes, et que la remise en piste immédiate des commissaires de police ne l'est pas davantage.

Aux environs du mars 1740 les traiteurs et différentes personnes susceptibles d'abriter une loge de francs-maçons sont avertis qu'ils ne doivent en aucun cas contrevenir aux anciennes défenses de 1737. Cela ne fait guère de doute, puisque le 21 avril, quand est décidée l'arrestation du sieur Kemp, tenancier de l'auberge au Gros Raisin, rue Mazarine, on dit de lui qu'il n'a « reçu aucune société de ces M^{rs} depuis un mois que les d^{tes} défenses lui ont été faites [1] ». En revanche, d'autres ont été moins timides, moins craintifs ; ils ont osé sinon réserver une de leurs salles, du moins livrer des repas pour les banquets. Le 5 mai, le duc de Luynes écrit dans son journal qu'on a « mis sept ou huit à la Bastille, mais ce sont des gens peu connus [2] ». La formule laisse entendre qu'il faut relativiser l'incident. Même si notre mémorialiste ajoute aussitôt que « M. de Mailly est mêlé à toute cette affaire », il ne semble pas considérer y voir matière à effervescence. Tâchons de faire le point.

Parmi les présents à la réunion organisée le lundi 7 décembre 1739 à l'hôtel de Bussy, le comte Louis de Mailly n'est pas le plus passif. Deux mois et demi se passent, et d'Argenson considère en effet qu'il tient assemblée dans sa propre maison. « On recommence de plus belle les cérémonies des frimassons. Le grand hospice se tient chez M. le comte de Mailly, où la police n'ose fouiller. On prétend que M. de Maurepas est de cette confrérie [3] ». Au quotidien, le terme de grand hospice sert parfois à désigner la maison où se tiennent les décisions administratives de n'importe quel institut. Par exemple, il est employé au début du siècle par les membres d'une société mondaine, dite Ordre de la Méduse, que fréquentent des parlementaires et

---

1. Bibliothèque de l'Arsenal, Paris, manuscrit 10136, f° 128.
2. *Mémoires sur la cour de Louis XV, 1735-1758*, chez P. Firmin-Didot, 1860-1865, tome 3, p. 183.
3. *Mémoires et journal inédit du marquis d'Argenson*, chez P. Janet, 1857, tome 2, p. 145, 20 février 1740.

des banquiers[4]. Sous la plume de notre mémorialiste, il faut comprendre que les officiers de la grande loge se concertent afin de prendre les mesures relatives aux prochaines élections. Le lieu est alors l'hôtel particulier du comte qui se trouve au commencement du quai d'Orsay, vis-à-vis le pont Royal. Son plus proche voisin est le comte de Belle-Isle. À moins de cinq minutes se trouve également l'hôtel de la défunte Louise de Keroualle, duchesse de Portsmouth, grand-mère du second duc de Richmond.

Si la police n'ose fouiller, c'est parce que la distinction est nette entre les domaines publics et privés. N'importe quelle auberge est accessible aux commissaires et à leurs escortes, pas la résidence d'un puissant seigneur, sauf ordre exprès du roi ou d'un ministre agissant en son nom. Par conséquent, on remarque que l'assemblée générale peut aisément être convoquée. Le moindre cabaretier reçoit-il avis qu'il s'exposerait à poursuites en abritant dans ses murs une compagnie de frères, ceux-ci se rabattent vers celui d'entre eux qui jouit d'un bon espace à domicile. « Cette maison a été rebâtie depuis quelques années, et on l'a augmentée de plusieurs Appartements », écrit Germain Brice de l'hôtel de Mailly[5]. Le plan Turgot montre qu'il dispose d'une bonne surface. Le 24 ou 25 mars, la promotion se passe alors dans une discrétion assez grande, car les gazetiers manquent l'événement. Mais, les oreilles de Fleury ne tardent pas à bourdonner de bruits divers et concordants. De là, grâce à une opération planifiée, l'arrestation de sept ou huit « gens peu connus ».

Au vrai, le 21 avril ils sont d'abord six infortunés à être propulsés en cellule. Dans l'ordre du document présenté par l'inspecteur Jean Poussot[6], document complété par le registre

---

4. Voir le certificat d'affiliation délivré au banquier Samuel Bernard : « Donné dans l'Auspice [sic] principal de l'Ordre le vingt trois septembre, l'an de grâce 1709 et le dix-neuf de l'institution » (*Les Documents Maçonniques*, réédition en un seul volume à La Librairie Française, 1986, p. 688).

5. *Description de la ville de Paris*, imprimé par J. Bulot, tome 4, 1752, p. 137.

6. Bibliothèque de l'Arsenal, manuscrit 11455, f° 15 (référencé 257°C). Poussot, demeurant rue des Vieux Augustins, a pour adjoint l'exempt de robe courte Vanneroux, demeurant rue du Four Saint-André.

de son collègue Roussel[7], nous trouvons en premier l'ébéniste Broomett. Il est loin d'être à nos yeux un personnage médiocre. Le voici enfermé au Petit Châtelet. Selon Roussel, il se serait fait maçon par intérêt ; nous pouvons en douter. En second, vient Jean-Charles-Christophe Balfe. Gentilhomme irlandais, époux d'une MacDonnell, il exerce le très aléatoire métier de banquier de Pharaon, un jeu alors en vogue. Sa destination est le Grand Châtelet. Au troisième rang, un certain Boisseau n'est autre que le tuileur (expert) de la loge présidée par Balfe ; il s'agit probablement de Scipion Boisseau, contrôleur ordinaire des guerres : écroué à For l'Évêque. En quatrième, le sieur Kemp est le traiteur qui proteste avoir respecté les interdits à lui faits voilà un mois. Son cas mérite un commentaire.

Au début du siècle, l'un des perruquiers qui officient au château de Saint-Germain en Laye s'appelle Robert Kempe. Il se marie le 28 février 1706 avec Dorothée Gutthron[8]. L'année suivante, son fils aîné, prénommé comme lui, est baptisé en présence de Thomas Nevill, gentilhomme de la chambre du roi d'Angleterre, et de Thérèse Strickland, fille du trésorier de la reine mère. Il meurt le 24 décembre 1728, à l'âge de cinquante-cinq ans[9]. Sept années se passent, son fils épouse la fille d'un chirurgien, Marie Lafont ; sur l'acte établi le 24 mai 1735, il est dit officier du roi, sans qu'on sache quel office il exerce. On note seulement que les témoins sont qui un notaire, qui un médecin, qui un apothicaire, qui enfin un chef du gobelet de Louis XV[10]. Lorsqu'une fille lui vient, le lundi 5 janvier 1739, la marraine de sa fille n'est autre que Hélène-Angélique Bergeron, sœur du récollet Chérubin en relation épistolaire avec le breton Jean-Denis d'Erm. Pour autant, ce second Robert Kempe peut-il vraiment être rapproché de notre traiteur interpellé par l'inspecteur Poussot ?

Dans l'acte de baptême de 1739, nous apprenons qu'il appar-

---

7. *Id.*, manuscrit 10136, f° 128, registre Roussel, demeurant rue du Petit-Pont Saint-Séverin.
8. Archives Municipales de Saint-Germain en Laye, GG 74, f° 26 r°.
9. *Id.*, GG 95, f° 170 r°.
10. *Id.*, GG 102, f° 62 r°.

tient en réalité au grand commun du roi, autrement dit aux services de cuisine et d'entretien. Le parrain, Claude Revord, y est lui-même écuyer, avec son domicile situé dans la paroisse Saint-Eustache. Les usages veulent que les approvisionnements royaux soient dans plusieurs cas assurés par des fournisseurs ayant une sorte d'accréditation. C'est ainsi, par exemple, que Nicolas de Blegny décrit en 1692 la douzaine de marchands de vins « suivant la cour », ou les vingt-cinq cabaretiers de même [11]. Ce qui gêne dans notre approche, c'est que le tenancier du Gros Raisin se prénomme Richard, comme l'atteste un billet écrit de sa main, en octobre 1740, lors d'un litige entre exilés apparemment dans le besoin [12]. Ce sont donc deux personnages distincts qui se présentent à nous, et nous devrions délaisser Robert. Toutefois, d'étranges similitudes s'observent dans leur façon de signer. Avec ou sans e final, ils forment les lettres en suivant le même ductus et en occupant le même espace. Ils font probablement partie de la même famille.

Selon Pierre Chevallier, Richard Kemp ferait suivre son prénom abrégé des trois points de maçons [13]. Personnellement, je n'en remarque que deux, et selon une pratique dont les Kempe de Saint-Germain en Laye, justement, usent beaucoup, sans qu'elle soit originale de ce point de vue, car elle est apparue depuis longtemps dans de nombreux actes de la vie publique. De même, il assure que les courriers diplomatiques des fidèles de Jacques III évoquent un Kemp qui serait Richard, en cela qu'il serait un agent à écarter de certaines initiatives, alors que nous avons plutôt affaire ici à un pseudonyme appliqué au général James Keith. Je propose ces correctifs sans vouloir minimiser la valeur des publications de cet auteur, d'autant que j'ai commis moi-même naguère les mêmes méprises, jusqu'à ce qu'une lecture minutieuse des grilles servant à chiffrer les dépêches entre Rome et Paris me détrompe [14].

---

11. *Le Livre commode des adresses de Paris pour 1692*, réédition Paul Daffis, 1878, tome 1, p. 310-311.

12. Bibliothèque Nationale de France, Arsenal, manuscrit 11473, f° 55.

13. *La première profanation du temple maçonnique*, éditions Vrin, 1968, p. 64.

14. Voir grille de codage des dépêches, Archives du Ministère français

Mon souci est seulement de viser au maximum d'exactitude possible et de retenir au final que Richard et Robert Kempe n'ont certainement pas que leur nom en commun. Une fois de plus nous trouvons une relation étroite avec les Jacobites de Saint-Germain en Laye. Toujours est-il que l'innocence de notre tenancier du Gros Raisin est vite reconnue, puisqu'il est libéré le 26 avril.

À l'examen d'un registre contenant les ordres de libération des prisonniers, on pourrait croire que les six du 21 auraient été arrêtés deux fois. On lit en effet sous la date du 28 avril qu'il ont été élargis le 26 ; puis le 30, on découvre ceci : « Les nommés Boisseau, Broomets, Kimp, Balphe, Naudot et Barré mis en prison [15] ». En fait, cette seconde mention n'est que la copie décalée dans le temps de la liste établie par Poussot le 22 ; elle en prend acte, ni plus ni moins. On peut remarquer d'autres décalages du même genre quand un greffier attend parfois une semaine pour consigner les décisions. Les exemples du procédé sont très nombreux dans le document. Il n'y a pas à épiloguer là-dessus, sinon ce serait imputer une surprenante inconstance aux donneurs d'ordre. Il leur arrivait d'en avoir ; mais pas de cette envergure.

Continuons plutôt la liste des écroués. En cinquième et sixième position sont respectivement Jacques-Christophe Naudot et un certain Barré. Le premier appartenait en 1737 à la loge de Coustos-Villeroy. Il a sans doute fondé une « fille » depuis, car l'inspecteur Roussel le présente comme faisant chez lui des réceptions. Le second est directeur des postes à l'armée d'Italie ; maçonniquement parlant, il est tuileur de la loge de Mailly. Nous y voilà enfin. « Il est chargé de l'achat des ustenciles pour la loge de ce seigneur [16] ». En d'autres termes, il pourvoit aux besoins de l'intendance ; il règle le dispositif matériel avant le commencement des tenues ; de même, il assure la

---

des Affaires étrangères, série *Mémoires et documents*, sous-série *Angleterre*, volume 86, f° 185 r°.

15. Archives Nationales de France, O^1 84, f° 671 r° et v°.

16. Bibliothèque de l'Arsenal, manuscrit 10136, f° 128, registre Roussel, demeurant rue du Petit-Pont Saint-Séverin.

garde des locaux en filtrant les visiteurs, ce qui le désigne comme tuileur. Voilà pourquoi le 2 mai d'Argenson note dans son journal que Mailly a reçu injonction « de sortir de Paris, pour avoir tenu chez lui loge et souper de frimaçons, malgré les ordres réitérés du roi [17] ». Lui, il est très délicat de le mettre derrière les barreaux d'une cellule ; on peut quand même l'inviter à s'éloigner un peu de la capitale. Un peu, seulement ; pour le principe.

Les libérations des six s'échelonnent jusqu'au 16 juin. Le premier a en bénéficier est Kemp, comme on vient de le voir ; le dernier est Balfe. Dans le registre, se trouve aussi le nom de Landelle, mais pour signaler que, interrogé le 11 mai, il a été mis hors de cause le même jour. Pour sa part, Roussel fournit les noms de dix autres personnes, dont ceux de Romani, du banquier Baur, premier surveillant de la loge de Coustos-Villeroy, et même d'un de ses collègues, le commissaire Dubois dont les Almanachs Royaux indiquent qu'il exerce ses talents dans le quartier de Sainte-Opportune. Cependant, il ne dit pas qu'ils ont été inquiétés. Au total, nous comptons donc sept frères, ou hôtes de frères, ayant vraiment eu à rendre des comptes. Conformément à ce qui apparaît désormais une tradition, la grande majorité des autres sont épargnés, surtout s'ils tiennent le haut du pavé. Mailly est le seul à subir un léger désagrément. On n'a d'ailleurs pas connaissance qu'il soit été touché par une lettre de cachet. Il s'absente quelques jours de son hôtel ; puis il y revient, la bouche en cœur. Sans étourderie aucune, soyons-en persuadé, d'Argenson ne se prive d'ailleurs pas de rappeler que sa femme est maîtresse officielle de Louis XV. En somme, les arcanes de l'amour sont aussi ombragées que celles de la maçonnerie.

Et de la politique internationale. Car 1740 est aussi l'année où la « confédération » des seigneurs écossais formée deux ans plus tôt à Édimbourg accentue sa volonté de soutenir Jacques III en dépêchant ses émissaires sur le continent. Au début de l'année, William MacGregor (alias baron Drummond of Bal-

---

[17]. *Mémoires et journal inédit du marquis d'Argenson*, chez P. Janet, 1857, tome 2, p. 165.

haldie) se rend à Rome afin de s'entretenir avec Jacques III, puis il monte sur Paris où, conjointement avec Sempill, il demande audience à Fleury. Cette audience se situe exactement dans le mois de mai où la plupart des prisonniers doivent se soumettre aux interrogatoires de la police. MacGregor communique au cardinal un mémoire dans lequel sont précisées les intentions des confédérés[18]. Fleury voudrait plus que cela, il voudrait des engagements solennels signés, afin d'être « plus authentiquement informé[19] », tant il éprouve des doutes sur les relations que le duc d'Ormonde et le comte Marischall entretiennent séparément avec la cour d'Espagne, doutes d'ailleurs partagés par Jacques III[20].

Nous pourrions alors couper court à ces considérations sur les « gens peu connus » si, en novembre, une nouvelle arrestation ne devait nous intriguer. Dans les faits, elle n'a pas plus de conséquence que les autres. Elle mériterait même d'être passée sous silence, si l'identité du principal protagoniste n'avait suscité quelques exégèses chaotiques à partir de la publication réalisée par Arthur de Boislisle des lettres de Feydeau de Marville, et si on ne le retrouvait pas impliqué en 1744 dans un nouveau tumulte. S'appelle-t-il Ozon, Ozou, Ozouf ? Si ce n'était lui, serait-ce donc son frère ? Luquet reproche à Boislisle d'avoir lu trop vite, sous la forme Ozon, le premier manuscrit qui en parle, et qui précise justement que notre homme tombe sous le coup d'une lettre de cachet[21]. Dans la foulée, il affirme

---

18. *Mémoires et documents*, sous-série *Angleterre*, volume 82, f° 62 r° et v°. *« Ce baron conjointement avec le Lord Sempill remit a son Em^{ce} au mis de May de cette année un memoire sur ce sujet, et y joignit les noms des chefs des Tribus des Montagnes d'Ecosse avec le nombre d'hommes que chacun d'eux s'étoit obligé de fournir. »*

19. *Id.*, f° 62 r°. Note marginale.

20. *Id.*, volume 90. En janvier, des bruits couraient sur de préparatifs d'invasion organisés par l'Espagne à l'insu de Jacques III. Il s'en plaignit à Sempill et souligna sa volonté de ne rien faire sans l'accord de Fleury (volume 90, lettre du 13 janvier 1740, f° 51-52). C'est un déplacement du duc d'Ormonde qui intriguait les observateurs (*id.* lettre du 4 février 1740, f° 57). Et Jacques répète en mai qu'il ne veut pas d'intrigues parallèles entre Ormonde, Marischall et les Espagnols (lettre du 18 mai 1740, f° 98-99).

21. *La Franc-Maçonnerie et l'État en France*, Vitiano, 1963, p. 78.

que la bonne lecture doit donner Ozou, et qu'elle interdit de confondre celui-ci avec le limonadier Ozouf cité quatre ans plus tard dans des conditions qui mériteront au bon moment d'être résumées. Avec moins de vivacité dans le ton, je dirai quant à moi que le vrai nom est Ozoux et que, tout bien pesé, l'affaire est plus délicate qu'on le croit à première vue.

Naturellement, il faut encore une fois partir de Saint-Germain en Laye. Au début du siècle, l'un des principaux fournisseur du château en vivres s'appelle Pierre Ozoux. Il est maître rôtisseur, rue au Pain. On ne peut envisager qu'il serait considéré comme un domestique insignifiant, car la naissance de la plupart de ses enfants est honorée de quelques témoins de marque. Toutefois, allons au plus pressé. Le 22 juin 1738, il est inhumé en présence de ces cinq fils Nicolas, Pierre, Claude, Jacques et Louis. Nous avons donc maintenant la famille au complet. Nous aurions aussi l'embarras du choix si, en avril de l'année suivante, au mariage de Claude, avec le capitaine Edward Dillon parmi les invités, la signature de Nicolas ne donnait sujet à possible méprise. En effet, la dernière lettre ressemble à un *f*, au sens où le *u* est prolongé par une barre presque horizontale coupée par une oblique. En revanche, Claude et Pierre (Louis et Jacques étant absents), tracent le *x* final de leur nom avec plus d'application [22]. Autrement dit, un greffier lisant isolément la signature de Nicolas peut être induit en erreur. Et il suffit à un inspecteur de police n'en voyant aucune pour écrire Ozou sur ses tablettes, sans plus.

C'est Claude qui prend la succession du père, dans la boutique de la rue au Pain. Quand il baptise son aîné Jean-Claude le 15 mars 1740, la marraine est Marie-Elizabeth Dillon et le parrain Jean Cary, capitaine au régiment de Dillon. Un an après, lui vient un cadet, Jean-Patrice, et le parrain est un autre capitaine, du régiment de FitzJames, savoir Patrice Betagh, tandis que la marraine est Lucie Cary. Assistent également à l'ondoie-

---

22. Archives Municipales de Saint-Germain en Laye, GG 109, f° 28 r°. Nicolas Ozoux maintient son ductus le 27 avril 1750, lors du décès de sa mère (GG 130, f° 19 r°). Et trois de ses frères tracent encore le *x* terminal de leur nom de façon plus appliquée.

ment Edward et Marie Dillon, entre autres [23]. Ces premiers auspices sont assez probants. Nous trouvons mieux, bien mieux le 4 juin 1743. Cette fois, le parrain de Jacques Ozoux n'est autres que James-Bartholomew Radcliffe, fils aîné du comte de Derwentwater, avec Brigitte Dillon en marraine [24].

Il semble que la majorité des frères Ozoux soient d'ailleurs dans le commerce de l'alimentation, sinon tous. Lors du mariage de Claude, Pierre et Nicolas sont également qualifiés de rôtisseurs. Et sans doute habitent-ils quant à eux Paris, car les mentions concernant leur propre famille sont rarissimes dans les actes de la paroisse. Par acquit de conscience, on observera que la sentence de police de 1744 concerne un limonadier tenant boutique à la foire Saint-Laurent, non un rôtisseur. Certes, mais des rôtisseurs qui sont à la fois limonadiers, cela existe. De toute façon, l'essentiel est dit : les Ozoux sont intimes de plusieurs exilés jacobites. Pour cette raison, ils sont particulièrement bien placés pour recevoir chez eux des assemblées maçonniques. Nous pouvons même en dire autant de Jacques Landelle, marchand de vins à Saint-Germain en Laye, dont la parenté avec le gérant de l'hôtel de Bussy est très probable, frère ou cousin germain [25].

Les motifs exacts de l'arrestation d'un des leurs le 18 novembre 1740 sont passés sous silence. Impossible de savoir le pourquoi du comment, à l'exception de deux faits non négligeables. Le premier est que l'ordre d'incarcération a été signé par le roi lui-même, ce qui lui donne une gravité certaine [26]. Le second est que le comte John Drummond, bientôt quatrième duc de Perth subit à son tour quelques désagréments au même moment [27]. Là encore, on ne sait pas pourquoi il est

---

23. *Id.*, GG 112, 8 mars 1741, f° 14 r°.
24. *Id.*, GG 114, f° 47 v°. Signature de Jacques Barthélemy Radclyffe.
25. Jacques Landelle meurt le 21 septembre 1750, à l'âge de quarante huit ans (Archives Municipales de Saint-Germain en Laye, GG 130, f° 45 r°).
26. Bibliothèque Nationale de France, Arsenal, manuscrit 11473. Ozoux est enfermé à la Bastille le 18 novembre en même temps que les nommés Grégoire et Hideux, par ordre signé le 8. Sa libération est réalisée le 13 janvier 1741 (f° 134 et suivants).
27. Bibliothèque Nationale de France, Arsenal, manuscrit 12491, f° 44.

interpellé puis libéré le 14 de ce mois apparemment difficile. Mais, les coïncidences sont suffisamment serrées pour donner aux mouvements diplomatiques officieux une coloration dans le ton de ce que nous savons depuis un demi siècle. D'ailleurs des rumeurs de guerre avec l'Angleterre ne tardent pas à être propagées dans le public, comme le signale l'abbé Le Camus à Bertin du Rocheret [28].

Après avoir reçu au printemps la députation MacGregor et Sempill, Fleury accorde maintenant un entretien au colonel Arthur Brett, principal informateur à Londres des services d'espionnages romain de Jacques III. Le premier ministre de France persiste à réclamer le maximum de garanties possibles sur la nature des projets qu'on lui soumet. Ayant eu l'avis des confédérés écossais, il tient à entendre celui de leurs alliés anglais. Si, par les marges, les Ozoux sont à impliquer dans notre histoire, cela ne constitue donc pas une anomalie. Ils ont peut-être servi de boîtes à lettres pour certains courriers. Plus prosaïquement, peut-être ont-ils assuré l'hébergement des interlocuteurs de Fleury, lequel n'ignore pas comment la plupart des étrangers vont et viennent dans la capitale. Chaque quartier a ses mouches de police qui rédigent des rapports quotidiens. Dommage que nous ne sachions pas le pseudonyme employé par Brett en cette circonstance très précise ; reconnaissons tout de même que le contexte est clair.

Intrinsèquement, le fait d'être franc-maçon n'est toujours pas perçu comme un délit en tant que tel. Les autorités ne s'alarment que par intermittence à l'annonce de loges abrités dans des salles d'auberges, de cabarets ou d'hôtels. Alors, autant que les grands, les gens « peu connus » ont des comptes à rendre. On a beau dire et répéter que le roi réprouve l'Ordre, les actions policières accomplies en son nom semblent obéir plutôt aux humeurs de Fleury, selon qu'il doit ménager ou non la susceptibilité des partenaires étrangers de sa politique, et montrer aux Jacobites qu'il n'ignore pas leurs manœuvres souterraines. Pour le moment, il s'agace un peu des pressions exercées sur lui,

---

28. Bibliothèque Nationale de France, manuscrit 15176, lettre du 1 décembre 1740, f° 245.

quoique Jacques III, par la voix de Sempill, veille à l'assurer de sa totale loyauté[29]. Ne le réjouit pas, non plus, l'idée de voir d'Antin grand maître des loges françaises, serait-il venu à résipiscence. En ordonnant des arrestations plus ou moins spectaculaires, il entend afficher sa volonté de rester maître du jeu. Lui aussi verse à sa manière dans le symbolique.

Malgré tout, on peut estimer que l'institution est en train de changer de visage. L'accroissement du nombre des loges entraîne une banalisation, ou, si l'on préfère, un embourgeoisement. Le phénomène va être vite perceptible. En l'espace de trois ou quatre ans, il y aura apparition de groupes qui ne se sentiront plus inspirés par la saga jacobite. Disons que c'est maintenant que la divergence commence à s'accentuer entre les deux options affichées en 1737. On se rappelle du débat suscité dans la loge de Coustos autour du port de l'épée. Fallait-il croire que l'Ordre est de société, ou bien qu'il est de chevalerie ? Coustos ne cachait pas son choix en se prononçant contre l'obligation de porter l'épée ; en même temps, il admettait la nécessité de s'incliner devant la décision majoritaire, et tout porte à croire qu'il s'est effectivement incliné[30]. Nous n'en sommes plus là. Une sorte de vague de fond est en train de naître.

Évaluer son amplitude et ses conséquences n'est pas une mince affaire. Les enjeux sont même redoutables, car c'est dans la décennie ainsi ouverte que la terminologie écossaise prend

---

29. Archives du Ministère français des Affaires étrangères, série *Mémoires et documents*, sous-série *Angleterre*, volume 90, lettre de Jacques III à Sempill, 4 février 1740, f° 58 r° : *« je l'ai souvent dit, et je le dis a present plus que jamais, que toute ma confiance est en lui [Fleury], je sens que dans la conjoncture presente rien de bon ne se peut faire pour moy, s'il n'y concourre, et que je courre risque de nuire mes propres affaires si je ne me laisse regler en tout par lui. »*

30. Bibliothèque Nationale de France, Collection Joly de Fleury, *volume 184*, f° 140 : *« Ce jourdhui 23 mars 1737 a été tenuë loge réguliere convoquée extraordinairement pour prendre les avis des freres sur ce qui doit ettre proposé demain 24 du dit mois a la grande loge ; les freres ayant dit leurs avis sur les questions proposées le venerable maitre Gousteau deputé du tres venerable maitre le Duc de Villeroy en a fait dresser un extrait sur lequel il sera déliberé par la grande loge aux décisions de laquelle on sera tenu de se conformer ».*

racine. Sous forme d'esquisse, nous pouvons toutefois signaler deux choses. La première est que le jeune Charles Édouard Stuart est dans sa vingtième année. C'est vers lui que se tournent les espoirs des partisans encore convaincus qu'une reconquête est possible dans les îles Britanniques. La reprise des enthousiasmes militaires ayant fléchi au cours années 1720 s'explique beaucoup par cette conjoncture. Du reste, nous avons vu que les guerres dites de la succession de Pologne n'ont pas peu contribué à renforcer les convictions des officiers les plus actifs. Contre les Impériaux, le prince Charles y a même fait l'apprentissage du feu. Par exemple, il a participé au siège de Gaète.

Le second point à mettre en exergue est que, abandonnant son hôtel de la rue Dauphine, Derwentwater vient prendre une résidence permanente à Saint-Germain en Laye. Faut-il le considérer comme la première victime du « despotisme » imputé au duc d'Antin ? Nous sommes incapable de répondre valablement. Mieux vaut donc éviter des extrapolations à ce sujet. Plus satisfaisant pour l'esprit est que des témoignages irréfutables vont bientôt signaler une recrudescence de l'activité maçonnique dans la ville. De même, les premiers indices révélant la création du premier haut grade, qualifié justement d'écossais, apparaissent en province. Sachant que l'institution n'a jamais été jusqu'alors imperméable aux conditions socio-politiques extérieures, nous pouvons présumer que ces changements sont le fruit d'une volonté. À l'opposé, l'hypothèse d'un acte gratuit, détaché des contingences, est la plus fragile de tous ; elle est insoutenable.

Une brève halte, avant d'aller plus loin : elle concerne encore Coustos. Par coïncidence, il quitte Paris peu de temps après les avanies supportées par l'un des frères Ozoux. Son souhait est de se rendre à Lisbonne afin d'embarquer sur un navire qui le mènerait au Brésil. Là, il s'unit à trois autres émigrés venus de Paris, Alexandre-Jacques Mouton, Jean-Baptiste Richard et Jean-Thomas Bruslé[31]. Avec eux, il décide de monter une nouvelle loge. L'Inquisition, cependant, sera alertée et ordonnera son arrestation le 14 mars 1743. De fait, il sera donc resté

---

31. *Procédures curieuses de l'Inquisition de Portugal contre les Francs-Maçons. Pour découvrir leur secret, avec les interrogatoires et les réponses,*

presque deux ans sans oser le voyage annoncé[32]. Sa libération interviendra en octobre de l'année suivante. Bien assisté par la consul d'Angleterre, il trouvera un vaisseau pour le ramener à Londres où habite toute sa famille[33], et où à peine rentré il entreprendra d'écrire son mémoire justificatif.

La question que nous pouvons alors nous poser est de savoir jusqu'à quel point son témoignage est recevable. Est-il arrêté sur l'unique accusation de pratiquer la maçonnerie ? Sans doute ; encore faut-il être au clair sur les conditions. La promulgation de la bulle *In Eminenti* a suscité beaucoup de zèle chez les agents du Saint-Office. Dans les pays où ils ont les coudées à peu près franches, comme l'Italie ou l'Espagne, ils procèdent à des auditions féroces, car agrémentées de tortures quand leurs prisonniers s'obstinent à les braver. Mais, on ne peut qu'être décontenancé par la défense a posteriori de Coustos. Il jure n'avoir manifesté une quelconque attitude répréhensible. Pourtant, n'est-ce pas dans les semaines du carême qu'il est arrêté ? N'aurait-il pas réitéré à Lisbonne ses facéties de Paris ? Il garantit que les maçons ont à cœur de respecter les lois des pays dans lesquels ils vivent. Il va même plus loin, en assurant qu'ils « bannissent de leur Fraternité pour toujours, ceux qui par leur endurcissement ou par habitude, se rendent trop fréquemment coupables de quelque vice, quelque léger qu'il puisse être[34] ». Le souvenir de la condamnation de 1737 prononcée contre lui et Le Breton se serait-il effacé de sa mémoire ?

Quelle que soit la philosophie que, avec la recul, nous pouvons prôner sur la liberté de conscience, la laïcité et la tolérance, le plaidoyer de ce frère véhément ne manque pas de sel.

---

les cruautés exercées par ce tribunal... Par un frère maçon sorti de l'Inquisition. Dans la Vallée de Josaphat, l'an de la fondation du temple de Salomon MM. DCCC. III (lire : 1747). p. VIII et 5. Coustos ne mentionne pas Richard dans son livre, sans doute parce que Richard s'est repenti devant l'Inquisition, et qu'il ne le lui pardonne pas (Voir *Archives Nationales de la Tour de Tombo, Lisbonne*, Inquisiçao Lisboa, proceso n° 4867).

32. *Id.*, p. 13.
33. *Id.*, p. 80-81.
34. *Id.*, 57.

Au bout du compte, nous pouvons tranquillement accorder foi au gazetin du premier août 1744 qui dira ceci : « le roi du Portugal a fait une grande exécution sur les Francs-Maçons qui, malgré la défense qui leur avait été faite de sa part de tenir loge pendant le carême, avaient eu l'insolence d'y donner des fêtes avec une solennité séditieuse[35] ». Coustos (sous la forme Couston) est nommé comme en ayant été l'instigateur. Étant entendu que le terme « exécution » désigne ici la procession du 21 juin 1744, diligentée après la clôture des dossiers, avec repentir public des accusés[36], la leçon de ses infortunes s'impose d'elle-même. Tantôt, ce sont des maîtres de loge parisiens qui l'étrillent ; tantôt ce sont les inquisiteurs. N'allons pas jusqu'à nouer une alliance objective entre les uns et les autres, loin de là, très loin ; mais reconnaissons qu'il faut relativiser les points de vue. Le fond du débat historique, s'il doit y en avoir un, est ailleurs.

Chose remarquable, c'est Coustos lui-même qui nous met sur la voie. Pour lui, l'origine de la maçonnerie est bel et bien en Écosse. Il s'en explique en disant que des manuscrits « authentiques » montrent que de nombreux rois de ce pays « avoient un si grand respect, pour cette honorable Fraternité, à cause des preuves convaincantes, qu'elle leur avoit toujours donné de sa fidélité[37] ». En Angleterre, sous le règne d'Elizabeth, plusieurs dignitaires de la cour se seraient fait enrôler, sur ordre de leur souveraine, afin qu'ils leur rapportent leurs observations et qu'elle puisse juger s'il convenait de l'interdire dans son royaume, ou pas. Outre qu'on ne peut s'empêcher de penser à la confidence faite plus loin sur le maréchal de Villeroy poussé en loge par Louis XV, les Anglais n'auraient donc jamais à ses

---

35. Cité par Paul d'Estrée, dans *Revue d'histoire littéraire de la France*, 1897, p. 60. Je n'ai pu retrouver le texte original. Peut-être est-il contenu dans les *Nouvelles de la cour et de la ville* ?

36. *Procédures curieuses de l'Inquisition de Portugal contre les Francs-Maçons. Pour découvrir leur secret, avec les interrogatoires et les réponses, les cruautés exercées par ce tribunal... Par un frère maçon sorti de l'Inquisition.* Dans la Vallée de Josaphat, l'an de la fondation du temple de Salomon MM. DCCC. III (lire : 1747), p. 156.

37. *Id.*, p. 30.

yeux qu'un temps de retard. Et voilà un aperçu historique qui n'est pas vraiment en phase avec celui publié par Anderson dans les deux versions connues de ses Constitutions. De fait, volontairement ou non, Coustos donne crédit à la thèse des Jacobites.

Le lecteur a beau lire sous sa plume une apologie de George II « qui a bien voulu s'abaisser jusqu'à s'intéresser pour un miserable forçat[38] », ses référents fondamentaux restent empruntés à la légende écossaise, et les procès-verbaux d'interrogatoire de l'Inquisition nous apprennent même qu'il a fini par consentir au port de l'épée en loge, voire qu'une autre loge existe à Lisbonne et que le mathématicien écossais Gordon en est à l'origine[39]. Partant, le problème est de savoir ce qui, dans cette légende, renseigne sur les choix les plus récents de ses contemporains continentaux.

---

38. *Id.*, p. 87.
39. Voir *Archives Nationales de la Tour de Tombo, Lisbonne*, Inquisiçao Lisboa, proceso 10 115 ; et, même source, Caderno do Promotor n° 108 qui confirme le rôle joué par Gordon qui aurait été actif dans Lisbonne vers 1733, et sans doute avant.

LE MYTHE DE L'INSTITUTION PREMIÈRE

« Notre grand maitre dont les qualités respectables surpassent encore la naissance distinguée, veut qu'on rappelle tout à sa 1e institution dans un pays où la religion et l'État ne peuvent que favoriser nos lois[1]. » Ces quelques mots, Ramsay les insère dans son fameux discours où le rappel des croisades est très net. Mais y eut-il un seul discours ? Non, plusieurs versions, de longueurs et de contenus différents, ont circulé. La première, établie le 26 décembre 1736, a été prononcée le lendemain, à l'occasion du remplacement de MacLeane par Derwentwater. Elle est connue grâce à la copie conservée dans les papiers de Bertin du Rocheret[2]. La seconde est certainement celle adressée au cardinal de Fleury avant l'assemblée générale de mars 1737 qui n'aura pas lieu ; on ignore ce qu'elle est devenue. La troisième est celle que Ramsay propose d'imprimer en anglais, après que le diacre anglican George Kelly en ait assuré la traduction, sachant que le texte français paraît en 1738[3]. Et la liste n'est pas close, car des copies manuscrites plus ou moins fidèles se passent de main à main, dont celle de Lyon, prise ici comme référence.

---

1. *Discours prononcé à la réception des freemaçons par Mr de Ramsay, grand orateur de l'ordre*, Bibliothèque municipale de Lyon, manuscrit 761, f° 29.
2. Bibliothèque Municipale d'Épernay, manuscrit 124.
3. Sur le projet de traduction en anglais, voir Bibliothèque Bodléienne, Oxford, manuscrit Carte 226, f° 398, lettre de Ramsay à Carte, 2 août 1737. Le texte français est paru dans un recueil assez hétéroclite : *Lettres de M. de V*** avec plusieurs pièces de differens auteurs*, chez Pierre Poppy, 1738, p. 47-70.

On peut admettre que le texte définitif est celui destiné aux imprimeurs. Ramsay y développe l'essentiel de sa théorie. Cela n'empêche pas de remarquer que les amendements auxquels il procède après décembre 1736 révèlent sans doute une forte influence de Derwentwater qui veut donc ramener l'ordre à sa « première institution [4] ». Au début, avant l'élection de celui-ci, Ramsay se borne à affirmer que ce sont les annales anglaises, explicitement celles du parlement d'Angleterre, qui lui permettent de retracer l'histoire non légendaire de l'Ordre. Grosso modo, son idée est la suivante. Il y a eu dans l'antiquité juive un intérêt certain pour une maçonnerie qui fut à la fois opérative et spéculative, au sens où l'art de bâtir des temples de façon très matérielle renvoyait à une conception métaphysique de l'homme et de l'univers. L'un soutenait l'autre, et réciproquement. Qui savait organiser les constructions savait dans le même temps interpréter le système du monde. Après la prise de Jérusalem par Titus en 70, cette maçonnerie tomba en sommeil. Elle ne dut son réveil qu'à l'effort des Croisés. Mais les croisades finirent elles-mêmes par échouer. Se retirant d'Orient, les initiés s'établirent en Angleterre sous la protection du prince Edward, fils de Henry III. Quand Edward succéda à son père, il prit le titre de grand maître et leur accorda des privilèges et franchises, ce pourquoi ils s'appelèrent désormais francs-maçons. Depuis ce temps, les loges anglaises auraient donc été les dépositaires de l'antique science ; sauf que, récemment, un transfert se serait opéré vers la France, et un nouvel élan aurait été amorcé.

On a bien saisi le schéma de cette première version : rien n'est dit sur l'Écosse, rien sur la volonté du grand maître. Quand on passe à la troisième, il en va autrement. Le report est maintenu aux annales anglaises, mais avec une extension à la « tradition vivante de la nation britannique ». Un pas de plus : le privilège d'avoir joué le rôle de précurseur, après l'ultime croisade, est accordé à Jacques Lord Stewart d'Écosse, qui aurait été grand maître d'une loge établie à Kilwinning. Là, il aurait reçu les comtes de Gloucester et d'Ulster, l'un anglais, l'autre

---

4. Cette formule de retour à la première institution est un cliché. Elle est souvent reprise dans des actes divers ne concernant en rien la maçonnerie.

Le mythe de l'institution première 413

irlandais. Le prince Edward n'est cité qu'en second lieu. Pour le principal, les Écossais seraient restés les seuls à avoir su conserver intact l'esprit des Croisés, eux-mêmes héritiers de la science salomonienne. Cependant, au seizième siècle, les guerres de religion auraient provoqué une sorte de crise. Des frères auraient dénaturé les valeurs traditionnelles ; il y aurait eu des oublis, des désordres. C'est en réaction contre cet affaiblissement que le grand maître réclamerait un retour à la première institution.

Par habitude, Ramsay est très éclectique, très flexible aussi. Sa tournure d'esprit admet la coexistence de considérations historiques et philosophiques. Parfois la poésie vient également au secours de la morale. Les commentaires à son sujet pourraient donc être inépuisables, tant il faudrait signaler les emprunts et les mixages qu'il s'autorise auprès des écrivains de son anthologie personnelle. N'empêche qu'il ne ferait pas allusion au grand maître si celui-ci n'en était pas d'accord. Il ne publierait pas la troisième version de son discours s'il redoutait un démenti là-dessus. Comme les rappels à la tradition écossaise ne peuvent en aucun cas être jugés innocents, comme ils ne procèdent pas d'une pure ornementation littéraire, on peut donc soutenir que Derwentwater en est l'inspirateur.

Rien n'est dit sur les projets jacobites, c'est un fait. Rien non plus sur le système forgé à Londres à la fin des années 1710. Ces lacunes sont compensées par des digressions sur la concorde universelle que chacun doit s'appliquer à promouvoir, sur le rôle des sciences pour éclairer les peuples, sur la tolérance religieuse qui mérite d'être pratiquée partout, sur la liberté de conscience. Pourtant, lorsque Ramsay tente d'expliquer l'origine des mots secrets, c'est bien le contexte de batailles qu'il évoque. « C'étaient, selon les apparences, des mots de guerre que les croisés se donnaient les uns aux autres, pour se garantir des surprises des Sarrasins qui se glissaient souvent déguisés parmi eux pour les trahir et les assassiner[5]. » Indices de discri-

---

5. *Discours prononcé à la réception des freemaçons par Mr de Ramsay, grand orateur de l'ordre*, Bibliothèque municipale de Lyon, manuscrit 761, f° 12.

mination, pareils au Schibboleth utilisé sur le bord du Jourdain, en somme. Cela, il ne le dit pas non plus ; nous sommes quand même en droit de le penser.

Ses contemporains perçoivent-ils vraiment son propos ainsi ? Parce qu'aucun procès-verbal de loge n'a subsisté, les limites de l'interprétation semblent vite posées. Nous-même, si nous nous contentions de ce constat de carence, nous pourrions être aujourd'hui enclin à ne retenir de lui que les aspects disons culturels, où l'appel à la fraternité, sous les auspices d'un encyclopédisme généreux, est bien dans le style des Lumières. Reste que nous possédons un écho très immédiat de sa publication. Quelques semaines après, voici en effet Jean-Baptiste Boyer d'Argens qui prend la plume pour exprimer son étonnement devant la résurgence du thème des croisades et, par ricochet, du templarisme. Le fait-il parce qu'il a eu aussi connaissance des protestations récentes de Jacques-Benjamin Rapin de Thoyras ? Ce point de détail est secondaire. Le marquis d'Argens peut se contenter d'une lecture de Ramsay pour ajuster sa réplique.

Rendons à chacun ce qui lui appartient. Ramsay n'emploie par le mot de Templier ; il est seulement glissé dans les gazetins parisiens. Quant à lui, Boyer évite de dire qu'il répond à Ramsay. Plus encore, il contourne soigneusement la question des loges maçonniques, si soigneusement qu'on peut se demander s'il entend ménager sinon les frères en général, du moins son frère cadet en particulier. Malgré tout, la discussion qu'il engage est sans ambiguïté. Pour la forme, elle redresse même une fausse perspective due à la malice de l'imprimeur du livre contenant le discours de Ramsay. Contrairement à ce qu'il indique sur la page de titre, il ne s'appelle pas Pierre Poppy, ni n'exerce à La Haye. Il s'agit d'un clandestin, opérant dans une ville française, probablement à Rouen, qui utilise un masque pour déjouer les censeurs de la librairie royale. Le vrai Pierre Paupie, de La Haye, est tout bonnement celui auquel Boyer en personne confie ses manuscrits.

Sur Jacques II, pour commencer, Boyer est sans tendresse. D'après lui, ce fut un tyran sanguinaire. Il ne comprend pas les efforts entrepris par plusieurs auteurs, dont le célèbre auteur janséniste Antoine Arnauld, pour le justifier, en flétrissant son gendre Guillaume d'Orange. Quiconque chercherait à l'imiter ne ferait jamais que régresser. La Révolution de 1689 aurait été heureuse sur ce plan ; elle aurait mis des freins à l'arbitraire des puissants [6]. Bref, on ne peut pas se prendre autrement pour déplorer l'égarement des hommes qui persistent à épouser sa cause, ou celle de son fils. Ce n'est pas que Boyer ironise sur le compte des exilés. Au contraire, il admire leur capacité à demeurer fermes dans leurs malheurs et fidèles dans leurs convictions. Ses louanges sont sans réserves : « Ils bravent les plus rudes coups de la fortune ; aussi fiers au milieu des étrangers que s'ils étoient parmi leurs compatriotes, rien ne sauroit les résoudre à fléchir devant le vainqueur. [7] » Mais, à ses yeux, leur espoir de recouvrer le faste d'autrefois est sans objet. Ils ont presque tout perdu, fors l'honneur ; ils ne regagneront rien.

Parmi eux, ceux qui parlent de nouvelle croisade, dans le style du Moyen Âge, ne font donc qu'annoncer un obscurantisme dévastateur. N'importe quelle guerre entreprise au nom de la religion est fatalement cruelle et injuste. « Tant qu'on saura faire agir adroitement les ressorts de la superstition, on conduira toujours les hommes où l'on voudra. [8] » Sous de fallacieuses raisons de foi, de dogme, d'hypothétique orthodoxie, ce sont des intérêts de pouvoir ou d'argent qui commandent. « Les Prélats, les Abbés, les Prêtres veulent bien dominer : mais ils sont fâchés qu'on découvre leur manœuvre secrète. [9] » Sans s'attarder au temps de Godefroi de Bouillon, Boyer renvoie explicitement aux persécutions subies par les protestants de France, surtout après la révocation de l'Édit de Nantes. Des familles se déchirèrent, des fils se jalousèrent pour convoiter le bien d'un père proscrit. Au lieu d'inciter les Français à la paix civile, Rome excita au contraire les querelles et conflits de toutes sortes. Dans quelque pays d'Europe que ce soit, il serait dramatique de renouveler cette situation.

---

6. *Lettres Cabalistiques, ou correspondance philosophique, historique et critique, entre deux cabalistes, divers esprits élémentaires et le Sieur Astaroth*, Chez Pierre Paupie, La Haye, 1754, tome 5, p. 148 et suivantes.
7. *Id.*, tome 4, p. 30.
8. *Id.*, tome 2, p. 201.
9. *Id.*, tome 2, p. 202.

Boyer généralise. Les haines collectives l'indignent, surtout la manière dont l'église catholique de son temps les entretient. Au-delà du contexte particulier à la maçonnerie parisienne, telle que Ramsay en restitue certaines tendances dans son discours imprimé, c'est l'idée même de croisade qui l'irrite. Elle contient trop de sous-entendus, trop d'incitations à se masser derrière l'étendard d'un dogme pour asservir ou éliminer ceux qui n'y croient pas. Elle excite à servir des programmes d'hégémonie qui nient la liberté individuelle de conscience. Sous prétexte de conduire le combattant vers la lumière, l'absolu, elle le transforme en automate prêt à tuer celui qui contrecarre ses desseins. Et la lumière, de toute façon, ne vient jamais ; et l'absolu se dérobe sans cesse. À la rigueur, Boyer pourrait être d'accord avec Ramsay quand il prône la tolérance des systèmes religieux, la concorde dans la différence. Mais pourquoi revendiquer la tradition des Croisés, pourquoi dire que les maçons du dix-huitième siècle en sont les héritiers spirituels ?

Puisque la controverse n'est pas placée explicitement sur ce terrain par le marquis, mieux vaut se dispenser d'une extrapolation aventureuse. En très bref, pour lui le paradoxe serait flagrant entre des loges faisant bon accueil aux différences, d'une part, et les mêmes cherchant à fonder leur philosophie sur la geste de troupes en route vers Jérusalem, d'autre part. Cependant, Boyer prolonge son réquisitoire en dressant un parallèle entre l'Ordre des Jésuites et celui des Templiers. Il le fait avec tant de force qu'on peut se demander si nous ne trouvons pas dans son œuvre les prémisses des querelles qui diviseront les écrivains de la deuxième heure. Tout s'entremêle : depuis de longues années, les Jésuites sont supposés avoir maintenu Jacques II sous leur influence, et continuer leur besogne auprès de Jacques III ; or, les nouvellistes de Paris en témoignent, l'Ordre maçonnique voulu par Derwentwater est perçu comme ayant des ressemblances avec celui des Templiers ; il suffit donc de rapprocher ces deux sortes de données pour imaginer un syllogisme presque impeccable : qui dit Jacobite dit Jésuite, qui dit Jacobite dit aussi Templier, *ergo* qui dit Jésuite dit Templier.

Je rappelle que Boyer est très discret sur les loges. Mais il est expéditif sur le reste. « Les Jésuites n'imitent que trop pour le malheur de l'Europe, l'insolence et la fierté des Templiers.

Ils ont une ambition démesurée, ils s'élèvent au-dessus des Souverains, méprisent les Magistrats, et ruinent les libertés et les privilèges des Nations.[10] » Ce n'est pas tout. Il leur reproche d'avoir formé de nombreuses confréries de métier, ou autres, grâce auxquelles ils exerceraient sur le peuple un pouvoir sans borne. Manipulateurs nés, ils s'attireraient les allégeances et les dons en s'immisçant dans n'importe quelle assemblée paroissiale. « Dans la plus petite ville des Provinces, la Société en a souvent établi trois ou quatre (...) Pensez-vous que si l'on prêchoit les Croisades dans ces assemblées, et qu'on fit valoir avec chaleur l'aggrandissement du Catholicisme, il ne se trouvât pas beaucoup de gens qui se laissassent duper aujourd'hui, comme on a dupé autrefois les premiers Croisés ?[11] » Décidément, là où Ramsay est fort bienveillant, Boyer est plutôt acerbe.

L'opposition entre les deux hommes est révélatrice de l'ambiance qui règne à la fin des années 1730. Sous les élucubrations plus ou moins fantasmatiques autour des récits médiévaux s'expriment des aspirations concrètes. Le retour à l'institution première de la maçonnerie doit-il passer par une réhabilitation des Croisés, et subrepticement des Templiers ? Chevalier de Saint-Lazare, Ramsay pense que oui ; expatrié dans la Hollande protestante, avant de se mettre au service du roi de Prusse, Boyer pense que non. Effectivement, nous avons là un antagonisme de nature idéologique dont les répercussions vont être nombreuses sur les générations postérieures. On peut même dire qu'elles sont inévitables pour la simple raison que le substrat culturel des rites et coutumes maçonniques est une transposition d'images issues pour beaucoup de la tradition judéo-chrétienne. Mais, l'implicite de tout cela, quand Derwentwater propose d'introduire ses réformes, demeure bel et bien centré sur les affaires politico-militaires de ses amis stuartistes.

N'en déplaise au marquis d'Argens et au long cortège de ses

---
10. *Id.*, tome 6, p. 152.
11. *Id.*, tome 2, p. 201. Voir aussi tome 3, propos prêté au général de Jésuites : « Ces sortes d'assemblées, qui nous sont si utiles pour nous acquérir des partisans, et pour entretenir ceux qui le sont déja, n'ont été inventées par la Société que pour faire plus aisément recevoir toutes ses maximes » (p. 118).

paraphraseurs, nous venons de voir qu'il faut rejeter l'image d'un complot jésuitique sur les principaux meneurs du demi-siècle, puisque les Inese et la plupart de leurs amis sont au contraire perçus comme insoumis à la Société de Jésus. Il n'est que Hugh Sempill, frère cadet de Francis qui revendique une stricte orthodoxie là-dessus. À la rigueur, il peut être regardé comme un agent obéissant. Mais son exemple reste sans portée, en raison de son absence complète d'influence sur qui que ce soit. On ignore même s'il est maçon. Logé chez son aîné, à qui il sert de secrétaire dans la maison qu'il occupe sur l'Estrapade, il ne fait parler de lui que de loin en loin, quand il s'agit de trouver une prébende quelque part. Il rêve d'une abbaye, il n'obtient qu'un canonicat à Chartres. Décemment, seule la référence aux événements écoulés depuis un siècle est significative.

Selon la notice biographique publiée par Anton-Friederich Büsching [12], c'est en 1740-1741 que l'intendant Anton von Geusau a l'occasion de rencontrer Ramsay chez lui et de recueillir des confidences sur son itinéraire intellectuel. En premier lieu, il maintiendrait la référence positive aux Croisades. Ensuite, il rappellerait le sort des Templiers, mais pour déplorer leur fin, au sens où ils se seraient eux-mêmes exposés à une légitime persécution en transgressant les règles de leur Ordre, et en se livrant à quelques scandales. Or, quitte à revendiquer une neutralité de principe pour l'Ordre maçonnique, le voici qui ose une allusion sur les loges stuartistes formées clandestinement sous la dictature de Cromwell. « La restauration du roi Charles II sur le trône d'Angleterre avait été d'abord décidée et convenue dans une assemblée de francs-maçons, parce que le général Monk en était membre et qu'il avait pu ainsi ourdir son complot dans la plus grande discrétion.[13] » En 1737, dans son discours, il aurait évité d'en parler « afin que la confrérie ne fût pas soupçonnée de se mêler d'affaires d'État ». Soit, mais s'il n'en a pas parlé, il y pensait ; et s'il y pensait, ce n'était pour la gratuité d'un jeu philosophique.

---

12. Traduction de Philippe Beaulieux dans *Renaissance Traditionnelle*, n° 197-108, 1996.
13. *Id.*, 223.

Le mythe de l'institution première 419

En fait, à son insu, Büsching vaporise une sorte de brume. Il assure que Ramsay aurait été le premier à s'apercevoir des incohérences contenues dans les cérémonies maçonniques, qu'elles soient françaises ou anglaises ; alors, il aurait proposé aussi bien aux grands maîtres de Londres qu'à ceux de Paris de procéder à des rectifications. Sa volonté aurait été d'y introduire de la rationalité. Dans ce cas on ne comprend pas vraiment quel est le sens de l'alinéa du *Discours* où Ramsay explique que c'est Derwentwater qui a réclamé un retour à « l'institution première ». On ne comprend pas davantage pourquoi la seule nouveauté signalée à la fin de l'hiver 1736-1737 est relative au port de l'épée. Même l'évocation de Monk et des autres maçons stuartistes paraît assez curieuse, puisque nous sommes en droit de nous inquiéter de l'usage que ce général aurait pu faire du prétendu héritage médiéval. Plusieurs hypothèses se présentent : soit Büsching restitue mal la pensée de Geusau, soit Geusau s'est mépris sur les confidences de Ramsay, soit enfin Ramsay lui-même a brouillé les pistes, volontairement ou non.

Toujours est-il que, au moment de cet entretien avec Geusau, nous sommes dans la période où les sept seigneurs confédérés d'Écosse consolident leur pacte de soutien à Jacques III. Le cardinal de Fleury en reçoit l'original établi à Édimbourg. Dans l'ordre des signatures, nous y trouvons d'abord James Drummond, troisième duc de Perth. Né en 1713 en Écosse, sa première éducation s'est effectuée aux collèges de Douai puis de Paris, sous la férule des Inese. Probablement a-t-il regagné son pays natal dans les années 1730. En second, vient son oncle John Drummond, né en 1680. En troisième, voici Simon Fraser, onzième lord Lovat. On se rappelle ses frasques à Saint-Germain en Laye au début du siècle, et la résidence surveillée auquel il a dû se soumettre durant plus de dix ans. Aussitôt rentré *at home*, il a recherché le pardon des Hanovre, l'a obtenu et a été gratifié de plusieurs emplois lucratifs, dont celui de gouverneur d'Inverness. Instable, il revient maintenant à ses anciennes passions. Le quatrième confédéré est Lord Linton, fils aîné de Charles Stewart, quatrième comte de Traquair, qui meurt cette année 1741, et dont il hérite du titre. Est-il utile de rappeler que ce Traquair-là est le descendant du premier comte,

John, accusé sous Charles 1ᵉʳ, lors des troubles générés par les Covenantaires de posséder le mot de maçon ?

Le cinquième est Donald Cameron of Lochiel. À ce nom, revenons également dans les pas de quelques autres précurseurs. Il s'agit en effet du fils de John qui a participé à la rébellion de 1715 menée par le comte de Mar, avec Charles Stewart of Traquair, du reste. Il a dû se réfugier en France après la défaite. Bien avant, en 1696, il était mentionné dans la liste des fondateurs de la loge de Dunblane. Donald est pour sa part resté en Écosse où il a hérité des biens de son grand-père, autre fervent Jacobite. Cependant, nous l'avons vu faire un voyage en France en 1723 et y rencontrer James-Hector MacLeane puisqu'ils assistent ensemble à un mariage [14]. Tout cela ne révèle pas d'un pointillisme exacerbé ; au contraire, nous voyons bien à quel point le fil est solide entre les générations successives de mêmes familles.

Pour sa part, Donald Cameron s'est allié à Janet Campbell of Auchinbreck. Or, le sixième nom se présente ainsi : « chevalier Campbell Dachimbreck ». Sans contre-indication dirimante, nous pouvons derechef présumer que les liens de parenté sont étroits. Ce chevalier se prénomme James. En décembre 1743, Jacques III lui accordera un brevet de major-général ; il le nommera également son Lord-lieutenant dans le sud des Apins et les îles voisines. Par la même occasion, il fera colonel William Macgregor, baron de Balhaldie, dont les capacités à beaucoup voyager nous sont connues, ainsi que ses affinités avec Francis Sempill, et plus encore sa filiation d'avec Alexander Drummond of Balhaldie, aussi maçon de Dunblane à la fin du siècle précédent. Il est même un Cameron of Lochiel par sa mère [15].

Ces quelques éléments ne permettent pas de percevoir la confédération comme s'inspirant de la légende des Croisades. Quand même, elle est composée d'une majorité de francs-maçons, s'ils ne le sont pas tous. Et le fait qu'elle soit voulue

---

14. Archives Municipales de Saint-Germain en Laye, GG., f° 77 v°.

15. Le nom de Drummond a été pris par la famille MacGregor de Balhaldie suite à une proscription ancienne.

avant tout par des Écossais confirme qu'ils sont à l'origine des plans militaires soumis presque simultanément à Jacques III et à Louis XV. Au temps d'Ashmole et autres, il n'y avait pas vraiment revendication d'un particularisme national de cet ordre ; les partisans n'y songeaient pas, ou peu. Ils étaient sujets d'un roi exerçant sa souveraineté sur l'ensemble des îles Britanniques, voilà tout. Aujourd'hui, une certaine insistance se constate. L'Écosse serait la terre privilégiée de la reconquête. « Les fidèles Ecossois seront en état non seulem^t de retablir en tres peu de tems l'autorité de leur Roi legitime dans tout son royaume D'Ecosse et de l'y affermir contre les efforts des partisans D'Hannover ; mais aussi de l'aider puissament au recouvrement de ses autres etats.[16] » Dans son second discours, Ramsay ne rappelait-il pas aussi que les Écossais ont longtemps été appréciés par les rois de France pour former leur garde personnelle ?

En définitive, nous découvrons beaucoup de convergences entre des actes en apparence distincts. La plus importante est que les premières manifestations attestées de l'existence d'un écossisme maçonnique se situent au début des années 1740, quand les plans transmis par MacGregor retiennent de plus en plus l'attention des ministres français. Nous pouvons volontiers envisager une sensibilisation au cours de la décennie qui a précédé ; mais, contentons-nous ici de certitudes pouvant être étayées par les références indiscutables qui mènent jusqu'au débat ouvert lors de l'assemblée générale de la grande loge de Paris de 1743. Alors, des frères s'étonneront que des « maîtres écossais » exigent des prérogatives inédites, qu'ils arborent des distinctions jamais vues[17]. En l'occurrence, ils ne feront que témoigner d'une mutation intervenue dans l'Ordre français, sous l'impulsion de l'équipe dirigée par Derwentwater.

---

16. Archives du Ministère français des Affaires étrangères, série *Mémoires et documents*, sous-série *Angleterre*, volume 76, f° 102 r°.

17. *Reglemens Generaux extraits des anciens Registres des loges à l'usage de celles de France, avec les changements faits à la grande loge assemblée tenüe le onzième decembre mil sept cent quarante trois, pour servir de Regles à toutes les loges du dit Royaume,* fac-similé de la fondation Latomia, fonds Kloss XX-239, article 20, f° 21.

Le nouveau système se veut élitiste, voilà ce que personne ne peut nier. L'évolution imprévisible qu'il prendra après les années 1750 nous empêchera d'en apprécier correctement les contours, mais personne ne peut nier une forte volonté de créer une maçonnerie supérieure dont ne seraient membres que des frères sélectionnés. Bien que nous n'ayons pas à notre disposition les registres de Derwentwater ou de son secrétaire Moore, nous savons que l'ancien grand maître est dorénavant fixé à Saint-Germain en Laye. Ramsay n'est pas loin, puisqu'il occupe à Pontoise, avec sa femme et leur fille unique, un pavillon prêté par le duc de Bouillon. Le registre d'Avignon nous révèle par ailleurs qu'en 1743 le comte Joseph-Ignace de Villeneuve accède là-bas au grade d'Élu[18]. Au même moment, si l'on en croit Le Forestier reprenant Kloss reprenant Thory, les Lyonnais le découvrent[19]. Sachant les rapports entretenus avec les Jacobites par les frères Calvière, dans le premier cas, et Billy, dans le second, s'esquisse ici un début d'explication cohérente.

D'où, les trois conclusions connexes suivantes. En premier lieu, les grades d'*élection* paraissent assurément les premiers de la panoplie qui sera plus tard indexée sous la terminologie écossaise. Même si les rituels vont donner vite prétexte à variation, la référence primitive semble n'être que celle-là. La seconde est que, si l'on admet que la volonté de Derwentwater d'un retour à l'institution première n'est pas restée lettre morte, il n'y a que ce système de l'*élection* qui lui est attribuable, cela à partir de Saint-Germain en Laye, indépendamment des affaires traitées à Paris par la grande loge du duc d'Antin. Enfin, le contenu philosophico-politique du système doit porter nécessairement la marque de la tradition issue des animations vécues un siècle plus tôt, sous le règne de Charles 1er.

J'ai abordé peu ou prou ces trois points dans mon précédent

---

18. Bibliothèque Municipale d'Avignon, manuscrit 6692, p. 89.
19. De Le Forestier, *La Franc-Maçonnerie templière et occultiste*, éditions Aubier Montaigne, 1970, p. 109, note 10. De Kloss, *Geschichte der Freimaurerei in Frankreich ausächten Urkunden*, Darmstadt, 1852, tome 1, p. 69. De Thory, *Acta Latonorum, ou Chronologie de l'histoire de la Franche-Maconnerie, française et étrangère, etc.*, chez Dufart, 1815, tome 1, p. 52. Et Thory lui-même s'est inspiré d'ouvrages antérieurs, bien entendu.

Le mythe de l'institution première

ouvrage. Ici, je me limiterai à des considérations complémentaires. Avant tout, les conditions dans lesquelles l'essor se poursuit dans la région parisienne méritent d'être précisées, de même que dans certaines villes importantes de la province. Par exemple, Alain Bernheim encore s'étonne de mon analyse du contexte particulier de l'année 1743, avec production de nouveaux règlements modifiant sensiblement ceux de 1735, d'une part, et avec volonté d'établir en même temps le recensement de toutes les loges du royaume, d'autre part. Il met en relief des aspects administratif portant sur les procédures de constitution pour invalider les conclusions auxquelles j'ai pu aboutir. Il assure que je me livre à des télescopages de dates, que j'inflige aux archives des torsions dommageables. Bref, je serais à côté de la plaque. Est-ce si sûr ?

JOURNAL D'UNE MÉPRISE

Les deux documents à examiner en priorité sont d'un côté les règlements[1] adoptés le 11 décembre 1743, et d'un autre côté la liste des « Loges Régulières du Roiaume de France » établie le 6 novembre 1744 et recopiée ensuite par Charles-Louis Journal[2]. Mon opinion est qu'il faut considérer cette seconde date comme non significative. La liste contient plutôt un état des loges existant l'année précédente, justement quand les règlements sont mis en forme. Au lieu d'être décalés dans le temps, les documents sont à peu de semaines près contemporains. Bernheim objecte qu'il est impossible d'aller dans ce sens, car la liste inclut au moins deux loges dont les constitutions n'ont également été délivrées que le 6 novembre 1744, savoir celles de Lodève et de La Rochelle. À ses yeux, il est inconcevable de retrouver le nom d'une loge dans une liste officielle avant qu'elle soit constituée[3]. Donc, je serais affligé d'une grave myopie intellectuelle.

Quelques évidences sont à rappeler. Puisque les règlements ont été adoptés le 11 décembre 1743, on sera d'accord au moins sur les faits qu'ils ont été commandés bien plus tôt. Et voici ce qu'on lit à l'article 12 : « il sera remis à chaque loge part^{ere} une expedition des presents reglements avec une Liste de toutes les Loges régulieres de la ville de Paris et du Royaume[4] ». En

---
1. Fac-similé de la fondation *Latomia*, fonds Kloss XX-239.
2. Bibliothèque Municipale de Lyon, manuscrit 5457, pièce 31.
3. *Humanisme*, printemps 2000, p. 159.
4. Fac-similé de la fondation *Latomia*, fonds Kloss XX-239, article 12, f° 16.

bon français, cela veut dire que l'opération de refonte des dits règlements s'accompagne avant décembre 1743 d'un effort de recenser les loges existantes. Sans contestation possible, l'idée de réaliser une liste est annoncée au moins à l'automne. Un double objectif échoit aux administrateurs de la grande loge : légiférer et dresser un répertoire. Rien n'est plus sensé, d'ailleurs, quand on conçoit des lois que de savoir à qui elles vont s'appliquer.

Néanmoins, qui peut être concerné ? Le premier article expose d'emblée que la grande loge est composée des maîtres et surveillants de toutes loges particulières qui sont enregistrées[5] ; cette condition est rappelée quelques lignes plus loin, au sens où la reconnaissance d'une loge ne peut lui être accordée tant qu'elle n'a pas été « érigée reguliérement et enregistrée[6] ». Pour le principe, on remarquera que le mot même de constitution n'est pas employé ; et ce n'est pas là un détail secondaire. En effet, l'article 16 subordonne la création d'une nouvelle loge à la « permission[7] » du grand maître, sans indiquer que cette permission se traduit aussitôt par la délivrance de constitutions sur un modèle préétabli. Dans ce contexte, la question devient : est-ce que les enregistrements comprennent les loges permises ou les loges constituées ?

Jetons un rapide regard en arrière. Lorsque le peintre Colins érige sa loge à l'hôtel de Bussy, il le fait d'abord sur permission de MacLeane. Ses constitutions ne lui sont délivrées qu'en février 1737, une semaine après son installation par Derwentwater. Comme on ne trouve pas son nom dans la liste saisie chez Broomett, nous sommes enclin à penser qu'une simple permission n'implique pas l'enregistrement sur les tablettes de la grande loge. Cependant, l'institution a évolué depuis. Et, pour savoir comment, nous avons la possibilité de nous reporter aux procès-verbaux de la fondation d'une loge de Versailles qui s'ouvrira en octobre 1745 sous l'impulsion de plusieurs serviteurs du château. Dans un premier temps, il est dit très exac-

---

5. *Id.*, article 1, f° 1.
6. *Id.*, article 1, f° 2. Voir aussi l'article 8, f° 12.
7. *Id.*, article 16, f° 18.

tement que les frères sont autorisés à se rassembler, avant l'octroi de leurs constitutions, « par la permission spéciale qu'en a donné le deputé g^d Maitre notre très cher frere le Dran[8] » ; puis, dans un second temps, nous lisons que les impétrants donnent à leur loge le nom de « Loge de la Chambre du Roÿ ainsi qu'elle est enregistrée sur les registres de la Grande Loge[9] ». Rien n'est donc plus limpide : une loge peut être enregistrée avant d'être constituée.

En fait, et c'est encore ces procès-verbaux qui nous l'apprennent, les constitutions ne sont délivrées qu'à l'occasion des assemblées de la grande loge[10]. Dans les périodes d'intervalle, il faut se contenter à la fois d'une permission et de l'enregistrement simultanés. Soyons alors attentif au calendrier de décembre 1743. C'est le 11 que les règlements sont adoptés. Mais deux jours plus tôt le grand maître est décédé. D'Antin a quitté prématurément ce monde. Celui qui signe le texte définitif n'est autre que le marquis Jacques-Claude-Augustin de La Cour de Balleroy. Ce jour-là, la succession du défunt n'a pas encore été assurée. La preuve est apportée par une correspondance du 12 que le lieutenant général de police Feydeau de Marville adresse à son ministre Maurepas. Il y expose que les francs-maçons en deuil de leur grand maître « doivent s'assembler pour en élire un autre, et on dit que les voix pourront être partagées entre Monsieur le comte de Clermont et Monsieur de Mailly[11] ». Comme on n'a connaissance d'aucune constitution délivrée dans ces circonstances, il n'est pas illégitime de penser que des loges permises et enregistrées sont tout bonnement invitées à patienter.

De toute façon, la liste existe déjà. En effet, au terme d'une élection qui a probablement lieu avant la fin du mois, Clermont emporte les suffrages. Mais, chose que Bernheim n'explique pas, le soi-disant répertoire de novembre 1744 maintient en tête

---

8. *Id.*, f° 23.
9. *Id.*, f° 24.
10. *Id.*, f° 23-24 : permission spéciale *« en attendant que ladite grande loge puisse s'assembler pour nous pouvoir envoyer nos constitutions »*.
11. Bibliothèque Historique de la Ville de Paris, manuscrit 719, res. 21.

de la liste des loges de Paris celle du duc d'Antin, qualifié de grand maître. Pourquoi parle-t-on encore du disparu, sans écrire un seul mot sur le vivant ? De deux choses l'une : ou bien les administrateurs de la grande loge sont d'une stupéfiante désinvolture en 1744, ou bien il faut admettre qu'ils savent ce qu'ils écrivent et, s'ils le savent, alors leur liste date de 1743. Seule une fiction largement pimentée d'humour laisse imaginer un secrétaire féru de métempsycose, ou capable de faire ressusciter un défunt onze mois après son inhumation. À ma connaissance, il n'existe pas encore de miracle maçonnique.

Un autre point ne doit pas nous échapper. L'article 12 des règlements dit bien que, sur la liste, « la préséance des Loges sera fondée sur l'ancienneté de leur création [12] ». Pour ce qui concerne celles de province, La Rochelle est en dixième position sur dix-neuf, celle de Lodève en quinzième. Au dix-septième rang, on trouve Bayonne. Or, la date de fondation de celle-ci est connue [13], à savoir le 3 juin 1743. Ensuite vient Saint-Domingue, et enfin Versailles, avec une équipe distincte de celle mentionnée en 1745, comme on le vérifiera tout à l'heure. Point n'est besoin d'être grand clerc pour renforcer la cohésion d'ensemble. Dans la chaîne des nombres, dix et quinze ont toujours précédé dix-sept, donc La Rochelle et Bayonne ont été « permises » avant juin 1743. En fin de liste nous avons certainement les loges dont l'émergence se situe au moment même où les nouveaux règlements sont à l'étude.

Archives en main, avec pour seule connaissance mathématique la chaîne des nombres apprise en grande section d'école maternelle, il est facile de repousser l'objection de Bernheim. Quoi qu'il en écrive, les loges de Lodève et de La Rochelle ne peuvent être des contre-exemples décisifs. Mais prenons le raisonnement à rebours. Bernheim omet de rappeler que ce ne sont pas deux loges qui ont été constituées le 6 novembre 1744, mais huit au moins, et seize pour l'année, à savoir quinze permises ou reconnues bien avant, plus une nouvelle, en l'occur-

---

12. Fac-similé de la fondation Latomia, fonds Kloss XX-239, f° 16.
13. Tableau des Loges non reconstituées, 1774. Selon la tradition, la loge de Bayonne a été fondée par l'« Anglaise » de Bordeaux.

rence celle de Brioude[14]. Il s'offre cette lacune, je le crains, parce que cet « orient » n'apparaît effectivement pas dans le répertoire supposé établi le même jour. Serait-ce encore une fantaisie imputable au secrétaire de séance ? Personnellement, j'ai grand peine à le croire.

Charles-Louis Journal, auteur de la copie ici en litige, a été initié en 1750. C'est qu'il écrit lui-même dans une lettre[15]. Il n'était pas maçon avant, ni en 1743 ni en 1744. Ses erreurs de plume sont nombreuses. J'ai eu l'occasion de souligner les plus marquantes naguère. Par exemple, la loge dite de Calais, sous la férule de l'abbé de Percussy, se trouve en réalité à Alès, aux bons soins du chanoine Charles de Pérussis. À Nantes, le nom de Le Maugin est altéré en Le Mongin. Le capitaine qui assure la présidence de la loge du régiment du Boulonais ne s'appelle pas Du Cap, mais Paul du Cup. À Bayonne, Le Chigarray est en réalité Timothée Lichigaray. Par conséquent, si l'on admet des coquilles ou des translittérations erratiques, sans irrespect d'ailleurs envers Journal car les graphies du dix-huitième siècle

---

14. Voir Bibliothèque Nationale, fonds FM^5. Trois loges sont marquées constituées le 6 novembre 1744. En 1, Brioude ; en 2, Lodève ; en 4 La Rochelle. Dans l'article de Bernheim, celle de Brioude est escamotée. Par recoupements d'autres documents, dont les Tableaux ultérieurs des années 1760-1770, voici la liste des quinze constituées *après* leur formation en 1744 : Lille, Albi, Alès (mauvaise transcription en Calais), Le Havre, Lodève, Nantes (2 loges), Toulouse, Lyon (trois loges), Carcassonne, Lorient, Saint-Quentin, Rochefort (*Tableaux des Vénérables des Loges de France* établis les 1 janvier et 27 décembre 1765 ; Bibliothèque Nationale de France, FM^1 112). Dans cette première approche, l'année 1744 est retenue selon une perspective globalisante. Les huit loges qui, plus exactement, sont indiquées dans ces documents ou dans des dossiers distincts à la date du 6 novembre, sont Albi, Brioude, Carcassonne, La Rochelle, Lille, Lorient, Lodève, Saint-Quentin. On remarquera de toute façon que les secrétaires qui réalisent les recensements de 1765 ne se font pas d'illusion sur l'exactitude de leur résultat. Ils notent : « *Les loges qui ne trouveront pas juste la date de leurs lettres de constitution ne doivent s'en prendre qu'à elles-mêmes, n'ayant pas répondu à la lettre circulaire du 11 avril 1765* ». Compte tenu de cette indécision avouée, il est permis de se demander si, le 6 novembre 1744, ce ne sont pas en réalité *toutes* les loges de province acceptant le magistère de la Grande Loge de Paris qui se voient octroyer leurs patentes, suite à l'enquête menée l'année précédente.

15. Bibliothèque Nationale de France, FM^2 488, lettre du 7 août 1778.

s'y prêtaient souvent, pourquoi ne pas admettre une forte possibilité de méprise sur la date ? En tout cas, il est impossible de confondre le nom de d'Antin et celui de Clermont. Totalement impossible. Quand on nous parle du premier, il faut accepter l'idée que le répertoire n'est jamais que celui établi dans les semaines qui ont précédé sa mort.

L'enjeu est de conséquence sur deux plans. Le premier est que nous disposons du même coup d'indications intéressantes sur l'équipe qui a entouré d'Antin durant son passage à la tête de l'Ordre, au moins la dernière année. En effet, compte tenu des protocoles, même si le rang des loges obéit au critère d'ancienneté, dans le cas singulier de Paris les premiers noms renvoient nécessairement au grand maître et à ses adjoints. Ensuite, nous sommes fort à l'aise pour décrypter le regain d'agitation que subit la capitale précisément en 1744. Voilà encore une anomalie que Bernheim élude : les nombreux rapports de police produits cette année-là citent des loges qui ne sont pas mentionnées dans la liste Journal. Si, par complaisance et contre toute rigueur mathématique, il fallait retenir sa leçon, nous serions dérouté devant cette cruelle déficience documentaire. Plus d'une demi douzaine de loges non citées par Journal sont néanmoins actives en 1744. Concédons que plusieurs provinciales n'ont pas répondu à l'enquête de la grande loge ; à Brest, par exemple, un silence impérial lui a été opposé. Mais, à Paris, surtout quand on sait que des personnages proches du comte de Clermont « permettent » des fondations, un tel silence s'explique moins. Au vrai, jamais la conjoncture n'aura été si riche en rebondissements. Tandis que les Jacobites se mobilisent en vue de l'expédition militaire enfin décidée outre-Manche, les bourgeois néophytes de la capitale secouent le joug aristocratique (chevaleresque, si l'on préfère) des vétérans ; ils s'émancipent.

Après le duc d'Antin, Journal cite le comte de Polignac. Il remplit probablement les fonctions de député grand maître. Or, s'il est une famille française que le sort des Jacobites préoccupe depuis longtemps, c'est bien celle des Polignac. Au début du siècle, Melchior est abbé et membre de l'Académie française. Persuasif, éloquent, il se distingue également dans les circuits diplomatiques. Des missions délicates l'amènent en Pologne, en

Italie, en Hollande. Lorsqu'il prend en charge les affaires de la France à Rome, il s'arrange également pour défendre les intérêts de Jacques III. Il le fait si bien qu'en 1713 celui-ci intercède en sa faveur auprès du pape pour qu'il obtienne la pourpre cardinalice. Son neveu François-Alexandre est notre comte. Né en 1705, lieutenant de vaisseau au début de sa carrière, il ne semble pas apprécier la mer et demande à servir dans la cavalerie.

En 1741, année où Melchior décède, il est à Paris, et se prépare à recevoir la croix de chevalier de Saint-Louis. Puis, comme par hasard, c'est en mars 1744 qu'il obtient une commission de capitaine réformé à la suite du régiment de Clermont. Il est même premier gentilhomme de la chambre de ce prince, qu'il ne vas pas tarder à accompagner en campagnes dans les Flandres puis en Alsace. Nous pouvons donc encore noter que les principaux vénérables de la capitale du royaume, quand ils ont par ailleurs des obligations militaires, seront souvent absents de leurs loges au cours de l'année 1744. Ils n'auront pas la possibilité de participer aux assemblées générales. *A fortiori*, Clermont lui-même n'aura guère les moyens d'exercer directement les responsabilités de sa charge. L'évolution de cette conjoncture corrobore ce qui vient d'être dit sur les retards mis dans la délivrance des constitutions proprement dites. Faute de protagonistes détenant les pouvoirs de signature, on attend.

Après Polignac, un Rottier. Un homme de ce nom remplit la charge procureur du Roi dans les années 1740. Son domicile se trouve rue de Seine. Il existe aussi un André-Georges Roettiers, avocat, qui habite rue du Puits, près les Blancs-Manteaux. Il existe enfin, quoique la liste ne soit pas épuisée, un Jacques Roettiers, graveur des médailles du roi, qui loge à l'hôtel de la Monnaie. Le choix est ouvert. Nous fait pencher vers le dernier le nom de la loge qu'il dirige : Mailly. Ici, nous reprenons les pas de Louis de Mailly, « cocu royal » selon les termes du marquis d'Argenson. Son cousin Augustin-Joseph Mailly de Haucourt commande la compagnie des gendarmes écossais depuis le 11 janvier 1742. Les affinités sont évidentes entre les uns et les autres.

Venu d'Anvers, le premier Roettiers qui ouvre la lignée des

graveurs du roi est Joseph. Logé au Louvre en 1679, il meurt en 1707, âgé de soixante huit ans. Sa succession est assurée par son neveu Norbert récemment remarié à la suite d'un veuvage. Jacques est le premier garçon du couple. Il vient au monde en août de cette même année 1707. L'abbé Lewis Inese dirige la cérémonie du baptême, tandis que Jacques III et la duchesse de Perth apposent leurs signatures sur le registre de la paroisse. Un an de plus, et le roi exilé demande à Norbert de devenir aussi son graveur général. Pour sa part, une fois passé le cap de sa majorité, donc en 1732, Jacques est nommé orfèvre de Louis XV. Sa réputation croit. Qu'on ne sache pas, à cause de sa discrétion, la manière dont il assume les sympathies familiales à l'égard des Jacobites, elles sont néanmoins acquises.

Si une recherche ultérieure devait conduire sur la piste d'un autre personnage, il ne faudrait pas pour autant rejeter ce qui précède. La sensibilité maçonnique des Roettiers est très forte. Tous les homonymes dont Alain Le Bihan fournit quelques rapides renseignements dans son inventaire du dernier quart de siècle sont parents, y compris l'avocat André-Georges ci-dessus [16]. On y reconnaît deux fils, au moins, de Jacques, savoir Jacques-Nicolas, né en 1736, qui deviendra échevin de Paris, sous le nom de Roettiers de La Tour, et Alexandre-Louis, né en 1748, qui portera le nom de Roettiers de Montaleau [17], et qui sera nommé directeur de la Monnaie en 1791. Celui-ci jouera un rôle majeur dans la renaissance du Grand Orient de France après la tourmente révolutionnaire. En l'occurrence, c'est en nous fondant sur de nombreuses illustrations similaires, sous l'Ancien Régime, où des fils marchent en loge sur les brisées d'un père, que nous pouvons parier pour l'implication de Jacques.

L'orient de Saint-Germain en Laye n'apparaît pas dans le répertoire de Journal ; cela n'est pas un handicap. Des témoi-

---

16. *Francs-Maçons parisiens du Grand Orient de France*, Bibliothèque Nationale, 1966, p. 423-424.
17. C'est en 1772 que Jacques Roettiers obtient un diplôme de noblesse. Son titre complet devient alors Jacques Roettiers de La Tour et de Montaleau. Ces deux fils ici remarqués se le partagent ensuite.

gnages concordants montrent qu'il est actif. Quand un étranger de marque est de passage dans les environs, la discussion amène parfois à l'intéresser aux choses de la maçonnerie. Heinrich-Wilhelm Marschall von Bieberstein, maréchal héréditaire de Thuringe, en fait l'expérience. Un voyage l'amène d'abord en Angleterre où il est introduit dans une loge et obtient même du grand maître qui officie à Londres une patente l'autorisant à se dire grand maître provincial en Haute Saxe. Ensuite, au cours de l'année 1738, il traverse la France ; un arrêt à Saint-Germain en Laye le dispose à rencontrer Arthur Elphinstone Balmerino et William Boyd of Kilmarnock, entre autres [18].

Le très controversé baron Carl-Gotthelf von Hund découvre le système des hauts grades (le pluriel est sans doute de trop, pour l'instant) quatre ou cinq ans plus tard dans des circonstances différentes dans la forme, mais analogues dans le fond. Présent dans la région parisienne au commencement de l'hiver 1742, il y reste jusqu'à la mi-novembre 1743. La controverse est forte à son égard, au sens où l'on ignore toutefois s'il est effectivement introduit dans un ordre d'inspiration templière. Les avis sont même partagés sur le lieu. Pour certains, il ne s'agirait pas de Paris ou de Saint-Germain en Laye, mais plutôt de Londres. N'empêche que le doute est dissipé sur deux points décisifs. Le premier est qu'il noue des relations avec des Jacobites, le second est qu'il apprend d'eux l'existence d'au moins un degré inusité dans les loges ordinaires et que c'est à partir de lui qu'il déploiera dans les années 1750 son propre système de la Stricte Observance Templière.

On doit d'ailleurs accorder une grande attention au fait que certains biographes le décrivent comme ayant participé à la création d'une loge de Versailles le 28 août 1743. Dès lors, il s'agirait de la toute dernière indiquée sur le répertoire Journal. Cette nouvelle donnée ne contredit toujours pas celles établies plus haut. Entre la fin août et le début de décembre, les administrateurs procèdent à leur recensement général. Il y a des

---

18. Voir, de Christian-Carl von Nettelbladt, *Geschichte Freimaurerischer Systeme in England, Frankreich und Deutschland*, éditions Ernst Siegfried Mittler & Sohn, 1879, p. 236.

frères qui répondent ; il y en a qui ne répondent pas. Pour la province qui n'est pas concernée par les préséances de dignité accordées aux grands officiers de l'Ordre, le critère de l'ancienneté est mis en application. Versailles arrive à la fin. C'est normal. Sous le nom du vénérable Pigache, avancé par Journal, il faut sans doute voir un commissaire de la marine, père d'une famille nombreuse d'officiers, qui travaille dans un bureau ministériel.

Par souci d'équilibre, reconnaissons la fragilité de la thèse selon laquelle, à Paris ou Saint-Germain en Laye, Hund aurait côtoyé Lovat, Kilmarnock et Clifford. Il ne semble pas que Lovat ait accompli un quelconque voyage continental dans les années 1740. Plus encore, lui attribuer la charge de grand prieur d'un ordre qui serait à la fois jacobite et templier participe d'un jeu intellectuel dénué de sérieux, puisque nous savons depuis le début du siècle à quel point la plupart des partisans de la cause stuartiste se méfient du personnage. Ils sont d'accord pour envisager des alliances tactiques avec lui, car son clan est toujours susceptible d'apporter des combattants à une armée de restauration. Mais, leur confiance est limitée. Sur le tard, Hund concèdera d'ailleurs n'avoir jamais été sûr des noms. Kilmarnock paraît mieux en cour, quoiqu'il s'applique à n'en rien laisser paraître [19]. Quant à Clifford, il pourrait s'agir du beau-fils de Derwentwater (fils d'un premier mariage de sa femme), mais son itinéraire personnel est méconnu. Les vraisemblances autorisent à le croire à Saint-Germain en Laye à l'époque considérée, car sa mère et ses sœurs y sont aussi ; ce ne sont que des vraisemblances. Bien qu'elles soient intéressantes par le fait qu'elles nous ramènent vers le fécond Claude Ozoux, car Frances Clifford est marraine de sa fille Françoise le

---

19. En 1745, il déconcerte les observateurs non avertis de ses attaches anciennes avec les Jacobites. « *Ce dernier qui avait toujours passé pour un ennemi des Stuards, au sortir d'une conversation de deux heures avec lui* [Charles Édouard], *courût se jeter aux genoux du Prince.* » (Archives du Ministère français des Affaires étrangères, série *Mémoires et documents*, sous-série *Angleterre*, volume 82, f° 129 r°).

27 novembre 1744, elles ne nous permettent pas d'en dire plus[20].

À l'intérieur de Paris, la situation mériterait d'être examinée par le menu. Il faudrait une centaine de pages. Ce sera pour une autre fois. Revenons seulement à cette précaution qu'un titre distinctif de loge comprenant le nom d'un saint du calendrier chrétien ne signifie pas automatiquement, de la part des frères, la volonté d'en faire leur patron protecteur. Bien plus trivialement, ils se contentent de désigner leurs groupes respectifs par le nom des rues ou des quartiers où ils tiennent leur réunion. Quand ils délaissent le nom de leur vénérable ou celui de l'hôtel où ils se sont créés, ils empruntent l'indication de géographie urbaine la plus souvent pratiquée dans d'autres circonstances. Néanmoins, selon ce principe, la loge Saint-Édouard, présidée par un certain Gely, détonne un peu. Aucun quartier de la capitale ne porte ce nom ; aucune rue, non plus. Tout porte donc à croire qu'il cherche plutôt à honorer les Stuarts.

Dans les courriers que Francis Sempill reçoit de Rome, le secrétaire particulier de Jacques III désigne souvent celui-ci sous le pseudonyme d'Edward, et il arrive que « the family Edwards » dise bien se porter[21]. Entre tous les noms cryptés qui encombrent les archives, celui-ci est le plus transparent. Il reprend simplement le troisième prénom du prince. Pour ce motif, Gely pourrait être rangé parmi les vénérables parisiens soucieux de lui marquer sa déférence. Lorsque certains arma-

---

20. Charlotte Maria, comtesse de Newburgh, est devenue veuve en 1718 de Lord Thomas Clifford of Chudleigh, dont elle a eu trois enfants. Son aîné est sans doute le Clifford ici évoqué. Le 27 novembre 1744, la benjamine Frances signe le registre paroissial de Saint-Germain en Laye, avec son demi-frère James Radcliffe. Elle écrit son nom *Françoise de Clifford* (Archives Municipales de Saint-Germain en Laye, GG 117, f° 72 v°).

21. Archives du Ministère français des Affaires étrangères, série *Mémoires et documents*, sous-série *Angleterre*, volume 90. Edgar signe sous le pseudonyme de Morgan ; mais parfois sous son propre nom (f° 49 r°). Jacques III lui-même donne de l'Edwards ; mais ne néglige pas de marquer James R. (f° 49 v°).

teurs, par exemple les Walsh, baptisent un nouveau bâtiment ils procèdent parfois de la même façon.

Ainsi, nous sommes en droit d'affirmer qu'à la fin de 1743 la maçonnerie parisienne en particulier, et française en général, est encore largement sous influence jacobite. Mais elle commence à se diluer. Du moins, doit-on penser que les amis de Derwentwater sont en train de développer un autre système. Comme au début des années 1720, ils sont placés devant une alternative. Rappelons-nous. Après la création de la grande loge de Londres, en 1717, ils choisissent d'infléchir leur presque séculaire tradition. Leurs rivaux hanovriens poussant à une organisation moins militaire, il s'impose à eux de faire pareil, sinon ils seraient vite dépassés. En 1736, une première inquiétude leur vient. Ils veulent limiter les recrutements aux citoyens de la noblesse ou de la haute bourgeoisie. D'où l'essai de contraindre au port de l'épée, non pour la parade, mais bel et bien pour des raisons d'élitisme. Mission impossible, en vérité. La maçonnerie est devenue une mode ; elle attire un nombre sans cesse plus important de personnes. Reste donc à inventer une autre forme.

Ce qu'on appelle l'écossisme est le fruit d'un retrait par rapport au mouvement de fond que les exilés ont eux-mêmes amorcé, mais qu'ils ne parviennent plus à discipliner. Son destin sera d'être vite rabattu vers lui ; mais, au début des années 1740, on croit en la possibilité de son indépendance, de son détachement. Le tableau le plus simple qui se présente alors est celui d'un nombre conséquent de loges disons traditionnelles, et d'un nombre bien plus réduit de loges d'élection. Le retour à l'institution première s'accomplit finalement sous cette forme. Il y a à la fois innovation et sentiment de préserver une option originelle. Pour l'heure, on ne parle du reste que d'un quatrième et unique grade maçonnique qui place ses détenteurs à part du commun. Voulu pour une élite, il diffuse à partir de Saint-Germain en Laye ; cela est à peu près certain.

Lorsque, en 1743, certains rédacteurs des nouveaux règlements généraux applicables aux loges communes s'étonnent d'assister à l'émergence de grades écossais « dont on ne trouve aucune trace dans les anciennes archives et coutumes des loges repanduës sur la surface de la terre », ils déplorent cette évolution. N'empêche que la rhétorique qu'ils utilisent est d'une redoutable ambiguïté. Ils informent que les « maitres écossais » ne seront pas reconnus dans leur qualification et leurs prérogatives à moins qu'ils « ne soyent officiers de la g^{de} Loge ou de quelque Loge particulière [22] ». Est-ce le fait d'être officier qui donne la reconnaissance, comme par dérogation ? La réponse la plus logique est que des dignitaires de la grande loge sont déjà écossais, mais que tous ne le sont pas. Même là, un tri a déjà eu lieu.

---

22. Fac-similé de la fondation Latomia, fonds Kloss XX-239, article 20, f° 21-22.

FIÈVRES ET IMPATIENCES

Le 29 janvier 1743, le cardinal de Fleury tire sa dernière révérence. Mort. Louis XV, débarrassé d'un premier ministre parfois reposant parfois encombrant, commence son règne personnel. Sur l'échiquier de la politique internationale, la guerre dite de succession d'Autriche met aux prises les Franco-Bavarois contre les Anglo-Hollandais. Elle dure, sans victoires éclatantes, ni d'un côté ni de l'autre. Le 25 octobre, la France scelle un pacte de « famille » avec l'Espagne. D'aucuns assurent que cette alliance va changer considérablement le sort des armes. À Rome, Jacques III croit que la conjoncture n'a jamais été aussi favorable pour pousser ses propres projets. Il relance de tous côtés l'action de ses agents officiels ou officieux. À Versailles, c'est maintenant avec Jean-Jacques Amelot de Chaillou, secrétaire d'État aux Affaires étrangères longtemps tenu à l'écart du dossier par Fleury, qu'ils doivent traiter. Comme l'écrit Sempill, il faut reprendre avec lui « tout l'enchaînement de nos intelligences [1] ».

Bien sûr, ces intelligences ne sont pas que maçonniques. Mais, celles qui le sont gravitent à Saint-Germain en Laye autour de Derwentwater. Pour Paris, nous aurions l'embarras du choix si une note très laconique du 7 décembre ne nous éclairait. « Il se tient presque tous les jours des Loges de francs maçons chez le sieur Colinze maître de Loges, et peintre sur

---

[1]. Archives du Ministère français des Affaires étrangères, série *Mémoires et documents*, sous-série *Angleterre*, volume 82, mémoire du 11 avril 1747, f° 214 r°.

le quai de la Ferraille ». Un alinéa supplémentaire précise qu'une autre loge se tient rue de Bussy, chez un traiteur[2]. C'est le caractère répétitif des assemblée qui surprend. Spontanément, certes, on pourrait croire que les frères sont si enthousiastes qu'ils tiennent à se rencontrer souvent ; mais, pourquoi est-ce vers Louis Colins qu'ils se dirigent, et pourquoi de façon si soudaine ? Les mystères de l'Art Royal rejoignent une fois de plus ceux de la guerre qu'on croit imminente.

Tandis que MacGregor ne cesse d'aller et venir entre Édimbourg, Paris et Rome, Amelot de Chaillou est submergé de mémoires, lettres, rapports, suppliques et autres écrits tendant à prouver que les conditions pour tenter une restauration des Stuarts n'ont jamais été aussi favorables. Par exemple, dans une correspondance du 17 juillet, le subdélégué de l'intendance de Picardie, en résidence à Boulogne, brosse le rapide portrait des chefs militaires susceptibles de mener les troupes à la victoire. À la suite d'un vibrant hommage rendu au chevalier Cotton dont les services sont appréciés à Londres, on y lit le nom du comte de Derwentwater. Se flattant de connaître plusieurs anciens officiers ayant combattu à Preston, lui-même rêve quelque temps de mener à bien une mission d'espionnage en Angleterre, bien qu'il n'en maîtrise pas la langue[3]. Dans l'ensemble, le duc d'Ormonde attire les suffrages pour jouer le rôle de général en chef ; le comte Marischall est considéré des plus aptes à commander en Écosse ; et, au comte de Saxe, on réserve les troupes d'appoint françaises. Ormonde, alors en Avignon, rédige d'ailleurs un manifeste dont il prévoit d'assurer la diffusion, une fois parvenu à bon port. Quoique bientôt septuagénaire, il s'estime suffisamment vaillant pour porter l'étendard de son prince[4].

Au cours du printemps et de l'été, plusieurs « émissaires d'Angleterre » sont reçus confidentiellement par Amelot. C'est

---

2. Bibliothèque de l'Arsenal, Paris, manuscrit 11556, f° 296.

3. Archives du Ministère français des Affaires étrangères, série *Mémoires et documents*, sous-série *Angleterre*, volume 76, lettre des 14 et 17 juillet 1743, f° 156 et 162.

4. *Id.*, volume 82, f° 32 et suivants.

Fièvres et impatiences 441

Sempill et MacGregor qui les introduisent[5]. Il est dommage que nous ne sachions pas leur identité ; mais nous avons au moins confirmation de ce qu'une concentration d'hommes très impliqués dans le combat à venir se réalise dans les environs de Versailles, et assurément Saint-Germain en Laye est proche. Par conséquent, s'ils sont liés à la maçonnerie, si Derwentwater les invite à une tenue de loge écossaise, cela ne détonne pas dans le tableau. De manière incidente, on remarque d'ailleurs que les souvenirs du baron de Hund ne contredisent nullement les analyses suggérées par les documents diplomatiques. Quant aux autres sources, elles avancent entre autres les noms Charles-Noel Somerset, quatrième duc de Beaufort, et de Watkin William Wynn of Wynnstay, restés outre-Manche, mais s'étant déclarés solidaires[6]. Nous demeurons avec eux dans la même ambiance.

Pourquoi, le mardi sept mai, les obsèques d'André-Michel de Ramsay attirent Alexander of Montgomery, dixième comte d'Eglington, pair d'Écosse, dont les registres de Saint-Germain en Laye ne donnent le nom que ce jour-là, et nulle part ailleurs ? Pourquoi, Alexander Home, ignoré également en n'importe quelle autre circonstance analogue[7] ? Un développement sur ces deux nouveaux personnages nous mènerait trop loin. Il faudrait rappeler les conditions dans lesquelles le premier reçut en juillet 1723 une commission de Jacques III pour être son Lord-Lieutenant dans Ayr, en prévision de la reconquête qui persistait à tarder. Il faudrait esquisser le portrait de son père, très impliqué dans les complots stuartistes de 1703 et 1708, puis dans le soulèvement manqué de 1715. Ce serait digresser. Le seul fait qui compte ici est que tout indique que Montgomery et Home sont en France pour autre chose que l'inhumation d'un ami. Leur présence est justifiée par les préludes à la guerre.

Le 14 novembre, Amelot confie enfin à Sempill que Louis XV a donné son accord. Le plan est d'envoyer Mac-

---

5. *Id.*, volume 82, mémoire du 10 juin 1744, f° 67.
6. *Id.*, volume 82, f° 67 v° et 70 v°.
7. Archives Municipales de Saint-Germain en Laye, volume 116, f° 37 v°.

Gregor à Rome, pour qu'il s'accorde avec Jacques III sur la manière dont son fils Charles Édouard rejoindra clandestinement Paris, puis les côtes de la Manche, d'où un important dispositif naval sera mis en branle. Tout doit rester secret, car il s'agit de bénéficier d'un effet de surprise. Seule l'Espagne reçoit une dépêche. Bien entendu, MacGregor s'acquitte promptement de sa mission romaine. Arrivé le 17 décembre, il en repart une dizaine de jours plus tard. Entre temps, le 23, trois importants courriers sont signés par son roi, et ils concernent tous des francs-maçons. Ainsi : il écrit au duc d'Ormonde qu'il doit informer Charles Derwentwater et d'autres qu'ils doivent se tenir prêt pour lancer les opérations militaires à partir des côtes de France[8] ; il recommande au comte Marischall de se soucier de James-Hector MacLeane et de Donald Cameron of Lochiel[9] ; enfin il signe la patente qui institue Lovat son lord lieutenant général pour l'Écosse[10] Ces seuils chronologiques méritent d'être notés avec précision, car on voit bien que l'animation anormale signalée chez Colins, le 7 décembre, se situe dans les jours où Sempill a répercuté chez quelques intimes la bonne nouvelle apportée par Amelot. Il a probablement caché les détails en ne révélant que l'essentiel : une mobilisation des forces est en cours.

Le 12 janvier 1744, sous le prétexte d'une partie de chasse, Charles Édouard quitte subrepticement l'Italie. Il s'embarque à Gênes sur une felouque catalane et touche Antibes sans encombres. Les passeports qu'il a dans ses poches ont, paraît-il, été dérobés à l'abbé Franchini, ministre du grand duc de Toscane

---

8. Archives du Ministère français des Affaires étrangères, série *Mémoires et documents*, sous-série *Angleterre*, volume 88, f° 77 : « *It will be, I think, proper when it is time that you advertise Lord Darenwater [Derwentwater] and any others in France, whose presence and assistance you may judge to be of use that they attend or follow you into England.* »

9. Archives du Ministère français des Affaires étrangères, série *Mémoires et documents*, sous-série *Angleterre*, volume 88, f° 62 : « *It will be necessary you carry over with you Lochiel and Sr Hector MacLeane, to whom you will make kind compliments in my name.* »

10. Archives du Ministère français des Affaires étrangères, série *Mémoires et documents*, sous-série *Angleterre*, volume 87, f° 476.

à Rome. Le même résidait autrefois à Paris ; il avait sollicité son adhésion au club de l'Entresol à la fin des années 1720, puis il avait été un informateur privilégié du cardinal de Fleury[11]. Depuis, il a été chargé de traiter des affaires soulevées par l'Inquisition à Florence contre des francs-maçons ; ses bons offices, sans jouer sur les mots, ont été mis à contribution. Bizarre. Les dits passeports auraient, d'une manière ou d'une autre, été visés par l'amiral Thomas Matthews[12], voguant en Méditerranée pour le compte de la marine royale de sa majesté aussi hanovrienne que britannique George II. Encore plus bizarre. Car il arrivera sous peu à l'amiral, lors de ses escales, de recevoir des maçons français dans le système de l'écossisme, à moins qu'il ne le fasse déjà[13].

En juillet 1743, Matthews est décrit comme un « jacobite de cœur[14] ». Aurait-il été approché par des amis de Saint-Germain en Laye ? Cela se conçoit. Certains correspondants de Sempill s'interrogent sur les réactions qu'il aura lorsque les hostilités seront déclenchées ; ils ne savent pas s'il défendra les intérêts de George II, ou s'il passera du côté de Jacques III, ou encore s'il fera preuve d'attentisme. D'autres, au contraire, ne semblent éprouver aucune inquiétude. Ils ne disent pas pourquoi, mais cette curieuse histoire de passeports autorise à croire que Matthews est, pour le moins, très conciliant. Au même moment, son frère William remplit les fonctions de gouverneur des îles anglaises des Antilles ; et c'est de là que le fameux Étienne Morin, parti de Bordeaux, reviendra à son tour avec une teinture écossaise.

Le 8 février Charles Édouard arrive incognito à Paris. Le 12, Colins passe en Angleterre, avec ordre de renseigner Amelot

---

11. Voir *Mémoires et journal inédit du marquis d'Argenson*, chez P. Janet, 1857, tome 1 p. 92, et tome 2 p. 49.

12. Archives du Ministère français des Affaires étrangères, série *Mémoires et documents*, sous-série *Angleterre*, volume 77, Mémoire du 11 mars 1744, f° 165 r°.

13. Document SHARP/2 et 4, Lettres des 21 et 29 avril 1746.

14. Archives du Ministère français des Affaires étrangères, série *Mémoires et documents*, sous-série *Angleterre*, volume 76, Mémoire du 15 juillet 1743, f° 161 v° : « ... l'esprit et le cœur jacobite de l'amiral Matthews... »

sur ce qu'il y verra. Il doit être attentif aux commentaires qui seront émis sur la présence de Charles Édouard en France et la récente sortie en mer de l'escadre de Brest, sans omettre bien sûr les informations sur la conduite adoptée par le ministère britannique. Ses courriers transiteront par le sieur Julien, négociant à Londres, puis par un certain Morel, aussi négociant à Calais. Surtout, « vous devrez vous observer plus que jamais pour éviter de devenir suspect au gouvernement, et mesme si vous aviez de justes sujets d'appréhender que votre personne ne courust quelque risque, vous devez ne pas hésiter a repasser en France.[15] » On ne peut être plus clair dans les recommandations de prudence. Dès le 15, Colins s'acquitte de son premier rapport. Il se veut précis sur les mouvements de la marine et de l'armée de terre[16]. Le 19, un ordre de rappel lui est dépêché. On craint de plus en plus qu'il soit capturé. Cependant, il attend que les menaces se dévoilent avant de rentrer[17].

Le 26 du même mois, le colonel Jean-Anselme Grossin de Gelacy, ami de la marquise de Mézières, née Eleonore Oglethorpe, suggère que Derwentwater prenne la tête de troupes levées sur des Anglais vivant aux Pays-Bas[18]. Très active, et très intéressée à obtenir qu'un de ses fils obtiennent en passant une commission de lieutenant colonel, cette marquise reçoit beaucoup de monde dans sa maison de la cour des Manèges, au Luxembourg. De même, le banquier Bernardo Cioja des Forges, qui est aussi le plénipotentiaire du duc de Modène à Paris, signe un laissez-passer en blanc pour permettre au « domestique de Mr l'abbé Grosseteste » de rejoindre son maître en Angleterre. Ni en allant, ni en revenant, nul ne doit s'opposer à ses mouvements[19]. Cet abbé est lui-même repré-

---

15. *Id.*, Lettre de mission à Colins, Versailles, 12 février 1744, Archives du Ministère français des Affaires étrangères, série *Mémoires et documents*, sous-série *Angleterre*, volume 77, f° 78 r°. Un condensé se trouve au volume 75, Mémoire sur les Affaires du Prétendant d'Angleterre, f° 204 r°.
16. *Id.*, À Londres, le 17 février 1744, f° 92 et suivants.
17. *Id.* f° 81 r° (minute) et f° 115 (lettre de Colins du 24 février).
18. *Id.*, f° 89 v°.
19. *Id.*, volume 82, passeport du 26 février 1744, f° 117. Cioja des Forges habite alors rue Michel-le-Comte.

Fièvres et impatiences

sentant officiel du duc de Modène à Londres. Quelques conseillers particuliers du ministre français estiment qu'il ferait un agent de renseignements tout à fait acceptable. « L'abbé est fin, intrigant et peu scrupuleux sur les rolles qu'on lui fera jouer[20]. » Il s'agit de lui envoyer un affidé qui, via Calais, lui apportera des grilles pour chiffrer les dépêches. Naturellement, Cioja des Forges, successeur de Francesco-Maria Romani à la légation, est franc-maçon[21].

Une tempête survient en mars, qui rend impossible un quelconque appareillage. Comme de l'autre côté du Channel les Hanovriens ne sont pas non plus restés les bras croisés, l'ordre de tout remettre à plus tard est donné. Cependant, l'impatience fébrile augmente. Par l'intermédiaire de Daniel O'Brien, Charles Édouard est invité à séjourner dans une maison de Vic-sur-Aisne appartenant à l'abbé Henri-Charles Arnauld de Pomponne ; il s'y refuse, bien que François de FitzJames, évêque de Soissons, ait accepté discrètement de faire le nécessaire pour que ce repli provisoire se passe au mieux[22]. Convaincu que l'expédition peut et doit être risquée très vite, il proteste de sa volonté d'en prendre la tête dès le premier mouvement. Dans le même temps, sous le pseudonyme de John Moor, le jeune Barry est à l'affût de renseignements divers. Les courriers chiffrés[23] qu'il envoie à Sempill manifestent une bonne connaissance de l'ensemble des dispositions prises dans les différents ports français, de la Méditerranée à la Manche. D'où les tient-il ? On le voit parfois faire un séjour à Calais, voire un aller et retour à Douvres, mais il n'est pas en mesure de circuler dans

---

20. *Id.*, volume 82, note du 21 février 1744, f° 114 r°. Certains autres documents disposent à confondre l'abbé Grosseteste (ou Grossatesta) avec Charles Édouard lui-même, dont on sait qu'il lui arrive de voyager en abbé. Dans le cas présent, le contexte montre bien qu'il s'agit de l'ambassadeur du duc de Modène, ce qui dispose à rectifier ce que j'en dis dans *La Maçonnerie Écossais dans la France de l'Ancien Régime*, éditions du Rocher, 1999, p. 197.

21. Déposition de Romani devant les Inquisiteurs. Voir l'ouvrage de Giuseppe Orlandi, *Per la storia delle Massoneria nel Ducato de Modena dalle origini al 1755*, Modène, 1983, p. 147.

22. Archives du Ministère français des Affaires étrangères, série *Mémoires et documents*, sous-série *Angleterre*, volume 77, f° 184.

23. *Id.*, voir volume 90, f° 316 et suivants.

tous les ports militaires du royaume. Il doit donc y posséder des informateurs. Ce qu'il dit de la situation à Brest, par exemple, est assez compatible avec ce qui est vécu sur place.

Dans ses messages, rien n'est dévoilé sur d'éventuels liens maçonniques. Bien que certaines tournures de phrase invitent à deviner quelques uns, il est impossible de les interpréter comme des preuves catégoriques. N'empêche que le jeu des pseudonymes employés pour masquer les noms véritables des personnages centraux de l'expédition à venir est en harmonie avec ce que nous savons depuis le début du siècle. Foulis ou Filmer : le duc d'Ormonde. Morton : le comte James Barry of Barrymore, dont Barry (Moor) est le fils. Mayes : James Edgar, secrétaire particulier du roi. Kemp : le général James Keith qui sert en Russie depuis plusieurs années et pourrait être utile en Écosse[24]. Comme ordre de grandeur, Sempill reçoit de Barry (Moor) environ une quarantaine de plis du 1er janvier au 28 décembre 1744. Combien sont reçus par des amis tout aussi précieux ?

L'énergie qu'il dépense n'est sans doute que la partie visible d'un affairement plus vaste. Comme celui-ci se traduit sur le plan maçonnique par la volonté de contenir l'écossisme dans le cadre prescrit par Derwentwater, la séparation d'avec la tendance jusqu'alors pratiquée, mais de moins en moins maîtrisable, s'accentue. On objectera que la documentation manque actuellement pour en parler avec justesse. Oui et non. Oui, parce que nous pouvons regretter la disparition des registres que l'autre John Moore, notre abbé secrétaire de Derwentwater, avait sous sa garde. Il n'était pas formé aux techniques de la dissimulation en vain. Non, parce qu'il existe néanmoins deux séries de sources qui autorisent une interprétation concluante. La première est relative à une enquête de police menée en janvier 1746 pour savoir ce qui se passe dans une loge caractérisée très explicitement comme « écossaise », avec comme frères impliqués des militaires appelés à renforcer les troupes de Charles Édouard. La seconde est apportée par les publications de Gustave Bord et de Loucelles. Pour être indirectes, voire

---

24. *Id.*, volume 90, f⁰ 335 r⁰, lettre du 7 juin 1744.

contestables sur plusieurs points, elles ne peuvent pas être négligées

J'aborderai la première quand la chronologie s'y prêtera. Restons dans la période où Barry (Moor) joue à l'agent de renseignement. Le 25 avril 1744, tandis que Charles Édouard a enfin consenti à la patience, Louis XV déclare officiellement la guerre à l'Angleterre, et fait publier une ordonnance avertissant les Britanniques de France en âge de porter les armes qu'ils se fassent enrôler dans les troupes levées pour la prochaine expédition. Cette mesure, même inégalement suivie, a pour effet d'attirer à Paris un grand nombre de jeunes hommes jusqu'alors dispersés dans les grandes villes où des Jacobites ont leur résidence. On peut juger de cette afflux par la réaction de certains responsables de l'intendance et de la police, qui déplorent ne savoir que faire d'eux [25]. Il est légitime d'en inférer que le recrutement en loges subit également une croissance rapide. Dans ce cas, et sous réserve d'inventaire, les effectifs publiés par Bord, concernant les loges régimentaires [26], peuvent être acceptés comme significatifs. Beaucoup des officiers cités ont entre vingt et trente ans [27]. Il se conçoit que leur entrée en maçonnerie accompagne leur désir de soutenir Charles Édouard, lequel ne cherche plus d'ailleurs à cultiver l'incognito dans Paris ; il se montre bien volontiers entouré de sa garde rapprochée.

Le test qui autorise de faire bon accueil aux révélations de la personnalité anonyme rapportées par Bord en 1908 est dans l'examen de sources découvertes depuis. Ainsi, il serait étonnant que le Buchanan enrôlé sous la bannière du régiment d'Ogilvie ne soit pas le trésorier de la loge de Derwentwater,

---

25. Voir l'embarras dont le lieutenant général de police Marville fait part au ministre Maurepas le 29 mai 1744 (*Lettres de M. de Marville,* chez H. Champion, 1896, tome 1, tome 1, p. 180).

26. *La franc-maçonnerie en France, des origines à 1815*, Nouvelle Librairie Nationale, 1908, p. 492-493.

27. Statistiques établies à partir 1°) des registres paroissiaux de Saint-Germain en Laye, 2°) des listes d'officiers conservées dans les papiers Sempill, 3°) des publications de Frances MacDonnel et de David Dobson, aux éditions Clearfield, de 1996 à 1999, sur les Jacobites ayant participé aux opérations de 1745-1746.

dont la présence est attestée lors de l'installation de la loge de Colins, en février 1737. La même remarque s'impose à propos de John Menzies of Pitfodels. Il est né en 1718 ; Gilbert, son aîné de six ans, a pareillement assisté aux débuts de Colins. Quant aux Drummond, qu'ils soient de Perth ou de Melfort, quant aux Cameron de Lochiel, quant aux Lally, les certitudes ne manquent pas, non plus. L'embarras vient parfois de ce que les prénoms manquent ; mais un report aux documents des différents ministères français facilite plusieurs identifications incontestables. L'avantage du procédé est d'ailleurs de confirmer que plusieurs nouveaux venus dans la région parisienne n'y résidaient pas jusqu'alors. Ainsi, Guillaume Douglas, enrôlé dans le Royal-Écossais levé en décembre 1743, provient du régiment du Languedoc[28].

De toute façon, la majorité des officiers cités sont régnicoles, comme on disait sous l'Ancien Régime, c'est-à-dire étrangers nés en France, ou bien y ont fait leurs études ; et, selon les nécessités de la tactique militaire ou tout bonnement de leurs appointements, ils réclament soit la nationalité française, soit une commission de services qui les crée momentanément protégés du roi. Voilà ce qui rend la question de l'écossisme si originale. Lorsque, en mai 1746, le marquis d'Éguilles, envoyé spécial de Louis XV auprès de Charles Édouard, dressera une liste assez substantielle des officiers et soldats *français* débarqués outre-Manche, presque tous les noms seront britanniques. Il suffit alors d'opérer une correspondance terme à terme avec le témoignage de l'anonyme informateur écossais de Bord pour acquérir au moins neuf nouvelles certitudes. Pour le régiment Royal-Écossais, elles concernent les capitaines Ranald MacDonald of Clanronald, David Nairne et Hostowe, ou Ostove, ainsi que les lieutenants Charles Moore et Perkins du Royal-Écossais. Pour celui de Lally, elles concernent les capitaines Francis Wogan et MacNemara qui sera tué à Culloden, puis les lieutenants Michel Burke, ou Bourke, et Nicolas Glascoe ; ces der-

---

28. Archives du Ministère français des Affaires étrangères, série *Mémoires et documents*, sous-série *Angleterre*, volume 79, f° 159 v°.

niers, comme Wogan, ont appartenu à celui de Dillon plusieurs années auparavant.

MacDonald et Nairne réclament une mention spéciale. Selon le marquis de Ruvigny, le premier est né en 1722 à Nunton. C'est possible, mais son père est signalé à Saint-Germain en Laye l'année précédente, en compagnie de Richard Bourke et Charles Booth, entre autres ; et on l'y retrouve précisément en 1722 puis 1724. S'il n'y est pas à demeure, ses apparitions répétées témoignent d'une fidélité à plusieurs familles très attentives aux affaires jacobites[29]. David Nairne n'est ni le beau-père ni le beau-frère de Ramsay, comme on pourrait être enclin de la croire. C'est le fils de John Nairne, second comte du nom, qui fut capturé à Preston en 1715, puis gracié. La question reste cependant en suspens, de savoir si l'éducation de David est menée en France assez tôt, ou s'il y vient tardivement.

Grâce aux registres paroissiaux de Saint-Germain en Laye, l'identification de Maurice FitzGerald ne fait pas difficulté. Naguère capitaine d'infanterie au régiment de Bulkley[30], il est incorporé au Royal-Écossais à sa création. Peut-être est-il apparenté au négociant sous le couvert duquel Wharton recevait ses courriers, lors de son séjour dans la région de Rouen ? Quant à George de Leslie, par rapprochements assez serrés d'autres documents, il fait figure d'aîné déjà introduit dans les bonnes sphères. Loucelles avance son nom et Bord sa signature. En janvier 1742, il se joignait à Derwentwater pour assister à l'inhumation de Bernard O'Berne, ancien capitaine du régiment de Berwick, mort à quatre-vingt huit ans, puis en novembre de la même année à celle de William Dicconson, même âge, ancien trésorier de la reine Marie de Modène[31]. L'année suivante, il assistait à celle de Ramsay. Maintenant, au cours de l'été 1745,

---

29. Archives Municipales de Saint-Germain en Laye, 1721 : GG 88, f° 39 v° et 92 v° ; 1722 : GG 89, f° 83 r° ; 1724 : GG f° 40 r°.

30. *Id.*, GG 109, baptême de son fils Médard-Michel-Jacques-François, lundi trente mars 1739, f° 29.

31. *Id.*, GG 115, f° 45, 27 janvier, et f° 125, 15 novembre. Il n'est pas impossible que Bernard O'Berne soit le beau-père du duc de Wharton, par son second mariage.

est à l'étude un projet de faire coopérer plus ou moins ouvertement la Suède au projet de restauration armée. Leslie est alors major du régiment Royal-Suédois. Il espère obtenir une commission de colonel et prendre la tête des officiers dont un recrutement mercenaire est prévu là-bas.

Pour augmenter ses chances, il écrit plusieurs lettres à diverses autorités. Dans l'une d'elles, un post-scriptum prouve indiscutablement ses liens avec le baron Scheffer : « Mr de Gournay me charge de vous faire ses tres humbles compliments, ozeroi-je vous prier de faire les miens a M^r le Baron de Scheffer [32] ». Nul n'oublie que cet ancien ambassadeur a reçu en 1737 pouvoir de fonder des loges dans son pays. En relation avec Heguerty, il vient maintenant de faciliter l'achat d'armes diverses et de délivrer à Leslie le passeport qui, sous le nom de Falströme, lui permettra d'arriver sans ennuis jusqu'à Stockholm. En compagnie de Gournay, commissaire des guerres chargé des questions d'intendance pour cette délicate affaire, notre colonel commence alors sa mission à la fin octobre 1745. Il sera cependant rappelé en décembre, et en profitera pour se marier ; l'un des témoins sera George Kelly [33].

En Écosse elle-même, le comte de Kilmarnock est élu grand maître de la grande loge d'Édimbourg. Les voyages qu'il entreprend alors parmi ses administrés ont-ils pour unique objet de disserter sur la légende des constructeurs de cathédrales ? Est-ce par distraction qu'il visite le 1er décembre 1742 celle de Canongate Kilwinning, avec des frères venus de Rome, explicitement

---

32. Archives du Ministère français des Affaires étrangères, série *Mémoires et documents*, sous-série *Angleterre*, volume 82, f° 163 v°, lettre du 27 octobre 1745.

33. Le jeudi 9 décembre 1745, il se marie avec Elizabeth Bowles. Le témoin George Kelly est qualifié de « gentilhomme irlandais » (Archives Municipales de Saint-Germain en Laye, GG 120, f° 79). Le ménage habitera rue de Pontoise, à Saint-Germain en Laye. La marraine de leur première fille Anastasie-Elizabeth sera Anastasie Robinson, comtesse de Peterborough, mais c'est Mary Nairne, épouse du chevalier de Ramsay qui, par procuration, portera l'enfant sur les fonts baptismaux (GG 121, 16 novembre 1746, f° 74 r°).

Fièvres et impatiences

signalés comme tels[34] ? Est-ce un rôle de figurant que, ce jour-là, remplit John Murray of Broughton, nommé second surveillant pro tempore, après avoir été reçu le 20 août 1737 à l'auberge romaine des Trois Rois, Strada Paolina, sous la férule de George Seton of Wintoun ? Le 6 décembre 1738, déjà, des expatriés d'Italie étaient revenus aux sources et avaient assistés à la tenue de Canongate, le 27 suivant avait été votée l'affiliation de Murray. Et le même viendra clandestinement au château de Saint-Germain en septembre 1744 commenter le « concert » écossais, comme on disait alors pour désigner le pacte signé par les confédérés[35].

En 1743, apparaît la première loge militaire écossaise, au sens national du terme. Simple coïncidence, sans que le grand maître Kilmarnock y soit pour quelque chose ? On a peine à imaginer que, surtout dans les familles de la noblesse, soient oubliées les aventures des ancêtres ayant vécu sous le règne de Charles 1er, puis sous la dictature de Cromwell. On a peine à imaginer, tant sont nombreux les échanges avoués ou cachés entre l'Écosse et la France, qu'il n'y ait pas d'influences exercées par l'état-major des exilés sur les plus « honorables » de leurs correspondants restés au pays. Par MacGregor, par Murray, par Montgomery of Eglington ou par d'autres, certains signaux sont transmis.

Du côté des régiments français, on en compte une dizaine prévus pour embarquement avant la tempête de mars 1744. Outre le commandement en chef qui revient au comte de Saxe, trois sont menés par des francs-maçons. Celui d'Eu l'est par Scipion-Louis-Joseph de La Garde, comte de Chambonas, baron de Saint-Félix et des états de la province du Languedoc. Mousquetaire du roi en 1719, marié à la princesse Marie-Claire de Ligne en 1722, il connaît une carrière assez changeante avant d'obtenir son brevet de colonel en juillet 1734. Il est en Italie peu après. Une fois de retour, il se repose et accepte au prin-

---

34. Archives de la loge Canongate Kilwinning n° 2 : « *Brothers from Rome and other Lodges* ».

35. Archives du Ministère français des Affaires étrangères, série *Mémoires et documents*, sous-série *Angleterre*, volume 82, f° 216 r°.

temps 1737 de devenir frère de la loge de Villeroy. Une chanson lui est dédiée lorsqu'il passe bientôt au grade de maître[36]. Sa mère a fait partie de la cour de la duchesse de Maine ; elle lui est restée fidèle durant la tragi-comédie provoquée bien malgré lui par le prince de Cellamare[37].

À la tête du régiment de Soissonais : Guy-Marie de Lopriac, comte de Donge. Allié au La Rochefoucauld de Roye par sa femme, son domicile parisien se trouve rue du Bac, à Saint-Germain des Prés. La date de sa réception en loge n'est pas connue. On sait uniquement, mais cela suffit pour n'avoir aucun doute à son sujet, qu'il est proche du marquis de Mailly et de tous les hauts seigneurs qui ont frondé le cardinal de Fleury. Une convocation à une tenue prévue à la loge de Bussy, à la fin de 1739, en témoigne[38]. Cela ne le dessert en rien, puisque sa promotion au rang brigadier est effective l'année suivante ; la démobilisation consécutive au report de l'offensive écossaise, après la tempête, guère davantage, puisqu'il reçoit une nomination de maréchal de camp le 2 mai.

Une lettre de l'abbé Robert-Jean Le Camus assure qu'en octobre 1737 le prince de Monaco sollicite son initiation et que celle-ci est quelque peu différée en raison des désordres provoqués par la divulgation d'un rituel dans les gazettes[39]. Il est bien clair que ce jeune prince est candidat malgré cela ; et qu'il ait concrétisé une fois la situation revenue à la normale semble fort probable. Partant, en complément d'identité, nous avons affaire à Honoré Grimaldi, héritier du titre princier par sa mère Louise-Hippolyte, qui a épousé en 1715 Jacques de Goyon, fils

---

36. Bibliothèque Nationale de France, Collection Joly de Fleury, *volume 184*, f° 108. Dossier militaire de Chambonas : Service Historique de l'Armée de Terre, Vincennes, 5Yd.

37. Voir *Journal du marquis de Dangeau*, Treutell et Würtz, 1817, tome 4, p. 93 (Samedi 31 décembre 1718) ; et *Les correspondants de la Marquise de Balleroy*, éditions Hachette, 1883, tome 2, p. 1 (2 janvier 1719).

38. Bibliothèque de l'Arsenal, Paris, manuscrit 10024, *pièce 186*.

39. Bibliothèque Nationale de France, manuscrit français, lettre du 25 octobre 1737, f° 330-331.

Fièvres et impatiences 453

unique du comte de Matignon[40]. Il rejoindra Lopriac de Donge parmi les maréchaux de camp en mai 1748.

Le 13 mars, Charles Édouard écrit au comte de Saxe : « La Cour me fit entendre avant de partir de Paris qu'il y avait une somme d'argent entre vos mains de laquelle je dois m'en servir selon mes besoins. Vous aurez la bonté de remettre 500 louis d'or entre les mains de lord Caryll, porteur de ceci.[41] » En supposant que les premiers mots ne désignent pas la cour de Versailles, comme c'est parfois d'usage, nous retrouvons Jacques-Claude-Augustin de La Cour de Balleroy. On se rappelle qu'au début des années 1720 il s'est allié aux Matignon, en épousant la fille du maréchal de France. On se rappelle aussi que, voilà peu, il était député grand maître de la grande loge, puisqu'il a signé les nouveaux règlements du 6 novembre 1743 en cette qualité. Sans qu'il faille voir des frères partout, loin de là, reconnaissons tout de même qu'ils semblent s'être passé le mot pour ne pas manquer un rendez-vous crucial. Quitte à ignorer, en dehors des promesses de fonds dont Saxe est d'ailleurs démuni, ce qu'ont pu se dire le prince Stuart et l'ancien adjoint de d'Antin, nous sommes fondé à croire que leur rencontre n'a pas été prétexte à simples mondanités.

Cela étant, John Caryll est-il l'initié de Saint-Germain en Laye signalé par Loucelles ? Non, puisque le premier baron Caryll of Dunfort est mort depuis plus de trente ans. Le messager de Saxe est plutôt son arrière petit neveu John Baptist. Troisième baron du nom, son arrivée en France est très récente. Elle date d'à peine quelques mois. Il est arrivé en compagnie du fils de James Barry, quatrième comte de Barrymore, qui entretient une correspondance régulière avec Francis Sempill sous le pseudonyme de John Moor. Les deux hommes tiennent également à manifester activement leur présence auprès de Charles Édouard. Maçonniquement parlant, ils pourraient être

---

40. Le duc de Saint-Simon expose dans quelles conditions ce mariage se fit. *Mémoires*, éditions Jules Tallandier, 1980, tome 6, p. 441 et suivantes ; tome 7, p. 209.

41. Cité par J. Colin dans *Louis XV et les Jacobites*, chez Chapelot et Cie, 1901, p. 177.

profanes ; sauf que, s'ils l'étaient, ils hésiteraient peut-être à vanter l'énergie de Derwentwater et Marischall. Louis-Guillaume de Segent, commissaire des guerres à Dunkerque, résume en effet à son ministre l'entretien qu'il a avec Caryll le 28 février : « Il m'a annoncé que milord Marshall (*sic*) et milord Derwingwater (*resic*) seront ici demain ou après. Ils ne comptent point garder ici l'incognito, étant même bien aises qu'on sache ici milord Marshall pour faire croire qu'on a dessein de faire l'expédition d'Écosse.[42] » Impatients, comme beaucoup. Exaltés.

À l'aide d'autres exemples tous aussi révélateurs les uns que les autres, il serait possible de consacrer plus d'une centaine de pages à cette année 1744, et même le double à celle de 1745 qui s'annonce de mêmes couleurs. Les mouvements de Jacobites n'auront jamais été aussi intenses, jamais les rencontres aussi fréquentes, et même les jalousies aussi exacerbées, comme lorsque Marischall a le dépit d'être écarté des décisions importantes[43]. Mais, abrégeons. Seul un corollaire mérite d'être souligné. Il nous renvoie à ce qui a déjà été marqué sur le fonctionnement de la grande loge parisienne. Est-elle en mesure d'enchaîner ses assemblées générales trimestrielles ? Non, bien sûr. La plupart de ses membres sont dispersés dans le nord ouest du royaume. Ils vont aux urgences très pragmatiques de la guerre, ils en reviennent avec le sentiment qu'ils peuvent recevoir le lendemain un ordre de regagner leurs régiments. Même Sempill a quitté sa maison de l'Estrapade au début du printemps 1744, pour aller occuper à Chaillot un petit hôtel particulier loué à Joseph Durey de Sauroy, marquis du Terrail, mestre de camp au régiment des dragons de la reine Marie Leszczynska. C'est dire que le champ est laissé libre aux bourgeois, aux citoyens qui ne portent pas l'épée. Le débat agité en 1737, pour savoir si la maçonnerie était davantage un ordre de

---

42. *Id.*, p. 101, lettre du 28 février 1744
43. Amer, retiré à Aix-la-Chapelle, il rédigera au printemps 1746 deux mémoires justificatifs (*Two fragments of Autobiography*, Scottish History Society, troisième série, volume 21, Miscellany, cinquième volume, 1933, p. 359-374).

chevalerie que de société, est relancé dans des conditions inattendues.

Doit-on alors faire grand cas d'arrestations policières qui reprennent, comme au temps de Fleury ? Le gouvernement cultiverait-il la contradiction ? Se risquerait-il à exploiter la conjoncture pour porter un coup fatal à l'institution ? Ne profiterait-il pas de l'absence des frères les plus éminents pour neutraliser ceux qui le sont moins ? Non. De telles pensées n'effleurent pas Louis XV. Les vicissitudes supportées par quelques loges sont assez triviales. Dans l'ensemble, elles confirment plutôt l'analyse qui précède. Des bourgeois jusqu'alors marginalisés, modestes artisans ou boutiquiers, accentuent leur volonté d'émancipation. Ils espèrent tirer avantage de la désorganisation au sommet. Voilà ceux que les commissaires de police inquiètent, sans grande conviction d'ailleurs.

FAITS DIVERS

Ce qui déclenche la première affaire est une querelle privée entre un avocat attaché au prince de Montbéliard et un citoyen irascible, le chevalier de Villefort[1]. Le second oublie de rembourser au premier des sommes qu'il lui doit ; son titre de noblesse et son accointance avec un officier de police lui donnent tant d'arrogance qu'il lui promet mille soucis. Naturellement, l'avocat nommé Petit d'Aisne n'entend pas renoncer. Il s'arrange pour qu'un de ses amis entre dans la confidence de cet officier, le lieutenant d'Hémery, et apprenne de lui les intentions du chevalier. Au bout de quelques jours, il est fixé. Il doit s'attendre à ce qu'on lui « taille des croupières ». La formule peut être accueillie sur le ton de la plaisanterie ; mais elle peut aussi cacher des intentions malsaines, tant les épées étaient à l'époque vite sorties de leurs fourreaux et envoyaient *ad patres* quiconque ne savait assurer une vigoureuse réplique, ou bien ne possédait pas de jambes suffisamment véloces pour entreprendre une fuite salutaire.

Le 11 décembre, à 9 heures du matin, des archers viennent quérir l'avocat à son domicile de l'impasse du Coq, derrière le Louvre. Comme quelqu'un l'a prévenu aux aurores qu'il allait avoir une visite, il n'ouvre pas. Les archers patientent, font le guet ; puis, las d'attendre, ils repartent bredouilles. Sortir, une fois qu'ils ont tourné au coin de la rue Saint-Honoré ? Non. Ils peuvent fort bien s'être apostés un peu plus loin. Volets clos,

---

[1]. Bibliothèque Nationale de France, Arsenal, manuscrit 10024.

l'avocat s'empresse donc d'écrire un billet à un de ses amis, l'avocat du clergé Capon, rue des Jardinets, afin qu'il entre sans tarder en relation avec le prince de Montbéliard, lequel est prié d'informer le chef de la police, Feydeau de Marville, que ses subordonnés osent des initiatives malheureuses. Jusque là, tout est clair. Mais ce jour de l'interpellation manquée est aussi celui où la succession du duc d'Antin est ouverte. Nous le savons justement par la lettre du 12 décembre que Marville adresse à Maurepas. De plus, Petit d'Aisne est connu comme un franc-maçon proche des plus grands seigneurs du royaume. À l'instar de Broomett avec qui il lui arrive de faire la paire, il transmet des convocations aux assemblées particulièrement mondaines, comme ce fut le cas en 1739 [2]. Se peut-il que la coïncidence soit fortuite ?

Dans un premier temps, le prince et la princesse de Montbéliard interviennent auprès de Marville pour l'inviter à laisser tranquille leur protégé. Il en prend acte, et évite de s'offusquer quand celui-ci ne répond pas à une convocation qu'il lui intime le 20 décembre. L'abbé de Pomponne, conseiller d'État qui se proposera bientôt d'héberger Charles Édouard dans sa maison de Vic-sur-Aisne, prend également sa défense. Ce qui intrigue Marville, c'est qu'il n'a donné aucun ordre préalable pour qu'une escouade vienne ainsi frapper au domicile de ce particulier. Au vu des pièces du dossier qui lui sont communiquées, on sent bien que d'Hémery a cherché n'importe quel prétexte pour l'intimider au profit de son ami Villefort. Il a voulu mettre l'avocat en difficulté sur un sujet qui, extérieur à la querelle sur la dette, pouvait néanmoins paraître un moyen d'avoir barre sur lui. On le devine un peu trop zélé sur ce chapitre. Mais, comme il s'en défend, comme il ne retient que l'argument maçonnique, rappelant le rôle de messager que joue l'avocat auprès des loges, voilà le principal grief que Marville lui-même met en exergue. Il couvre le lieutenant.

Dans un second temps, le ministre Maurepas, auquel il en a référé, ne s'exprime pas autrement. Il écrit le 25 janvier 1744 à Pomponne : « Le sieur Petit [...] n'auroit point entendu parler

---

2. *Id.*, pièce 186.

de M. de Marville, s'il ne se mêloit pas de porter des avertissements aux loges des frey-massons : ce qu'il fera bien de cesser de faire.[3] » Certes, en première lecture, le propos reste assez équivoque. Maurepas étant lui-même de la fraternité, nous avons matière à nous interroger sur son sens. S'agit-il de sauver les apparences, ou de signifier une volonté de sévir ? Mais, puisque nous sommes au fait de ce qui l'inspire, la réponse est facile à trouver. L'animation provoquée dans les loges par la mort du duc d'Antin est de notoriété publique. En réduisant à presque rien l'inimitié entre le chevalier et l'avocat, Marville détourne peut-être l'attention de ce qui a déclenché l'affaire, et Maurepas lui emboîte le pas. Ce n'est pas pour autant qu'une offensive est décidée contre l'Ordre en tant que tel.

D'où l'intérêt à porter sur l'intervention ultérieure du comte de Clermont. Comme Petit d'Aisne continue à se plaindre d'embarras suscités par d'Hémery, en dépit des promesses de Marville, le nouveau grand maître de l'Ordre tolère bien volontiers qu'il se recommande de lui pour se mettre définitivement à l'abri. Le 2 juillet 1744, étant stationné en Flandres avec son armée, il écrira une sorte de mercuriale à Marville. Rien, exposera-t-il, ne doit être exécuté contre l'avocat sans son autorisation. Il n'admettra pas qu'on inquiète « ses gens » à tort et à travers. Marville veillera à rassurer le prince en des termes fort déférents, et tout sera dit, sans apostille supplémentaire. D'Hémery qui n'habite pas loin, rue des Moineaux, sera fermement invité à freiner ses ardeurs.

La deuxième affaire est plus humoristique. Elle est provoquée par une dénonciation commise par un abbé. Cet ecclésiastique nourrit depuis trois ans une sombre vengeance contre Charles Bardin, intendant du château de Charonne, appartenant au marquis de Lenoncourt. Le dimanche 22 décembre 1743, à huit heures du soir, le commissaire Philippe Miché de Rochebrune, dûment autorisé par Marville, entreprend d'y aller voir. On remarquera que le motif officiel est de rechercher des « mar-

---

3. *Lettres de M. de Marville,* chez H. Champion, 1896, tome 1, tome 1, p. 165.

chandises de contrebande et autres effets suspects[4] ». Curieuse entrée en matière. Parvenus sur les lieux, le commissaire et son escorte font silence ; ils tendent l'oreille durant plus d'un quart d'heure, avec l'espoir d'ouïr des bruits suspects. Rien. Ils s'enhardissent à frapper à la porte. Le jardinier les prévient qu'il n'y a personne au château. Ils n'en croient pas un mot et demandent à vérifier. Ils s'exécutent, en vain.

Déconfits, ils se transportent chez le curé de la paroisse dont le visage, d'après le procès-verbal, se peint « d'une joie maligne » en les voyant. Ils lui paraissent, en somme, des archanges d'un genre nouveau. Très en verve, il leur confie avoir aperçu en 1740 un cortège de domestiques transportant mets succulents et vaisselles de prix pour le compte de francs-maçons ayant un banquet en projet. Aujourd'hui, se fondant sur des indiscrétions récentes, il a présumé qu'il y aurait encore une assemblée chez Bardin, notamment pour recevoir dans la fraternité un certain sieur Levé, architecte[5]. C'est pourquoi il a pris la peine d'envoyer sa dénonciation au lieutenant général de police. D'ailleurs, en voyant arriver nuitamment deux carrosses suspects, il s'est hâté de relever leurs numéros et de les faire communiquer à Marville, soupçonnant que les voyageurs fussent les « frey Maçons » attendus. Eh non ! Les carrosses sont, plus prosaïquement, ceux qui ont bringuebalé le commissaire et ses adjoints. Sur quoi ledit commissaire conclut : « Ce curé dont j'ai déjà entendu parler passe pour prêcher la charité du prochain et pour ne la pratiquer guère.[6] »

L'affaire est vite classée. Mais tâchons de pousser un peu le bouchon. L'abbé Grégoire n'a pas tout dit, ou bien Rochebrune. Dans un procès-verbal, l'adresse parisienne de Bardin est indiquée : « rue Guillaume, isle et paroisse St Louis[7] ». De même, le curé assure avoir dîné ce dimanche avec un avocat et un

---

4. Bibliothèque de l'Arsenal, Paris, manuscrit 11556, f° 283 r°.

5. Probablement fils de Pierre Levé, réalisateur de l'hôtel d'Antin. Mort en 1712, selon Germain Brice il « *ne manquait pas de pratique pour la conduite des bâtiments* » (*Description de la ville de Paris*, imprimé par J. Bulot, tome 1, 1752, p. 492).

6. Bibliothèque de l'Arsenal, Paris, manuscrit 11556, f° 281 v°.

7. *Id.*, f° 283 r°.

procureur du Châtelet nommé Hardy. Aux chandelles, la conversation aurait roulé sur les francs-maçons [8]. Tout cela est bien bon ; car il suffit de se reporter au répertoire de la juridiction du Châtelet pour y constater la présence d'un autre procureur nommé Bardin, dont le domicile se trouve assurément « rue Guillaume, dans l'Isle [9] ». En cette année 1743, originaire de Sommeilles en Barrois, il vient juste d'être admis parmi ses confrères. Bref, ses attributions exactes sont donc d'être un homme de lois attaché à la maison du marquis de Lenoncourt, quant à lui brigadier de cavalerie et dont les racines sont pareillement en Lorraine. Or, nul ne prend la peine d'aller l'interroger. Marville ne s'y risque pas. Cela tend à prouver que les alarmes sont effectivement de pure routine, sans volonté d'approfondir quand l'embarras risque d'être important. Semer la perturbation parmi les assidus du Châtelet, ce n'est pas ce qu'on peut souhaiter de mieux.

Autrement plus sérieuse serait la troisième affaire. Du moins, est-ce l'opinion qui vient à l'esprit quand il s'avère que Christophe-Jean Baur, député du grand maître, est mis sur la sellette. Mais, ne nous y fions pas. Pour être plus exact, c'est en examinant les pièces du dossier qu'on se rend le mieux compte de la dualité de l'attitude des autorités de police et a fortiori de leur ministre. Le comte de Clermont lui-même ne voit pas d'un mauvais œil des actions sévères contre des frères éloignés de sa propre condition sociale. Cela est si vrai que des ouvrages imprimés se font écho de ses intentions. Ils lui prêtent le projet de fermer des loges pas assez distinguées. Thomas Le Breton, dirait-on, a fait des émules. D'ailleurs, il reparaît indirectement parmi les nouveaux acteurs qui occupent la scène. Ce n'est toujours pas la maçonnerie dans son ensemble qui est visée, mais une minorité prétendue décadente. La démocratie ne progresse dans l'Ordre qu'à pas très mesurés.

En février 1744, Clermont est aux armées. Successeur de La Cour, Baur assure la continuité des affaires de l'Ordre. Sollicité par des frères jusqu'à présent membres de la loge de la Cité,

---

8. *Id.*, f° 284 r°.
9. Voir Almanachs Royaux, liste des procureurs.

qui souhaitent prendre leur indépendance en créant une nouvelle loge « sous le titre de Luxembourg [10] », il leur délivre une permission en règle, étant entendu que cette permission signifie obligation de se réunir pour désigner parmi eux leur futur vénérable et réaliser les élections subséquentes. Bien sûr, le diplôme est signé de lui, et contresigné par le grand secrétaire en exercice, savoir Thomas-Simon Perret, notaire au Châtelet depuis 1724, et en charge des affaires du comte Lopriac de Donge, entre autres [11]. Autrement dit, un essaimage est autorisé. Une quinzaine de volontaires se déclarent prêts à le mettre en œuvre.

À mon sens, un lien direct avec l'affaire précédente doit être établi. La Loge de la Cité est forcément dans l'île du même nom. Son vénérable, Chauvin, y est un marchand de vins qui exerce à l'hôtel des Ursins ; et c'est probablement un de ses parents, Charles-Louis, qui habite dans la même rue que Bardin, où il suffit de cinq minutes pour se rendre, en franchissant le pont Rouge [12]. Peu importe, cependant. Pour une raison de méthode, je voudrais seulement pointer derechef le doigt sur la chronologie des procédures alors en usage. Il est absolument certain que les constitutions d'une loge nouvelle ne sont jamais délivrées qu'après coup, une fois le procès-verbal de fondation rédigé et examiné par les instances supérieures. Cela est en effet marqué dans la convocation que le principal dissident, le marchand de volailles Quentin-Joseph Potel, envoie à ses collègues. Elle a été calligraphiée avec beaucoup de soins par un autre habitué du Châtelet, l'huissier Brossier : « Nous vous donnons avis que nous avons obtenû du Tres respectable Grand Maitre des loges de France une permission de nous assembler en Loge pour nous choisir un Maitre de loge, qui se choisira deux Surveillants, pour apres cette élection nous mettre en etat d'être constitués. [13] » Qui entend bien les adverbes doit considérer qu'un après n'est pas un avant.

---

10. Bibliothèque de l'Arsenal, Paris, manuscrit 11556, f° 288 r°.

11. Voir Archives départementales de Loire-Atlantique, E.706, dossier La Rochefoucault de Roye, non folioté.

12. Voir *Id.*, f° 298 r°, et Almanachs Royaux. Charles-Louis Chauvin a été nommé échevin de Paris en 1720.

13. *Id.*, f° 294 r°.

Rendez-vous est donné mardi 3 mars, à cinq heures du soir chez l'un des leurs, le marchand de vins Briand (ou Brillant), particulièrement qualifié pour organiser des réceptions, puisqu'il tient un cabaret rue Galande, à l'enseigne des Bons Enfants. Sans perdre une seconde, Potel demande à Louis Alet, jardinier de son état, d'aller au domicile des frères pour qu'ils signent la convocation et versent la cotisation du banquet qui clôturera la cérémonie. Prévoyant, il demande cependant à trois amis, Nicolas Mornay, Bénigne Froment, et encore Alet, de se concerter avec lui le dimanche précédent ; son intention est sans doute de faire le point sur les dispositions matérielles à prendre. Cette fois, le lieu de ralliement est fixé rue de Lourcine, faubourg Saint-Marcel, dans une salle derrière la maison d'une veuve Le Breton, dont Alet est d'ailleurs le voisin. Personne ne songe alors à tenir une loge. Sauf que, à neuf heures passées, voici l'irruption du commissaire de Rochebrune. Nanti d'un ordre signé du comte de Saint-Florentin, il vient arrêter les contrevenants pour les conduire à For L'Évêque. Bien entendu, il ne manque pas de saisir tous les papiers compromettants, et ce sont eux qui forment maintenant le dossier à charge.

On ignore comment Saint-Florentin a été prévenu. L'ordre de mission délivré à Rochebrune contient quelques imprécisions [14]. Le lapidaire Mornay y est désigné comme habitant la maison de la rue de Lourcine, alors que son adresse est rue Saint-Louis. De même, une confusion apparaît entre tenue solennelle et assemblée informelle. Quoi qu'il en soit, les auditions menées le 4 et le 5 suivants renforcent l'idée que le gros de la troupe, si j'ose dire, n'a vraiment rien à redouter. Il n'est question de religion et de politique que de manière très fugitive, très anecdotique. L'essentiel de l'enquête consiste plutôt en deux points. Le premier cherche à déterminer dans quelles circonstances les interpellés ont été amenés à entrer en maçonnerie et à collaborer ensemble. Le second traduit un effort du commissaire pour dresser la liste de la plupart des autres loges parisiennes. C'est ainsi que, nous-même, nous sommes conduit

---

14. Archives Nationales de France, O^{1}88, 1 mars 1744, et Bibliothèque de l'Arsenal, Paris, manuscrit 11556, f° 306 r°, 8 mars 1744.

à interpréter l'incident moins comme le révélateur d'un malaise général que comme le symptôme d'une mutation prochaine. Sur le plan religieux, est-ce que Potel et les siens ont osé tenir loge le 2 février, jour de la « Purification de la Vierge » ? À peine posée, la question est oubliée. Elle était de routine. Sur le plan politique, est-ce qu'ils avaient connaissance des prohibitions royales ? Oui et non, pas vraiment, et c'est égal. Quant êtes-vous entrés en maçonnerie ? La plupart répondent qu'ils se sont décidés en septembre 1743. Alet précise : le premier dimanche du mois, à moins que ce soit un jour férié. Où ? L'employé à la volaille Bénigne Froment répond que ce fut rue des Lavandières, chez Plantier. Il fait figure d'exception ; les autres l'ont été à l'hôtel de Soissons. Décidément, ce vaste hôtel est fort couru par les frères. La cérémonie s'est déroulée dans les appartements d'un marchand limonadier nommé Gaudin[15]. Celui qui tenait le premier maillet était Chauvin, et la loge était celle de la Cité, transportée pour l'occasion de l'autre côté de la Seine.

Soyons sensible au fait que les noms de la grande majorité des assistants sont fournis. Remplissait les fonctions de premier surveillant Philippe Mornay, frère ou père de Nicolas, aussi lapidaire. Le second surveillant était un ancien huissier priseur du Châtelet – encore ! – savoir le sieur Midy. L'entrepreneur en bâtiments Chauveaut faisait office de trésorier[16]. Le secrétaire était un certain Gandier. Enfin, le poète François-Thomas-Marie Baculard d'Arnaud s'exerçait aux talents d'orateur. Voilà pour les dignitaires ; tandis que la base était formée d'une douzaine d'autres frères, dont l'architecte Puisieux. Approximativement, ce furent donc une vingtaine de convaincus qui opérèrent à l'hôtel de Soissons. Cela peut sembler peu.

Mais Potel ajoute qu'à peine initié il a eu l'occasion de pré-

---

15. Et l'on trouve un homonyme qui est cabaretier « suivant la cour », sur le Pont au Change, cinquante années plus tôt. Peut-être restons-nous dans la même famille ? (*Le Livre commode des adresses de Paris pour 1692*, réédition Paul Daffis, 1878, tome 1, p. 312).

16. Écrit Cholot ou Chaulot, selon les textes. Les Almanachs Royaux donnent de préférence Chauveau, reçu dans la juridiction de la maçonnerie en 1720. Il habite longtemps la rue Saint-Martin, avant de se fixer rue Galande, à l'hôtel de Lesseville.

sider lui-même aux travaux de sa loge, et de recevoir une quinzaine de néophytes. En supposant que son exemple ne soit pas unique, nous pouvons donc présumer qu'un mouvement d'expansion est perceptible dans Paris. Ce point de vue se justifie d'autant plus que, en fin d'interrogatoire, Potel indique quels sont les autres vénérables connus de lui. Ils sont treize. Consultons la liste Journal : nous n'en trouvons qu'un seul qui y soit indiqué, c'est-à-dire le médecin Procope. Quitte à envisager un changement de direction à la tête de certaines loges, nous ne pouvons appliquer ce principe partout. Cela signifie que deux hypothèses se présentent. Ou bien la liste Journal est déjà élitiste et n'inclut que les loges ayant naguère donné satisfaction au duc d'Antin ; ou bien les loges citées par Potel sont récentes et sont venues augmenter d'un coup l'effectif total.

Par mesure de prudence, admettons les deux possibilités. Il est certain que la loge de Le Breton, par exemple, signalée toujours active par Potel, n'a pas été enregistrée, ou n'a pas voulu l'être, en raison de son affiliation ancienne à la grande loge de Londres. Notre orfèvre, échaudé par ses mésaventures pichrocholines de 1737, préfère dépendre d'une autorité lointaine et tolérante en matière de carême. Nous pouvons aussi concéder que des groupes plus ou moins improvisés, non « permis », se sont créés ici et là. Quand même, il ne faut pas tabler sur beaucoup. Tout porte à croire qu'un essor est récent. Comme la liste Journal énumère vingt loges en 1743, permises ou admises, il suffit de songer à celles de Le Breton et de Chauvin pour compléter valablement. Un flou est possible sur deux ou trois unités. Par exemple, il convient de prendre en compte la loge du confiseur Pecquet, dans laquelle Froment dit avoir été initié voilà un an[17]. Nous restons toutefois dans une estimation inférieure à vingt-cinq.

C'est ainsi que le cas de l'architecte Puisieux se révèle plus complexe qu'on le croit à la seule lecture des listes qui seront établies dans les années 1760. Pas un seul des quatre prisonniers

---

17. Le confiseur Pecquet ne peut pas être confondu avec Antoine Pecquet, évincé du secrétariat d'État aux affaires étrangères en 1740, converti depuis dans le négoce.

de Rochebrune ne le cite comme vénérable de loge. Déjà absent des archives de 1737, non inscrit dans les registres de Londres, il n'apparaît pas non plus sous la plume de Journal. Ici, la seule piste qui se présente vers un architecte est offerte par une mention relative à « Beausir le jeune », vénérable de la loge Saint-Louis [18]. En l'espèce, on appréciera d'être une nouvelle fois renvoyé dans les îles de la Seine. Ce jeune Beausire, est le fils de Jean-Baptiste-Augustin Beausire, maître général des bâtiments depuis 1720. Il demeure rue des Lions ; assurément, il ne lui faut que quelques minutes pour gagner le quai Saint-Paul et, par le pont Marie, se trouver dans l'île Saint-Louis. Mais, ne nous attardons pas.

À la suite de celui de Potel, les autres interrogatoires apportent des nuances de détail. Entre autres, ils révèlent une grande mobilité des frères, autant pour tenir loges successives à plusieurs endroits différents que pour jouer auprès d'un vénérable le rôle d'orateur et auprès d'un autre celui de surveillant, comme il arrive avec Froment qui, lui, connaît, l'existence de Colins [19]. Quant au fond, ils restent tous sur la même ligne. Sont ignorées la plupart des autres loges parisiennes. L'impression qui se dégage est assurément celle d'une minorité qui découvre depuis peu les charmes de l'association et qui pratique un prosélytisme pressé. Toujours est-il que le quatuor n'est pas astreint à une longue détention. Le dix mars, le comte de Maurepas réclame sa mise en liberté. Marville s'exécute. On ne sait s'il le fait avec réticence. Il se contente de marquer en haut d'un résumé de l'affaire qu'il se propose de rencontrer sous peu « Mr Tourton-Bord banquier et Perret notaire », afin de leur « faire avanie ». Et avanie est faite : « Je leur ai parlé [20] ».

En stricte rigueur, cela reste insuffisant pour affirmer que cette minorité bourgeoise est mal perçue par la majorité aristocratique. L'intervention de Maurepas semble indiquer au

---

18. Bibliothèque municipale de Lyon, manuscrit 5447 pièce 31, f° 2.

19. Bibliothèque de l'Arsenal, Paris, manuscrit 11556, f° 302 v° et 303 r°.

20. *Id.*, f° 308 r°. Tourton est l'associé de Baur. Leur banque est connue sous leurs deux noms mis ensemble. Le chef de la police commet un lapsus compréhensible. Il convoque *le* banquier Tourton-Bord. Donc, Tourton n'est pas impliqué ici.

contraire une sympathie. Quand même, c'est le 15 mars qu'un gazetier ironise sur le comte de Clermont qui serait rentré de Flandres (encore une conséquence de la tempête), et qui, mortifié de ne pas obtenir un nouveau commandement militaire, aurait alors tout son temps pour faire fleurir l'Ordre, voire pour élaborer de nouveaux règlements qui permettraient d'en exclure « tout ce qui n'est pas gentilhomme ou bon bourgeois ». Faisant allusion aux arrestations récentes, le même gazetier se permet même d'insinuer qu'elles auraient été faites « sur ses avis ». Il s'agirait de vouloir désormais que le fonctionnement des loges se fasse « avec noblesse et dignité [21] ». Une rumeur ainsi colportée doit être accueillie avec prudence ; on peut au moins contester l'imputation d'avoir téléguidé l'action de Marville contre Potel et les siens ; cependant, l'hypothèse d'un essorage est crédible.

Elle est retenue par plusieurs observateurs. Entre autres, l'abbé Pérau, enfonce le clou. Reprenant quelques arguments avancés du vivant de d'Antin, il déplore que des loges accueillent des candidats qui n'ont même pas « les qualités requises pour être Frères-Servans [22] ». Mieux encore, il pointe le doigt vers les quartiers de Paris qui ne sont pas dignes d'abriter des loges. Ce serait dans la rue Saint-Denis que les premières « influences malignes » se seraient fait sentir ; et il y aurait eu aggravation en pénétrant dans la rue des Lombards. Ces quelques indications sont dans le fil de celles contenues dans les interrogatoires menés par le commissaire Rochebrune. Nous savons en effet que Pecquet a sa confiserie rue des Lombards, que le secrétaire de la loge de Potel a son adresse à l'auberge de la Renommée rue Saint-Denis, et que rue des Lavandières, tout près, sont les appartements du frère Plantier. Encore que, aux yeux de Pérau, le plus dommageable soit dans l'action de Baur qui a osé accorder des permissions durant l'absence guerrière du grand maître.

Pas de nom, certes ; mais, sur l'arrière plan qui vient d'être

---

21. Bibliothèque de l'Arsenal, Paris, manuscrit 624, f° 157 v°.
22. *Francs-Maçons écrasés. Suite du livre intitulé l'ordre des Francs-Maçons trahi,* traduit du latin (sic), sans imprimeur (Amsterdam), 1745, p. 62.

brossé, tout est clair. « La religion du Grand-Maitre a été surprise au point de lui faire accorder des Patentes de Maîtres de Loge, à des personnes incapables de commander dans la plus vile Classe des profanes. Alors, pour la prémière fois, la Maçonnerie étonnée a vu avec horreur s'introduire dans son sein le méprisable Intérèt, et l'Indécence grossière.[23] » Dans les interrogatoires, il est assurément question d'un trésorier indélicat qui aurait détourné quelque argent ; la « permission » accordée à Potel répond à la définition de « patentes » consenties trop vite. Le réquisitoire est vif. Pérau se le permet car il sait que le mécontentement est répandu. Et, encore une fois, toutes ces déconvenues, différemment ressenties par les protagonistes, selon qu'ils en sont les victimes ou les censeurs, prouvent que, depuis l'élection de Clermont, il n'y a pas eu assemblées générales de la grande loge. Si elles avaient été programmées comme de coutume, il y aurait eu examen collectif des demandes, et la confiance de personne n'aurait été trompée.

Néanmoins, les frères décriés par Pérau ne sont pas de nature à se résigner. Selon une opinion contraire à celle Pierre Chevallier, qui fait de la loge du Luxembourg une mort-née[24], nous devons croire que Potel et les siens, une fois élargis de leur prison, reprennent sans honte leurs activités. Dans quelques mois, ce fougueux marchand de volailles va en effet s'improviser chansonnier et osera commettre quelques vers railleurs contre Marville. Il sera encore dépeint comme un maçon particulièrement entêté, et sa loge du Luxembourg se maintiendra en activité au moins jusqu'en 1751[25]. Les autres frères de ses relations ne détellent sans doute pas, non plus. À la limite, ils supportent les arrestations comme des désagréments liés au folklore de la mode. La police ne cherche jamais que des prétextes

---

23. *Id.*, p. 62-63.
24. *La première profanation du temple maçonnique*, éditions Vrin, 1968, p. 86.
25. Voir FM[1] 112, *Tableau général de tous les Vénérables Maîtres...* , la loge du Luxembourg est signalée comme ayant été constituée en 1751, avec à sa tête le F. Potel. En l'espèce, se vérifie une fois de plus qu'entre le moment d'une permission (ici permission octroyée par Baur en 1744) et celui d'une reconnaissance officielle, il peut y avoir un long intervalle de patience.

obliques pour sévir contre eux. Personne n'a pu lire les prohibitions royales dont on leur rabat les oreilles. Et ils ont beau jeu de rétorquer que, si elles existaient vraiment, si elles étaient formalisées dans un texte légal, il faudrait que la répression ne soit pas réservée à quelques cas particuliers. En outre, ils savent fort bien que les accusations de faire bombance les jours de recueillement religieux ne sont pas imputées qu'aux maçons ; très nombreux sont les citoyens qui subissent des reproches semblables. Il suffit de lire les gazettes pour être édifié là-dessus.

De toute façon, la noblesse elle-même ne dédaigne pas d'entretenir certains malentendus. Revenons dans l'intimité de la famille Ozoux. Le 29 mai, Marville écrit à Maurepas [26] qu'un banquet de francs-maçons s'est donné le dimanche précédent chez « Ozou » à la foire Saint-Laurent. Cette désignation est à double sens. Tantôt elle désigne réellement une foire donnée de juillet à la fin septembre, dans un enclos possédé par les religieux de l'Ordre de Saint-Lazare, faubourg Saint-Laurent, où ils ont fait bâtir des « boutiques et des loges [27] » qu'ils louent aux commerçants ; tantôt elle désigne l'enclos lui-même, où boutiques et loges peuvent être occupées à la demande par des organisateurs de fêtes. En raison de la date, nous sommes dans ce second cas. Et (le x final en moins) il est parfaitement clair qu'Ozoux tient le premier rôle. Il a passé un marché avec les moines qui ont leur communauté de l'autre côté de la rue ; il a demandé « à un nommé Morrette (sic) » de préparer le repas et il a joué l'amphitryon le 24 mai.

Marville ajoute que, informé de l'assemblée, il a envoyé des archers du guet. « Non seulement on n'y a arrêté personne, mais même, on n'a pas pris les noms de ceux qui la composoient ». Pourquoi ? L'explication va venir. Dans l'attente, Marville prévient qu'il a cependant ordonné à Ozoux et Moret de lui fourni d'ici deux jours la liste des convives, faute de quoi il les expé-

---

26. Bibliothèque Historique de la ville de Paris, Manuscrit 720, res. 22, 29 mai 1744.
27. Germain Brice, *Description de la ville de Paris*, imprimé par J. Bulot, 1752, tome 2, p. 17.

dierait en prison, nonobstant les amendes dont ils ne couperont pas. Le 8 juin, Maurepas alors en déplacement à Toulon, le félicite : « Vous avez très prudemment agi à l'égard des francs-maçons assemblés chez Ozou [28] ». Reste à mesurer le degré de cette prudence. Car les acteurs de cette nouvelle péripétie, pour être en majorité francs-maçons, n'ont répondu qu'à une invitation étrangère à la maçonnerie. Ils ont tout simplement voulu satisfaire à un autre type de sociabilité, inventé sous l'appellation de l'Ordre de la Félicité, où les femmes sont admises.

Un rapport du commissaire ayant agi, Joseph Aubert, laisse dubitatif par ce qu'il contient [29]. C'est Moret, maître rôtisseur, qui aurait d'abord prévu de donner une salle de son auberge située à proximité. Faute de capacité d'accueil suffisante, il se serait rabattu vers Ozoux en le priant de lui prêter la salle louée par lui. L'irruption intempestive de la police aurait provoqué des réactions vives chez presque tous les hommes qui auraient mis la main à l'épée. Des échanges d'invectives auraient suffi à montrer aux archers du guet qu'ils devaient se préparer à une défense en règle. Nous sommes dubitatif, car une dizaine de noms auraient même été avoués durant l'affrontement, et aucun ne se lit dans la liste effectivement apportée quelques jours plus tard par Moret et Ozoux [30]. En ce jour épique, la tendance n'aurait-elle pas été de raconter n'importe quoi ? Sans doute. S'explique ainsi le bref compte-rendu de Marville à Maurepas, dans lequel il assure que l'identité des protagonistes n'a pu être révélée. Des facétieux ont vigoureusement rabroué un commissaire, et l'ont égaré vers de fausses pistes, ce dont son chef s'est vite aperçu.

Voilà comment la sentence du vendredi 5 juin 1744 en vient à être rendue contre le « limonadier Ozouf » et le « traiteur Moret », condamnés respectivement à 2000 et 3000 livres d'amende. Mais on ne manquera pas l'essentiel. D'une part,

---

28. *Lettres de M. de Marville,* chez H. Champion, 1896, tome 1, p. 180-181, lettre du 8 juin 1744. Ozon, dans le texte imprimé. À lire Ozou, et à écrire au final Ozoux.

29. Archives Nationales de France, Y 14069, minutes de Joseph Aubert, commissaire au Châtelet.

30. Bibliothèque de l'Arsenal, Paris, manuscrit 11556, f° 312.

aucune des personnes, hommes ou femmes, dévoilées à Marville n'est poursuivie. Celui-ci se contente de marquer en marge de la liste qu'il a parlé « a assés de ses frimassons pour les contenir s'il est possible [31] » ; et sa réserve sur le possible ne manque pas de piment, tant il se doute bien que ses harangues en tête à tête glissent comme la brise sur la plume des colombes. D'autre part, il est clair que le principal motif de l'accusation est d'avoir agi « sans aucune retenuë ni respect pour le jour de la Feste de la Pentecôte [32] ». C'est donc une affaire subalterne de plus, avec la sempiternelle protestation religieuse en traverse. Même si des échotiers la montent en épingle, en assurant que les frères ont fait serment de s'unir contre les persécutions dont ils sont l'objet, sa portée est faible.

Pour la bonne bouche, parce que les mots s'y prêtent, observons d'ailleurs qu'Ozoux n'est pas le seul habitant du faubourg Saint-Laurent à être dans l'amitié des Jacobites de Saint-Germain. C'est aussi le cas de Jacques L'Homme, intéressé dans les affaires du roi, qui accepte d'être le parrain du fils de Maurice FitzGerald en mars 1739, ce capitaine dont l'initiation nous est connue. De même – ces indices ne perdent jamais leur force, malgré leur apparente ténuité – on observera que le comte Lopriac de Donge est parrain en juillet 1720 de Marie-Judith Boréal, fille de l'un de ses intendants et d'Hélène FitzGerald [33].

En définitive, un carrefour est ouvert. Trois voies sont tracées. La première est celle de la maçonnerie disons traditionnelle, qui correspond aux loges enregistrées dans la documentation de 1743 et d'avant. Jacobite à l'origine, elle est en train de perdre son identité. Depuis le retrait de Derwentwater et son remplacement par un grand maître bien en cour, elle évolue vers ce qu'on pourrait appeler une gallicisation de ses usages. Au royaume de France, c'est le roi de France qui est le maître. C'est lui et sa famille que les santés de banquet honorent. Mais les loges entendent rester sélectives dans leur recrutement. S'il fallait le caractériser en une phrase, disons qu'il accepte l'épée,

---

31. *Id.*, f° 312 r°.
32. *Sentence de Police*, vendredi 5 juin 1744, imprimerie Mariette, p. 2.
33. Archives Municipales de Nantes, GG. 145, baptême du 21 juillet 1720.

le grand négoce, les lettres et la magistrature. Reflet des sphères mondaines des Lumières, il engage à une sociabilité d'où est exclue la petite bourgeoisie et a fortiori la masse artisanale et ouvrière.

La seconde voie répond à la volonté de retour à « l'institution première » ; elle s'exprime plutôt par un pas de côté. La suite des années a apporté trop de relâchements, trop de perméabilité avec l'extérieur. Les Jacobites se détachent en créant un nouveau type de loges qui conserverait l'élitisme d'autrefois. Ils délivrent un quatrième grade qui, bien entendu, est dit écossais et dont la dimension chevaleresque tâche de respecter ce que leur mémoire collective a retenu depuis un siècle. Sont admis à le recevoir des frères dont les convictions en leur faveur sont pressenties les plus fidèles. Savoir quand cette option s'est dégagée, savoir si Derwentwater en est l'initiateur exclusif, sans concurrence parmi ses amis, c'est un point qui reste à éclaircir dans une autre étude ; reconnaissons simplement ici qu'elle est devenue d'actualité quand des Français ont été portés à la tête de la grande loge parisienne, sous le regard de Louis XV.

La troisième voie est frayée par une fraction des laissés-pour-compte de la première. Dans les classes moyennes de la société, des artisans, des employés, des clercs de notaire, des huissiers, des commerçants, mêmes des religieux, tous ni pauvres ni riches, s'estiment aussi capables que n'importe quel seigneur de s'exercer aux mystères de l'art. À Paris, la brèche s'élargit d'un coup quand le duc d'Antin disparaît et que, peu après, le prélude à la guerre égaille les précurseurs huppés vers les côtes de la Manche. En province, le phénomène sera apparemment plus tardif. On ne manquera pas d'observer en tout cas que, pendant dix ans, l'orfèvre Le Breton est quasiment le seul bourgeois parisien à avoir sa loge enregistrée à Londres. Il n'a pas fait école auprès de ses semblables, parce que le contexte ne s'y prêtait pas. On ne peut même pas envisager qu'il l'ait fait récemment. Bien que s'observe une implication forte des lapidaires et orfèvres parmi les frères cités lors de l'affaire Potel, rien ne prouve qu'il soit en quelque manière leur conseiller. La prudence est d'autant plus souhaitable à leur égard que, chez Ozoux, un autre orfèvre fait partie des bretteurs disposés à bouter la police hors de leurs agapes, et il s'appelle

Brillant, comme l'aubergiste sollicité par Potel afin d'accueillir sa loge le jour prévu pour l'installation *avant* constitution. Cela ne porterait pas à conséquence si son domicile n'était indiqué rue des Bons Enfants, et c'est exactement l'enseigne de notre aubergiste.

Les cinq dernières années du demi-siècle sont marquées par cette triplicité, si j'ose dire. L'ultime tâche qui s'impose maintenant est d'en évaluer les effets. Pour ce faire, le mieux est de prendre un léger détour. Comme vient de le montrer l'affaire Ozoux, l'opinion assimile aussi à la franc-maçonnerie des sociétés qui lui sont étrangères. Parce que de nombreux frères se sentent aussi à l'aise en loge qu'en dîner plus ou moins gaillard, et parce que les regards extérieurs n'entrent pas dans les nuances, il est commode de qualifier de maçonniques des réunions de convives qui n'en sont pas. Cette situation complique alors n'importe quelle tentative de recomposer le passé. Mais, dans le même temps, l'effort accompli pour y voir clair apporte quelques nouveaux critères d'analyse. C'est en écartant les copies du modèle qu'on comprend mieux la singularité de celui-ci ou, si l'on préfère, des trois déclinaisons qui sont apparues.

QUELQUES À-CÔTÉS

En Grande-Bretagne, on pense aux clubs, aux affiliations plus ou moins stables qui se divertissent dans des Cafés ou des salles réservées. Au terme d'un séjour à Londres, Boyer d'Argens en fait le sujet de ses *Lettres cabalistiques*[1]. Si nous remontons jusqu'au règne de Jacques 1er, nous en trouvons déjà ; et les premiers chapitres de ce livre ont permis de citer quelques professeurs d'Oxford s'appliquant à disserter sur les parchemins collectés dans les anciens monastères. Quand viennent les guerres civiles, les partisans de Charles 1er y voient un moyen de resserrer leurs rangs. Avec le Commonwealth, ceux qui maintiennent leur ferveur envers les Stuarts ont tendance à se fermer sur eux-mêmes, à se méfier de l'extérieur ; ils n'en cultivent pas moins une nostalgie mêlée d'espérance. Le propos n'est pas seulement de vouloir être ensemble et d'en tirer des agréments badins, mais aussi d'entretenir la foi en une restauration inéluctable. Par exemple, fondée en 1657 par des Cavaliers, la Société du Gloucestershire développe une ritualité de table où, au moment des santés pour le roi expatrié, chacun doit se mettre à genoux. Alors, les paroles des chansons traduisent sans fard les opinions de tous.

Durant la première moitié du dix-huitième siècle, la coutume n'est pas perdue. Dans des régions particulièrement sensibles à la cause jacobite, apparaissent de nouvelles associations. Quel-

---

1. *Lettres Cabalistiques, ou correspondance philosophique, historique et critique, entre deux cabalistes, divers esprits élémentaires et le Sieur Astaroth*, Chez Pierre Paupie, La Haye, 1754, tome 7, p. 60 et suivantes.

quefois, elles sont patronnées par des personnages éminents, comme le duc de Beaufort. Le plus souvent, leurs membres se satisfont de leur propre représentation. Ils appartiennent en majorité à la gentry. Quand les auberges ne sont pas sûres, ils ont les moyens de se réunir à tour de rôle dans leurs maisons. Bien sûr, la diversité des cas voire leur disparité interdisent de tirer d'elles une leçon politique commune. Certaines sont plus conviviales qu'activistes ; elles entretiennent une flamme, sans plus. D'autres ont dans leur rang des hommes en relation avec les exilés du continent ; c'est ainsi, notamment, que Sempill reçoit des rapports sur l'état de l'opinion dans telle ou telle contrée. Toutefois, plusieurs d'entre elles présentent des similitudes avec les loges maçonniques, si bien qu'elles participent globalement d'un même processus mental.

À Londres, la Société du Chêne (*Oak Society*) se réunit à la taverne La Couronne et l'Ancre (*Crown and Anchor*), dans le Strand. En 1750 elle fera frapper une médaille portant sur l'avers le profil de Charles Édouard, et sur le revers l'image d'un chêne abattu avec la devise latine « *revirescerit* », c'est-à-dire « il se relèvera ». Bien plus tôt, à Wrexham, les membres du Cycle de la Rose Blanche (*Cycle of the White Rose*), au moment de porter les toasts, se mettent debout sur leurs chaises ; puis, un pied sur la table, ils font passer les verres de vin sur des carafes d'eau. Pourquoi ? parce que le roi Jacques III est appelé par eux « *King over water* », c'est-à-dire « Roi de l'autre côté de l'eau », et qu'ils veulent signifier qu'il en reviendra triomphant. Au sud du pays de Galles, quelques adhérents de la Société des Sergents de mer (*Society of Sea-Serjeants*) sont en contact régulier avec des Jacobites continentaux ; ils se réclament de la tradition templière, et ont adopté pour emblème un dauphin au foyer d'une étoile d'argent.

En France, c'est dans une auberge de Boulogne sur Mer, chez Gordon, que certaines assemblées se tiennent. Là encore, la correspondance de Sempill, bien qu'elle ne s'y attarde guère, montre que ce port de Picardie est un lieu de concentration ou de transit pour de nombreux partisans. Entre autres, Charles Smith, ancien officier capturé à Preston puis évadé, ne manque pas d'entretenir la flamme autant chez ses compatriotes le visitant que parmi les notables de la ville, notamment le subdélégué de l'intendance royale. Il est maintenant plus ou moins banquier, en relation avec George Waters, et ne néglige pas de correspondre avec George Douglas, second comte de Dunbarton. Nous possédons même quelques adresses de couvertures qui servent à transmettre des paquets confidentiels, comme chez Mademoiselle Hachette, « dans la haute ville[2] ». Reste donc, pour ce qui ressortit uniquement du royaume de France, à faire la part de choses entre les clubs et sociétés qui, plus ou moins ouvertement, témoignent aussi de leur sympathie envers les exilés, et ceux qui sont indifférents.

Ne tenons pas compte de l'association de Corbeil. À l'instar du Cycle de la Rose Blanche, elle se réunit chaque 10 juin pour fêter l'anniversaire de la naissance de Jacques III. Mais les informations qu'on possède sur elle sont fragiles. En 1759, elles évoquent plusieurs membres de la famille Gask, ainsi que William MacGregor of Balhaldie, sans qu'on sache si dix ou vingt ans plus tôt les mêmes se fréquentaient. De fait, le cas le plus typique est celui de l'Ordre de la Coignée. Le baron Théodore-Henri de Tschoudy sera l'un des premiers à en parler dans le premier volume de *L'Étoile Flamboyante*. Il le présentera comme ayant eu quatre ou cinq « chantiers » en France et un autre à Saint-Domingue[3]. Il ajoutera que ç'aura été une « invention moderne » conçue pour les « jeux de l'esprit ». Soit, n'en disconvenons pas. Mais, il est pratiqué dans un intervalle de temps qui correspond étroitement à celui où la fièvre jacobite est au plus fort. En effet, il apparaît en 1743, quand le réseau politique entreprend une mobilisation de ses membres ; et il disparaît en 1752, quand la plupart des loges maçonniques explicitement écossaises mettent la clef sous la porte.

Par conséquent, ce que l'esprit joueur a pu y goûter mérite d'être inventorié. Mieux encore, en guise de viatique pour une réflexion à mener plus tard dans un autre cadre, il est permis

---

2. Archives du Ministère français des Affaires étrangères, série *Mémoires et documents*, sous-série *Angleterre*, volume 90, f° 371.

3. *L'Étoile flamboyante, ou la Société des Francs-Maçons considérée sous tous ses aspects*, sans imprimeur (A L'Orient, chez le Silence), 1766, tome 2, p. 19.

de se demander si le chevalier Charles-François Radet de Beauchaîne n'y trouvera pas le bon tremplin pour propulser son propre Ordre dit des Fendeurs, et si sa loge La Constance dont il sera le vénérable inamovible n'en sera pas la version maçonnique. Dès la fin des années 1760, malgré son excentricité de caractère, ce chevalier saura en effet attirer à lui des vétérans de la mouvance jacobite. Répétant obstinément son attachement à Charles Édouard, sinon à sa personne du moins à son image, il vouera les Têtes Rondes de Cromwell aux gémonies, et tentera de réhabiliter la mémoire des Templiers médiévaux. Ses rituels seront largement inspirés de celui des Chevaliers Élus qui, jusqu'à plus ample informé, est le seul dont la tendance jacobite est établie. Éclectisme ou syncrétisme ? Passons.

Selon l'historique de l'Ordre de la Coignée, tel qu'il peut être connu grâce à un registre parvenu entre les mains de Bernard Faÿ [4], il commencerait a s'établir en Suisse avant d'être porté à la connaissance de Robert de Carbonel, un avocat de Chambéry. Celui-ci fonderait le premier « collège » français à Grenoble en janvier 1744, puis ferait des émules à Paris, Lyon et quelques autres villes du royaume. Dans la capitale, c'est un autre avocat nommé Marchand qui serait son premier propagateur. Par ailleurs, il serait commis au bureau de la guerre, dans le service chargé des hôpitaux militaires. Effectivement, il existe un Jean-Henri (ou Honoré) Marchand habilité à plaider au Parlement depuis 1728. En première approche nous sommes gênés par son adresse, car il habite rue Sainte-Croix de la Bretonnerie, alors que le registre le dit à Versailles. Mais c'est parfois une inclination chez les appointés de la cour de fournir celle qu'ils y ont pour les nécessités de leur charge, de préférence à celle de leur famille.

Jusqu'en 1752, il recrute soixante-dix sept sociétaires, très majoritairement Parisiens. Se remarque tout de suite la présence du notaire Thomas-Simon Perret, le secrétaire de la grande loge, qui contresigne la permission délivrée à Potel pour ouvrir la Loge de Luxembourg, et dont nous savons la clientèle huppée.

---

4. *Les Documents Maçonniques*, réédition en un seul volume à La Librairie Française, 1986, p. 688.

Celle de Jean-Christophe Naudot ne passe non plus inaperçue ; voilà dix ans, il était assidu de la loge présidée par Coustos. Le duc de Valentinois n'est autre que Jacques de Goyon, père du prince de Monaco ; il a obtenu ce titre, et son accession à la pairie, grâce à son mariage. Autre duc, Louis de Brancas de Lauragais ; pair de France depuis 1716, lieutenant général depuis 1748, et même chevalier de la Toison d'Or. Quant à Jean Cottin, né en 1709, demeurant rue des Mauvaises Paroles, il est banquier des traites et remises. Huguenot de conviction, rival de Baur en affaires, son nom apparaît quelquefois dans les dossiers de Sempill et dans ceux de la Grande Loge dont il devient le trésorier, par succession de François Le Dran en 1745. Mais, comme il reste assez effacé de ce côté-ci, je le cite pour mémoire, et je poursuis vers trois autres personnages à la silhouette beaucoup plus nette.

Jean-François Pecquet est chef de gobelet du roi. Son ménage demeure rue au Pain, à Saint-Germain en Laye. Selon toute probabilité, il serait cousin germain d'Antoine Pecquet, commis aux affaires étrangères. De plus, si la plupart de ses frères sont attachés à la cour de Versailles, l'un d'eux sert assez tôt celle de Jacques III, puisqu'un état des dépenses mensuelles le mentionne en 1715 comme confiseur, « *yeoman confectioner* », en même temps que Barnaby Hute, l'assistant de la cave à vins[5]. Notre handicap est de ne pas savoir son prénom, quatre possibilités se présentent. Mais, il suffit de se reporter aux déclarations de Potel, Mornay et consorts pour être définitivement convaincu qu'il fait partie des vénérables dont les noms sont révélés au commissaire de Rochebrune, sans qu'il soit ensuite inquiété. En effet, la profession de confiseur est la même dans les deux cas. Donc, première conclusion provisoire, l'empreinte jacobite reste acquise.

On ne la dira pas induite par les marges, car un autre Pecquet fait partie de l'Ordre de la Coignée. Bernard Faÿ ne fournit aucun détail sur lui, se contentant de dire qu'il est abbé. L'Almanach Royal est plus bavard. Depuis 1718, cet ecclésias-

---

5. Document aimablement communiqué par Edward Corp : « *The Establishment of his Ma^{ty} Houshold* » (1715).

tique est abbé commendataire de Nanteuil, dans le diocèse de Poitiers. Il appartient aux Bénédictins. Or, c'est un de ses confrères, l'abbé René de Pigis, qui fonde à Poitiers la première loge maçonnique, et qui fera mieux en 1749-1750 en devenant l'un des représentants de l'Ordre Sublime des Chevaliers Élus, à la vocation indubitablement écossaise. Lui-même a obtenu d'être commendataire de Quinçay en 1718. Huit ans plus tôt, Élisabeth-Charlotte de Bavière, princesse Palatine et duchesse d'Orléans, l'avait recruté dans les fonctions de secrétaire et régisseur de ses domaines[6]. En l'occurrence, les commendataires ont une grande capacité à vivre ailleurs que dans leur abbaye et à cumuler des offices civils divers. Le comte de Clermont offre l'exemple le plus illustre, tant il pousse le zèle jusqu'à s'exercer au métier militaire.

Le magistrat Pierre du Puis devient secrétaire de l'Ordre presque à son commencement. Son adresse est dans la rue Saint-Marc. Né en 1689, il est nommé conseiller au parlement de Paris le 27 janvier 1712, puis président du grand conseil le 16 février 1720. C'est dire qu'il n'est pas de la première jeunesse. Mais son énergie est forte. À lui seul, il attire environ une trentaine de nouveaux membres. En même temps, il lui arrive de servir d'orateur *pro tempore* auprès du député grand maître de la grande loge. C'est ainsi qu'il signe, entre autres, le diplôme constitutif de la loge de Lodève, le 6 novembre 1744. Sachant que la grand conseil a pour attribution, depuis le règne de François 1er, d'examiner les procès relatifs aux archevêchés, évêchés et abbayes, outre les finances et la guerre, nous ne nous sommes éloignés en rien du chemin tracé ci-dessus.

Encore que le meilleur vienne avec Jean-Baptiste-Dieudonné Petit de Boulard. Dans son enfance, se sentant une vocation religieuse, il effectue sa scolarité chez les Jésuites. Il porte même le petit collet. L'âge adulte l'en détourne et l'amène à suivre des études de droit. Mais, missionnaire manqué, il répond

---

6. « ...*la charge de secrétaire* (...) *je l'ai donnée en commission à un honnête homme* ». Lettre du 13 novembre 1710, dans *Lettres de la princesse Palatine*, Mercure de France, 1999, p. 434.

à l'appel du large, et s'embarque pour les Antilles. On ignore combien de temps il y reste. On sait seulement qu'il est employé comme garde magasin du roi, et qu'il en est revenu en 1741, quand il obtient son entrée parmi les avocats du parlement de Paris. Sauf que, dénué de talents pour le barreau ou de clients, sinon des deux à la fois, il décide de retenter sa chance aux Antilles. Au moins a-t-il maintenant en poche une commission le nommant substitut du procureur général. Nous sommes au début de 1743[7].

Il exerce à Saint-Domingue et à la Martinique, où il fait la rencontre d'Étienne Morin qui l'initie en 1744 aux « mystères de la Perfection écossaise[8] ». Comprenons qu'il était déjà maître maçon avant d'accomplir son second voyage exotique, et qu'il franchit un nouveau grade sous la houlette de Morin. Or, celui-ci ne vient lui-même de découvrir ces mystères que récemment. Capturé en mer par un vaisseau battant pavillon anglais, puis amené prisonnier au gouverneur des îles sous domination anglaise, William Matthews. Les deux hommes ont échangé des politesses, puis des confidences. Peut-être les effets saisis dans les coffres du prisonnier ont-ils facilité le contact, en tout cas Matthews est le frère par qui Morin apprend les rudiments de l'écossisme. Il lui fallait ce grand détour pour en arriver là.

Une fois libéré, il s'empresse de faire des émules parmi les compatriotes français de Saint-Domingue. Petit de Boulard le remercie, mais s'ennuie. La métropole lui manque. En 1745, il refait ses bagages. Un vaisseau le porte jusqu'à Brest. Il y trouve quatre loges actives. Aucune ne lui convient. Il en crée une cinquième. Puis il rencontre Frédéric Zollicoffre d'Altenklingue. L'idée qui germe dans son esprit est de fédérer tous les frères de la ville sous le couvert de ce qu'on appelle déjà une *générale*, c'est-à-dire une grande loge ayant pouvoir de

---

7. Sur la commission : Archives Nationales de France, C8[A] 55, lettre du 18 mars 1743, f° 27 v°, 28 r°. Les autres informations sur l'itinéraire personnel de l'avocat sont extraites de la Bibliothèque Nationale de France, Arsenal, manuscrit, dossier Bastille, 11700, f° 470 et suivants.

8. Document Sharp 15, fondation Latomia, lettre du 16 mai 1750.

traiter sur place des affaires relatives aux particulières acceptant son obédience. L'affaire est menée en trois mois. C'est en cette circonstance que Zollicoffre délivre à la générale les patentes signées par l'Anglaise de Bordeaux. Nul ne songe à se faire valoir chez les Parisiens. Pour la forme, une santé est portée au grand maître de Londres, une autre au grand maître de Paris ; mais il est hors de question de demander des constitutions ni à l'un ni à l'autre. La seule réforme acceptée est que, sous la générale, ne fonctionnent plus désormais que deux particulières.

Infatigable, Petit de Boulard saute dans la première calèche. Il songe à enterrer sa vie de garçon. Le célibat lui pèse. Une beauté de Boulogne attire vite son regard. Originaire du Berry, elle a du bien ; la succession de son défunt père lui a permis d'être à l'aise. Le contrat de mariage est passé en juin 1746 devant le notaire Jean-Pierre Le Court[9], vieille connaissance, qui dirige la loge Saint-Thomas. Las, après deux grossesses consécutives de sa femme, Jean-Baptiste se montre acariâtre. Il a croqué la dot en songeant davantage à ses propres plaisirs qu'à reprendre la robe d'avocat. De dispute en dispute, l'idée lui vient d'une séparation. Pour ce faire, il faut ester en justice. Et le voici qui s'adresse à Charles Bardin pour qu'il soit son procureur. Autre vieille connaissance. Nous l'avons aperçu à Charonne, en butte à la vaine vengeance du curé, et nous savons qu'il habite dans l'île Saint-Louis[10].

Les autres crises que traverse le ménage ne méritent pas d'être narrées. En raccourci, disons qu'il connaît des réconciliations et quelques brouilles courtelinesques. Le point auquel nous devons nous arrêter est qu'en 1750 ce fougueux citoyen promettra avoir « débroüillé le cahos dans lequel les vérités écossoises etoient ensevelies[11] ». À chaos complet, cahot et demi : il dira avoir mené des recherches personnelles et beaucoup discuté au cours de certains voyages avec des amis. Après

---

9. Bibliothèque Nationale de France, Arsenal, dossier Bastille, 11700, f° 523 r° v°.
10. *Id.*, f° 534 v°. Au f° 565 v° où l'adresse de Charles Bardin est donnée : « *procureur demeurent rüe Guillaume Lille St Louis* » ; c'est assurément celle que nous connaissons.
11. Document Sharp 15, fondation Latomia, lettre du 16 mai 1750.

ses escapades antillaises, le seul voyage connu est celui qu'il aura réalisé à Marseille de décembre 1748 à août 1749, avec l'espoir non satisfait que de « grands amis [12] » lui permette d'obtenir une charge d'inspecteur du commerce. Mais, peu importe. Il argumentera en assurant que ce qu'on appelle l'écossisme « n'est autre chose que l'ancienne maitrise, qui fut changée a la mort d'[mot raturé, illisible] dont il est tres peu question dans notre catechisme, et qui ne fut confiée par Salomon qu'a un petit nombre d'elus parfaits que nous representons [13] ». Le rituel de la Perfection écossaise ne contient pas, en effet, d'allusion au meurtre d'un architecte de Salomon, au contraire de celui de l'Élection. Boulard se fonde sur le second en estimant qu'il fournit quelque chose comme le fondement du système des hauts grades, parce qu'il a de bonnes raisons pour cela. Il l'aura découvert depuis peu, tel un élément décisif longtemps caché.

Et c'est Morin qui est censé devenir maintenant le diffuseur du chaos débrouillé. Par un radical retournement de perspective, Boulard le mandate pour apporter aux Bordelais la bonne parole. Le mentor de Saint-Domingue s'est mué en disciple. Entre temps, revenu lui aussi à Paris, Morin s'est pareillement soucié d'enrichir ses connaissances ; il a découvert des grades écossais qui n'existent que depuis peu ; mais Boulard revendique le mérite de les avoir mis en synergie, si l'on peut dire, de les avoir hiérarchisés de la bonne façon. Sa fierté est à peine masquée : « Quand j'ai retrouvé le fr. Morin j'ai été d'autant plus charmé de voir qu'il possedoit aussi ces nouvelles connoissances qu'en les lui augmentant, et qu'en les lui mettant dans leur ordre naturel, je me suis acquitté d'une partie de ce que je lui dois. [14] »

Donc, nous avons de bonnes raisons de croire que Boulard, particulièrement friand de relations mondaines au point de revendiquer la protection des ducs de Richelieu et d'Aiguillon,

---

12. Bibliothèque Nationale de France, Arsenal, dossier Bastille, 11700, f° 503 r°.
13. Document Sharp 15, fondation Latomia, lettre du 16 mai 1750.
14. *Id.*

nonobstant celle de l'abbé de Vougny [15], reflète assez bien l'état d'esprit d'une certaine fraction de la maçonnerie française à la fin du demi-siècle. Son exemple serait presque caricatural si nous n'avions sous les yeux à la fois sa correspondance privée de l'époque et ses considérations d'initié. Une dernière remarque nous le confirme. Quand il cite dans sa lettre trois noms de Bordelais qu'il lui arrive de côtoyer en loge à Paris, nous lisons celui des frères Lamolère, Agard, et du Vigier. Le premier est encore un membre de la loge autrefois présidée par Coustos. Le second est fort probablement le second surveillant qui assistait Colins en 1737. Quant au troisième, son attache n'est pas connue, mais il appartient lui aussi à l'Ordre de la Coignée. Procureur général, membre du parlement de Bordeaux depuis 1710, son domicile se trouve dans la rue de Seine. Et il héberge son ami Boulard, quand les aléas de sa vie conjugale l'amènent à fuir sa maison de La Villeneuve [16].

Tout cela pour en arriver à ceci que les interférences s'avèrent tellement nombreuses entre la maçonnerie et les adeptes de la Coignée qu'il y a lieu de croire que leur résultante aboutit à une sorte d'hybridation. Chez eux, les principaux dignitaires sont appelés chevaliers du Liban. Comme les maçons écossais de la seconde génération intégreront ce titre à leur système, au moins devons-nous présumer des transmissions réciproques d'idées entre deux institutions formellement dissemblables. Cependant, une fois de plus, il convient de ne pas négliger les indications de la chronologie. Sachant que Boulard procède à son inventaire en 1750, une nouvelle nuance est à introduire dans le schéma proposé tout à l'heure. En 1743-1744, trois voies s'offraient à la maçonnerie continentale. La première était empruntée par les gens de haute condition qui souhaitaient que les loges composent un ordre de société. La seconde, au recrutement identique, misait de préférence sur un ordre de chevalerie, cela au moins depuis l'intervention de Derwentwater. La

---

15. Chanoine de Notre-Dame de Paris et conseiller à la grand-chambre du parlement de Paris depuis le 15 mars 1726.
16. Bibliothèque Nationale de France, Arsenal, dossier Bastille, 11700, f° 493 et 525 r°.

troisième était frayée par les gens de la moyenne bourgeoisie qui, en raison de leur statut, ne pouvaient eux-mêmes qu'aspirer à un ordre de société, en regrettant d'être refoulés par les tenants de la première. Mais, autant les Écossais ont voulu cultiver la distance, autant ils ont engendré le phénomène ambivalent de l'imitation. Plus on devine la présence d'une aristocratie quelque part, plus on cherche à la copier, ou à la parodier.

La première et la seconde voies ne sont pas incompatibles entre elles. L'une peut être réservée aux loges ordinaires délivrant les trois premiers grades, tandis que la seconde peut l'être à des choisis recherchant un quatrième grade. *A priori*, les partisans du jacobitisme sont maîtres du jeu. Ils filtrent, ils sélectionnent. Malgré tout, ils ne peuvent empêcher personne de s'équiper à l'écossaise avec une panoplie montée au petit bonheur. On parle d'eux, on essaie de faire comme eux. D'où le phénomène de démultiplication, avant l'irrépressible prolifération des années 1760-1770. Boulard est un bon témoin de l'inventivité dont font preuve les Français. Il dresse l'oreille, sollicite les confidences de comparses divers. Nanti de rituels fraîchement sortis de l'écritoire de quelques besogneux plus ou moins érudits, il se pique de rechercher une cohérence entre eux. La figure de l'empilement est la plus commode pour cela. Un grade s'ajoute à un précédent et ainsi de suite, jusqu'au sommet où celui de Grand Écossais s'annonce en récompense suprême.

Dans un tel contexte, l'orthodoxie ne cesse d'être une notion très fluctuante. Quoi qu'il en soit, ces précisions étant faites, la traversée des années 1745-46 en premier palier, puis 1747-1752 en second palier, devient plus facile pour l'historien d'aujourd'hui. On perçoit mieux ainsi comment l'Écossisme des Jacobites, après l'euphorie générée par l'expédition du prince Charles Édouard, en vient à subir un retrait brutal de la scène, et à laisser le champ libre à ses avatars. Symboles et métaphores vont se bousculer à la porte des temples, les uns certainement issus de la matrice, les autres sortis d'on ne sait quelle fable, comme lapins et colombes du chapeau magique.

UN MOMENT D'EUPHORIE

Une nouvelle perquisition menée à l'hôtel de Soissons le mardi 8 juin 1745 est restée célèbre dans les annales à cause des procès-verbaux dressés sur la vif. Outre la liste des frères surpris en pleine cérémonie, nous pouvons y lire une description assez détaillée des lieux, des décors, des ustensiles. À la suite de Georges-Henri Luquet, Pierre Chevallier en a proposé un commentaire agréablement teinté d'humour[1]. Reste à ne pas en surévaluer l'impact. La police agit-elle contre la maçonnerie proprement dite ? Ou bien se contente-t-elle de viser une association parmi d'autres, dont les torts sont de ne pas respecter les consignes religieuses en matière de restriction et de contrition les jours remarquables du calendrier chrétien ? Pour agir ne faut-il pas avoir un prétexte acceptable en droit, non dans le cadre de prohibitions contre l'Ordre, prohibitions qui n'existent pas sur le plan strict des lois dûment enregistrées comme telles, mais dans celui d'une coutume catholique en train de se déliter ?

Depuis 1737, est souvent répétée l'accusation de s'adonner à des réjouissances les jours où il faudrait au contraire pratiquer le recueillement silencieux et austère. C'est encore ce qui arrive. Le commissaire Charles-Élisabeth de La Vergée insiste là-dessus. Il opère sa descente le mardi de la Pentecôte[2] pour des raisons qui, à l'examen, paraissent fort banales. En effet, depuis

---
1. *La première profanation du temple maçonnique*, éditions Vrin, 1968, p. 89 et suivantes.
2. Bibliothèque de l'Arsenal, Paris, manuscrit 11556, f°316 r° et 318.

plusieurs semaines, une rumeur est colportée jusqu'à lui, selon laquelle des voisins seraient perturbés par d'incessants mouvements autour de l'hôtel. Ils n'apprécieraient pas de voir régulièrement des individus inconnus s'animer dans la rue, avec des airs suspects. Or l'un de ses subalternes, l'exempt Vierrey, est déjà dans la place. Il a joué les candidats à l'initiation afin de recueillir les renseignements grâce auxquels il sera possible de sévir.

L'idée est d'attendre le moment opportun, lequel s'annonce le dimanche 6. Mais, ce jour-là, l'assemblée est reportée le 8. Vierrey en rend compte par un message explicite du 7, dans lequel il révèle que les deux futur initiés seront un pensionnaire de la Comédie italienne nommé Thomassin, et même – ô fortune ! – l'abbé de Vougny[3]. Doit-on considérer qu'il est lui-même apprenti depuis peu, et que ce qu'il raconte n'est pas très fiable ? En tout cas, le jour J, il fait prévenir La Vergée du commencement de la cérémonie, si bien que les archers du guet réalisent leur descente à coup sûr. Le bilan est substantiel. Trente-six contrevenants sont contraints d'avouer leur identité ; dix sont menés *illico* auprès de Marville afin qu'il les interroge. Parce que Thomassin et Vougny ne sont cités nulle part, nous devons demeurer circonspect à l'égard de Vierrey, à moins de supposer que la police intervient à une heure où les candidats n'ont pas encore eu le temps de se présenter. Toutefois, Marville s'intéresse de près à trois religieux bénédictins de l'abbaye de Saint-Germain des Champs, et sa volonté de déterminer en quoi sont commises des entorses à la religion n'apparaît que plus évidente.

Outre que le procès-verbal de saisie des ustensiles contient une description minutieuse de la Bible usitée par les frères, ainsi que d'autres écrits y ayant rapport, il est clair qu'une autre perquisition a été menée la veille dans un lieu que nous connaissons bien, le faubourg Saint-Laurent, mais avec des protagonistes étrangers au monde des loges. Un gazetin publié le 20

---

3. *Id.*, f° 314. Le texte donne « Abbé de Voigny ». Il s'agit probablement d'un lapsus. Les Almanachs royaux ignorent l'existence d'un quelconque abbé de Voigny. En revanche les Thomassin et les de Vougny sont assez nombreux.

l'expose sans équivoque, justement après un résumé des incidents survenus à l'hôtel de Soissons. Une maison ayant été repérée « où il paroissoit qu'on observoit un grand mystère [...] on s'y est introduit, lundi 7 de ce mois, à deux heures du matin, et on y a trouvé trois hommes et trois femmes de la secte des Élisiens, avec trois jeunes enfants qu'ils élevaient dans leurs principes.[4] » Les six adultes, dont un prêtre, ont été conduits à la Bastille, et les enfants mis en pension. D'autres comptes rendus de même style montrent que les susceptibilités de l'épiscopat sont vives, surtout quand il s'avère que ses propres représentants se partagent entre plusieurs écoles de pensée et de pratique. L'âme des fidèles est un enjeu de poids, autant que leurs deniers. Si la puissance civile intervient, c'est pour prévenir autant que possible les risques de tumulte.

Donc, le cas maçonnique est noyé dans de nombreux autres. Rien ne sert de le dramatiser en le présentant comme une exception. Et la suite donnée aux exploits du commissaire La Vergée reste dans le champ du trivial. Marville ne garde pas longtemps dans son hôtel de la rue Saint-Honoré les dix infortunés qui composent sans doute l'équipe dirigeante de la loge. Il les relâche aussi vite qu'amenés. Aucune incarcération pour l'exemple n'est envisagée. Pas de Bastille, de Châtelet ou de For l'Évêque. La comparaison avec le sort infligé aux Élisiens démontre plutôt une tendance à la routine, avec l'indulgence au final. Seul le traiteur sollicité pour les repas écope le 18 d'une amende de trois mille livres. Gageons que les frères se cotisent pour la rembourser.

Ce sont les maladresses imputables à Vierrey qui pimentent l'affaire. « Les maçons sont fort intrigués de cette aventure, et ont même fait des menaces à ceux qui les avoient surpris[5]. » Dès le lendemain, il reprend sa besogne d'indicateur à la Comédie Italienne. Or, il y croise plusieurs frères qui n'hésitent pas le soupçonner d'être le traître. Même Pierre du Puis élève

---

4. *Lettres de M. de Marville,* chez H. Champion, 1896, volume 2, p. 207. La date du gazetin donnée par Boislisle est erronée. Il ne s'agit pas du 20 décembre 1745, mais du 20 juin.

5. *Id.*

la voix en lui promettant une rafale de coups de bâton si le soupçon se confirmait. Pour un chevalier de la Coignée, voilà une manière de répondre à sa définition dans des circonstances non prévues par les rituels. L'épiderme frémissant, Vierrey confie ses craintes à sa hiérarchie. Il le fait en des termes qu'on jugera naïfs, mais qui nous renseignent bien sur la complexité de la situation. Passons sur son vain espoir d'obtenir une protection ; elle est impossible à mettre en œuvre ; une compagnie d'archers ne peut le suivre jour et nuit, sauf à le rendre encore plus suspect. Relevons plutôt trois nouveaux noms glissés dans ses messages inquiets : Daché, Hamard et Roquemont.

Daché est un agent de change qui appartient aussi à l'Ordre de la Coignée. Il habite rue du Renard, paroisse Saint-Sauveur. Est-il le vénérable signalé par Journal, sous la forme D'aché, à la tête de la loge Saint-André ? Est-il « l'inspecteur général » dont la signature donne Dasché sur le diplôme de la loge de Lodève ? Il serait imprudent de répondre, car plusieurs contemporains peuvent être concernés. Mais la certitude est acquise au moins sur le fait que celui évoqué par Vierrey est bel et bien connu de lui comme étant une personnalité de l'Ordre maçonnique. Sur Hamard, il nous dit qu'il est « apostrophé de mouchard[6] » à la Comédie. Nous sommes en droit de présumer qu'il est pareillement maçon et qu'on lui promet la même bastonnade qu'à Vierrey s'il s'avérait coupable. De fait, c'est un collègue policier. Exempt de robe courte, il habite rue Bourtibourg. Cependant, plus énigmatique est l'annotation concernant Rocquemont. Il « est venüe aussi à lad^{te} Comédie[7] ». De lui, on ne sait s'il est apostrophé ou pas. Il semble que non. Pourquoi Vierrey veille-t-il à en parler ?

Le chevalier Le Roy de Roquemont est tout bonnement le gendre du commandant de la compagnie du guet, Guillaume Duval. Le 6 février, il vient d'obtenir en survivance de la charge de celui-ci. Autrement dit, naguère capitaine de cavalerie, il est appelé à lui succéder. Mais, franc-maçon. Il a été reçu le

---

6. Bibliothèque de l'Arsenal, Paris, *manuscrit 11556*, lettre du 9 juin 1745, f° 320. « Mouchar », dans le texte.

7. *Id.*, lettre du 10 juillet 1745, f° 325.

11 décembre 1737, à l'hôtel de Bussy, dans la loge dirigée par Colins. Du moins est-ce l'opinion que nous devons avoir en relisant la lettre écrite par un ancien à Bertin du Rocheret le lendemain de la cérémonie [8]. En un sens, Vierrey apparaît donc comme un attardé dans son propre monde. Ses élucubrations personnelles revêtent même un cachet des plus pittoresques quand il entend du Puis, président du Grand Conseil, déclarer sans ambages que Marville en personne est de la confrérie. À quels saints se vouer, dans ses conditions ?

Par surcroît, son supérieur direct, lieutenant de la compagnie de robe-courte, Henri Bachelier de Montcel, ne manque pas de lui signifier qu'il a fort mal agi. C'est un aveu qu'il fait spontanément et dont on doit apprécier la teneur. « Il m'a dit que, quand un officier est chargé d'ordres, il ne convient pas d'en user avec de pareilles trahisons, qu'il savait aussi que j'avais eu recours au guet, que cela est pitoyable. [9] » Son entreprise a peut-être été risquée en accord avec le commissaire de La Vergée, mais certainement pas avec mandat de son propre chef, lequel en a vu bien d'autres depuis bientôt trente ans qu'il dirige sa compagnie. Désorienté, Vierrey insiste en révélant qu'un commissaire, prévenu le 7 qu'il devait se tenir prêt pour le lendemain, a refusé de se prêter au jeu [10]. Coulis de ciguë sur le gâteau aux amandes amères, il ajoute *in fine* que le lieutenant de Montcel promet au président du Puis de tout faire pour que les loges soient désormais protégées par lui. « Le président lui a dit 'Mr de Montcel, je vous demande votre protection' en lui donnant la main, et lui a répondu qu'il lui accordait et qu'il pourrait y compter. [11] » Remarquable évolution des us.

---

8. Bibliothèque Nationale de France, manuscrit 15176, lettre du 12 décembre 1737, f° 29.

9. Bibliothèque de l'Arsenal, Paris, *manuscrit 11556*, f° 326 r°. Je donne ici une citation corrigée. Vierrey est très fâché avec la syntaxe et l'orthographe. L'original est : « *il ma dit que quand un officier est chargé dordres quil ne convient pas d'en husser avec de parails traysons, qu'il savet aussi que javest eu recour au guiet, que cela est pitoiable.* »

10. *Id.*, f° 326 v°.

11. *Id.*, f° 326 v° et 327 r°. « *le^d S presidan luy adit Mr du Monscel je vous demande votre protection en luy donnant la main et luy a répondu qui luy acordet et quil pourret y conter.* »

Bref, quoique montée en épingle dans certaines littératures, cette nouvelle affaire est l'illustration d'autre chose qu'un scandale maçonnique. Nombreux sont les policiers et magistrats à rechercher le parfum des loges avec les mêmes dispositions que n'importe quels autres citoyens. S'il y a un phénomène parmi eux, son cas est à glisser dans la colonne des exceptions. Comme ailleurs. L'état d'esprit est de plus en plus libéral. Et, si le volailler Potel profite de la situation pour rimailler contre des adjoints de La Vergée, qui s'obstinent à vouloir identifier les trois bénédictins de la liste, il n'en est pas inquiété. Marville a beau le faire surveiller, sa volonté est de ne donner aucun ordre d'interpellation tant qu'il ne sera pas éclairé sur les personnages susceptibles de participer aux travaux de sa loge. Il lui tient à cœur de savoir à quelle classe de la société ceux-ci appartiennent.

Cela peut durer longtemps. En effet, les inspecteurs qui suivent la piste du virevoltant Potel ne savent plus vraiment où donner de la tête. Non seulement les religieux se mettent eux-mêmes à ceindre le blanc tablier des maçons, ce qui laisse penser qu'ils ne perçoivent aucune incompatibilité entre leur foi ancestrale et les protocoles en vogue, mais encore on annonce des assemblées partout, dans Paris, hors de Paris, dans la rue Saint-Thomas du Louvre, dans le faubourg Saint-Germain des Près, chez les Augustins, au château ou à l'abbaye de Livry, chez un fabriquant de chandelles de la rue Guénégaud, chez Landelle rue de Bussy, même à Saint-Cloud, où cent cinquante frères font masse au commencement de juillet. Partout ! Tantôt c'est le vicaire de Saint-Paul qu'on dit en instance d'initiation, tantôt un chevalier de Saint-Louis, tantôt un négociant de Péronne, tantôt un ou deux moines génovéfains, tantôt le chef de cuisine d'un marquis qui fait semblant de s'en offusquer.

Difficile de sévir. Contre l'euphorie, les remèdes sont rares. Mais restons autour des Écossais. Il n'est pas possible de dire qu'ils encouragent ce mouvement général, puisqu'il échappe à leur maîtrise. N'empêche qu'ils peuvent tirer profit de quelques avancées. Persuadés que, malgré le contretemps de l'embarquement manqué dans la Manche, ils ne peuvent que remporter la bataille militaire et politique qui reste imminente dans les îles Britanniques, ils resserrent leurs propres rangs sans négliger qu'en extérieur les sympathies maçonniques contribuent à renforcer leur crédit. En tout cas, l'exemple le plus éloquent de cette euphorie qui traverse toute l'année 1745 est offert par l'assemblée prévue vers la mi-juillet au grand commun de Versailles. Au cœur même de la cour, en somme.

Une de nos connaissances a déjà ses entrées à Versailles depuis plusieurs années : Robert Kempe. Mais c'est deux cent cinquante invités qu'on prévoit [12]. Ce chiffre est-il exagéré ? Quitte à le réduire d'une ou deux dizaines, il doit fournir un bon ordre de grandeur. Moyennant quoi nous avons la confirmation la plus éclatante de ce que la maçonnerie traverse une période sans égale. Jamais les frères ne se risqueraient à s'assembler au siège même de la cour s'ils avaient à redouter une répression commandée par le roi ou ses ministres. On objectera l'absence de rapports policiers qui en rendent compte *a posteriori*. Mais l'endroit n'est assurément pas indiqué pour y pousser des mouchards. De toute façon, les faits sont suffisamment parlants pour que n'ayons pas à être sceptiques. En août 1743, une première loge s'y est ouverte, avec à sa tête le commis de marine La Comté de Pigache. À la suite de la réunion extraordinaire de juillet 1745 au grand commun, une seconde loge demande à être enregistrée par la grande loge de Paris et obtient le droit de fonctionner à partir du 20 octobre afin d'élire son collège directeur. Comme la plupart de ses membres ont justement leur attache à Versailles, il est impossible de croire qu'ils ont décidé de se grouper par simple caprice. Consultons l'une des premières pages de leur registre. Il y est marqué que les frères ayant « demandé conjointement les constitutions [13] » sont au nombre de vingt-trois. Il est rare qu'une loge nouvelle affiche d'emblée un effectif aussi étoffé.

Sont attachés au service du roi, 5 valets de chambre, 10 pages de la petite écurie, 1 garçon de la garde-robe, 1 musicien, 1 garçon du château, 2 gardes, 1 page ordinaire. Au service de la reine, nous avons 1 valet de chambre ; au service de la dau-

---

12. *Id.*, f° 340.
13. Documents Kloss, XX-1, *Statuts et Règlements de la Loge La Chambre du Roy*, f° 25.

phine, 1 officier du gobelet. Ils prennent pour titre distinctif
« Loge de la Chambre du Roy ». Un préambule nous dit qu'elle
a été « approuvée et érigée par la grande loge de Saint-Jean [14] »
avant sa première réunion constitutive. Cette formule laisse
entendre que la grande loge s'est elle-même réunie vers le jeudi
24 juin, à l'occasion du solstice d'été, peut-être le dimanche
27. Ce serait alors qu'aurait été projetée la grande assemblée
de la mi-juillet (samedi 17 ou dimanche 18 ?). Quoi qu'il en
soit, nous devons partir du principe que les vingt-trois fondateurs d'octobre ont été initiés avant leur entrée officielle en lice.
Rien n'est plus évident.

Tout aussi évident est que la concentration du grand commun
survient quand l'opinion sa félicite de l'évolution de la guerre
contre les Anglo-Autrichiens. Le 11 mai, la fameuse victoire
de Fontenoy a suscité de nombreuses réjouissances publiques.
Depuis, les chroniqueurs notent au jour le jour les nouveaux
affrontements qui semblent augurer d'une suprématie des
armées françaises, en Flandres, ou de leurs alliées prussiennes,
dans l'Est. L'avocat Barbier note dans son journal : « Il est
certain, si le Roi continue la campagne sur le même ton, que
ce sera là, au dire des militaires, la plus glorieuse qu'on ait
jamais vue ni lue.[15] » Plus encore, la nouvelle la plus inattendue, la plus « terrible » selon Barbier, est que Charles
Édouard vient enfin de s'embarquer vers l'Écosse. En effet, il
est en train de voguer discrètement vers la terre des ancêtres
pour lancer enfin son offensive. Après avoir séjourné dans le
château des FitzJames en Picardie, puis dans une maison du
duc de Bouillon, à Navarre, il a gagné la Bretagne et a fait
monter ses premiers soutiens sur les deux vaisseaux mis à sa
disposition par Antoine Walsh. Un bâtiment d'escorte a dû
affronter l'ennemi au large de l'Angleterre, mais celui du prince
a pu mener sa route jusqu'à son but.

L'euphorie est générale. Il paraît difficile de croire que les
loges maçonniques n'en seraient pas atteintes, qu'elles poursui-

---

14. *Id.*, f° 23.
15. *Chronique de la Régence et du règne de Louis XV*, éditions Charpentier, 1857, volume 4, p. 63.

vraient leur évolution à l'écart, sans le moindre pensée vers les frères engagés dans les combats, qu'ils soient Français ou étrangers jacobites. À leur façon, elles les honorent. Pas de neutralité. Idéalement, les maçons aspirent à la concorde universelle, certes ; ils préféreraient la paix entre les nations. Mais, il leur est impossible de laisser au-dehors de leurs temples la passion écossaise qui les tient en haleine. Sinon quel sens prêter aux mots ? Détail non négligeable, que j'ai eu l'occasion de commenter ailleurs : c'est aussi en août 1745 que le procureur général Jean-François Joly de Fleury se dessaisait de son dossier personnel concernant les perquisitions menées en 1737, les seules qui contiennent des informations sur les amis français de Derwentwater. Il le place sous la garde vigilante du marquis Louis-Bénigne de Bauffremont, qui invite sa femme Hélène de Courtenay à en prendre soin à leur domicile [16]. Comme pour se débarrasser provisoirement de documents sensibles. Les Bauffremont ont au moins deux fils engagés dans les combats contre les Anglais. Louis est colonel d'un régiment de dragons qui vient de servir à Fontenoy ; Joseph assure le commandement de vaisseaux qui se signalent avec bonheur dans l'escadre du Levant [17], face à celle de Matthews, dont des rumeurs disent aussi qu'il aurait abandonné le parti du Hanovre, ou qu'il serait sur le point de le faire.

Toujours est-il que les fondateurs de la seconde loge de Versailles ont un rapport étroit avec Saint-Germain en Laye. La famille du vénérable élu, Jean de Masgontier, y demeure rue du Vieil abreuvoir. Il porte le titre d'écuyer. Son père et son

---

16. Bibliothèque Nationale de France, Collection Joly de Fleury, *volume 184*, f° 89-92. En écrivant *La Maçonnerie Écossaise* (p. 328), je manquais d'éléments pour établir définitivement l'identité du marquis de Bauffremont. Aujourd'hui, après consultation approfondie des archives de l'armée de terre (Vincennes), il apparaît que c'est bel et bien le marquis Louis-Bénigne qui est impliqué. Il reçoit le dossier en août 1745. Sa femme Hélène de Courtenay les range. Au moment de les restituer, c'est elle qui les cherche (non son fils Louis) et les fait expédier au procureur Joly de Fleury (f° 90, signature de Hélène de Courtenay-Bauffremont).

17. Voir *Correspondance* de Voltaire, éditions Gallimard, La Pléiade, lettre au comte von Podewils, 28 février 1744.

grand-père étaient déjà valets de chambre de Louis XIV. Aux différents baptêmes de ses enfants, il invite d'autres gentilshommes en service au grand commun du roi. Les nommer tous serait fastidieux. Par scrupules, signalons seulement qu'il a des sympathies particulières envers les Frémin de Beaumont, aussi habitants de Saint-Germain en Laye, eux-mêmes liés aux Dassigny, même paroisse. Or, Pierre Frémin de Beaumont sera initié par Masgontier en juillet 1746 ; et l'on trouve un capitaine Dassigny qui, selon Bord, aurait été un des tout premiers Français à appartenir à l'Ordre[18].

Le 27 décembre 1746, jour éminemment symbolique, ce vénérable aura le plaisir de recevoir comme néophyte son frère Guillaume-Nicolas, « bourgeois de St Germain ». Mais tournons les yeux vers son adjoint aux fonctions de secrétaire, Charles-César Thierry, valet de chambre de la reine et tapissier du roi. Il est dit habiter rue des Tournelles, près l'église Saint-Louis de Versailles. Cette information est confirmée par les déclarations faites lors de son mariage, à quarante-trois ans, le 14 juillet 1746. Cela n'empêche pas qu'il soit fils d'Antoine, autre écuyer de la bouche du roi qui, lui, demeurait jusqu'à sa mort récente à Saint-Germain en Laye. Plusieurs de ses frères sont dans le même cas, et ils appartiennent d'ailleurs aussi au grand commun. Par conséquent, s'il faut parfois que l'imagination supplée la pensée analytique, nous n'avons pas crainte ici de nous égarer. Durant leur enfance, les Thierry comme les Masgontier ont baigné dans une atmosphère très imprégnée de présence jacobite. Maintenant, en cet été 1745, ils sont entraînés dans la vague d'enthousiasme.

---

18. *La franc-maçonnerie en France, des origines à 1815*, Nouvelle Librairie Nationale, 1908, p 491. Le lien Dassigny et Frémin de Beaumont est établi par la présence de Jean-Baptiste FdB. et Florent D. à un mariage en date du 12 juin 1731. Tous deux sont dits bourgeois de Saint-Germain en Laye (Archives Municipales de Saint-Germain en Laye, GG 98, f° 76 r°). Les Dassigny résidaient dans la paroisse Saint-Médéric au siècle précédent. En 1700, Germain Dassigny est marqué officier du roi. Il faut comprendre qu'il tient un office, sans être militaire, du moins apparemment. Lors de son mariage, le 14 janvier 1700, la plupart des témoins sont également officiers du roi.

Pour ne rien perdre de cette enquête, deux autres cas méritent une rapide description. Parmi les vénérables de loge dont Potel révèle les noms lors de son interpellation de mars 1744, se découvre un chirurgien nommé Trippier. L'Almanach Royal nous apprend qu'il est le chirurgien attitré du Grand Conseil, celui-là même que préside Pierre du Puis. Il a son domicile rue Saint-Germain l'Auxerrois, près de la prison du For l'Évêque. En fait, Théophraste-Pascal Trippier exerçait auparavant à Saint-Germain en Laye. Quand lui venaient des enfants, il sollicitait lui aussi, comme par hasard, des amis ayant leur service au grand commun de Versailles, comme Claude-François-Michel Didier, chef de gobelet du roi. Ainsi, quand nous croyons parfois qu'une influence se dilue, un détail nous convainc soudain du contraire.

Il y a plus surprenant. Potel révèle avoir été initié maçon à l'hôtel de Soissons au cours de l'automne 1743 par un limonadier nommé Gaudin. Vingt ans plus tôt, quand James-Hector MacLeane et Donald Cameron of Lochiel assistent au mariage de deux Français, outre Richard Butler et Mary Meagher, l'homme s'appelle Pierre Gaudin [19]. Il est fils d'un marchand de vaches. Ensuite, le couple part se fixer à Paris. Que Pierre devienne limonadier, cela se discute, faute d'éléments de preuve, mais on ne doit pas l'exclure. Ce n'est certainement pas dans les rues de la capitale que les bêtes à cornes ont de quoi paître. En tout cas, il est très curieux de constater la présence de deux éminents maçons au cœur de cette famille. Probablement, nous tenons là encore un vecteur d'influence.

L'euphorie est contagieuse. Tandis que Daniel O'Brien, de sa maison de la rue de Bourbon, face à l'hôtel de Belle-Isle, ne passe pas une journée sans recevoir ni envoyer des dépêches aux quatre vents de son réseau politique, Dominique Heguerty, des guichets de sa banque située rue des Bons Enfants, exécute les ordres des bureaux français de la guerre en faisant acheter des armes et des munitions en Hollande, d'où on prévoit de les embarquer vers l'Écosse, en même temps que cent quatre-vingts

---

19. Mardi 6 juillet 1723. Archives Municipales de Saint-Germain en Laye, GG., f° 77 v°.

officiers suédois recrutés en mercenaires[20]. Il rédige même un mémoire assez substantiel pour indiquer comment il faudrait mener le renversement de George II. Ses propres clients lui communiquent des nouvelles intéressantes qu'il exploite aussitôt en les résumant à l'intention du commis Le Dran, charge à lui de les communiquer à son ministre. Dans le même temps, Alexandre-Jean-Baptiste Boyer d'Éguilles, envoyé extraordinaire de Louis XV auprès de Charles Édouard, prend voile à Dunkerque, avec trois Jacobites en compagnons. Deux au moins sont francs-maçons, le capitaine Ignace-Michel Brown, du régiment de Lally, et Louis Drummond, du Royal-Écossais. Le troisième, dont l'initiation est incertaine mais le dévouement envers les Stuarts très ancien, s'appelle Thomas Sheridan. Arrivés sur les côtes d'Ecosse, ils se mettent d'accord pour s'emparer du port de Montrose. Ce n'était pas prévu au programme, d'Éguilles en est tout ébahi[21].

Et s'il faut secourir quelques particuliers, pourquoi pas ? Le dimanche 23 janvier 1746, voici un Anglais qui se présente dans une assemblée générale des Chevaliers de l'Arquebuse réunis chez un traiteur de la rue Saint-Paul. Il est porteur d'une lettre de recommandation signée du médecin Michel Procope, et qui circule aussitôt de main en main. En clair, elle demande des secours financiers au profit du porteur, lequel est à la fois marqué comme franc-maçon et fidèle partisan de Charles Édouard. Sur quarante-cinq convives, quarante sont aussi francs-maçons, et c'est la raison pour laquelle la quête a paru opportune. L'argent est recueilli dans un chapeau. Cet épisode n'est pas plus anecdotique que les précédents. Outre qu'il confirme les relations étroites entre Procope et les Jacobites, ce même Procope qui n'hésitait pas de promettre un mauvais sort au policier Vierrey compromis dans les mouchardages de l'année précédente, tout porte à croire que la solidarité exprimée ainsi n'est pas exceptionnelle. Elle reflète une disposition

---

20. Archives du Ministère français des Affaires étrangères, série *Mémoires et documents*, sous-série *Angleterre*, volume 78, f° 227, et volume 82, f° 151 et suivants.

21. *Id.*, f° 234.

d'esprit partagée par une majorité, y compris par les insoumis ecclésiastiques du Collège des Écossais, désormais dirigé par George Inese, puisque celui-ci apporte depuis plusieurs mois des subsides divers à ses compatriotes officiers [22]. Nous n'avons pas oublié, non plus, que le vicaire de Saint-Paul est décrit en juin 1745 comme devant être incessamment initié par Potel [23].

L'écossisme n'est pas la maçonnerie en général, dira-t-on. Il ne faut pas effacer les distinctions introduites tout à l'heure. Si un Jacobite vient solliciter des frères qui, selon ce qu'on présume par l'évocation du volailler Potel, sont ordinairement tenus à l'écart de l'élite, ne sommes-nous pas exposé à la confusion ? Quelques mots inscrits dans le bref rapport rédigé par un indicateur, le sieur Podevin (eh...), nous en préservent. « Le contenu de sa lettre [à Procope] etoit qu'il exortoit des frères a faire du bien a un anglais qui etoit du parti du pretendant et un de ses enfans, cest a dir qu'il etoit franc masson et de sa fasson. [24] » Être du parti de Charles Édouard ou de Jacques III, ce qui revient au même ici, être un de ses enfants, et maçon à sa façon : l'insistance n'est pas gratuite. Il y a plusieurs façons d'être maçon, il y en au moins deux dans l'optique ici dégagée, à savoir d'une part celle de la grande majorité des amis qui affectionnent durant leurs loisirs les tirs à l'arquebuse, et d'autre part celle de l'Anglais qui leur tend la main. Du reste on dit qu'il est Anglais parce que sa langue maternelle est l'anglais ; on pourrait aussi bien le considérer comme Écossais de nation, ou bien Irlandais. Méfions-nous des appellations rapidement appliquées sur tous ceux qui viennent d'outre-Manche.

Cette interprétation est confortée par d'autres sources. Le dimanche 30 janvier 1746, l'inspecteur Dadvenel rend compte d'une tenue ayant eu lieu une semaine auparavant chez une cabaretière tenant son commerce au coin des rues Montorgueil

---

22. Archives du Ministère français des Affaires étrangères, série *Mémoires et documents*, sous-série *Angleterre*, volume 80, demande de défraiements, f° 247 r° et 249 r° (mars et juin 1749).

23. Bibliothèque de l'Arsenal, Paris, *manuscrit 11556*. Sur le vicaire de Saint-Paul, voir f° 335 ; sur la quête parmi les Chevaliers de l'Arquebuse, f° 343.

24. *Id.*, f° 343.

et du Petit Lion. Il cite parmi les présents un officier du régiment de Lowendahl nommé La Valette, ainsi qu'un chirurgien du même régiment nommé La Haye. Il précise : « Il doit s'en tenir une loge ecossoise dimanche prochain, c'est le S^r de La Valette qui sera le très respectable attendu qu'etant du paÿs il y a d'autres formalites qu'en France.[25] » Semble-t-il, l'annonce est mauvaise, car plusieurs reports de date ont lieu, et c'est seulement le vendredi 18 mars que Dadvenel confirme la réalité de cette tenue ; elle aura lieu le dimanche 20 suivant. Cependant, il ne fait guère de doute que cet inspecteur discerne lui-même une différence notable avec le lot commun qu'il épie depuis plusieurs semaines. « Ils seront aux environs de 40 per^{nes}, y compris 12 recipienders, se doit estre du Beau.[26] ». Comprenons : du beau monde.

Levons quelques ambiguïtés. En disant que les formalités des Écossais sont différentes en France, Dadvenel ignore qu'elles sont nées ici. En affirmant que La Valette est lui-même écossais, il nous laisse très dubitatif, car jusqu'à nouvel ordre ce nom ne sonne pas très british. Mais on doit quand même accepter l'essentiel de son propos. La différence existe, elle est à l'avantage de personnes dont la condition les porte au-dessus de la moyenne, et elle renvoie très clairement à la mouvance jacobite, puisqu'il est prévu que le régiment de Lowendahl aille renforcer les forces débarquées en Écosse à la suite de Charles Édouard. Très zélé, Dadvenel propose même que des perquisitions soient menées sans attendre, presque à la hussarde. Est-il dépité de n'être pas écouté par Marville, qui freine autant que possible, pour en venir à ne rien décider ? Silence là-dessus. Alors, ce serait dommage d'en rester là si nous n'avions la possibilité de déterminer à coup sûr qui est ce La Valette capable de rassembler autour de lui une quarantaine de personnages huppés, et d'en initier une douzaine le même soir.

Honoré Jaume de La Valette est frère d'Anne-Marie Jaume qui deviendra l'épouse de Christophe-Jean Baur en 1755. Guère Britannique d'origine, on doit plutôt croire que ses racines sont

---

25. *Id.* f° 344 v°.
26. *Id.*, f° 349.

en Suisse, et frottées d'argent. La banque, les affaires, la Compagnie des Indes, voilà en effet le menu de son cousinage. Les archives du ministère français le disent incorporé au régiment de Lowendahl le 6 août 1744, avec le grade de second lieutenant[27]. Deux de ses fils y entreront également, l'un en avril 1747, l'autre en mars 1748. Et aucun n'ira en Écosse, car l'expédition de Charles Édouard échouera. Mais, pour le moment, Honoré y croit. Et c'est pourquoi, à son insu, l'inspecteur Dadvenel nous invite à penser que les « formalités » qu'il suppose importées de là-bas ne sont en vérité que dispensées dans le cercle assez étroit des hommes dont l'investissement personnel est loué par les amis de Derwentwater. Plus tard, pensionné par le Louis XV, La Valette sera secrétaire des commandements du duché de Savoie. Il entretiendra de bonnes relations, apparemment, avec deux de ses cousins Jaume, tous deux francs-maçons : Joseph, banquier à Paris, et Guillaume, négociant à Lyon.

---

27. Service Historique de l'Armée de Terre, Vincennes, Y^b/123, f° 525 et 528.

CRÉPUSCULE

Retracer les revers subis par l'armée de Charles Édouard serait trop long. Extrapoler sur les éventuelles assemblées maçonniques qu'il aurait présidé serait hasardeux. Défait à Culloden, obligé de fuir, caché dans les îles des Hébrides, sauvé par des vaisseaux français partis à sa recherche, ramené en France, fêté en héros malheureux, ce prince est reconnu par certains biographes maçonniques comme l'un des plus hauts dignitaires de l'Ordre écossais en ce milieu du siècle, voire le plus haut. C'est possible, mais non certain. Quant à moi, je me contenterai seulement de deux propositions élémentaires. La première est que, ayant vécu au rythme de la dynastie Stuart depuis longtemps, la maçonnerie écossaise n'a pas besoin de placer un roi à son sommet, ou un prétendant, pour se justifier. Former une communauté dévouée à quelqu'un n'implique pas automatiquement que ce quelqu'un doive en être. Il peut fort bien rester au-dehors. La deuxième proposition est que, cependant, il est inconcevable qu'un chef politique ignore qui le soutient et comment. Donc, les loges écossaises, à dominante militante et militaire, méritent d'être encouragées par lui, ouvertement ou non.

De 1746 à 1750, nous assistons en France à l'éclosion de nouveaux groupes dont l'appellation révèle sans aucun doute cette influence. Ou bien ils se contentent de dispenser les trois premiers grades connus à l'époque, c'est-à-dire les grades « bleus » ; ou bien ils se proposent de délivrer le quatrième grade élitiste apparu au cours des années 1730. Certes, Charles Édouard a été vaincu, ses fidèles ont été décimés ; certes, plusieurs sont décapités à Londres, comme Derwentwater, Balmerino, Lovat ; certes, il connaît même le chagrin de compter des traîtres dans ses rangs, comme son ancien secrétaire, John Murray of Broughton, qui après sa capture charge ses anciens compagnons, les accable lâchement, si lâchement que les maçons de la loge de Canongate Kilwinning rayent son nom de leur registre de la loge [1] ; certes, il s'aperçoit que le gouvernement français manque de conviction pour tenter une autre opération sous peu. Malgré tout, il croit encore en son étoile. Jeune, résolu, il n'entend pas se résigner.

Les villes françaises qui, de manière incontestable, découvrent ou renforcent leur écossisme sont nombreuses. Sans être exhaustive, la liste suivante le montre bien : Rennes, Nantes, Bordeaux, Poitiers, Toulouse, Arras, Lille, Montpellier, Avignon, Marseille, Béziers, Narbonne. Quelquefois, ceux qui œuvrent à la propagation de l'influence déclarent expressément qu'ils le font pour remercier les frères locaux de l'aide directe ou indirecte qu'ils ont pu apporter aux Jacobites ; nous ne voyons pas en quoi il faudrait rejeter leurs témoignages. J'en ai rappelé la substance dans un précédent livre [2]. Comme je n'ai rien à y ajouter d'inédit, je ne m'attarderai que sur deux cas particuliers.

D'abord, il est utile de prendre en considération le rôle joué par le comte Richard de Barnewall à Toulouse. Est-il réellement le pionnier de la maçonnerie dans la ville, comme une certaine tradition l'assure ? Est-il mandaté par le grand maître de l'Obédience irlandaise, ce qui donnerait à l'appellation écossaise un goût de paradoxe ? L'affinité jacobite que lui prêtent divers historiens se justifie-t-elle ? Ensuite, ce sont les traits de James Steuart, membre de l'Ordre des Chevaliers Élus, qui sont à mettre en lumière. René Le Forestier nous égare en reportant aux années 1760 des interventions bien antérieures de ce Jacobite éminent. Faut-il y voir le lord prévôt d'Édimbourg et grand maître de la grande loge d'Écosse qui dirigerait un chapitre

---

1. Archives de la Loge Canongate Kilwinning n° 2.
2. *La Maçonnerie écossaise dans la France de l'Ancien Régime*, éditions du Rocher, 1999.

Crépuscule

« clérical » de cet Ordre en 1766 ? Peut-on recevoir sans critique l'idée selon laquelle Steuart travaillerait de conserve avec Charles Sackville, sixième comte de Dorset, aperçu dans la première loge hanovrienne de Florence auprès du trouble baron von Stosch[3] ?

Grâce à la correspondance de Pierre de Guénet[4], nous avons pu établir qu'Antoine-Joseph de Niquet a précédé Barnewall dans Toulouse. Président à mortier du parlement, il a été initié à Paris ; de retour chez lui, il y a répandu « les vérités acquises ». Bien sûr, une documentation tardive présente une autre chronologie. Tout aurait commencé en 1741, le 2 décembre, par l'arrivée de Barnewal, nanti de patentes délivrées par le grand maître des francs-maçons d'Irlande. Voilà ce que confirmeraient une copie de ces patentes, d'une part, et un mémoire adressé au Grand Orient de France le 27 avril 1775 par l'abbé Jean-Daniel Boyer du Cruzel, d'autre part[5]. Méfions-nous de l'une et de l'autre. Non que la bonne foi de ceux qui les mettent en avant soit à suspecter, mais qu'à la fin des années 1730 la conjoncture change parfois du jour au lendemain.

La situation à Avignon nous a instruit de cela. Le marquis de Calvière ouvre une loge pour la fermer quelques semaines plus tard ; ce sont des nostalgiques qui la rouvrent vers 1741, pour l'assoupir encore au bout de deux ou trois ans et ne la réveiller qu'en 1749. Il ne faut pas davantage accorder un crédit aveugle aux lettres officielles qui circulent entre la province et Paris. Quand un intendant, un gouverneur voire un prélat assurent être informés de l'apparition récente d'une loge, il leur arrive d'avoir des troubles volontaires de mémoire. Ils travestissent la réalité afin de ne pas tomber sous le reproche d'avoir laissé faire, sinon d'être eux-mêmes de la partie. « Depuis peu », écrivent-ils ; et c'est un moyen pour insinuer qu'ils n'ont pas encore eu le temps de communiquer leurs inquiétudes aux

---

3. *La Franc-Maçonnerie templière et occultiste*, éditions Aubier Montaigne, 1970, p. 163-164.
4. Lettre du 20 mai 1773, Archives Départementales de l'Hérault, 1.E.8.
5. Voir l'ouvrage de Michel Taillefer *La Franc-Maçonnerie toulousaine*, ENSB-CTHS, 1984, p. 16.

ministres parisiens, lesquels donnent l'exemple en ayant de pareilles amnésies sur commande.

Cependant, ces précautions une fois prises, la question cruciale est de comprendre en quoi Barnewall serait ou non porteur de la flamme écossaise. Avant de s'installer à Toulouse en 1740, il vivait à Dublin. Il était déjà franc-maçon. Nous pouvons donc volontiers accepter l'hypothèse d'une absence d'activité en France, que ce soit à Paris, à Versailles ou ailleurs. En outre, le grand maître qui lui aurait délivré sa patente n'est autre que son beau-frère Henry-Benedict Barnewall, quatrième vicomte de Kingsland. On ne voit pas pourquoi il faudrait alors supposer une connivence avec les Jacobites de l'exil. On ne le voit pas ? Encore une fois, les registres de Saint-Germain en Laye apportent des éclairages assez saisissants.

Dans les années 1690, les Barnewall réfugiés auprès de Jacques II sont nombreux. Leur attache avec ceux restés en Irlande ne peut pas être contestée. Par exemple, se manifeste Mary Hamilton, épouse de Nicolas Barnewall, troisième comte de Kingsland, père du futur grand maître irlandais et beau-père de Richard. Souvent, Bridget Barnewall, fille du neuvième Lord de Trimlestown, et femme du brigadier Christopher Nugent, assiste aux baptêmes, mariages ou inhumations, et c'est la tante de Richard. Les Dillon, les Lally, les Talbot, les Drummond sont parmi leurs intimes. Sautons une génération, voici Robert, aîné de Richard, qui assiste à l'ondoiement d'Anne-Jeanne Nugent, fille de Jacques, mestre de camp de cavalerie, et d'Elizabeth-Bridget Redmond, sœur de John. Robert est explicitement qualifié de fils aîné de milord de Trimlestown, pair du royaume d'Irlande. Nous sommes le 24 juin 1736. On le croit à Dublin, il est en Île de France, et ce n'est pas pareil[6].

Quand Jacques Nugent trépasse le 11 décembre 1739, une signature traverse la totalité de l'acte de sépulture établi le lendemain ; elle est parfaitement lisible : « Barnewall de Trimlesstoune ». Il est impossible d'envisager un voyage éclair de Robert Barnewall, car c'est encore de lui qu'il s'agit[7]. Autre-

---

6. Archives Municipales de Saint-Germain en Laye, GG 103, f° 69 r°.
7. Id., GG 108, f° 68 v°.

ment dit, à supposer qu'il n'est pas resté trois ans au même endroit, force est quand même d'admettre qu'il affectionne les séjours prolongés dans la région parisienne, même en hiver. Il a un cousin, George, capitaine au régiment de Dillon qui, lui, y demeure[8]. *Last but not least*, ces quelques données prennent toute leur signification quand on s'aperçoit que les témoins qui se porteront garant de Richard, le jour où il sollicitera à la chancellerie de Louis XV reconnaissance de naturalité et de noblesse, seront Pierre Nugent[9], John Redmond, Arthur-Richard Dillon et le duc Charles de FitzJames. Donc, l'empreinte jacobite est indéniable ; et, si l'on tient absolument à ce que les patentes irlandaises signifient quelque chose, il ne faut pas se départir du principal. La référence est écossaise.

Quand Samuel Lockhart vient lui apporter en 1747 le quatrième grade du système, quand il dit que les frères sont des « Écossais fidèles », selon l'appellation ensuite conservée par la tradition, quoi de plus normal. Les deux hommes s'inscrivent dans le mouvement assez prononcé de renforcement des attaches en faveur de la maison Stuart. On peut discuter à ce moment sur la cohabitation d'une ou plusieurs loges bleues dans Toulouse, avec au moins un chapitre ayant vocation à les coiffer ; on ne peut pas imaginer une seconde que les principaux intéressés délaissent soudain leur marquage partisan. Au contraire, ils l'accentuent comme à Rennes, Nantes ou les autres villes citées plus haut.

De fait, Samuel Lockhart est le petit-fils de George Lockhart of Carnwath. Cousin germain du duc de Wharton, très actif lors du soulèvement manqué de 1715, celui-ci était en correspondance assez régulière avec ses amis de Rome et de Paris.

---

8. Marié à Marie-Anne Lambert, qui décède le 16 mai 1739 (Archives Municipales de Saint-Germain en Laye, GG 108, f° 39 v°). C'est étrange de remarquer en passant que George est parrain en février 1739 d'une petite fille née de Guillaume Le Moine, marchand fripier, et d'Antoinette Potel, son épouse (Potelle dans l'original). Ce nom est rare à Saint-Germain en Laye. Par déplacement de point de vue, il nous fait donc penser au volailler Quentin-Joseph Potel. Mais, il est délicat de nouer un lien.

9. Dans l'ouvrage de Gustave Bord (p. 119), la signature reproduite sous la forme P. Nugent, est celle de Pierre Nugent.

En cette année, Samuel et son jeune frère George sont réellement familier des hautes sphères jacobites[10]. On demande même au second de rechercher les preuves d'une trahison dont un tiers est soupçonné[11]. En outre, William Drummond of Balhaldie signale les visites que l'un ou l'autre lui font à Paris[12]. Effectivement, ce serait prendre le risque de la naïveté aveugle que d'imaginer que les deux hommes regardent la maçonnerie comme un pur loisir, et qu'ils s'appliquent à oublier leurs préoccupations profanes quand ils franchissent le seuil du temple.

Sur l'Ordre des Chevaliers Élus proprement dit, nous avons moins de garanties. En l'état actuel de la recherche, il est impossible de savoir quand il est apparu, comment il s'est développé. À force de recouper les documents, quelle qu'en soit la nature, nous devons alors adopter un double point de vue. Désormais qu'il ne fait guère de doute que les Jacobites ont voulu inventer une nouvelle version de la maçonnerie au cours des années 1730, le principe de son existence forme une sorte de fondement à n'importe quelle étude de l'Écossisme. Cependant, les modalités choisies pour lui donner corps prêtent à controverse. En hypothèse basse, nous devons parier pour un seul grade. Puisqu'il s'agit d'opérer un retour à l'institution première où l'on est maçon tout uniment (*fellow*, compagnon de la frater-

---

10. Archives du Ministère français des Affaires étrangères, série *Mémoires et documents*, sous-série *Angleterre*, volume 83, f° 264. Lettre de William MacGregor, alias Drummond of Balhaldie, 1749. « *I have already informed you by my yesterday's letter, that the accounts from captain Lockhart are not in any maner to be depended on, all that one can make of them is to show the proper persons that such schemes are in their heads, as we have them from their own officers.* »

11. Archives du Ministère français des Affaires étrangères, série *Mémoires et documents*, sous-série *Angleterre*, volume 83, f° 273, lettre du 13 octobre 1747. « *Young Lockart has been commissioned this day and employed to find out real proofs of Mitchels having dishonoured the Prince by repeated meany and insdiscretion of all kinds.* »

12. Archives du Ministère français des Affaires étrangères, série *Mémoires et documents*, sous-série *Angleterre*, volume 83, f° 286, lettre du 11 novembre 1747. « *Just as I was writing captain Lockart Carnawath's brother came in here to see John and Donald.* » John et Donald sont dans la parenté de Drummond, Donald étant son propre frère.

nité), on ne voit pas l'intérêt d'en concevoir plusieurs. Malheureusement, nous échouons à en connaître le nom. Plusieurs possibilités se présentent, comme nous l'avons vu dans la correspondance de l'avocat Petit de Boulard, entre autres.

Reste que les archives retrouvées en deux endroits différents, à Poitiers par Philippe Lestienne, et à Quimper par moi-même, offrent de précieuses indications pour admettre une connexion forte entre ces Chevaliers Élus et la mouvance stuartiste. Disons que, en un sens, ils proposent la composante chapitrale des loges bleues dont la propagation est également assurée au même moment. Le rituel est clair au moins sur l'idée qu'il faut avoir donné pleine satisfaction dans ces loges pour espérer accéder au quatrième grade. Il l'est tout autant sur trois autres points. Le premier est que ses dirigeants ne valorisent que la dimension écossaise ; le second qu'ils reprennent certains épisodes de la geste templière en développant une thématique de la vengeance autour de l'imagerie kadosh ; le troisième qu'ils considèrent leur système comme le seul apte à parachever un authentique cheminement initiatique. Voilà pourquoi le fait de retrouver dans ses effectifs un personnage comme James Steuart présente un grand intérêt.

Né en octobre 1713, il accomplit de brillantes études qui lui permettent de devenir avocat. Il a alors vingt et un ans. Mais, au lieu de commencer à exercer, il imite les jeunes gens de son temps qui disposent d'une coquette fortune et peuvent se risquer à faire un long tour d'Europe. Le voici sur le continent. Selon certains, dont Andrew Kippis qui rédigea sa première biographie[13], il parcourt l'Espagne, la France, l'Italie, et se soucie de parler à chaque fois la langue du pays. Or, en France, il rend visite aux exilés d'Avignon. Le duc d'Ormonde, notamment, le reçoit volontiers. Comme il le fait au printemps ou à l'été 1736, avant de passer en Espagne, on ne peut que trouver le contexte particulièrement propice à son initiation maçonnique, s'il n'y a pas encore goûté. En effet, rappelons-nous, c'est aussi maintenant que Marischall passe de Valence en Avignon, c'est main-

---

13. *Memoir of Sir James Steuart Denham, Baronet of Coltness and Westshield*, publié dans *The Coltness Collections*, Maitland Club, 1842.

tenant qu'Inverness gagne Rome pour accomplir, selon ses amis, une démarche malheureuse, c'est maintenant que MacLeane arrive de Paris pour on ne sait quelle affaire, c'est maintenant que le marquis de Calvière découvre lui-même les mystères de l'Art Royal. Une concentration assez remarquable de personnages en affinité se réalise au même moment dans la même ville.

Steuart serait-il un candide ? J'ai peine à le croire. Son séjour en Espagne dure plus d'une année ; Marischall lui a sans doute procuré de bonnes adresses. Ensuite, il se transporte à Rome. Là, selon William Taylor[14], il fréquente peut-être la première loge jacobite connue dans la ville. Taylor s'appuie sur le registre des procès-verbaux de tenues qui a été conservé pour avancer son hypothèse. Il prend surtout pour argument que la signature abrégée d'un Jo. ou Ja. Stewart apparaîtrait, à plusieurs reprises, pour désigner le second surveillant de l'équipe dirigeante. Ne le suivons pas dans cette voie, ce serait imprudent. Les graphies sont suffisamment nettes pour admettre qu'il s'agit bel et bien d'un « Jo. » qui suggère plutôt le prénom John, auquel cas est plus recevable l'interprétation de William James Hughan qui se prononce en faveur de John Stewart of Grantully[15], officier de cavalerie né en 1689. Cependant, la connivence de James avec la fraternité ne peut pas être niée.

En juillet 1740, au terme de cinq années de voyages, il rentre en Écosse. Lié au fils d'un jacobite notoire, le duc James Douglas of Hamilton, lui-même en étroite sympathie avec les Stewart of Traquair[16], il tente sans succès de se faire élire au parlement. Au cours de l'hiver qui suit, il devient familier de David Wemyss Elcho, naguère rencontré à Rome, fils de James, cinquième comte de Wemyss et futur grand maître de la Grande loge d'Écosse. Il en épouse la sœur aînée, Frances, le 14 octobre 1743. L'année suivante, il croit que les circonstances sont

---

14. *A short Life of Sir James Steuart : political economist*, dans *David Hume (1711-1776) and James Steuart (1712-1780)*, édition Mark Blaug, 1991, note 22, p. 91.
15. *The Jacobite Lodge at Rome, 1735-7*, Torquay, 1910.
16. Voir Archives du Ministère français des Affaires étrangères, série *Mémoires et documents*, sous-série *Angleterre*, volume 85, f° 196.

bonnes pour renouveler sa candidature à une élection de représentant du comté d'Édimbourg. Il échoue encore, contre des adversaires coriaces, qu'il accuse d'ailleurs de falsification. Puis survient l'été 1745 où le prince Charles Édouard débarque sur la terre de ses ancêtres avec des troupes venues de France. Quand Édimbourg est prise, Steuart s'y trouve. Quelque temps auparavant, il était dans sa propriété familiale de Coltness. On dit qu'il est venu dans la capitale pour soigner une variole de sa femme. Simple prétexte ?

Selon Kippis, il aurait été informé auparavant des projets militaires du prince. Des amis exilés l'auraient nommé comme étant une personne sûre, dévouée, et capable de servir habilement. D'autres auteurs prétendent qu'il aurait été pris dans la mouvance politique un peu malgré lui, ayant un doute sur l'issue des combats. C'est le premier point de vue qui est le bon. Dès février 1745, il reçoit avis de se tenir prêt pour l'été. Une lettre en ce sens lui est adressée de France par Donald Cameron of Lochiel, lui suggérant même de passer le Channel pour assurer le conseil du roi Louis XV des bonnes dispositions de ses compatriotes. L'impression qu'il dégage n'est aucunement celle d'un homme timoré ou incrédule. Quand, ensuite, Charles lui donne mission de coopérer avec Marischall à Versailles, son choix n'est pas le fruit du hasard. Une grille chiffrée de Francis Sempill le signale sous le pseudonyme de Brewer, et d'Éguilles le dépeint en homme de sang froid, étant de nature à « jetter à le mer tous ses papiers au cas qu'il fut sur le point d'être pris »[17].

Il accoste sur le continent au début de décembre. Son premier mouvement est de gagner Bagneux, où Henry Stuart, duc d'York, cadet de Charles Édouard attend sa venue. Le demande de présentation à Louis XV est réalisée le 6 suivant. Steuart fournit alors une liste exhaustive de gens de la noblesse ayant rallié le prince, et commente par oral les besoins de celui-ci, notamment en argent, en armes et en troupes[18]. Voilà pourquoi

---

17. Archives du Ministère français des Affaires étrangères, série *Mémoires et documents*, sous-série *Angleterre*, volume 86, f° 356 r°, et volume 78, f° 318.
18. *Id.*, volume 78, f°316 et 369.

l'information que communique le 11 décembre 1745 un franc-maçon de Rouen, François Taillet, au vénérable de la loge de Morlaix, Jean-Denis D'Erm, nous paraît des moins inattendues [19]. En cinq jours, la nouvelle a vite fait le tour des observateurs. Steuart se taille rapidement une réputation à la hauteur de ses capacités. Daniel O'Brien lui est de bon conseil pour qu'il ne s'égare pas dans le patchwork parisien. Et David Wemyss, Lord Elcho, fils du grand maître ayant succédé au comte de Kilmarnock à la tête de la grande loge d'Écosse, lui est un agréable compagnon.

Les défaites subies par Charles sanctionnent durement sa fidélité. Il voit les vaincus revenir de Culloden, quand ils ont réussi à fuir. Accablé, il apprend les décapitations subies par Balmerino, Kilmarnock, Lovat. Il part alors résider à Fontenay-aux-Roses où sa femme le rejoint au début du printemps 1746. Quel sort le gouvernement de Londres va-t-il lui réserver ? Au bout de quelques mois, il en est informé. Bannissement, au moins pour trois ans. Ensuite, il faudra voir. Il voit : en 1748, bien qu'il demande son pardon, en même temps que son ami Elcho [20], la peine contre lui est prolongée ; interdiction absolue de rentrer au pays. Le gouvernement français lui alloue une indemnité. Quelques secours lui viennent par des amis discrets. Avec sa famille, il part s'installer dans la région d'Angoulême. C'est de cette époque que datent les documents de l'Ordre Sublime des Chevaliers Élus encore consultables aujourd'hui. Dans celui de Poitiers, il est qualifié de négociant et fils du Lord maire d'Édimbourg ; l'erreur est vénielle, son arrière grand-père fut bien principal magistrat de cette ville, son père fut membre du parlement.

James reste à Angoulême jusqu'en 1754. À cette date, nous savons que l'Ordre est tombé en déshérence, et que l'hypothèse selon laquelle le phénomène s'expliquerait par les nouvelles

---

19. Archives Départementales du Finistère, B.4654.
20. Voir Archives du Ministère français des Affaires étrangères, série *Mémoires et documents*, sous-série *Angleterre*, volume 83, f° 337, 18 août 1748 : « Lord Elcho and sir James Steuart have made their peace with the government and have made all the submissions ».

infortunes subies par Charles Édouard deux ans plus tôt est, sous réserve d'éléments ignorés à ce jour, la plus valide. En 1752, Charles a en effet encore échoué dans un plan de coup d'État ; il s'est même converti au protestantisme, ce qui a mortifié bon nombre de ses supporters catholiques ; même son inclination pour l'alcool suscite déjà des commentaires affligés. Pour sa part, Steuart se transporte à Paris. Là, il meuble ses loisirs forcés en commençant à réfléchir sur les mécanismes de l'économie. Sa femme ne faisant pas quant à elle l'objet de proscription passe en Écosse, d'où elle revient au printemps 1756. Les nouvelles qu'elle apporte sont-elles réconfortantes ? Pas encore. D'ailleurs, la conjoncture internationale est très troublée. Une guerre est imminente entre la France et le Royaume Uni.

En position de plus en plus délicate, puisque ses engagements ont tourné court, il lui faut envisager sinon de rejoindre la ligne majoritaire de ses compatriotes, du moins de prouver qu'il est devenu politiquement sans danger. Cela réclame un surcroît de patience. Dans un premier temps, il décide de se rendre à Bruxelles où il possède des relations qui pourraient jouer les intermédiaires avec Londres. Peine perdue. Dépité, il oblique vers Tübingen, en transitant par Spa et Francfort. Il y arrive en juin 1757, où son unique fils s'inscrit à l'université. Mais bientôt, pour soigner une santé délicate, il descend vers l'Italie, via la Suisse. Sa seule consolation est que ses ouvrages d'économie commencent à lui donner une flatteuse réputation dans les milieux d'affaires.

En mars 1761, une éclaircie survient. Le roi d'Angleterre consent à ce que son fils, prénommé comme lui, devienne cornette dans un régiment de dragons. Steuart boucle une nouvelle fois ses bagages et part en Hollande, se disant peut-être qu'il pourrait être autorisé à rentrer bientôt. Il se fixe plusieurs semaines à Rotterdam. On lui fait savoir que son sort ne peut être réglé tant que la guerre avec la France ne sera pas finie. Il descend sur Anvers, y passe l'hiver, puis pousse au sud jusqu'à se trouver en Espagne et en revenir. Ses pérégrinations, semble-t-il, inquiètent le gouvernement français, car il est soupçonné de se prêter à des manœuvres d'espionnage.

Le 25 août 1762, sa maison est cernée par plusieurs compagnies de soldats. Décrété d'arrestation, il est conduit à la forteresse de Givet, dans les Ardennes. Ses papiers sont saisis. Son épouse tente de plaider sa cause, elle demande même à des membres du gouvernement britannique d'agir auprès de leurs homologues français ; il lui faut une nouvelle fois patienter. C'est le 13 décembre suivant, après la signature du traité de Fontainebleau, qu'il est libéré, et qu'en même temps la fin de sa proscription lui est signifiée. Il n'est pas impossible que son emprisonnement ait servi de contre-épreuve favorable aux yeux de ses anciens adversaires. Ou peut-être leur a-t-il vraiment consenti à jouer le rôle d'un « honorable » correspondant ?

Relater les événements qui se succèdent, une fois le fugitif réinstallé dans sa propriété de famille à Coltness, serait superflu. Après dix-sept années hors d'Écosse, il a dépassé le cap de la cinquantaine. Il écrit, il est apprécié par les élites de la finance, il se prononce sur la pertinence de certaines réformes, il a le bonheur d'hériter d'un oncle, Archibald Denham, qui lui lègue des biens à Westshield. Plus intéressantes pour notre sujet sont les considérations sur sa trajectoire jusqu'à son incarcération à Givet. De fait, il a circulé dans tous les pays étrangers dont on sait positivement que des représentants sont marqués dans la liste des Chevaliers Élus. La Hollande : elle était représentée, entre autres, par le négociant Adrian Floris Haupt, et en partie par le baron Friedrich von Vegesack, alors capitaine au régiment d'Orange Nassau. L'Italie : c'est l'abbé écrivain Octavien de Guasco, d'une part, et le banquier Louis Rilliet, d'autre part, qui portaient ses couleurs. La Suisse : voici les noms de Frédéric Zollicoffre d'Altenklingue et de Henri Belz. L'Allemagne, c'est encore le baron de Vegesack qui s'avançait, mais aussi Jacques-Henri Folsh, un négociant qui possédait une maison de commerce à Francfort, et des relais à Marseille. Steuart était particulièrement bien placé pour savoir quels étaient les frères capables de lui indiquer ici et là des retraites sûres[21].

---

21. Extrait des archives de Quimper : « *Le Frère étant élu et armé chevalier, on lui communiquera généralement la liste des Frères Chevaliers Elus, et tout ce qui dépend de l'Ordre, afin d'y écrire son nom, sa demeure et sa profession, qui sera envoyé au T.S.G.M* » (orthographe modernisée, abréviation complétée). Voir texte complet, en version originale, dans *Renaissance Traditionnelle*, n° 112, octobre 1997.

De toute façon, la démonstration est faite qu'il a appartenu à un Ordre nécessairement concerné par les affaires jacobites. Voilà pourquoi il convenait de rejeter le portrait proposé par René Le Forestier. Plus encore, dans *L'Occultisme et la franc-maçonnerie écossaise*, cet auteur ose quelques audaces. « Les Maçons Écossais ne furent pas uniquement des souverains de comédie et des justiciers de mélodrame, des chevaliers fictifs et des croisés honoraires, ils furent aussi, sans en avoir pleinement conscience, des mystiques honteux et des occultistes postulants.[22] » Ce qui vient d'être dit empêche de prêter la moindre valeur à un tel jugement. Ni Steuart ni la plupart des personnages dont nous avons suivi la destinée n'ont été des sots, encore moins les adeptes d'une métaphysique de théâtre. En leur infligeant des épithètes qui frôlent le dédain, Le Forestier ne se bonifie pas lui-même. Comme disent les linguistes, la non-intelligibilité d'un sens est parfois imputable à celui qui en déplore l'opacité chez autrui.

Tout compte fait, il se peut que l'objet du scandale soit dans l'usage de la thématique kadosh. Je l'ai dit, l'allégorie qu'affectionnent les Chevaliers Élus est celui de la vengeance promise aux assassins de l'architecte du temple de Salomon. C'est une allégorie. Est-elle purement gratuite ? En dépit des risques de déphasage à ce propos, et sans assoupir le moins du monde notre volonté d'être rationnel, il convient de relire de très près les archives qui la véhiculent. Les premiers maçons Écossais songeaient bel et bien à venger les malheurs des Stuarts, depuis la décapitation de Charles 1er, fils du Salomon de la Grande Bretagne, selon l'expression officielle de son temps. Le rappeler ne doit pas être considéré comme une offense. L'heure de la prescription a sonné depuis longtemps.

---

22. *L'occultisme et la franc-maçonnerie écossaise*, éditions Arché, p. 1987, p. 266.

CONCLUSION

Ce livre pourrait être doublé par un autre qui s'éloignerait des considérations événementielles pour tenter une analyse des idées. Comme par symétrie, son objet serait de dégager les mobiles intellectuels des acteurs, au sens où toute aspiration à une forme de société est sous-tendue par un dispositif mental. Vouloir un régime politique, en exclure beaucoup d'autres, lui associer ou non des options religieuses typées, déterminer dans le même temps une éthique des comportements quotidiens, tout cela dépend de certaines manières de penser. C'est ainsi que s'explique l'emploi de symboles caractéristiques, de métaphores surchargées de valeurs sentimentales, de rhétoriques empruntées aux écrivains. Il s'agit de justifier, de convaincre, voire même de conditionner. Bref, une chose a été de dire des premiers francs-maçons qu'ils soutenaient indubitablement la cause des Stuarts, autre chose serait de théoriser la conception qu'ils se faisaient de l'homme, de la société et même de l'univers.

Cette tâche, mérite d'être accomplie un jour. Elle ouvrirait le chemin vers l'étude des rituels proprement dits, autant du point de vue de leur forme que de leur fond. Elle s'inscrirait d'ailleurs dans la continuité de ce que je propose dans *La Légende des fondations*, qui développe une enquête sur les mœurs du Moyen Âge et de la Renaissance relatives aux métiers de la maçonnerie. Plus tard... Dans cette brève conclusion, je voudrais uniquement mettre l'accent sur un problème méthodologique. En histoire générale, comme le rappelle Edward Corp dans la préface à *L'Autre exil*[1], il est désormais notoire

---

1. *L'Autre exil*, Presses du Languedoc, 1993, p. 8-9.

chez les spécialistes de la modernité britannique que la plupart des ouvrages publiés sur la Révolution de 1689 et ses conséquences ont développé une forte tendance à flétrir les Stuarts. Jusqu'à la défaite de Culloden, voire même jusqu'à la fin de la guerre de Sept Ans, la rivalité politique entre les Orangistes-Hanovriens et les Jacobites a eu pour conséquence de susciter une littérature de propagande qui a été ensuite prolongée par les vainqueurs. Quoi de plus normal, dira-t-on ; un tel phénomène se constate dans toutes les sociétés qui traversent des moments de crise violente. Après, les perceptions du passé qui deviennent dominantes dévalorisent forcément les vaincus. Oui, sous un angle pragmatique, cela paraît normal. Mais, une fois les urgences dépassées, et largement, il est tout aussi normal de rejeter les effets de propagande.

En maçonnerie, ils sont évidents quand, en dépit de ce que montre la documentation, le rôle moteur est exclusivement attribué à la grande loge de Londres. Afin de minorer l'apport des Stuartistes, au moins depuis Charles 1er, on module sans trêve la thèse d'une transition entre des loges opératives – dont on ignore pourtant en Angleterre comment elles travaillaient ! – et des spéculatifs prétendument « acceptés » qui y auraient assuré pas à pas leur prépondérance. Bien sûr, ce schéma est commode. De manière subreptice, il autorise un parallèle entre le nouveau régime promu par les Whigs et le fonctionnement de la fraternité. Quelque part, on songe à l'essor du parlementarisme, on se félicite de ce que la liberté de conscience soit érigée en principe, on pousse au premier rang les abonnés de la Royale Société qui auraient encouragé le goût pour la réflexion savante ; mieux encore, on apprécie que la date de 1717 corresponde à quelques années près au commencement des Lumières en France, avec le soulagement apporté par la Régence. Hélas, cette commodité porte à détourner le regard du mouvement de fond qui a précédé.

Il n'est pas nécessaire d'entrer dans de grandes subtilités pour reconnaître dans l'Europe du dix-septième siècle, pas seulement chez les Britanniques, un usage important des concepts et symboles de l'architecture par les théologiens et les penseurs politiques. Sur la lancée de précurseurs médiévaux, ils se plaisent à imaginer l'univers sur le modèle d'un bâtiment savamment construit, et de façon analogue une société étatique. Même la science, en tant que production impalpable de l'esprit, est conçue comme un édifice dont il s'agit d'assurer les fondements sur le sol le plus ferme possible. Que, sous le règne de Charles 1er, les guerres civiles incitent plusieurs de ses partisans, aussi bien en Angleterre qu'en Écosse ou Irlande, à employer ces concepts et symboles pour théoriser leur engagement, cela s'inscrit alors tout à fait dans cette ligne. Les rebelles parlementaires sont, à l'inverse, dénoncés par eux comme des félons qui sapent à la fois l'édifice de la monarchie et celui de la religion.

Quand on arrive d'un bond, sans transition (c'est le cas de le dire), à James Anderson, on comprend bien que la monarchie a été restaurée, mais qu'elle ne se veut plus absolue ; on comprend bien que le christianisme est resté dominant, mais qu'il admet la pluralité des cultes. On comprend en somme que la maçonnerie des *Constitutions* présente un autre visage que celui esquissé soixante-dix ans plus tôt. Ce n'est pas pour autant qu'elle a éclipsé celui-ci, qu'elle l'a chassé dans les limbes de l'inconscient. Pour se donner une sorte de virginité à cet égard, et pour affirmer sa suprématie, elle postule être l'unique héritière des anciennes communautés de métier ; elle prétend donc définir l'orthodoxie. La légende vient étayer son coup de force. Exilés ou non, les Jacobites ne peuvent rien contre ; ils sont néanmoins libres de continuer leur propre tradition sur le continent.

Cette tradition, elle n'est pas figée, d'ailleurs ; elle évolue, elle s'adapte. Les appels à la tolérance ne la gênent aucunement, ni l'idée que les discussions politiques sont à laisser au vestiaire. Malgré tout, elle reste attachée aux Stuarts. Impossible d'y renoncer. Par conséquent, c'est bien sur cette souche-là qu'une bonne partie de la franc-maçonnerie continentale, et presque toute la française prend son élan. On a beau clamer que l'influence de la Grande Loge de Londres est décisive, les statistiques apportent des démentis formels. Combien de Français inscrits sur ses tableaux ? Soyons généreux, et comptons une seule loge parisienne en 1745, celle de l'orfèvre Le Breton, contre une quarantaine qui reconnaissent peu ou prou l'autorité du comte de Clermont. Même si l'on en vient à constater une différence de statuts parmi elles, même si l'Écossisme n'est pas pratiqué par toutes, loin de là, il est indéniable que leurs principales marques ont été dessinées dans les pas des Jacobites.

Naturellement, on ne peut s'empêcher de réaliser un autre bond vers aujourd'hui. La signification actuelle de l'appellation écossaise ne répond plus à celle d'autrefois. Mais, ce n'est pas en quelques mots que se résument les métamorphoses subies après les années 1750. En forme de congé, je voudrais simplement opérer une transposition d'argument. Il m'arrive de lire sous la plume d'exégètes favorables aux thèses d'Anderson que leur travail est de repérer chez lui les aperçus philosophiques qui, dégagés de compromis politiques surannés, restent valides pour les hommes de maintenant. Sous l'écume des conjonctures, il est possible de mettre en valeur quelques vérités structurelles. Eh bien, il me semble que l'on peut tenir le même propos pour les tenants de l'option écossaise. Alors verrait-on probablement que les différences, là comme ailleurs, contribuent plus à enrichir qu'à séparer, pourvu qu'elles soient réciproquement acceptées.

INDEX

Il est délicat de donner tous les noms britanniques de nombreux exilés jacobites sous la forme aujourd'hui acceptée, dans la mesure où les intéressés eux-mêmes les ont écrits en les francisant. Dans la mesure du possible, j'indique cependant les rangs nobiliaires de chacun, quand ils permettent d'éviter des confusions entre plusieurs parents strictement homonymes.

ADAMSON, Henry, 24, 25, 26, 28, 47, 48, 50, 54, 69, 71, 72, 73, 97, 130.
AGARD, Joseph, 330, 484.
AINSLIE, James, 51, 54, 88.
ALARY, Pierre-Joseph, 256, 257, 261.
ALET, Louis, 463, 464.
ALEXANDER, Alexandre, 164, 208, 285, 293, 294, 295, 296, 383.
ALEXANDER, Anthony, 43, 45.
ALEXANDER, Henry, 43, 45.
ALEXANDER, William, 43.
AMELOT DE CHAILLOU, Jean-Jacques, 439, 440, 441, 442, 443.
ANDERSON, James, 14, 116, 117, 123, 138, 175, 176, 177, 180, 182, 183, 187, 189, 192, 194, 195, 196, 197, 213, 214, 215, 216, 217, 219, 220, 223, 247, 258, 283, 410, 519, 520.
ANDERSON, James (père), 138.
ANDREAE, Johann Valentin, 25.
ANNE, d'Angleterre, 183, 184, 190, 211, 384.
ANNE d'Autriche, 27.
ARBUTHNOT, Robert, 384.
ARBUTHNOT, Thomas, 384.

ARISTOTE, 27.
ARNAULD, Antoine, 414.
ARNOLD, Ralph, 368.
ASHMOLE, Elias, 59, 62, 63, 64, 65, 66, 67, 69, 71, 74, 75, 79, 80, 83, 88, 91, 100, 105, 106, 107, 108, 109, 110, 111, 112, 118, 119, 124, 126, 129, 130, 144, 147, 150, 157, 176, 179, 315, 421.
ATTERBURY, Francis, 211, 213, 217, 218, 221, 233, 247, 248, 250, 264, 276, 307, 317.
AUBERT, Joseph, 470.
AUBREY, John, 100, 119, 120, 121, 124, 125, 126, 147, 176, 191.
AUGUSTE II, de Pologne, 301.
AYMON de Dordogne, 27.

BACHELET, Claude, 243.
BACHELIER DE MONTCEL, Henri, 491.
BACKHOUSE, William, 100.
BACON, Francis, 14, 31, 67.
BACULARD D'ARNAUD, François-Thomas-Marie, 464.

BALFE, Jean-Charles-Christophe, 398, 401.
BARBIER, Edmond, 244, 338, 357, 494.
BARBIER DE LISCOËT, Claude-Alain, 162, 319.
BARBIER DE LISCOËT, François-Claude, 319.
BARBIER DE LISCOËT, François-Louis-Augustin, 319.
BARDIN, Charles, 459, 460, 461, 462, 482.
BARNEWALL, Bridget, 506.
BARNEWALL, George, 507.
BARNEWALL, Henry-Benedict, 4e comte de KINGSLAND, 506.
BARNEWALL, Jean, 323.
BARNEWALL, Nicolas, 3e comte de KINGSLAND, 506.
BARNEWALL, Richard, 504, 505, 506, 507.
BARNEWALL, Robert, 323, 506.
BARRÉ, directeur des postes, 400.
BARRY, James, 4e comte de Barrymore, 446, 453.
BAUFFREMONT (de), Joseph, 495.
BAUFFREMONT (de), Louis, 495.
BAUFFREMONT (de), Louis-Bénigne, 495.
BAUR, Christophe-Jean, 288, 293, 330, 331, 338, 346, 349, 351, 401, 461, 467, 479, 500.
BAVIÈRE (de), Élisabeth-Charlotte, princesse PALATINE, duchesse d'ORLÉANS, 480.
BEALE, John, 214, 215, 216.
BEAUCHAÎNE (de), Charles-François RADET, 478.
BEAUSIRE, Jean-Baptiste-Augustin, 466.
BÈGUE-CLAVEL, François-Timoléon, 141.
BELLEGARDE D'ENTREMONT, Claude-Marie, 352, 357.
BELLE-ISLE (de), Charles-Louis-Auguste FOUQUET, 397, 497.
BELZ, Henri, 514.
BENNET, Henry, 1er comte d'ARLINGTON, 146.
BENSON, Robert, 179.
BENSON, William, 190.
BERGERON, Chérubin, 382, 398.
BERGERON, Hélène-Angélique, 398.
BERNHEIM, Alain, 325, 326, 328, 343, 344, 345, 423, 425, 427, 428, 430.
BERTIN DU ROCHERET, Philippe-Valentin, 142, 328, 343, 361, 364, 365, 366, 370, 372, 373, 395, 405, 411, 491.
BERTRAND, M.-Cl., 327.
BETAGH, Patrice, 403.
BÉTHUNE (de), Armand, duc de CHAROST, 239.
BÉTHUNE (de), Maximilien, duc de SULLY, 62.
BILLY (de), Jean-François, 375, 376, 377, 422.
BINGLEY, Robert, 179.
BLEGNY (de), Nicolas, 399.
BODE, Johann Joachim Christoph, 142.
BOILEAU, Étienne, 105.
BOISLISLE (de), Arthur, 326, 402.
BOISSEAU, Scipion, 398.
BOLINGBROKE, voir SAINT-JOHN, 183.
BONET, Guy, 292, 379.
BONNEVILLE (de), Nicolas, 91, 197.
BONTEMPS, Claude, 243.
BOOTH, Edward, 230.
BOOTH, James Charles, 163, 166, 197, 230, 449.
BORD, Gustave, 141, 142, 146, 150, 151, 168, 224, 225, 226, 227, 228, 233, 234, 236, 237, 238, 241, 242, 243, 245, 246, 252, 263, 264, 267, 268, 270, 272, 273, 321, 327, 328, 334, 446-447, 448, 449, 496.
BORÉAL, Marie-Judith, 471.
BOREHAMS, James, 180.
BORTHWICK, Richard, 108.
BOSCOW, Henry, 65.
BOSWELL of AUCHINLECK, John, 41, 42.
BOSWELL of AUCHINLECK, Thomas, 42.
BOUILLON (de), Charles-Godefroi de LA TOUR (duc), 494.
BOURBON (de), Louis-François, prince de CONTI, 373.
BOURBON-CONDÉ (de), Louis, prince de CLERMONT, 22, 198, 375, 427,

430, 431, 459, 461, 467, 468, 480, 520.
BOURDON, Pierre, 161, 162, 378, 379.
BOURKE, Guillaume, 239.
BOURKE, Richard, 449.
BOYD, 4e comte de KILMARNOCK, 433, 434, 450, 451, 512.
BOYER D'ARGENS, Jean-Baptiste, 372, 414, 417, 475.
BOYER D'ÉGUILLES, Alexandre-Jean-Baptiste, 230, 373, 448, 498, 511.
BOYER DU CRUZEL, Jean-Daniel, 505.
BOYLE, Charles, 4e comte d'ORRERY, 259, 311.
BOYLE, Richard, 3e comte de BURLINGTON, 173, 174, 211.
BRADSHAW, Barbe, 290.
BRADSHAW, James, 291, 292.
BRANCAS (de), Louis, duc de LAURAGAIS, 479.
BRENNAN, John Fletcher, 150.
BRENT, Isaac, 178.
BRENT, Robert, 178.
BRETT, Arthur, 405.
BREWER, Hugh, 65.
BRIAND, marchand de vins, 463.
BRICE, Germain, 349, 370, 376, 397.
BRIERLEY, Robert, 278.
BRISAY D'ÉNONVILLE, Louis-René, 288, 289, 321.
BRISSAC (de), Anne-Marie, 242.
BROOMETT, 260, 340, 344, 345, 346, 347, 350, 353, 354, 359, 364, 370, 398, 426, 458.
BROSSIER, huissier, 462.
BROWN, Ignace-Michel, 498.
BRUSLÉ, Jean-Thomas, 407.
BRYDGES, James, comte de CARNARVON, 1er duc de CHANDOS, 193.
BUCHANAN, Duncan, 329, 334, 447.
BUCHANAN, George, 329.
BUCKINGHAM, voir VILLIERS, 30.
BULKELEY, Anne, 163, 230.
BULKELEY, Charlotte, 230.
BULKELEY, Francis, 231.
BURKE, Michel, 448.
BURKE, Thomas, 243.
BÜSCHING, Anton Friedrich, 77, 418, 419.

BUTANG, Charles, 306.
BUTLER, James, 2nd duc d'ORMONDE, 149, 151, 164, 183, 184, 185, 201, 202, 208, 274, 292, 317, 373, 402, 440, 442, 446, 509.
BUTLER, Richard, 251, 497.

CALLAGHAN, Hugh, 227.
CALVERS, Charles, baron de BALTIMORE, 385.
CALVIÈRE (de), Charles-François, 363, 364, 365, 366, 367, 385, 386, 387, 395, 422, 505, 510.
CALVIN, Jean, 27, 99.
CAMERON, Allan, 167, 237.
CAMERON of LOCHIEL, Alexander, 152.
CAMERON of LOCHIEL, Donald, 171, 251, 420, 442, 497, 511.
CAMERON of LOCHIEL, Ewen, 171.
CAMERON of LOCHIEL, John, 152, 167, 171, 185, 420.
CAMILLO, Guillo, 26.
CAMPBELL of AUCHINBRECK, James, 420.
CAMPBELL of AUCHINBRECK, Janet, 420.
CAPON, avocat, 458.
CARBONEL (de), Robert, 478.
CARIGNAN (de), Victor-Amédée de SAVOIE, 375, 376.
CARR, Harry, 178.
CARY, Jean, 403.
CARY, Luc Henry, 6e comte de FALKLAND, 243.
CARY, Lucie, 403.
CARYLL, John, 1er baron de DUNFORD, 149, 240, 246, 453.
CARYLL, John Baptist, 3e baron de DUNFORD, John Baptist, 453, 454.
CASSIO, Carlo, 387, 388.
CECIL, William, 311.
CELLAMARE (de), Antoine-Joseph del GIUDICE, 201, 253, 319, 452.
CHAILLON DE JONVILLE, Augustin-Jean-François, 22.
CHALLONER, Thomas, 180.
CHAMBERS, James, 123, 190.
CHAPIZEAUX (de), François-Félix GOUIN, 158, 162.

CHARLES Ier, STUART, 15, 27, 28, 43, 45, 50, 52, 54, 58, 59, 61, 63, 65, 68, 72, 75, 78, 82, 112, 118, 122, 129, 148, 152, 182, 187, 211, 292, 319, 389, 390, 420, 422, 451, 475, 515, 518, 519.
CHARLES ÉDOUARD, STUART, 16, 116, 130, 158, 185, 229, 233, 285, 288, 293, 310, 324, 329, 380, 384, 407, 442, 443, 444, 445, 446, 447, 448, 453, 458, 476, 478, 485, 494, 498, 499, 500, 501, 503, 511, 513.
CHARLES II, STUART, 15, 54, 55, 57, 77, 78, 79, 83, 84, 88, 91, 93, 94, 96, 98, 110, 112, 123, 131, 144, 146, 147, 149, 150, 158, 177, 182, 199, 235, 418.
CHARLES V, de France, 26.
CHARLES VIII, 23.
CHAUSSINAND-NOGARET, Guy, 322.
CHAUVEAU, entrepreneur en bâtiments, 464.
CHAUVELIN (de), Louis-Germain, 255, 338, 376, 395.
CHAUVIN, Charles-Louis, 462.
CHAUVIN, marchand de vins, 462, 464, 465.
CHEREL, Albert, 280.
CHEVALLIER, Pierre, 198, 199, 226, 227, 230, 231, 232, 260, 287, 296, 306, 309, 325, 326, 328, 330, 333, 368, 399, 468, 487.
CHEVILLARD, Marie-Anne, 224.
CHILTON, Mary, 227.
CHOISEUL (de), Henri-Louis, marquis de MEUSE, 244, 245.
CHOISEUL-MEUSE (de), Charles-Henri, 226, 242, 374, 387.
CHOISEUL-MEUSE, François-Honoré, 244.
CHOISEUL-MEUSE, Maximilien-Claude-Joseph, 245.
CHOISEUL-MEUSE, Maximilien-Jean, 244.
CHOISEUL-STAINVILLE, Étienne, 245.
CHURCHILL, colonel puis brigadier, 295, 316, 317, 318.
CIOJA DES FORGES, Bernardo, 444, 445.
CLARK, Jane, 173.
CLAYTON, Robert, 177, 194.

CLÉMENT XII, pape, 368.
CLIFFORD, Frances, 434.
COCCHI, Antonio, 308.
COIGNY (de), Jean-Antoine-François DE FRANQUETOT, 259, 260.
COLINS, Louis, 323, 324, 329, 330, 331, 332, 334, 335, 338, 344, 345, 350, 369, 426, 440, 442, 443, 444, 448, 466, 484, 491.
COLLIE, James, 65.
COLLIER, James, 71, 72.
CONDER, Edward, 108, 109.
CONNOCK, William, 368.
CONSTANT, Guillemette, 292.
COOKE, Matthew, 212.
CORP, Edward, 173, 232, 242, 518.
COTTIN, Jean, 479.
COTTON, John Hynde, 186, 295, 309, 310, 311, 318, 440.
COTTON, Robert, 29, 30, 67, 80.
COURCILLON DE DANGEAU (de), Philippe, 145, 146.
COURTENAY (de), Hélène, 495.
COUSTOS, Jean, 264, 268, 270, 271, 272, 324, 330, 331, 332, 335, 336, 337, 338, 344, 345, 346, 348, 349, 350, 351, 353, 354, 355, 359, 362, 365, 371, 387, 400, 401, 406, 407, 408, 409, 410, 479, 484.
CROISMARE (de), Henry, 305.
CROISMARE (de), Jacques-Armand, 304.
CROISMARE (de), Jacques-René, 304, 305.
CROISMARE (de), Marc-Antoine-Nicolas, 306.
CROMWELL, Oliver, 15, 54, 55, 65, 66, 75, 76, 79, 81, 88, 94, 118, 129, 131, 144, 178, 373, 418, 451, 478.
CROMWELL, Richard, 90.
CROY (de), Emmanuel, 260.
CROZAT, Antoine, 167.
CURLL, Edmond, 125, 127.
CUSACK, Nicolas, 230.

D'AIGUILLON, Emmanuel-Armand, 483.
D'ANTIN, Louis-Antoine DE PARDAILLAN DE GONDRIN, 1er duc, 200, 201, 202, 261, 262, 263.

Index

D'ANTIN, Louis-François DE PARDAILLAN DE GONDRIN, 2nd duc, 198, 199, 259, 363, 366, 367, 380, 384, 395, 406, 407, 422, 427, 428, 430, 453, 458, 459, 465, 467, 472.
D'ARGENSON, Marc-René DE VOYER, 155, 156, 165, 249.
D'ARGENSON, René-Louis DE VOYER DE PAULMY, 165, 166, 253, 254, 256, 261, 290, 327, 376, 378, 396, 401, 431.
D'AUMONT, Louis-Marie-Victor-Augustin, 347, 349, 363, 364, 365, 367, 368, 369, 389.
D'ERM, Jean, 159, 160.
D'ERM, Jean-Denis, 160, 163, 380, 381, 382, 383, 384, 398, 512.
D'ESTRÉE, Paul, 326, 327.
D'HEMERY, lieutenant de police, 457, 458, 459.
D'ORLÉANS, Philippe, 166, 197, 201, 249, 250, 251, 253, 257, 259, 317, 319, 352.
DACHÉ, agent de change, 490.
DADVENEL, inspecteur, 499, 500, 501.
DALKEITH (of), Francis, 2nd duc de BUCCLEUCH, 211, 218.
DARELL, Anne, 239.
DARELL, Elizabeth, 230, 239.
DARUTY, Jean-Émile, 225, 264, 267, 270, 273, 274.
DAVY DE LA FAUTRIÈRE, Louis, 260.
DELORME, Philibert, 56.
DENHAM, Archibald, 514.
DERWENTWATER, voir RADCLIFFE, 186.
DESAGULIERS, Théophile, 192, 193, 195, 210, 216, 218, 219, 220, 222, 316.
DESCARTES, René, 67, 70.
DICCONSON, William, 449.
DIDEROT, Denis, 270, 306.
DIDIER, François-Michel, 497.
DILLON, Arthur, 149, 202, 212, 226, 230, 234, 237, 249, 251, 280.
DILLON, Arthur-Richard, 507.
DILLON, Brigitte, 404.
DILLON, Catherine, 243.
DILLON, Charles, 234, 243.
DILLON, Edward, 403, 404.
DILLON, Gérard, 229.
DILLON, Henry, 234, 243.
DILLON, Jacques, 243.
DILLON, Laura, 243.
DILLON, Marie, 404.
DILLON, Marie-Elizabeth, 403.
DIXON, Patrick, 292.
DORMER, Philipp, 4e comte de CHESTERFIELD, 196.
DOUGLAS, George, 235.
DOUGLAS, George, 1er comte de DUNBARTON, 235.
DOUGLAS, George, 2nd comte de DUNBARTON, 236, 237, 264, 477.
DOUGLAS, Guillaume, 448.
DOUGLAS, James, 4^e duc de HAMILTON, 184.
DOUGLAS, James, 5^e duc de HAMILTON, 510.
DROUIN, Jean, 226, 240.
DRUMMOND, Edward, 391.
DRUMMOND, James, 1er duc de PERTH, 155, 168, 228, 259.
DRUMMOND, James, 2nd duc de PERTH, 149.
DRUMMOND, James, 3^e duc de PERTH, 247, 265, 391, 419.
DRUMMOND, James, 4^e duc de PERTH, 265, 404.
DRUMMOND, John, 419.
DRUMMOND, John, 1er comte de MELFORT, puis duc, 149, 233, 246.
DRUMMOND, John, marquis de FORTH, 234.
DRUMMOND, Louis, 498.
DRUMMOND, Louis-Jean, 235.
DRUMMOND, William, 1er vicomte de STRATHALLAN, 152, 184.
DRUMMOND, William, 4^e vicomte de STRATHALLAN, 184.
DRUMMOND of BALHALDIE, Alexander, 152, 170, 171.
DRUMMOND of BALHALDIE, voir MACGREGOR, 170, 402.
DRUMMOND of BALHALDIE, William, 170, 402.
DRUMMOND of STRATHALLAN, James, 171.
DUBOIS, commissaire de police, 401.

DUBOURDIEU, Jean-Antoine, 220, 221.
DU CUP, Paul, 429.
DUDON, Paul, 327.
DUGDALE, William, 100, 106, 124, 126.
DU PLESSIS, Armand, cardinal duc de RICHELIEU, 18, 58, 59.
DU PLESSIS, Louis-François-Armand, duc de RICHELIEU, 221, 275, 346, 347, 373, 483.
DU PUIS, Pierre, 480, 489, 491, 497.
DUREY DE SAUROY, Joseph, marquis DU TERRAIL, 454.
DU TEILLAY, Claude, 379.
DUTON, William, 94.
DUVAL, Guillaume, 490.

EDGAR, James, 322, 446.
ELIOT, Jacques, 329.
ELIZABETH TUDOR, 13, 29, 409.
ELLAM, John, 65.
ELLAM, Richard, 65, 66.
ELPHINGSTONE, Harris, 138.
ELPHINSTONE, Arthur, baron de BALMERINO, 385, 387, 433, 504, 512.
ERREMBAULT, Denis, marquis DUDZEELE, 324, 330, 332.
ERSKINE, John, 6e comte de MAR, puis duc, 184, 185, 186, 208, 209, 212, 249, 250, 251, 252, 257, 258, 260, 279, 280, 281, 285, 317, 420.
EVELYN, John, 88.
EVERARD, Redmond, 357.

FAŸ, Bernard, 326, 327, 478, 479.
FÉDÉ, Innocenzo, 306.
FITZGERALD, Hélène, 471.
FITZGERALD, Maurice, 449, 471.
FITZJAMES (de), Charles, 507.
FITZJAMES (de), François, 226, 231, 392, 445, 494.
FITZJAMES (de), James, marquis de TYNEMOUTH, duc de LIRIA, 231.
FITZJAMES STUART, James, 1er duc de BERWICK, 127, 146, 149, 162, 163, 183, 230, 231, 259, 278.
FITZMAURICE, Henry, 303.
FLEURY (de), André-Hercule, 244, 246, 263, 338, 339, 340, 344, 346, 348, 350, 351, 353, 354, 355, 360, 361, 376, 377, 388, 389, 395, 397, 402, 405, 411, 419, 439, 443, 452, 455.
FOLSCH, Jacques-Henri, 514.
FORBES of PITSLIGO, Alexander, 258.
FRANCHINI, abbé, 442.
FRANÇOIS Ier, de France, 37, 480.
FRANÇOIS DE LORRAINE, 301, 316, 318.
FRASER, Simon, 11e Lord LOVAT, 167, 169, 170, 173, 185, 227, 419, 434, 504, 512.
FREDERICK DE GALLES, 193.
FRÉMIN DE BEAUMONT, Pierre, 496.
FROMENT, Bénigne, 463, 464, 465, 466.

GANDIER, 464.
GAUDIN, limonadier, 464, 497.
GAUDIN, Pierre, 497.
GAULTIER, François, 241, 242.
GAULTIER, Jean, 242.
GAULTIER, Pierre, 242.
GELY, 435.
GEORGE 1er, d'Angleterre, 179, 183, 184, 190, 202, 207, 209, 216, 219, 498.
GEORGE II, d'Angleterre, 193, 250, 258, 294, 339, 410, 443.
GEUSAU (von), Anton, 77, 418, 419.
GIBSON, William Sidney, 321.
GLASCOE, Nicolas, 448.
GODDARD, Jonathan, 118.
GODEFROI DE BOUILLON, 415.
GOODRICKE, Daniel, 122.
GOODRICKE, Henry, 120, 122, 176, 179, 182, 191.
GORDON, aubergiste, 476.
GORDON, Mary, duchesse de PERTH, 163.
GORDON of GLENBUCKET, John, 306, 360.
GOULD, Robert Freke, 41, 107.
GOURNAY (de), commissaire des guerres, 450.
GRAFFIGNY (de), Françoise, 245.
GRANVILLE, George, baron de LANSDOWNE of BIDEFORD, 280.
GRÉGOIRE, abbé, 460.

Index

GREY, William, 108.
GREY of SOUTHWICK, George, 179.
GRIMALDI, Honoré, prince de MONACO, 452.
GRIMALDI, Louise-Hippolyte, 452.
GROSSIN DE GELACY, Jean-Anselme, 444.
GUASCO (de), Octavien, 514.
GUÉNET (de), Pierre, 320, 321, 322, 323, 505.
GUIGUER, Louis, 164.
GUILLAUME D'ORANGE, 13, 115, 122, 123, 145, 151, 152, 168, 178, 189, 208, 211, 415.
GUILLOTOU DE KEREVER, François-Joseph, 163.
GUTHRIE, William, 86, 87, 98.
GUTTHRON, Dorothée, 398.
GUYON, Marie-Jeanne BOUVIER DE LA MOTTE, 258.

HALES, Edward, 115.
HALL, Edward, 177.
HAMARD, exempt de police, 490.
HAMILTON (of), Anne, 184.
HAMILTON (of), Anthony, 246.
HAMILTON, Alexander, 61, 69, 78.
HAMILTON, Anthony, 228.
HAMILTON, Charles, 228.
HAMILTON, Hugh, 156, 157.
HAMILTON, Mary, 229, 506.
HAMILTON, Richard, 228.
HAMON, William, 108.
HARDY, procureur, 461.
HARLEY, Robert, 1er comte d'Oxford, 207, 211.
HAUPT, Adrian Floris, 514.
HAWXWORTH, Walter, 180.
HAY, John, comte puis duc d'INVERNESS, 185, 251, 306, 307, 510.
HAY, Marcelle, comtesse d'INVERNESS, 316.
HAY, William, 306.
HAYE, Mary, 240.
HEGUERTY, Anne, 207.
HEGUERTY, Daniel, 158.
HEGUERTY, Dominique, 158, 159, 161, 203, 223, 232, 242, 245, 249, 251, 252, 263, 387, 450, 497.

HEGUERTY, François, 226, 232, 245, 264.
HÉNAULT, Charles-Jean-François, 256.
HENRI II, de France, 37.
HENRI III, de France, 58.
HENRI IV, de France, 34, 36, 62.
HENRY III, d'Angleterre, 124, 412.
HENRY VI, d'Angleterre, 104.
HENRY VIII, d'Angleterre, 28.
HEYDON, John, 131.
HIDDOCK, Andrew, 392.
HIRAM, personnage biblique, 72, 219.
HOGGUER, Antoine, 159, 167.
HOLME, Randle, 79, 80, 110, 111, 147, 150.
HOME, Alexander, 441.
HOOKE, Nathaniel, 235.
HOWARD, John, baron STAFFORD, 303.
HOWARD, William, 303, 309.
HUGHAN, William James, 136, 302, 306, 510.
HUND (von), Carl-Gotthelf, 433, 434, 441.
HURAULT DE VIBRAYE, Paul-Maximilien, 369.
HURÉ, Jean, 224, 242, 245, 340.
HUTE, Barnaby, 224, 228, 242, 245, 340, 479.
HYDE, Anne, 152.
HYDE, Charles-François, 226, 232.
HYDE, Edward, 1er comte de Clarendon, 152.
HYDE, William, 232.

INESE, George, 392, 499.
INESE, Lewis, 236, 254, 264, 391, 392, 432.
INESE, Thomas, 391.
INVERNESS, voir HAY, 185.
IRVIN, James, 303.

JACQUES II, STUART, 13, 15, 22, 39, 81, 98, 111, 115, 116, 117, 122, 123, 127, 141, 142, 143, 144, 145, 146, 147, 148, 149, 151, 152, 153, 159, 163, 164, 168, 178, 182, 208, 232, 233, 235, 236, 240, 293, 319, 360, 414, 416, 506.

JACQUES III, STUART, 116, 152, 153, 155, 158, 160, 161, 162, 163, 164, 166, 167, 168, 170, 172, 173, 182, 183, 184, 187, 188, 195, 197, 201, 207, 208, 211, 212, 219, 221, 224, 229, 231, 232, 233, 235, 236, 239, 241, 242, 246, 248, 249, 250, 251, 253, 254, 258, 263, 274, 275, 276, 279, 284, 285, 286, 292, 294, 296, 297, 302, 304, 306, 307, 308, 311, 312, 322, 329, 367, 368, 369, 382, 385, 386, 388, 389, 390, 399, 401, 402, 405, 406, 416, 419, 420, 421, 431, 432, 435, 439, 441, 442, 443, 476, 477, 479, 499.
JACQUES IV, STUART, 42.
JACQUES VI-Ier, STUART, 13, 14, 15, 21, 22, 23, 27, 28, 29, 30, 31, 40, 46, 50, 51, 53, 55, 56, 59, 67, 68, 86, 88, 135, 329, 475.
JAUME, Anne-Marie, 288, 500.
JAUME, Guillaume, 501.
JAUME, Joseph, 501.
JAUME DE LA VALETTE, Honoré, 288, 500.
JEPHTÉ, personnage biblique, 72.
JOHNSTON, John, 83, 84, 87, 132.
JOLY DE FLEURY, Jean-François, 495.
JONES, Inigo, 22, 23, 55.
JOURNAL, Charles-Louis, 425, 429, 430, 432, 433, 434, 465, 466, 490.
JULIEN, négociant à Londres, 444.
JUVANON, Adrien, 324, 329, 330, 334.

KEITH, George, 10e comte MARISCHALL, 164, 184, 185, 254, 292, 297, 386, 402, 440, 442, 454, 509, 510, 511.
KEITH, James, 292, 399, 446.
KELLY, George, 291, 317, 329, 411, 450.
KELLY, Martin, 290, 291.
KELLY, Olivier, 291.
KEMP, Richard, 396, 398, 399, 401.
KEMPE, Robert, 398, 399, 493.
KINGSTON, Evelyn PIERREPOINT, 2nd duc de, 295, 296, 323.
KIPPIS, Andrew, 509, 511.
KLOSS, Georg, 198, 359, 422.

KNIGHT, Robert, 295, 296, 318.
KNIGHT, Robert, père, 295, 296, 297, 318.
KNOOP, Douglas, 93, 97, 126.
KYPLING, Mark, 178.

L'HOMME, Jacques, 471.
LABEYLIE (de), Charles, 275, 278.
LA COMTÉ DE PIGACHE, commissaire de la marine, 434, 493.
LA COUR DE BALLEROY (de), Jacques-Claude-Augustin, 258, 288, 427, 453, 461.
LAFONT, Marie, 398.
LA GARDE (de), Louis-Joseph, comte de CHAMBONAS, 451.
LA HAYE, chirurgien, 500.
LALANDE (de), Joseph-Jérôme LE FRANÇOIS, 223, 233, 267, 270, 271, 363, 367.
LALLY, Gérard, 242.
LALLY, Thomas Arthur, 226, 230, 242, 243, 247.
LA MOSSON (de), Joseph BONNIER, 323.
LANDELLE, Jacques, 404.
LANDELLE, Nicolas-Alexis, 287, 289, 401, 492.
LANTOINE, Albert, 325, 326, 327.
LARUDAN, abbé, 75, 76.
LAUZUN (de), Antonin-Nompar de CAUMONT, 146, 155, 159.
LA VERGÉE (de), Charles-Élisabeth, 487, 488, 489, 491, 492.
LAW, John, 288, 376.
LAYER Christopher, 211, 212, 213, 217.
LE BIHAN, Alain, 432.
LE BLANC, Claude, 259.
LE BRETON, Thomas-Pierre, 268, 269, 270, 271, 273, 277, 278, 279, 315, 331, 335, 336, 343, 344, 345, 348, 349, 350, 351, 355, 359, 408, 461, 465, 472, 520.
LE BRUN, Charles-Armand, 158, 162.
LE CAMUS, Robert-Jean, 362, 405, 452.
LE CHAPELAIN, René, 329.
LE CORRE, Étiennette, 160.

Index

LE CORRE, Françoise, 158, 159, 223, 263.
LE CORRE, Laurent, 158, 159.
LE CORRE, René, 157.
LE COURT, Jean-Pierre, 269, 482.
LE DRAN, François, 479.
LE DRAN, Nicolas-Louis, 252, 254, 255, 259, 263, 288, 427, 498.
LE DRAN, Pierre, 255.
LEE, Andrew, 212.
LEE, Jeanne, 292.
LE FORESTIER, René, 231, 308, 422, 504, 515.
LEGGE, William, 122.
LEIBNIZ, Gottfried-Wilhelm, 70.
LELAND, John, 28, 29, 67.
LE LORRAIN, Jean-Pierre, 273, 330.
LE MASSON, Nicolas, 161, 162, 163, 378, 379.
LE MAUGIN, René-Jacques, 379, 429.
LENNHOFF, Eugen, 287.
LENNOX, Charles, 1er duc de RICHMOND, 146, 177, 198, 199, 200, 202, 262.
LENNOX, Charles, 2nd duc de RICHMOND, 177, 200, 284, 295, 296, 309, 310, 311, 316, 318, 319, 323, 347, 354, 397.
LÉOPOLD DE LORRAINE, 356.
LE ROY, Jean-Baptiste, 226, 242, 243.
LE ROY DE ROCQUEMONT, chevalier, 490.
LESLIE (de), George, 449, 450.
LESTIENNE, Philippe, 509.
LESZCZYNSKA, Marie, 454.
LESZCZYNSKI, Stanislas, 232, 301, 356, 357.
LE TERMELLIER, Louis, 381.
LEVÉ, architecte, 460.
LEVESQUE, Jacques-Philippe, 205.
LÉVIS (de), Henri, duc de VENTADOUR, 58.
LHUYD, Edward, 107.
LICHIGARAY, Timothée, 429.
LIDELL, George, 138.
LIGNE (de), Marie-Claire, 451.
LIGOU, Daniel, 325.
LILLY, William, 91.
LITTLER, Henry, 65.

LIVINGSTONE, Charlotte-Mary, comtesse de NEWBURGH, 322, 367.
LOCKHART, Samuel, 507.
LOCKHART of CARNWARTH, George, 507.
LOCMARIA (de), Jean-François-Marie DU PARC, 295, 318, 319, 347, 350, 376.
LOPRIAC (de), Guy-Marie, comte de DONGE, 452, 453, 462.
LOUCELLES (de), Henri, 149, 150, 151, 159, 163, 228, 234, 242, 246, 446, 449, 453.
LOUIS IX, de France, 40.
LOUIS XIII, de France, 27, 58.
LOUIS XIV, de France, 98, 116, 144, 145, 155, 166, 173, 197, 200, 225, 235, 241, 304, 496.
LOUIS XV, de France, 244, 253, 254, 274, 278, 301, 303, 326, 365, 367, 376, 377, 381, 388, 389, 395, 398, 401, 409, 421, 432, 439, 441, 447, 448, 455, 472, 498, 501, 507, 511.
LOVAT, voir FRASER, 167.
LUQUET, Georges-Henri, 325, 326, 327, 343, 372, 402, 487.
LÜTHY, Herbert, 165, 288.
LUYNES (de), Charles-Philippe D'ALBERT, 327, 338, 339, 396.
LYNCH, Thomas-Michel, 292.
LYON, David Murray, 41.

MACDERMOT, Clement, 226, 229.
MACDERMOT, Jeanne, 229.
MACDERMOT, Terence, 229.
MACDONALD, Aeneas, 329, 449.
MACDONALD of CLANRANALD, Ranald, 448.
MACDONNELL, Daniel, 240.
MACGREGOR of BALHALDIE, ALEXANDER, 405, 420, 421, 440, 441, 442, 451.
MACGREGOR of BALHALDIE, William, 401, 402, 420, 477.
MACKENZIE, John, 392.
MACKIE, Andrew, 131, 132.
MACKWORTH, Thomas, 217.
MACLEANE, Alexander, 227, 228.
MACLEANE, Isabel, 171.

MACLEANE, James Hector, 168, 169, 171, 186, 203, 223, 226, 227, 242, 245, 249, 251, 252, 256, 263, 277, 278, 283, 284, 286, 289, 290, 297, 310, 313, 321, 324, 330, 331, 332, 334, 335, 364, 367, 371, 386, 411, 420, 426, 442, 497, 510.
MACLEANE, John, 168, 169, 185, 223, 228, 237.
MACLEANE, Louise, 168.
MACPHERSON, Mary, 227.
MAILLY DE HAUCOURT (de), Augustin-Joseph, 431.
MAILLY DE RUBEMPRÉ, Louis-Alexandre, 237, 366, 396, 400, 401, 427, 431, 452.
MAINWARRING, Eleonore, 63.
MAINWARRING, Henry, 62, 64, 69.
MAINWARRING, Peter, 63.
MANN, Horace, 309.
MANNIN, Mark, 240.
MANNIN, Michel, 240.
MAR, Frances, comtesse puis duchesse, 323.
MARAIS, Mathieu, 261, 262, 263.
MARCHAND, Jean-Henri, 478.
MARCHANT, Guillaume, 34, 37, 38.
MARLOWE, Christopher, 56.
MARSCHALL von BIEBERSTEIN, Wilhelm, 433.
MARTIN, Barry, 173.
MARTIN, Suzanne, 382.
MARTIN, Thomas, 79, 80, 105, 124, 178.
MARVELL, Andrew, 93, 94, 95, 96, 97, 98, 99, 101, 129, 135, 187, 188.
MARVILLE (de), Claude-Henri FEYDEAU, 326, 327, 402, 427, 458, 459, 460, 461, 466, 467, 468, 469, 470, 471, 488, 489, 491, 492, 500.
MARY II STUART, 178.
MASGONTIER (de), Guillaume-Nicolas, 496.
MASGONTIER (de), Jean, 495, 496.
MASSANES (de), François, 320, 322, 323.
MATIGNON-GACÉ (de), Louis, 258.
MATTHEWS, Thomas, 443, 495.
MATTHEWS, William, 443, 481.

MAUREPAS (de), Jean-Frédéric PHÉLIPEAUX, 347, 396, 427, 458, 459, 466, 469, 470.
MAZARIN, Jules, 56, 57, 59.
MEADE, George, 228.
MEAGHER, Mary, 251, 497.
MELLOR, Alec, 196, 309.
MENZIES, James, 213.
MENZIES, John, 213, 237.
MENZIES of PITFODELS, Gilbert, 213, 265, 448.
MENZIES of PITFODELS, John, 213, 265, 330, 334, 448.
MENZIES of PITFODELS, William, 213, 330.
MERSENNE, Marin, 70.
MEUNIER DE PRÉCOURT, Antoine, 198.
MICHÉ DE ROCHEBRUNE, Philippe, 459, 460, 463, 466, 467, 479.
MIDDLETON (of), Charles, 149, 156, 166, 170, 173, 233, 237, 248, 259.
MIDDLETON (of), Elizabeth, 163.
MIDDLETON (of), John, 234.
MIDY, huissier, 464.
MINER, François, 290.
MODÈNE DE, Marie, 145, 168, 232, 236, 240, 246, 264, 303, 449.
MONK, Christopher, 146.
MONK, George, 77, 79, 83, 90, 91, 418, 419.
MONNOT (de), Étienne DUMIRAIL, 240.
MONTAGU (of), John, 2nd duc, 196, 202, 205, 210, 213, 214, 215.
MONTGOMERIE, Alexander, 22.
MONTGOMERY, Alexander, 10e comte d'EGLINGTON, 441, 451.
MONTMORENCY-LUXEMBOURG (de), Christian-Louis, prince de TINGRY, 226, 242, 243, 264.
MOOR, John, 445, 446, 447.
MOORE, Anthony, 284.
MOORE, Charles, 448.
MOORE, John, 284, 329, 348, 353, 354, 359, 388, 422, 446.
MORAY, Robert, 61, 62, 69, 77, 88.
MORE, John, 283.
MOREL, négociant à Calais, 444.
MORET, 469, 470.
MORIN, Étienne, 443, 481, 483.

Index 531

MORNAY, Nicolas, 463, 464, 479.
MORNAY, Philippe, 464.
MORPHY, Maurice, 241.
MOUTON, Alexandre-Jacques, 407.
MURRAY, James, 43, 44.
MURRAY, James, Lord DUNBAR, 316.
MURRAY, William, baron de NAIRNE, 185.
MURRAY of BROUGHTON, John, 451, 504.
MYLNE, John, 61, 135, 136, 137.
MYLNE, Robert, 137.
MYLNE, Thomas, 136.

NAIRNE, David, 173, 240, 241, 385.
NAIRNE, David (MURRAY), 185, 448, 449.
NAIRNE, John, 449.
NAUDOT, Jacques-Christophe, 351, 400, 479.
NEVILL, Thomas, 163, 398.
NEWCASTLE, voir PELHAM, 259.
NICOLAÏE, Christoph Friedrich, 31, 90, 91.
NIQUET (de), Antoine-Joseph, 323, 505.
NUGENT, Anne-Jeanne, 506.
NUGENT, Christopher, 212, 506.
NUGENT, Jacques, 506.
NUGENT, Pierre, 507.

O'BERNE, Bernard, 449.
O'BERNE, Marie-Thérèse, 275.
O'BRIEN, Daniel, 226, 233, 276, 445, 497, 512.
O'BRIEN OF CLARE, Charles, 212, 230.
O'DONNEL, Daniel, 212.
O'NEIL, Charles, 159.
O'SHIELL, Agnès, 381.
O'SHIELL, Marie, 381.
OGLETHORPE, Eleonore, marquise de MÉZIÈRES, 444.
OLIVER, George, 146, 175.
ORLANDI, Giuseppe, 387.
ORMONDE, voir BUTLER, 151.
OZOUX, Claude, 403, 404, 434.
OZOUX, Françoise, 434.
OZOUX, Jacques, 403, 404.
OZOUX, Jean-Claude, 403.

OZOUX, Jean-Patrice, 403.
OZOUX, Louis, 403.
OZOUX, Nicolas, 403, 404, 469, 470, 471, 472, 473.
OZOUX, Pierre, 403, 404.

PÂRIS, François, 391.
PÂRIS DE LA MONTAGNE, Émilie-Justine, 244.
PARKER, Samuel, 95, 98.
PARRY, Henry, 162.
PAUPIE, Pierre, 414.
PAYNE, George, 192, 193, 210.
PAYNE, Thomas, 193.
PEARSON of KIPPENROSS, John, 152.
PECQUET, abbé, 479.
PECQUET, Antoine, 252, 254, 255, 256, 257, 263, 479.
PECQUET, Antoine, père, 253, 254.
PECQUET, confiseur, 465, 467.
PECQUET, Jean-François, 479.
PELHAM HOLLES, Thomas, 4e duc de NEWCASTLE, 259, 276.
PENANCOËT DE KEROUALLE (de), Louise, 111, 146, 158, 177, 199, 284, 295, 316, 397.
PENKETH, Richard, 65, 66.
PENY, Martin, 270, 271, 272.
PEPYS, Samuel, 88.
PERAIN DE SAINT-VICTOR, Jean-Baptiste-Marie, 382.
PÉRAU, Gabriel-Louis, 384, 467, 468.
PERRET, Thomas-Simon, 462, 466, 478.
PERRICHON, Camille, 375, 377.
PÉRUSSIS (de), Charles, 429.
PETIT D'AISNE, avocat, 457, 458, 459.
PETIT DE BOULARD, Jean-Baptiste-Dieudonné, 480, 481, 482, 483, 484, 485, 509.
PETRE, Edward, 115.
PEUCHET, Jacques, 327.
PHILIPPE le BEL, 73.
PIERSE, Richard, 303.
PIGIS (de), René, 480.
PIGOT, Kivian, 239.
PIGOTT, Anne, 239.
PIGOTT, Susanna, 239.

PINOT DE LA GAUDINAYS, JEAN-BAPTISTE, 382.
PIZAN (de), Christine, 26.
PLANTIER, 464, 467.
PLONCARD D'ASSAC, Jacques, 327, 328.
PLOT, Robert, 103, 104, 105, 106, 107, 108, 109, 111, 112, 124, 135, 182.
POLIGNAC (de), François-Alexandre, 430, 431.
POLIGNAC (de), Melchior, 430, 431.
POMPONNE (de), Henri-Charles ARNAULD, 445, 458.
PORTER, James, 162, 163, 231.
PORTSMOUTH, duchesse, voir Louise DE PENANCOËT DE KEROUALLE, 111.
POTEL, Quentin-Joseph, 462, 463, 464, 465, 466, 467, 468, 472, 473, 478, 479, 492, 497, 499.
POUPART DE BEAUBOURG, Alexandre, 384.
POUSSOT, Jean, 397, 398, 400.
PRESTON, William, 55, 56, 123, 146, 189.
PRICHARD, Samuel, 76, 311, 373.
PROCOPE, Michel COLTELLI dit Procope, 198, 199, 202, 376, 465, 498, 499.
PUISIEUX, Jean-Baptiste, 264, 270, 272, 273, 464, 465.

QUIN, Daniel, 207.
QUIN, Jean-Valentin, 292.
QUIN, Patrice, 292.

RADCLIFFE, Charles, 5ᵉ comte de DERWENTWATER, 160, 186, 203, 213, 223, 226, 230, 242, 245, 246, 248, 249, 251, 252, 256, 260, 263, 271, 286, 287, 289, 302, 310, 311, 321, 322, 324, 330, 331, 332, 333, 335, 336, 338, 339, 340, 345, 346, 347, 348, 350, 352, 354, 355, 358, 360, 361, 362, 364, 367, 368, 369, 371, 377, 382, 387, 388, 389, 404, 407, 411, 412, 413, 416, 417, 419, 421, 422, 426, 434, 436, 439, 440, 441, 442, 444, 446, 447, 449, 454, 471, 472, 484, 495, 501, 504.
RADCLIFFE, James, 3ᵉ comte de DERWENTWATER, 186, 187, 202, 207.
RADCLIFFE, James Bartholemew, 246.
RADCLIFFE, James-Bartholomew, 404.
RADCLIFFE, William, 302.
RAMSAY (de), André-Michel, 77, 79, 235, 250, 251, 257, 279, 280, 285, 296, 325, 339, 340, 344, 346, 350, 364, 376, 389, 411, 412, 413, 414, 416, 417, 418, 419, 421, 422, 441, 449.
RAPIN DE THOYRAS, Jacques-Benjamin, 142, 143, 144, 153, 372, 414.
RAPIN DE THOYRAS, Paul, 144, 372.
RAUCOUR (de), chevalier, 364, 365, 372.
RAWLINSON, Richard, 125, 126.
REBOLD, Emmanuel, 150, 189, 190, 270.
REDMOND, Elizabeth-Bridget, 506.
REDMOND, John, 356, 357, 358, 376, 506, 507.
REDMOND, Peter, 277, 278, 356.
RENAUD DE MONTAUBAN, 27.
RERESBY, John, 122.
REVORD, Claude, 399.
RICHELIEU, voir DU PLESSIS
RIGBY, Edward, 383.
RILLIET, Louis, 514.
ROBERTSON, William, 164.
ROBINSON, Andrew, 218.
ROBINSON, Jonathan, 290.
ROBISON, John, 91, 142, 148, 156.
ROCH, James, 137.
ROETTIERS, André-Georges, 431.
ROETTIERS, Jacques, 237, 431, 432.
ROETTIERS, Joseph, 431.
ROETTIERS, Norbert, 432.
ROETTIERS DE LA TOUR, Jacques-Nicolas, 432.
ROETTIERS DE MONTALEAU, Alexandre-Louis, 432.
ROLLIN, Charles, 254, 392.
ROMANI Francesco-Maria, 387, 388, 401, 445.
ROTHE (of), Michel, 212.
ROUSSEL, inspecteur de police, 398, 400, 401.

S'KERRET, Hélène, 381.
S'KERRET, Jacques, 381.
S'KERRET, Mark, 382.
SACKVILLE, Charles, 6ᵉ comte de DORSET et 1ᵉʳ comte de MIDDLESEX, 231, 308, 505.
SACKVILLE, Edward Alexander, 230.
SACKVILLE, Thomas, 226, 230, 231, 239.
SADLER, Henry, 217.
SAINCTON (de), Charles, 242.
SAINT-FLORENTIN (de), Louis PHÉLIPPEAUX, 295, 347, 354, 355, 463.
SAINT-JOHN, Henry, 1ᵉʳ vicomte de BOBLINGBROKE, 183, 184, 187, 190, 207, 212, 257, 259, 260.
SAINT-LÉGER, Elisabeth, 171.
SAINT-LÉGER, John, 172.
SAINT-PATHUS (de), Guillaume, 40.
SAINT-SIMON (de), Louis ROUVROY, 200, 201, 228, 233.
SALISBURY, Hélène, 238.
SALISBURY, Jacques-Jean, 238.
SALISBURY, Jean, 238.
SALKELD, Francis, 330, 357.
SALOMON, personnage biblique, 14, 22, 23, 31, 67, 70, 72, 76, 91, 136, 219, 483, 515.
SANKEY, Edward, 66, 69, 79, 80, 105, 112, 123, 178.
SANKEY, Richard, 65, 66.
SAULX (de), Charles-Henri-Gaspard, vicomte de TAVANNES, 374, 387.
SAXE (de), Maurice, 352, 369, 440, 451, 453.
SAYER, Anthony, 192, 193, 194, 196, 210.
SCHAW, William, 23, 26, 32, 33, 37, 38, 39, 40, 41, 43, 44, 49, 50, 52, 56, 62, 68, 70, 85, 95, 132.
SCHEFFER (von), Karl Fredrick, 160, 362, 364, 387, 450.
SEGENT (de), Louis-Guillaume, 454.
SEMPILL, Francis, 164, 171, 187, 285, 297, 309, 311, 321, 329, 330, 386, 387, 388, 402, 405, 406, 418, 420, 435, 439, 441, 442, 443, 446, 453, 454, 476, 479, 511.
SEMPILL, Hugh, 418.

SEMPILL, Robert, 171.
SETON, George, 5ᵉ comte de WINTOUN, 185, 186, 311, 312, 389, 390, 451.
SHADBOLT, Thomas, 108, 110.
SHELDON, Dominick, 163, 230, 237.
SHELDON, Dorothy, 280.
SHELDON, Richard, 243.
SHELDON, William, 163, 226, 230, 251.
SHERIDAN, Thomas, 498.
SHORTHOSE, John, 108.
SHORTHOSE, Thomas, 108, 110.
SINCLAIR, William, 39, 40, 43.
SKELTON, John, 212.
SLEZER, Charles, 312, 390.
SMITH, Charles, 476.
SMITH, William, 268.
SOBIESKA, Clementina, 250, 279.
SOMERSET, Charles Noel, 4ᵉ duc de BEAUFORT, 187, 441, 476.
SPARRE (von), Axel Erikson, 160, 286, 287, 289, 352.
SPARRE (von), Eric Axelson, 160, 161, 167, 286.
SPELMAN, John, 30, 67, 80.
STAIMTON, Nicolas, 290.
STANTON, William, 108.
STAPLETON DES DERVALLIÈRES, Jean, 381.
STEUART, James, 504, 505, 509, 510, 511, 512, 513, 514, 515.
STEVENSON, David, 25, 26, 32, 33, 39, 40, 41, 43, 52, 53, 56, 68, 84, 86, 107, 152, 170.
STEWART, Charles, 4ᵉ comte de TRAQUAIR, 419, 420.
STEWART, Charles, Lord LINTON puis 5ᵉ comte de TRAQUAIR, 419.
STEWART, John, 1ᵉʳ comte de TRAQUAIR, 50, 84, 420.
STEWART of GRANTULLY, John, 185, 312, 390, 510.
STOSCH (von), Philip, 222, 307, 308, 309, 505.
STRACHAN of THORNTON, Alexander, 43.
STRICKLAND, Roger, 115.
STRICKLAND, Thérèse, 303, 398.
STRICKLAND, Walter, 295, 303, 316.
STUART, Henry, duc d'YORK, 511.

STUART, Louise-Marie, 163, 168.
STUART, Mary, 23.
STUKELEY, William, 210, 211, 214, 217.
SULLY, voir BÉTHUNE, 62.

TAILLET, François, 384, 512.
TALBOT, Mary Charlotte, 243.
TALBOT, Richard, 1er duc de TYRCONNEL, 115, 149, 159, 243.
TALBOT, Richard, 3e comte de TYRCONNEL, 159, 228.
TALBOT, Richard, 4e comte de TYRCONNEL, 159, 247.
TALBOT, William, 2nd comte de TYRCONNEL, 159.
TAYLOR, Samuel, 108.
TAYLOR, William, 510.
TELFAIR, Alexander, 131, 132.
TEMPLE, James, 84, 132.
TERRY, Charles Sanford, 186.
THALLY (de), Louise-Christine, 243.
THÉRY, François, 268, 344.
THIERRY, Antoine, 496.
THIERRY, Charles-César, 496.
THOMASSIN, comédien, 488.
THOMPSON, Edward, 179.
THOMPSON, John, 108.
THOMPSON, William, 179.
THORY, Claude-Antoine, 225, 267, 270, 280, 289, 422.
THURLOE, John, 129.
TILLYARD, Arthur, 118.
TIMBRUNE (de), Vincent-Sylvestre, comte de VALENCE, 323.
TOLAND, John, 181, 182.
TORCY (de), Jean-Baptiste COLBERT, 156, 165, 166, 169, 170, 173, 183, 201, 207, 237, 241, 249, 252, 253, 254, 255, 337.
TOURTON, Fleury, 287, 288, 293, 466.
TOWNSHEND, Charles, 215, 216.
TRESSAN (de), Louis-Élisabeth DE LA VERGNE, 376.
TREVOR, John, 217.
TRIPPIER, Théophraste-Pascal, 497.
TSCHOUDY, Théodore-Henri, 477.

URQUHART of CROMARTY, Thomas, 52, 53, 54, 55, 56, 70, 95, 97, 98, 129, 147.

VALENTINOIS (de), Jacques DE GOYON, duc, 452, 479.
VASSÉ (de), Armand-Mathurin, 304, 305.
VASSÉ (de), Charles-Emmanuel, 304.
VASSÉ (de), Emmanuel-Armand, 304.
VEGESACK (von), Friedrich, 514.
VENTADOUR, voir LÉVIS, 58.
VIBERT, Lionel, 327.
VIERREY, exempt de police, 488, 489, 490, 491, 498.
VILLARS (de), Louis-Hector, 201.
VILLENEUVE (de), Joseph-Ignace, 422.
VILLEROY (de), François DE NEUFVILLE, 201.
VILLEROY (de), Louis-François-Anne DE NEUFVILLE, 336, 365, 366, 367, 377, 389, 395, 409.
VILLIERS, George, 2nd duc de BUCKINGHAM, 30, 67.
VOLTAIRE, 375.
VOUGNY (de), abbé, 484, 488.

WALDEGRAVE (of), Henry, 294.
WALDEGRAVE (of), James, 293, 294, 295, 323, 358, 359.
WALLIS, John, 129, 130.
WALPOLE, Horace, 256, 259, 276, 293.
WALPOLE, Robert, 195, 196, 197, 211, 213, 215, 216, 217, 218, 222, 247, 251, 256, 278, 307, 308, 309, 311, 316, 317, 318, 377.
WALSH, Antoine-Vincent, 279, 293, 329, 380, 381, 494.
WALSH, François-Jacques, 293.
WALSH, Philip, 293.
WATERS, George, 477.
WEIL, Françoise, 325.
WEMYSS, David, Lord ELCHO, 510, 512.
WEMYSS, Frances, 510.
WEMYSS, James, 510.
WENTWORTH of STRAFFORD, 211.
WERNICKE, 337, 338, 340.
WERNICKE, Christian, 337.

Index

WHARTON (of), Philip, 206, 207, 208, 209, 210, 211, 213, 214, 215, 216, 217, 218, 219, 220, 221, 222, 237, 247, 248, 260, 274, 275, 276, 277, 278, 279, 283, 284, 285, 286, 289, 292, 293, 296, 297, 308, 310, 317, 329, 356, 364, 367, 373, 384, 449, 507.
WHARTON, George, 91.
WILKINS, John, 90, 118.
WILLIAMS, John, 22.
WILSON, William, 108, 110.
WINNINGTON, Thomas, 207.
WISE, Thomas, 108.
WISE, William, 108.
WOGAN, Francis, 448.
WOGAN, James, 243.
WOODMAN, William, 108.

WREN, Christopher, 80, 81, 88, 100, 106, 117, 118, 119, 120, 121, 122, 123, 125, 129, 141, 146, 147, 150, 176, 179, 182, 189, 190, 210.
WREN, Christopher (père), 81.
WREN, Elizabeth, 122.
WREN, Jane, 190.
WREN, Matthew, 81, 118.
WYNN, Watkin William, 187, 441.

YONGE, Edward, 295, 316.
YOUNG, Nicholas, 108.
YOUNGER, Richard, 303.
ZOLLICOFFRE D'ALTENKLINGUE, Frédéric, 160, 164, 294, 378, 379, 481, 482, 514.
ZURLAUBEN (de), Françoise-Honorée-Julie, 244.

TABLE DES MATIÈRES

Préface	9
Introduction	13
PREMIÈRE PARTIE – Microcosmes	19
Sous le nouveau Salomon	21
Les associations opératives	33
Le mot de maçon	47
Intellectuels et militaires	61
Dix années de creux apparents	75
Restauration d'un roi, diffusion d'une idée	83
Réactions et pamphlets	93
Petit précis d'histoire naturelle	103
La glorieuse révolution	115
Quelques fantasmagories	129
DEUXIÈME PARTIE – L'expansion en Europe	139
Saint-Germain en Laye	141
Relais de France	155
La soi-disant renaissance britannique	175
1717-1721, imitation anglaise, réaction écossaise	189
Farces et attrapes	205
Deux Saint-Germain	223
Autour du Louvre	253
L'essor	267
Un peu de négligence	283

TROISIÈME PARTIE – L'ÂGE D'OR	299
Rome	301
Au grand jour, ou presque	315
Grandes manœuvres	325
Une résistance têtue	343
Le passage du témoin	361
L'étendue du royaume	375
QUATRIÈME PARTIE – Retour aux sources	393
Sept ou huit gens peu connus	395
Le mythe de l'institution première	411
Journal d'une méprise	425
Fièvres et impatiences	439
Faits divers	457
Quelques à-côtés	475
Un moment d'euphorie	487
Crépuscule	503
Conclusion	517
Index	521

Mise en page par PCA
44400 REZÉ

Achevé d'imprimer en décembre 2002
sur les presses de la Nouvelle Imprimerie Laballery
58500 Clamecy
Dépôt légal : décembre 2002
Numéro d'impression : 211043

Imprimé en France